国家精品资源共享课

关爱和　主编

中国近代文学史 （修订本）

ZHONGGUO JINDAI WENXUESHI

中华书局

图书在版编目（CIP）数据

中国近代文学史/关爱和主编. —修订本. —北京:中华书局，
2024.6. —ISBN 978-7-101-16767-2

Ⅰ. I209.5

中国国家版本馆 CIP 数据核字第 20242ZE896 号

书　　名	中国近代文学史（修订本）	
主　　编	关爱和	
责任编辑	李碧玉	
封面设计	刘　丽	
责任印制	管　斌	
出版发行	中华书局	
	（北京市丰台区太平桥西里 38 号　100073）	
	http://www.zhbc.com.cn	
	E-mail:zhbc@zhbc.com.cn	
印　　刷	三河市宏盛印务有限公司	
版　　次	2024 年 6 月第 1 版	
	2024 年 6 月第 1 次印刷	
规　　格	开本/710×1000 毫米　1/16	
	印张 29¾　插页 2　字数 411 千字	
印　　数	1-4000 册	
国际书号	ISBN 978-7-101-16767-2	
定　　价	98.00 元	

撰稿人员（以姓氏笔画为序）

左鹏军　关爱和　朱秀梅　李向阳
杨　波　杨萌芽　胡全章　袁　进
龚喜平　程翔章

目　录

绪　论 …………………………………………………………… （1）

上　编

第一章　嘉道之际慷慨论天下事文学精神的形成 ………… （25）

第一节　清代学风士风的重大转折 …………………… （25）

第二节　嘉道文学精神与创作主题 …………………… （28）

第二章　龚自珍 ………………………………………… （41）

第一节　生平与文学思想 ……………………………… （41）

第二节　散文创作 ……………………………………… （45）

第三节　诗歌创作 ……………………………………… （51）

第四节　历史影响 ……………………………………… （60）

第三章　鸦片战争时期的诗文 ………………………… （62）

第一节　魏源的诗文创作 ……………………………… （62）

第二节　鸦片战争时期的爱国诗潮 …………………… （72）

第四章　桐城派的发展与中兴 ………………………… （85）

第一节　鸦片战争前后桐城派的发展与危机 ………… （86）

第二节　曾国藩与桐城派的中兴 ……………………… （94）

第三节 曾门弟子及桐城派的复归 …………………………… (99)

第五章 道咸年间的宋诗派 ………………………………… (107)

第一节 宋诗派的理论 …………………………………… (107)

第二节 宋诗派的创作 …………………………………… (111)

第六章 19世纪中后期的长篇白话小说 …………………… (118)

第一节 19世纪中后期长篇白话小说的繁荣 …………… (118)

第二节 侠义小说 ………………………………………… (120)

第三节 狭邪小说 ………………………………………… (129)

中 编

第七章 梁启超与文学界革命 ……………………………… (141)

第一节 生平与著述 ……………………………………… (141)

第二节 文学界革命的理论倡导 ………………………… (143)

第三节 文学界革命的创作实践 ………………………… (149)

第四节 文学界革命的意义 ……………………………… (156)

第八章 黄遵宪与新派诗 …………………………………… (160)

第一节 诗界革命的发生与发展 ………………………… (160)

第二节 黄遵宪的诗歌创作 ……………………………… (167)

第三节 新派诗人群体 …………………………………… (178)

第四节 丘逢甲和近代台湾诗坛 ………………………… (182)

第九章 报章文体与散文新变 ……………………………… (187)

第一节 报章文体与近代散文变革 ……………………… (187)

第二节 严复、康有为、谭嗣同的政论文 ……………… (191)

第三节 域外游记文 ……………………………………… (199)

第四节 报章白话文 ……………………………………… (206)

第十章　小说界革命与晚清小说的繁荣 …………………………（215）

第一节　晚清小说的繁荣 ……………………………………（215）

第二节　政治小说 ……………………………………………（220）

第三节　谴责小说 ……………………………………………（222）

第四节　历史小说 ……………………………………………（233）

第十一章　同光体及其他诗歌流派 ………………………………（239）

第一节　同光体的形成及其理论 ……………………………（239）

第二节　同光体的创作 ………………………………………（241）

第三节　汉魏六朝诗派与中晚唐诗派 ………………………（246）

第十二章　近代词的发展 …………………………………………（252）

第一节　近代词和词学的繁荣 ………………………………（252）

第二节　常州词派 ……………………………………………（260）

第三节　四大词人 ……………………………………………（265）

第十三章　近代戏剧的发展 ………………………………………（273）

第一节　传奇杂剧的嬗变 ……………………………………（273）

第二节　京剧的产生与发展 …………………………………（284）

第三节　戏剧改良运动 ………………………………………（291）

第四节　早期话剧 ……………………………………………（298）

下　编

第十四章　章太炎 …………………………………………………（309）

第一节　生平与思想 …………………………………………（309）

第二节　诗文创作 ……………………………………………（313）

第三节　时代与历史影响 ……………………………………（328）

第十五章　辛亥革命时期的诗文 …………………………………（331）

第一节　革命文学的兴起及特征 ……………………………（331）

第二节　秋瑾、邹容等革命派作家 …………………………（334）

第三节　刘师培 …………………………………………………（345）

第四节　章士钊 …………………………………………………（353）

第十六章　南社 …………………………………………………（359）

第一节　南社的成立与发展 ……………………………………（359）

第二节　南社三杰 ………………………………………………（364）

第三节　其他南社作家 …………………………………………（375）

第四节　南社的地位及影响 ……………………………………（383）

第十七章　近代文学翻译 ………………………………………（386）

第一节　近代文学翻译概况 ……………………………………（386）

第二节　严译名著及严复的翻译理论 …………………………（391）

第三节　林译小说 ………………………………………………（395）

第四节　其他翻译家的文学翻译 ………………………………（400）

第十八章　王国维 ………………………………………………（409）

第一节　生平和学术 ……………………………………………（409）

第二节　文学观 …………………………………………………（411）

第三节　诗词创作 ………………………………………………（416）

第十九章　民初文学 ……………………………………………（427）

第一节　民初小说 ………………………………………………（427）

第二节　民初文坛 ………………………………………………（445）

第三节　民初诗坛 ………………………………………………（451）

第二十章　语言运动与文学革命 ………………………………（457）

第一节　拼音化运动与白话文思潮 ……………………………（457）

第二节　晚清白话文运动 ………………………………………（459）

第三节　国语运动与文学革命 …………………………………（466）

后　记 ……………………………………………………………（469）

绪　论

　　在整个人类文明史上,能与中华民族如此辉煌灿烂而又持续不断的历史文化相比者,确乎不多。在相对隔绝的地理环境和文化环境中发生发展并自成一体的华夏文明,曾有过极其显赫的过去,产生了令人惊叹的文化与文学。但在鸦片战争以来,西方工业革命带来的世界全球化的浪潮,以血与火的野蛮方式,打开了中国的大门,中国独立自我发展的外部环境不复存在,盛衰更替的内在节奏也随之被打乱。在民族生存危机、传统文化危机、古典文学危机纷至沓来的复杂背景下,中华民族以百折不挠的努力,寻找国家复兴与民族文化、文学的重建之路。古老的华夏文明从此踏上艰难、曲折、坎坷的现代化进程。在东西方文明交汇融合中建构的中国新文学,也同样经历了凤凰涅槃式的再生。如果我们把百余年来中国文学的演进历程,视为一个不断走向现代化的进程的话,那么,毫无疑问,这一进程发轫于近代。

在全面危机中发生与发展的中国近代文学

　　全面危机,构成了中国近代文学发展的基本历史背景。这主要表现在三个层面:即民族生存危机、封建社会的政治危机和以儒家文化为主体的传统文化的危机。西方帝国主义的炮火轰开了中国的门户,惊醒了封建帝国的睡梦,把这个封闭已久的封建帝国拉入了开放竞争的近代世界格局。一次又一次的军事入侵与经济掠夺,一个又一个不平等条约的签订,民族危机迫在眉睫。民族矛盾一跃而成为近代中国社会的主要矛盾。救亡图存成为时代的最强呼声,也是全民族每一个个体必须承担的重要责任。这一前所未有的危机,从根本上改变了民族的生存意识,危机感与忧患感弥漫士林。近代先进知识分子无不把挽救民族危亡视为己任。与此同时,随着帝国主义入侵的加剧与深入,进一步加速了死而不僵的腐败封建社会机体的衰落、崩溃与瓦解。封建王朝的统治面临着许多从没有遇到,依靠祖宗成法、治乱经验所无法解决的经济、政治、社会矛盾。封建社会无法按照传统的惯例,通过改朝换代的方式,调节自身的机能,恢复整个封建社会大系统的平衡与稳定。

与民族生存危机和封建社会政治危机相伴随的则是以儒家文化为主体的传统文化的危机。这一危机以更加隐蔽的方式影响到近代中国社会的各个层面,影响到中国近代文学的发展。如果说,民族生存危机是以帝国主义的入侵为标志、政治危机是以封建政体失调和政治动乱为形式表现出来的话,那么,以儒家文化为主体的传统文化危机则是在古今与中外两对矛盾中凸现出来的。发生于近代中国的中西文化冲突,实际上是指以儒家文化为主体的中国传统文化与近代西方资本主义文化的冲突。这是两种时代差异明显、根本性质不同的文化系统的冲突与交锋。这不仅是物质力量的交锋,还是两个完全不同"世界图式"的冲突,涉及从语言思维、信仰追求、政治经济制度以至于人的生活方式和心态结构等系统整体的巨大差异。中国所面临的是一个在各方面都比自己强大得多的敌人。鸦片战争之后近代中国特殊的历史氛围,决定了救亡反帝与启蒙反封建必然成为这一历史时期的中心议题和首要任务。但救亡反帝与启蒙反封建,在近代中国的整个历史发展进程中,又构成了两种既相互统一又相互矛盾,既相互交织而又有所背离的双重命题。中国人要学习西方,又要抵御西方。学习西方,就要批判扬弃传统文化中不适应现代中国生存、有碍于中华民族自立于世界民族之林的糟粕;而值此民族危亡的严峻时刻,中华民族同时也需要张扬民族认同感和优秀的民族文化传统,筑起全民族心理上的文化堤防。中西与古今的两对矛盾,在中国近代先进知识分子救亡图存的历史实践与文化重建中,变得特别的纠结复杂。从鸦片战争时期的"师夷之长技以制夷",到洋务运动时期的"中体西用",再到五四时期的"反传统",中国文化为更新自己的机制,摆脱封闭、僵化、危机的困境,经历了艰难痛苦的跋涉。

在这种全面危机下孕育发展的近代中国文学,在其呱呱落地之后,时代之父便带领它开始了生命旅程上风驰电掣般的奔走。它来不及回味母体的温馨,来不及述说梦般的憧憬,来不及思考生命的归宿,甚至来不及舒展一下它早熟但发育并不健全的肌体。历史的发展是那样的迅猛,使它不得不以匆忙而惶惑的目光全神贯注地注视着瞬息万变的现实世界。走向自新中的中国近代文学运用并不纯熟也无暇雕琢的艺术手段,参与了历史的进程,真实地反映了中华民族所蒙受的屈辱与屈辱中爆发的空前的救亡反帝热情,记录了中华民族为抛弃沉重的历史包袱,进行启蒙与反封建的艰难步履。

中国近代文学的发展演变过程

仅有八十年发展历史的中国近代文学,犹如一部由数代人参加的多声部合唱,合唱中的杂乱与不和谐是十分明显的,但在杂乱与不和谐中,救亡与启蒙、反帝与反封建的主旋律却是异常嘹亮。正是由于这样,中国近代文学与近代中国历史现实保持了紧密的联系,与近代中国社会进程、文化思想变革紧密联结。由此,我们可以将近代中国文学的演变过程分为三个时期:

鸦片战争与洋务运动时期:近代文学的萌生与古典文学的衰落

这一时期的救亡与启蒙的思潮是遵循着补天自救——避害自卫——中

体西用的逻辑顺序展开的。进入19世纪以来,清朝统治已由康乾时期的巅峰状态走向衰敝,昔日的东方帝国处在风雨飘摇之中。政治腐败,经济凋零,军备松弛,农民起义此起彼伏,天灾人祸连年不绝。面对江河日下的社会局势,一种由危机感而触发的忧患意识在士大夫阶层中逐渐蔓延。出于一种起衰救弊的补天愿望,他们首先在学术界发难,倡言革除烦琐、空疏的学风,呼唤明末清初出现过的经世致用思潮的复归。同时,他们激烈地抨击社会的各种弊端,以与天朝盛世的睡梦极不和谐的音响刺激浑浑噩噩的国人。这是19世纪以来第一次具有微弱启蒙意义的动作。

鸦片战争的爆发,扰乱了中国封建社会缓慢发展的旧有秩序。"天朝帝国万世长存的迷信受到了致命的打击,野蛮的、闭关自守的、与文明世界隔绝的状态被打破了"(《马克思恩格斯选集》第二卷)。在战争带来的生存危机面前,出于一种避害自卫、除弊御侮的目的,中国的先进人士开始了对现存政治、思想、文明多方面的批判、检讨与反省。反省仍是在传统的华夏中心与以夏变夷的思想基础上进行的,他们没有也不可能认识到,战争的对手,代表的是正在世界范围内泛滥的新兴的资本主义洪流,鸦片战争也仅仅是帝国主义把中国卷入世界市场,变中国为其殖民地的第一步。他们过分信赖帝国的强盛和以往处理夷敌局部战争的经验,因而对这场"亘古未有之变"总是持有一种盲目乐观的情绪。对内,他们希图以自救的方式,通过现有政体与思想文化机制的自我完善与调节,使旧有秩序的紊乱趋于正常;对外,他们以为学得对方的坚船利炮,修缮加固城池海防,自可化险为夷。"师夷之长技以制夷"的思想与鸦片战争前夕兴起的"经世致用"思潮自然地融合,形成了这一时期思想界的旗帜。"经世致用"与"师夷之长技以制夷"的思潮在一定程度上移转了士大夫阶层中空疏、烦琐的学风,促使一部分知识分子把目光转向社会现实与中国之外的世界。但这种远远不够的救亡觉悟仅仅为少数先进知识分子所具有。与世界的长期隔绝,妄自尊大的民族文化心理与麻木愚钝的精神状态,阻止与扼杀了全民族范围内的救亡总动员,生存危机意识并没有为全民族所共同接受。封建宗法制度、封建伦理纲常仍被视为神圣不可侵犯,对西方世界的了解与借鉴也被牢牢控制在"中体西用"原则所能允许的范围之内。

文学的触觉是异常敏感的。东南沿海的炮声,打乱了封建士大夫悠游从容的步伐,使他们从神韵、格调、性灵的艺术梦幻中惊醒。面对血与火的社会现实,他们以高亢入云的嘹亮歌唱,代替了往日的浅唱低吟。这种以揭露侵略者暴行,抨击清政府及军队腐败,歌颂抗战英雄,宣扬抵抗意识为主题的歌唱,汇成了鸦片战争时期的爱国诗潮。爱国诗潮很快与先于它们出现的经世致用思潮汇拢,形成鸦片战争时期议论军国、臧否政治、描摹时变、慷慨论天下事的文学主体精神。近代文学发展过程中所呈现的文学与政治空前紧密结合,与救亡启蒙运动亦步亦趋、息息相关的发展趋势,正是从这里开始的。

爱国诗潮是处于不同社会地位、抱有不同艺术追求作家的共同歌唱。战争没有引起中国知识分子深层文化心理结构的变化,因而爱国诗潮所表现出的感慨忧愤与曾经的战乱文学相比,并没有明显的超越。在经世致用思想被学术界、文学界普遍接受的同时,晚明以来形成并发展的人本主义和反理性思想却遭到冷落。鸦片战争时期思想界与文学界的巨子龚自珍,表现出了超人的胆识与目光。他在批判封建专制统治对人的尊严的藐视及对人性蹂躏的同时,表现出了对人身、人心自由与解放的热烈向往。他对世俗权贵的蔑视、傲岸,对母爱、童心的依恋、赞颂,他狂放不羁的气度,使气骂座的做派,都显示出一种叛逆人格的力量。他建立在肯定人(包括自我)在历史与文学活动中的创造主体地位基础之上的文学"三尊"说,是这一时期出现的具有启蒙意义的文学思想。他指出,在文学创作活动中,要尊重作家个人对客观世界的主观感受与价值判断(尊心),尊重作家的思想情感及其方式(尊情),尊重文学与作家个性的自然表现(尊自然)。这种带有异端色彩的思想在当时的文学界并没有引起太大的反响。也许是这种呼声还显得纤弱,或超越了现实,也许是文坛过于麻木、积重难返。这种思想在半个多世纪以后方获得巨大的嗣响。

战争给了无生气的文学带来了新的表现题材,也带来了新的兴奋点。这种兴奋为老态龙钟的古典文学暂时涂抹了一层酡颜。太平天国运动的爆发,曾给学术界、文学界带来一片惊恐。尔后,随着所谓"同治中兴"局面的出现,文学又恢复了依靠自身惯性的缓慢蠕动。人们对封建政体与文化机制尚未丧失其复元振兴的信心,也很难产生诀别旧有文学体系的勇气和意图。温柔敦厚的诗教,文以载道的古训,仍作为经典而被频繁地征引;学汉、学唐、学宋的复古主义旗帜仍被不同的文学流派高高举起,微弱的创新意识,被紧紧包裹于复古的大旗之中;文学作为封建政治与经学之附庸的局面并没有改变,宋诗派、桐城派仍在学问还是性情、义理还是辞章的困扰中作着小心的平衡与艰难的选择;小说戏曲依旧被大雅君子视为小道。

文学期待着变革,期待着政治、思想革命的风暴给予它告别过去的力量。

维新变法时期:近代文学的形成与飞跃期

甲午战争以中国的惨败而告结束。《马关条约》的签订,使中国半殖民地化的程度大大加深。随着侵略活动的加剧,帝国主义划分势力范围,瓜分中国的活动日益甚嚣尘上。中华民族的生存发展受到严重的威胁。在严酷的社会现实面前,一场全民族的救亡运动开始酝酿形成,"要救国,只有维新;要维新,只有学外国",成为压倒一切的强烈呼声。资产阶级改良派作为这一时期先进政治力量的代表,领导了以救亡图存为目的的维新变法运动。

维新思潮给近代中国意识形态领域的变革所带来的影响既深且巨。维新派为挽救民族危亡所进行的全方位的思想求索,促进了中西文化空前剧烈的撞击、交汇、融合。华夏中心、天朝至上的思维定式被轰毁,自我封闭、妄自尊大的思想文化体系被打破,中华民族开始全面地重新认识世界,审视自身,寻求自强新生之路。"物竞天择,适者生存"观念的引入,使人们从弱肉强食的普通道理中领悟到民族危机问题的严峻;进化论与公羊三世说的传播,煽动起人们对民主政体的向往;民权论与明末清初思想家顾炎武、黄宗羲对君主制的批判思想交汇,铸就了维新派以实行君主立宪制为核心的政治理想。

正当维新派满心喜悦、跃跃欲试地将其政治理想付诸实行时，却遭到了封建旧势力的沉重打击，流血的现实促使维新派进一步探求影响政治变革成功的原因。他们认为，变法的流产很大程度上是由于思想文化方面的变革进行得还相当不充分。于是，一场以"鼓民力，开民智，新民德"为主要内容的新民救国运动在变法失败后很快达到高潮。近代中国第一次有目的地改造国民精神的总体工程由此肇始。这场气势恢宏的思想启蒙运动给人们带来了思想观念上的许多重要变化：人们开始习惯于用"人群进化、级级相嬗"的观念看待社会历史的演进，尊王法祖、凡古皆好的传统思想受到挑战；西方近代资产阶级的思想文化越来越多地为中国人所接受，甚至某些程度上被理想化，以夏变夷及中体西用的思想樊篱被打破；具有近代意义的国家观念得到确立，民族的主权意识、独立精神与国民对国家的义务、权利被同时接受，君统论、君权神授论受到进一步的批判；冒险性、忍耐性、别择性与进取精神、群体意识被当作新国民所应具备的德行，奴性思想以及造成奴性思想的根源——封建伦理纲常受到冲击；对国家兴盛、富强的向往，使理智的务实精神得到张扬，重性理考据之学、轻视工商科技的观念开始动摇。人们在社会观、伦理观、文化观、价值观诸方面的众多变化，深刻地影响着甲午战后中国政治与思想文化的变革，同时也影响着文学的变革。

19世纪末20世纪初，中国文学的变革主要表现在以西方近代文学范型为参照，不断粉碎传统的旧文学体系和引进、吸收西方的文学观念与文学思潮，建立新型的文学形态。

在甲午战后救亡图存的政治热浪中，维新思想家是以文学无用的否定目光，开始他们对中国传统文学的重新审视的。严复1895年发表的《原强》与《救亡决论》，在对中西文化的全面比较中认为，西方之所以强盛，是因为他们"先物理而后文词，重达用而薄藻饰"，中国之所以贫穷衰弱，是因为"其学最尚词章"，词章之道，虽能极海市蜃楼、恍惚迷离之能事，却无补于救弱救贫。谭嗣同则更为激进，他认为在中外虎争的时代，即应将考据辞章、无用之呻吟统统抛弃。

对旧文学的不满与批判,正是孕育新质的开始。维新派矫枉过正的激愤之辞,很快便为理性的思考所取代。他们随即发现,彻底抛弃与摆脱母体与文学,是决计不可能的。唯一的出路在于打破封闭的传统文学体系,于中输入新的能量与物质,改变其旧有的饱和僵死状态,使其焕发新的活力,产生新的机制。维新思想家们开始了各种尝试。

严复、夏曾佑1897年合撰的《本馆附印说部缘起》,首次把进化与人性的理论引入文学的研究。文章把人和人性看作是人类文明进化的产物,而人性的共同点在于"崇拜英雄"、"系情男女"。中国古典的说部、戏曲之所以经久不衰,为人们所喜爱的程度远远超出圣经贤传及一般史书,关键在于它们反映了"英雄"、"男女"这些普遍的人性,这便为小说、戏曲的升堂入室找到了理论支点。谭嗣同、夏曾佑试图向旧体诗发动冲击,他们袭用格律诗的形式,撷取佛教与基督教经典中的典故,掺杂以科学术语及外国语译音,作出诸如"纲伦惨以喀私德,法会盛于巴力门"一类"捃扯新名词以自表异"的新派诗。梁启超以半文半白、亦骈亦散、中西兼采、平易畅达、笔锋常带情感的新文体鼓吹变法维新,其文赢得"一纸风行,海内观听为之一耸"(严复《与熊纯如书》)的赞誉,使一切古文派相形见绌。

维新思想家具有探索意义的文学实践,为文学界革命的形成提供了可贵的借鉴。戊戌变法失败后,维新思想家把政治热情转移到以"新民"为核心的思想启蒙运动上来。文学因其具有左右人心之"不可思议之力",而被认作是新民救国的最好途径。作为整个新民救国运动领袖人物的梁启超,相继打出诗界革命、文界革命、小说戏曲界革命的旗帜。梁启超为诸种文体革命所设置的目标,很大程度上以西欧、日本资产阶级近代文学的范型为依据,充分表现出维新派对西方资产阶级上升时期创造进取风貌的热切追寻。与此同时,梁启超还为国人编造了许多域外文学救国的神话。这种"求新声于异邦"和"托外改制"的手段,有力地推动了文学界革命运动的发展,并促进了域外文学的介绍与引进。

　　维新思想家、文学家的种种努力,终于动摇了传统文学的根基,新的文学观念、新的文学形态、新的文学表现形式纷纭呈现,给文坛带来了空前的喧嚣与骚动:

　　——随着"进化如飞矢"观念的深入人心,复古、拟古思想受到唾弃,创新求奇,不依傍古人,逐渐成为新的文学风尚。同时,以进化论的观点看待中外文学史的递进,古语之文学变为俗语之文学被看作是历史发展的必然。

　　——文学重在表现人之情感的观念被普遍接受。严复、夏曾佑以表现人类共性的多寡为标准来评价小说、戏曲与圣经贤传,梁启超以"熏"、"浸"、"刺"、"提"来概括小说支配人道的力量,都是以情感作为其立论支点。稍后,至系统地接受了康德、叔本华、席勒美学思想的王国维,其对情感说的认同则表述得更为明确:"若夫知识、道理之不能表以议论而但可表以情感者,与夫不能求诸实地而但可求诸想像者,此则文学之所有事。"(王国维《国学丛刊序》)这种对文学特质的认识,已接近西方近代关于文学的理念,一定程度上完成了对中国传统的杂文学体系的超越。

　　——小说戏曲被引进文学的殿堂。小说被推为文学之最上乘,改变了诗文被视为正宗,而小说戏曲往往不被人看重的传统文学观念。随着小说地位的提高,各种小说刊物与新小说如雨后春笋,令人目不暇接。政治小说、社会小说、言情小说、科幻小说等,品种繁富,形式多样,给文学界带来异常喧闹的热烈气氛。小说堂而皇之地成为 20 世纪中国文学中的巨大家族,而观念的转变,却是从这里开始的。

　　——创作方法的区分与文学批评的更新。梁启超在《论小说与群治之关系》中,把小说分为表现理想与反映现实两种。表现理想的称之为理想派小说,反映现实的称之为写实派小说,表明在这一时期中国文学家对艺术地把握世界的不同方式——创作方法的区分有了初步的认识,而五四时期浪漫主义与现实主义创作倾向的双峰对峙、双水并流,则是这种认识的进一步深化并走向了创作的自觉。在这一时期的文学批评中,中国传统的评点式的文学批评方式虽仍被沿用,但批评的原则与方法却有了更新的趋势。批评家从被封建士大夫目为诲盗诲淫的《水浒传》、《红楼梦》中发现了民主民权与反封建道德的思想倾向;同时,对文学的审美功能与审美属性的探讨也开始引起批评家们的兴趣。

——语言出现变革的趋势。语言是民族文化与文学变革中最稳定与最保守的因素。随着新名词的介入和表达新思想的需要,以及人们对言文合一历史必然性认识的加深,这一时期文学语言出现了变革的趋势,形式较为自由的歌行体诗逐渐增多,时杂以俚语、韵语及外国语法、词汇的新文体日益为人们所喜闻乐见,以启蒙新民为目的的晚清白话文运动明确提出"崇白话而废文言"的口号。

文学界革命是中国近代文学自我扬弃和艰难选择的真正开端。它借助西方异质文化的撞击力量,击破了中国古老的封闭的文学体系,并在历史的废墟上,开始初步构建梁启超们理想中的文学殿堂。一切都进行得那么匆忙,时代并没有留给他们从容思考与审慎选择的机会,维新派思想家、文学家凭着创造的热情和破坏的冲动,把文学庞大的支架建立在新民救国政治运动的基础之上。而当社会政治发生急骤变革,迫使他们退出政治与历史的中心舞台时,他们的文学大厦即开始倾斜。历史把思想启蒙与文学革命的接力棒传给了后来者。

辛亥革命与五四运动时期:近代文学的拓展与蜕变期

在维新思想家惨淡经营新民救国运动时,以孙中山为代表的革命派也在成长壮大之中。他们出于对清政府"量中华之物力,结与国之欢心"行为的愤怒,以及对国家走向独立、自由、繁荣富强、摆脱帝国主义奴役的热切向往,提出了不同于维新派的救国方案。他们以"驱逐鞑虏,恢复中华"为号召,决心以暴力、流血的方式,彻底推翻清王朝的统治,建立新型的共和国家。

以救亡为出发点的队伍迅速在"民族、民权、民生"的三民主义旗帜下集结,而三民主义很快被凝聚和简化为最能煽动人们行动热情的口号——"反满倒清"。华夷之辨、种族革命、天赋人权、无政府主义诸种学说与思潮,奇特地混合起来,成为各色人等反满倒清的思想支点。用暴力与流血推翻现有政府、建立共和国的革命热潮,顿然使维新派新民救国主张与君主立宪的政治理想黯然失色,失去其原有的号召力。

辛亥革命的成功宣告了清王朝的覆灭。但刚刚树起的共和国旗帜也在风雨中飘摇。革命派"破坏告成,建设伊始"的喜悦并没有保持太久,清王朝刚刚落地的皇冠,使人垂涎,这便有一幕幕复辟丑剧的演出。革命后的失望、苦闷与第一次世界大战投射的阴影,给中国思想界带来灰冷的色调。而冲破这层灰冷,给人们燃起新的希望之火的,是以李大钊、陈独秀为代表的五四知识分子。他们试图以新的思想启蒙补救暴力与流血留下的缺憾。承继近代思想先驱者的精神,他们举起了民主、科学的旗帜,召唤更具有平民色彩的国民运动,而把伦理之觉悟看作是国民"最后觉悟之最后觉悟",以人权平等、人格独立、个性解放、思想自由、婚姻自主等新的思想观念与行为模式,冲击与撕破缠绕在国民个体身心之上的有形或无形的桎梏,以个体的新生,赢得民族与社会的新生。

这个时期文学的发展,呈现着纷纭繁杂、多元对峙的局面。在辛亥革命准备时期,维新派君主立宪的政治理想遭到唾弃,但以文学为启蒙手段,促进国民觉悟,达到救亡目的的文学发展趋势并没有被遏止。革命派中的一些作家如陈天华、邹容、秋瑾、黄小配及南社早期诗人,无不热情地以文学鼓吹革命。与革命派具有浓郁社会功利色彩的文学观相反,王国维则以非功利的眼光看待文学,以为美是"可爱玩而不可利用者",反对把文学当作道德与政治的工具。维新派编造的域外文学救国的神话随着人们对西方文学的更多了解而逐步消失,但对西方文学思潮、作家作品的引进、介绍却方兴未艾,并逐步走向系统化与有选择地进行,东欧与俄国及其他弱小民族的文学也受到了注意。与此同时,以"保种、爱国、存学"相号召的国粹思潮应运而生。国粹思潮侧重于对民族传统文化(包括文学)的认同与弘扬,它具有"用国粹激动种姓,增进爱国的热肠"的积极作用,但也明显地带有复古与盲目排外的思想情绪;在叱咤风云、倡言革命的诗文中,屈己就群、轻抛头颅、以词笔换兜鍪的群体意识与尚武牺牲精神得到了极大的张扬。而对中国的传统与现状具有更深沉冷静思考的思想家、文学家如鲁迅,则更注重民族文化心理结构,更急迫地呼唤精神界的战士,更热切地期待尊个性、排流俗、富有人道主义精神、洋溢着自由浪漫气息的文学作品的出现。辛亥革命后,共和国宏图初展但命运多舛,帝制的阴魂未散却已失去人心,旧的社会秩序被打破而新的尚未建立,旧的生活图景失去诱惑而新的仍显得朦胧。复辟丑剧与军阀割据愈演愈甚,给革命前驰骋战场的斗士带来心灵上痛苦的颤动。第一次世界大战的爆发,冲击着向西方寻求真理的中国人的信仰堤防,使他们顿生"十年一觉扬州梦"的感慨,而将社会进化的希望转而寄托在东方文明之上。

但持续数十年的思想启蒙不会一无所获。经受欧风美雨洗礼,感受到封建制度灭亡快慰的新一代知识分子,他们还年轻,决不会轻易放弃对新世界新生活的追求。近代社会的发展,科举制度的废除,给他们创造了前所未有的广阔道路。在文学创造活动中,五四青年群体以比他们的前辈更为激烈的态度抨击旧文学,同时又以无比的热情呼唤新文学。他们同封建的载道文学揖别,从文言的束缚中走出,他们以现代人的审美感知方式与表现手段,在各自深切感受过的人生领域,展现了广阔的社会生活和人的内心世界,以富有鲜明艺术个性的作品表现出新的时代精神与思想风貌。绵亘数千年的中国文学以五四文学为新的起点,开始了向现代化的大踏步推进。近代文学家对文学的彻底突破和根本转换的期待,在五四新文化运动和文学革命中得到了实现,而近代文化与文学的变迁则无疑是五四新文化运动和文学革命的历史前奏、积蓄和准备。

中国近代文学转型的审美风貌与过渡性特征

救亡与启蒙的主旋律回荡于近代文学发展的始终。国家、民族的生存与进步,在无形中影响与制约着近代文学家的情感范围与审美经验。他们的体验、感知、想象与创造,都无法摆脱政治、思想、文化变革所带来的巨大影响。近代作家与文学流派,由于政治信仰、艺术造诣、审美情趣的不同,各自表现出了独特的个性风格与流派风格。但如果我们超越对具体作家、流派风格的考察,而着眼于宏观的、历史层次的把握,则可以发现,近代文学的主导风格与审美风貌,走过了悲痛忧愤,渐趋于昂扬踔厉,终至于明朗乐观的发展轨迹。

鸦片战争与洋务运动时期,东方帝国、天朝盛世的釉彩在人们的惋惜声中一块块地剥落,封建政体千疮百孔,祖宗成法屡试不灵,内忧外患纷扰不已。发生在中国大地上的"亘古未有之变",牵动着一代诗人的情怀。由历史盛衰对比所带来的沧桑之感,由民族耻辱所激起的忧愤之怀,由补天无术所产生的焦灼之情,给他们的作品带来悲愤与怅惘交错、慷慨与凄婉杂陈的色调。封闭的旧文化体系,使他们不得不在民族的本源精神中寻求支撑,"乱世之音怨以怒,亡国之音哀以思","厚人伦,美教化,移风俗"的古训仍被作为其审美理想与审美价值观念的准则,屈原式的忠怀孤愤,于他们仍具有强大的人格上的支配力量。他们不满于社会现状却没有力量改变,他们觉察到旧体系的岌岌可危却不得不全力扶持。他们的歌唱,充满着悲痛忧愤的情调,显示出一种沉郁而又有几分悲凉的美。

维新变法与辛亥革命准备时期,维新派、革命派满怀激情,全力以赴地为他们认定的政治理想进行着艰苦卓绝的斗争。他们在传统文化与异质文化的冲突面前,表现出除旧布新的恢宏气度。他们为古老的民族与国度,偷运来再生的火种。他们把文学作为救亡与启蒙的号角鼙鼓,为奋起前行者助威,使昏睡迷惘者清醒。他们的创作,充满着凝重的现实感、崇高的英雄感,透露出民族再造的自信。文学在他们的驾驭之下,勉力分担着时代的重任,显示出昂扬踔厉的风度,是一种单色而富有力度的美。

辛亥革命后,封建王朝覆灭的命运触动传统文人的怀旧意绪与凄楚情怀。他们以悲怆低咽的基调,抒写着故国铜驼神思,麦秀黍离感慨。随即,他们又参加了保孔保教、维护封建伦常道德的合唱。然而这些不过是历史的一个小小插曲。在五四新文化运动对旧道德旧文化的批判面前,他们的言行显得那样颠顸、迂腐。五四青年群体以敏感的心灵感应着新生活的召唤,他们以狂飙般的热情讴歌生命,讴歌青春,讴歌爱情,讴歌自然。他们对昨天不屑一顾,而对明天则充满着渴望,他们对传统投去鄙视的目光,对创造则倾注着全心的向往,他们以具有浓烈个性色彩、表现人生价值和生命骚动的作品,取代了维新与辛亥革命准备时期揭示单一政治主题的作品,以冷隽、率直、真诚、抒情、富有哲理等多样的文学风格取代了前十几年间流行的由热情自信、历史使命感与牺牲精神凝聚而成的悲壮崇高的文学风格,他们的创作显示出明朗乐观的色彩,是一种洋溢着青春气息的美。

在痛苦选择中演进的近代文学是中国文学发展的重大转折点。它所表现的深刻历史价值和意义在于,它一方面是中国传统古典文学的承续与终结,另一方面又是中国文学走向现代的先声。作为历史"中介物"——过渡转折期的中国近代文学,其承先启后的作用是显而易见的,也正因为如此,它本身也就不可避免地呈现出特有的过渡性特征:

正如我们已充分意识到的,近代文学的发生、发展和演进,是全面危机与思想文化变革导致的自觉过程与必然产物。因此,近代中国社会政治、文化的复杂性和深刻矛盾也必然从各个侧面,以各种方式投射到文学之中。一个动荡而充满矛盾的时代,必然也会产生充满矛盾的文学。

从某种意义上说,任何一个时代与民族的文学,都是特定时代与民族的文化心理结构的审美显现。在中西文化撞击交汇日趋激烈的近代中国,作为文学实践与创作主体的近代知识分子,在其文化选择的心理价值取向上表现出了极为驳杂、矛盾的历史风貌。面对西方文化的严重挑战和中国传统文化在这一挑战面前的艰难处境,近代中国知识分子(作家)表现了三种具有明显差异的心理价值取向。他们或以板结的思维定式看待日益蓬勃发展的西学东渐浪潮,死死固守以夏变夷的僵死封闭的文化观念;或在承认中国技艺落后的同时,却充分肯定中国传统思想文化和礼乐教化的巨大优越性,在文化选择中恪守中体西用的原则;或彻底承认中国技艺不如人、政治制度不如人、文化与文学皆不如人,试图借助西方异质文化的冲击力量,荡涤传统文化的污泥浊水,建立适应民族生存与发展的新型文化。

上述多元并存的文化心理价值取向与近代中国政治、思想、文化的急剧变动,给近代文学的发展带来了前所未有的复杂性与矛盾性。这种复杂与矛盾不仅表现为新旧对立的两种文学形态、意识的并存与杂糅,以及近代文学思潮、流派的驳杂和思想、审美风貌的驳杂,而且也以各种形式直接或间接地表现在文学观念、主题、风格以及思想家、文学家的思想行为模式之中。

被誉为近代文学开山的龚自珍,他所深切感受到的"尽奄然而无有生气"的社会现实,使他产生了尖锐的社会批判思想和深重的危机忧患意识。但他提出的改革理想与方案,却充满着平庸、落后、陈旧的色彩。这种"伟人与庸人"式的思想双重混合的情况,同样也存在于后来的许多先进人物如梁启超、章太炎等人的思想与行为模式中,这是纷纭复杂、新旧交替的时代所形成的必然印痕。

近代文学观念的嬗变同样也存在着类似的复杂矛盾现象。一方面,随着中西文化的全面撞击与交汇,文学观念的更新与递进一直没有停止过。无论是关于文学的职能、范畴、本质、审美风格、艺术特性的认识与把握,还是在具体创作中显示出的实际风貌,都显现出递进式的进步趋势。另一方面,这种进步的本身又充满着无比的艰辛与痛苦,阐道翼教的文学功能认知,崇先法古的文学心理定式,杂文学体系的文学范畴理论,作为一种已经凝固化了的文化积淀,极大地限制着文学家,特别是封建正统知识分子的思想、眼界与文学实践。学唐、学宋、上溯两汉先秦的文学旗帜,与文学改良、文学革命的旗帜同时飘扬在近代中国文坛。对昨日封建帝国旧有秩序的留恋与对明日少年中国及新时代的向往,同时召唤着近代文学家的文魄诗魂。

因此,处在不断变更中的近代中国文学,是一种新旧杂糅的文学,是启蒙与蒙昧、革新与守旧、进步与落后、开放与封闭等多重意识、多重形式交织混合的文学。近代文学的发展过程,既是新的进步的文学萌发、生成、不断探索前进的过程,也是旧的正统文学延续、挣扎、逐渐萎缩收束的过程。

作为民族危机、文化冲突与阶级矛盾产物的近代中国文学,从它发生的那一刻起,时代便把它卷入了历史进程的中心旋涡。作为民族危机的产物,它必然而且必须承担崇高的历史使命与责任,必须为民族的生存而呐喊,为社会的变革而呼吁。作为文化冲突的结果,它必然表现出文学重心和文化意识的倾斜,必然在不同文化意识的冲突中确立自身的支点。作为阶级矛盾的产物,它必然会被绑在政治斗争的战车上,成为政治搏斗的工具,为各种政治利益服务。也许可以说,在此之前,任何一个时代的文学,都没能像近代文学那样,以如此之大的热情与自觉,从各个方面去参与时代的进程;也没能像近代文学那样,把文学的社会功利作用推崇扩展到如此之高且广阔的领域。

从鸦片战争时期开始,文学便开始从高高的殿堂步向了现实的土地。鸦片战争时期的许多作家、思想家以自己强烈的忧患感、使命感和政治热情,试图用文学参与社会的变革。他们视文学为"匡时济世、除弊御侮、经世致用"之工具。戊戌维新时期的改良派,在政治变革失败之后,把自己强烈的政治热情转移到了文学之中,为救亡与启蒙的政治目的去倡导文学运动。从诗界革命、文界革命到小说戏曲界革命,他们奔走呐喊。文学的社会功利性,被他们夸大到无以复加的地步。"彼美、英、德、法、奥、意、日本各国政界之日进,则政治小说为功最高焉"(梁启超《译印政治小说序》)。梁启超在他自己杜撰的文学救国神话中,甚至得出这种结论:"欲新一国之民,不可不先新一国之小说。故欲新道德必新小说,欲新宗教必新小说,欲新政治必新小说,欲新风俗必新小说,欲新学艺必新小说,乃至欲新人心、欲新人格必新小说……"(《论小说与群治之关系》)文学仿佛成了医治社会的灵丹妙药。这种不无缺陷的功利主义逻辑推论,对于抬高文学的地位,促进文学乃至社会文化的变革都起了一定的积极作用;但同时,这种极端功利主义的态度与观念,对文学自身审美品格的提高与发展留下了至今仍值得思索的遗憾。

在文学功利主义被无限夸大的同时,文学的审美特性被忽视了。尽管我们可以在近代文学发展过程中寻找到与功利主义观念相反的例证与现

16

象,如一度曾被唐宋古文运动打入冷宫,后在清代中叶又有所复苏的选派(骈文派)便表现出唯美主义的倾向。他们将经、史、子都排斥在文学之外而专取沉思翰藻之文,追求一种"体制和正,气息渊雅,不为激音,不为客气"的文境。但这种躲进"象牙之塔"中的吟唱,却与那急遽变革而动荡的时代显得极不和谐,只不过是中国传统文学中形式主义的回光返照而已,从根本上讲,缺乏近代审美的意蕴,更无超越传统的意向与力量。而真正具有近代意蕴的审美价值观念是王国维的思想与主张。在他身上,显示了从哲学层次把握并阐发文学审美品格的深刻性。他以西方现代哲学美学思想为参照,较为系统而又不无偏颇地阐明了文学艺术的审美特性及本质之所在。但这呼声很快被无声无息地淹没在文学功利主义的大潮之中。

对于时代的变革和动荡来讲,一方面它不可能给文学提供从容发展的文化氛围,另一方面它又需要文学参与社会并极大地发挥其作用。在民族生存危机、救亡与反帝、启蒙与反封建成为时代中心议题的近代中国,文学若去追求自身审美品格的完善而无视民族变革生存的需要,那么它势必会丧失其存在的价值和地位。近代中国社会特殊的文化氛围与全面危机的形势,决定了近代文学必须随时代的演进而不断调整自身的结构,以求与时代同步。这是文学自觉选择的结果。因此,文学功利主义的盛行有其存在的合理性与必然性。但是,从文学自身演变的规律看,它作为人类文化发展过程中形成的一种特殊存在和人类认识自身把握生活的一种审美方式,又有其相对的独立性和本体存在意义。如果文学失去了自身的审美品格,那么它的"熏"、"浸"、"刺"、"提"的力量也不可能充分发挥,同样失去其存在价值。因此,极端功利主义往往是以削弱甚至牺牲文学的审美品格为代价,这必然会导致文学发展的深刻缺陷甚至是危机。这个命题的二律背反,构成了近代中国文学发展的内在的不可解决的矛盾。从其各自的角度看,其各有存在的理由、自足性、合理性,但又隐含了不可克服的缺陷。这也是近代中国文学为什么一直没有产生在思想意蕴和艺术审美上都能称得上深刻宏大的艺术佳构的原因之一。但是,就服务于救亡与启蒙、反帝与反封建的进

步主导文学潮流而言,我们不能不承认,作为一个时代的文学,它且义不容
辞地肩负了历史的使命,正是在这一意义上讲,近代中国文学的文化—历史
价值远远超出其自身的纯文学价值。这是无可更改的历史事实。

中国近代文学八十年的发展历程,从其行进的节奏看,恰恰表现为两种
相互矛盾而又相互统一的演变节奏。一方面是其发展演变的曲折与漫长,
另一方面又显示出其变革的急遽性。

近代中国文学的发展始终面临着如何处理古今、中外矛盾的困扰,近代
文学家也始终处在理智与情感两难抉择的困境。中国文化与文学光辉灿烂
的历史,像一杯醇酒,令人回味与向往,历史文化的深层积淀也不可能完全
清除,建立在自给自足的生产方式上的小农封闭意识,仍然主宰着人们的思
想。而战争与竞争失败的现实,压倒一切的民族生存问题,又迫使人们不断
地以西方近代进步文化与文学为参照,对传统文化与文学进行深刻的检讨
与反思,以继承和发扬民族文化的精华,改造其不适应新的生存环境的消极
因素。近代中国的首要问题是救亡图存与重铸国民精神。如何将救亡与启
蒙所最需要的民族、民主精神加以艺术地显现与张扬;如何在这种显现与张
扬中克服旧有的文学传统与社会接受心理的外部压力,以及文学家情感结
构、思维定式的内部压力;如何在传统的杂文学体系,以诗文为文学正宗、以
文言为主要表述方式的基础之上构建新的情感型文学的框架、新的文学范
畴论、新的表现方式与文学语言。任务的艰巨性决定了近代文学变革将充
满着艰难与曲折。

但近代中国文学的变革在时代变革的推动下又充分显示出急遽性的特
点。在近代中国的历史进程中,时代风驰电掣般地向前推进,政治、思想、文
化变革的潮头后浪盖过前浪。时代每跃进一步,文学都表现出对自身的超
越。历史推进的快节奏,带来了文学发展的快节奏,文学没有从容的心境与
时间去完善自我,它自身形态的建设与审美品格的自觉都处在一种速成早
熟的状态。同时,急遽而跳跃的时代节奏,不断把新的代表先进思想的文学
家推到浪尖,并不断把落伍者抛到背后。文学家要么紧跟时代而不断超越

旧我,要么被时代所遗弃。梁启超的"不惜以今日之我难昔日之我"之类的话,很能概括出许多不甘落后的文学家无可奈何的心境。

近代文学变革的艰巨性、曲折性与急遽性的矛盾,决定了这种变革进行得不彻底。但是,它却为后来者开启了道路,为陷入生存、转化困境的中国文学选择了新的历史出路——走向现代化之路。这预示了一个更为全面而深刻的文学革命时代的到来。

近代文学与现代文学的连接

如果说,中国近代文学是中国文学走向现代化的发轫、准备与起步,那么现代文学革命则是中国文学走向现代化的高潮和飞跃。现代文学革命是在近代文学变革基础之上的更深入全面的发展。现代文学继承、延续了近代文学思想、文学的成果,从而开辟了一个思想与文学的新时代。这种延续性之最突出的表现有二:一是近代文学所开创的启蒙与救亡的文学主题思想在现代文学那里得到了进一步的发展与深化;二是近代文学所提出的"言文一致"的理想(它在实践中仍然呈现为文言与白话的二元对立),到了现代文学那里终于成为现实,中国文学从此以白话为文学之正宗。当然,现代文学并不完全是"照着"近代文学的指标而行,而是"接着"近代文学而有更大的发展,从而真正开启了中国文学的现代格局。这也就意味着,现代文学与近代文学的接力关系,是既有承继性的"延续",更有超越性的"变异"。就其超越性的变异而言,有以下几方面的表现:

首先,五四新青年在近代器物革命、政治革命之后,选择伦理革命为思想解放新的逻辑起点。现代文学革命从酝酿发动之时起,便开始对数十年的日趋激烈的中西文化冲突进行了深刻反省与总结。这种反省,坚定了他们的文化选择与心理价值取向。正如陈独秀所明确认识到的,西方文化与中国传统固有之文化是根本不相容的,而它们之间每冲突一次,都促使国人觉悟一步,由学术而政治、由政治而伦理,因此,"吾敢断言,伦理的觉悟,为吾人最后觉悟之最后觉悟"(陈独秀《吾人最后之觉悟》)。这样就把近代以来兴起的思想文化革命推向了文化心理结构的深层内核。

其次,现代文学革命把思想革命、文化革命的重心由国民转向个体。近代文化与文学的变更,以新民救国、国民意识的重铸为基本出发点,他们没有也不可能充分意识到中国传统文化中那种群体与个体的冲突,以及这种冲突必然会因为中西文化冲突交汇而变得日趋激烈、难以调和。而现代文学革命在其起步之时,便把重心转移到个体意识的确立与人的本体存在这一问题上,因而比他们的前辈显示了巨大深刻性。鲁迅从"立业"到"立人"的转变所体现的和他在《摩罗诗力说》、《文化偏至论》中所呼唤的,正是"独立自由人道"与"掊物质而张灵明,任个人而排众数"的个体精神。这不仅是文化的变革,也是哲学意识的变革。这种具有强烈自我意识的"立人精神",至五四时期,终于演化为对"人的文学"的礼赞和对传统(包括近代)非人文学的彻底批判否定。五四新文学中张扬自我价值、人生价值和表现这种价值被压抑、摧残后的悲哀与反抗的作品,构成五四新文学最光彩炫目的风景。

其三,伦理革命与个性解放,带来了文学的自觉与人的自觉。现代文学革命在实现文化意识、哲学意识重心转移的同时,也唤起了一个文学自觉与人的自觉的时代。这不仅表现在创作思想和主题的深化上,同时也表现在艺术风格的多样、审美意识的强化以及文学实践的自觉与坚决上。因此现代文学革命的文学形式与语言变革的成功,实际上是文学自觉与人的自觉导致的必然结果。从这一意义上讲,现代文学革命的思想革命实绩与文学革命实绩(包括语言形式的革命)是统一的,不可分割的。

换言之,现代文学之所以能够在近代文学之上更进一步,则不仅因为近代文学给予现代文学正面的启示,也因为它提供了负面的警示,从而促动现代文学彻底放弃"改良"而断然走向"革命"。即以诗歌为例,正是近代诗歌学古难比古(如宋体诗派、选体诗派)、求新难言新(如旨在改良旧诗的"诗界革命"、试图取法"唐音"来革除"宋体诗"积习的南社诗人)的"负面"教训,深深地启发了现代诗人:不仅从旧诗格套中再难变出好诗,而且从"掊扯新名词"、"以旧风格含新意境"的"诗界革命"中也难以产生真正的新诗,因此,中国诗歌必须进行整体性的革命——从语言形式到内在精神都必须"革命",修修补补的"改良"是不可能开创中国诗歌的新纪元的。这个彻底的"革命"就完成于现代诗人之手,而他们之所以能有此"革命"的觉悟,正缘于近代诗歌因不彻底的"改良"半途而废的历史教训。

　　的确,在经过近代文学复杂矛盾、艰难痛苦的选择过程之后,接之而来的现代文学革命显示了中国文学向更高层次飞跃的自我调节、自我扬弃的能力,一个真正现代性的文学形态终于在五四文学革命之后迅速确立了。而我们必须注意到的是,近代文学的历史经验和历史教训,正是促使现代文学革命者获得"最后之觉悟"、从而迅速走向成功的历史前提。

上
编

第一章　嘉道之际慷慨论天下事文学精神的形成

第一节　清代学风士风的重大转折

　　嘉庆、道光之际,中国正处在鸦片战争的前夜,处在一个山雨欲来、风云骤集的年代。此时,清政府统治已由强盛的巅峰走向低谷,东方帝国天朝盛世的釉彩虽未剥落殆尽,但其王霸之气已荡然无存,衰败之象处处可见。在17世纪末至19世纪中叶的百余年内,资源、生产力水平与人口比例的矛盾加剧,流民无以为业,士人仕途拥挤,成为国内政治不安定的重要根源;由于承平日久,官场腐败之风愈演愈烈,政府权力机能减弱,令不行而禁不止,贪污成风,威信下降;直接关系到国计民生的重大问题,如漕运、盐法、河工三大政,举步维艰,弊端重重;西北、西南边疆地区,外扰不已,东南沿海鸦片贸易剧增,白莲教与南方秘密会社起事频繁,屡禁不止。各种社会危机重重叠叠,纷至沓来,如同地火在奔涌汇聚,蓄势待发。

　　即使没有后来外敌入侵所引发的鸦片战争,清王朝所面临的诸种危机,也必然会诱发巨大的社会动荡。其中消息,最先为这一时期具有敏感触角和强烈社会责任感的知识群体所窥破。作为先觉者,他们充分意识到自身在由盛转衰历史变局中的地位和作用,匡济天下与挽狂澜于既倒的救世热情,施展才华抱负和治平理想的巨大冲动,使他们不愿放弃眼前可遇而不可求的历史契机。他们一方面像惊秋之落叶,以耸听危言向全社会预告危机;另一方面,则上下求索,寻求补救弥缝之良方,希望以清议的方式,影响政府决策与社会视听,以朝野一致的觉悟和努力,清除危机,消弭动荡,维护人间秩序长治久安。

社会危机与士阶层的救世热忱,促使经世致用思潮在嘉道之际再度兴起。活跃在嘉道之际的知识群体,如龚自珍、魏源、林则徐、陶澍、贺长龄、黄爵滋、包世臣、姚莹、方东树、沈垚、潘德舆、鲁一同、徐继畬等人,是领一代风骚的文化名流。他们虽然社会地位不同,生活道路不同,治学旨趣不同,但面对危局,共同表现出对汉宋之学空疏烦琐、士林风气萎靡不振的强烈不满,急切呼吁学风、士风由高蹈世外埋头经籍向立足现世通经致用方向转换,并努力寻求与陶铸一种有裨于国计民生和伦常日用的学术路径与学术精神。这种学术路径与学术精神,龚自珍概括为"是道也,是学也,是治也,则一而已矣"(《乙丙之际箸议第六》),"学与治之术不分"(《对策》);魏源称之为"贯经术、故事、文章于一"(《两汉经师今古文家法考叙》)。这些概括蕴含着明确的"一代之治,即一代之学",治与学统一的价值取向,要求学术立足于天下之治,立足于现实问题的研究和解决。士人本身,不是高头讲章与琐碎饾饤的生产者,不是"毕生治经,无一言益己,无一事可验诸治"(魏源《学篇九》)的书蠹,而应是天下之治的实践者。

学、治一致的学术路径与学术精神,得到嘉道之际知识群体的普遍认同,从而成为超越各流派门户畛域的学术选择。对新的学术精神的认同和以救世自救为基本出发点的奔走呼号,促使嘉道之际新的士林风尚形成。嘉道之际的士林风尚具有以下特征:

——士人社会参与意识和主宰精神的确立与恢复。动荡不安、危机四伏的年代,正是封建士人阶层多梦的季节。平常时期,他们苦于等级森严,尊卑有定,文网恢恢,缺乏自我表现的机会;而非常时期,则以为可以跨越等级,破除旧例,大显身手,一展雄才大略。强烈的危机感和责任心,希冀创造由衰转盛奇迹的热情与梦想,激动着一代士人之心,他们渴望获得社会参与和贡献智慧才能的机会;并开始充满自信地重新评估自身存在的价值和所应承担的社会角色。"以布衣遨游公卿间"的包世臣以为:"士者,事也,士无专事,凡民事皆士事也。"(《赵平湖政书五篇叙》)姚莹更是不无自负地说:"稼问农,蔬问圃,天下艰难,宜问天下之士。"(《复管异之书》)其间所表现的不仅是一种以天下为己任的抱负,且充满着天下艰难、舍我其谁的社会主体意识和拯道济溺的英雄气概。

——士林中实际参与和躬行实践风气的形成。千疮百孔的社会现实和学、治一致的学术指向,使嘉道之际知识群体不满足于坐而论道,他们更崇尚实际参与和躬行实践的精神,留意于与国计民生、伦常日用密切相关问题的研究与探求。嘉道之际知识群体的社会参与活动,并不仅仅局限于清谈议政,而是自觉地致力于当世急务的研究与实践。包世臣留心于"经济之学",闻名遐迩,"东南大吏,每遇兵、荒、河、漕、盐诸巨政,无不屈节咨询,世臣亦慷慨言之"(《清史稿·包世臣传》)。龚自珍在引《公羊》义讥切时政、诋排专制的同时,又留心于天地东西南北之学。魏源编辑的《皇朝经世文编》,使得"凡讲求经济者,无不奉此书为矩矱"(俞樾《皇朝经世文续编序》)。精于边疆史地者如张穆、徐松、沈垚等人在对边疆历史、地理的考察中,对经济开发与防务提出建策,以备当事者择取。管同、方东树等宋学信仰者,在高扬性理主义旗帜的同时,于"礼、乐、兵、刑、河、漕、水利、钱、谷、关市大经大法皆尝究心"(方宗诚《仪卫先生行状》)。正如李兆洛所言,嘉道士人"怀未然之虑,忧末流之弊,深究古今治乱得失,以推之时务,要于致用"(李兆洛《蔬园诗序》)。这种重视实际参与和躬行实践的精神,构成了嘉道士林风尚的显著特征。

——士林中问学议政、声气联络之风盛行。嘉道之际士风的复苏与高涨,促使有志之士走出书斋,广结盟友。他们聚谈燕宴,问学议政,使管同、龚自珍著文批评过的"今则聚徒结社者,渺焉无闻"(管同《拟言风俗书》),

"今上都通显之聚,未尝道政事、谈文艺"(龚自珍《明良论一》)的局面大大改观,士林之中,朝廷学校之间,不再是昔日"安且静也"的处所。这种志士间的交往,是一种声气之求,它超越了学术宗派之间的门户之见,而以诵史鉴、考掌故、慷慨论天下事作为共同的思想基础。他们互相推重,砥行砺节,以培植元气、有用于世相瞩望,又以学问议政、道德文章相切磨,并具有培植共同政见的意义。

士林中问学议政、声气联络之风的盛行,是士人由噤若寒蝉走向意气风发的重要标志。嘉道士人"力挽颓波、勉成砥柱"的风尚,造就培养着士人傲俗放言的做派,而嘉道士林的人物品藻,又将傲俗放言与慷慨任事者推为上品。

嘉道之际风云际会和士林风尚的更新,为活跃在这一时期的知识群体带来了新的精神气象。他们由埋首经籍、读书养气转向"恒相与指天画地,规天下大计"(梁启超《清代学术概论》),由谋稻粱而著书、视议政为畏途,一变而为"举凡宇宙之治乱,民生之利病,学术之兴衰,风尚之淳漓,补救弥缝,为术具设"(范麟《读〈安吴四种〉书后》),显示出旺盛的生命活力与刚健之气。在经世实学思潮崛起,知识阶层政治参与和社会主体意识不断加强的文化氛围中生成的嘉道之际文学,显示出独异的风貌和耀眼的光彩。

第二节 嘉道文学精神与创作主题

漫步在嘉道之际的文苑诗海之中,扑面而来的是一代士人无比浓烈的救世热情,铺天盖地的忧患意识,鞭辟入里的社会批判,炽热旺盛的政治参与精神,以古方出新意的变革呼唤,起衰世而入盛世的补天情结。当然,也有先觉者独清独醒的孤独,前行者"无人会、登临意"的惆怅,以及不见用于世的种种痛苦与自我慰藉。这是一个斑斓多彩的情感世界。它以一代士人富有生命力的精神气象与审美情趣作为支撑依托,显示出独异的风韵和色彩。文学像一只被政治参与热情与人生自信同时鼓荡起的方舟,责无旁贷地负载起嘉道士人救世与自救的双重期待。

一、言关天下与自作主宰的文学精神

动荡的时代和士风的高涨,使嘉道之际知识群体在构筑人生理想和思考自我存在价值过程中,存在着某种心理倾斜,他们并不安于在纵恣诗酒、白头苦吟中打发一生。这个时期的诗文作品十分推重两个历史人物,一是汉代盛世而出危言的贾谊,一是南宋衰世而倡王霸的陈亮。他们议论风生、言关天下社稷、为帝王之师的潇洒风采,令人神往,而无形中被奉为追寻效仿的楷模。在嘉道士人对传统的立德、立功、立言三不朽之说的认同中,其对立功的渴望,远远超出立言、立德。他们以"国士"而不以"诗人"自期,以为"儒者当建树功德,而文士卑不足为"。在这种文化氛围与士人心态中陶铸与造就的嘉道文学精神,在总体上表现为社会参与意识的强化和自作主宰意识的扩张。

龚自珍早年所写的《京师乐籍说》,是一篇耐人寻味的文章。文章通过对京师及通都大邑必有乐籍这一社会现象的分析,揭露了霸天下者控驭士人的心机。霸天下者于士有种种钳制之术,乐籍制度的设立,便是钳塞天下游士心志的手段。乐籍制度,于清朝中叶已经废除。龚自珍在此文中大力挞伐之,实为"项庄舞剑,意在沛公"之举。乐籍如此,学术研究中或专注于训诂校勘、辑佚辨伪,或空谈义理、高蹈世外,文学创作中寄情于山水,玩味于声韵,同样是士人以琐耗奇、消磨心志的方式。《京师乐籍说》所体现的内在意义,并不仅仅是对霸天下者心机的揭露,它还包蕴着对学风、士风转换的渴望及对新的文学风气、文学精神的追寻,这便是留心古今,参与国事,议论军国,臧否政治。

社会参与激情与言关天下社稷的精神,合成了嘉道之际一代士人的文学期待视野。这一点仅从他们对诗文表现题材的分类与价值评判中即可窥知。管同在《送李海骢为永州府知府序》中将古文辞分为文士之文与圣贤之文,"穷而后工"、"得乎山川之助者"为文士之文,"穷则见诸文也,而达则见诸政也"为圣贤之文,主张以全力为圣贤之文,而以余力为文士之文。梅曾亮在《送陈作甫叙》中以为,文有世禄之文与豪杰之文,"模山记水,叙述情事,言应尔雅"者为世禄之文,"开张王霸,指陈要最"者为豪杰之文,而推豪杰之文为尊,世禄之文为卑。张际亮《答潘彦辅书》把汉以下诗分为志士之诗、学人之诗、才人之诗,力倡"思乾坤之变,知古今之宜","其幽忧隐忍,慷慨俯仰,发为咏歌"的志士之诗。对隐含着注目人间、拯时救世价值取向的圣贤之文、豪杰之文、志士之诗的推重,反映出嘉道士人文学宗尚与审美情趣向社会功利方向的归依。经术、治术文章合一,立言而为帝王百姓之师,这种人生目标,对大多数文人墨客来讲,比吟咏性情、描摹风月更具有令人神往的魔力。嘉道士人把诗文创作视为畅抒理想、倡言建策、慷慨论天下事的利器和排遣社会参与冲动的重要方式。他们在不能出将入相、亲挽狂澜的情况下,企求在议论时政、抒写感慨、作人间清议、写书生忧患中,获取自我价值实现的满足。龚自珍"安得上言依汉制,诗成侍史佐评论"(《夜直》),"我论文章恕中晚,略工感慨是名家"(《歌筵有乞书扇者》),张际亮"著书恸哭敢忧时"(《沔阳郭外守风阻涨,慨然口号》),汤鹏"非争墨客词流技"、"微词褒贬挟风雷"(《后慷慨篇》)的诗句,都不啻为一种自励、一种号召,包蕴着旺健的入世精神。

在推尚志士之诗、圣贤豪杰之文的同时,嘉道士人还有意提倡与培植一种自作主宰的创造意识。

自作主宰的创造意识,首先表现为作家对于自身在文学创作过程中独立地位的确认。文学活动,是一种独立的创造性的精神活动,它凝聚着作家自身对外部世界的感受、理解、判断,龚自珍称之为"心力"。"心无力者,谓之庸人"(《壬癸之际胎观第四》)。心无力者,不足以立世,不足以言创造。而不才者治世,则以摧残士人心力为要领,"戕其能忧心、能愤心、能思虑心、能作为心、能有廉耻心、能无渣滓心"(《乙丙之际箸议第九》),致使天下才衰。欲起衰救弊,治世者当改弦更张,而被戕者,当振奋"心力",以充满自信的姿态,担当起社会、历史及文学创作的责任。龚自珍在用于自励的《文体箴》中写道:"虽天地之久定位,亦心审而后许其然。苟心察而弗许,我安能领彼久定之云?"尊尚"心审"、"心察",鄙夷人云亦云,正是一种心力强健、充满自信的表现,它蕴含着尊重个人意志、个人感受、个人情感,尊重心灵自由、独立思考和自我理性判断的思想呼唤,心力强健和个人自信心的建立,是进行思想与文学创作的重要前提。

文学创作的主要任务,是展示人们的情感世界。如何看待与表现作者的自在情感,是与崇尚心力紧密关联的问题。与其意气风发不可一世之气概相一致,嘉道士人主张诗文写作应言必己出,直抒胸臆,袒露性情,表现真我。梅曾亮在《黄香铁诗序》中以为"物之可好于天下者,莫如真也"。姚莹认为清代诗坛,大都剪彩为花,范土为人,缺少天趣天籁。而龚自珍的"宥情"、"尊情"之说,更是神采飞扬,脍炙人口。《长短言自序》理直气壮地宣称"尊情":"情之为物也,亦尝有意乎锄之矣;锄之不能,而反宥之;宥之不已,而反尊之。"情之为尊,在于它以无住无寄、变幻莫测的形态参与着文学准备、文学创作和文学接受的全过程,它既是文学创作者的内在凭借,又是文学接受者的感应媒介。当作者调动艺术表现手段,将蓄积已久、不吐不快的情感诉诸文字、发为声音时,作者郁积之情得以畅释、转移,而文学创作亦得以完成。当凝聚着作者情感的文字作品叩击着读者心灵时,遂使读者沉浸在妙不可言的艺术享受中。正因为"情"有如此重要的作用,故而宥之尊之。

尊情之外,真与伪,也是嘉道士人使用频率极高的批评词汇。真者,得天趣天籁,读其作,知其人、其世,知其心迹;伪者,揖首于古人与成法,饰其外,伤其内,害其神,蔽其真。真者,是心力强健、蕴藉深厚、充满自信的表现;而伪者,是泯灭本真、摧毁性灵、丧失自信心的结果。嘉道士人之崇真黜伪,意在恃崇真而一无遮拦地泄发幽苦怨愤、忠义慷慨之气,借黜伪而讨伐扫荡拟古复古之俗学浮声。崇真黜伪促使他们将目光超越纵横交错的流派门户间的庭阶畛域,而理直气壮地树立起"率性任情"的创作旗帜。姚莹自称:"生平不为无实之言,称心而出,义尽则止。何者周秦,何者建安,何者唐

宋,放效俱黜。"(《复方彦闻书》)龚自珍为汤鹏诗集作序,以"诗与人为一"、
"其面目也完"(《书汤海秋诗集后》)为诗的最高境界,都表现出一种独立不
倚、自作主宰的气度和风范,传达出一代士人不甘与世浮沉的创造激情和创
新渴望。

"留心古今而好议论"的社会参与意识与率性任情、自作主宰的创造激
情,构成了嘉道之际的文学精神。嘉道文学精神以一代士人建功立业、创造
由衰转盛奇迹的人生理想与睥睨四海、意气风发的宏大气象为依托,在盛衰
交替的历史瞬间,闪耀着夺目的光彩。龚自珍在《送徐铁孙序》中以赞美诗
般的语言,抒写了他对新的文学精神的憧憬与向往。

不屑为屩弱纤细、平庸世俗之声,取原于经史子集,证之以并世见闻、当
代故实,磅礴浩汹,放言无忌,以受天下之瑰丽,而泄天下之拗怒,这不正是
一代士人孜孜以求的文学精神的形象化写照吗? 道济天下的志向,敞开通
达的心灵,使嘉道之际士人充满着蓬勃朝气。他们奔走海内,联络声气,广
结同志,或形交,或神契,不论师承、出身、地域,以砥砺志节相标榜,以道义
文章相吸引。尽管其艺术造诣有别,审美情趣不同,而彼此间以诚相见,互
相推重,互相勖勉,共同促进嘉道之际文学冲破封建专制的重重禁忌,终使
嘉道士人从拟古复古的泥淖迷雾中走出,而直面社会现实与人生。

二、惊秋救弊与忧民自怜的文学主题

与清代初期清淳雅正的文学风貌相比,嘉道文学所显示的最鲜明、最基
本的总体特征是议论军国、臧否政治、慷慨论天下事。这一总体特征在惊秋
救弊、忧民自怜两大文学主题中得到展示。

当嘉道士人渐次恢复了"留心古今而好议论"的元气,将审视与批判的
目光投向社会现实的各个层面时,清王朝经济、政治、军事、外交的现状,使
他们痛心疾首,忧心忡忡。学风士风转换与文学精神确认所带来的激动与
兴奋,在严峻的现实危机面前,顿时化作阵阵忧愤悲慨之雾,弥漫于纸上笔
端。他们以惊心动魄、耸人听闻的盛世危言,穷形尽相、痛快淋漓的衰世披
露,为封建末世留下有形的存照,为天朝上国撞响夕阳西下的警钟。这类旨

在撩开天朝盛世帷幕,以振聋发聩的社会批判,富有形象性与感情色彩的文字,向全社会预告危机并谋求解救方策的作品,其主题可称之为惊秋救弊。惊秋救弊主要表现了鸦片战争前夕一代士人的敏感心灵与思想锋芒。它的存在,使嘉道之际文学具有自身的不可复制性。

清王朝曾有过国力强盛的历史。19世纪初,这一雄踞东方的天朝帝国,开始走向江河日下的颓败之境。危机如同凛然秋气,逼近社会的各个角落。当统治者尚沉醉于文治武功的辉煌业绩中时,留心古今的知识群体,已从历史的纵向比较中,嗅到萧瑟秋气的逼近和山雨欲来的气息。漕运、盐务、河工,被清人通称为三大政。漕、盐、河三政均与国计民生有着密切的联系,在国家经济事务中,占据着重要的地位。但由于长期因循旧例,经营管理不善,三大政至嘉道之际弊端丛生,成为国家财政难以堵塞的三大漏卮。漕运包括征粮、运粮、入仓等多项环节,每一环节都有官吏营私舞弊,巧取豪夺,中饱私囊,最终导致粮价飞涨,使运抵京师的漕米为当地价格的十数倍。盐务如同漕运一样,由于盐官与盐商相互勾结,盐官得盐商之贿赂,给予盐商以种种方便,盐商一方面哄抬盐价,一方面逃避缴税,使生产者、消费者利益受损,而国库盐税收入大减。至于黄河治理,更是困扰清政府的大事。由于黄河常年失修,河底淤泥日高,嘉道之际数十年间,河堤几乎年年溃决。政府每年拨巨款治河,但多被官吏贪污挥霍。薛福成《庸庵笔记》追记道光年间南河总督衙门滥用治河经费及其奢侈之举道:“每岁经费银数百万两,实用之工程者,十不及一。其余以供文武员弁之挥霍,大小衙门之酬应,过客游士之余润。凡饮食、衣服、车马、玩好之类,莫不斗奇竞巧,务极奢侈。”宴席而言,厨工常以数十猪之背肉,为豚脯一碗,余肉皆委之沟渠;又驱活鹅数十只奔走于热铁之上,取其掌食之,而全鹅皆弃。至于食驼峰、猴脑,以河鲤之鲜血作羹,无不取其精美,极尽奢华。宴席之外,车马、服饰、交游莫不挥金如土,“新点翰林,有携朝贵一纸书谒河帅者,河帅为之登高而呼,万金可立致。举人、拔贡有携京员一纸书谒库道者,千金可立致”。如此暴殄天物、挥霍钱财,国家虽岁縻巨币以治河,河何可言治!

与漕、盐、河弊政同为士人忧者是鸦片的泛滥。在鸦片贸易日益扩大，成为漕、盐、河之后国家财政的又一大漏卮的时候，魏源比较明清两代政事之得失，痛心而言："黄河无事，岁修数百万，有事塞决千百万。无一岁不虞河患，无一岁不筹河费，此前代所无也；夷烟蔓宇内，货币漏海外，漕齹以此日敝，官民以此日困，此前代所无也；士之穷而在下者，自科举则以声音诂训相高，达而在上者，翰林则以书艺工敏、部曹则以胥史案例为才，举天下人才尽出于无用之一途，此前代所无也。"（魏源《明代食兵二政录叙》）病漕、病齹、病河、病烟、病吏、病民，财物匮乏，人才出于无用之途，清王朝已是多病缠身，国事危如积卵，怎可再高枕无忧，讳疾忌医，作优游不急之言？

生计日蹙，漏卮不塞，天下多事，固然使人触目惊心；而官僚政治腐败，贪污渎职成风，奉职为官者，无有为进取气象，中央行政权威，处处受到挑战，诸种政府机制的无能和国家机器的腐朽现象，更令天下人失望。将明哲保身、不思作为、不求有功、但求无过的奉职心态与贪赃枉法、有罪不惩、有冤不伸、铺张粉饰、欺上罔下的官僚行为，归咎于高度集中而走向极端的封建专制制度，是一代士人的共识。

造成吏治腐败、政府官员无所作为的根源何在？龚自珍四篇《明良论》揭示了四个方面的原因：一是俸禄过低，志向为贫困所累；二是上以犬马役仆相待，志向磨灭殆尽；三是用人唯论资格，志向无所施用；四是权限芥微，束缚沉重，志向无从实行。姚莹著《通论》，痛斥"习委蛇之节，而忘震惊之功，仍贪冒之常，而昧通时之识"，"一闻异论，则摇手咋舌，以为多事"之士，是"坐视大厦之欹而不敢易其栋梁者"。士气摧荡至此，并非国家幸事。国家一旦有难，则普天之下，无有挺身而出、拯道济溺、备奇才智勇、抱非常之略者。龚自珍在《古史钩沉论一》中，以其特有的扑朔迷离、雄诡杂出的文字，揭示霸天下者摧残士气之用心："昔者霸天下之氏，称祖之庙，其力强，其志武，其聪明上，其财多，未尝不仇天下之士，去人之廉，以快号令，去人之耻，以嵩高其身；一人为刚，万夫为柔，以大便其有力强武。"一夫为刚，万夫为柔；一人号令，万众臣服，不允许有独立思考，不允许于号令之外有所作为,这正是封建政治走向僵化、走向极端专制的标志。霸天下者"大都积百年之力,以震荡摧锄天下之廉耻",而霸天下者一旦失却王霸之气,进入"其力弱,其志文,其聪明下,其财少"的困顿之境,则于何处可求有廉耻之心、凛然气节之臣? 霸天下者可谓是咎由自取。

嘉道士人在凭借理性的目光揭发社会弊端进行政治批判的同时,还以饱蘸情感的笔触,勾画出对这个没有黄钟大吕、没有勃勃生机之没落世界的估评与感受。"凭君且莫登高望,忽忽中原暮霭生"(龚自珍《杂诗》);"天地有沧桑,知几以为宝。不见秋风吹,群物已枯槁。万变亦寻常,消弭苦不早。撼撼无时终,耿耿向谁道"(汤鹏《秋怀九十一首》);"秋心如海复如潮,但有秋魂不可招"(龚自珍《秋心三首》);"秋气已西来,元蝉鸣未休。笑彼不知时,讵识中多忧"(潘德舆《寓感五十首》);纷纷纭纭的咏秋诗句,传达出一代士人对人间秋事降临的悲切。龚自珍写于1839年的《己亥六月重过扬州记》,就扬州繁华已去而人心不觉、承平依旧的景象,抒写了深沉的感慨。龚氏以四时更替为喻,以为初秋时节,人沉溺于暑威除却的惬意之中,而无睹于秋象,无闻于秋声,昏昏然不知悲寒将至,这正是人们承平日久,茫然不辨衰世之象的社会心理原因,也正是令识在机先的惊秋之士悲愤交集、惶惶不可终日之所在。《乙丙之际箸议第九》写道:"履霜之屩,寒于坚冰,未雨之鸟,戚于飘摇,疲痨之疾,殆于痈疽,将萎之华,惨于槁木。"以准确隽永的语言,表露出一代士人叶落知秋时节最难将息的忧愤心境。

在嘉道士人中,龚自珍善于以旁出泛涌的文思,雄诡杂出的语言,扑朔迷离的隐喻,表述他对形势时运的洞悉与评断。在《乙丙之际箸议第九》中,龚自珍将今文经学的"三世说",演绎为治世、衰世、乱世,而以人才的盛衰境遇,作为三世推移的标志。衰世介于治、乱之间,其外表类似治世,但有才者却因无以自存而纷纷生背异悖悍之心,此距乱世已不远矣。龚氏以瑰丽神秘著称的《尊隐》将一日分为三时,早时、午时,是清和之气会聚、宜君宜王的时节,而昏时则是"日之将夕,悲风骤至,人思灯烛,惨惨目光,吸饮暮气,与梦为邻"的时节。如果说,龚自珍以衰世和昏时暗喻他对社会时局的总体评价,其意象稍显晦涩朦胧的话,姚莹的"艰难之天下"说,则将一代士人的社会总体感受表述得直截了当。姚莹在《复管异之书》中,同样把天下分为三种类型,称之为"开创之天下"、"承平之天下"、"艰难之天下"。其论"艰难之天下"道:"及乎承平日久,生齿繁而地利不足养,文物盛而干盾不足威,地土广而民心不能靖,奸伪滋而法令不能胜,财用竭而府库不能供,势重于下,权轻于上,官畏其民,人失其业。当此之时,天下病矣,元气大亏,杂症并出,度非一方一药所能愈也。"其"艰难之天下"所列举的种种杂症,不正是清王朝嘉道之际所面临的重重危机吗?而"开创"、"承平"、"艰难"之说,又何尝不是治世、衰世、乱世与早时、午时、昏时喻义的直接破译!

"昏时"与"艰难之天下"的社会总体评价,无疑仍是依据盛衰、治乱、王霸的传统社会价值标准,在中国历史纵向坐标上进行的。在一个封闭得十分严密,而又缺乏近代大工业生产条件的农业国度,在帝国主义的大炮尚未惊醒东方帝国强盛之梦的鸦片战争前夕,摆脱昏时的梦魇,重睹宜君宜王之景象,由艰难之天下,重新步入开创之天下、承平之天下,似乎是无可选择、顺理成章的现实演进道路。一代知识群体危言耸听,筹谋策划,大都出于对封建盛世、仁政王道芳菲重现的渴望与坚信。这种渴望与坚信,给这一时期的文学蒙上了一层虚幻与乐观色彩。无数个补天情结,构成了梦幻的大网,使富有理性和现实深度的社会批判,在转向社会救弊改革方案的探寻时,突然变得充满浪漫气息。对兴衰治乱历史循环论的迷误,过分相信封建肌体的再生性与重建能力,再加上知识群体目光视野不出中土华夏范围及思想创造力的贫乏,他们在进行社会批判时虽然显得勇猛无畏,深刻有力,但在讨论变革途径时,却变得书生气十足,甚至迂腐浅薄。批判意识的深邃宽广与革新意识的平庸纤细,构成了一种极大的反差。这恐怕是光绪年间梁启超等维新志士"初读定庵文集,若受电然,稍进乃厌其浅薄"(梁启超《清代学术概论》)的重要原因。

这是一场散乱的、自发的、由补天情结所支配的救弊改革骚动。支撑着改革热情和自救信念的是对帝国盛世再现的憧憬与渴望。以"国士"、"医国手"自期的知识群体,无不希望通过对旧有政体和思想文化体制的自我完善与调节来消除危机,应付世变。他们根据最深切的自我感受,在传统思想文化的武库中,寻求着救世的灵丹。文人的天真和浪漫气质,恰恰在这充满空想与梦幻色彩的寻求中得到充分体现。他们或希望通过读经、注经,把经籍中的普遍原则贯彻到社会治理中去的办法来振兴政治、文化;或鼓动重新高扬性理主义的旗帜,"兴起人之善气,遏抑人之淫心",从而改善道德、风俗;或主张培士气,重人才,简政放权,发挥士及师儒的辅政作用;或强调以农为本,解决好河、漕、盐诸政,缓和经济危机;甚至建议按宗法血缘关系分配土地,以缩小贫富差距。在连篇累牍的政论之文中,仁政得施,王道实行,帝王得道多助,臣者惟德是辅,弊绝风清,朝野声气相通,人尽其才,物尽其用,本固末盛,物阜财丰,成为众笔所重重描绘的理想世界。但这种盛世强国之梦,不久便彻底破灭。步入封建末世的东方帝国,已是老态龙钟,再也没有雄风重振的机会。

鸦片战争之前,封建帝国在封闭状态下的虚假繁荣与强盛,使清政府与全社会并没有真正清醒地认识到生存危机的存在。知识群体所表现的忧患意识与革新呼吁,常被视作杞人忧天;鸦片战争之后,中国被迫加入全球性的战争角逐与生存竞争中,封建王朝盛衰治乱的历史循环也因此趋于紊乱以至于中断,这就使一代知识群体所开具的种种"以古方出新意"的救国之方,失去施用之所。

不为世人理解的救世热情与变化中的社会现实,使一代志士深为叹息。鲁一同在《复潘四农书》中,曾以医者、病者作比,揭示了救世者与政府、社会之间的隔膜。病者于病情并不自知,却讳疾忌医;医者虽有救国奇方,却无法为病者所接受、所理解:"医者既苦于不信,病者又苦于不知,而病又不可久待,久待益深,益不信医。"病者、医者之间存在着一种由不信任而造成的紧张,使医者无从措手而病者愈趋沉重。作为医者之一,鲁一同和呼吁救弊改革的知识群体一样,一方面表现出救国救世、舍我其谁的自信;另一方面,又充满着不见用世的惆怅与无奈。自信使他认为:"虽世之病者,未必假藉一试,然善吾方,谨藏吾药,必有抄撮荟萃获效者。"无奈又使他承认:"天下事深远切至者,非吾辈所宜言。纵言之善,及身亲多龃龉,不易措手。"(鲁一同《通甫类稿》)魏源是以海运代漕运的积极主张者。在道光初年海运一度实行后,他曾兴奋地称赞此事是"事半而功倍,一劳而永逸,百全而无弊,人心风俗日益厚,吏治日益盛,国计日益裕,必由是也,无他术也"(魏源《海运全案跋》)。但随后他就发现,救弊之事并不如此简单和值得乐观。鸦片战争后两年,他在谈论黄河治理问题时,慨然叹道:"吁! 国家大利大害,当改者岂惟一河! 当改而不改者,亦岂惟一河!"(《筹河篇》)步入颓败之境的清帝国,杂症并出,牵一发而动全身,非一方一药所能奏效。从救世的自信走向救世的无奈,虽给一代士人带来失望的痛苦,但也带有几分历史发展的必然。满足于"药方只贩古时丹",已不足以应付世变,解救残局。

在嘉道之际文学中,与惊秋救弊表现主题构成掎角之势的是忧民自怜主题。同惊秋救弊主题类似,忧民自怜是一种组合性主题。其中,"忧民"重在表现一代士人哀民生之多艰、歌生民之病痛的恻隐之怀;"自怜"则重在抒写一代士人感士不遇的牢愁和对自我人格高洁、完满境界的内在追求。与惊秋救弊主题着眼于时代风云的追寻和现实课题的思索相比,忧民自怜主题表现出更多的对传统文学精神的承接;惊秋救弊主题表现了历史转型期文学独特的情感风貌,而忧民自怜主题则与中国文学生生不息的人道精神遥相呼应,两大主题之间有着互相渗透、交融的层面,它们在一代士人意气风发、以天下为己任的思想基础上构成了和谐统一。

民生民瘼,是邦国盛衰的显性标志,是"军国"、"政治"与"天下事"中的大宗。对民生民瘼寄予同情关注,以富有恻隐之心、合于讽喻之旨的笔触,揭示生民病痛,是中国文学的优秀传统,也是中国士人参与社会政治、实现兼济之志的重要方式。嘉道士人秉承议论军国、臧否政治、慷慨论天下事的文学精神,在揭露衰世之象、谋求绸缪之策的同时,对苍生忧乐、黎元困顿别具只眼,萦萦于怀。他们"慷慨论天下事"的诗文作品中,每每将世情民隐、百姓病痛形诸笔端。在不胜枚举的哀民生之多艰、歌生民之病痛的诗文中,蕴藏着嘉道士人忧时悯世的情怀和民胞物与的仁爱之心,同时,又表现出他们对传统的"补察时政、泄导人情"风人之旨的追寻。嘉道士人悲天悯人的情怀在推己及人的心理过程中,还常常转化为"自责"的意绪。同情、讽喻、自责,形成忧民主题的三大情结。

士阶层的自怜意绪,也是传统诗文中常见的表现主题。自怜主题既包蕴着士阶层对理想人生、理想人格的执着追求,又承载着其追求过程中自然伴随的种种失意与惆怅;自怜既具有士阶层对自我形象、自我行为的爱怜、赞美和心灵自慰的意义,同时也蕴藏着愤世嫉俗、斥奸刺邪的批判锋芒。自怜主题带有最为浓郁的自我色彩,是读者借以窥知创作主体心灵宇宙的重要窗口。在嘉道文学的自怜主题中,对谗谄蔽明、方正不容世象的感愤牢骚和对冰清玉洁、特立独行品格的自我期待,唤醒我们对古典文学长河中冰清玉洁、独清独醒高士形象的记忆;而惊于秋声、戚于飘摇的哀怨感伤与挽狂澜于既倒的执拗狂放,则又把我们拉回到山雨欲来、衰象层出的特定时代。这里,我们试图借用龚自珍的"剑气箫心"之说,概括嘉道文学中的自怜意绪。

在龚自珍的作品中,"剑"与"箫"是两个经常对举的词语。其《漫感》诗云:"一箫一剑平生意,负尽狂名十五年。"其《丑奴儿令》词云:"沉思十五年中事,才也纵横,泪也纵横,双负箫心与剑名。"可见龚自珍平生对一箫一剑、箫心剑名是何等的看重,何等的珍惜。"剑气箫心"首先表现为一种人格理想,这种人格理想充溢着敢忧敢愤、敢有作为、富贵不淫、贫贱不移的思想意志,它既有悱恻情思、眷眷爱心、"乐亦过人,哀亦过人"(《琴歌》)的一面,又有"大言不畏,细言不畏,浮言不畏,挟言不畏"(《平均篇》)、放言无忌、狂狷不羁的一面。敢爱敢恨,培植情根,即为箫心;敢作敢为,锋芒毕露,即为剑气。龚自珍《己亥杂诗》中"亦狂亦侠亦温文"的诗句,正是"剑气箫心"品格的注脚。"剑气箫心"又表现为经世抱负和不遇情怀。其《又忏心一首》诗云:"经济文章磨白昼,幽光狂慧复中宵。来何汹涌须挥剑,去尚缠绵可付箫。"经世的幽光,济民的狂想,汹涌而来,缠绵而去,来须挥剑者,为报国之雄心,去可付箫者,为不遇之哀怨。"剑气箫心"还是一种审美追求。龚自珍《湘月》词云:"怨去吹箫,狂来说剑,两样消魂味。"箫怨多感慨之词,似《骚》而近儒;剑狂多不平之语,似《庄》而近仙、侠。感慨之词,忆之缠绵;不平之语,触之峥嵘。

"剑气箫心"之说所涵括的独立不移的人格理想,不屈不挠的救世意志,亦狂亦怨的审美追求,可以用来概括嘉道士人自我设计、自我期待、自我完善过程中的种种追求。在学风士风转换的呼唤,新的文学精神的陶铸及惊秋救弊、忧国忧民的诗文创作中,我们都能感受到剑气箫心的回荡与搏动。盛衰交替的历史氛围,以天下为己任、拯衰救溺的承担精神与千疮百孔、积重难返的社会现实,造就了嘉道士人的精神气质。这种精神气质以一言蔽之,可称为剑气箫心。创造的渴望与艰难,拯衰的躁动与蹉跎,都被涵括在剑气箫心之中。嘉道士人引以为自豪者在此,后代继踵者奉为风范者亦在此。

在鸦片战争之后的中国近代历史中,嘉道之际一代士人所开创的学风、士风、文学精神被继承延续下来,甚至连他们托古改制的策略,歌哭无端的狂放,都被继承下来。一代士人剑气箫心的风采,在戊戌变法、辛亥革命时期新的一代志士仁人身上重现,成为一种宝贵的精神财富。而嘉道之际形成的议论军国、臧否政治、慷慨论天下事的文学主潮,则为中国近代文学做了一个气势不凡的开场白。

第二章　龚自珍

龚自珍是鸦片战争时期重要的思想家、学者和文学家。1839年辞官回家途中，龚自珍写下"一事平生无齮龁，但开风气不为师"（《己亥杂诗》）的诗句。次年，鸦片战争爆发。"但开风气"的龚自珍在鸦片战争爆发后的第二年英年早逝，但他的思想和诗文却在近代中国闪耀着光芒，并获得了巨大的嗣响。在风雨飘摇的衰世，龚自珍以愤激辛辣的诗文，慷慨论天下事，开一代新风。如果从嘉道之际的士人阶层中寻找一位最能代表这一时期自作主宰、神采飞扬、慷慨激昂、歌哭无端士林风尚的作家，则非龚自珍莫属。

第一节　生平与文学思想

龚自珍（1792—1841），字璱人，号定庵，又名巩祚，晚年又号羽琌山民，浙江仁和（今杭州）人。龚自珍出生在一个三代京官的书香世族。祖父龚禔身、父龚丽正均为进士出身，亦官亦学。母段驯，雅好文学，著有《绿华吟榭诗草》。外祖父段玉裁是清代杰出的语言文字学家。自珍年少时随父母诵读诗书，在母亲帐外读吴伟业、方舟、宋大樽之诗，并习作诗文。十二岁外祖父授以《说文解字》部目，在文字、目录、考据、校雠学等方面都有涉猎，间有治经史之作。嘉庆十五年(1810)首次顺天乡试后,随父母游学徽州、上海、京师各地,阅历与学问俱增,诗文也颇负盛名。《明良论》、《乙丙之际箸议》即写于这一时期。嘉庆二十三年(1818)中举人。次年,在京师从刘逢禄受《公羊春秋》,有"从君烧尽虫鱼学,甘作东京卖饼家"诗句,记述其学术路径向今、古文经兼容并蓄方向的转变。此后在京任内阁中书十余年,充国史馆校对官。道光九年(1829),第六次参加会试得中,殿试后赐同进士出身,仍留内阁中书任上,与京师文人雅集聚会更为频繁。道光十五年(1835),升任宗人府主事,后又改礼部主事。道光十九年(1839),叔父龚守正任礼部尚书,按清代引避条例,龚自珍辞官回乡,奔走杭州紫阳书院与丹阳云阳书院之间。道光二十一年八月十二日(1841年9月26日),病卒于云阳书院。

敏感率真,"以良史之忧忧天下",留心古今而好议论,构成了作为思想家的龚自珍。引公羊义讯切时政,热心西北舆地之学,深谙朝章国故、世情民隐,好佛学,构成了作为学者的龚自珍。哀乐过人,歌哭无端,"受天下之瑰丽,而泄天下之拗怒",构成了作为文学家和诗人的龚自珍。龚自珍生前有《定庵文集》(道光三年自刻本)行世,今人辑有《龚自珍全集》(中华书局1959年版)。

龚自珍的文学思想,以尊心、尊情、尊自然为三大基石,可合称之为"三尊说"。

"尊心说"强调在文学创作中尊重作家的主体地位和思想力、判断力。在嘉道之际呼唤士风复苏的思想背景下,龚自珍崇尚心力,提倡心察。其《壬癸之际胎观第四》云:"心无力者,谓之庸人。报大仇,医大病,解大难,谋大事,学大道,皆以心之力。"士人的心力来自坚毅自信的品格。有心力才能有所担当,有所进取。士能担当,能自律,能有廉耻,能有气象,方能激扬清淑,以振厉天下,成就事业。其《文体箴》云:"虽天地之久定位,亦心审而后许其然。苟心察而弗许,我安能颔彼久定之云?"心审心察是一种独立思考、理性判断的能力和态度。乾坤宇宙,天地万物,经史子集,无一不需心审心察,独立思考,这也是清儒提倡的实事求是精神。人云亦云,陈陈相因,则与心审心察的态度格格不入。"尊心说"的提出,以嘉道之际士风复苏为底蕴。起衰救弊,振刷士气,当从恢复士人的自信心和判断力入手。"尊心说"真实反映出嘉道之际士人阶层自作主宰、激情四溢的精神风貌。"颓波难挽挽颓心",在"一人为刚,万夫为柔"的高压时代遭遇崩溃的时候,龚自珍等人热切呼唤士人能忧能愤、能思虑作为、能有廉耻无渣滓之心力的复苏,呼唤士人进取、担当精神和心审、心察思想力的复苏。"尊心说"作为文学主张,其倡导诗文之作,应看重心灵与思想之光,注重自我,张扬个性,以歌哭无端、剑气箫心的狂放,表达一代士人拯衰救弊之志和幽光狂慧之想。

"尊情说"强调情感在文学创作中的地位和作用。龚自珍《长短言自序》言:"情之为物也,亦尝有意乎锄之矣;锄之不能,而反宥之;宥之不已,而反尊之。"情何以为尊?"无住为尊,无寄为尊,无境而有境为尊,无指而有指为尊,无哀乐而有哀乐为尊。"情无住无寄、无境而有境、无指而有指、无哀乐而有哀乐的存在方式,使之为尊。情何以为畅?"畅于声音","先小咽之,乃小飞之,又大挫之,乃大飞之,始孤盘之,闷闷以柔之,空阔以纵游之,而极于哀,哀而极于瞀,则散矣毕矣"。情以声音作用于人,"闻是声也,忽然而起,非乐非怨,上九天,下九渊,将使巫求之,而卒不自喻其所以然"。情畅于声音,给人以如此美妙的享受,这是作者"宥之不已,而反尊之"的原因所在。作为诗人,龚自珍对诗文写作过程中情感的生成、酝酿、升华、艺术表现等环节,感觉十分细致,对文学以情感与审美的方式感动人、陶冶人的特性,亦深有体会。他宣告,在情感的世界里,"住也大矣","寄也将不出",体现出自作主宰的精神品格,同时也是其精神生活的一种写照。住寄于情感世界中的诗人,被奇想幽思所困扰,不招而来,挥之不去,哀乐忧患,纷纷扰扰。这种情绪情感纠结所带来的喜怒哀乐演绎而成的神思妙想,"不可告也,矧可疗也"(《写神思铭》),故而尊之。

"尊自然说"追求心力、情感在文学创作中的自然发挥、自由表达。在《与江居士笺》中,龚自珍以风喻心力情感,以水喻语言文字,以为:"外境迭至,如风吹水,万态皆有,皆成文章,水何容拒之哉!"又有诗云:"万事之波澜,文章天然好。"其《绩溪胡户部文集序》提出"毕所欲言而去"的论文标准,其《书汤海秋诗集后》称赞唐以来李、杜、韩、黄等大家之诗:"皆诗与人为一,人外无诗,诗外无人,其面目也完。""诗与人为一"之"完"与"毕所欲言而去",都推尚一种自由书写的写作境界。"尊自然说"在《病梅馆记》中表现得更为完整,更可触摸:文人画士认为"梅以曲为美,直则无姿;以欹为美,正则无景;梅以疏为美,密则无态",于是鬻梅者投其所好,"斫其正,养其旁条,删其密,夭其稚枝,锄其直,遏其生气,以求重价,而江浙之梅皆病";作者感伤之余,决心治疗病梅,其方法是"纵之,顺之,毁其盆,悉埋于地,解其棕缚",并设想广贮江浙之梅,以平生之力疗之。这是一篇带有深刻寓意的杂文。江浙之梅皆病的原因,是鬻梅者迎合了文人画士畸形美、病态美的标准,而使正、直、有生气之梅变成曲、欹、无生气的病梅。要疗救病梅,则须解除一切束缚,舒其根枝,顺其天性,让其自由自在地生长,成为具有自然美、健康美的新梅。疗梅如此,疗救其他一切被束缚、被损害、被摧残的东西,也应如此。

尊心、尊情、尊自然,构成了龚自珍文学思想的基本框架。"三尊说"的核心是自作主宰。在对自然与社会等重大问题的思考判断中提倡"尊心",尊重个人的思想力、判断力,唤醒士阶层的担当精神;在情欲纠缠、阴气沉沉而来袭心时提倡"尊情",感情为人类所独有,因而弥足珍贵,将感情酝酿升华,形诸文字,畅于声音,是最美妙而最让人陶醉的事情;在"形诸文字,畅于声音"的文学创作过程中,提倡"尊自然",解除束缚,信腕信口,文如其人,诗与人一。"三尊说"所体现出的自作主宰的精神气象,以嘉道之际士气高涨、士风复苏为底蕴,充满着对士人能力、意志、情感、创造力的渴望,它呼唤以作家为主体,在重视个人独特的思想判断、独特的内心体验的基础上,创造自然天成、自由书写的传统。

龚自珍的"三尊说",在鸦片战争前夕的思想界,闪耀着启蒙思想的光辉。"三尊说"与明末公安派"贵我尊己"的文学性灵论遥相呼应,其不拘规矩格套、崇尚心灵纯真、得自然之趣、成天籁之美的文学主张,在复古拟古、陈陈相因之风甚为浓厚的文坛,具有石破天惊、振聋发聩的作用。而其奇诡瑰丽、亦狂亦怨、"触之峥嵘,忆之缠绵"的诗文作品,更是让人耳目一新,感发奋起。

第二节 散文创作

龚自珍《又忏心一首》诗云:"佛言劫火遇皆销,何物千年怒若潮?经济文章磨白昼,幽光狂慧复中宵。来何汹涌须挥剑,去尚缠绵可付箫。心药心灵总心病,寓言决欲就灯烧。"借用这首诗来描述其散文创作十分恰当:"来何汹涌"之忧患与"去尚缠绵"之幽绪,构成了龚自珍散文创作的双翼。

龚自珍散文题材广泛。除了谈经说佛、金石舆地、序跋墓志之外,经济文章与幽光狂慧之作,大致可从社会批判、衰世预告、呼唤变革三个方面解读。

龚自珍散文中的社会批判,集中在学风、士风及封建专制制度等方面。1813年天理教突袭皇宫,嘉庆帝仓皇中亲自出战。天理教败后,嘉庆下罪己诏,惊呼此为"汉、唐、宋、明未有之事",并向社会征求批评救治之方。这一事变,是乾嘉盛世的转折点,也是嘉道之际学风、士风复苏的起始点。龚自珍的社会批判文章,如《乙丙之际箸议》十一篇、《壬癸之际胎观》九篇、《古史钩沉论》四篇、《明良论》四篇,大多写作在这一时期。

清代学术,学人之智慧集中在说经注经。龚自珍《古史钩沉论二》指出:当下士林为学之风,有三种失误,即"称为儒者流则喜,称为群流则愠,此失其情也。号为治经则道尊,号为学史则道诎,此失其名也。知孔氏之圣,而不知周公、史佚之圣,此失其祖也"。治经史者,又大多"不通乎当世之务,不知经、史施于今日之孰缓、孰亟、孰可行、孰不可行也"(《对策》)。这种学、治脱节,造成"道德不一,风教不同,王治不下究,民隐不上达,国有养士之赀,士无报国之日";学风的转换,应恢复"一代之治,即一代之学","是道也,是学也,是治也,则一而已矣"(《乙丙之际箸议第六》)的传统。

至于士风萎靡,龚自珍更是痛心疾首。其《明良论二》云:

> 士皆知有耻,则国家永无耻矣;士不知耻,为国之大耻。历览近代之士,自其敷奏之日,始进之年,而耻已存者寡矣!官益久,则气愈偷;望愈崇,则谄愈固;地益近,则媚亦益工。至身为三公,为六卿,非不崇高也,而其于古者大臣巍然岸然师傅自处之风,非但目未睹,耳未闻,梦寐亦未之及。臣节之盛,扫地尽矣。

士风萎靡至此,而造成这种现象的原因何在? 龚自珍把批判的锋芒直指封建专制制度和最高统治者。其《古史钩沉论一》云:

> 昔者霸天下之氏,称祖之庙,其力强,其志武,其聪明上,其财多,未尝不仇天下之士,去人之廉,以快号令,去人之耻,以嵩高其身;一人为刚,万夫为柔,以大便其有力强武。

王者对士人不仅以高压震荡摧锄,还有种种愚弄钳制之术。龚自珍早年所作《京师乐籍说》,通过京师及通都大邑必有乐籍这一社会现象的分析,揭露了霸天下者控驭士人的心机。霸天下者,不能无私,而"士也者,又四民之聪明喜论议者也。身心闲暇,饱暖无为,则留心古今而好论议。留心古今而好论议,则于祖宗之立法,人主之举动措置,一代之所以为号令者,俱大不便",因而霸天下者之于士,便有种种钳制之术。乐籍制度便是钳制天下游士之手段:

> 乐籍既棋布于京师,其中必有资质端丽,桀黠辨慧者出焉。目挑心招,捭阖以为术焉,则可以钳塞天下之游士。乌在其可以钳塞也? 曰:

使之耗其资财,则谋一身且不暇,无谋人国之心矣;使之耗其日力,则无暇日以谈二帝三王之书,又不读史而不知古今矣;使之缠绵歌泣于床第之间,耗其壮年之雄材伟略,则思乱之志息,而议论图度,上指天下画地之态益息矣;使之春晨秋夜为侥体词赋、游戏不急之言,以耗其才华,则论议军国、臧否政事之文章可以毋作矣。

乐籍制度于清朝中叶即已废除。作者以乐籍制度为靶向,指出学术研究、文学创作中种种以琐耗奇、消磨心志的方式,都是钳制士人的手段。士人不通古今,思乱志偃,议论图度,指天画地之态益息,论议军国、臧否政事之文不作,这是霸天下人之幸,却是天下士人的悲哀。

在鞭挞专制制度、呼唤学风士风转换的同时,龚自珍还以敏感的触觉,狷狂恢诡的语言,预告衰世的来临。他在《乙丙之际箸议第九》中,凭借以"良史之忧忧天下"的感知,借用今文经学"三世说",把社会形态分为治世、衰世、乱世三类,又以人才的升降遭际为判断标志,描述了衰世到来的景象和感受:"履霜之屦,寒于坚冰,未雨之鸟,戚于飘摇,痹痿之疾,殆于痈疽,将萎之华,惨于槁木。"在《尊隐》中,又将一日分为三时,分别为早时、午时和昏时。早时、午时,是清和之气汇聚,宜君宜王的时节,而昏时则是"日之将夕,悲风骤至,人思灯烛,惨惨目光,吸引暮气,与梦为邻"的时节。诗一般的语言中传达的是一颗敏感的心灵对封建王朝由盛转衰过程特有的观察与感受,细腻而精准。

面对危机四伏的社会,龚自珍呼唤改革:"一祖之法无不敝,千夫之议无不靡,与其赠来者以劲改革,孰若自改革?"(《乙丙之际箸议第七》)"自改革"是出于一种补天自救的愿望,是出于"自古及今,法无不改,势无不积,事例无不变迁,风气无不转移"(《上大学士书》)的判断。1826 年,魏源《皇朝经世文编》成书,收入龚自珍《乙丙之际箸议第六》、《平均篇》、《农宗》、《西域置行省议》、《蒙古象教志序》等文,其所体现的改革自救的方略,或倡言一代之治即一代之学;或主张平均贫富,避免小不相齐,渐至大不相齐,以至丧天下；或设想以家族宗法的形式调解土地分配；或关心蒙古地理学术，献控驭抚绥之策。龚自珍晚年引为得意，预言"五十年中言定验"的《西域置行省议》、《东南罢番舶议》，是其多年事天地东西南北之学的成果。前文以为应考虑内地无产之民迁徙西域、设置行省的战略计划，以二十年为期，强盛国运国基。后文对东南沿海番舶环伺、鸦片输入、白金外流甚为忧虑，而作罢番舶之议。龚自珍西域置行省议五十年间得以实现，而东南罢番舶议则无从落实。鸦片战争给中国带来的巨大变化，是《东南罢番舶议》的作者所无法想象的。中国在鸦片战争后被迫加入全球性的战争角逐与生存竞争中，其所面临的矛盾和问题，绝非学治一致、平均贫富一类方剂所能奏效。龚自珍"何敢自矜医国手，药方只贩古时丹"的自信，失去了凭借之所，便成为一种呢喃之语。批判精神的强大精彩和自救方案的纤细平庸，或许是梁启超《清代学术概论》中"初读《定庵文集》，若受电然，稍进乃厌其浅薄"论断的由来。

龚自珍散文的魅力，首先来自其思想穿透力和想象力。三代为官的家世和京师二十余年的仕宦经历，使他对清王朝千疮百孔、危机四伏的政权体制的种种弊端，洞若观火。与朝野上下士林名流的广泛交往，使他对王霸殊统和文质异尚，有着敏锐的感觉判断。嘉道之际士林中"天下艰难，宜问天下之士"社会参与意识的风行，赋予他留心古今而好论议的书生意气。方读百家，好杂家言，于今、古文经无所尊、无所废的治学态度，为他提供了出经入史、左右逢源的学术凭借。龚自珍散文的思想穿透力，来自清醒的现实感，而想象力来自把握与捕捉形象的学养与能力。

《明良论》四篇，是作者"讥切时政，诋排专制"的代表作品。《明良论》从社会最为敏感、最为关注的士大夫与朝廷的关系分析入手，揭示了两者之间四个方面的紧张。一是人主不以富贵养士，士求温饱与泰然无忧而不可得，无有忘其身家而与朝廷相与为谋者；二是人主遇大臣如遇犬马，不以礼劝节全耻，士不知有耻，为国之大耻；三是人主用人论资排辈，年老者尸位素餐，新进者无所作为，朝廷上下奄然而无生气；四是人主对百官行琐屑牵制之术,天下无巨细,一束之于不可破之例。作者笔下所描述的种种紧张,都能穷形尽相,切中老大帝国政权运行中的时弊,非熟悉官场情况、深刻观察、细心揣摩者所不能言。作者左萦右拂的剖析批判,无不以三代六经为准。此类政论文体,善于把握与捕捉形象。《明良论一》写士大夫为温饱而困,无所用心于君国时道:"今上都通显之聚,未尝道政事谈文艺也;外吏之宴游,未尝各陈设施谈利弊也;其言曰:地之腴瘠若何? 家具之赢不足若何? 车马敝而责券至,朋然以为忧,居平以贫故,失卿大夫体,甚者流为市井之行。崇文门以西,彰义门以东,一日不再食者甚众,安知其无一命再命之家也?"作者选取最典型的细节,寥寥数笔,勾画出京师士大夫的心态与做派。又善设喻说理,如言官场规矩呆板生硬,让人无所用其技之情形道:"人有疥癣之疾,则终日抑搔之,其疮痏,则日夜抚摩之,犹惧未艾,手欲勿动不可得,而乃卧之以独木,缚之以长绳,俾四肢不可以屈伸,则虽甚痒且甚痛,而亦冥心息虑以置之耳。何也? 无所措术故也。"(《明良论四》)束缚手脚的官场,让有作为的人,日渐麻木不仁。形象、设喻等文学表现手法的运用,使以"讥切时政,诋排专制"为主题的政论杂文,更富有可读性与感染力。

　　龚自珍描摹衰世、预告危机之作,更是旁出泛涌,意味深长。借助今文经学的"三世说",龚自珍建立了自己对社会现实评价的逻辑起点。以"不欲明言,不忍卒言"的艺术方式,描摹清王朝盛衰转换的种种迹象,传达叶落知秋、最难将息的复杂心态,是龚自珍散文的又一艺术贡献。士人的遭际命运如何,是龚自珍评价盛衰之世的重要风向标。我们可依靠这一风向标,来解读恍惚迷离的《尊隐》。《尊隐》将一日分为早、午、昏三时,早、午时是宜君宜王的时节,昏时是吸引暮气、与梦为邻的时节。山中之傲民、悴民,在昏时来到京师,京师不能接纳,且裂而磔之。豪杰遂与京师形成对立对峙。作者以铺张之笔写京师与山中之民此消彼长之势,谓"朝士寡助失亲,则山中之民,一啸百吟,一呻百问疾矣"。豪杰尽入山泽,非朝廷之幸事;京师与山中之民力量的此消彼长,正是一种衰世之象。龚自珍《壬癸之际胎观第六》云"大忧不正言,大患不正言,大恨不正言",不正言而托以廋词隐语,言尽而意向朦胧难辨,给人以充分的遐想空间。这也是作者晚年《己亥杂诗》中甚为得意,称"少年尊隐有高文"的原因所在。

龚自珍散文的魅力还来自"哀亦过人,乐亦过人"、"才也纵横,泪也纵横"的书生意气和自作主宰、特立独行的意志品质。龚自珍的哀乐与孤独是深重而悲凉的。这种孤独求道、百折不回的情怀,让作者的笔下始终保持着丰富敏感的触觉和坚韧不拔的意志力量。其《己亥六月重过扬州记》,充满着天人合一的通透与空灵感。作者从澄汰其繁缛淫蒸中,感知到自然时序之初秋;从嘉庆故态、承平气象中,感知到老大帝国之初秋;从"虽澹定,是夕魂摇摇不自持"中,感知到个体生命也进入"赋侧艳则老矣,甄综人物,搜辑文献,仍以自任,固未老也"的人生之初秋。作者在生命之秋仍壮心不已。其在《病梅馆记》中又设想:"安得使予多暇日,又多闲田,以广贮江宁、杭州、苏州之病梅,穷予生之光阴以疗梅也哉?"龚自珍散文作品中所表现出的哀乐过人、才泪纵横的书生意气,与自作主宰、特立独行的精神品格互为表里,具有吸引读者的特殊力量。

龚自珍散文中的书生意气,既代表着嘉道士人特有的意志品格和精神气象,又表现出独特的个性特征。"从来才大人,面目不专一",龚自珍散文根据思想内容表达的需要,变换不同的表达方式,形成不同的表现风格,显示着作者驾驭文体与文字的能力。同是早年的议论文字,《乙丙之际箸议》、《古史钩沉论》等文援古刺今,辞文旨远,篇义混茫,隐晦曲折;而《明良论》四篇则思路缜密,文气清妥,论题明确,旨意显豁。至于《尊隐》、《捕蜮第一》、《捕熊罴鸱鸮豺狼第二》、《捕狗蝇蚂蚁蚤蟹蚊虻第三》等寓言之作,则更能显现龚文俶诡连犿、旁涌泛出的特点。同是晚年的作品,《送钦差大臣侯官林公序》献三种决定义,三种旁义,三种答难义,一种归墟义,推心置腹,言真意切;而《己亥六月重过扬州记》、《病梅馆记》,则左萦右拂,寄意深远。龚自珍的讥切时政之文,口不择言,而学术批评之文,同样锋芒毕露。其《识某大令集尾》以七重心之说,层层剥笋式地揭露阳湖文派领军人物恽敬谤儒谤佛,以文学家自遁而优孟衣冠的虚伪,笔力千钧。

龚自珍的文字,有时惜墨如金,冷峻得出奇。如《杭大宗逸事状》,写好友杭世骏因主张朝廷用人泯满汉之分而得罪罢官,返乡后两次迎驾乾隆,两次受辱的过程:

> 乙酉岁,纯皇帝南巡,大宗迎驾,召见,问:汝何以为活?对曰:臣世骏开旧货摊。上曰:何谓开旧货摊?对曰:买破铜烂铁,陈于地卖之。上大笑;手书"买卖破铜烂铁"六大字赐之。
>
> 癸巳岁,纯皇帝南巡,大宗迎驾。名上,上顾左右曰:杭世骏尚未死么?大宗返舍,是夕卒。

文章用极简洁的文字,描述了"一人为刚,万夫为柔"的专制时代,一个秉笔直言书生的悲惨命运。冷峻的文字后面,是一种揭露和控诉。

龚自珍的文字,有时又纵横捭阖,铺张热烈。其《送徐铁孙序》描述了诗之本原、诗之境界。诗之原,广收而博取;诗之境,磅礴而浩汹。"受天下之瑰丽,而泄大卜之拗怒"之诗,是作者理想中诗之极致。其洋洋洒洒、激情四溢的文字,显示着龚文豪放跌宕、奇古博丽的另一种风采。

第三节 诗歌创作

龚自珍生前曾三次自编诗集。第一次是道光三年(1823)三十二岁时,共有诗四卷,但编而未刻,细目与篇数不详。第二次是道光七年(1827),编录道光元年以来诗,成《破戒草》、《破戒草之余》两集,共收一百八十四首。第三次是道光十八年(1838)四十七岁时,把1806—1838年的诗合编为二十七卷,篇数不详,也未刻印。上述诗作在龚自珍去世后,只有《破戒草》、《破戒草之余》与1839年刊刻的《己亥杂诗》三百一十五首完整流传下来,共有诗五百首。后经多方搜集整理,1959年中华书局刊出王佩诤校《龚自珍全集》,共收诗六百零三首,可分称之为编年诗与《己亥杂诗》。

龚自珍现存编年诗主要创作于1819—1827年,1830年之后的诗,大多是后人辑佚而成的吉光片羽,已难窥全豹。编年诗较为集中地记录了诗人京师生活时期的情感世界和心路历程。1819年,龚自珍第一次到京参加会试不中,从刘逢禄受《公羊春秋》。次年,捐职内阁中书,开始了在京城读书、写作、交友、仕宦的生活。编年诗的前三首分别为《吴山人文徵、沈书记锡东饯之虎丘》、《题吴南芗东方三大图》、《行路易》,三诗中"我有箫心吹不得,落花风里别江南","周情与孔思,执笔思忡忡","三寸舌,一枝笔,万言书,万人敌"等诗句,表露出初出茅庐的诗人的人生憧憬与理想。"剑气箫心"所代表的情感方式,"周情孔思"所蕴含的人间关怀,"万言书,万人敌"所概括的人生理想,构成了龚自珍编年诗的思想情感原点。

"万言书,万人敌"是龚自珍编年诗的第一个思想情感的原点。上万言书而献治平策,为帝王师;学万人敌而运筹帷幄,决胜千里之外,这是每个书生都有的入世理想。龚自珍1819年所作的《杂诗,己卯自春徂夏,在京师作,得十有四首》首篇云:"少小无端爱令名,也无学术误苍生。白云一笑懒如此,忽遇天风吹便行。"其十道:"荷叶黏天玉蝀桥,万重金碧影如潮。功成倘赐移家住,何必湖山理故箫?"在少年得志的诗人看来,天风、功成、声名,乃囊中探物,唾手可得之事。但随着科考不第,阅世日深,少年得志渐成失意,书生意气也变成牢骚。《逆旅题壁,次周伯恬原韵》云:"名场阅历莽无涯,心史纵横自一家。秋气不惊堂内燕,夕阳还恋路旁鸦。东邻嫠老难为妾,古木根深不似花。何日冥鸿纵迹遂,美人经卷葬年华。"该诗写在第二次会试落第自京师南返途中。诗人由科考失利,引发对死气沉沉、老气横秋社会的不满。秋气已至,堂燕不觉;夕阳西下,犹恋昏鸦。东邻美女,已经迟暮;古木根深,何处著花? 有志向才华的人,只有纵迹四野,在美人经卷中消耗年华了。《秋心三首》首章云:"秋心如海复如潮,但有秋魂不可招。漠漠郁金香在臂,亭亭古玉佩当腰。气寒西北何人剑? 声满东南几处箫。斗大明星烂无数,长天一月坠林梢。"该诗写在第五次会试失利,才华出众、学有所长的好友相继去世的 1826 年。秋气如海,秋魂难招。气寒西北,何人仗剑?声满东南,谁复听箫?星烂无数,月坠林梢。诗人既为"漠漠郁金香在臂"英年早逝的好友深感惋惜,也为"亭亭古玉佩当腰"怀才不遇的自己大鸣不平。《释言四首之一》道:"东华环顾愧群贤,悔著新书近十年。木有文章曾是病,虫多言语不能天。略耽掌故非匡济,敢傲心期在简编。守默守雌容努力,毋劳上相损宵眠。"写任内阁中书之职多年,当值东华门内,悔著新书,顺势应天。略耽掌故,无关匡济之计;以琐耗奇,不作传世傲想。从今往后,更当努力守默守雌,无损上相宵眠。全诗以讽刺的口吻,写出在官场所感受到的压抑。这种动辄得咎的处境,与诗人初入京师"忽遇天风吹便行"的想象,相距甚远。1838 年,诗人沉浮宦海近二十年,此年有《退朝偶成》《乞籴保阳》两首诗,诗中有"屠龙吾已矣,羞把老蛟督","苦不合时宜,身名坐枯槁"的诗句,其屠龙督蛟的雄心壮志不复存在,而烈士暮年的穷愁之感却时时袭心。

周情孔思是龚自珍编年诗第二个思想情感的原点。周情孔思的核心是儒学精神及其所陶冶的士大夫情操,它构成了龚诗书生意气和人间关怀的底色。读书与写作是龚自珍京师生活的主要内容。初到京师,诗人有"情多处处有悲欢,何必沧桑始浩叹?昨过城西晒书地,蠹鱼无数讯平安"的感叹。其《城南席上谣》记述了京师文人席间流传的古文家、西北地理家、算学家、金石家、辑佚家、校勘家、说文家、动物学家、掌故家、公羊家等十客自诩各家治学门径家法的歌谣。歌谣对拘于家法门径的专门之家略带嘲讽的口吻,显示嘉道之际的学界风尚。

龚自珍"幽想杂奇悟"的诗,曲折细致地表现出嘉道之际一个久困冷署、敏感多思书生内心的矛盾和痛苦。自称有"心疾"、"诗祟"的诗人,处在个人穷达进退选择的无奈,秋气秋声汹汹逼来的夹击之中,心事浩茫,忧愤深广。其《寥落》诗云:"寥落吾徒可奈何,青山青史两蹉跎。乾隆朝士不相识,无故飞扬入梦多。"《赋忧患》诗云:"故物人寰少,犹蒙忧患俱。春深恒作伴,宵梦亦先驱。不逐年华改,难同逝水徂。多情谁似汝?未忍托襄巫。"读书之我辈,蹉跎于隐逸与入世两端,让人难以左右;如磐之忧患,纠结在春深与宵梦之间,让人无可摆脱。扪心自问忧思多愤与生存艰难的原因,其《十月廿夜大风,不寐,起而书怀》道:"贵人一夕下飞语,绝似风伯骄无垠。平生进退两颠簸,诘屈内讼知缘因。侧身天地本孤绝,翄乃气悍心肝淳!敧斜谑浪震四坐,即此难免群公瞋。"人生在世,本来就充满孤独忧患,何况自己进退两颠簸,气悍心肝淳!诗人向往"布衣结客妄自尊"的康乾盛世,向往"诗成侍史佐评论"的汉代政治,向往《能令公少年行》所描述的可以"怡魂而泽颜"的世外桃源:"十年不见王与公,亦不见九州名流一刺通。其南邻北舍,谁与相过从?佝偻丈人石户农,嵚崎楚客,窈窕吴侬,敲门借书者钓翁,探碑学拓者溪童。"

身处封建末世,敏感多思书生的忧患,还来自正在酝酿生成的风云之气:"楼阁参差未上灯,菰芦深处有人行。凭君且莫登高望,忽忽中原暮霭生。"(《杂诗·题陶然亭壁》)暮霭已生,危机四伏,而身居要职的士大夫阶层却依旧浑浑噩噩,蝇营狗苟。其《咏史》诗云:"金粉东南十五州,万重恩怨属名流。牢盆狎客操全算,团扇才人踞上游。避席畏闻文字狱,著书都为稻粱谋。田横五百人安在,难道归来尽列侯?"暮霭生处更待风雷之声,江河日下还看砥柱中流。诗人期待士风吏风顿焕精彩,"委蛇貌托养元气,所惜内少肝与肠"者渐少,而"阅世虽深有血性,不使人世一物磨锋芒"者渐多,养成"国有正士士有舌"的士林气象。

龚自珍写于1827年的《自春徂秋,偶有所触,拉杂书之,漫不诠次,得十五首》,是一组幽想奇悟共有、忧思多愤杂陈的古体诗。第一首言尊重心力。没有心力,人无法面对万籁苍穹的外部世界。心力强健的人,死而信道更笃,生而天马行空。心力可以给人以海水倒流、落日还东的力量。第二首言民胞物与。民胞物与是士大夫精神的要谛,也是儒学精神的要谛。儒者仁心广大,视百姓如骨肉,天地本比邻。四海秋气萧瑟,一室难驻春色。嫠妇匹夫,尚知国家社稷为重;慷慨之士,自当常怀杞人之忧。第三首言进退蹉跎。高隐之行,屈骚之韵,让人神往。山林清苦,人世混浊,去留蹉跎;天涯芳草,丘壑吾心,两相寂寞。第四首言儒学堪忧。儒学在汉代为九种学派之一,后代益受尊崇。学术的生命力在不断地创新,汉之九种学派,今存有几?有人说儒学先亡,或未可知!第五首言逃禅学佛。恋文字而始有忧患,慕仙侠而气悍谑浪;入世深而渐疑百家,忧患久而逃禅学佛。佛为万法之王,是伤心之民的精神家园。诗人以积极进取的心态面对万籁苍穹,讲求民胞物与,视百姓如骨肉,天地本比邻,徘徊于青山与青史之间的价值理念和行为选择,主要来自儒家,带有较为浓厚的周情孔思的思想色彩。

剑气箫心是龚自珍编年诗的第三个思想情感的原点。"之美一人,乐亦过人,哀亦过人","我生受之天,哀乐恒过人"。诗人之哀乐来自对春花秋月的感伤,来自对童心母爱的眷恋,也来自"以良史之忧忧天下"所带来的忧患与沧桑之感。"剑"与"箫","风雷"与"落花","童心"与"母爱",是龚诗中经常对举的词语。诗人超越常人的哀乐情感,在诗词中物化为"剑气箫心"、"风雷落花"、"童心母爱"的意象。众多对举的词语中,与"风雷"有关的意蕴,人致可归并在"剑气"之内,而"落花"、"童心母爱"的意蕴,又大致可归并在"箫心"之中。龚诗中的剑气箫心意象,是一种人格期待,一种行为选择,又是一种诗美追求。"经济文章磨白昼,幽光狂慧复中宵。来何汹涌须挥剑,去尚缠绵可付箫。"(《又忏心一首》)诗人胸臆中,来何汹涌的是揽辔澄清的磊落不平之气,去尚缠绵的是幽情孤愤的缥缈神游之思。剑气如虹,表现了诗人弘毅自信、狂放任侠的一面;箫心低回,表现了诗人悱恻缠绵、幽想奇悟的一面。以剑气托扬心志,触之峥嵘;以箫心抒写幽想,忆之缠绵。"长铗怨,破箫词,两般合就鬓边丝。""怨去吹箫,狂来说剑,两样消魂味。""剑气"与"箫心"成为诗人思想情感飞扬的两翼。龚诗中剑气箫心的意象,也从一个侧面显示出嘉道士人自作主宰、担荷天下风气的形成。

《己亥杂诗》共三百一十五首,诗体形式均为七绝,因作于1839年诗人辞官返家的路上,此年为农历己亥之年,故称之为《己亥杂诗》。龚自珍1840年春致吴虹生函中叙述《己亥杂诗》的写作过程道:"弟去年出都日,忽破诗戒，每作诗一首，以逆旅鸡毛笔书于帐簿纸，投一破簏中。往返九千里，至腊月二十六日抵海西别墅，发簏数之，得纸团三百十五枚，盖作诗三百十五首也。"《己亥杂诗》所表现的情感是复杂而多层面的。诗人有意在告老还乡这一人生的转折处，用组诗的形式，对自己前半生读书、著述、交游、家世、情感做一整理回顾，留此存照，为前半生谢幕，为后半生揭幕。

《己亥杂诗》首篇云："著书何似观心贤？不奈卮言夜涌泉。百卷书成南渡岁，先生续集再编年。"南渡在诗人看来，不过是新的著述生活的开始。《己亥杂诗》前十几首，描述了诗人辞官返乡的复杂情感。诗人三代京师为宦，可谓"百年蓁辙"，百年心事。从容进退，并非易事。先生不老，红颜尚在，无奈已成"宦后"、"故将军"，因而难免落花心绪，浩荡离愁。我马玄黄，我心踽踽。吟鞭东指，落红有情护花；白云无根，人间独往独来。诗人不携眷属，雇两车，一车自载、一车载文集百卷的离京方式，及十一月不进京亲迎，而在河北固安等待妻儿出都的行为，曾引发研究者的诸多猜疑，其中何尝没有不愿搅动更多离愁别绪的用意呢？

《己亥杂诗》中的不少诗是写师长朋友的交往与友情。这些交往和友情，过去是诗人京城仕宦生活的重要内容，今后也将成为诗人心底最温暖的记忆。龚自珍1829年中进士时，同年中有五十一人留在京城。同年送别，诗人有"五十一人皆好我"之语，"他年卧听除书罢，冉冉修名独怆神"。乡归后只盼望同年升迁的好消息了，念此仍不免怅然若失。龚自珍以"北方学者君第一"的诗句称誉许瀚，并有"烦君他日定吾文"之托。诗人与好友吴虹生相约，"自今两戒河山外，各逮而孙盟不寒"，希望子孙后代永远是好友。其别黄玉阶诗云："不是逢人苦誉君，亦狂亦侠亦温文。照人胆似秦时月，送我情如岭上云。"别汤鹏诗云："觥觥益阳风骨奇，壮年自定千首诗。勇于自信故英绝，胜彼优孟俯仰为。""亦狂亦侠"，"勇于自信"，既是对友人的称誉，又是一种自勉，嘉道士人以生气相求，以自信、有所作为相瞩望的风气由此可见。

龚自珍的自信更多地体现在《己亥杂诗》对自己读书、治学、仕宦生涯可圈可点事情的回忆中:"霜毫掷罢倚天寒,任作淋漓淡墨看。何敢自矜医国手,药方只贩古时丹。"言1829年殿试异常顺利,遂使功成名就。殿试作对策,大旨本王安石《上仁宗皇帝书》,故有"药方只贩古时丹"之语。"齿如编贝汉东方,不学咿嘤况对扬。屋瓦自惊天自笑,丹毫圆折露华瀼。"言自己口齿清晰,声音洪亮,被引见向皇帝报告履历时,声震屋瓦,天子并不责怪。"河汾房杜有人疑,名位千秋处士卑。一事平生无龁齚,但开风气不为师。"言自己但开风气,不蓄弟子。"文章合有老波澜,莫作鄱阳夹漈看。五十年中言定验,苍茫六合此微官。"言《西域置行省议》、《东南罢番舶议》两文所议之事,五十年中,定会实现。历史的事实是:西域1884年设立行省,而东南番舶却未能得禁。

《己亥杂诗》对路途中所见所闻的记述,多与民情民瘼和风云之气有关。路经市肆,所见升斗尺秤,无人校正。而冀州境内,本应是新桑遍地的季节,却很难看到桑树。新种的蒲与柳,三年便砍下给儿孙作屋梁了。民生的凋零可想而知。北方民生凋零,南方也不景气。诗人途经运河,见纤夫十余人拉粮船过闸,号子声起,细算每天上千只船从这里运粮至京,为自己曾挥霍过太仓之粟感到不安。漕政艰难,盐政、河政、禁烟之政同样艰难。"不论盐铁不筹河,独倚东南涕泪多。国赋三升民一斗,屠牛那不胜栽禾?""津梁条约遍南东,谁遣藏春深坞逢?不枉人呼莲幕客,碧纱幮护阿芙蓉。"遥想独撑南天、禁烟大业未成的故友林则徐,诗人顿生"我有阴符三百字,蜡丸难寄惜雄文"的遗憾。天下艰难,艰难在缺少人才。龚自珍对社会评价的逻辑起点,是以人才为坐标的。过镇江时,道士乞撰青词,诗人便有了"九州生气恃风雷,万马齐暗究可哀。我劝天公重抖擞,不拘一格降人材"这样脍炙人口的诗句。

《己亥杂诗》中对个人的命运遭际,也多有慷慨牢骚之语。"少年揽辔澄清意,倦矣应怜缩手时。今日不挥闲涕泪,渡江只怨别蛾眉。""促柱危弦太觉孤,琴边倦眼呀平芜。香兰自判前因误,生不当门也被锄。"两诗中的"倦"字,写出了离京后的孤独与无奈。人生的高扬与繁华已去,让人神往的只有秉烛读书和享受亲情的生活了。"九流触手绪纵横,极动当筵炳烛情。若使鲁戈真在手,斜阳只乞照书城。"诗人过孔府,有"从此不挥闲翰墨,男儿当注壁中书"的感慨;答子书,又有"五经烂熟家常饭,莫似而翁啜九流"的叮咛。

  龚自珍的诗具有奇谲瑰丽、风发云逝的气象。就创作精神而言,龚氏崇尚《庄》《骚》,其《自春徂秋,偶有所触,拉杂书之,漫不诠次,得十五首》其三云:"名理孕异梦,秀句镌春心。庄骚两灵鬼,盘踞肝肠深。古来不可兼,方寸我何任?所以志为道,淡宕生微吟。一箫与一笛,化作太古琴。"《庄子》的名理异梦,《离骚》的秀句春心,像精灵盘踞肝肠之中。兼取《庄子》的迷离惝恍、《离骚》的芳香恻悱,游刃于方寸之间,发而为高古之音,此正是诗人孜孜以求的诗境。熔《庄》《骚》传统为一炉的可资取范者是李白。其《最录李白集》云:"庄、屈实二,不可以并,并之以为心,自白始。儒、仙、侠实三,不可以合,合之以为气,又自白始也。"并庄、屈之心,合儒、仙、侠之气,成就了李白想落天外、傲岸脱俗的诗风。学李白者,不可不知"并"与"合"的奥妙与境界。可与李白相提并论的还有陶渊明。龚自珍从陶渊明"悠然见南山"的闲适中体会到了心事与不平。其《己亥杂诗》论陶诗道:"陶潜诗喜说荆轲,想见停云发浩歌。吟到恩仇心事涌,江湖侠骨恐无多!""陶潜酷似卧龙豪,万古浔阳松菊高。莫信诗人竟平淡,二分梁甫一分骚。"在龚自珍看来,陶诗蕴含着与诸葛亮《梁甫吟》、屈原《离骚》一脉相承的磊落不平之气。

  龚自珍并庄、屈以为心,合儒、仙、侠以为气的诗学理想,在其诗词作品中,是通过剑气箫心、风雷落花、童心母爱等特有的意象得以实现的。龚诗中丰富的想象,东云露一鳞、西云露一爪的表现方法,汪洋奇诡的浪漫风格,近庄而仙、侠;而其感时伤世,悲天悯人,以香草美人体物写志的表现方法,深婉幽独的自我拷问,近屈而儒家。龚氏1823年所作的《三别好诗》,赞美"自髫年好之,至于冠益好之"的清代三位作家,诗人对吴梅村儿女诗中的缠绵情怀、方百川集中的风雷之声、宋大樽《学古集》中的泠然清气推崇备至。诗序以为"自揆造述,绝不出三君","吾知异日空山,有过吾门而闻且高歌,且悲啼,杂然交作,如高宫大角之声者,必是三物也"。龚氏翘首以待的"高歌"、"悲啼"、"杂然交作"的诗境,不正是"剑气箫心"之谓吗?其《冬日小病寄家书作》后记尝言:"予每闻斜日中箫声则病,莫喻其故。"斜阳箫声与幽思愁绪,澄清童心与无边母爱因此而缠绵纠结。张祖廉《定庵先生年谱外纪》记述:"先生广额巉颐,戟髯炬目,兴酣,喜自击其腕。善高吟,渊渊若出金石。京师史氏以孟秋祀孔子于浙绍乡祀,其祭文必属先生读之。与同志纵谈天下事,风发泉涌,有不可一世之意。"龚自珍在日常行为中,即以敏感多情和慷慨激昂为士林所熟知,其性格特征在诗词作品中,则物化为阳刚与阴柔之美的两种极致。以剑气寄托侠骨心志,其势如长风出谷,表现了诗人对担荷天下、通古今、决然否的士林精神和"大言不畏,细言不畏,浮言不畏,挟言不畏"狂狷做派的刻意追求;以箫心抒写幽思奇情,其状如林泉鸣咽,表现了诗人对春花秋月、童心母爱的感伤眷依及选色谈空所闪现的幽光狂慧的别样放纵。诗人少年时,充满着"怨去吹箫,狂来说剑,两样消魂味"(《湘月》)、"来何汹涌须挥剑,去尚缠绵可付箫"(《又忏心一首》)的激情渴望;而人到中年,又有着"沉思十五年中事,才也纵横,泪也纵横,双负箫心与剑名"(《丑奴儿令》)、"少年击剑更吹箫,剑气箫心一例消。谁分苍凉归棹后,万千哀乐集今朝"(《己亥杂诗》)的失落惆怅。剑气与箫心,记录着诗人丰富的思想与情感历程。

嘉道之际盛衰转换的时代,造就了"伤时之语,骂坐之言,涉目皆是"、"上关朝廷,下及冠盖,口不择言,动与世忤"的名士,也造就了对社会现实观察敏锐、对人生忧患孤独体会深切的诗人。龚诗中悲天悯人、感士不遇、愤世嫉俗、独清独醒的情感,唤醒我们对古典诗歌长河中高士形象的记忆。而龚诗中惊于秋声、戚于飘摇的末代感伤,对童心母爱的深长眷依,"亦狂亦侠亦温文"的人生趣,则是活生生的"这一个",闪烁着个性解放的光彩。龚自珍是站在历史转折关头的诗人,其"善哀善怒"、"哀以沉造怒则飞"的人生态度,给近代志士仁人留下了灵犀一线。

第四节 历史影响

　　龚自珍生前与魏源齐名,世人并称龚、魏。龚、魏同以刘逢禄为师,借助今文经学"三世说"、"微言大义"等学术思想和方法,在盛衰转换、山雨欲来的嘉道之际,倡导有切于国计民生、伦常日用的学术精神和问学议政、联络声气的士林风尚。以"医国手"、"亡羊补"为共同志向的龚、魏,成为嘉道之际士林中的双子星座。自珍卒后,其子龚橙请魏源编定《定庵文录》,魏源作《定庵文录序》,准确地总结了龚自珍的思想特点、学术选择与文学精神。龚自珍对恢复读书人的心力的提倡,对现存思想规范、社会现实及人情世故的否定、批判、忤逆,对于鸦片战争之后在近代思想、政治、文化的变革中试图有所作为的知识分子,具有强大的示范意义。追寻宋明时代的儒者气象,高扬"以经术为治术"、"通乎当世之务"的学术精神,化育放言无忌、慷慨激昂的士风学风,龚自珍对包括今文经学在内的儒学精神、儒者气象的重新发现、开掘和选择,在嘉道之际士林和鸦片战争之后的知识分子中具有启发蒙昧、引导风气的作用。龚自珍尊心、尊情、尊自然的文学"三尊说"所体现的自作主宰、自由书写精神,包含着创作自由论的萌芽,显示出近代个性解放的曙光。

　　清代嘉道之际,是中国近代社会的转型期,即使没有后来外敌入侵所引发的鸦片战争,清王朝所面临的诸种社会危机,也会必然诱发巨大的社会动荡。生活在嘉道之际的知识群体,作为时代与社会的先觉者,尽管社会地位、生活道路、治学旨趣不同,但面对时艰危局,无不急切地呼唤学风向有切于国计民生、伦常日用的方向转换,士人担负起"相与指天画地,规天下大计"的责任。在嘉道学风士风的激荡下,嘉道文学显示出旺盛的生命活力与刚健之气。"留心古今而好论议"的社会参与意识与率性任情、自作主宰的创造激情,构成了嘉道之际的文学精神。嘉道文学精神以一代士人建功立业,创造由衰转盛奇迹的人生理想与睥睨四海、意气风发的宏大气象为依托,充满着生气勃勃的浪漫气息,闪耀着绚丽夺目的光彩。在嘉道学风士风转换和文学精神的形成过程中,龚自珍始终是开风气之先的身体力行者。龚自珍属于嘉道之际风生水起的时代。在鸦片战争之后的历史进程中,知识阶层一直是中国社会政治与文化变革的主导者、推动者,嘉道士人所开创的学风士风和文学精神,包括留心古今而好议论的激昂慷慨,指天画地、歌哭无端的浪漫狂放,都被戊戌变法、辛亥革命时期新的一代志士仁人继承延续下来。龚自珍的书生意气,龚自珍的剑气箫心,也因此成为中国近代知识阶层行为情感的凭借和范型。

梁启超《清代学术概论》谓"晚清思想之解放,自珍确与有功焉。光绪间所谓新学家者,大率人人皆经过崇拜龚氏之一时期"。柳亚子称龚诗为"三百年来第一流"。龚自珍对鸦片战争之后思想界、文学界的巨大影响,源于他"未雨之鸟,戚于飘摇"的敏感,"引公羊义,讥切时政,诋排专制"的睿智,"四海变秋气,一室难为春"的衰世预告和"乐亦过人,哀亦过人"、"怨去吹箫,狂来说剑"的血性狂狷。我们看到:龚自珍对晚清文学家影响之广泛、之巨大、之深远,超过了此前任何一位大家、名家。从维新时期康有为、梁启超、谭嗣同、黄遵宪、夏曾佑等一代新学家,到南社高旭、陈去病、柳亚子、苏曼殊、宁调元、黄人等革命派诗人,乃至鲁迅等五四文化巨匠,都对龚氏情有所钟,并不同程度地受其濡染。他们的诗文大量化用龚自珍的诗句文意,南社诗人集龚成风。在中国社会与文学从古典走向现代的进程中,龚自珍都无可争议地显示着自己的存在。

第三章　鸦片战争时期的诗文

　　龚自珍、魏源是嘉道之际议论军国、臧否政治、慷慨论天下事的文学主潮的代表人物。作为时代的先觉者,他们以裹挟时代风雷、充满救世与自救热情的诗文创作,在近世文坛开一代新风。龚自珍在鸦片战争爆发的第二年遽然病逝,作为近代中国第一批"开眼看世界"的知识群体中的杰出代表,魏源提出了"师夷之长技以制夷"的口号,成为鸦片战争前后中国知识分子反抗侵略、抵御外侮的思想旗帜。

　　鸦片战争时期,一场由战争而激发的爱国诗潮,裹挟着对战争的诅咒和爱国忧民的情思,拔天塞地,汹涌澎湃,迅速汇成一股时代潮流,奏响了时代的强音。一代诗人记述下天朝盛世梦幻破灭后民族心理的失重与告别虚妄的痛苦,以及蜕变中的新机和迷惘后的醒悟,为这段历史留下了真实而宝贵的原始记录。

第一节　魏源的诗文创作

　　魏源是中国近代史上著名的启蒙思想家、改革家、经史学者、舆地学家和文学家。由于其在近代政治思想界和学术界的巨大影响,长期以来,"人知其以经济名世,不知其能诗"(郭嵩焘《魏默深先生〈古微堂诗集〉序》),作为文学家和诗人的魏源未免为其政治和学术声誉所掩。事实上,作为与龚自珍齐名的学界新秀和文坛健将,魏源的诗文创作在鸦片战争时期具有很强的代表性。

一、生平及思想

魏源(1794—1857),字默深(取"默好深思还自守"之意),湖南邵阳人。十五岁考取县学,始"究心阳明之学"。嘉庆十八年(1813)参加湖南拔贡考试,入选。次年,随父入京,尝从胡承珙问汉学家法,从姚学塽问宋儒之学,师刘逢禄学《公羊春秋》。与此同时,他与龚自珍、姚莹等往来甚密,砥砺古文,学业由是大进。道光二年(1822)中顺天乡试举,此后为江苏布政使贺长龄、两江总督陶澍延聘入幕,襄助两位湖南籍地方大员推行漕粮改海运和盐政改革,大获成功。他代贺长龄编选的《皇朝经世文编》,辑录了自顺治至道光初年的官方簿务档册、官员奏疏、学者论著和书札中足备经济、关乎实用之篇章,分学术、治体、吏政、户政、礼政、兵政、刑政、工政八大类一百二十卷,是一部体现"经世致用"日的的清代前中期文献汇编,对晚清学风文风之转变影响甚巨。

鸦片战争爆发后,魏源在扬州絜园宁静的书斋生活被打破。次年6月,魏源在镇江与被发配新疆的林则徐会晤,接受了编写《海国图志》的嘱托。1842年底,《海国图志》五十卷告成于扬州。这部中国近代第一部系统介绍世界史地之名著提出了"师夷之长技以制夷"的战略思想。后经两次增订,扩成六十卷本和百卷本,产生了很大影响。

道光二十四年(1844),魏源中进士,分发江苏以知州任用,历任扬州府东台、兴化知县和高邮知州。1853年,太平天国攻下扬州,魏源以"迟误驿报"罪名被革职。此后绝意仕途,潜心著述,撰成《元史新编》九十五卷,整理其一生的心血《书古微》,将《诗古微》增至二十卷。咸丰六年(1856)离家游于杭州,寄寓僧舍,潜心于佛,寄情山水。次年3月病逝于杭州。魏源一生勤于著述,有大量诗文和学术著作行世。诗有《古微堂诗集》,文有《古微堂

集》,史有《圣武记》、《元史新编》,经学有《诗古微》、《书古微》,世界地理著
作有《海国图志》。今有《魏源集》和《魏源全集》行世。

魏源在经学、史学、地理、经济、军事乃至佛学等领域均有很高学术造
诣。其思想中最主要、对后世影响最大的部分,是在"公羊说"变易观指导下
形成的"经世致用"社会改革思想。这一思想在鸦片战争前表现为传统范畴
的"通经致用",在鸦片战争后又注入了新的时代内容,这就是著名的"师夷
之长技以制夷"。可以说,"变古"和"师夷制夷"是魏源思想中最为闪光的
部分。

魏源与龚自珍都曾问学于以讲《公羊春秋》名重一时的今文经学大师刘
逢禄,并将今文学发扬光大之。梁启超在《清代学术概论》中言:"今文学之
健者,必推龚魏,龚魏之时,清政既渐陵夷衰微矣;举国方沉酣太平,而彼辈
若不胜其忧危;恒相与指天画地,规天下大计。"魏源大力鼓吹公羊学说,阐
发西汉今文经学的"微言大义",发挥"公羊三世说"的变易观和变革思想,
"以复古为解放",积极倡导社会变革。"经世致用"既是其学术思想之核心,
亦是其文学思想之灵魂。正是在文以经世、学以致用这一时代思潮激荡下,
经世文在鸦片战争前后蔚然成风,掀起波澜。

魏源的文以经世思想,在《皇朝经世文编》叙言和编例中已经体现出来。
尽管他一再强调"文贯道",但同时认为"书各有旨归,道存乎实用","吾取
经世之益"。他强调"道"在现实生活中的贯彻,要求将"道"体现在"实用"、
"经世"之中。其对"道"的理解,与桐城派强调的"道统",侧重点明显不同,
体现着深沉的经世关怀。魏源的经学纲领是"贯经术、政事、文章于一",以
达到"通经致用"之目的。从这种学术思想出发,他对当时脱离现实的汉学
和宋学末流,展开了猛烈批判。而他将这一学术思想运用到实践的结果,则
使其成为开近代学术新风和经世文风的重要人物。

作为晚清重要诗人,魏源对诗歌有精湛的研究和异于流俗之见。他主
张"诗以言志,取达性情为上",反对"拟古太多"(《致陈松心信》);重视"发
愤之所作",鄙薄"藻绘虚车"(《诗比兴笺序》),表现出明显的重"实"轻

"华"的经世意向。其强调"言志",乃针对徒重藻翰、专诂名象、专揣音节风调而不问诗人所言何志的脱离现实之弊而发,旨在转移诗风,并非完全漠视艺术性。正是从重视文学的功用和内容出发,魏源进一步指出:"然不华安得有实?"进而在《跋陈沆简学斋诗》中提出了诗歌创作之"三要":

> 一曰厚,肆其力于学问性情之际,博观约取,厚积薄发,所谓万斛泉源也。一曰真,凡诗之作,必其情迫于不得已,景触于无心,而诗乃随之,则其机皆天也,非人也。一曰重,重者难也。蓄之厚矣,而又不以轻泄之焉;感之真矣,而天机又极以人力。

其所谓"博观",不仅指博览群书,更指向广泛接触现实社会;所谓"厚积",不仅指学问的涵养和生活阅历的积累,还包括情感的蓄积,这样才能在获得丰富的创作源泉基础上"约取"而"薄发"。其所谓"真",强调的是发自胸臆。诗歌是诗人对自然、生活、人生之真实感悟的自然流露,应力避拟古蹈袭。其所谓"重",主要指创作态度的严谨,落笔为诗为文的慎重,认真思考如何用完美的艺术形式将自己的真情实感表达出来。当然,上述"三要"并非魏源独创,前人对同类话题已多有所论。不过,魏源对前人经验和自家创作体会的精当概括与阐发,至少说明他并非像一般史家所说的单纯重质而轻文,而是主张有华有实。

二、魏源的诗歌创作

魏源的主要文学成就表现在诗歌创作方面,诗存世九百余首,论质论量都堪称晚清诗坛重要诗人。其诗作题材广阔,内容丰富,主要有山水诗、政治诗、咏史诗等。山水诗是魏源诗歌之大宗,平生用力最勤,数量最多,艺术成就也最高。相比之下,其政治诗则更具时代气息和社会影响力。他以广泛触及晚清时政与现实社会主要矛盾之诗篇,遥居时代潮头之上,从内容和诗风上都堪称近代诗国拓疆手,也因此在鸦片战争前后诗坛上占有突出地位。

　　魏源有着深切的济世情怀,政治热情很高,尽管仕途不顺,却对内政、外交、国计民生乃至世界大势无不关注,其诗作很早便显露出直面现实的基本倾向。"儒通天地人,四海民命寄"(《家塾示儿耆》),通晓天地人之道,用以济世安民,是他修身行事的准则。"何不借风雷,一壮天地颜"(《北上杂诗》),希冀天假风雷,再新天地,是其作为时代先觉者发出的拯危济时之呐喊。"不忧一家寒,所忧四海饥"(《偶然吟》其九),关注现实,关切民隐,是其作为政治思想家和社会改革家的精神取向。"梦中疏草苍生泪,诗里莺花稗史情"(《寰海后》其九),"苍生泪"寄托忧民之思,"莺花史"饱含忧国之情,大体可以用来概括其政治诗的两大基本母题。

　　反映民生疾苦是其政治诗的一大基本母题,但魏源此类诗歌却并非一般感念黎庶、伤心哀鸿之作。作为一个关心时务、胸怀天下、希冀革新时政的改革家,魏源有着更高的视野。他把民生民瘼与当朝政治举措、把悲悯苍生百姓与揭露现实弊政较好地结合起来,寓讽喻、讥刺、褒贬于形象的描绘之中,以诗包孕时感,关切时局,乃至干预时政,与同时代的众多志同道合者一起积极促成了鸦片战争前后议论军国、臧否政治、慷慨论天下事的文学主潮的形成。

　　魏源早年的《道中杂言》、《北上杂诗》等组诗,描绘出19世纪20年代中原一带一幅幅悲惨而真实的社会图景,抒发了忧时悯民的情怀,其急切的用世之情跃然纸上。他"效白香山体"创作的《江南吟》和《都中吟》组诗,更是以诗关切国脉民瘼、揭露讥刺弊政、发抒其经世救时思想的典型篇章。《江南吟》十章写于鸦片战争前夕,集中反映东南地区各项病国病民之弊政,涉及治江、治河、盐政、漕政、催科、禁烟诸方面。《都中吟》十三章写于鸦片战争之后的1844年,诗人感慨时势,愤懑遭遇,发为诗篇,对中朝和京师政事展开集中讽喻,于科举、捐纳、善后、通仓、下海淀、木兰狩、宗室禄、喇嘛僧、筹办海防、畿辅治河等时弊痛下针砭。两组新乐府诗章充分揭露出嘉道时期政事积弊之深,吏治腐败之烈,人民受害之酷。

　　《都中吟》其一写选翰林制度,对个中弊端之讥刺可谓入木三分。其开篇云："小楷书,八韵诗,青紫拾芥惊童儿;书小楷,诗八韵,将相文武此中进。"有清一代,执政阁臣必须是翰林出身,所谓"官不翰林不入阁",而点翰林全凭小楷书写得工整,试帖诗作得漂亮,因此将相文武归根结底都是从小楷书、八韵诗发迹出来的。次写皇帝亲自主持选拔国之栋梁的殿试大典:"八扇天门诀荡开,玉皇亲手策群材。胪唱喧传云五色,董晁花样毛锥来。"抢才大典的隆重煊赫与选拔标准的荒唐可笑形成了极大反差,造成强烈的讽刺效果。于是,"佐上运筹议国计"的枢密之职,"上规主缺下民隐"的谏官之位,全赖一笔整秀的"小楷书":"从此考枢密,从此列谏官,尽凭针管绣鸳鸯。"才俊如龚、魏者,自然梦想着点翰林。然而,龚因不善楷书而与翰林无缘,魏因试卷涂改被罚停殿试一年,两人均与翰林擦肩而过。诗人最后讥刺道:"昨日大河决金堤,遣使合工桃浪诗。昨日楼船防海口,推毂先推写檄手。"对当时"所养非所用"和"所用非所养"的选士制度,予以辛辣嘲讽。

鸦片战争期间,面对夷狄侵凌、山河破碎之情状,诗人愤清廷之无知无能,恨将官之昏愦误国,赞英雄之为国捐躯,憎英夷之贪婪成性,悲民族之灾难深重,将胸中之怒火化作笔底之风雷,写下了《寰海》、《寰海后》、《秋兴》、《秋兴后》四组七言律诗共四十余首,以及《君不见》、《秦淮灯船引》、《金焦行》、《普陀观潮行》、《钱塘观潮行》等一大批歌行诗,广泛而深刻地反映了这一重大历史事件的全过程及其暴露出的严重的政治、军事和社会问题,堪称一部鸦片战争诗史。

《寰海》共十一章,集中展现1841年广东战事情况;《寰海后》十章,主要反映1842年浙江战况;《秋兴》十一首,着重表现战后国家困弊之形势;《秋兴后》十三首,侧重反思战争中暴露出的种种令人痛心的腐败现象。四十余篇诗章每首均有所指,一诗一事,对统治集团的昏愦误国作了广泛深刻的揭露,对投降派主要将领如钦差大臣琦善、靖逆将军奕山、扬威将军奕经、参赞大臣杨芳、两江总督牛鉴等一一予以抨击,对种种丧权辱国之行径予以无情鞭挞,对抗英斗争则予以热情讴歌,表现出强烈的爱国情操。如《寰海》第十首写三元里义勇的抗英斗争:"同仇敌忾士心齐,呼市俄闻十万师。几获雄狐来庆郑,谁开柙兕祸周遗。前时但说民通寇,此日翻看吏纵夷。早用秦风修甲戟,条支海上哭鲸鲕。"

魏源自言"半生放浪深山里,日逐烟霞穷不已"(《游后山吟》),"惟有耽山情最真,一丘一壑不让人"(《戏自题诗集》),是一个典型的有山水之癖的山水诗大家。其存世诗作中描写山水者有五百余首,可谓近世诗坛山水诗之集大成者。魏源"好游览,遇胜辄题咏,轮蹄几遍域中"(魏耆《邵阳魏府君事略》),由于没有涉足塞外,还被其引为终身憾事:"我生第一伤心事,未作天山万里行。"(《吴门重晤黄南坡太守》)在近代诗坛,魏源自觉地以描山摹水为己任,希冀以"十诗九山水"的切实行动补古人山水诗之缺;其山水诗创作数量之多,描写范围之广,自觉经营意识之强,诗笔之奇峭雄拔,不仅古近诗人中鲜见,后世亦罕有匹敌者。作为襟怀天下、胸罗山川的时务政治家和舆地学家,魏源的山水诗倾向貌真写实一途,风格多豪健奔放;在对祖国山川江河、飞瀑流云的礼赞中,包孕时感,负俊逸之气,以黄钟大吕式的歌唱,一扫明清模山范水之作的纤弱之风;诗体上力破前人框架,独辟异境,别为一格,在中国山水诗发展链条中充当着沟通古今的桥梁作用。

魏源诗云:"从此芒鞋踏九州,到处山水呈真面。"(《游山吟》)前句言其游踪之广,踏遍群岳,涉及众水;后句可用来概括其重在写貌、求真务"实"的诗学取向。以山而言,东之泰山,西之华山、秦岭,北之恒山、盘山,中之太行、王屋、中条、嵩山,南之衡岳,西南之剑阁、桂林,东南之天目、天台、武夷、四明、雁宕,长江下游之黄山、庐山、潜山等,均摄入其诗篇;以水而论,长江、黄河、粤江、嘉陵江、钱塘江、湘江、沅江、漓江、太湖、洞庭湖、鄱阳湖、西湖、昆明湖,乃至东海、南海等,都流泻其笔端。"到处山水呈真面","放倒峰峦纸上铺"(《游山后吟》),是诗人追求的写实风格和立体效果,彰显出不同地域、不同气候条件下那山那水的独特风神和独有个性,给人以身临其境之感。而其风格,"则为清幽,为闳肆,为淡冶,为秾丽。凡诗品所有者,莫不具焉"(罗汝怀《古微堂诗集叙》)。不过,就主基调而言,闳肆雄拔,奇峭遒劲,豪健奔放,则是其主要特征。

作于 1847 年的《天台石梁雨后观瀑歌》，被公认为状写瀑布的佳作。作者以丰富的想象，大胆的夸张，豪放的笔墨，状写天台山石梁飞瀑迥异于他瀑的壮丽景观，以翔实的笔触层层展现雨瀑、月瀑、冰瀑之雄奇瑰丽，显示出诗人极善捕捉、摹写大自然千姿百态变化的大手笔。开篇云："雁湫之瀑烟苍苍，中条之瀑雷硠硠，匡庐之瀑浩浩如河江。惟有天台之瀑不奇在瀑奇石梁，如人侧卧一肱张。力能撑开八万四千丈，放出青霄九道银河霜。"其写雨瀑道："我来正值连朝雨，两崖逼束风逾怒。松涛一涌千万重，奔泉冲夺游人路。重冈四合如重城，震电万车争殷辚。山头草木思他徙，但有虎啸苍龙吟。"状冰瀑云："破玉裂琼凝不流，黑光中线空明窈。层冰积压忽一摧，天崩地坼空晴昊。前冰已裂后冰乘，一日玉山百颓倒。"篇末道："山中胜不传山外，武陵难向渔郎道。语罢月落山茫茫，但觉石梁之下烟苍苍，雷硠硠，挟以风雨，浩浩如河江。"郭嵩焘《魏默深先生〈古微堂诗集〉序》评其游山诗曰："山水草木之奇丽，云烟之变幻，滃然喷起于纸上，奇情诡趣，奔赴交会……每有所作，奇古峭厉，倏忽变化，不可端倪。"

魏源诗学众家，五古受魏晋乐府诗和陶渊明影响颇深，新乐府诗则有意效白香山；五律、五绝中的某些山水诗，似有模仿王孟派的痕迹；奇崛的一面，又是有意学韩愈、李贺；其七古追步李白的古风，感情奔放，气魄雄伟，想象瑰丽，句法灵活；七律风格沉郁，感情回荡，颇近杜甫；以才学为诗，以议论为诗，则是宋诗的路子。不过，博采众家是为了自成一家，最终达到空诸所有，自行胸臆，"达难显之情，状未道之景，古质如谣，明畅如策，栉比如赋，于是诗又别为一格"（罗汝怀《古微堂诗集叙》）。诗学众家，为我所用，以文入诗，以史入诗，以议论为诗，以歌谣入诗，以赋入诗，语言浅白，杂以俚语，表现出诗体解放的征兆。

三、魏源的散文创作

魏源为近世经世文大家，嘉道年间"龚魏"并称，享誉文坛，在于其能独来独往，不因人热。除编选《皇朝经世文编》和编著《海国图志》外，魏源的经世文荟萃于《古微堂集》。其中，"内篇"总题为《默觚》，意为自己的读书札记，分《学篇》十四篇和《治篇》十六篇，是其杂文精品；“外篇”之《筹河篇》、《筹漕篇》、《筹鹾篇》等，纵论清代三大弊政及改革之法，质胜于文，是其政论文代表。“外篇”收录的大量序、跋，亦能体现其经世之志和郁勃愤激之情。另有一些人物传记文亦感情贯注，蕴涵着丰富的时代内容，非一般谀墓文章可比。而其散见于《古微堂诗集》山水诗中的诗序，则写得清冽生动，豁人耳目，堪称山水小品中的翘楚。

《默觚》较好地体现了“贯经术、政事、文章于一”的治学路径和作文原则，“以经术为治术”，将学术研究与社会现实问题紧密联系起来，以微言大义的方法对《诗经》等经典断章取义，自作心解，意在表达对哲学、政治、社会、教育、历史、经济、文化、法律等方面的见解，达到思想启蒙、社会批判和改革现实之目的。《学篇》和《治篇》内容广泛，条理清晰，言简意赅，骈散兼采，气势充沛，时见精警之论。如《治篇十一》论政治之颓败，痛庸人之误国，叹人才之被压抑，其眼光和识见与龚自珍《明良论二》、《乙丙之际箸议第九》何其相似！作者以为“乱不生于乱而生于太康之时”，以先觉者特有的灵敏嗅觉和深刻的历史洞察力，揭出清王朝“太康”表象之下“大荒之萌”的种种迹象，对封建末世腐朽的官僚政治制度之弊端和官吏之庸碌无能，进行了辛辣的揭露和批判。其中，魏源对“鄙夫”之亡天下罪行的状写，入木三分地活画出某一人物类型的魂灵，具有原型意义：

> 历代亡天下之患有七：暴君、强藩、女主、外戚、宦寺、权奸、鄙夫也。暴君无论矣，强藩、女主、外戚、宦寺、奸相，皆必乘乱世暗君而始得肆其毒，人人得而知之，人人得而攻之。惟鄙夫则不然。虽当全盛之世，有愿治之君，而鄙夫胸中，除富贵而外不知国计民生为何事，除私党而外不知人材为何物；所陈诸上者，无非肤琐不急之谈，纷饰润色之事；以宴安鸩毒为培元气，以养痈贻患为守旧章，以缄默固宠为保明哲，人主被其熏陶渐摩，亦潜化于痿痹不仁而莫之觉。岂知久之又久，无职不旷，无事不蛊，其害且在强藩、女祸、外戚、宦寺、权奸之上；其人则方托老成

文学,光辅升平,攻之无可攻,刺之无可刺,使天下阴受其害而已不与其
责焉。古之庸医杀人;今之庸医,不能生人,亦不敢杀人,不问寒、热、
虚、实、内伤、外感,概予温补和解之剂,致人于不生不死之间,而病日深
日痼。故鄙夫之害治也,犹乡愿之害德也,圣人不恶小人而恶鄙夫乡
愿,岂不深哉!《诗》曰:"多将熇熇,不可救药。"

在魏源散文中最富于文学色彩的是山水小品。他的许多山水诗都有简
洁生动的序文,少则几十字,多则几百字,峻峭、简拔、形象,颇有郦道元之
风,其艺术价值往往超过其山水诗。视之为独立的山水散文,亦无不可。如
《岱麓诸谷诗》六则序文之写西溪、徂徕、灵崖、原岭山汶源、陪尾山源、沂山
瀑源,《嵩麓诸谷诗》五篇序文之状太室东溪卢岩涧、南溪逍遥谷、北溪石淙
谷和箕颍谷、少室阴谷伊阙,《关中览古》诗序之述南山龙湫、骊山、玉华宫,
《永嘉山水诗补谢》诗序之绘东雁宕、西雁宕、白岳东岩、白岳西岩等,均能穷
幽探赜,豁人耳目。他如《华山西谷》、《盘山纪游》、《四明山中峡诗》、《布水
台下同僧观瀑》、《黄山诸谷》诸篇,诗序都极出色。

以《盘山纪游》为例,四首均有诗序,开篇总写盘山形胜:

　　燕山至蓟门,近海忽矫首西上,土变而石,是为盘山。远望如方城,
入其中,则奥旷幽奇,有五峰三盘之胜。东西两涧夹中峰而下,中峰以
上为上盘,其阳为中盘,当两涧之合,受南峰回抱者,为下盘。古称上盘
石、中盘松、下盘泉。其实三胜盘盘有之。盖山外骨而内肤,故怪石剑
戟中果卉郁然,松与石争奇,泉与石争怒。今半为行宫,半为梵寺。

仅一百五十字,却写尽盘山之地点、气势、形胜、结构、特点和现状。"古称上
盘石、中盘松、下盘泉",说明一盘有一盘的胜况;"其实三胜盘盘有之",又说
明侧重点虽有不同,石、松、泉三胜却遍布于上、中、下三盘,成为全盘佳景;
"怪石剑戟中果卉郁然",于壮丽之中含秀美,且生机盎然。石有奇者,也有

怒者;松与之争奇,泉与之争怒。诗云:"干霄千石奋,喷雪万泉吼。"造化既然如此雄奇,人又怎能不发愤图强!

其状"下盘泉"言:

> 盘泉之胜,全在行宫。盖东西涧水会于中盘,有唐文皇晾甲石,横亘其冲,卷水为小潭,水至石,怒跃而下,曰"千尺雪",为行宫第一胜。从此历坡坂,流乱松中,忽有小石城负壁面瀑而亭于松间,以听众涛,为第二胜。再下则南峰横案其前,四山翠合,面面芙蓉,而静寄山庄在焉。水涯左大涧,闸之、桥之、亭之,潆洄荡潀,声光并绝,而泉观止矣。左逾桥上山,复有行宫四所,以览云墅,则胜在山不在水,今不述焉。

文字晶莹剔透,绘声绘色,含蓄蕴藉,令人回味无穷;而其探奇览胜之概,精微曲折之致,奇情诡趣,"气韵天然,非时髦所能蹑步也"(林昌彝《古微堂诗钞》)。至于模山范水之中流露出的豪迈之情、郁勃之气、历史隐忧和时代关怀,更是我们欣赏魏源山水小品时不可轻忽的重要讯息。

第二节 鸦片战争时期的爱国诗潮

鸦片战争为中国人留下了充满屈辱和噩梦般的记忆。这种痛苦的记忆无比深刻,以至于在战争过去一个多世纪之后,还是无法熨平战争带给中国人心灵上、情感上的创伤与痛苦。在世界还被划分为许多国度的今天,对由本民族特定历史经历所引起的民族情绪的回忆,是无法中断的,它甚至是一个民族精神凝聚力的重要源泉。

一、民族灾难与诗海潮汐

鸦片战争对于中华民族来说,是一段特殊的历史经历。当英国把鸦片贸易转换为战争形式时,中国人在理智上、情感上都无法接受这一突然降临的事实。而当清政府战败,签订了割地赔款的《南京条约》,中国被迫进入一个条约制度的时代后,他们更是痛心疾首,困惑丛生。为什么英国远隔重洋,竟不可一世,强行向中国倾销毒品,在中国沿海挑起事端,而中华泱泱大国,正义在握,却连连失败,终至于恭顺俯就,忍辱签约?天朝上国的心理定式,处理与夷狄争端的历史经验,以及最基本的民族自尊心与主权意识,使中国人无法接受这场战争及战争的结果。惶惑忧愤之思,殷殷爱国情怀,最先在诗的国度形成潮汐,掀起喧闹。

这是一场不约而同的全民族多声部合唱。灾祲频告,海氛突扬,民族被难,时事多艰,使不同阶层抱有不同艺术追求的诗人骤然统一了歌唱的主题。鸦片战争前已勃然兴起的“思乾坤之变”的志士之诗,在战争中找到了更实在的情绪附着之物,自然成为合唱中的主声部。这些诗人有魏源、林则徐、鲁一同、张际亮、朱琦等。一些家居东南沿海地区的诗人,如姚燮、张维屏、陆嵩、林昌彝、金和、贝青乔、黄燮清,亲历战乱,出入干戈,“每谈海氛事,即激昂慷慨,几欲拔剑起舞”(林昌彝《射鹰楼诗话》),故一改往日酬应山水之作,而注目于海疆烽火,民生苦难。一些慷慨激昂的咏事咏史之作,或幸存于山壁,或腾口于民间,诗存而作者名没。一些名本不著于诗坛者,如梁信芳、周沐润、张仪祖等,却赖有佳作,而名以诗传。

这是一场由战争而激发的诗海潮汐、诗国喧闹,它裹挟着风雷,裹挟着怒吼,裹挟着对战争的诅咒,裹挟着爱国忧民的情思,拔天塞地,汹涌澎湃。这是一部众人合作的战争史诗。它反映了战争的各个阶段、各个局部及重大战役,反映了由战争所引发的社会震撼与社会情绪,刻画了战争中各色人等的心态、行为。这是纷乱社会秩序中的变风变雅,诗格苍凉抑塞,悲愤遒劲,直抒胸臆,质直而无所讳饰,与穷工极巧、旨归和平的才子学人之诗相较,自有别样风韵。

我们不必妄自菲薄鸦片战争诗作所表现的民族情绪狭隘浅薄,或以唯美之眼光指斥其艺术品格率直粗陋。鸦片战争诗潮的价值,首先在于它是一个被凌辱、受损害民族痛苦情绪的记忆和抗争的呼唤。透过历史的风尘，我们应该着重追寻的是在那逝去了的充满屈辱与痛苦的岁月里，中华民族在认识世界、走向世界的过程中，经历了何等艰难的精神历程。

二、鸦片战争诗潮的情感流向

诗是诗人对人类与个体生存世界的独特感受和评价。当19世纪中叶鸦片战争的八面来风摇动着中国诗人的神旌心魄的时候，共同的生存环境、相似的生活视角和心灵感受，使一代诗作显示出大致相同的情感流向，这是我们称之为战争诗潮的主要原因。因此，对鸦片战争诗潮所表现出的共同情感流向的分析，是探求一代诗人复杂多变的感情世界和痛苦艰难的精神历程的重要途径。

鸦片战争主要是在沿海地区进行的，它只是一种局部战争。战争本身给中国经济所带来的破坏，远远不能和中国历史上全国性的战乱相比，甚至不能和清兵入关相比。但鸦片战争给中国人心灵上的震撼却是巨大的。中国在战场上的对手，是已经完成工业革命的英国资产阶级，而他们所代表的又是正在世界范围内泛滥的攫取性、贪婪性极强的资本主义洪流。他们高举重商主义与民族主义的旗帜，处心积虑地不惜运用野蛮的方式得到中国市场。当曼彻斯特的制造商们正在算计着如果每个中国人的衬衣下摆长一英寸，他们的工厂就得忙上数十年的时候，中国人却把战争的原因归咎于通商互市，天真地想象着关闭通商门户，以免自取外侮。

陆嵩在战争爆发之年所作的《禁烟叹》中，认定久禁不止的鸦片贸易引发了战争，致使粤东、渐东等边疆地区，烽烟四起。通商互市，自然是罪恶渊薮："通市咎前朝，弊政贵早革。怀柔圣人心，庸庸彼焉识。因循廿年来，交易互海舶。……奸术堕不悟，漏卮叹难塞。"把通商互市，看作圣人怀柔之举，已有居高临下之意。怀柔宽大之心，反招致战祸，结局令人难以接受。以怨报德、恩将仇报的看法，加重了诗人心理的失衡。至战事稍息，痛定思痛，陆嵩又有《追思》组诗，重申他的看法："沧海风尘幸已清，追思往事尚心惊。百年蠔镜潜遗毒，一夕羊城竟启兵。市以贿通原祸始，室由道筑岂谋成。何堪厄漏仍难塞,遍地流金内府倾。""百年蠔镜潜遗毒",是指 1557 年葡萄牙人借口船上货物湿水,需要"借地晾晒",租下澳门一事。诗人以为澳门租借,种下百年祸胎,羊城启兵,决非偶然。兵端既起,漏厄不塞,其祸害还可计量,而交易风起,涣散人心,破坏人伦,使民风不淳,道德沦丧,则祸害更是不可计量。诗人对此,更是忧心忡忡:"所嗟中华尚礼域,已悲荼毒遭黄巾。堪更近畿许通市,衣冠错杂且休论。百货交易务淫巧,钱刀习较忘尊亲。势将尽驱入禽兽,谁教稼穑明人伦。呜呼先圣去今远,大道岂得常渐沦。"(《津门叹》)中国为礼仪之邦,自当道德至上。百货交易,钱刀习较,会导致人伦泯灭,大道湮没,人几混同于禽兽,国将失立国之本。此种忧虑,在当时极富有代表性,它反映出中国古老的价值观念与西方资本主义价值观念的内在冲突。这种冲突,贯穿于中国近代历史发展的始终。

战争的失败,使中国人开始重新估量对手,也重新估量自己。前者,有"师夷之长技以制夷"战略口号的提出;后者,则表现为对天朝帝国万世长存迷信的动摇,两者共同显现出审时度势的初步觉悟与清醒。战争诗潮所表现出的觉悟属后一种,它将国人对清政府与军队在战争中行为的失望、愤慨与不满,几乎写在每一行诗中。

从战前禁烟到《南京条约》的签订,清政府的对英政策左右摇摆,变幻不定,旋战旋和,时抚时剿,执办官员,频频更换,朝荣暮辱,昨功今罪,使朝野上下人心惶惶,莫衷一是。魏源写在林则徐被革职后的《寰海》、《寰海后》组诗,愤怒地斥责了最高统治者出尔反尔、首鼠两端的行为:"功罪三朝云变幻,战和两议镂冰汤";"争战争和各党魁,忽盟忽叛若棋枚。浪攻浪款何如守,筹饷筹兵贵用才。"批评政府没有定见和全盘筹划,时战时和,浪攻浪款,反不如坚守塞防,稳固御敌,这同林则徐提出的"以守为战,以逸待劳"的作战策略桴鼓相应。"城上旌旗城下盟,怒潮已作落潮声。……全凭宝气销兵气,此夕蛟宫万丈明。"此诗以林则徐革职后,琦善改战为和,与英人草成《穿鼻条约》,赔偿烟价,割让香港为本事,讥讽广州战事冷热无端,城上旌旗还立,城下盟约已成,抗战怒潮方起,已作落潮之声。而改战为和的法宝在于

"全凭宝气销兵气",这种行为名曰羁縻,又何异于纳贡乞降?

对于临阵撤将、割地纳币求和,诗人们多有感慨。徐时栋《大将》诗云:"妖氛遍地海天昏,又见舟师破虎蹲。弃甲复来难瞑目,守陴皆哭早销魂。已知将去军无托,焉得唇亡齿独存!百里封疆谁寄命,但余荒谷报君恩。""将去军无托",指林则徐革职离粤,致使南海封疆,无人支撑危局。王增年《读史》诗云:"济济谋夫乱是非,坚持和议失戎机。不闻宝剑诛张禹,但说金牌召岳飞。"和议误国,良将贬谪,令人扼腕叹息。激愤之情,溢于言表。至于谭莹《闻警三首》,则直是破口大骂了:"沿海骚然亦可哀,片帆东指又登莱。怀柔原许宣君德,剿抚何尝愧将材。误国病民明旨在,贪功喜事寸心灰。津门咫尺连畿辅,训象生犀万里来。"当战不战,误国病民,纵敌深入,危及畿辅,也是统治者咎由自取。张仪祖《读史有感》有句云:"英雄效死偏无地,上相筹边别有才。竟尔和戎曾地割,是谁揖盗又门开?"赵藩《读邸钞书感》有句云:"后日恐无台避债,古来宁有币销兵。阴符灯下空三绝,宝剑床头偶一鸣。"都以辛辣的语调,嘲讽清政府的求和行为实同开门揖盗、以币销兵,致使英雄志士报国无门,杀敌之剑作墙上空鸣。

清政府的行为失误还不仅在于战和不定、浪攻浪款的战争决策方面,其他如军备废弛、兵甲不兴、官员颟顸、文恬武嬉,都成为导致战争失败的重要因素。战争对军队的应变能力、政府的行政素质、制度的完善程度进行了一次总检验和大曝光。这种检验和曝光,使战前早已存在着的政治、经济危机充分暴露,人们对清政府和军队的信心及信赖程度,随着战争的进展而逐日下降。定海再陷后,朱琦《王刚节公家传书后》诗写道:"用兵今两年,我皇日嗟咨。既苦经费绌,又虞民力疲。专阃成空名,文吏习罔欺。寇至军已逃,兵多饷空糜。"透出对政府战争行为漏洞百出、败在必然的万般无奈。写在敌船进入长江之时没有署名的《京口驿题壁》诗云:"事机一再误庸臣,江海疏防失要津。局外也知成破竹,梦中犹未觉燃薪。元龙豪气消多尽,越石忠肝郁不伸。天险重重如此易,伤心我国太无人。"事机一误再误,边疆之患已入腹地,不是失望太重,何至于出"伤心我国太无人"之语。

也许是政府和军队的行为太让人失望,因而,战争中死难的陈化成、陈连升、关天培、葛云飞等爱国将领,格外受人尊重和推崇。在众多诗人笔下,他们被推为民族英雄和人间正气的代表。在某种意义上,诗人赞扬的不仅是英雄行为的本身,更是中华民族抵御外侮、挽救危亡所最需要的精神和意志。

战争给中国带来了深重灾难和生存危机。天朝上国的信念与国家主权,民族自我中心意识和民族尊严,同时遭到无情打击。战争使中国人觉察到了虚妄,但他们同样又不甘心国家主权和民族尊严的被损害被践踏。割地赔款、丧权辱国的种种刺激,社稷倾危、民遭涂炭的流血现实,激发着诗人忧国忧民、悲天悯人的情怀和拯民于水火、救国于危难的宏愿。忧患意识与参与精神,成为鸦片战争爱国诗潮中最为基本和最为宏大的情感流向。

鸦片战争爆发之前,中国知识群体中所存在的浓郁而经久不散的忧患意识,主要是由国内政治、经济危机所引发的。虽有一些有心者对东南沿海商船云集、鸦片贸易日趋兴盛曾表示忧虑,但这种忧虑的触发点,多在于漏卮不塞等经济原因和"非我族类,其心必异"的天然戒备心理。当入侵者以炮舰打开中国大门,中国人日益感受到民族生存危机的威逼时,他们的忧患感便具有了内忧与外患的双重内容。

"鹤尽羽书风尽檄,儿谈海国婢谈兵"(《寰海后》),魏源的诗句形象地描述了战争给国人所带来的普遍震动。海国与兵事成为无所不在、人人关心的话题。战争诗潮所表现的铺天盖地的感慨与忧愤,也无不围绕这一话题。"七万重洋道里多,了无呵禁问谁何。岩疆日见楼船迫,枢省浑忘鼎鼐和。周室白狼夸辙迹,汉廷赤汗竟铙歌。那知神武皇家略,翻使刑天盗弄戈"(朱琦之《次刘莼江感事韵四叠》),其忧在英军长驱直入,楼船日逼,夸迹于周室,铙歌于汉廷,茫茫神州,竟成虎狼称尊之地。"江南莽莽犹风尘,夷氛又报腾津门。船坚炮利久传说,驱剿何敢轻挥军。所求毋乃太辱国,主议仍是前疆臣"(陆嵩《津门叹》),其忧在入侵者以船坚炮利为恃,处处要挟,得寸进尺地扩大其所得利益,横行无阻,辱国太甚。"书空咄咄恨难平,忧患无人审重轻。国有漏卮容外寇,天开劫运厄苍生"(方濬颐《感兴十八首》),"嗜利毒人奸已甚,乘机入寇祸尤延。民生不习干戈久,猝被疮痍剧可怜"(谢兰生《海疆纪事》),其忧在衅隙既开,战乱频仍,国被疮痍,民不聊生。"盱衡国是杞忧多,善后无方唤奈何。敢谓金瓯些子缺,要调玉烛四时和"(朱葵之《次刘纯江感事韵四叠》),"难同晋楚兵言弭,预恐金元祸踵开。我似樵夫观弈罢,正愁柯烂苦低徊"(张际亮《杂感》),其忧在国是不定,善后无方,金瓯有缺,兵祸难弭,恐金元之祸,已在不远。"边防虚饬坚城少,政府遥承制阃艰。百战几曾寒贼胆,只闻不敢渡台湾"(陆嵩《追思》),"长城自撤存孤注,利剑横磨笑乃翁"(钟琦《癸卯孟春……》),"海上鲸鲵犹跋浪,帐前戈甲自销兵"(贝青乔《辛丑正月感事》),其忧在边防空虚,抵抗不力,内变多生,长城自坏。"寄语风流诸幕府,轻裘缓带复何为"(钟琦《壬寅海氛纪录》),"大漏卮兼小漏卮,宣防市舶两倾脂。每逢筹运筹边日,正是攘琛攘赆时"(魏源《秋兴十章》),"鸩媒流毒起边烽,海国三年费折冲。叹息漏卮今已破,不堪重问阿芙蓉"(贝青乔《咄咄吟》),其忧在以币和戎,漏卮难塞,财政困窘,国立无本。

层层叠叠的忧思感慨,构成了战争诗潮的基音与母题。海国与兵事,像噩梦幽魂缠绕着诗人的心灵。他们不愿坐视国事日非,民遭涂炭,而积极筹谋救国救民、力挽败局的良策。他们忠告执政者未雨绸缪,早筹全策,"为语忠良勤翊戴,早筹全策固金瓯"(张维屏《雨前》);以为一战败北,未为定局,要"但须整旅补亡羊"、"六州错铸休重错"。至于补牢之策,则包括"欲师夷技收夷用"、"更使江防亟海防"等等。在出谋划策的同时,诗人们更多的则是慷慨赋诗,表达勇赴国难的雄心和亢奋情绪。他们常常带有自嘲地称自己关心国运民瘼的情思为"杞忧",以不能上马杀敌、驰骋疆场而深深自责或引以为憾。

我们无须再花费笔墨去描述一代知识群体社会主体意识与参与精神的种种表现,他们留下来的战争诗篇便是最好的说明。他们以与上马杀敌不同的形式参与了历史创造,这便是以诗写史,激浊扬清。刘禧延称贝青乔

《啁啾吟》是"诗史即今功罪定"(《读木居士〈啁啾吟〉题后》)。张维屏为陈连升、陈化成、葛云飞三将军作歌,以为"死夷事者不止此,阙所不知诗亦史"(《三将军歌》),姚燮正告割地邀功者"千秋史笔严功罪,几见巍勋武断成"(《诸将五章》),都表现出以诗写史的自觉意识。他们以诗为勇敢者留下光荣,为怯懦者刻上耻辱,为人间鼓荡正气,为万民诅咒邪恶;诗是一字千钧的清议。他们以诗传达战争所带来的有形的苦难、无形的疮痍和矢志报国者的亢奋、悲天悯人者的黯伤;诗是时代风云与情绪的实录。他们以诗记述天朝盛世梦幻破灭后民族心理的失重与告别虚妄的痛苦,以及蜕变中的新机,迷惘后的醒悟;诗是古老国度觉悟进步的见证。当我们在战争诗潮中追寻中华民族开步走向近代社会的精神历程和情感心态时,我们不能不承认,一代诗人的诗作为我们留下了真实而宝贵的原始记录。他们问心无愧地以文化创造的形式参与了历史的进程。

三、鸦片战争诗潮的意象群与客体形象系列

中国古典诗歌,尤其是近体律诗,长于抒情、内省,而短于叙事、写人。当战争的风云吸引着诗人的目光,激发其创作的热情时,抱定以诗写史、描摹时变的诗作者,将写史的意识渗透在艺术构思和审美创造的过程中,这就使他们的视角与表现热点聚集在处于战争风云中心地位的事件与人物之上。诗人们急切地把自己对这场亘古未有之变的所见所闻及感受写入诗中,希望为将来与后人留下一部诗的信史。这种以诗写史的自觉意识和行为,给诗坛带来了诸多变化,表现自由、篇幅较长的古体诗增多,以适应战争场景、事件及人物的描摹;不论古体诗还是近体诗,大都有本事可寻;近体律诗趋于组诗化,便于以连诵连唱的形式,集中而淋漓尽致地表现某一主题、某一事件和某种感受。这些变化表明,历史意识向诗美意识的渗透,无形中对古典诗歌提出了强化叙事功能的要求。

与诗歌叙事功能强化的趋势有关,鸦片战争诗歌所表现的艺术形象具有两个显著特点:其一是诗人不约而同地选用相似的物象构成作品中意蕴相近的意象,形成跨诗人、跨作品的意象群;其二是在古典诗歌常见的诗人抒情主体形象之外,出现了数量不少的客体形象。

意象是诗人主观情感和客观物象的结合体,是一种以物象的形式出现,而饱含着诗人思想情感的艺术形象。意象的孕育,有赖于形象思维的催化,而意象的生成,则使诗人的主观情感借物象而昭彰,而原来并无生命和情感色彩的物象,经过诗人情感生气的灌注,而获得真实的艺术生命。意象的生成,是以情感为基础的。战争诗潮的情感流向既有迹可寻,相同与相似的情感基础,促使繁富纷纭的意象,自然归属为相同的群类,这便是意象群的形成。

中国人对于战争对手的认识,是从鸦片贸易和炮火硝烟中开始的。英军残暴的侵略行为,给人们留下狰狞可怕、杀人嗜血的印象,而人种、面貌、语言各方面的差异,更使中国人以异类视之。因而,在战争诗歌中,凡言及英人处,诗人们总是选用犬羊、鹰狼、鸥鹢、碧眼鬼奴、鲸鲵等物象来构成意象,以表达痛恨与不共戴天的情绪。"犬羊自古终难驯"(朱琦《关将军挽歌》),"犬羊性狡恒无定"(陈文田《书事》),犬羊所构成的意象具有反复无常狡黠贪婪的含义。"是谁开馆纳鸥鹢"(张仪祖《有感五首》),"全开门户容蛇豕"(鲁一同《重有感》),"野鹰海西来,凹睛绿眼性雄猜"(萨大年《题林芗溪射鹰图》),鸥鹢、蛇豕、鲸鲵、野鹰所构成的意象,具有嗜血成性、狂暴肆虐的特点,表现了诗人对侵略者本性的认识。"碧眼鬼奴出杀人"(朱琦《关将军挽歌》)、"金缯日夜输鬼国"(朱琦《吴淞老将歌》),鬼奴、鬼国所代表的意象,带有对非我族类的蔑视与仇恨。此外,"蚩尤"、"颉利"、"楚人"等对中国历史上开化较晚民族的称谓,也常常被用来指代英人。又因英人来自海外,故而诗人描述战争,常用"涎雨腥风"、"腥涎毒瘴"一类的词汇构成意象,以表现海国征战特有的氛围。

对于战争总局,诗人常以"残棋"为喻。"闭关就使交能绝,已是残棋被劫初"(张仪祖《有感五首》),"纷纭劫局一枰残,班草欷歔泪暗弹"(陆黻恩《感怀史事》),"十行劲旅归杨仆,一局残棋付弈秋"(无名氏《粤东感事十八首》),"残棋"所体现的意象,寄寓着诗人叶落知秋的惆怅,它形象地说明了清王朝在战争中难以挽回的失败困境。在咏史感事类诗中,诗人常常运用历史典故构成意象。这些历史典故所构成的意象,一方面为诗之本事带来一种历史对比;另一方面,典中之意与诗人之意的重叠融合,也使诗味显得更加深沉厚重,耐人咀嚼。"宋家议论何时定,又报河冰冻合时"(魏源《秋兴后》);"议战议和纷不定,岳韩忠勇竟何成"(张仪祖《读史有感》);"江东设醮酬苏轼,海上投兵哭李纲"(张仪祖《咏史十首》);"一时主战惟宗泽,四海惊心罢李纲"(陈文田《书事》)——上述四联诗中,除"江东设醮酬苏轼"外,均运用南宋典故。前两联以宋南渡后偏安江南,年年高喊收复失地,但黄河冰封几回,却不见王师北上的历史事实构成意象,暗藏讥锋,讽刺清王朝和战不定、空喊抗敌的行为。后两联以南宋主战派终遭贬谪的悲剧命运构成典故意象,诗人在对古人的凭吊中隐含着对今人的同情。

意象是诗人情感与物象有意识的结合。意象的形成过程,即是诗人情感物化而成象的过程。不同的诗人选用相同的物象构成作品中意蕴相近的意象,形成跨诗人、跨作品的意象群,这是战争诗潮中的一大景观。对这一景观的形成唯一而合理的解释,便是诗人情感基础与审美体验的相似或一致。张维屏"风人慷慨赋同仇"(《三元里》)的诗句,正是对这一景观形成原因的最好注脚。战争使国人面临着共同的困境。民族生存的指令,在对一切民族行为都产生巨大支配力量的同时,也影响着诗人的情感流向和审美选择向整齐划一方向的调整。在这种调整的氛围中,相似的情感和认识基础,相似的生活与审美体验,共同构成了意象群生成的必要条件。

与意象的成象方式不同,诗歌中客体形象的成象,主要是通过对冲突、细节和人物行为的具体描述、刻画而完成的。这使诗的记述与史书的笔法更为接近。

为国捐躯者是战争诗潮着意表现的第一类形象,一首首对死难者的颂歌,交汇成惊天地、泣鬼神的英雄史诗。张维屏的《三将军歌》分别描写陈连升、葛云飞、陈化成抗敌死难的壮烈情景。其中写陈连升道:"凶徒蜂拥向公扑,短兵相接乱刀落。乱刀斫公肢体分,公体虽分神则完。公子救父死阵前,父子两世忠孝全。"写葛云飞道:"夷犯定海公守城,手轰巨炮烧夷兵。夷兵入城公步战,枪洞公胸刀劈面。一目劈去斗愈健,面血淋漓贼惊叹。夜深雨止残月明,见公一目犹怒瞪。尸如铁立僵不倒,负公尸归有徐保。"写陈化成道:"以炮击夷兵,夷兵多伤摧。公方血战至日旰,东炮台兵忽奔散。公势既孤贼愈悍,公口喷血身殉难。"朱琦写关天培道:"将军徒手犹搏战,自言力竭孤国恩。可怜裹尸无马革,巨炮一震成烟尘。"(《关将军挽歌》)写朱桂道:"枪急弓折万人呼,裹疮再战血模糊。公拔靴刀自刺死,大儿相继毙一矢。小者创甚卧草中,贼斫不死留孤忠。"(《朱副将战殁,他镇兵遂溃,诗以哀之》)诗人饱含激情,用诗的语言雕塑起英雄的群像,其搏战、进击、杀敌、死难,一举一动,历历在目,浩然正气与英雄行为赖诗篇而万古不磨,长留人间。

抗敌将领如高山屹立,而抗敌兵士则如万峰攒动,他们同样是视死如归,争赴国难。王之春写沙角炮台之战云:"大鹏将军振鼓鼙,部卒无多步伐齐。生持利剑呼斫贼,死守函关誓化泥。殷天炮雨挟雷吼,赤弹飞穿山石透。众志虽坚能成城,孤军无援难御寇。同仇敌忾心如铁,裹尸何处觅马革。……吁嗟乎!壮夫义气须求伸,从来为国不顾身。海滨是为成仁地,又见田横五百人。"(《登沙角炮台展忠义墓》)朱琦咏宁波收复之战云:"回军与角者为谁,巴州都士幽并儿。手中剩有枪半段,大呼斫阵山为摧。"(《狼兵收宁波失利书愤》)热血男儿,为国前驱,杀敌捐命于疆场,诗人笔下的群英形象,更是雄伟挺拔、气度非凡。

国难在即,走卒贩夫,亡命之徒,也知以身报国。贝青乔《咄咄吟》记宁波之战,有谢宝树者,本官府欲捕之人,谢审名乡勇籍中,思立功赎罪,战斗中被炮击伤,临绝时大声语与同伴道:"宁波得胜仗否?夷船为我烧尽否?我则已矣,诸君何不去杀贼耶?"诗人闻此,潸然泪下,作诗赞曰:"头敌苍黄奋一呼,飞丸创重血模糊。怜伊到死雄心在,卧问鲸鲵歼尽无。"张维屏的名篇《三元里》,描写了广州郊区民间(自发)反英斗争:"因义生愤愤生勇,乡民合力强徒摧";"妇女齐心亦健儿,犁锄在手皆兵器。"乡民妇女,都成为英勇杀敌的勇士。在这些普普通通的英雄形象身上,我们同样可以看到可贵的牺牲精神和不甘屈辱的民族气节。

与表现英雄形象时庄重肃穆的情思不同,诗人以嘲讽、揶揄的口吻,刻画了怯懦无能、畏敌如虎的文臣武将形象。他们坐视山颓海崩,而无所措其手足,官居高位,却无异于行尸走肉。1841 年 1 月,英军提出割让香港的要求未被立即应允,便攻占大角、沙角炮台。道光帝盛怒之下,由主抚转向主剿,派奕山为靖逆将军,隆文、杨芳为参赞大臣,率军赴广州作战。但清政府"痛加剿洗,聚而歼旃"的作战决心,不久便被广州被占的失败冲得烟消云散。无名氏所作的《广东感时诗》以广州战绩为三将军画像。其谓奕山道:"山河不顾顾夷蛮,百万金资作等闲。辱国丧师千古恨,待人犹说为民间。"谓隆文道:"隆隆势位说参谋,无勇无才死便休。城下兵临犹醉卧,全凭奸抚作和头。"谓杨芳道:"杨枝无力爱南风,参赞如何用此功。粪桶尚言施妙计,秽声传遍粤城中。"三将军身负重托,慷慨出师,却一败涂地,落得个辱国丧师、割地赔款的结果。尤其是原为湖南提督的杨芳,竟想出以粪秽破敌大炮的主意,如此愚蠢无用之辈,怎能指望他们赢得战争呢?

贝青乔的《咄咄吟》写在随扬威将军奕经进剿宁波英夷的途中,记述了军中许多可怪之事。奕经将军挺身南下,踌躇满志,开兵前十日,命幕中文人拟作露布。露布或详叙战功,有声有色,或洋洋巨篇,典丽矞皇,将军得意洋洋评点甲乙之,大有不日取胜、凯旋之意。但战火一起,清军节节败退,将军闻风后跣足而走,其战中怯懦与战前骄横形成了鲜明的对比。奕经所任命的前营总理张应云在战斗中更是迂腐无用,洋相出尽。《咄咄吟》记张应云事云:"瘾到材官定若僧,当前一任泰山崩。铅丸如雨烟如墨,尸卧穹庐吸一灯。""帐外交绥半死生,帐中早贺大功成。赫蹄小纸尖如匕,疑是靴刀出鞘明。"前诗写炮声四起,前营总理烟瘾方至,不能视事,结果是大误战机。后诗写帐外激战正酣,一人误报前队大胜,夷船烧尽,帐中文武随员闻讯争入拜贺,纷纷于靴桶中拿出早已准备好的纸条,谓有私亲一二人,乞附名捷秉之中,张应云一一应允。不久败信至,众皆颓然。诗人笔下,描绘了一幅活生生的冒功求赏、误战误国的群丑之图。

鸦片战争诗歌中的客体形象,大都是有事实根据与生活原型的。但作为一种艺术形象,它又是经过诗人艺术加工和融入诗人情感的。诗美意识与历史意识的重合,产生了诗人笔下的艺术形象。生活的真实和艺术的真实,又通过艺术形象获得了和谐的统一。

第四章　桐城派的发展与中兴

　　桐城派作为清代影响最为广泛的散文流派,自方苞推阐义法之说、揭橥古文旗帜之时起,至五四时期被加诸"谬种"的谑名、走向崩溃解体之日止,持续绵延二百余年。此二百余年中,桐城派大致经历了初创、承守、中兴、复归四个时期。康熙、雍正、乾隆年间,是桐城派的初创期。桐城派三祖方苞、刘大櫆、姚鼐奠定了此派散文理论基础,其又以言简有序、清淡雅洁的散文名噪文坛,赢得"天下文章,其出于桐城乎"的赞誉,桐城之名,遂行立天下。嘉庆、道光、咸丰年间,是桐城派的承守期。姚鼐门生弟子,广布海内,桐城之学,掩映一时文坛。其中著名者有梅曾亮、管同、刘开、方东树、姚莹等人,承继师说,标榜声气,守望门户,各擅其胜。咸丰中至同治、光绪初年,是桐城派的中兴期。曾国藩私淑姚鼐,雅好古文,于桐城派渐行式微之时,寻求义理、考据、辞章、经济的重新组合,试图以雄奇俊伟之方药救桐城派文规模狭小、文气拘束之病,别创湘乡派。曾国藩门下治古文者,有薛福成、黎庶昌、张裕钊、吴汝纶等,号称曾门四弟子。光绪至宣统年间,是桐城派的复归期。曾门弟子中惟吴汝纶为桐城人,且年寿最长。吴汝纶于西学东渐的文化背景下,重提方、姚传统,倡导恢复以气清、体洁、语雅为特色的桐城派文,并得到了马其昶、姚永朴、姚永概等桐城籍作家的积极响应。清亡之后,桐城之学渐归于衰微。

第一节　鸦片战争前后桐城派的发展与危机

姚门弟子的主要活动时期在鸦片战争前后。随着嘉道之际学风士风的转换,姚门弟子比起他们的先辈,多了几分以天下为己任的自信与躁动。梅曾亮写于道光初年的《上汪尚书书》抒写心志道:"士之生于世者,不可苟然而生:上之则佐天子,宰制万物,役使群动;次之则如汉董仲舒、唐之昌黎、宋之欧阳,以昌明道术、辨析是非治乱为己任。"刘开一生不仕,但以为"道之所在,不以王侯而贵,不以匹夫而贱"(《致鲍觉生学士书》)。姚莹以为:"稼问农,蔬问圃,天下艰难,宜问天下之士。"(《复管异之书》)姚门弟子对鸦片战争前后学风士风的转换和山雨欲来的时局,感受是异常敏锐的。他们的社会地位虽各不相同,却无不以昌明道术、拯衰救弊为己任,而毫不掩饰对建功立业、平治天下的渴望。

姚门弟子充分意识到:他们生活的时代与先辈大大不同,文必须因时而变。梅曾亮《答朱丹木书》云:

> 惟窃以为文章之事,莫大乎因时。立吾言于此,虽其事之至微,物之甚小,而一时朝野之风俗好尚,皆可因吾言而见之。使为文于唐贞元、元和时,读者不知为贞元、元和人,不可也;为文于宋嘉祐、元祐时,读者不知为嘉祐、元祐人,不可也。韩子曰:"惟陈言之务去。"岂独其词之不可袭哉?夫古今之理势,固有大同者矣;其为运会所移,人事所推演,而变异日新者,不可穷极也。执古今之同,而概其异,虽于词无所假者,其言亦已陈矣。

文因时而变,描摹运会,推演人事,当以真为出发点。立诚求真是姚门弟子文论中的一个重要命题。立诚是为文的基础,求真则具有多重含义。一是时世之真。即如梅曾亮所言,文要反映出特定时代的风俗好尚、运会消息与精神气象。二是性情之真。为文要具有鲜明的个性特征和独特的精神风貌。人的性情千差万别,为文应文如其人,见其本真。梅曾亮论及人真与文真道:"见其人而知其心,人之真者也。见其文而知其人,文之真者也";"失其真,则人虽接膝而不相知;得其真,虽千百世上,其性情之刚柔缓急,见于言语行事者,可以坐而得之。"(梅曾亮《太乙舟山房文集叙》)一性而欲兼众情,必失其真。三是语真。语有真伪之辨,是因为摹古拟古之风日久,剽贩古人,涂泽古语以文其浅陋者比比皆是,失其语真,情则近于伪情,体亦近于伪体。其为文者,纵将"尧之眉,舜之目,仲尼丘山之首,合以为土偶",其结果必然丑陋不堪而"不如篷簾戚施"(梅曾亮《杂说》),取范不为不美,但没有生气灌注,难免画虎类犬之讥。

姚门弟子因时立言、立诚求真的创新冲动,折射出鸦片战争时期士气复苏的时代精神。作为桐城派传人,姚门弟子对"学行继程朱之后,文章在韩欧之间"桐城派思想与文学传统的恪守,使得他们在即将到来的社会变革中,时时以程朱之道统与韩欧之文统的守先待后者自居。在对道统的坚守中,姚门弟子津津乐道于程朱孔孟相传之道,积极卫护程朱理学的思想地位,并习惯于从伦理纲常的角度解读社会。在对文统的坚守中,姚门弟子不遗余力地编排由方、刘、姚上接唐宋八家,由八家上接六经左史的古文传承系统,以桐城三祖作为六经左史的古文传人,并以为"欲志乎古,非由三先生之说,不能得其门"(方东树《刘悌堂诗集序》)。姚门弟子对道统、文统的坚守,对于巩固桐城派文坛正宗的地位,具有重要的意义。但惟道统、文统是守,非五子书不读,非左、史、唐宋八家、归、方、刘、姚之文不学,则易走向画地为牢、自我封闭的境地。道统、文统情结在为桐城派作家编织了一个思想与古文传承体系的同时,也限制了他们阅读取范的眼界和因时立言、立诚求真创新意图的实现。

由于个人经历与生活道路的不同,姚门弟子的古文创作显示出各自的个性与风格。

管同(1780—1831),字异之,江宁上元(今南京)人。姚鼐主讲钟山书院时,管同与梅曾亮同入姚门受业。道光五年(1825)中举,入安徽巡抚邓廷桢幕。有志经世,然会试不中,胸怀所蓄,抒发为文,时有卓见,传诵一时。有《因寄轩文集》。

管同一生未仕,但《因寄轩文集》中却多有议论时政的文字。其《拟言风俗书》,就滑县天理教徒1813年攻入紫禁城一事发表议论,以为清代治士之策,严厉于明代。明之为俗,官横而士骄;清矫其弊而过正,"是以百数十年,天下纷纷亦多事矣,顾其难皆起于田野之奸,闾巷之侠,而朝宁学校之间,安且静也",追究"天下遂不言学问,清议之持无闻于下"之万马齐喑局面的形成,无不缘于清代治士之策,眼下当务之急是除却禁忌,振刷士风,以期"劲直敢为之气作","洁清自重之风起"。对日益增多的洋商洋货,管同有《禁用洋货议》,其以为国人以财而易洋货,为"伤民资而病中华"之举,主张严禁与洋人通商,"其货之在吾中国者,一切皆禁毁不用",这种一厢情愿的好梦,不久便被鸦片战争的炮火所打破。打开大门后的中国,被迫进行的却不仅仅是通商互市。这当然是1831年就去世的管同所未能看到也不愿看到的。

管同的传志游记文,显示出简洁明快的文体风格。寓言式小品文《记蝎》,由蝎之去尾者,更生双钩,其毒不可疗,以说明恶人久制于人,而一旦得势,则不可复制。《记鸽》感慨"健而善飞,当其悬哨薄云,虽鸷若鹰鹯莫能害"的鸽子,一旦见获于人,竟为野狸所食的故事,告谕"世之见获于人者",以此为鉴。《宝山记游》写徜徉于海潮涛声、舟影月色中的惬意,极有层次。《抱膝轩记》写钟山山林、江宁流水环抱之中吟哦啸歌的乐趣,富有诗意。《饿乡记》则别出心裁,勾画出"去中国不知几何里",代有仁人志士相聚于此,互慰寂寥,其乐融融的"饿乡",于子虚乌有的去处寄寓穷愁之慨。《邹梁圃先生传》写穷老书生早年的读书生活,用传神细节刻画书痴形象。《亡妹圹碣》记叙家道中落后小妹"未尝一日安乐"、困苦殆不忍言状的生活,以白描写琐事,以琐事见真情。

管同受业于姚鼐,自然以桐城学传人自居。其《国朝古文所见集序》中以为清初散文三大家侯方域、魏禧、汪琬,"皆不得接乎文章之统",对桐城三祖及姚门弟子,也多有声气标榜之语。姚鼐论文,以为"文之雄伟而劲直者,必贵于温深而徐婉"(《海愚诗钞序》),管同在《与友人论文书》中论文以阳刚为贵,晚年又修正此说,以为"文人之心,控引天地,囊括万物,神机辟阖,不知其故,乃为能尽文章之极致,而宏毅特其一端耳"(《又答念勤书》)。

刘开(1784—1824),字明东,一字孟涂,桐城人。十四岁以书谒姚鼐,姚授以古文法。曾补县学生。家贫不能养,游人幕府。四十岁卒于亳州。著有《孟涂文集》。

刘开因生活所累而奔走豪权之门,希望言有所售而身有所寄。《孟涂文集》中给各级官员的上书,或议论政治,或辨析学术,或抒写心志,或显露才情,极讲究辞采,又多用铺张兀臬之笔,在以清淡朴素为基本风格的桐城派散文中增添了若干异样的色彩。如《上莱阳中丞书》、《上阮芸台侍郎书》等,这些文章多用排比与骈偶句式,纵横捭阖,神采飞扬,大有《战国策》中游说家的风范。这种文章风格的形成,固然与以言求售有关,也与刘开对古文写作的独特认识有关。

刘开认为,古文之作,当从八家、归、方入手,但取范又不可拘限于八家、归、方。刘开在《与阮芸台宫保论文书》中陈述古文不当拘囿于八家的理由,以为韩愈起八代之衰,非尽扫八代而去之;八代瑰丽之美,韩、柳未尝不备有;宋诸家迭起,扫八代瑰丽之辞太过,于是文体薄弱,无复沉浸浓郁之致;学八家者,并西汉瑰丽之文皆不敢学。如何使古文走向更广阔的发展道路,刘开提出了广收博取、取精用宏与骈散相成、殊途合辙两条路径。师从姚鼐、身处桐城派壁垒中的刘开,其"以汉人之气体,运八家之成法,本之以六经,参之以周末诸子"的倡言,对于桐城派文从拘谨空疏、规模狭小的窘困中走出,具有针砭的意义。此后曾国藩中兴改造桐城派,正是从扩大取范、骈散相成处入手的。但刘开人微言轻,在当时并没有引起人们太多的注意。

《孟涂文集》中也有一些清淡隽永的散文作品,如《游九龙山记》、《岐岭看云记》、《自乐亭记》,写得起落有致,意象鲜明。《樵者传》从樵者的言语行为中悟出为学与用世之间养锋蓄锐的道理。《潜真子传》托隐逸山林、远离人俗者之口,道出"耕而食、汲而饮"之乐业,"沉潜乎诗书之府,优游乎道德之林"之乐天,及"麋鹿之与居,猿鹤之与友"之乐群的逍遥快乐。《孟涂文集》中有骈文数卷,其中的《书洛神赋后》、《小园记》饶有韵味。姚鼐八十寿辰时,刘开曾有《姬传先生八十寿序》一文,赞扬姚鼐卓起于波靡之中,力持正议,以昭后学的功绩。姚鼐称赞此文"命意遣辞俱善,世不可无此议论,亦不可无此文。尽力如此作去,吾乡古文一脉,庶不至断绝矣"(姚鼐《与刘明东》),希望可谓殷厚。文家评刘开文,多推尚其识见、才气,复惋惜其生年不永。

方东树(1772—1851),字植之,桐城人,诸生,未入仕途。早年于钟山书院师从姚鼐,而后随侍讲习最久。曾受阮元延请修《广东通志》,晚年著书讲学,历主庐州、亳州等书院,卒于祁门。著有《仪卫轩文集》、《汉学商兑》、《昭昧詹言》等。

方东树一生著述颇为丰富。《清史稿》谓:"东树始好文事,专精治之,有独到之识。中岁为义理学,晚耽禅悦。凡三变,皆有论撰。务尽言,唯恐词不达。"方东树在《仪卫轩文集·自序》中称:"盖昔人论文章,不关世教,虽工无益。故吾为文,务尽其事之理而足乎人之心,窃希慕乎曾南丰、朱子论事说理之作。"《仪卫轩文集》中最引人注目的正是这类论事说理之作。

文统情结与文派意识,在姚门弟子中普遍存在,但在方东树的有关论著中表现得最为浓烈。方东树在《书惜抱先生墓志后》中提出国朝古文方、刘、姚三足鼎立说。方苞之文,静重博厚,象地之德,是深于学者;大櫆之文,日丽春敷,象太空之无际,是优于才者;姚鼐之文,纡余卓荦,如道人德士,尤以识胜。以天、地、人喻方、刘、姚,虽不免标榜声气之嫌,但影响颇大。方东树又有《答叶溥求论古文书》,论及姚鼐《古文辞类纂》的编选,以为姚选古文辞,八家后明录归有光,清录方、刘、姚,以指示古文传脉之所在。外人谤议,以为党同乡,姚鼐晚年嫌起争端,悔欲去之。方东树以为,姚鼐之悔,大可不必。此只当论其统之真不真,不当问其党不党。这种不避谤讪、我行我素的精神气质,是方东树所特有的。对古文艺术地位的维护,方东树也显示出巨大的理论勇气。道光年间,开经世文风气的是陆耀编辑的《切问斋文钞》,魏源编辑的《皇朝经世文编》。编者把有清一代有关政治、经济、学术、风俗、刑法等国计民生问题讨论的文章,不分派别,按类纂集,目的在于为国家治理者提供借鉴,倡导经世致用的风气。方东树读了这两部书后认为:两书中辑录的文章,只能算是随时取给之文。这样的文章以致用为急,不必以文字为工。致用之文,虽如布帛菽粟,为人切需,但转眼化为朽腐,不能传之后世。唯有作者之文,道足以济天下之用,词足以媲《坟》、《典》之宏,茹古含今,与日月常昭。作者之文的生命力久远的原因,即在于它的艺术性。对于桐城前辈文气拘束、不能宏放的弱点,姚门弟子也有反省。方东树在《书望溪先生集后》中以方苞文为例,指出方苞文重滞不起,观之无飞动嫖姚跌宕之势,诵之无铿锵鼓舞抗坠之声的原因在于:作者将程朱之道横贯胸中,为文"力求充其知而务周防焉,不敢肆,故议论愈密,而措语矜慎,文气转拘束,不能宏放也"。

《仪卫轩文集》中,绝少徜徉山水、叙事记趣之作,更多的是救时补弊、励志问学之作。其中,最具有代表性也是方东树最引以为得意的是《化民正俗对》与《病榻罪言》。《化民正俗对》写作于朝野就弛禁还是严禁鸦片争论不休的1838年。方东树以此文上书两广总督邓廷桢,不但主张严禁鸦片,还对弛禁论者予以严厉的批驳。《病榻罪言》写在林则徐、邓廷桢因禁烟获罪之后,作者以为将鸦片战争爆发的罪过归咎于林、邓是有失公平之举。汉宋之争是清代学术界的一大公案。1818年,汉学阵营中的江藩,作《汉学师承记》,意欲对汉学的发展作一总结。1824年,客居阮元幕府的方东树写作《汉学商兑》,对汉学对宋学的攻讦予以反击,成为宋学阵营反汉学的扛鼎之作。方东树还著有《昭昧詹言》数卷,其以王士禛《古文选》、姚鼐《今体诗钞》中所选为主,分五言古诗、七言古诗、七言律诗三个部分,讲解诗法与诗的鉴赏。此书最大的特点是将古文理论术语用于诗的评点。其弟子主要有方宗诚、戴钧衡等。

梅曾亮(1786—1856),字伯言,江苏上元人,曾于钟山书院受业于姚鼐。

道光二年进士,用知县,不乐外吏,援例改户部郎中。居京师二十余年,文名甚高。有《柏枧山房文集》。对于二十余年的仕宦生活,梅氏以"惰窳无耻"四字概而言之:"官事既懒于趋走,又不能无事静坐,聊藉笔墨,以消其无赖之岁月,而人乃谬以言语、文字相属。每一握笔,辄耻于不如古人,又不肯为今人,二者交战,终岁中惟是为大苦,可为无其实而窃其名者之戒。"(《答王鹏云书》)对于义理、考证之间的学术纷争,梅曾亮绝少涉及,其《答吴子叙书》中坦然相告:"向于性理微妙,未尝窥涉,稍知者,独文字耳。"梅氏以文辞自期的原因,曾在《赠汪写园序》中有所透露。梅氏以为:文辞与功名,"以为两涉而俱败也,莫如决其一而专处之"。

在《柏枧山房文集》中,《民论》为早期作品,写于天理教起事后的 1813 年。文中把民分为乱民、奸民两种,乱民常迫于饥寒而起事,奸民则无所激发而倡为狂悖之说。天理与白莲两教均是奸民之属。治奸息乱,必以王者之权而兴教化。写于同年的《士说》,以为士之于国,犹木之于室也。国家待士与商贾负贩者同,此士之所以终不出也。《上汪尚书书》、《臣事论》分别对阶级太繁、事权不一、互相掣肘和居官者有不事事之心,而以其位为寄的官僚腐败现象予以抨击,并提出了吏治改良的建议。梅氏早期的议论文字,也表现出对封建专制心有余悸的畏惧心理及避祸灾、远是非的处世态度。如《观渔》,言沉网于池中,鱼之跃者有入者,有出者,有屡跃而不出者,渔者视之,忽不加得失于其心。作者感慨之,以为"人知鱼之无所逃于池也,其鱼之跃者可悲也,然则人之跃者何也"。由池中之鱼的命运,联想到人的生存状态,颇类于《庄子》中的寓言。梅氏读《庄子》,以为庄子工于文而意隐:"庄周也,屈原也,司马迁也,皆不得志于时者之所为也,皆怨悱之书也。然而,《庄子》之怨悱也,隐矣。"(《读庄子书后》)梅氏的政论之作,深谙意隐之道。

《柏枧山房文集》中的纪游传记类文章,大多隽永可读,体现出桐城派文的优长。如《钵山余霞阁记》、《游小盘谷记》、《冯晋渔舍人梦游记》、《王蒂传》等,构思精美,语句雅饬,意象鲜明。在《冯晋渔舍人梦游记》中,作者依托梦境,设计了一个"不登而山,不涉而水,不拜跪迎送而主客"的幽雅之所,与管同的《饿乡记》异曲同工。梅曾亮还有一篇《惜字纸说》，把专守一经的经学家比作蠹虫，以为他们大有罪于文字，"能使字之通者塞，美者丑，完好者坏，而独肥其身，滋其族，且以是高其名，凡所居所食，他虫莫敢望焉"。梅氏弃骈从散后，所写《姚姬传先生八十寿序》仍用骈体，晚年自定文集，又将骈文分上下两卷附于集中。

梅曾亮于姚门诸弟子中功名较著，又专攻文章之学，不轻言道统、文统，少涉学术纠纷，所以在京时交了不少文字朋友，形成了一个介于师友之间的志同道合、切磋为文之道的群体。据朱庆元《柏枧山房文集跋》中所开列的名单，江苏籍的有许宗衡、鲁一同、邹鸣鹤，山西籍的有冯志沂，浙江籍的有邵懿辰，江西籍的有吴嘉宾、陈学受，湖南籍的有曾国藩、孙鼎臣，广西籍的有龙启瑞、朱琦。京师因梅氏而有桐城学。

姚莹（1785—1853），字石甫，姚鼐之从孙。1806 年，从姚鼐就读于敬敷书院。越二年中进士。1838 年为台湾兵备道，鸦片战争期间，多次击退侵台英军。1842 年《南京条约》签订后，被弹劾入狱。不久贬官四川，后复用为广西按察使。著作为《中复堂集》。

与姚门其他弟子相比，姚莹有更丰富的人生经历，而其所学，又不以桐城之学自限。姚莹以方、刘、姚诸学说为古文正途，叹服桐城前辈之文入深志之境，同时又宣称："生平不为无实之言，称心而出，义尽则止。何者周秦，何者建安，何者唐宋，放效俱黜。"（《复方彦闻书》）在风云际会的年代，姚莹不以书斋中人自期，其在《与吴岳卿书》中把姚鼐义理、考据、辞章学问三事改换为义理、经济、文章、多闻。其写于鸦片战争前夕的《通论》，在山雨欲来之际，呼吁国家大臣执政，居安思危，未雨绸缪。《师说》主张振刷士风，激扬气节。《复座师赵分巡书》对天理教攻入北京一事甚感震动，惊呼"溃痈之患已形，厝薪之势弥急"。《复管异之书》将天下分为开创之天下、承平之天下、艰难之天下，呼吁高扬"天下艰难，宜问天下之士"的精神气概。被贬官四川时，两次入藏，留心对海外诸国历史地理的了解及对边疆地区的考察，将所见所闻写成《康辅纪行》，作为《海国图志》的续书，供同人"徐筹制夷之策"。

《清史稿》谓姚莹"师事从祖（姚）鼐,不好经生章句,务通大意,见诸施行。文章善持论,指陈时事利害,慷慨深切"。

姚门弟子在鸦片战争前后的多事之秋,是以一种守先待后的心态对待亘古未有之变和桐城文学事业的。他们意识到道统、文统情结与立诚求真,僵死的思想规范与艺术创新之间的矛盾,但却无法超越这种矛盾。桐城派所张扬的义理之学,此时已流于对伦理纲常的单调重复。姚门弟子并不乏论及政治、经济、学术、风俗的文章,但他们把一切造成封建秩序紊乱的因素,都看作是人心、世风、士风不正的结果,因而开具出千篇一律的正风俗、兴教化的药方。这种泛伦理主义的救世之方大而无当,无所不适而又无所适,因而给人一种枵腹空言之感。桐城派所言"文"主要是指唐宋八大家以来的杂记序跋、碑志传状之文。正是在这类体裁中,姚门弟子较多地显示出才华和优势,创作出一些于平易中见情致、清淡朴素的优秀之作,较为充分地体现出其清真雅正的审美理想与文派风格。但刻意追求行文有序、要言不烦,以语言纯净、不涉鄙俚猥佻为尚,加之"本经术而依于事物之理"(方苞《答申谦居书》)等思想原则的限制,文章风格细腻有余而宏放不足,能做到秩然有序而少有腾挪变化。语言表述无辞繁而芜、句佻不文之病,却往往流于滞重、呆板、拘谨。虽言文随时变,着眼却止于"事之至微、物之甚小",以见"一时朝野之风俗好尚"(梅曾亮《答朱丹木书》);又崇尚"不为熊熊之光,绚烂之色"(梅曾亮《太乙舟山房文集叙》),表现出琐细而平易的艺术价值取向。这种规模狭小、禁忌繁多、文气孱弱的文章,是难以表现重大题材及复杂思想的。

第二节 曾国藩与桐城派的中兴

咸同之际清王朝与太平天国的政治、军事对峙中,代表清政府在主要战场上与太平军进行角逐较量的是以曾国藩为首领的湘军。曾国藩在为王前驱、戎马倥偬之中成为清政府政治、军事利益的代表。同时,曾国藩特殊的政治地位和在诗文创作上的宗尚与努力,又使他成为咸同之际宋诗运动的倡导者和桐城派的中兴者。

曾国藩(1811—1872),字伯涵,号涤生,湖南湘乡人。道光十八年(1838)进士,入翰林院。此后十年七迁,授内阁学士兼礼部侍郎。先后兼署兵、工、刑、吏各部侍郎。咸丰二年(1852),在籍为母守丧期间,奉命兴办团练,号湘勇。后与太平军转战于长江中下游,改称湘军。太平军失守天京后,曾国藩因战功晋升一等侯。官至两江总督,武英殿大学士。谥号"文正"。

曾国藩初入京师时,桐城派中的梅曾亮,宋诗派中的何绍基,俱有文名,曾氏与之交往过从,"心独不肯下之,顾自视无所蓄积,思多读书,以为异日若辈不足相伯仲"(赵烈文《能静居日记》)。京师读书养望的生活,使他感到诸种学问中,又独于古文辞,心有契合,情有独钟,其1843年《致刘蓉》信中,自言对诗古文辞的兴趣,是以姚鼐的有关议论和《古文辞类纂》为引导的。并说"古之知道者,未有不明于文字者"。在此基础上,以"坚车行远"之说,概括自己的文道观:

> 周濂溪氏称"文以载道",而以"虚车"讥俗儒。夫虚车诚不可,无车又可以行远乎? 孔孟没而道至今存者,赖有此行远之车也。吾辈今日苟有所见,而欲为行远之计,不可不早具坚车乎哉!

正是基于情有独钟的积愫和坚车行远的志向,曾国藩在进入戎马驰驱的生活之后,对诗古文辞仍难以释怀。

1856年,姚门弟子中年寿最长的梅曾亮、方东树相继去世,桐城派发展最盛的安徽、江西、广西地区战争频仍,桐城派古文传绪后继无人。1858年,曾国藩作《欧阳生文集序》,历数桐城派的源流传承和姚鼐之后的发展规模,将桐城古文濒绝、斯文扫地的原因归咎于"洪杨之乱",这是曾国藩在桐城派命运式微之时试图重新捔起古文旗帜所走出的第一步。

1859年,曾国藩写成了足可称之为其思想与学术追求总纲的《圣哲画像记》。他所精心选择的古今圣哲三十二人,实际上是清代各学派所推尊的精神领袖的综合。如宋学家所崇尚的文王、周公、孔子、孟子、周敦颐、程颢、程颐、朱熹;汉学家推为鼻祖的许慎、郑玄、杜佑、马端临;经世派奉为楷模的诸葛亮、陆贽、范仲淹、司马光;辞章家推尚备至的左丘明、庄子、司马相如、班固、韩愈、柳宗元、欧阳修、曾巩、李白、杜甫、苏轼、黄庭坚。三十二人中,清代学者有顾炎武、秦蕙田、姚鼐、王念孙四人,均列入考据学科中。

在三十二圣哲中,姚鼐被置于考据之属,虽稍显不类,但已是相当难得。曾文谓姚鼐持论闳通,"国藩之粗解文章,由姚先生启之也",心悦诚服地把自己列入姚氏的私淑者之中。次年,曾国藩着手编辑《经史百家杂钞》,在桐城派奉为圭臬的《古文辞类纂》之外,别辟取范门径。在此前后,渐次露出其对桐城派文的改造意向。

曾国藩对桐城派文的改造意向,主要表现在两个方面:一是补救桐城派文空疏迂阔而遭虚车之讥的弱点,把桐城古文引导到关心经世要务、摭谈当代掌故、虚实相济、体用兼顾的路径上来;二是针对桐城派文规模狭小、气势孱弱的毛病,提出广开门径,转益经史百家,作雄奇瑰玮、气象光明之文。

针对桐城派空疏之弊,曾国藩在姚鼐提出的"义理、考据、辞章"的学问三事中,加入"经济"。其《劝学篇示直隶士子》云"为学之术有四:曰义理,曰考据,曰辞章,曰经济",并比附于孔门德行、文学、言语、政事四科。"经济者,在孔门为政事之科,前代典礼政书及当世掌故皆是也"。"义理与经济,初无两术之可分,特其施功之序,详于体而略于用耳","苟通义理之学,而经济该乎其中矣"。因此,他将古文辞定位为"文者,道德之钥,经济之舆"(薛福成《拙尊园丛稿序》)。载道德经济以行,无车不可,虚车当讥,惟坚车方可载功德以不朽。应在古文侈谈义理,抒写心志,记述清风曲涧、身边琐细之外,增添其讨论经世要务和当代掌故得失的内容,强化古文参与社会现实的功能。

桐城派文谨遵义法之说,追求言简有序、清真雅洁的文章风格,故而渐渐走向深美有余、浩瀚不足的狭路。曾国藩读《归震川文集》，以为归有光之文，"不事涂饰，而选言有序，不刻画而足以昭物情"，此长处为后人所取法所乐道。但"彼所为抑扬吞吐、情韵不匮者，苟裁之以义，或皆可以不陈。浮芥舟以纵送于蹄涔之水，不复忆天下有曰海涛者也。神乎？味乎？徒词费耳"（《书归震川文集后》）。此语也正切中学归氏的桐城派文的弊端。曾国藩将古文分为雄奇、惬适两类，又以为雄奇必贵于惬适：

> 雄奇者，得之天事，非人力所可强企；惬适者，诗书酝酿，岁月磨炼，皆可日起而有功。惬适未必能兼雄奇之长，雄奇则未有不惬适者。学者之识，当仰窥于瑰玮俊迈、诙诡恣肆之域，以期日进于高明。若施手之处，则端从平实惬适始。（《杂著》）

以雄奇之标准衡量桐城派之文，则显得阴柔有余而阳刚不足。曾国藩对姚鼐之文推崇备至，但论及姚文不足之处，则云："其不厌人意者，惜少雄直之气，驱迈之势。"（《复吴敏树》）他认为桐城派文气不振的原因，首先在于好言义理，气势为理障所壅阻而不盛。气势不昌，难以挟理以行，此所以桐城派说理之文少有精彩之作。因此，曾国藩深有古文"无施不可，但不宜说理"（《复吴敏树》）的感叹。

欲为雄奇之文，首先应当扫除理障。曾国藩1858年与刘蓉的信中，谓刘氏游记之作，"以义理言则多精当，以文字言终少强劲之气"。又言："鄙意欲发明义理，则当法《经说》《理窟》及各语录札记。欲学为文，则当扫荡一副旧习，赤地新立，将前此所业，荡然若丧其所有，乃始别有一番文境。望溪所以不得入古人之阃奥者，正为两下兼顾，以致无可怡悦。"

其次，当扩大眼界与取范对象。具体而言，应以汉魏文人训诂精确、声调铿锵之长处及汉赋坚劲之气质，药救桐城派文之流弊。曾氏评张裕钊之文"笔力稍患其弱"，并以为，柔和渊懿之文，必有坚劲之质、雄直之气运乎其中，乃能自立。气体近柔，应"熟读扬、韩各文，而参以两汉古赋，以救其短

（《加张裕钊片》）。雄奇之文,不必拘守于骈散之辨而作茧自缚。曾国藩认为:古文骈文多有相通之处,"名号虽殊,而其积字而为句,积句而为段,积段而为篇,则天下之凡名为文者一也"(《复许仙屏》)。既然为文之道一,自不当有高下优劣之说。《尔雅》、《说文》小学训诂之书,《汉书》、《文选》、班固、司马迁、韩愈、欧阳修之作,群经诸子,以至近世名家,莫不各有匠心,以成章法。总之,应转益多师,骈散互用,"以力去陈言、戛戛独造为始事;以声调铿锵、包蕴不尽为终事"(《复许仙屏》)。

曾国藩对桐城派文的两大改造意向,客观上体现了鸦片战争后文学功能调适与风格转换的一种趋势,也体现了他个人对古文辞审美价值的理解和选择。他之所以能成为桐城派的"中兴名主",与其煊赫的政治地位有关,也与其对桐城派文因势利导的改造有关。他早年有过崇拜方、姚时期,对桐城派古文理论耳濡目染。他以精处、粗处、阳刚、阴柔论文,讲求器识、情理,重视讽诵之功,都可以看出桐城派古文理论的影响。曾国藩是在桐城派古文基础上,使之克服自身的弊端,以适应变化中的社会需要和审美风尚,而并没有抛开桐城派另起炉灶。曾门弟子概括为"扩姚氏而大之,并功德言为一途"(黎庶昌《续古文辞类纂叙》)。在称赞曾国藩扩大堂庑、广辟途径的同时,也强调其对桐城派古文理论的师法与继承。曾国藩对桐城派古文表现内容与艺术风格上着意改造,有助于古文从规模狭小、气势柔弱的窄小尺幅中走出。但同时,桐城派所谨守的艺术格局也在一定程度上被打破。当上述改造意向在曾国藩及曾门弟子的作品中得到落实和实现时,人们则改称之为湘乡派,以有别于以委婉朴素、清淡雅洁为基本风格的桐城派。

曾国藩文集中,绝少有性理之辨及徜徉山水、怡情遣兴之作,重在以襟怀、学识、议论、事功示人。曾国藩之文,以切于事情而持议坚劲、委婉廉谨而内藏拗强之气为基本特点。为文欲得桐城派文平实惬适之风韵,而去其迂腐头巾之气;追求汉魏辞赋瑰伟俊迈之境,而避其繁声僻字之弊。曾氏于奏议之文,师心贾谊、陆贽、苏轼之作。讨论经世要务,以明于利害、晓以义理、动以人情为写作之要。论学记事序跋之作,大抵立论通达,情理熨帖。

《欧阳生文集序》《圣哲画像记》,评述古今人物品学得失,抒写守先待后心志,廉谨的语言之中,掩藏不住舍我其谁的气度。

曾国藩是咸同年间处在传统与现实夹缝之中,充满着极大思想矛盾的人物。他对桐城派文的改造调整意向,腾为口说,播为声令,所产生的作用胜过桐城派的姚门弟子。

第三节　曾门弟子及桐城派的复归

1860年以后,曾国藩幕府中延揽的各方面的人才与日俱增。众幕僚中,治古文辞而被后人称作"曾门四弟子"的是张裕钊、薛福成、黎庶昌、吴汝纶。薛福成《拙尊园丛稿序》回忆幕府中曾国藩时时以文事勉励众人时的情景道:

> 居常诲人,以为将相者,天下公器,时来则为之,虽旋乾转坤之功,邂逅建树,无异浮云变幻于太虚,怒涛起灭于沧海,不宜婴以成心。文者,道德之钥,经济之舆也。自古文周孔孟之圣,周程张朱之贤,葛陆范马之才,鲜不借文以传。苟能探厥奥妙,足以自淑淑世。舍此则又何求?当是时,幕府豪彦云集,并包兼罗。其治古文辞者,如武昌张裕钊廉卿之思力精深,桐城吴汝纶挚甫之天资高隽,余与莼斋咸自愧弗逮远甚。

曾门弟子中,以古文为行远坚车,致力于并功、德、言于一途的是薛福成、黎庶昌。

薛福成(1838—1894),字叔耘,号庸庵,江苏无锡人。1865年入曾氏幕府,曾国藩称赞"子文长于论事,年少加功,可冀成一家言"。入幕府后,关心文事,更关心"兵事、饷事、吏事",将更多热情投入经世要务的思考与讨论中。著有《庸庵文编》等。

作为洋务运动思想的继承者,薛福成对自立自强的理解已不再拘囿于制船造炮、师夷制夷的范围。1875年,光绪即位,薛福成作《应诏陈言疏》,以为国家内政的治理,不外养贤才、肃吏治、恤民隐、筹漕运、练军实、裕财用之条,即治平六策。而对国家外交,作者又有"海防密议十条"。六策均为"史册经见"之法,而十议则多为个人创获之言。"十议"中"择交"、"储才"等建议为清廷所重视,此后遣使出洋、购买铁甲、派子弟到国外学习海军等措施逐步得到实施。薛福成的名字也为天下士人所熟知。曾国藩去世后,薛福成又成为李鸿章幕府成员。在北洋幕府期间,薛福成又有《筹洋刍议》之作,呼吁在敌国环伺的今天,中国应早图变法,以革其弊,并参与诸如轮船招商局、北洋海军筹建等实际事务。

在曾、李幕府期间,薛福成十分注意网罗收集本朝的史料、掌故和逸闻,然后将其所见所闻铺缀成文,成为正史之外颇有参读价值的史林掌故,而从史传文学的角度讲,也多为生动传神之作。其《书太监安德海伏法事》,详细叙述了山东巡抚丁宝桢用计除掉西太后宠宦安德海的经过。《书陈玉成苗沛霖二贼伏诛事》写太平天国晚期著名将领陈玉成从被捕到被害的过程。其他如《科尔沁忠亲王死事略》、《书剧寇石达开就擒事》等,都是"以史汉之笔法,叙一代之要事"(萧穆《庸庵文续编评语》)的典范之作。

1890年薛福成出使英、法、意、比等国,迈出国门的所闻所见,对薛福成来说,都是新奇生动的。除了实地考察的时间之外,薛福成几乎是一刻不停地撰写奏疏、日记,向朝廷和国内人士报告所见所闻,记录各种感受,自觉地从各个方面对中西文化、制度、风俗进行比较,提出中国应改进、学习的事宜。《出使英法意比四国日记》中的《观巴黎油画记》、《普法交战图》,也成为脍炙人口的散文名篇。

黎庶昌评《庸庵文编》,以为所载"皆所谓经世要务,当代掌故得失之林也","叔耘辞笔醇雅有法度,不规规于桐城论文,而气息与子固(曾巩)、颍滨

（苏辙）为近"（《庸庵文编序》）。

黎庶昌（1837—1897），字莼斋，贵州遵义人。曾向郑珍问学。1862 年入曾国藩幕府，1876 年充任驻英、法、西（班牙）使馆参赞，后两次出使日本，1891 年归国任川东兵备道。著有《拙尊园丛稿》。

黎庶昌入曾国藩幕府后，曾氏谓其"生长边隅，行文颇得坚强之气"，而以文事相勉嘱。在长达六年的幕府生涯中，黎庶昌结识了不少文字朋友，也增长了不少经世才干。曾国藩去世后，黎庶昌参与《曾文正公全集》的编辑事宜并撰写《曾文正公年谱》。欧洲任职期间，著有《西洋杂志》一书，以广泛而好奇的笔触描述了异国他乡社会生活的方方面面。其在《与莫芷升书》中谈起西方近代物质文明所不可抗拒的穿透力时以为："计彼所以夸示于我者，则街道也、宫室也、车马也、衣服也、土木也、游玩也、声色货利也，此犹有说以折之。至于轮船火车、电报信局、自来水火、电气等公司之设，实辟天地未有之奇，而裨益于民生日用甚巨。虽有圣智，亦莫之能违矣。"

1884 年，黎庶昌在日本使署时，将奉使东西洋八年以来的闻见思虑，写成《敬陈管见折》，上书朝廷，希望整饬内政，酌用西法。此折因不合时宜而被退回。此后，客居日本的黎庶昌便将精力投入《古逸丛书》的辑印和《续古文辞类纂》的编选上。

黎庶昌所编选的《续古文辞类纂》，意在按照曾国藩《经史百家杂钞》的标准，续姚鼐《古文辞类纂》之书。黎编续书辑文四百篇，分上、中、下三编。上编经与子。姚选以《国策》为首，不及六经；黎选经与子之文，以补姚选之未备。所选文分为十一类，其中叙记、典章两类为姚选所未有。中编曰史。姚选不录史传，以为史多，不可胜录；黎录《史》、《汉》纪传，间或选一二于《三国志》、《五代史》。下编辑方、刘前后之文，曾国藩、吴敏树、郑珍及曾门弟子文，均在编选之列，以示传统所在。黎选与姚选相较，黎选更强调经与子的地位，突出史传文传统，重视叙记、典章类文，续编了曾国藩以后的作者。黎选与王先谦所选的《续古文辞类纂》相比，王选只选方、刘以后人，纯粹是从时间上续编，与黎选"补姚氏姬传《古文辞类纂》所未备"的主旨不同。

王选对文体的分类,无奏议、叙记、典章三类。

黎选《续古文辞类纂》比较全面地体现了曾国藩之后湘乡派"扩姚氏而大之,并功德言为一途"的理论选择。黎庶昌在《续古文辞类纂叙》中论及曾国藩与桐城派之关系、曾国藩对古文发展的特殊贡献时以为:姚鼐于古文之功,在于将古今文章谬悠淆乱、莫衷一是者悉归论定;曾氏之功,在于扩姚氏而大之,并功德言为一途,遂席两汉而还之三代。循姚氏说,摒弃六朝骈俪之习,以求所谓神理气味格律声色者,古文之法严而古文之体尊;循曾氏说,将尽取儒者多识格物,一纳诸雄奇万变之中,以矫桐城末流虚车之饰。本朝文章自方、姚而辞始雅洁,至曾氏而变化以臻于大。黎庶昌此叙,是对湘乡派与桐城派继承、变革关系最为全面、权威的诠释,因而常为后代学人引以为据。

黎庶昌与薛福成的生活经历、情志爱好颇为相近。两人为文,追求坚强之气与阔大之境,追求并功、德、言为一途,道备而文至。比较而言,薛文更长于叙事议论,而黎文好为议论之外,又长于状物。黎庶昌的政论之文,有廉悍峭折的一面,其记人纪游之文,则又有风神逸宕的一面。《书桦湖文录后》用简洁生动的语言,将吴敏树好夜饮,偶尔不得而叫跃号呼、急不可待的样子,描述得栩栩如生。黎庶昌的写景纪游之作,也颇得桐城派文清新雅致的风韵。其《夷牢亭图记》记述家乡田野四季之风光,寄托着作者晚年对家乡贵州山水的眷恋、热爱,也寄托着作者以山水澄虑洗心,超然于荣观的心志心情。

与薛福成、黎庶昌不愿以文士自期不同,张裕钊则自称甘心处于文人之畸。张裕钊(1823—1894),字廉卿,湖北武昌人,道光举人。张裕钊以文事得知于曾国藩,又以专攻文章之学而穷其一生。薛福成在《叙曾文正公幕府宾集》一文中,把黎庶昌、吴汝纶列入"从公治军书,涉危难,遇事赞画"类,而把张裕钊同吴敏树、方宗诚一道列入"以宿学客戎幕,从容讽议,往来不常,或招致书局,并不责以公事"之类。相对而言,张裕钊与曾氏政治集团的关系要疏远一些。张裕钊《与黎莼斋书》中谈及自己的学术选择,以为有生之年将以司马迁、韩愈、欧阳修为楷模,捐弃一世华靡荣乐之娱,苦形瘁神,甘心于探求或成或不成、或传或不传的古文之道,以期达到求知圣人之道而达乎天地万物之源、独居讴吟一室之中而傲然睥睨乎尘埃之外的为文境地。若能如此,则不必计较生前身后得失。张裕钊为文之志向可谓坚忍不拔。

张裕钊中举人后,相继主讲于江宁、湖北、直隶、陕西各书院。咸丰九年(1859),曾国藩曾有书信于张裕钊,指出张文的弱点及改进之方:

> 足下为古文,笔力稍患其弱。昔姚惜抱先生论古文之途,有得于阳与刚之美者,有得于阴与柔之美者,二端判分,画然不谋。余尝数阳刚者约得四家:曰庄子,曰扬雄,曰韩愈、柳宗元。阴柔者约得四家:曰司马迁,曰刘向,曰欧阳修、曾巩。然柔和渊懿之中必有坚劲之质、雄直之气运乎其中,乃有以自立。足下气体近柔,望熟读扬、韩各文,而参以两汉古赋,以救其短,何如?(《曾国藩书信·加张裕钊片》)

熟读扬、韩之文,参以两汉古赋,以救古文气体羸弱之短,此正是曾国藩及曾门弟子自诩扩姚氏而大之的重要内容。张裕钊在《答刘生书》中又有"雅健"之说。所谓"雅健",实际上是探求方、姚雅洁自然之文与汉赋铺采摛文之气结合的途径,以达于"沛然出之,言厉而气雄"的境界。张氏以为:惟"广获而精粺","熟讽而湛思",庶几近于"雅健"之地。

以文事自期而甘心于寂寞之道,张裕钊常感古文之作进寸尺如走千里。张氏的一些作品,刻意追求铺张恣肆的文体风格,如《赠范生当世序》。其文以万物之形描述云之变幻,以万变之云比喻文之波澜,显得气象壮阔,文辞富丽,在《濂亭文集》中别具一格。此文是学习汉赋典雅堂皇风格的有意实践。当然,其中夸饰、堆砌的痕迹也不免为人诟病。

裕钊之文,以简古凝练、峭直拗折著称。其《虫单传》摹仿韩愈《毛颖传》笔意,描写了一个"善音乐、有文章,然性孤洁,不乐与人偕",不为权贵折腰、不与污浊同流的隐逸者的形象。作者在虫单性高气洁的艺术形象中,寄托着远避尘嚣、高蹈人世的生命理想。

这种人生的感悟,有时也出现在张氏的游记之作中。写于光绪二年(1876)的《游狼山记》在记述了狼山形势之后,抒写登山之志,作者感慨万端,以为在中外以恬熙相庆,深忧长计,无复实施之时,何不左挟书册,右持酒杯,啸歌偃仰,以终其身,而视人世是非、天地变移,如同坠叶飘风一般,无所顾忌。

与薛福成、黎庶昌倡言建策、积极入世的人生态度不同,张裕钊沾染了更多的文人气质和名士做派,更喜欢把对世事的评价以牢骚的形式和激愤的言辞表达出来。他在《赠吴清卿庶常序》中自言,"废于时久矣,自度其才不足拯当今之难,退自伏于山泽之间,然区区之隐,则未能一日忘斯世,其耳之所闻,目之所接,怆焉感于其心"。故作旷达,故作忘得丧、外非誉的表象和未能一日忘斯世的真实,使得张氏之文中充溢着磊落的不平之气。读其《送黎莼斋使英吉利序》、《送吴筱轩军门序》等文,谁又能认为作者是一个袖手风云之气的世外之人?

曾门四弟子中,对后期桐城派的发展予以较大影响的是吴汝纶。吴汝纶(1840—1903),字挚甫,桐城人,同治四年(1865)进士,留用曾氏幕府。作为曾门弟子中唯一的桐城籍人,吴汝纶对于乡邑先贤别有挚爱,在引以为傲的同时,也有着重振乡贤文化与桐城古文传绪的强烈愿望。

湘乡派文之所以能风靡一时,在于它在洋务运动高涨时期,成为宣传兴办洋务主张的口舌。甲午中日战争之后,洋务思想成为弃履,作为载道之车的湘乡派文也失去了往日的活力与风采。同时,康梁维新变法思想及适应维新宣传而产生的新文体不胫而走,大得人心。以中体西用为思想基调的吴汝纶,以曾经沧海之人的眼光看待康梁维新之说,认为振兴国运,全在得人,不在议法,"南海康梁之徒,日号泣于市,均之无益也"(《与阎鹤泉》)。而培养人才,西学当学,中学也万不可废。中学书籍浩如烟海,吴氏认为,惟姚选古文融会了中学的精华,"以此为学堂必用之书,当与六艺并传不朽也"(《答严几道》)。湘乡派文的穷途末路及对教育救国的笃信,使吴氏又把希望寄托于方姚古文。

湘乡派文代替桐城派文,实际上是以政治家之文取代了文人之文,它重在用世而不重艺术。吴汝纶对此早有异议。他在甲午之前评郭嵩焘、薛福成文时便认为:"郭、薛长于议论,经涉殊域矣,而颇杂公牍笔记体裁,无笃雅可诵之作。"(《答黎莼斋》)但在洋务思想流行之际,郭、薛之文脍炙人口,只有到了曾氏及其弟子多去世及湘乡派文失去活力之后,起而纠偏的时机方臻于成熟。

吴汝纶致力于湘乡派文向桐城派文的复归,主要是围绕以下几个方面进行的:

一、尚醇厚老确而黜绚烂闳肆。曾国藩于方、姚学史迁、八家门径之外,另提出学汉赋、班固,以雄奇闳肆之文为尚。吴汝纶一方面认为桐城诸老,体清气洁,独雄奇瑰玮之境尚少,曾国藩、张裕钊由桐城而推广,有所变而后大;另一方面,又借评论方苞、刘大櫆之文,发表了对醇厚与闳肆的看法。吴汝纶在《与杨伯衡论方刘二集书》中认为:学邃者,其气归于深静,其文醇以厚;学未至者,其气稍显矜纵,其文闳以肆。深静与矜纵,醇厚与闳肆,是文章的两重不同的境界。论文必以闳肆为宗,而视醇厚之文为才弱,实为偏激之论。再者,以驰骋之才、纵横之气为文,不但不可言醇厚,即求古人闳肆之境,也很难企及。"文章之道,绚烂之后,归于老确",方为至文。以此标准评方苞、刘大櫆之文,方近于醇厚老确,而刘犹闳肆绚烂。

吴氏力辩醇厚与闳肆、绚烂与老确之优劣,决非仅在评价方、刘之高下,而在于提出一种新的审美风范与论文标准。在这一标准下,曾国藩所推崇的气象光明俊伟、绚烂而有光气之文,不再被继续推崇,取而代之的是方苞、姚鼐的醇厚老确之文。而驰骋为才、纵横为气也是在隐指郭嵩焘、薛福成之文,他们的文章洋洋洒洒,锋芒毕露,在吴汝纶看来,则姚郎中之后,仅梅伯言、曾太傅及今日武昌张廉卿数人而已,其余盖皆自郐也。

二、说道说经,皆于文体有妨。受各自所处时代风气的影响,方苞以"学行程朱,文章韩欧"为行身祈向,姚鼐提出以考据助文之境,曾国藩于义理、考据、辞章之学问三事之外,另加一经济。但曾氏同时也意识到:义理、辞章,各有特性,求合不易,且足以相妨。在洞悉桐城派古文发展过程中的重重曲折之后,吴汝纶提倡以文人之心看待古文,更多地考虑和保留古文自身的创作特点。因此,他直截了当地指出:说道说经,义理考据,皆于文体有妨。其《与姚仲实》一文中指出:"说道说经,不易成佳文。道贵正,而文者必以奇胜。经则义疏之流畅,训诂之繁琐,考证之该博,皆于文体有妨。故善为文者,尤慎于此。"又有《答姚叔节》一文云:"必欲以义理之说施之文章,则其事至难,不善为之,但堕理障。程朱之文,尚不能尽餍众心,况余人乎?方侍郎学行程朱,文章韩欧,此两事也。欲并入文章之一途,志虽高而力不易赴。"说道说经与为文,与其相妨碍,反不如择文而善始善终。

三、重建辞约旨博、清正雅洁之法。自方苞倡导清正古雅之风范,标榜删繁就简之宗旨,并提出"古文不可入语录中语、魏晋六朝人藻俪俳语、汉赋中板重字法、诗歌中隽语、南北朝佻巧语"的雅洁标准后,桐城派在其发展过程中,形成了言简意赅、详略有致、雅洁纯净的文体与语言风格。至道光年间,姚门弟子崇尚阳刚之文,以为瑰奇壮伟之文不敢学,是学八家古文者的一大缺憾。再至湘乡派,其讨论经世要务,纵横捭阖之文,已是桐城派义法所不能规范。在湘乡派文失去活力,康、梁文体不胫而走之际,吴汝纶在与严复讨论翻译问题的数次通信中,重新提出了重剪裁、求雅洁、恢复义法标准的问题。吴氏以为,翻译文字,"与其伤洁,毋宁失真。凡琐屑不足道之事,不记何伤?若名之为文,而俚俗鄙浅,荐绅所不道,此则昔之知言者,无不悬为戒律";又教之以化俗为雅及剪裁之法,以为"文无剪裁,专以求尽为务,此非行远所宜"(《答严几道》)。

从以上三点可以看出,吴汝纶在欧风美雨汹汹袭来之世,有意识地提倡恢复以气清、体洁、语雅为特点的桐城派文,并把这种提倡与恢复看作是保存国学、力延古文绝绪的行为,这种提倡得到了吴门弟子的响应,遂使湘乡派文向桐城派文的复归得以实现。

第五章　道咸年间的宋诗派

明诗宗唐,清诗宗宋。清初吴之振、吕留良、叶燮等人倡导宋诗,成为有清一代学宋诗风的滥觞。清代中期朱彝尊、厉鹗为代表的浙西诗派推尊宋诗,被视为宋诗运动的发端。乾嘉时期,在征信求实学风以及沈德潜格调说、翁方纲肌理说等理论的推动下,宋诗运动渐成气候。道咸年间,随着鸦片战争和太平天国起义的爆发,清王朝进入一个内忧外患危机重重的历史时期,一些诗人主张诗歌要变风变雅,于是乾嘉时期那种才气并展、辞藻富丽、声韵和谐的诗歌风貌开始发生改变,宋诗运动进入高潮。

第一节　宋诗派的理论

宋诗派的理论核心是性情不俗、学问至上和以杜、韩、苏、黄为师法对象。

性情不俗。在宋诗派的诗论中,性情论更具有本体论的意义。在他们看来,诗不仅是陶冶性情,更是要展现自己的独特性情。何绍基《与汪菊士论诗》中的一段话颇具代表性:"凡学诗者,无不知要有真性情,却不知真性情者,非到做诗时方去打算也。平日明理养气,于孝弟忠信大节,从日用起居及外间应务,平平实实,自家体贴得真性情,时时培护,字字持守,不为外物摇夺,久之,则真性情方才固结到身心上,即一言语一文字,这个真性情时刻流露出来。……又性情是浑然之物,若到文与诗上头,便要有声情气韵,波澜推荡,方得真性情发见充满,使天下后世见其所作,如见其人,如见其性情。"宋诗派主张"人与文一",要有真性情,这种真性情既合乎儒家伦理规范,又需时时培护,"临大节而不可夺"。作诗要有真性情,好诗出自真性情,宋诗派成员在诗中也抒发了这样的感受,何绍基诗云:"心者诗神,笔者其役。从天外归,自肺腑出。是诗是我,为二为一。"(《祭诗辞》)郑珍说:"我吟率性真,不自谓能诗。赤手骑祖马,纵行去鞍羁。"(《次吕茗香长句奉答》)要像骑上无鞍羁的马那样,不受拘束地自由驰骋,充分表现了抒写真率性情的强烈愿望。

学问至上。宋诗派在学古方向上并不拘泥于学宋,其所以标榜学宋,一是为了与诗坛专门学唐诗者划清界限,二是所追求的质实、厚重、涵抱名理的诗美境界,与宋诗长于立意、议论的审美特征较为接近。宋诗派着意创造的是一种学人之诗。学人风度与学问学力,是宋诗派傲视其他诗派的资本;同时,又是它安身立命之所在。在宋诗派看来,诗人研读经史之造诣,文字之功力,对诗的构成有着举足轻重的意义。正因如此,宋诗派的诗论,贯串着无所不在的学问至上情结,在立身修养,性情陶冶,构思想象,诗体风格,遣词造句,人物、作品品藻等创作与批评的各个环节,都极力强调学问学力的决定性作用。道咸宋诗派特别重视诗人的修养,要求创作者厚积薄发、积理养气,郑珍说:"才不养不大,气不养不盛,养才全在多学,养气全在力行。学得一分即才长一分,行得一寸即气添一寸。此事真不可解。故古人只顾学行,并不去管才气,而才气自不可及。所谓源泉混混也。如日光,如剑割云开。"(《跋慕耕草堂诗钞》)他把学行当作才气产生的根源。道咸宋诗派特别重视积理养气,郑珍说:"固宜多读书,尤贵养其气。气正斯有我,学瞻乃相济。"(《论诗示诸生,时代者将至》)读书、养气、性情三者一以贯之。读书可助养气。养气可使人有着独立的品格,有真性情。这是宋诗派的一条理论思路,何绍基说:"恃孔、贾之符,倚程、朱之势,互相诽薄者,皆无与于圣经者也。子史百家皆以博其识而长其气,但论古人宜宽厚,不宜刻责,非故为仁慈也,养此胸中春气,方能含孕太和。若论史务刻,则读经书难得力,盖圣人用心,未有不从其厚者。知此意则经史之学可以做成一贯矣。积理养气,皆从此为依据。至于作诗,则吾尝谓天下吝啬人、刻薄人、狭隘人、粘滞人俱不会作诗,由先不会读书也。孔子曰:'温柔敦厚,诗教也。'"(《与汪菊士论诗》)不读书的人则不积理养气,则难得性情之正,反之性情正才能读书积理,这就形成一双循环的诗学结构,学问与性情的问题就顺着逻辑的理路而解决。综而言之,道咸宋诗派重创作主体的学行实践,学问与理气的涵养使诗歌产生一种理性的体验和感悟,再则他们认为在传统文化结晶的基础上,能够磨砺人格,自立于天地之间,产生一种新的性情,进入一个独立、自创的文学境界。他们的看法缓解了自浙派到翁方纲以来学问与性情的紧张和冲突。

宋诗派作家不仅要求深入生活,培养灵心,另一方面也特别重视以学问扶植性情。何绍基《题符南樵半亩园订诗图》云:"诗人诗自性情出,有时自有无自无。温柔敦厚乃宗旨,矫揉涂泽皆非夫。世上读书千万人,若论善本皆圣徒。乃其发见不一致,有实秋结华春敷。"这几句诗点出由于各人性情不同,故诗的面目不同,有如秋实春花,各有发见,但性情皆合乎儒家温柔敦厚之旨。程恩泽说得更为详尽,他说:"或曰诗以道性情,至咏物则性情绌,咏物至金石则性情尤绌,虽不作可也。解之曰:《诗》、《骚》之原,首性情,次学问。《诗》无学问则《雅》、《颂》缺,《骚》无学问则《大招》废。……学问浅则性情焉得厚?""恍神游于皇古之世,亲见其礼乐制度,则性情自庄雅。贞淫正变,或出于史臣曲笔,赖石之单文只词,证据确然,而人与事之真伪判,则性情自激昂,是性情又自学问中出也。"(《金石题咏汇编序》)这段文字是其对贬低考据诗者的自辩之词。他的立论依据是《诗经》有"国风"、"雅颂"之分,则作诗亦有纯抒情与抒情而兼学问之分。以此推理出学问可补性情的浅薄,性情亦可出于学问。程恩泽的说法实际上是承认了诗本性情,但由学问而出的性情更符合其朴学家博雅的审美情趣。就如曾国藩所说:"凡作文、诗,有情极真挚,不得不一倾吐之时。然必须平日积理既富,不假思索,左右逢源。……若平日酝酿不深,则虽有真情欲吐,而理不足以达之,不得不临时寻思义理,义理非一时所可取办,则不得不求工于字句,至于雕饰字句,则巧言取悦,作伪日拙,所谓'修辞立诚'者,荡然失其本旨矣。"曾国藩的观点可与程说补充验证。

学问和性情是宋诗派论诗的两极,又相互结合为一个整体。概观道咸宋诗派的以性情为诗,与以学问为诗是合二为一的理论核心,以学问兼性情为诗对清代宗宋诗作了理论总结,体现出一种儒雅的理性精神。以学问涵养性情,性情彰显学问。宋诗派在诗歌理论上以创作主体为主,以追求诗中学问与性情的融合统一为目的。在清初以来宗宋诗人的理论探讨的基石上,对古典诗歌传统诗论的一个侧面作了总结。他们从诗人的身份出发,既看重天机性灵,又着意于后天修炼,力求诗与人合一,形成一种既富于感性形象,又浸润着深厚的学理精神的诗歌艺术风格。

宋诗派以杜、韩、苏、黄为师法对象,追求质实、厚重、缜密的诗美境界。道咸宋诗派针对诗坛浮滑、呆板的弊病采取一种唐宋兼容,注重杜、韩、苏、黄的态度。祁寯藻《读唐四家诗》诗云:"退之山石句嶙峋,杜老秋风笔有神。万古江河流不尽,鲸鱼手掣更何人。"以韩、杜并举,推崇备至。又论黄庭坚诗云:"胎骨能追李杜豪,肯从苏海乞余涛。但论宗派开双井,已是绥山得一桃。"(《春海以山谷集见示再叠前韵》)把黄庭坚当作韩、杜诗的继承者,由此可见其诗艺宗尚。曾国藩《读李义山诗集》以为李诗"渺绵出声响,奥缓生光莹",实只有山谷深得其秘,还说:"杜韩去千年,摇落吾安放?涪叟差可人,风骚通胖盉。"(《题彭旭诗集后》)很明显,他们的共同意见就是要打破唐宋诗的朝代界限,不以时代论诗,而以体格流承论诗。

宋诗派推尊杜、韩、苏、黄,也和他们对这些诗人人格的仰慕有关。他们要在诗道榛芜之际,推扬独立不俗的人格精神,立"清而有味,寒而有神,瘦而有筋力"(《何新与诗叙》)的诗格,以挽乾嘉油滑、板滞的弊端。世变纷乱,雅颂寝声,所以宋诗派企图寻找一条新的途径力挽狂澜。他们从对创作者主体人格要求出发,希冀士人修身明理、砥砺道德以挽转世运。他们推重杜、韩等人的诗歌,着意处也因其为人品格峻洁磊落。何绍基云:"溯惟我涪翁,孝友植根矩。大节是不俗,名论砭懦腐。忧患真饱经,志事弥坚树。……自从我公去,谁复堪指偻。六艺竟寥阒,千年空仰俯。"(《林颖叔招同宗涤楼等拜黄文节公生日》)对黄庭坚的人品十分钦佩。他的不俗论也一再推崇黄庭坚"临大节而不可夺,谓之不俗"。程恩泽的观点与其相似,他说:"少陵无体不雄奇,韩子精神托古诗。为问《南山》缘底作,可能无愧《北征》词。"(《徐廉峰仁弟》)指出杜、韩诗共有的拯时救世之心。曾国藩的语意更为明白,他在日记中说:"杜诗韩文所以能百世不朽者,彼自有知言养气工夫,惟其知言,故常有一二见道语,谈及时事,亦甚识当世要务。惟其养气,故无纤薄之响。"宋诗派所强调的是这些诗人在诗史中扭转诗风的积极作用。

　　大致而言,自中唐以来,古典诗歌的传统中孕育着新变,由于政治、经济、文化等一系列变化,建立在情与理、意与象、个人与社会的统一的审美基础上的盛唐诗歌传统逐渐瓦解。从杜、韩到苏、黄,开创了一种与盛唐诗歌有所不同的审美传统,清代宋诗派这里摹想追寻的是杜、韩、苏、黄以复古为新变的创新精神。

第二节　宋诗派的创作

　　宋诗派的代表诗人有程恩泽、祁寯藻、何绍基、郑珍、莫友芝、曾国藩和江湜等。

　　道咸年间的宋诗运动发轫于程恩泽。程恩泽(1785—1837),字云芬,号春海,安徽歙县人,官至户部右侍郎,著有《程侍郎遗集初编》,其中诗六卷。

其诗颇有特色,对后人的影响也颇大。作为一名学问出色的汉学家,同时作为肌理论者翁方纲的再传弟子,程恩泽的诗论与诗作,都体现出步武宋诗的特征。他宣称"独于西江社,旂以杜韩帜"(《赠谭铁箫太守》),并且认为"《诗》《骚》之原,首性情,次学问。……学问浅则性情焉得厚",因此,他认为,"性情又自学问中出也"(《金石题咏汇编序》),可见其性情学问兼重的诗学主张。程恩泽嘉庆十六年(1811)中进士后,除任四川、广东的正主考及为时不长的贵州、湖南学政外,一直在京供职,并长期任南书房行走等宫廷要职,故接触现实较少,"际会清宴,无金革流离之事伤其耳目"(张穆),所以,程诗反映现实者不多。不过有些诗也反映了天灾给人民带来的苦难,如《新开河道中即事示子坚》写道:"江拥颓沙没旧蹊,风排积潦破芳畦。今秋蟹稻无几种,来岁蚕莽不可齐。败柳人支残瓦爨,荒芦鬼守乱棺啼。沉阴愁杀天边雪,眼见单衣化井泥!"一片民生凋敝的衰败气象。程恩泽推尊韩、黄,对后来学宋者有很大影响。郑珍、何绍基、莫友芝等,都是程恩泽的门生,他们的诗风均深受其师的影响。

程氏虽天不假年,但得其弟子郑珍、何绍基、莫友芝等人发扬光大,祁寯藻又随之而起,鼓枰相应,近代宋诗运动便得以形成。

祁寯藻(1793—1866),字叔颖,号春圃,山西寿阳人。嘉庆十九年(1814)进士,累官至体仁阁大学士、太子太保,谥号文端。著有《馤龁亭集》。当程恩泽去世之时,曾国藩、何绍基未起,郑珍、莫友芝在黔,是祁寯藻执着地坚持着宗尚宋诗的创作方向,创作了大量的学杜学韩学苏黄、堪称"学人之言与诗人之言合"的示范之作。祁氏为学主张训诂,明义理,调和汉学宋学之争。为诗主张不论穷通显晦,都要温柔敦厚,要讲究"学识"和"性情"。其诗大多是咏物、写景、感恩、扈从、官场应酬之作,但颇能显出学问、性情。较有现实内容的诗有《纪事》《感河南直隶二案时久不雨》《肩舆道覆夷于右臂作此自遣》《蓝公教织歌》等。祁寯藻受到后来的同光体理论家陈衍的高度推崇,陈衍在《石遗室诗话》称祁氏是"道咸间巨公工诗者,素讲朴学,故根柢深厚,非徒事吟咏者所能骤及"。在《近代诗钞》中陈衍更将祁寯藻列为卷首,选诗多达一百一十九首之多。程恩泽、祁寯藻两人身居高位,彼此唱和,引发了学宋的热潮。

何绍基是宋诗派的理论家和创作上的杰出代表。何绍基(1799—1873),字子贞,号东洲、蝯叟等,湖南道州人,道光十六年(1836)进士,授翰林院编修,官至四川学政。咸丰五年(1855)何氏以言事去职后,历主济南、长沙书院,晚主苏州、扬州书局。著有《东洲草堂诗钞》、《东洲草堂文钞》等。他提倡多读书,推崇苏、黄,诗风接近苏轼,又充分保持了自己的个性。他最擅长模山范水之作,现存诗作中山水风景诗占了几乎三分之一,代表了何诗创作的最高成就。他在《爱山》诗中写道:"诗人爱山如骨肉,终日推篷看不足。诗人腹底本无诗,日把青山当书读。"体现出诗人和自然之间和谐的关系,只要全身心融入自然山水,便会有诗情诗意的自然生成。其诗集中山水游闲诗颇多,《同子毅弟早起至岱顶》写道:"晓色淡无边,游凭足力先。石根深不土,山色古于天。日上高霞直,氛清大地圆。俯看登陟处,人事起炊烟。"对泰山景色做了传神勾勒,在客观精致的描绘中融汇了欣喜的心情。何诗中还有很多新奇的比喻,显示了诗人丰富的想象力,如"梦似游鱼无可捕"、"身事苍凉霜后果,情怀淡沱雨余天"、"乱山如鸟背人飞"、"公家文字多如米,输却江湖浩荡身"等,道前人所未道。何绍基的山水诗巉削而不失浑厚,奇崛而时见清丽,历前人所未历之境,状人所难状之状,达到了较高的艺术境界。

就对后世诗歌创作影响来说,道咸宋诗派中首推郑珍。郑珍(1806—1864),字子尹,自号柴翁、巢经巢主,贵州遵义人。郑珍出身寒素,初从舅父黎恂学,尽窥所蓄典籍,兼治诗文。道光五年(1825)拔贡,受知于时为贵州学政的程恩泽,进求音韵、文字、训诂之学。科场上郑珍却屡试不售,直到咸丰四年(1854)才担任荔波教谕这样的小吏。同治二年(1863),祁寯藻荐郑珍于朝,特旨以知县用,以疾未赴。著有《巢经巢诗钞》。郑珍是程恩泽的学生,屡次受程氏提携,诗风也深受程氏影响。他擅长经学、小学,是学人兼诗人,才从学出,"我诚不能诗,而颇知诗意。言必是我言,字是古人字。固宜多读书,尤贵养其气。气正斯有我,学赡乃相济"(《论诗示诸生》),主张诗中有我、读书养气,这正是宋诗派的一贯见解。

郑珍诗宗杜、韩、孟、黄,而能历前人所未历之境,状人所难状之状,学杜、韩而非摹杜、韩。由于家境清苦、一生困厄,郑珍对民间疾苦有切实的体验和感悟,他的诗取材广泛,将众多日常生活中的琐碎事情都纳入诗中,凡所遭际山川险阻、跋涉窘艰、友朋聚散、家室流离、盗贼纵横、官吏盘剥、人民涂炭,均在诗作中有所反映。他既能以俗事入诗,又能化俗为雅,将其表现得细腻生动。在创作手法上,郑珍充分发扬了宋诗"以文字为诗,以才学为诗,以议论为诗"的传统。其诗大量用典,如《寄答莫五》一诗,用典达十处之多。郑珍诗也擅长议论,如《留别程春海先生》全诗夹叙夹议,深入表现了对程恩泽的留恋之情。其诗作以杜、韩、苏、黄之风骨,饰以元、白之面目,语必惊人,奥衍深秀,能将典故和俚语很好地融合起来,充分体现了学人之诗和诗人之诗的结合。

郑珍诗情感深挚、感人至深。和历史上众多怀才不遇的诗人一样,郑珍三次赴乡试皆不中,道光十一年(1831)乡试落第后,他写了《阿卯晬日作》一诗说:"狂谋百不遂,亲老家亦贫。……儿亦焉用此,来踵阿爷跟。……小用为帖括,命来即称官。腾身九霄上,袍笏光日鲜。一身免长饿,亲戚分唾残。"正话反说,以劝儿子不要重蹈自己的旧路,用愤激的语气来讽刺那些单凭制艺取官的人。道光十五年(1835)冬,好友莫友芝北上赶考,郑珍写了《追寄莫五北上》一诗相赠:"念我才具未老坚,论献远愧晁贾班。折腰曲膝又所难,自计岂能事上官。……吾以此乃今闭关,纵有贵命宁弃捐。父母俱存兄弟全,痴儿问字妻纺棉。讵免身劳心以安,但无远别吾终焉。""平生我亦顽钝儿,家贫读书仰母慈。看此寒灯照秋卷,却忆当年庭下时。虫声满地月上牖,纺车鸣露经在手。以我三句两句书,累母四更五更守。"(《题黔西孝廉史胜书六弟〈秋灯画荻图〉》)可以说是一字一泪,感人肺腑。

郑诗风格大体可分两类,一类生涩奥衍,一类平易自然。奇奥之作如《正月陪黎雪楼舅游碧霄洞作》、《留别程春海先生》、《瘿木诗》、《安贵荣铁钟行》等,这一类诗语必惊人、字忌习见,为晚清诗中生涩奥衍一派的代表作。其实郑诗中更多的还是风格平易的作品,这类诗作善于驱使俗语俗事入诗,这类作品的代表作有《溪上水碓成》《屋漏诗》《网篱行》《自沾益出宣威入东川》《望乡吟》等,皆风格平易、清新自然。

在艺术表现上,郑诗质而不俚,淡而弥真。其诗最大特点是白描,善于将俗语俗事入诗,有时候大量用口语白话,但是都经过提炼熔铸的语言,使人读起来感到清峭遒劲、生动有力。其《武陵烧书叹》写道:"烘书之情何所似? 有如老翁抚病子。心知元气不可复,但求无死斯足矣。书烧之时又何其,有如慈父怒啼儿。恨死掷去不回顾,徐徐复自摩抚之。"以生动活泼的比喻刻画出自己泊舟桃源时烘书的情景,令人印象深刻。

郑珍在晚清产生了重要影响,对同光体诗人影响尤巨。晚清显宦、诗人陈夔龙在《遵义郑征君遗著序》中说:"(郑珍)所为诗,奥衍渊懿,黝然深秀,屹然为道、咸间一大宗。近人为诗,多祧唐而祢宋,号为步武黄(庭坚)、陈(师道),实则《巢经》一集,乃枕中鸿宝也。"其在晚清的影响可见一斑。

"莫五璃厂回,又回璃厂路。似看衔书鼠,寂寂来复去。"这是郑珍描绘的好友莫友芝嗜书如命的形象。郑珍、莫友芝齐名,世称"郑莫",但莫诗在艺术成就上要逊色于郑诗。莫友芝(1811—1871),字子偲,号郘亭,晚号眲叟,贵州独山人。道光十一年(1831)举人,后数次赴京应考,均落第。咸丰八年(1858)被选任知县,不赴任。曾在曾国藩门下数年,李鸿章又荐于朝中,皆辞谢。著有《郘亭诗钞》。博学多通,善书法,精文学。莫友芝论诗重学问、人品,他在为郑珍所作《巢经巢诗钞序》中说:"古今所称圣于诗,大家于诗,有不儒行绝特、破万卷、理万物而能者耶?"莫友芝诗歌有苍劲古秀和淡雅清新两种风格,如《次韵答曾涤生阁学见寄》《湘乡相公命刊唐写本说文残卷笺异,且许为题诗,歌以呈谢》《飞越峰歌》《鄂中咏史二首》等皆是前一种风格的代表,在莫诗中数量最多。莫友芝的山水田园诗和游记诗则显得淡雅自然、清新温润,如"双溪薄涨鸣残雨,独树疏花依暮寒"(《出郭》)、"低树能藏雨,悬流自带风"(《下沙平》)、"老去只添人事感,悲来虚说醉乡宽"(《端午》)、"片言留上洞,孤艇过千崖"(《诸葛洞》)等诗句皆清新可喜。此外,莫友芝叙写亲情的诗篇以"酸涩"著称,而又能发乎真情,如《述别五首》《哭第五妹》《悼女珏四首》等诗均哀婉沉挚,苦寒酸涩。

位高权重的曾国藩在宋诗派中也占据了重要位置。曾国藩喜好宋诗,源自当时京师诗坛的风气,道光十五年(1835)曾氏在京师准备会试,此时正是程恩泽、祁寯藻大倡宋诗之时。曾国藩极为推尊黄庭坚,晚清黄诗风靡一时和曾氏颇有关联。他在诗中写道:"大雅沦正音,筝琶实繁响。杜韩去千年,摇落吾安放?涪叟差可人,风骚通胖尋。造意追无垠,琢辞辨倔强。伸文揉作缩,直气捵为枉。自仆宗涪公,时流颇忻向。女复扬其波,拓兹疆宇广。"(《题彭旭诗集后即送其南归二首》其二)可见他对自己大力倡导黄诗还是颇为自得的。曾国藩的诗学门径,可以用"学韩嗜黄"来概括,在《致澄弟温弟沅弟季弟》信中他谈道:"余于诗亦有工夫,恨当世无韩昌黎及苏、黄一辈人可与发吾狂言者。但人事太多,故不常作诗,用心思索,则无时敢忘之耳。"苏轼、黄庭坚诗文中的倔强挺拔之气,正暗合曾氏内心情绪,这也是他推尊苏、黄的内在因素。曾国藩诗学观受到理学的影响,主张读书积理养气。《次韵何廉昉太守感怀述事十六首》《读吴南屏送毛西垣之即墨长歌即题其集》等篇,使事用典贴切自然,而又寓意深远、托词温厚,堪称学人之诗的佳作。曾国藩诗歌语言奥衍生涩,风格奇崛雄肆,其《杂诗九首》《题易公筠亭遗像》《送吴荣楷之官浙江三首》等诗,气象峥嵘、风格劲峭。

江湜(1818—1866),字持正,一字弢叔,别署龙湫院行者,江苏长洲(今苏州)人。入县学后,屡试不第,曾为幕僚。咸丰七年(1857)纳贫入仕,官浙江候补县丞。一生郁郁不得志,倾其全力作诗,病卒杭州。著有《伏敔堂诗录》。江湜的诗,大半是描写景物和自道身世之作,境多抑塞凄苦,自云:"平生参遍名家作,似为今时写此哀。写出浑疑哀已尽,明朝又上笔端来。"(《录近诗因书四绝》之一)也有少数诗作,如《流民》等,述及民间疾苦。其诗功力深厚,擅长白描,戛戛独造,造意遣词,力脱常径。

宋诗派的出现,将清初以来的宗宋思潮推向了高峰,宗宋诗风笼罩了晚

清诗坛,继之而起的同光体更是产生了广泛影响。宋诗派处于中国诗坛风
尚转变的转捩点上,在中国诗歌的古今演变中占有重要地位。宋诗派并不
像众多古典诗派那样消极地复古,而是以复古为创新的途径,何绍基在《与
汪菊士论诗》中说:"试看圣人学古是怎样学的,学一个人罢了,乃合尧、舜、
禹、文、周公、老彭、左丘明、郯子、师襄而无不学之,可见圣人学古,直以自己
本事贯通三古,看是因,全是创也。"可见宋诗派有着非常强烈的创新冲动,
虽然这种意识为时代所囿而有着较大的局限性,但他们这种"力破余地"的
精神无疑是值得肯定的,也正是这种精神使得他们在晚清拥有众多的追随
者。然而另一方面,宋诗派选择的创新支点是以学问考证入诗,以经史诸子
入诗。这些诗材、诗料的增加,并不能构成诗界转机的必然条件,诗与经史
强行联袂的结果,只能是诗走向非诗,走向异化。满怀创新欲望的宋诗派诗
人,在清代复古文化思潮的影响下,做出了以学宋复古为旗帜,以经史学问
入诗的诗美选择,但经籍之光、学问学力并没有为诗歌创作带来好运,更无
力普度芸芸诗魂从诗的困境中走出,而只是为他们增添了徒劳的悲叹和失
败的记忆。

第六章 19 世纪中后期的长篇白话小说

第一节 19 世纪中后期长篇白话小说的繁荣

19 世纪 40 年代以后的小说创作是明清小说发展的尾声。这一时期小说最引人注目的创作趋势,是长篇白话作品中侠、妓题材的空前盛行,形成了稗官争说侠与妓的特有景观。说侠者有《荡寇志》(首刊于 1851 年)、《三侠五义》(首刊于 1879 年)、《小五义传》(首刊于 1890 年)、《彭公案》(首刊于 1892 年)等,言妓者有《品花宝鉴》(首刊于 1849 年)、《青楼梦》(成书于 1878 年)、《花月痕》(首刊于 1888 年)、《海上花列传》(结集本初版于 1894 年)等,合英雄之性、男女之情于一身的有《儿女英雄传》(成书于 1849 年)。其卷帙繁多,蔚为大观,成为一种不容忽视的文学现象和创作潮流。19 世纪侠、妓小说是英雄之性、男女之情传统主题模式的衍化与畸变。作者分别选取世俗人生中最富有神秘传奇色彩的人物与生活场景,在工笔浓彩、腾挪变化之中,演述着人世间的悲喜剧。

侠与妓,是江湖间与风尘中的人物。他们浪迹天涯、漂萍人间,有着不同于常人的价值观念、行为方式,也有着不同于常人的欢乐痛苦和人生感受。侠与妓的生活,构成了独特而神秘的社会风景。侠与妓特殊的生活阅历,使他们有比普通人更丰富的侠骨柔肠,有比普通人更耐咀嚼的人生故事。讲述侠与妓故事的作品在中国可谓源远流长:自汉人之《游侠列传》,至明人之《水浒传》;自唐人之《教坊记》,至明人之《杜十娘》;写侠写妓者,精品不断,异彩纷呈,构成了一条五光十色的艺术长廊。

19世纪,继《聊斋志异》之志怪、《儒林外史》之讽世、《红楼梦》之言情之后,侠、妓题材骤然成为小说的表现热点,形成了一种长篇纷呈,言侠言妓者双峰对峙、几于主持说苑的声势。这种"稗官争说侠与妓"现象的形成,有其特殊的时代与文化成因。

19世纪,中国封建社会在经久不息的动荡中已走向崩溃的边缘。道咸以降,内乱不已,外侮频加,战争风云笼罩海内。封建政权失去往日的威严与灵光,现有的思想信仰堤坝纷纷坍陷,政治文化秩序陷入混乱,整个社会像失去重心的陀螺摇摆不定。面对纷乱的现实,人们的心理上充满着对命运、对未来的恐惧、焦虑、忧患和莫名的失落感。忧道者追忆着逝去的帝国盛世、文治武功,沉湎于补天救世的梦幻,期待着封建秩序的恢复、纲常伦理的重整,渴望仗剑戡乱、澄清乾坤、再振雄威的英雄出现。狂狷者恃才傲世,世遭奇变,更觉英雄末路,既不能为世所用,遂以声色犬马消磨心志,在粉黛裙裾中寻求红粉知己,寄托不遇牢愁。嬉世者游戏人生,值此更以及时行乐、苟且偷安为生命宗旨,在游花采美、情场角逐中寻求快慰。世纪之变,影响着一代士人的心理结构、人生情趣,对世纪英雄的幻想和颓废感伤的士人心态,为侠、妓题材的流行创造了适宜的文化氛围。

就小说自身演进的历史而言,明清两代说侠之书,自《水浒》之后继踵者颇乏,此与清代禁忌繁多的文化政策不无关系。侠之以武犯禁,与官方统治多有抵触,故命运不佳。与之形成鲜明对比的言情之作,则高潮迭起。明末之市井小说,清初之才子佳人小说,清中叶之《红楼梦》及其续书,生活场景由市井而转至家庭,情调由艳冶而渐至优雅。19世纪的文网松弛,行侠者先出现于公案小说中,助官破案,缉盗戡乱。于是侠义小说与宋代以来演说清官审案断狱之公案小说合流,形成侠义公案小说。首开其端者为嘉庆末年刊行的《施公案》。官府既乐于见到为王前驱的侠士,市井小民对于侠义也有久别重逢之感,故而作品层出不穷,读者趋之若鹜。清初言情之作徜徉于后花园与簪缨之家既久,读者口餍耳倦而作者亦意拙技穷。道咸年间,继京都狎优之风盛极之后,海上洋场间粉薮脂林,不胜枚举,妓院冶游,楚楼花酒,几乎成为士林风尚。于是言情之作把生活场景由后花园转向青楼妓院,主人公由官宦子弟、名门淑媛改换为冶游文人与卖笑倡优。侠、妓热题的形成实是小说家适应时尚的有意选择。

第二节　侠义小说

19世纪写侠之长篇小说主要有《荡寇志》、《三侠五义》、《儿女英雄传》等。

《荡寇志》又名《结水浒传》,正文七十回,结子一回。作者俞万春(1794—1849),字仲华,浙江山阴(今绍兴)人,出身诸生,曾随父从征瑶民起义,以功获议叙。晚年信奉道教,别号忽来道人。《荡寇志》作于1826—1847年间,作者"未及修饰而殁"。咸丰元年(1851),其子俞龙光修订润色后刊行。

俞万春以二十余年之力,写成《荡寇志》一书,书之序言及结子部分言其著书之意甚明。俞氏认为,施耐庵著《水浒传》,并不以宋江为忠义,施氏"一路笔意,无一字不描写宋江的奸恶"。而罗贯中之续书竟有宋江被招安平叛乱之事,将宋江写成真忠真义,使后世做强盗者援为口实,以忠义之名,行祸国之实。罗之续书刊刻行世,坏人心术,贻害无穷。《荡寇志》一书,即要破罗续书之伪言,申明"当年宋江并没有受招安、平方腊的话,只有被张叔夜擒拿正法一句话",以使"后世深明盗贼忠义之辨,丝毫不容假借"。俞书自《水浒传》金圣叹七十回删改本卢俊义之噩梦续起,至梁山泊英雄非死即诛,忠义堂被官军捣毁,山寨为官军填平,一百零八股妖气重归地窟,张叔夜、陈希真终成平乱大功,封官加爵处止。《荡寇志》一书把宋江等人写成杀人放火、打家劫舍、戕官拒捕、攻城陷邑、占山为王的贼寇,他们与朝中奸臣高俅、蔡京、童贯暗中勾结,沆瀣一气。方腊起事浙江之时,朝中曾有招安宋江、借力平乱之议,蔡京极力撺掇促成此事。但宋江贼心难收,为安定梁山人心,羁縻众将,表面欢天喜地应允,暗中却差人杀了使者,自绝了梁山受招安之路。与梁山盗贼对阵的是已告休的南营提辖陈希真、陈丽卿等人。陈氏父女武艺出众、才略超人,因逃避高俅父子迫害出走京师。在走投无路的情况下,遂与姨亲刘广奔猿臂寨落草,权作绿林豪杰,并收拢祝永清等一批骁将,与梁山作对。他们身在江湖,心存魏阙,时时念叨皇恩浩荡,一心以助官剿匪的行为,作赎罪之计。猿臂寨与梁山多次对阵交锋,使梁山人马损兵折将。最后在朝廷委派大员张叔夜的统领下,一举平灭梁山。

《三侠五义》,原名《忠烈侠义传》,一百二十回,成书于同治十年(1871)前,刊行于光绪五年(1879),首署“石玉昆述”。石玉昆(约1810—约1871),字振之,天津人,道光至同治年间久居北京的说书艺人。他的《龙图公案》说唱夹杂,后有人在此基础上,删去唱词,增饰为小说,题名《龙图耳录》。光绪年间,问竹主人又加以修改润色,更名为《忠烈侠义传》,又名《三侠五义》。至光绪十五年(1889),俞樾认为第一回狸猫换太子“殊涉不经”,乃援据正史,别撰第一回;又认为书中所叙不止“三侠”,“南侠、北侠、丁氏双侠、小侠艾虎,则已得五侠”,再加上黑妖狐智化、小诸葛沈仲元,计为七侠,就改名为《七侠五义》。此后,两种本子并行于世。

《三侠五义》是一部较为典型的以清官断案为经,以仗义行侠为纬的公案侠义小说。它带有更多的市井细民对清官与侠义行为的理解和愿望。作品前二十七回讲述清官包拯降生出仕,决狱断案,审乌盆、斩庞昱、为李太后申冤寻子的故事。自南侠展昭得包拯举荐、被封御猫事件之后,引出三侠五义的纷纷登场,他们由互相猜忌,敌视争斗,终至联袂结盟,各奋神勇,各显绝艺,辅助清官名臣除暴安良,并归服朝廷受职。后五十回,以包拯的学生颜查散为中心,写他在众侠客义士的协助下,剪除豪强叛逆马朝贤、马强和襄阳王赵爵,降服"僭王称号"的绿林人物钟雄,侠义之士已经十足地扮演着为王前驱的角色了。

《三侠五义》显示出侠义与公案小说的合流,《儿女英雄传》则试图将侠义与言情故事同说。《儿女英雄传》初名《金玉缘》,作者文康,字铁仙,一字悔庵,别号燕北闲人,满洲镶红旗人,生卒年未详,出身世家,居过几任官,但晚景不佳,借著书以自遣。作者在《首回缘起》中借天尊之口揭明此书立意云:世人大半把儿女英雄看作两种人,两桩事,殊不知英雄儿女之情,纯是一团天理人情,不可分割。"有了英雄至性,才成就得儿女心肠;有了儿女真情,才作得出英雄事业"。又谓世人看英雄儿女,误把些使气角力、好勇斗狠的认作英雄,又把些调脂弄粉、断袖余桃的认作儿女,殊不知英雄儿女真性在忠孝节义四字。立志做忠臣、孝子,便是英雄心;做忠臣而爱君,做孝子而爱亲,便是儿女心。由君亲而推及兄弟、夫妇、朋友,英雄儿女至性便昭然人世、长存天地。作者正是在这种理念的基础上铺缀文字,"作一场儿女英雄公案,成一篇人情天理文章,点缀太平盛事"。

《儿女英雄传》以书生安骥与侠女十三妹(何玉凤)的弓砚之缘作为故事主线。汉军世族旧家子弟安骥携银往淮南救父,路遇强人,为十三妹所救。十三妹本中军副将何杞之女,其父为大将军纪献唐所陷害,玉凤携母避祸青龙山,习武行侠,伺机复仇。十三妹在能仁寺救出安骥之后,当下为安骥与同时救出的村女金凤联姻,并解送威震遐迩的弹弓,让他们一路作讨关护身的凭证,十三妹自己拾得安骥慌乱中丢下的砚台。安骥之父安东海获救后,弃官访寻十三妹于青云峰,告知她父冤已伸,以砚弓之缘为由,极力撮合十三妹与安骥的婚姻。何玉凤嫁安骥后,与张金凤情同姐妹,又善于理家敛财,鼓励丈夫读书上进。安骥科场得意,官至二品,政声载道,位极人臣。金、玉姐妹各生一子,安老夫妻寿登期颐,子贵孙荣。

《荡寇志》一书主要展示的是两大江湖集团的争斗厮杀及其不同的命运

归宿。猿臂寨首领陈氏父女因受奸佞迫害而走上绿林,这与宋江等人走上梁山并无不同。所不同的是,陈氏父女落草之后,辄以逆天害道之罪民自责,外惭恶声,内疚神明,时时不忘皇恩浩荡,日夜伺机助官剿寇,立功赎罪,将有朝一日接受招安,作为解脱之道;宋江等人则啸聚山野,假替天行道之名,攻城陷邑,对抗官府,桀骜不驯,于招安之事缺乏诚心。陈氏父女深明天理,以有罪之身,助王剿乱,终为朝廷所用,功成名就;宋江等人一意孤行,背忠弃义,倒行逆施,终至人神共怒,身败名裂。陈氏父女报效朝廷,真得忠义之道;宋江等人恃武犯禁,已入盗寇之流。作者正是在一侠一盗、一荣一衰的命运对比中,夸耀皇权无极,法网恢恢,晓告世人,忠义之不容假借蒙混,盗贼之终无不败。尊君亲上,招安受降,是绿林侠义、江湖英雄最好、最理想的归宿。这一思想主旨可归纳为尊王灭寇。

如果说《荡寇志》一书的思想主旨是尊王灭寇,那么,《三侠五义》的思想主旨则是致君泽民。《三侠五义》是以忠奸、善恶、正邪作为故事基本冲突的。小说展示了上自宫廷皇室、下至穷乡僻壤间的种种社会矛盾。贪官污吏结党营私,诬陷忠良,铸就冤狱;土豪恶霸荼毒百姓,鱼肉乡里;皇亲国戚广结党羽,图谋不轨。这些奸邪丑恶的存在,为清官、侠士提供了用武之地。他们相互辅助,洞幽烛微,剪恶除奸,济困扶危,仗义行侠,为民除害,清官与侠义代表着社会公正与正义。作者致君泽民的思想主旨,也正是在清官与侠士的行为中体现出来的。在作品中,包拯、颜查散等清官名臣,展昭、欧阳春等义士侠客,充当着君主意志与民众愿望的中介。君主的意志通过清官名臣的作为而得以显现,清官名臣的作为依靠侠客义士的辅助而获得成功,侠客义士除暴安良的行为,又体现着民众社会公正的愿望。清官名臣、侠客义士,上效忠于朝廷,下施义于百姓,使民众愿望与君主意志、社会公正原则与君权原则获得和谐统一,这正是作者所期望的致君泽民的思想与行为规范。

《三侠五义》中的侠客义士系有产者居多。在归附朝廷之前,大都有过飘零江湖、行侠仗义,甚至以武犯禁的行为。他们归附朝廷并非是屈服于政府的武力，而大多是出于为国效力的愿望、对清官名臣高风亮节的折服及对皇上知遇之恩的报答，他们的归附被视为一种义举。当他们接受清官的统领之后，其除暴安良的行为便不再仅仅具有行侠仗义、打抱不平的性质，而是一种代表政府意志的活动。侠义之士一旦与江湖隔绝、与个人英雄行为分离，江湖上少了一位天马行空的英雄，而官府中则多了一名抓差办案的吏卒。这也是侠义何以与公案小说合流的重要原因之一。

《儿女英雄传》为侠客义士、绿林英雄安排了一条与陈希真父女、南侠、五鼠不同的归顺道路——走向家庭生活。十三妹身为将门之女，自幼弯弓击剑，拓弛不羁。家难之后，凭一把倭刀、一张弹弓啸傲江湖，驰名绿林，血溅能仁寺，义救邓九公，行侠仗义，抱打不平，是何等的豪放威武。但这些在饱读诗书的安学海看来，却是璞玉未凿，"把那一团至性、一副才气弄成一段雄心侠气，甚至睚眦必报，黑白必分。这种人若不得个贤父兄、良师友苦口婆心的成全他，唤醒他，可惜至性奇才，终归名堕身败"。故而决心尽父辈之义，披肝沥胆，向十三妹讲述英雄儿女的道理。十三妹听了安学海的劝解，"登时把一段刚肠，化作柔肠，一股侠气，融成和气"，决意"立地回头，变作两个人，守着那闺门女子的道理才是"。一向打家劫舍、掠抢客商、称雄绿林的海马周三等人，也听从教诲，学十三妹的样子，决心跳出绿林，回心向善，卖刀买犊，自食其力，孝老伺亲。走向家庭生活的侠女十三妹，将倭刀弹弓尽行收藏，英雄身手只在窃贼入房、看家护院时偶尔显露。

在上述三部写侠小说中，侠义之士或接受招安，或报效朝廷，或步入家庭，无一不走着一条通向自身异化的命运之路。他们由啸聚江湖、逸气傲骨变而为循规蹈矩、世故世俗，由替天行道、仗义行侠变而为为王前驱、以武纠禁，由现行政治法律、伦理纲常的挑战者和反叛者变而为执行者、维护者，这种以表现江湖侠士收心敛性、改邪归正行为为主旨的作品，我们不妨称之为"归顺皈依"主题。这种主题模式的形成，带有晚近期封建皇权政治文化的特征，它建立在一套以忠君观念为核心的价值理论体系之上。根据这种价值理论体系，作者极力寻求绿林英雄与皇权政治妥协调和的方式，而又总是以侠义之士向皇权政治的归顺皈依作为最终结局。作者正是在这种归顺皈依的主题模式下,寄寓着劝诫的意蕴和重整纲常伦理、社会秩序的渴望。

与19世纪侠义小说"归顺皈依"的主题模式相对应的,是这类作品中塑造的一种带有类型学意味的英雄人物模式:驯化型英雄。

侠在中国是英雄的别称。在侠之思想品格和行为准则中,正义感和英雄气节是最可宝贵的,也是侠之所以成其为侠、侠之人格光辉之所在。侠之正义感来自个人良知和性善本能,它依照于社会公正的原则,而并非亦步亦趋于政治、法律之规范。侠义之士锄强扶弱、除暴安良,在政治、法律范围之外主持着社会正义和公平,虽然其行为大多具有以武犯禁的性质而与现行政治、法律制度相违背。侠之英雄气节,表现为独立于世,傲骨铮铮,威武不能屈,富贵不能淫,听命于知己而不听命于达贵,视金钱、名利如草芥粪土,冰清玉洁,超然俗世。失去了行任仗义、维护社会公正的正义感,侠便失去了其存在的价值和意义;失去了威武不能屈、富贵不能淫的英雄气节,委身依附于达贵或计较于个人的进退荣辱,侠便失去了受人仰慕、尊敬的资格。

而19世纪侠义小说最引人注目的现象是侠的归顺与驯化。侠义之士或接受招安,或报效朝廷,或步入家庭,其行为方式渐次向着步入规范的方向发展。他们仍具有绝顶的武艺,过人的胆略,超常的智慧,并不乏使命感和牺牲精神,但他们的正义感和英雄气节却发生了变异。他们依旧以行仁仗义、兴天下之利、除天下之害为己任,但仁义利害的判别标准不再依据于个人良知、性善本能和社会公正原则,而是依据于皇权政治的需要。他们以尊王灭寇、致君泽民,甚至以恪守妇道作为自身价值实现的最高目标,将啸聚江湖、替天行道的锋芒收敛,将独立于世、傲骨铮铮的脊梁弯曲,或甘心为王前驱、效力官府,以博得封赏为荣,或将弓刀收藏、回心向善,践履于三从四德。这种向皇权政治、伦理归顺皈依的变异倾向,动摇了传统的侠义观念。

归顺朝廷、皈依官府、走入家庭,19世纪侠义小说的这种价值取向,赋予其书中的侠义形象以一种类型学的意义。他们不再是逍遥江湖,无拘无累,超然于政治、法律之外的正义使者,而是听命于号令、委身于官府、剿匪平贼、抓差办案的驯化型英雄。这一变异完成的代价是巨大的,它使作品中的侠义形象失去了神圣的人格光辉,人们很自然地将这一英雄驯化现象看作是侠义品格的堕落。19 世纪侠义小说中的侠义英雄虽然具有绝顶的武艺、过人的胆略、超常的智慧,但却带有洗脱不掉的猥琐之相,它为古典小说的侠义部落提供了一种英雄模式——驯化英雄模式。

将归顺皈依皇权、奔走效力官府,或守着闺门道理作为侠的最佳归宿,甚至把绿林当作终南捷径,当作晋身扬名的阶梯,以充满欣赏的笔墨,津津有味地描写英雄驯化现象,反映了 19 世纪小说家的政治见解和思想倾向。19 世纪小说家面对动荡不安、烽火四起的社会现实,以辅翼教化、整肃人心的社会角色自居,试图在侠义故事的演述中,寻找到一条绿林英雄与皇权政治消解对立、妥协合作的途径,以实现重整天地纲常、再现太平盛世的愿望。皇权的神圣利益是天经地义、不可动摇的,那么,皇权政治与绿林英雄的妥协合作,只能以绿林英雄的变异而得以实现。小说家用以更换侠之正义感和英雄气节的思想材料是以君臣人伦为主要内容的忠义观念。

绿林中的"忠义",历来有多层含义。一是就侠之本分而言,一诺千金,忠人之事,行仁仗义,维护公正,此种侠义是侠士的基本风范,建立在良知与道义的基础上。二是就侠义之间而言,同生死共患难,肝胆相照,此种忠义自发地起始于一种团结御侮的愿望,建立在天涯沦落、荣辱与共的情感与命运之上。这两种情况下"忠义"二字实际是偏意复词,主要是"义"。三是就侠义与皇权而言,忠君事君,知恩报效,侠以尊君亲上为本分,君掌生杀予夺之权力,此种忠义为封建礼教秩序之大端,建立在对皇权绝对服从的封建伦理主义的基础之上。19 世纪侠义小说再三致意者,主要是第三种忠义。

宋江等人在《水浒传》中是被作为忠义者加以表彰的,但在《荡寇志》中则被指斥为假忠义者流。作者斥梁山英雄忠义之伪,又重在破其"官逼民反"、"替天行道"之说。陈希真修书宋江力陈忠义之辨、徐槐忠义堂教训卢俊义、王进阵前大骂林冲等情节,都是这方面的重头戏。昔日被逼上梁山,并为替天行道信仰奋斗过的英雄,在忠义之辨、君臣大义的"宏论"面前,竟然噤若寒蝉、理屈词穷,失却争辩的勇气。作者设计的梁山英雄正义感和英雄气节的陨落、信念的折服,是一种特殊的英雄驯化现象。《荡寇志》中,身负尊王灭寇重任而被赋予真忠真义品格的是猿臂寨英雄。陈希真是作者理想中的英雄模式,其"真忠真义"的实质,则是把认同与归顺皇权作为弃旧图新、走出逆境、改变自身命运的契机。

与《荡寇志》中的英雄通过剿匪立功而获取眷爱封赏稍有不同,《三侠五义》中的侠士大多是由于清官力荐而得以为朝廷效力的。陈希真本京畿提辖,以剿灭梁山有功获取眷爱封赏,可谓梅开二度;三侠五义原闲云野鹤,其赖清官力荐而得以为朝廷效力,则是皈依正途。两书之构思叙写各有不同,但其写英雄驯化却是异曲同工。

侠士与清官的结合,代表着封建社会一种圆满的政治理想。在人们心目中,清官是刚正严明、为民请命的形象,是政治与法律范围内公正与正义的代表。侠士以行侠尚义、济困扶危、剪恶除奸为本分,是政治与法律之外社会公正与正义的代表。清官以办案方式除奸,依靠法律程序惩处邪恶,其周期长且易遭不测;侠士以武力方式除恶,依靠血性之勇伸张正义,其盲目性大而不免失之鲁莽。两者结合则可相得益彰,从而构成一种强大的、有组织的、效率极高的力量,可以为君王剪除贪官奸臣、为民众打击土豪劣绅、为王朝消灭绿林人物。《三侠五义》正是在上述政治理想的基础上构思故事的。侠士与清官合作,澄清了刘妃勾结郭槐,残酷迫害皇上生身之母李妃的冤案,打击了仗势依权、陷害忠良、为霸一方、侵吞救灾皇粮的庞吉、庞昱父子,剪除了横行乡里、欺诈百姓的马刚、马强、花冲等豪强恶霸,粉碎了皇叔襄阳王图谋不轨、蓄意篡位的阴谋。在追随清官抓差办案的过程中,侠士显示出强烈的使命感和牺牲精神。白玉堂为盗取赵爵的盟书,孤身潜入冲霄楼,惨死于铜网阵;邓车把颜查散的官印丢在逆水泉里,蒋平自告奋勇,在寒气刺骨的泉水中将官印捞出。一些未曾被封官的侠士,如欧阳春,在搭救杭州太守倪继祖、杀马刚、捉花冲、擒马强一系列事件中,主动配合,事后并不邀功。已获封赏的侠士,也还保留着几分刚烈正直的性格。包拯之护卫赵虎,听到包拯之侄子包三公子行为不法时,便指使苦主到开封府击鼓鸣冤,至真相大白,方开怀释然。正是由于反映了人们对清官与侠士行为及他们所代表的清正公平政治理想的渴望,所以《三侠五义》能够为市井细民所喜闻乐见,而且风行流传;同时也正因为描写了豪侠之士对皇权的皈依、与官府的合作,《三侠五义》才获取了生存的可能。

与陈希真接受招安而剿匪、三侠五义报答知遇而缉盗不同,《儿女英雄传》中的十三妹则为安学海的一套人情天理的大道理所折服,最终将一团英雄刚气化为儿女柔情,由行侠绿林而遁入家庭。成为安家媳妇的何玉凤,昔日叱咤于青云山、显威于能仁寺的女侠风采已不复可见,代之而出的是一位妇德、妇言、妇容、妇工四者兼备,立志保佑丈夫闯过知识、书房、成家、入宦人生四重关隘的家庭主妇。

何玉凤折服于天理人情,与三侠五义稽首于知恩图报、梁山英雄理屈于君臣大义、陈希真得逞于尊王灭寇,具有同等的意义。19世纪侠义小说中的人物命运与作者的道德意识有着紧密的关系。在作品的人物命运之上,寄托着作者的道德评判和以重整道德观念为契机,恢复封建社会礼治秩序的愿望。以拯救道德而达于救世救国,是中国士人奇特的政治假想。这种政治假想建立在中国特有的家族亲缘关系与皇权统治秩序互相渗透的社会政治结构之上。在这种政治结构中,孝亲与忠君被赋予同等神圣不可侵犯的意义,并被看作是家庭与社会和谐的凝合之物。当孝亲与忠君成为个体伦理的自觉时,天下遂归于一统和平;当其遭到背叛时,天下则纷乱无序。反之推论,当天下纷乱无序时,必定是道德败坏的结果;救时救世,必以刷新、振兴道德为先。19世纪小说家并未能摆脱这一道德救世情结。他们在侠之归顺皈依的描写中,掺和着整饬纲常的希望,表现出通过道德调整达到补天自救的社会文化心理。

《荡寇志》与《三侠五义》,一模仿《水浒》笔法,一演绎包公传说。前者成于文人之手,后者成于艺人之口。两相比较,《荡寇志》在艺术表现技巧与细节真实细腻上稍胜一筹,而《三侠五义》在以日用寻常之语刻画人物性格、写景叙事方面,富有特色。《荡寇志》善写战争,对双方争战的攻守进退,娓娓道来,调度自如,不紧不慢,而又惊心动魄,令人如临其境,如闻其声;《三侠五义》善于讲故事,情节虽属离奇,但能渲染烘托,使人觉得合情合理。《荡寇志》造语设景,颇具匠心,叙事语言精练流畅;《三侠五义》绘声状物,粗笔勾勒而能传神,叙事语言保留较多的平话习气。两书就艺术成就来讲,都可作为鸦片战争以后文人与艺人说侠之作的代表。

《儿女英雄传》是我国小说史上最早出现的一部熔言情、狭义为一炉的保留平话习气的小说,具有较高的艺术性,是一部雅俗共赏、在民间广为流传的作品。小说结构完整,情节曲折,张弛有度,转换自然。书中采用地道的北京话,又融入不少满族特有的日常用语,不但生动地再现了彼时的生活习俗和风貌,而且具有浓厚的地方色彩和民族色彩。语言生动、诙谐而有风趣,开地道京味之先河。

第三节　狭邪小说

狭邪小说,是指以青楼妓馆等狭邪处所作为情场,专门演绎妓家故事的小说。自唐代以来,记述文人与倡优冶游生活的文字,常见于文人的杂著或短篇小说之中。以狭邪中人物故事为全书主干的长篇小说,则是在鸦片战争以后才出现的。长篇狭邪小说的产生,与半殖民地半封建的社会形态有关,也与明清长篇通俗小说的巨大影响有关。

就描写男女相悦故事而言,狭邪小说与明末市井小说、清初才子佳人小说有着血缘联系,但其最显著的特点是将生活场景由社会、家庭转向青楼、梨园,人物由市井细民、才子佳人变而为嫖客倡优。狭邪小说在市井小说邂逅相遇、心挑目许和才子佳人小说郎才女貌、吟诗联情的模式之外,撤去婚姻、家庭生活框架和以婚姻、家庭生活为唯一目的的情爱指向的限制,赋予男女主人公以更为自由、随意的交往和活动空间。

对于勾栏酒肆、青楼妓院中的生活,狭邪小说有着大致相同的价值标准。它们并不把狭邪生活完全看作是一种社会的病态和丑恶,也不把狭邪行为等同于见色生心、淫荡纵欲。狭邪小说遵循着泄愤劝诫的写作宗旨,恪守着情清欲浊、重情意轻背盟的情爱旨趣。它既不像明末有些市井小说那样,率直真切地表现人欲,在赞美自然人性的同时,夹带着本能肉欲的描写乃至流入猥亵;也不像才子佳人小说那样,亦步亦趋于理性自律规范,迂腐呆板地讲述着一个个"发乎情,止乎礼"的故事,乃至充斥道学气。狭邪小说着意编织着男女相悦,而并不以婚姻、家庭生活为归宿的情爱理想,展示京都海上巨绅名士挟美纵酒、以钱买笑的风流恩怨、怪怪奇奇。

狭邪小说有写实、写意之分。写实者,敷陈京都海上巨绅名士之艳迹,重在描绘繁华乡里、风月场中的闻闻见见,此类作品有《品花宝鉴》、《海上花列传》。写意者,借美人知遇抒写英雄末路之牢愁,重在赏玩潦倒名士、失意文人之落拓不羁、雅致风流,此类作品有《青楼梦》、《花月痕》。

乾嘉以降,京都狎优之风甚盛。公卿名士招梨园中伶人陪酒唱曲、狎爱游乐,成为一时风尚。虽所招均为男子,与之调笑戏谑,却以妓视之,呼之为"相公"。《品花宝鉴》所记述的即京都狎优韵事。作者陈森(1796—1870),字少逸,江苏常州人。道光中寓居都中,因科场失意,境穷志悲,日排遣于歌楼舞榭间,于狎优之风,耳闻目睹,遂挥毫以说部为公卿名士、俊优佳人立传写照,道人之所未道而兼寓品评雌黄之意。《品花宝鉴》初写于1825年,历十年而成,凡六十回,初版于道光二十九年(1849)。

作者在第一回中说:"大概自古及今,用情于欢乐场中的人,均不外乎邪正两途。"本书之立意,即要写出正者之高洁和邪者之卑污,以作为品花者鉴影之具。故而书中开首第一回先将缙绅子弟、梨园名旦各分为十类,推之为欢乐场中之正品,又将卑污之狎客、下流之相公分为八种,斥之为欢乐场中的邪类。书中用主要笔墨描写十位"用情守礼"的缙绅子弟与十位"洁身自好"的优伶的交往。十位优伶来自京都联珠与联锦两大戏班,他们聪慧清秀、仪态婉娴,在红氍毹上各有绝技。虽生于贫贱、长于污卑,却自尊自爱、择良友而交结,出污泥而不染。十位缙绅子弟家资丰饶,地位显赫,才华横溢,风流倜傥,他们视"这些好相公与那奇珍异宝、好鸟名花一样,只有爱惜之心,却无亵狎之念"(第五回)。其中波折横生,作者极尽曲意的是对梅子玉与杜琴言、田春航与苏蕙芳交往故事的描述。梅、杜之交,形淡情浓、悲多欢少,而着重写其缠绵相思之苦;田、苏之交,炽热率直、知己相报,而着重写其道义相扶之乐。最终众名士功名各自有得,众优伶脱离戏班,跳出孽海,会聚于九香楼中,将那些舞衫歌扇、翠羽金钿焚烧尽净,皆大欢喜。在描述美人名士好色不淫的交往之外,书中还穿插讲述了奚十一等无耻狎客与蓉官、二喜等"狐媚迎人,娥眉善妒,视钱财为性命,以衣服作交情"的下流优伶的荒淫行径,作为美人名士的对照。作者以为:"单说那不淫的,不说几个极淫的,就非五色成文,八文合律了。"(第二十三回)

《品花宝鉴》对京城品优之风的描述抱着一种猎奇写实、激浊扬清的基本态度,虽属写实派,却又故弄玄虚,在序言里一再声称书中所言"皆海市蜃楼,羌无故实"。但不少好事者还是能一一寻出书中某人即世上某人的蛛丝马迹。

《海上花列传》问世晚于《品花宝鉴》近半个世纪,六十四回,又曾以《青楼宝鉴》、《海上青楼奇缘》、《海上花》等名称刊行。书题"云间花也怜侬著",作者真名韩邦庆(1856—1894),字子云,号太仙,松江(今属上海)人,科举不第,长期旅居上海,常为《申报》撰稿,所得笔资悉挥霍于花丛中。《海上花列传》初于光绪十八年(1892)二月在《海上奇书》创刊号上连载,每期二回,共刊十五期三十回;两年后,全书的石印本行世。作者在《例言》中声明:"所载人名事实俱系凭空捏造,并无所指。如有强作解人,妄言某人隐某人,某事隐某事,此则不善读书,不足与谈者矣。"但读者与研究者仍饶有趣味地索解书中的本事。

《海上花列传》开篇第一回言写作缘起云:"只因海上自通商以来,南部烟花日新月盛,凡冶游子弟倾覆流离于狎邪者,不知凡几。虽有父兄,禁之不可;虽有师友,谏之不从。此岂其冥顽不灵哉? 独不得一过来人为之现身说法耳。"作者即是以"过来人"的身份,写照传神,属辞此事,点缀渲染,以见青楼花巷令人欲呕之内幕,繁华场中反复无常之情变,"苟阅者按迹寻踪,心通其意,见当前之媚于西子,即可知背后之泼于夜叉,见今日之密于糟糠,即可卜它年之毒于蛇蝎。也算得是欲觉晨钟,发人深省者矣"。

与《品花宝鉴》中的狎优场面相比,海上烟花生活充满着更多的铜臭气味。《海上花列传》的作者似乎已失去了《品花宝鉴》作者那种欣赏名士做派、玩味品花情韵的雅兴,更多的是以平实冷静而不动声色的笔调描述欢乐场中的艰辛悲苦。书中首回写花也怜侬在花海上踟蹰流连,不忍舍去,花海之绵软其表,险恶暗藏,花朵之随波逐流,命运不能自主,花海、花朵的暗喻表达了作者对海上烟花生涯的理解。

《海上花列传》以赵朴斋由乡下到上海访亲、初涉妓寮起,至其妹赵二宝被史三公子骗婚而惊梦处止,以赵家兄妹的命运照应故事首尾。而中间叙事写人,则采用史书中列传体例与《儒林外史》的规制,加上所谓穿插藏闪之法,描述了三十余位妓女和奔走于柳街花巷中的嫖客、老鸨各色人等之间的恩怨纠葛、风波结局。其中反目成仇、背信弃义者有之,附庸风雅、迂阔痴情者有之,始合终离、始离终合、不离不合者有之,寒酸苦命、淫贱下流、衣锦荣归者也各有之。在这个以叫局吃酒、打情骂俏、争风吃醋、钩心斗角为主要生活内容的社会层面里,充满着人世间的喧嚣波澜。

《海上花列传》曾以《青楼宝鉴》之名刊印。它和《品花宝鉴》之所以同称为《宝鉴》,即含有还其真面、引为法戒的两重意思。两书作者在故事叙述中都以"过来人"的口气现身说法,他们对特定生活场景的描述,遵照"道人之所未道"、"写照传神"、"其形容尽致处,如见其人、如闻其声"的写实宗旨,以接近现实真实的努力,向读者讲述京都海上欢乐场中的怪怪奇奇、妍媸邪正,为狭邪中人物立传写照。这种以展示狭邪生活场景、描摹梨园青楼世态人情、寄寓警世劝诫之意为主旨的作品,可称之为狭邪小说中的"敷陈艳迹"模式。

如果说,敷陈艳迹之写实派承《儒林外史》之笔意,旨在罗列众相、为狭邪者立传、为风月场写照的话,人生感悟之写意派则以发愤说为底蕴,借青楼风月之演述,玩味人生悲欢离合、荣辱穷达之禅机,抒写人生牢愁与感慨。《花月痕》《青楼梦》的写作之旨,近于后一类型。

《花月痕》,五十二回,初刻于1888年。作者魏秀仁(1819—1874),字子安,别号眠鹤主人,福建侯官(今福州)人,道光二十六年举人,屡试进士不第,乃游幕陕西、山西、四川。终为成都芙蓉书院院长。

《花月痕》开首即为一篇"情论"。"情之所钟,端在我辈","乾坤清气间留一二情种,上既不能策名于朝,下又不获食力于家,徒抱一往情深之致,奔走天涯"。既为不遇之士,而又情深不能自抑,无处排遣,故向窗明几净、酒阑灯灺处寻求适情之物与多情之人,借诗文辞赋、歌舞楼榭寄情耗奇。"不想寻常歌伎中,转有窥其风格倾慕之者,怜其沦落系恋之者,一夕之盟,终身不改"。仕途官场不遇之人,得遇于寻常歌伎;欲为传人名宦不成,而倦归于温柔之乡。《花月痕》开首之"情论",点明所言之"情"的特殊规定性,又俨然是一篇不羁名士与青楼佳丽天作地合的辩词。

"一夕之盟,终身不改",作者将名士美人青楼之遇的情感关系推向了一种理想化的极致。第一回中说:"幸而为比翼之鹣,诏于朝,荣于室,盘根错节,脍炙人口;不幸而为分飞之燕,受谗谤,遭挫折,生离死别,咫尺天涯,赍恨千秋,黄泉相见。"作者正是根据幸与不幸的命运、荣辱与共的情盟来安排情节、设置人物的。《花月痕》主要讲述"海内二龙"韩荷生、韦痴珠与"并州二凤"杜采秋、刘秋痕悲欢离合的故事。韩、韦以文名噪世,以文字相识,同游并州,得识青楼佳丽杜、刘。韩有经世之略,得人推荐,于并州兵营赞襄军务,平回之役中屡建奇勋。后应诏南下,收复金陵,官至封侯,与所恋佳妓杜采秋终成眷属,采秋被封为一品夫人。韦痴珠著作等身,文采风流,倾倒一时,所上《平倭十策》,虽不见用,却享名海内。倏忽中年,困顿羁旅,内窘于赡家无术,外穷于售世不宜,心意渐灰。与并州花选之首刘秋痕情意相投,却无资为其赎身,终至心力交瘁,咯血而死,秋痕自缢以殉。韩、杜与韦、刘,同是情盟似海,结局却是天壤之别。韩、杜之交,是"幸而为比翼之鹣"者,韦、刘之交,则是"不幸而为分飞之燕"者。作者以歆羡之笔写"比翼之鹣",而以凄婉之笔写"分飞之燕"。幸与不幸的根结何在？韩荷生得遇而位极人臣,故福慧双修、恩宠并至;韦痴珠不遇而穷愁困顿,虽眷爱而不能相保。遇与不遇,是达与不达、幸与不幸的根本。痴珠华严庵求签,知与秋痕终是散局,但蕴空法师告知,数虽前定,人定却也胜天,而痴珠终因不遇而无力赎回秋痕;荷生欲娶采秋,鸨母初亦为难,后闻荷生做了钦差,追悔不及,亲将采秋送迎,韩、杜终得如愿以偿。作者在《花月痕前序》中写道:"寝假化痴珠为荷生,而有经略之赠金,中朝之保荐,气势赫奕,则秋痕未尝不可合。寝假化荷生为痴珠,而无柳巷之金屋,雁门关之驰骋,则采秋未尝不可离。"虽然离合之局,系于穷达,荣辱之根,植于遇与不遇,但若情之长存,离者亦合,辱者犹荣。作者对人生命运、情爱价值的理解于此可鉴。

《青楼梦》,又名《绮红小史》,六十四回,成书于光绪四年(1878)。作者俞达(？—1884),一名宗骏,字吟香,别号慕真山人,江苏长洲(今苏州)人。仕途失意,一生坐馆为业,好作冶游。

与《花月痕》不谋而合,《青楼梦》亦以一篇"情论"横亘篇首。作者以为"人之有情,非历几千百年日月之精华,山川之秀气,鬼神之契合,奇花异草,瑞鸟祥云,祯符有兆,方能生出这痴男痴女。生可以死,死可以生,情之所钟,如胶漆相互分拆不开"。书中所讲述的痴男痴女,其前生都是仙界人物,因种种原因谪降人间,了却风流姻缘。痴男为吴中名士金挹香,其性素风流,志欲先求佳偶,再博功名,与青楼中三十六妓交流,特受爱重。金挹香历遍花筵,自称"欢伯"。入泮之后,众美咸以新贵目之,青云得路,红袖添香,娶众美中纽氏为妻,另纳四美为妾,妻妾和睦,温馨倍增。挹香为显亲扬名,捐官浙江,割股疗母以尽孝,政绩斐然而尽忠。欲重访众美,众美已纷纷如鹤逝风去,云散难聚。心灰意冷之中,决意弃官修道,回头向岸,终与妻妾白日升天,与三十六美再次聚首,重列仙班。

作者自称《青楼梦》一书是"半为挹香记事,半为自己写照"。书中以情论起兴，以空、色作结。依照"游花园、护美人、采芹香、掇巍科、任政事、报亲恩、全友谊、敦琴瑟、抚子女、睦亲邻、谢繁华、求慕道"（第一回）的情节顺序展开故事，描摹了一位勘破三梦、全具六情者一生的经历。金挹香之慕道，并非由于人生失意而寻求精神解脱，而是由于人生得意而寻求更完美的自我完成，寻求更永恒的生命存在。作者依据封建士人最完美的人生理想设计了主人公的一生。这里的"情关"、"情念"，已不局限于男女之情的范畴，而是泛指人生存在的一切生命欲求。一切生命欲求都得以实现，便在升仙入道中寻求生命的永恒。《青楼梦》前半部也有敷陈艳迹的痕迹，但它只是把青楼艳遇作为人生之梦的一种夸示。《青楼梦》不同于敷陈艳迹写实派之处，在于它运用理想化的手法，将作者对人生存在意义的理解，融泄在它所编造的人间故事之中。

狭邪小说的作者既然把狭邪处所作为演绎妓家故事的情场，其在作品中所表现出的不同的情爱旨趣，将是读者理解与评价此类作品最直接的切入视角。

作为编织情爱理想类型的《花月痕》、《青楼梦》，两书写青楼生活与狭邪人物，总带有几分掩饰不住的赞美激情。作者力图在狭邪故事的演述中，寻觅人世间失落的情爱。两书开卷之"情论"，已奠定全书的情爱基调，而书中故事与人物活动，则是其情论的演绎和印证。

《花月痕》中的两对男女主人公，相识于风尘之中，虽命运结局大不相同，韩、杜发达，韦、刘困厄，但都能做到"一夕之盟，终身不改"。韦痴珠、韩荷生海内漂泊，以名士自许，并州初识刘秋痕、杜采秋，便堕入情网而不可自拔。书中第十六回写痴珠对荷生议论道："可见人生未死，凭你有什么慧剑，这情丝是斩不断。"韩荷生深有同感。在作者笔下，韦、韩在仕途上有遇有不遇，而在情关面前，却都是幸运者。作者写韩、杜之交，重在写其发达富贵之中的"真意气"，写韦、刘之交，则重在写其历经磨难之后的"真性情"。发达富贵，不改初衷，固属可贵；而贫贱困厄，相濡以沫，更见真情。韦、刘之交，建立在"同是天涯沦落人"的情感基础之上。韦以文采风流而使美人解佩，

135

刘以多情多义而得名士欢心。韦落魄一生,侘傺而亡;刘义无反顾,以死殉情。韦、刘虽未花好月圆,却体味了人间至情,它不失为一种涉足狭邪中潦倒名士所期望的情爱理想。作者书序中"有情者,即月缺花残,仍是团圆之界"的宏论即由此而发。

如果说,《花月痕》中"富贵不改,贫贱不移"的情爱理想,仍不过是婚姻、家庭生活题材中矢志不渝情爱理想的移植,那么,《青楼梦》中"意欲目见躬逢,得天下有情人方成眷属"(第一回)的情爱方式,则带有更明显的狭邪情爱特点。《青楼梦》中的男主人公金挹香,素性风流,志欲访遍花丛,寻找佳偶,以为"苟得知己能逢,亦何嫌飘残之柳絮,蹂躏之名花"(第一回)。故而徜徉青楼,"凡遇佳人丽质,总存怜惜之心"(第一回),得交三十六美。挹香以欢伯、花铃自居,在众美中选择最为知己者娶作妻妾,享受众星拱月的艳福全福。

金挹香的这种行为,并不纯粹出于对封建婚姻制度反叛的意图,作者在这种近于乖离的行为中,夸示着一种人生的得意——历遍花筵,畅饮爱河。这种人生得意带有泛爱和放纵的倾向,但它是在青楼妓院这一特殊场合中进行的,风流掩盖了其恣行放纵的一面;又打着寻找有情知己的旗号,寻情给予其泛爱行为以堂皇的解释。选乎色而钟乎情,历遍花筵,畅饮爱河,不啻为狭邪游人心目之中的另一种情爱理想,这种理想带有较浓重的享乐主义的色彩。

同是编织情爱理想,《花月痕》以缠绵见长,《青楼梦》以癫狂取胜。在其情爱理想中,婚姻只是情爱发展中的一个过程,而并非最终目的。寻得钟情知己,比婚姻家庭的建立更为至关重要。得一钟情知己,虽未能终成眷属,仍是花好月圆,如《花月痕》中之韦痴珠与刘秋痕;访遍花丛,亲见躬逢,已是众星拱月,妻妾满堂,仍为旧美云散、鹤离凤去而凄情伤感,怅然若失,如《青楼梦》中之金挹香。以钟情知己为情爱理想之至境,孜孜以求,自无可非议;在情爱故事的悲欢离合中,寄寓人生穷达聚散之感慨,亦易为理解。但在青楼妓院、狭邪人物中寻找人间真情,却不知是一代钟情之辈的旷达风流,抑或是其不幸悲哀。

《品花宝鉴》、《海上花列传》的写作旨趣,属于展示风流恩怨类型。《品花宝鉴》写京都狎玩相公习俗中的闻闻见见,《海上花列传》写海上通商后南部烟花间的怪怪奇奇,其重在通过梨园青楼中世态人情的描摹,为狭邪者写照,为风月人立传,为人世间留鉴。对于笔下人物及其活动,它们不像《花月痕》、《青楼梦》那样,一味充满着赞美激情,而是据其品行,分出清浊邪正,寄寓扶正祛邪、激浊扬清之意,突出小说描摹世态、劝时讽世的社会功用。

《品花宝鉴》将用情于欢乐场中之人,分为邪正两途。正者"皆是一个情字"(第一回)。缙绅子弟是用情守礼的君子,梨园名旦是洁身自好的优伶,此为欢乐场中的上等人物,冰清玉洁,光彩照人。至于邪者,"这个情字便加不上"(第一回),他们只知口耳之娱,声色是逐,分为淫、邪、黠、荡、贪、魔、祟、蠹八种,此为欢乐场中的下流人物,脏腑秽浊,卑污下贱。作者正是在正与邪的鲜明对比中,显示其对狭邪生活的理解评判及其情清欲浊的情爱旨趣。

在言妓诸作中,《海上花列传》问世最晚,其写作精神,与稍后云涌而起的谴责小说已极为接近。书中叙海上妓家之风流恩怨与人情世态,寓褒贬抑扬于平实笔法之中。作者在书中首回自称此书"写照传神,属辞比事,点缀渲染,跃跃如生,却绝无半个淫亵秽污字样,盖总不离警觉提撕之旨"。如果说,《花月痕》、《青楼梦》乐道于情痴,《品花宝鉴》属意于情正,《海上花列传》则描摹于情变,提撕于情戒。

《海上花列传》首回对花海的描写,是颇具象征意味的。无数花朵,连枝带叶,漂在海上。花没有根柢,随波逐流,听其所止。观花之人如只见花、不见水,跌落花海之中,即很难自拔。同写青楼妓院、狭邪游人,《海上花列传》给人的感觉是,在男女交往相悦过程中,情爱基础正在悄悄地消退,金钱则汹汹然喧宾夺主。倌人因生活所迫而为倌人,嫖客图声色之娱而为嫖客,痴情者渐少,趋利者增多。19世纪言妓小说中始终笼盖着的温情脉脉的面纱,正逐渐被金钱的巨手所撕破,狭邪小说开始由人为的梦幻接近于现实的真实。

在《海上花列传》中,陶玉甫与李漱芳之间的情义结盟可谓凤毛麟角。陶玉甫与李漱芳相好许久,情意缱绻,玉甫欲讨漱芳为正室,家人以为倌人从良,难居正室,坚持不允。漱芳因此抑郁成病。玉甫一心一意,衣不解带,服侍于病榻之前。至漱芳病重并撒手而去,玉甫痛不欲生,又强打精神,尽心为漱芳办理后事,代为照看漱芳尚未成年的妹妹浣芳。生报以情,死尽于义,此种情契义盟在《海上花列传》中是绝无仅有的,书中更多的则是背情弃义的例证。赵二宝沦为倌人之后,结识了史三公子。史三公子以娶二宝为正房相许。二宝涕泪交流,次日便闭门谢客,采买嫁妆,单等史三公子自金陵家中归来后,结成姻缘。谁知史三公子别后,杳如黄鹤,待赵朴斋去金陵打听,才知史三公子已去扬州迎亲。此种背盟弃信、负义辜恩的人物及行为,与《花月痕》中"一夕之盟,终身不改"者,与《青楼梦》中声称"决不以青楼为势利场"者,已大相径庭。由乐道于情痴,到属意于情正,再到描摹情变、提撕情戒,围绕情爱中心,19世纪狭邪小说由高蹈虚幻走向面对现实,由诗般赞美走向写实现形,由抒写心志、足证情禅走向绘摹世态、寄寓劝诫。情爱旨趣的变化,从特殊的角度显示了19世纪狭邪小说的发展轨迹。

侠、妓小说的盛行,构成了19世纪不可忽视的文学现象。当小说家群起以辅翼教化和发愤著书的魔棒去触及英雄、男女题材时,他们在侠义和狭邪故事的讲述中,自觉地融入了各自对现实生活、人伦理想、英雄之性、男女之情诸多问题的思考。侠、妓小说展示了世俗人生中最富有传奇色彩的社会风景,它们所塑造的驯化英雄、狭邪男女,显示出独特的思想与审美特征,并构成了19世纪长篇白话小说所特有的风景线。此后,当梁启超所策动的"小说界革命"兴起,尤其是五四新小说崛起后,侠、妓小说才结束了其独领风骚的时代。

中编

第七章　梁启超与文学界革命

　　20世纪初年中国思想界和文学史上成绩与影响最为卓著的人物,当推梁启超。1929年1月,这位在中国近代史上叱咤风云的文化巨匠溘然长逝,国内文化名流追忆他襄助变法,历经成败风雨的一生,最为推重的是梁氏以书生救国,以文学新民的功绩。梁启超是中国近代思想启蒙运动的主将和文学界革命的陶铸者。

第一节　生平与著述

　　梁启超(1873—1929),字卓如,号任公,别号饮冰室主人。广东新会人。梁启超自幼在家中接受传统教育,1889年中举。1890年赴京会试,不中。同年结识康有为,投其门下。1891年就读于万木草堂。1895年春再次赴京会试,协助康有为,发动在京应试举人联名请愿的"公车上书"。维新运动期间,梁启超主北京《万国公报》(后改名《中外纪闻》)和上海《时务报》笔政,又赴澳门筹办《知新报》。他的许多政论在社会上有很大影响。1897年,任长沙时务学堂总教习,在湖南宣传变法思想。1898年回京,积极参加"百日维新"。7月3日(五月十五日),受光绪帝召见,奉命进呈所著《变法通议》,

赏六品衔,负责办理京师大学堂译书局事务。9月,政变发生,逃亡日本,先后创办《清议报》、《新民丛报》、《新小说》等,鼓吹新民救国,同时也大量介绍西方社会政治学说,在当时的知识分子中影响很大。

武昌起义爆发后,梁启超主张"虚君共和"。民国初年又支持袁世凯,并承袁意,将民主党与共和党、统一党合并,改建进步党。1913年出任司法总长。袁世凯帝制自为的野心日益暴露,梁启超于1915年8月发表《异哉所谓国体问题者》一文进行猛烈抨击,旋与蔡锷策划武力反袁。1915年底,护国战争在云南爆发。1916年,赴两广地区,积极参加反袁斗争。1917年7月,段祺瑞掌握北洋政府大权,梁启超出任财政总长兼盐务总署督办。9月,孙中山发动护法战争。11月,段内阁被迫下台,梁启超也随之辞职,从此退出政坛。1918年底,梁启超赴欧,亲身了解到西方社会的许多问题和弊端。回国之后,即宣扬西方文明已经破产,主张光大传统文化,用东方的"固有文明"来拯救世界。1924年起任教于清华学校。1929年1月19日,在北京协和医院溘然长逝,终年五十六岁。梁启超兴趣广泛,学识渊博,在文学、史学、哲学、佛学等诸多领域,都有较深的造诣。他一生著述宏富,所著《饮冰室合集》计一百四十八卷,一千余万字。

梁启超东渡日本后,阅读了大量日本译介的西方政治、经济、哲学、社会学方面的著作。由所读西学之书,反观中国新学的各个领域,梁氏深感需重新建构。出于更新国民精神和新学建设的需要,梁启超提出经学革命、史学革命、文界革命、诗界革命、小说界革命、曲界革命等一系列的主张,企望在输入欧洲之精神思想的前提下,推动20世纪中国知识体系和学术体系的转型,在民族精神的改造与重建工程中,促进中国政治的渐进和社会的文明之化。

在构筑新民救国的理想时,梁启超意识到文学的价值和意义。"文学之盛衰,与思想之强弱,常成比例"。新民救国既然是一场更新国民精神、改造国民性的思想启蒙运动,文学作为国民精神的重要表征,无疑是"新民"所不可忽视的内容;而文学自身所具有的转移情感、左右人心的特性,又是"新民"最有效的手段。从国民精神进化而言,文学需要自新;从促进国民精神进化而言,文学又担负着他新的责任。对文学,梁启超抱有"自新"与"他新"的双重期待。

第二节　文学界革命的理论倡导

梁启超 20 世纪初年对于文学界革命的倡导,既有一以贯之的自新与他新的期待视野,又有对诗、文、小说、戏曲等不同文体的革新设想与目标。

文界革命在思想与文学革命的链条中具有最重要的意义。能否在刚刚形成的中国现代公共领域内拥有最广大的阅读公众,以清高之理,美妙之文,输入文明思想,培育国民精神,对于思想与学术百废待兴的中国来说,是一项穆高如山、浩长似水的伟大事业。梁启超为文界革命设置的目标,就是要在传统的抒写个人情志的文人之文和以经术为本源的述学之文之外,创造出会通中外、融汇古今、热情奔放、悲壮淋漓、自由抒写、流畅锐达的文章新体。

维新变法时期,梁启超对文学启蒙的认识停留在倡导言文合一,以文字开通民智、导愚觉世的层面。开通民智,则应写作言文合一、宜于妇人孺子伦常日用的文字。启发蒙昧的文字,要讲求左右人心的效应和遵从从众向俗的方向,救一时明一义的报章文体自当与藏山传世的著述文体有别。对觉世之文与传世之文的区分,显示着梁启超对文章之体用的价值判断和取舍。

1899 年 12 月,梁启超从日本横滨乘船去夏威夷,在船上阅读日本三大新闻主笔之一德富苏峰的著作,颇有感触,于是在《汗漫录》(收入《饮冰室合集》时更名《夏威夷游记》)中明确提出"文界革命"的口号:"其文雄放隽快,善以欧西文思入日本文,实为文界别开一生面者,余甚爱之。中国若有文界革命,当亦不可不起点于是也。"1902年,在《新民丛报》创刊号上,梁启超在介绍严复的译作《原富》时,重提文界革命:"夫文界之宜革命久矣。欧美日本诸国文体之变化,常与其文明程度成比例。况此等学理邃赜之书,非以流畅锐达之笔行之,安能使学童受其益乎?著译之业,将以播文明思想于国民也,非为藏山不朽之名誉也。"本年11月,《饮冰室文集》编成,梁启超为序,以为吾辈为文,发胸中所欲言,行吾心之所安,不作藏山名世之想。其对于觉世之文的选择可谓矢志不移。

概括而言,梁启超倡言的文界革命大致包含以下几个层面的内容:其一,文界革命的范围是以报章文体为主的著译之业,著译之业在国家民族"非死中求生不足以达彼岸"的危急局势下,当以"播文明思想于国民",促进国家民族的精神维新为最高责任;其二,著译之业"播文明思想于国民",当选择从众向俗、化雅为俗、启发蒙昧、导愚觉世的路向,其法度规制与古雅渊懿的述学之文、清正雅洁的作者之文有别;其三,著译之业谋篇行文当讲求条理细备、洗练锐达、雄放隽快、慷慨淋漓的文风。

在《汗漫录》中,梁启超还明确提出"诗界革命"的主张,发出"支那非有诗界革命,则诗运殆将绝"的感慨。诗界革命呼唤能为诗界开辟新疆土新领域的"诗界之哥仑布、玛赛郎"出现,"欲为诗界之哥仑布、玛赛郎,不可不备三长:第一要新意境,第二要新语句,而又须以古人之风格入之,然后成其为诗"。

以新意境、新语句、古人之风格作为诗界革命的三个标准,衡量时彦中能为诗人之诗而锐意欲造新国者,都不免有憾。黄遵宪有《今别离》等诗,纯以欧洲意境行之,但其诗重旧风格而新语句偏少;夏曾佑、谭嗣同善选新语句,经子生涩语、佛典语、欧洲语杂用,其意语皆非寻常诗家所存,但使人苦不知其出典,十日思不能索其解。其他如文廷式、丘逢甲等人诗中偶尔点缀一二新语句,常见佳胜,但片鳞只甲,未能确然成一家之言。

稍后,梁启超在《清议报》、《新民丛报》、《新小说》上开辟了"诗界潮音集"、"饮冰室诗话"、"杂歌谣"等专栏。他以传统的诗歌批评方式,评介诗友诗作,进一步阐发诗界革命的主张并推动诗界革命的发展。

在《饮冰室诗话》中,梁启超仍然坚持以新意境、新语句、古人之风格作为诗界革命成功之作必备的三个要素,但他对"新语句与旧风格常相背驰"的矛盾有了更加细致的体察:"过渡时代,必有革命;然革命者,当革其精神,非革其形式。吾党近好言诗界革命。虽然,若以堆积满纸新名词为革命,是又满洲政府变法维新之类也。能以旧风格含新意境,斯可以举革命之实矣。苟能尔尔,则虽间杂一二新名词,亦不为病。"在诗界革命的实践过程中,新语句与新意境、旧风格的和谐是更为重要更为关键的问题。

从改造国民品质的愿望出发,梁启超提倡诗界革命应当陶铸雄壮活泼、沉浑深远的国民精神,诗歌音乐教育应成为精神教育的要件:"读泰西文明史,无论何代,无论何国,无不食文学家之赐;其国民于诸文豪,亦顶礼而尸祝之。若中国之词章家,则于国民岂有丝毫之影响耶?"梁启超为《江苏》杂志提倡音乐改革,谱出军歌校歌多首拍案叫绝,以为此开中国文学复兴之先河。中国人无尚武精神,中国诗发扬蹈厉之气短缺,中国音乐靡曼柔弱,此均与国运升沉有关。梁启超对黄遵宪《出军歌》四章大加赞赏:"读之狂喜,大有含笑看吴钩之乐","其精神之雄壮活泼、沉浑深远不必论,即文藻亦二千年所未有也。诗界革命之能事,至斯而极矣。吾为一言以蔽之曰:读此诗而不起舞者,必非男子"。

《饮冰室诗话》坚持创新求奇、为诗界开疆辟域的价值取向。其品评诗作,裒录于诗友,取材于近世,标榜声气、鼓动风潮的意图十分明确。这种不依傍于古人、求新境于异邦的诗话,在林林总总的侈谈六经之旨、风雅传统,打着宗唐或宗宋旗帜的清代诗话中别具一格。梁启超以为:"中国结习,薄今爱古,无论学问、文章、事业,皆以古人为不可几及。余生平最恶闻此言。窃谓自今以往,其进步之远轶前代,固不待蓍龟;即并世人物,亦何遽让于古所云哉?"今时胜于旧时,今人不让古人,进化论给予新学家从复古拟古迷雾中走出的信心与勇气。

《饮冰室诗话》在以诗友之作诠释诗界革命的主张时,分别以黄遵宪等人的"新派诗"与夏曾佑、谭嗣同等人的"新学诗"作为正反两个方面的借鉴。

1896 年间,梁启超、夏曾佑、谭嗣同在京师有一段"日相过从","文酒之会不辍"的密切交往。夏曾佑喜欢把"自己的宇宙观人生观"用诗写出来,于是成为"新学诗"的始作俑者。新学诗作者"相约以作诗非经典语不用";所谓经典者,盖指"佛、孔、耶三教之经"。这类"经子生涩语、佛典语、欧洲语杂用"的情况,使新学诗成为几乎难以解读的诗谜。《诗话》列举谭嗣同《金陵听说法》一诗云:"而为上首普观察,承佛威神说偈言。一任法田卖人子,独从性海救灵魂。纲伦惨以喀私德,法会盛于巴力门。大地山河今领取,庵摩罗果掌中论。"《诗话》解释说:"喀私德即 Caste 之译音,盖指印度分人为等级之制也。巴力门即 Parliament 之译音,英国议院之名也。"诗中的"听说法",是指佛法,"庵摩罗果"用的是佛典,"卖人子"用的是耶稣被出卖的《旧约》事典。如此用典繁富,意象层叠,"苟非当时同学者,断无从索解"。新学诗另辟诗境的勇气是可贵的,但其诗意艰涩,"捃扯新名词以自表异"的做法过于生硬,未能做到与新意境、旧风格的和谐交融。诗界革命应引为前车之鉴。

《饮冰室诗话》给予高度评价的是黄遵宪等人的"新派诗"。黄遵宪年轻时期就有"我手写我口"、"别创诗界"的志向,1891 年写作的《人境庐诗草序》,又有"古人未有之物,未辟之境,耳目所历,皆笔而书之"的主张。1897年写作的《酬曾重伯编修》一诗中,把自己的诗称为"新派诗"。《诗话》对于黄遵宪诗"友视骚汉而奴畜唐宋"的旧风古韵及"吟到中华以外天"的视野境界,给予极高的评价。以为"公度之诗,独辟境界,卓然自立于二十世纪诗界中","近世诗人能熔铸新理想以入旧风格者,当推黄公度"。与黄遵宪同样"理想深邃宏远"并列为近世诗界三杰的还有夏曾佑、蒋智由,以诗人之诗论可以称为天下健者的当数邱炜萲、丘逢甲。新派诗应成为诗界革命推进发展的凭借和基础。

作为诗界革命最重要因素的"新意境",在《汗漫录》中被表述为"欧洲之精神思想",在《诗话》中被表述为"新理想",它既包含西风东渐背景下纷至沓来的新事物、新知识等未有之物,也包含繁富玮异、日渐传播的西方社会新精神、新思想等未有之意,更包含国民自新、民族文明进化而激发的新理想、新情感等未有之境。"新语句"指与新事物、新知识、新思想相辅相成的话语载体,包含新名词、新语汇、新句式。这些源于西方学术,与民族传统诗歌语言差异较大的新话语若运用得当,如唐宋人援佛典入诗一样,会给读者带来耳目一新的阅读感受。"旧风格"是指中国古典诗歌中诸如格律、节奏、气韵、物象意蕴等特有的表现形式、表现风格和审美特征。新意境、新语句、旧风格三大要素中,新意境是诗界革命之诗的内容方面的支配性要素,旧风格是形式方面的支配性要素,前者决定了诗能否推陈出新,后者决定了诗如何不失为诗。于是,"以旧风格含新意境",便成为诗界革命主张更为简约的表述。

与文界革命、诗界革命先后兴起而精神气脉相通的小说界革命,在改变小说的社会与文学地位,推动小说理论的发展及小说文体改革,促进新小说、翻译小说的繁荣方面,取得了引人瞩目的成绩。

东渡后的梁启超,对日本流行的"以稗官之异才,写政界之大势"的政治小说十分欣赏。《清议报》开办的首期,即开辟"政治小说"专栏,并发表《译印政治小说序》:"在昔欧洲各国变革之始,其魁儒硕学,仁人志士,往往以其身之所经历,及胸中所怀,政治之议论,一寄之于小说。""往往每一书出,而全国之议论为之一变。彼美、英、德、法、奥、意、日本各国政界之日进,则政治小说为功最高焉。"梁启超以为"以稗官之异才,写政界之大势"的政治小说是日本文界的独步之作,中国前所未有,中国小说的改革,当从这里起步。

1902 年 10 月,《新小说》创刊,梁启超写作《论小说与群治之关系》作为发刊词。此文是小说界革命的宣言之作,其思想与理论贡献体现在以下五个方面:一是正式提出小说界革命的口号,并把小说界革命与新民救国、改良群治紧密联系起来。明确提出:"欲新一国之民,不可不先新一国之小说。故欲新道德,必新小说;欲新宗教,必新小说;欲新政治,必新小说;欲新风俗,必新小说;欲新学艺,必新小说;乃至欲新人心,欲新人格,必新小说。"二是推小说为文学之最上乘。作者从浅而易解、乐而多趣的文体特征等方面,论述小说批窾导窍、移人移情的优长。三是将小说种目区分为写实派与理想派两类。以小说文学作为媒介，常导人游于他境界，满足读者对身外之身、世界外之世界了解愿望的小说，称之为理想派小说；摹写常人行之不知、习焉不察之人生体验和常人心不能自喻、口不能自宣、笔不能自传之情状故事的小说，称之为现实派小说。四是以熏、浸、刺、提四字概括小说支配人道之力。熏即熏染，浸即浸润，刺即刺激，提即提升。凡读小说者，常为四种力所左右，文字移人，至此而极。五是呼吁中国小说界革命。由小说左右人道之作用反观中国小说，则中国小说几为"中国群治腐败之总根原"，中国人的状元宰相思想，江湖盗贼思想，妖巫狐鬼思想，轻弃信义，奴颜婢膝，轻薄无行，多愁善感之国民品格，无一不由旧小说而造成。今日欲新民，必自新小说始。

梁启超《论小说与群治之关系》将文学救国的神话演绎到极致，其对中国旧小说的评价也有失偏激，它体现了作者看重小说革命，不惜矫枉过正的急迫心态。但他对小说文体与审美特征的体味，借助佛学语言对小说移情感人四种力量的描述，根据创作方法的不同分小说为理想派、写实派两类，都是独具匠心、精细深刻的理论贡献。《论小说与群治之关系》在20世纪初年纷纭的小说理论中，具有总领统摄的意义。

戏曲是一种合言语、动作、歌唱为一体的综合艺术形式。其叙事特征，与小说相似，其抒情特征，与诗歌为近。梁启超在《释革》一文中，将"曲界革命"与"诗界革命"、"文界革命"、"小说界革命"并提，他在论及诗界革命与小说界革命时，都曾涉及戏曲革命问题。

自严复、夏曾佑在《本馆附印说部缘起》中把戏曲笼括在小说名下之后，梁启超在使用"小说"概念时，也包含戏曲。论及小说界革命时，常将《西厢记》、《长生殿》与《水浒传》、《红楼梦》相提并论。戏曲与小说都具有浅而易解、乐而多趣和不可思议支配人道之力的文体特征。梁启超在《小说丛话》中认为曲本是中国韵文文学发展进化的顶点，他以为戏曲文学在表情达意中，有"唱白相间，淋漓尽致；描画数人，各尽其情；每折数调，极自由之乐；任意缀合诸调，别为新调"等优于他体文学的四大优长。在戏曲作品中，他最为推重的是《桃花扇》。《桃花扇》除了"结构之精严,文藻之壮丽,寄托之遥深"之外,充溢在剧中的种族之感,沉重地叩击着读者与观众的心扉,"读此而不油然生民族主义之思想者,必其无人心者"。

第三节　文学界革命的创作实践

梁启超不仅是文学界革命的倡导者,还是文学界革命的实践者。梁启超自称:"我是感情最富的人。"富有感情而又恰逢变革时代的梁启超,把启发国民蒙昧、洗礼民族精神的新民救国运动看作无比崇高神圣的事业。

东渡后主持《清议报》、《新民丛报》时期,新思想、新知识纷至沓来,梁启超对新学理的推介不遗余力,对国民性的批判痛快淋漓,对国内时政的纠弹也无所忌惮。破坏的快意,创造的渴望,深广的忧患意识,浓烈的爱国情感,聚拢于胸臆,流淌在笔端,梁氏成为 20 世纪初执舆论界之牛耳、开文章之新体的人物。他所创造和使用的报章文体被称为"新文体"。

梁启超新文体时代的形成,得益于他对现代舆论媒体的成功运作。东渡后的梁启超,通过《清议报》、《新民丛报》、《新小说》,为新思想、新文体的传播搭起了广阔而坚实的平台。

梁启超"新文体"的魔力,首先来自作者对社会变革和公共事物发表言论的思想力量。身居海外的梁启超回望百日维新失败后的中国,以为"今日中国之现状,实如驾一扁舟,初离海岸线而放于中流,即俗语所谓两头不到岸之时也"(《过渡时代论》),这是一个过渡性时代,梁氏断言:今日中国,必非补苴掇拾一二小节,模拟欧美日本现时所以改革者,而遂可以善其后者。"凡一国之能立于世界,必有其国民独具之特质,上自道德法律,下至风俗、习惯、文学、美术,皆有一种独立之精神"(《新民说》)。重建民族精神,又当以重建现代学术为关键。新学术当在泰西文明与泰东文明的交融汇聚中生成。有鉴于此,梁启超预言:"自今以往,思想界之革命,沛乎莫之能御矣","吾侪今日,只能对于后辈而尽播种之义务,耘之获之,自有人焉"(《论中国学术思想变迁之大势》)。这种播种文明思想、再造民族精神的伟大事业,其所构成的精神境界和思想张力,对每一个有爱国之心的读者来讲都是不可抗拒的。

梁启超"新文体"的魔力,其次来自作者先知有责、觉后是任的精神力量。梁氏1902年所作《三十自述》,在感慨国家多难、岁月如流的同时,决心以《新民丛报》等"述其所学所怀抱者,以质于当世达人志士,冀以为中国国民遒铎之一助"。这种先知有责、觉后是任的承担精神渗透于梁启超的一生,其中既有中国传统士人天下兴亡、匹夫有责的情愫,又有现代知识分子终极关怀的精神:"欲以身救国者,不可不牺牲其性命;欲以言救国者,不可不牺牲其名誉。甘以一身为万矢的,曾不于悔,然后所志所事,乃庶有济。"(《敬告我同业诸君》)拯生民于水火,放眼光于未来,其所具有的胆识和人格魅力,最易赢得读者的青睐与尊敬。梁启超《清议报》、《新民丛报》时期的文章,以特有的自信、乐观、热情,给闭塞萎靡中的中国读者以亮色的希望,表现出新一代士人坚毅向上、百折不挠的精神风貌,并给文字本身带来无穷的魅力。

梁启超"新文体"的魔力,还来自条理明晰、平易畅达、笔锋常带情感的文字力量。梁启超在《中国各报存佚表》中说:"自报章兴,吾国之文体为之一变,汪洋恣肆,畅所欲言,所谓宗法家法,无复问者。"《清议报》、《新民丛报》时期的梁启超,在"传播文明思想于国民"的宗旨下,以"烈山泽以辟新局"的气度和兼收并蓄、取精用宏的态度,打破骈文散文、古文时文、文言白话、中语西语等文体与语言的界限,身体力行于文风、文体、文学语言的改革,努力拓展完善以报纸杂志为主要载体的著译之文表情达意功能,使之走向更为广阔的天地。

梁启超这一时期写作的《中国积弱溯源论》、《释革》、《新民说》等政论文,《南海先生传》、《李鸿章》、《罗兰夫人传》等传记文,《过渡时代论》、《少年中国说》、《呵旁观者》、《饮冰室自由书》等杂文,《论中国学术思想变迁之大势》、《新史学》等述学文,或议论风发、纵横捭阖,或娓娓而谈、深中肯綮,无一不真情贯注、流丽生动,其中外兼采、感情充沛、骈散杂糅、文白合一、富有感染力和表现力的文字,显示着文界革命的实绩。

从《清议报》到《新民丛报》,伴随着维新变法与新民救国的进程,梁启超的新文体勉力承载起传播文明思想于国民的责任,并不断丰富着自身的表现力。新文体在体制、文风、语言等方面适应报刊杂志等现代舆论媒体表情达意的需要,并带有梁启超个人鲜明独特的风格。新文体不断输入的新知识、新名词,丰富了现代汉语的语言词汇,它所坚持的从众向俗的价值取向和所运用的浅近平易的文言,为五四时期的白话文运动作了坚实的铺垫。

梁启超在《饮冰室诗话》中自述其诗歌创作的状况时说:"余向不能为诗,自戊戌东徂以来,始强学耳。然作之甚艰辛,往往为近体律绝一二章,所费时日,与撰《新民丛报》数千言论说相等。"梁启超现有的四百余首诗作、六十余首词作,其大部分写作在日本的十余年间,而作者致力于"以旧风格含新意境"实践的作品,又集中在东渡后的 1899—1902 年之间。

此数年间,是梁启超读书最为广博、思想最为活跃、情感最为高昂的年头。其诗作也最少羁绊,最富激情。梁诗对"欧风卷亚雨"理想的追寻,对"牺牲一身觉天下"志向的描述,使用了很多新语句,也创造了很多新意境。其《广诗中八贤歌》以"远贩欧铅挽亚椠"之句,称赞严复之诗思想知识融汇中西,以"驱役教典庖丁刀"之句,称赞蒋智由之诗古籍旧典,生发新意。梁诗独辟境界处也是朝着融汇中西、古典新意这两个方向努力的。以写作于1899 年的《壮别二十六首》为例,其诗中"共和"、"思潮"、"自由"、"以太"、"团体"、"机会"、"责任"、"世纪"、"远洋"等为新词句,"一厄酃易水"、"齐州烟九点"、"更劳陟岵思"、"大陆成争鹿"、"劳劳精卫志"等用旧典,"阁龙"、"玛志"、"华拿"、"卢孟"为外国人名,这些诗作已明显脱去"捃扯新名词以自表异"的生硬,也没有了"金星动物入地球"的怪异。梁启超1901 年在《赠别郑秋蕃兼谢惠画》一诗中称自己诗界革命的言论为"狂论",称自己的诗作为"诗半旧"。这个评价中,包含着诗人对自己在"以旧风格含新意境"方面所做努力的自我肯定。

在《新小说》创刊号上,梁启超推出了他本人创作的《新中国未来记》。这是作者酝酿多年,构想宏大,以演绎政治理想为主题的政治小说。但小说连载至第五回时,作者便中断了写作。根据《新民丛报》十四号上所刊登的内容预告,可以大致了解小说的故事构想。作者起笔于义和团事变,试图叙及六十年间中国所发生的变化。作者设想:先于南方一省独立,建设共和立宪之政府,与全球各国结平等之约。数年之后,各省群起独立,为共和政府四五,合为一联邦大共和国。先联结英美日三国,大破俄军,颠覆其专制政府,复合纵连横,联合亚洲国家平复由白种人对黄种人歧视而引发的争端,最终在中国京师开一万国平和会议,中国宰相为议长,议定黄白人种权利平等,互相亲睦。

《新中国未来记》是 20 世纪初年新小说中政治小说的代表作。新小说报社酝酿创办《新小说》时,把小说从题材上分类为历史小说、政治小说、军事小说、冒险小说、侦探小说、写情小说、语怪小说数种。所谓政治小说者,"著者欲借以吐露其所怀抱之政治思想也。其立论皆以中国为主,事实全由于幻想"。新小说报社对政治小说的界定,点明了政治小说的两个特点:一是以小说为载体,吐露政治思想;二是其创作手法以表现理想、表现未来为主。《新中国未来记》虽然只写了五回,但上述政治小说的两个特点已表现得十分充分。作品通过孔觉民的演讲,表达对新中国未来的畅想;借黄克强、李去病的争论,发表对当下时局的政见;以志士国内的游历,描述中国的现实现状。仅引其绪而未终其意的《新中国未来记》,表达了梁启超对政治小说的理解和对现实生活的解读。

《新中国未来记》是一部注定很难再写下去的小说。首先,由于作者着眼于"专欲发表区区政见,以就正于爱国达识之君子",其对小说文体以情节取胜、以故事感人的特点无暇顾及,甚至有意漠视淡化。作者希望以小说浅显的白话所表达的对时局对政治的至理名言,及对中国未来美好的畅想所构成的新境界去打动读者,吸引读者,但政见与理想不是可以无限重复的,作者为了取得先声夺人的效果,其政见与理想已在前五回中表述得相当充分,再往下写一省独立、联邦政府形成等子虚乌有之事,则缺少吸引读者的情节而更难敷衍成文了。其次,作者写作《新中国未来记》的想法,虽是酝酿多年,但苦于"身兼数役,日无寸暇"。进入写作过程后,"每月为此书属稿者不过两三日",没有充裕的时间和从容的心境,一部结构宏大的鸿篇巨制,又怎么保证可以善始善终呢?再次,作者欲发表政见,商榷国计,"编中往往多载法律、章程、演说、论文等",使小说"似说部非说部,似稗史非稗史,似论著非论著,不知成何种文体"。作者试图将演讲、辩论、游记、新闻、译诗诸种文类合而为一在小说中,而对小说的情节、结构、人物描写等基本元素,不甚关注,黄遵宪谓之"此卷所短者,小说中之神采(必以透彻为佳)之趣味(必以曲折为佳)耳",小说作品缺失了这些要素,其写作也势必难以为继。

从改造国民品格、振刷国民精神的愿望出发,梁启超在 1902 年前后,身体力行于戏曲革新,创作了《劫灰梦》、《新罗马》、《侠情记》传奇三种,《班定远平西域》粤剧一种,分别在《新民丛报》、《新小说》上刊出。

"借雕虫之小技,寓遒铎之微言",梁启超的每部剧作,无不对域外文学导引民众的事例传闻频频引述,对启发蒙昧、改良群治的创作宗旨再三致意。《劫灰梦》中,作者借主人公杜撰之口表白道:"你看从前法国路易第十四的时候,那人心风俗,不是和中国今日一样吗?幸亏有一个文人,叫做福禄特尔(今译伏尔泰),做了许多小说戏本,竟把一国的人,从睡梦中唤起来了。想俺一介书生,无权无勇,又无学问可以著书传世,不如把俺眼中所看着那几桩事情,俺心中所想着那几片道理,编成一部小小传奇,等那大人先生,儿童走卒,茶前酒后,作一消遣,总比读那《西厢记》、《牡丹亭》强得些些,这就算我尽自己面分的国民责任罢了。"《新罗马》中作者借但丁之口说道:"老夫生当数百年前,抱此一腔热血,楚囚对泣,感事欷歔。念及立国根本,在振国民精神,因此著了几部小说传奇,佐以许多诗词歌曲,庶几市衢传诵,妇孺知闻,将来民气渐伸,或者国耻可雪。"正是从域外硕彦鸿儒身体力行的示范作用中,从国民自新、民族自新的崇高目标中,作者获得了思想的激情、创作的灵感和对戏曲传统大胆革新的冲动。

首先,梁启超的戏曲创作开启了"熔铸西史,捉紫髯碧眼儿,被以优孟衣冠","以中国戏演外国事"的先例。用中国传统的生旦净末丑的戏曲行当、曲词宾白唱念做打的表演形式,演绎外国历史故事,表现西洋人物,并在这种演绎过程中输入文明思想,引发中国读者、观众的思考与觉悟,确实是一种大胆的创意。《新罗马》以意大利诗人但丁的灵魂出场作为全剧的楔子,交代故事发生的有关背景、剧作的主要情节及创作者演说他国兴亡成败故事的意图。第一出戏《会议》以 1814 年维也纳会议为中心场景,讲述 19 世纪初欧洲的政治格局和意大利被瓜分割裂的原因。这种讲述,既是剧情发展的需要,又为作者提供了以稗史传奇方式讲述欧洲历史的机会。至于此后剧情的发展、场景的设置,以及人物的曲词宾白,无一不让读者感到有所寄托,有所影指,感到作者是在借他人酒杯,浇自己块垒。第二出戏《初革》、第三出戏《党狱》写意大利烧炭党人为争取民权自由与统治者的血与火的斗争。烧炭党人被指为逆党被捕受审时,有《混江龙》两曲述写心志:"我是为民请命,将血儿洗出一国的大光明,便今日拼着个苌弘血三年化尽,到将来总有那精卫冤东海填平。""我是播散自由的五瘟使,我是点明独立的北辰星,今日里尽了我的责任,骖鸾归去,他日啊飞下我的精神,搏虎功成。坦荡荡横刀向天笑,颤巍巍旁人何用惊。"读曲至此,人们自然会从烧炭党人的政治革命联想到维新志士的政治变法,由烧炭党人的壮怀激烈联想到戊戌六君子的慷慨就义。"以中国戏演外国事,复以外国人看中国戏",《新罗马》的艺术魅力正在于此。

其次,梁启超的戏曲创作,在剧作结构上凸现出重视议论寄托、淡化情节冲突的整体特征。梁启超曾从结构、文藻、寄托三个方面高度评价《桃花扇》所取得的艺术成就,而对该剧的思想寄托和故国之感更为看重。作为戏曲革命的倡导者先行者,梁启超借助戏曲媒介发表政见启发蒙昧的欲望依然炽烈,而抒写漂流异域家国之感、驰骋才情的念头也在暗流涌动。他在关目的安排、角色的处理上，更多地考虑政治见解和思想情感如何完整顺畅地表达宣泄，而对戏曲情节的发展、戏曲冲突的构成并不十分关注，其戏剧作品中的主要人物，也常常扮演着历史事件见证人、道理议论讲述者的角色。

梁剧情节冲突淡化、人物平面化的特点，与作者维新国民的创作思想有关，也和发表在报刊杂志上的戏曲作品逐渐告别舞台、走向案头的发展趋势有关。在主要用来"阅读"而不再是"观看"的戏曲文学中，剧作者满足于以警世警心的道理论说来吸引读者，左右人心，其他如对情节冲突的设置与人物的刻画，也就无暇用心了。正是在用来"阅读"的戏曲文学曲词宾白错综杂陈的空间里，梁启超获得了充分驰骋才情的自由。明清传奇大多围绕一生一旦展开剧情，正旦或正生必须在第一出戏即出场，而《新罗马》中作为意大利三杰之首的玛志尼至第四出戏才出场，加里波的、加富尔等主人公则迟至第五出和第七出才出场，人们也并不感到突兀怪异。考虑到旦、生角色的搭配，作者在第三出戏《党狱》中加入女烧炭党人角色，也属别出心裁之举。在装扮和表演方面，《新罗马》中的人物可以着燕尾礼服，作"互相见握手接吻介"，《班定远平西域》中，剧中的匈奴钦差说话中英文夹杂，随员说话中日文夹杂，为剧作平添若干诙谐气氛。剧中的曲文写作，或激昂慷慨，壮志激烈，或美人芳草，哀感顽艳；其宾白语言，或引用化用前人诗词，赋予新意，或将新名词、音译外来词、地方方言尽情拿来，为我所用，却无不熨帖自然，收放自如。《班定远平西域》中，作者将黄遵宪发表在《新小说》杂志上的《军歌》信手拈来，作为汉人出征与凯旋的《出军歌》、《旋军歌》，其气势境界，为全剧增色许多。

梁启超的戏曲创作，充满着昂扬激奋的情感张力。在《新罗马》中，作者借但丁之口点明自己编写此剧的心思："我想这位青年，飘流异域，临睨旧乡，忧国如焚，回天无术，借雕虫之小技，寓遒铎之微言。"剧中以烧炭党人之口说道："一声儿晨钟，吼得人深省。将奸奴骂醒，把国民唤醒。"自喻为遒铎晨钟，把奸奴骂醒，把国民唤醒，一骂一唤，构成了梁剧特有的思想情感表现模式。《新罗马》中的《党狱》一出戏，被扪虱谈虎客称为壮快之骂。烧炭党人被捕后大骂独裁者"千刀王莽,剐尽你的臭皮袋;三冢蚩尤,磔透你的恶魂灵。你的头便是千人共饮的智瑶器,你的腹便是永夜长明的董卓灯",可谓痛快淋漓;而其与国民与同志励志共勉的话,却又转而语重心长:"是男儿自有男儿性,霹雳临头心魂静,由来成败非由命,将头颅送定,将精神留定。"在这一骂与一唤中,读者可以深切地感受到剧作者对民族、对国民自新的热望与执着。

第四节　文学界革命的意义

19世纪与20世纪的交接,在敏锐自信的梁启超看来,有着异乎寻常的意义。他充满热情地预言,这是一个"短兵紧接而新陈嬗代"和中西文明融合交汇的时代,是一个老大帝国行将就木,而少年中国呼之欲出的时代,"今世纪之中国,其波澜俶诡,五光十色,必更有壮奇于前世纪之欧洲者。哲者请拭目以观壮剧,勇者请挺身以登舞台"。梁启超即是登上世纪之交思想与文学革命舞台的勇者。梁启超《释革》一文解释"革命"之意说:

> 夫淘汰也,变革也,岂惟政治上为然耳,凡群治中一切万事万物莫不有焉。以日人之译名言之,则宗教有宗教之革命。道德有道德之革命,学术有学术之革命,文学有文学之革命,风俗有风俗之革命,产业有产业之革命。即今日中国新学小生之恒言,固有所谓经学革命、史学革命、文界革命、诗界革命、曲界革命、小说界革命、音乐界革命、文字革命等种种名词矣……其本义实变革而已。

上述种种革命,均属国民变革的范畴。文界革命、诗界革命、小说界革命、曲界革命等项内容,无不从属于世纪之交国民性改造与国民精神革新的整体工程。在古与今的现代转换,中与西的现代融合的矩阵中,探索中国文学变革与发展之路,梁启超既是思想者,又是践行者。

梁启超以国民启蒙、国民自新、国民变革为基本目标,以文体革命为触介点的文学革命思想,蕴含着许多具有划时代意义的理论命题并具有极强的可实践性,因而得到了世纪初文坛的积极响应。从"时务体"到"新民体",梁启超和维新思想家找到了一种"或大或小,或精或粗,或庄或谐,或激或随"的发表政见、传播思想的文字载体,其活力和容量使传统的唐宋古文、六朝骈文相形见绌。作为同时代的见证者,黄遵宪1902年致梁启超的信中以"惊心动魄,一字千金。人人笔下所无,却为人人意中所有,虽铁石人亦应感动。自古至今,文字之力之大,无过于此者也"称赞梁氏发表在《清议报》、《新民丛报》上的文字。新文体"震惊一世,鼓动群伦"的辉煌,同时也深刻地影响了五四一代青年。郭沫若在谈及青少年时代对《清议报》的印象时说:"他负戴着时代的使命,标榜自由思想而与封建的残垒作战。在他那新兴气锐的言论之前,差不多所有的旧思想、旧风习,都好像狂风中的败叶,完全失掉了它的精彩。"(《少年时代》)胡适在谈到读《新民论》等文时的感受说:"他在这十几篇文字里,抱着满腔的血诚,怀着无限的信心,用他那支'笔锋常带情感'的健笔,指挥那无数的历史例证,组织成那些能使人鼓舞,使人掉泪,使人感激奋发的文章。"(《四十自述》)

在"以旧风格含新意境"为基本指向的诗界革命旗帜下,维新派诗人康有为、黄遵宪、蒋智由、丘逢甲等,以各自的努力,显示诗界革命的实绩。流亡海外的康有为,响应诗界革命号召,论诗主张"新世瑰奇异境生,更搜欧亚造新声","意境几于无李杜,目中何处著元明",其海外诗新境迭出,瑰丽奇异。黄遵宪1897年曾不无自负地把自己"吟到中华以外天"的诗称为"新派诗"。但在梁启超提出"诗界革命"之前,黄遵宪是寂寞的。梁启超诗界革命的目标从黄遵宪的新派诗中获得灵感,而黄遵宪同时积极对梁启超文学革命的倡导予以支持响应,其晚年诗作忠实体现着诗界革命的精神。丘逢甲《人境庐诗草跋》称赞黄遵宪是诗界哥仑布、加富尔,而提倡"米雨欧风作吟料","新筑诗中大舞台"(《论诗次铁庐韵》)。蒋智由被梁启超列名于"诗界三杰"之中,其《卢骚》一诗"文字收功日,全球革命潮"因被邹容用作《革命军自序》的结句而广为传诵。南社的诗人如柳亚子、高旭、陈去病等人,均是诗界革命的支持者、实践者。即使是同光体巨子陈三立,其1902年前后的诗作中,也有诸如"安得神州兴女学,文明世纪汝先声"之类的诗句出现。旧风格、新语句、新意境的目标,成为持不同政治和艺术观点的诗人们的时代追求。

梁启超的政治小说《新中国未来记》虽然未能完成,但其以小说改良群治的积极实践和以新意境入旧风格的革新尝试,对当时的小说界具有巨大的示范效应。小说界革命给20世纪初的文坛带来的震动与变化远远大于诗界革命。小说界革命把小说与国民教育、国民性改造联系在一起,推为文学之最上乘,改变了小说不被看重的传统观念。随着小说地位的提高,各类专门刊载小说的刊物纷纷问世,梁启超主办的《新小说》之后,《绣像小说》、《新新小说》、《月月小说》、《小说林》相继创刊。与小说的社会需求相适应,小说的作者队伍也不断扩大,并出现了以小说的创作和翻译为职业的小说作家群体。政治小说、谴责小说、言情小说、侦探小说、科幻小说等,令人目不暇接。小说堂而皇之成为20世纪中国文学中的巨大家族。

如同小说界革命一样,梁启超推动的戏曲界革命也获得了强烈的社会反响。借三尺舞台演绎中外家国兴亡故事,以曲词宾白抒写新民救国情怀,成为一种流行的时尚,众多报刊纷纷成为发表新剧作品的主要阵地。1904年9月,柳亚子等人创办的第一个专门的戏剧杂志《二十世纪大舞台》在上海问世,标志着戏曲文学新的时代的到来。而戏曲界的艺术表演家和作家,响应戏曲革命的号召,组织新型的艺术团体,改革不同的戏曲剧种,编写适应演出、具有较强艺术生命力的剧本,也给戏曲界革命增添了不少光彩。

以梁启超为旗手的文学界革命的不断推进与深化,给世纪之交的中国文坛带来了前所未有的喧嚣与骚动。文学界革命是20世纪中国文学自我更新、艰难变革的起点。文学界革命借助西方异质文化的撞击力量,打破了中国文学的因循死寂,勉力担负起民族精神革新、民族文明再造的重任,并在历史的废墟上,初步构建新文学的殿堂。一切进行得都是那么匆忙,时代并没有留出供人们从容思考、从容选择的时机,维新思想家、文学家凭借创造的热情和破坏的冲动,把文学革命的支架建立在新民救国的思想基础之上。而当社会政治发生急剧变革,迫使维新家退出政治与思想的中心舞台时,他们在文学革命中的地位也被边缘化,历史合乎逻辑地把思想启蒙与文学革命的接力棒传给了后来者。所以,梁启超20世纪初年提倡并实践的文学界革命,对于后来的五四新文学运动来说,无疑具有筚路蓝缕的意义。

第八章　黄遵宪与新派诗

1900 年 2 月,梁启超在《汗漫录》中正式提出了"诗界革命"口号。梁启超的诗界革命论建立在深厚的实践基础之上:一方面基于"新学诗"得失的总结,另一方面来自黄遵宪、丘逢甲等一批新派诗人的创作实践。稍后他又在《清议报》、《新民丛报》、《新小说》上开辟了"诗文辞随录"、"诗界潮音集"、"饮冰室诗话"、"杂歌谣"等专栏,进一步阐发诗界革命的理论并继续推动诗界革命的发展。除了梁、黄、丘之外,还有康有为、蒋智由等新派诗的重要作家,新派诗创作在"诗界革命"旗帜下得以广泛而深入地发展。秋瑾、高旭等革命派诗人继承"诗界革命"传统,在新学诗、新派诗的基础上创作了大量的歌体诗,并与后来的白话诗一起共同构成了中国诗歌近代化的历史进程。

第一节　诗界革命的发生与发展

一、新学诗:诗界革命的先声

晚清时期,诗歌创作中陈旧的观念、僵化的格式、森严的韵律、典雅的语言,日益与日新月异的近代生活格格不入。这种新时代、新生活、新观念、新内容与旧格调、旧形式、旧风格之间的异常尖锐的矛盾,迫使有识之士奋起变旧创新,探索诗体解放的道路。谭嗣同、夏曾佑、梁启超等人及其新学诗创作,便是代表了这一诗体变革潮流。

新学诗出现于甲午战争之后、戊戌变法前夕改良主义思潮由舆论宣传转为政治运动的时期,集中创作于1896—1897年间。当时的知识界正处在"新学"与"旧学"的尖锐对立之中,思想解放的激情日益高涨。谭嗣同、夏曾佑、梁启超三人深感传统封建思想文化的保守与迂腐,自觉向西方寻求救国真理,并带着对西方思想文化的崇拜和向往之情,试作"新诗"。"新诗"又名"新学之诗",可见它与"新学"的密切联系。谭嗣同《金陵听说法》即为这种新学诗的代表作,内有"纲伦惨以喀私德,法会盛于巴力门"两句,批判封建伦理纲常,向往西方民主制度。这种作品终因无从索解和不成意境而"非诗之佳者","盖当时所谓新诗者,颇喜捃扯新名词以自表异"(《饮冰室诗话》)。其创作时间也不过两三年之久,基本作者又仅限于谭、夏、梁三人,在1902年公开发表于《新民丛报》之前,大约只是在挚友间交流,且保存下来的数量又少。但是,作为破旧立新的最初尝试,新学诗既是近代诗体变革的起点,又是"诗界革命"的滥觞,它在思想史上和文学史上仍然具有积极的意义。"新学诗",就"学"而言,反映了当时追求西学和思想解放的精神历程;就"诗"而言,其诗史意义主要有以下诸端。

首先,新学诗的出现标志着一种新的诗学观念的诞生。这就是勇敢地与传统决裂,把传统诗歌视为"旧学"的附庸,否定"旧诗",自创"新诗"。他们提出的"新诗"一词,也成为诗歌史上最早具有变革语言和解放诗体内涵的诗学概念。其次,新学诗打破了古典诗歌的封闭系统,注入了新学思想和异域文化,诗歌内容由仅仅局限于中国本土而开始面向世界,反映了先行者们渴望了解新学、了解世界的精神风貌,意味着中国诗歌由封闭走向开放的第一步。再次,新学诗是对旧诗的第一次自觉变革,成为新诗探索的开端。诚然,现有新学诗还都是律、绝的基本形式,但外语译词、自然科学术语及社会政治学说概念等大量新名词的大胆引入,已经破坏了严整的格律,表现出一种新异的面目,突破了旧诗末流置丰富多彩的现实生活和五光十色的世界风云于不顾,专在唐宋诗中和故纸堆里寻诗料、讨生活的单向途径,呈现出一种面向世界的双向发展趋势和追求解放的鲜明时代特征。

"新学诗"不等同于"诗界革命",它是"诗界革命"的先声,从概念、理念到创作,"新学诗"的出现,都意味着新诗的自觉。汪辟疆谓谭嗣同"三十以后,乃有自开宗派之志。惟奇思古艳,终近定庵,且喜撼西事入诗。当时风尚如此,至壮飞乃放胆为之,颇有诗界彗星之目"(《光宣诗坛点将录》),颇能揭示其探索精神和创新意义。朱自清指出:"近代第一期意识到中国诗该有新的出路人要算是梁任公、夏穗卿几位先生。他们提倡所谓'诗界革命';他们一面在诗里装进他们的政治哲学,一面在诗里引用西籍中的典故,创造新的风格。"(《论中国诗的出路》)陈子展认为"新学诗"的意义在于"想在古旧的诗体范围中创造出诗的新生命",谭嗣同、夏曾佑便是这诗体探索、新诗尝试历史进程中"揭竿而起的陈胜吴广"(《中国近代文学之变迁》)。这正是对新学诗的自觉意识和诗史地位的充分肯定。

二、新派诗:诗界革命的实绩

早期新派诗人大体属于维新派阵营,他们倡言变法,为国奔走,大都曾跨出国门,走向世界,具有开放意识和勇于探索的精神。新派诗广泛反映了资本主义"新世"、"瑰奇"的形形色色,举凡外国习俗、异邦风物、轮船电报、进化平等,无不入诗。在"诗界革命"的旗帜下,以黄遵宪、丘逢甲、康有为、梁启超、蒋智由为骨干形成了一个新派诗作家群。他们从学习西方、吸收民歌等不同途径出发,努力解放诗体,作品大都清新可诵,除了探索、创新意义之外,还具有较高的鉴赏价值,不仅为新诗发展开辟了道路,也使旧诗焕发了生机。惟其如此,黄遵宪的新派诗才受到当时新旧两派诗人的共同赞赏。

新派诗主要有以下几个特点:

第一,多方面地反映了近代中国与世界的风云变幻和奇异风物,空前拓展了中国诗歌的题材和意境,不独"古人未有之物,未辟之境,耳目所历,皆笔而书之"(黄遵宪《人境庐诗草自序》),又能"吟到中华以外天"。这显然不同于新学诗附庸点滴声光化电知识、杂取佛孔耶为一体的生吞活剥,而能平易自然地反映新世界的新气象,特别是描写异风奇俗、山川景物之作,画面生动形象,异域情趣盎然,令人耳目一新。

第二,语言通俗,风格平易,一些优秀之作还能体现"我手写我口"的精神,吸收"流俗语",趋于通俗化。一些作品句式自如多变,已经开始突破格律束缚。尤其是梁启超的作品,多能自由抒写,伸缩自如,杂以散句、长句,已有散文化的趋势。

第三,新派诗人已经开始注目"欧洲诗人"之"鼓吹文明之笔",向往外国诗歌"左右世界"的神奇力量。梁启超早在提出"诗界革命"口号之时,就十分强调向西方学习的必要性:"今欲易之,不可不求之于欧洲。欧洲之意境、语句,甚繁富而玮异,得之可以陵轹千古,涵盖一切。"(《汗漫录》)从新学诗大胆输入新名词、洋典故,到新派诗开始注重欧洲诗歌的精神实质和意境语句,说明对外来影响的自觉吸收已逐渐接触到诗歌的本质,这正是近代化程度强化和深入的表现。

"诗界革命"无论作为一种文学口号和创作实践,还是作为一种诗学思潮和诗歌运动,都当以1900年2月梁启超《汗漫录》在《清议报》的发表为起点,新学诗只能是"诗界革命"的先声或前奏,或曰"诗界革命"前的探索。长期以来流行的关于"诗界革命"起于黄遵宪写于1868年的《杂感》之"我手写我口"或1896—1897年间谭嗣同、夏曾佑、梁启超三人的新学诗创作的观点,都是不确切的。戊戌之前的康梁等维新党人,在政治上志在变法,讳言"革命",诗界亦然。黄遵宪甚至终其一生都在回避"诗界革命"的字眼,并认为文界"有维新而无革命"。"诗界革命"的口号本身及理论纲领,实乃梁启超于戊戌变法失败之后亡命海外之时,形势渐变,思想渐变,并受到日本翻译英语 revolution 一词为"革命"的影响而首先提出的。要之,新学诗之于"诗界革命"的意义,正在于梁启超所谓"得风气之先",它本身还不等同于"诗界革命"。至于新派诗,更属与"诗界革命"既有联系又有区别的概念。"新派诗"概念虽由黄遵宪于1897年在《酬曾重伯编修》中提出,其创作还要更早一些,并在"诗界革命"理论指导下方才得以广泛而深入地发展;它也不限于黄遵宪一人的创作,而是对包括黄遵宪在内的康有为、梁启超、丘逢甲、蒋智由等改良派作家的诗歌作品的统称,代表着"诗界革命"的创作实绩。

三、歌体诗:诗界革命的发展

新派诗在形式方面的突破是有限的,"盖由新语句与古风格常相背驰"(《汗漫录》)。新派诗人都努力使旧的形式与新的内容谐和,使严整的韵律与散文化的笔法谐和,使"流俗语"、新名词与旧格调谐和。这种"新意境"、"新语句"与"古人之风格"的矛盾,最终决定了"诗界革命"很难创造出崭新的诗体。近代诗坛,在梁启超所倡导的"诗界革命"及新派诗的影响下,一种已经萌发的新的诗歌形式——"歌体诗",将在革命派进行诗体探索的过程中继新派诗而崛起。

晚年的黄遵宪通过对自己一生"别创诗界"的反思,似已意识到新派诗"新语句与古风格常相背驰"的矛盾,明确表示了对"欧洲诗人"和未来理想诗界的向往,并倡创"杂歌谣",写下了《军歌》等一系列以"歌"为题的"新体诗",被梁启超盛赞为"一代妙文",甚至认为"诗界革命之能事,至斯而极矣"(《饮冰室诗话》);在此前后,康有为、梁启超等亦写有这种比较通俗、自由的以"歌"为题的诗作,成为歌体诗之先声。此后不久,革命派诗人们自觉运用诗歌武器"鼓吹新学思潮,标榜爱国主义"(《马君武诗稿自序》),创作了大量的歌体诗。其中以秋瑾、高旭最为突出,如秋瑾的《宝刀歌》、《勉女权歌》,高旭的《女子唱歌》、《爱祖国歌》,等等。初期白话诗中,亦不乏以"歌"、"谣"为题的篇章,胡适、刘半农、刘大白等皆有此体。歌体诗滥觞于维新变法时期,随民主革命的高涨而蔚为大观,其余波及于五四前后的白话诗,它介于新派诗和白话诗之间,既是对前者的超越,又成为后者的先声,上承下启,称雄一时,别为一体,构成了中国诗歌近代化过程中的一个独立阶段。

我们将诗体探索中的这一重要形式称为"歌体诗",正是基于其多以"歌"为题和配谱歌唱的特点。凡是在近代民族民主革命这一特定历史环境中所产生的比较通俗、自由和一定程度上突破旧体格律束缚的诗作,都应算作是歌体诗。它是吸收和融合传统歌行体、民间歌谣、日本"新体诗"、西方译诗、"学堂乐歌"诸方面因素而成的一种过渡形式,它固不可与"堆积满纸新名词"的新学诗同日而语,亦与"以旧风格含新意境"的新派诗有着明显差别:从诗学思潮来看,歌体诗颇能"唐宋元明都不管,自成模范铸诗才"(马君武《寄南社同人》),受传统制约较少,受西学影响较大;就思想内容而言,歌体诗旨在鼓吹革命,憧憬理想,重点在对西方政治生活和社会思潮的开掘,体现反帝、独立、自由、民主、男女平权、武装斗争等时代精神的真谛和西方思想的精华;从作家队伍来看,歌体诗人以资产阶级革命派为主,他们又几乎都是留学日本的青年一代,多为战士型的民主革命者;就艺术精神来看,歌体诗表现出鲜明的浪漫主义特色,激情澎湃,惊心动魄,主观色彩浓郁;从诗歌形式来看,歌体诗已能"自成模范",冲破格律,句式自由,语言通俗,特别是在节奏韵律、句式语序方面有所突破,有所创造,部分打破了五、七言的体制和律绝的韵律,或鸿篇巨制,或重章叠唱,节奏舒展,语势自然,韵散杂糅,文白相间,其韵句不甚艰深,其散句多用口语,语言表现极少用典,呈现出一种自由化、通俗化、散文化、口语化的倾向。除此而外,歌体诗还表现出一种与音乐结合的趋势,形成了诗乐结合的独有特征。继黄遵宪《军歌》之后,梁启超、秋瑾、高旭、马君武、金天羽等人都写下了一系列可以配谱的新式歌诗,甚至稍后胡适《尝试集》中也有这类附谱作品。于此前后,由于学校音乐教育的兴起,"学堂乐歌"大量涌现,留日学生沈心工、曾志忞就是这种"学堂乐歌"的代表作家,分别编有《学校唱歌集》和《教育唱歌集》。作为歌体诗的一个重要方面,这些作品语言通俗浅显,形式放纵自由,不仅恢复了诗与音乐的关系,开现代歌词创作之先河,而且对新诗体的产生也有着重要的启示。歌体诗一体,正是由变通后的歌行(包括骚体、乐府、谣谚)和为适应音乐教育新创的歌词,构成了它的两翼。歌体诗的创作以革命派诗人为主体,以南社诗人为中坚,这些作品均写于1905年前后,正值新派诗渐趋消歇和白话诗尚未问世之际,代表着资产阶级民主革命时期诗体解放的最高成就。

四、诗界革命与中国诗歌近代化

"诗界革命"是近代诗坛上的一种诗歌变革思潮与诗歌革新运动。近代诗歌先后出现了"新学诗"、"新派诗"、"歌体诗"等创作实践,共同推动了中国诗歌近代化的历史进程。关于"中国文学近代化"命题的提出及其系统研究,乃是新时期以来中国近代文学研究的标志性成果之一,有关中国诗歌近代化问题的研究,是其中的一个重要方面。它不仅对于研究近代诗歌本身有着突出意义,而且对于认识从古典诗歌到现代新诗的流变过程也具有重要价值。

一、中国诗歌从古典到现代,经历了一个短暂的近代化过程,既促成了古典诗歌自身的演进与蜕变,也孕育和生成了现代新诗的前身。这一近代化过程起始于19世纪末的"新学诗"试验,终于20世纪初的"白话诗"运动,绵延二十余年,共经历了"新学诗"、"新派诗"、"歌体诗"、"白话诗"四个发展阶段,具有不可替代的历史地位和诗史价值。

二、从诗体流变的连续性与完整性来看,新诗的尝试并非始于胡适。作为一种诗人自觉的意识和实践,作为一种诗体变革的潮流,作为一种崭新的诗美流向,作为一种新的诗歌形式的萌芽、生长乃至成熟,新诗的发生当从19世纪末的新学诗起始,因为当时不仅首次提出了"新诗"的概念,还进行了迥异于古典诗歌的"新诗"创作实践。其后发展为新派诗的变通,发展为歌体诗旧的过渡形式,发展为白话诗新的过渡形式,方才使这种尝试最终完成,由量变的过程而走向质变,进入到中国诗歌的新阶段——现代诗歌时期。

三、新诗并非外来形式的简单移植,而是自身嬗变和面向世界的双向发展趋势所致。这既包括旧诗内部冲破格律和白话化的趋势,也包括面向世界"别求新声于异邦"的趋势。新诗的探索和尝试是在旧诗内部逐渐展开的,即新形式的因素和萌芽包容、孕育在旧诗中;在这个探索、尝试、孕育、脱胎直至完全独立的过程中,外来因素有着深刻的启示、借鉴意义和重要的滋养、催生作用,但这毕竟是一种吸收和融合,而不是简单的移植和翻版。

四、中国诗歌近代化过程本身的意义并不在于诗歌本身的艺术魅力和审美价值,而在于对诗歌形式的探索和开创之功。置之于诗歌发展的整体背景之上,它代表着诗歌发展的潮流和前进的方向,却远不是当时诗坛的主体。这些作品自身带有明显的过渡性质,还不具备鲜明的特征和艺术个性,缺少艺术魅力和审美价值。如新学诗之艰涩,新派诗之幼稚,歌体诗之粗率,白话诗之肤浅,莫不显现出探索性的痕迹。

五、白话诗的出现集新学诗以来新诗发展之大成,既是近代诗歌自身发展的必然趋势,又是外国诗歌滋养、催生的直接产物,最终完成了中国诗歌的近代化过程。白话诗的语言白话化和诗体自由化两大特征是新学诗以来日益加深的通俗化、散文化、口语化、自由化趋势的必然结果。如果说新学诗以来的新诗发生发展是一种量变的话,白话诗的最终成熟便是一种质变。以白话诗的语言和诗体为基础,中国诗歌在郭沫若等无数后来者的不断努力下,方才基本具备了现代诗歌的主体规模,并取代古典诗歌的正统地位,以其崭新的面目逐渐走向世界,汇入 20 世纪世界文学的洪流。

第二节　黄遵宪的诗歌创作

1902 年 11 月,正当梁启超在《新民丛报》上连载《饮冰室诗话》,鼓吹诗界革命,称赞"近世诗人能熔铸新理想以入旧风格者,当推黄公度","公度之诗,独辟境界,卓然自立于二十世纪诗界中,群推为大家"的时候,蛰居家乡广东梅州的黄遵宪已步入垂暮之年,他在给诗人邱炜萲的信中不无遗憾地写道:"少日喜为诗,谬有别创诗界之论。然才力薄弱,终不克自践其言,譬之西半球新国,弟不过独立风雪中清教徒之一人耳;若华盛顿、哲非逊、富兰克林,不能不属望于诸君子也。诗虽小道,然欧洲诗人,出其鼓吹文明之笔,竟有左右世界之力;仆老且病,无能为役矣。"但开风气而志有未逮的黄遵宪把自己一生孜孜以求的"别创诗界"的期望留给了后来者。

黄遵宪(1848—1905),字公度,广东嘉应(今梅州)人,1876 年中举,次年随同乡何如璋以参赞身份出使日本。1882 年,调任驻美国旧金山总领事。1885 年回国,以三年时间,修成《日本国志》四十卷。1889 年再次以参赞身份随薛福成出使英、法、意、比。1891 年调任新加坡总领事。1894 年冬回国,曾在两江总督府办理教案。后加入强学会,助汪康年、梁启超创办《时务报》。1897 年夏至湖南襄助新政。1898 年 6 月充任使日本大臣,因政变,被放还乡里,1905 年 3 月病逝。著有《人境庐诗草》、《日本杂事诗》、《日本国志》。

《人境庐诗草》计十一卷,为诗人生前手定而成,收入其 1868—1904 年所作古近体诗六百四十二首,是诗人一生心血的凝聚。《人境庐诗草》为风云变幻的时代和命运多舛的中国留此存照,同时也真实地记录了一位"无师无友,踽踽独行"的乡村书生成为"东西南北人"的心路历程。作为外交家、维新思想家和诗人的黄遵宪,其思想情感经历与诗歌创作大致可从三个时期予以分述。

第一时期:读书科考时期(1864—1877)

鸦片战争与太平天国时期的中国,正经历着亘古未有的奇变,外患与内忧纷至沓来,促使中国士大夫中最为敏感最先觉醒的先进人士,把目光转向社会现实问题的研究和对中国之外世界的注意。但这种曙光初现式的觉悟,并没有太多地触动汉宋之学一统天下的传统学术格局,也没有太多地改变读书士子通过科举进入士大夫官僚阶层的旧有秩序。已经感受到"七万里戎来集此,五千年史未闻诸"风云变幻惊涛拍岸气息的黄遵宪,也不得不在一次次的科考中消磨心志,其愤慨郁闷也由此而生。这一时期的诗作,集中表现了诗人走出传统学术窠臼,告别传统人生道路的渴望与苦闷。年轻的黄遵宪最为心仪的是做一个冲破尊古复古罗网,直面现实世界,"我手写我口"的诗人:

俗儒好尊古,日日故纸研。六经字所无,不敢入诗篇。古人弃糟粕,见之口流涎。沿习甘剽盗,妄造丛罪愆。……我手写我口,古岂能拘牵。即今流俗语,我若登简编。五千年后人,惊为古斓斑。(《杂感》)

"我手写我口"是怀抱"别创诗界"志向诗人震惊流俗的第一声宣言。稍后的1872年,在"语无古今"的基础上,黄遵宪又提出"诗无古今"之说。其《与朗山论诗书》云:

诗固无古今也……苟能即身之所遇,目之所见,耳之所闻,而笔之于诗,何必古人? 我自有我之诗者在矣。夫声成文谓之诗,天地之间,无有声皆诗也,即市井之谩骂,儿女之嬉戏,妇姑之勃谿,皆有真意以行其间者,皆天地之至文也。不能率其真,而舍我以从人,而曰吾汉吾魏吾六朝吾唐吾宋,无论其非也,即刻画求似而得其形,肖则肖矣,而我则亡也。我已忘我,而吾心声皆他人之声,又乌有所谓诗者在耶?

"我手写我口"与"诗无古今"之说所体现出的打通古今壁垒、关注现实世界、真我自作主宰的精神,成为黄遵宪"别创诗界"理想的重要基石。

1867—1876年的十余年间,黄遵宪四次参加乡试,均告失败。屡试屡败的科场失意,应试途经广州、香港、天津、北京等地的所见所闻,使其这一时期的诗作交织着家国与身世之感。1876年,黄遵宪在顺天乡试中被录为举人,入赀以五品衔拣选知县用,同年列入派往日本的使馆成员名单中,十余年科考的噩梦终告结束。面对迟来的功名,已届而立之年的诗人留下了"学剑学书无一可,摩挲两鬓渐成丝"的喟叹。

第二时期:海外使节时期(1877—1894)

1877年11月26日,黄遵宪随何如璋从上海乘船前往日本,开始了他长达十余年,辗转于日本、美国、英国、新加坡的海外使节生涯。此前"足迹殊难出里闾"的诗人幸运地成为走向西方世界的第一代知识分子。

　　初到日本,黄遵宪对明治维新后日本新政新学持谨慎与保留的态度。在编写《日本国志》的过程中,出于网罗旧闻、参考新政的需要,辄取日本杂事衍为小注,串之以为诗,充任《日本国志》的编写草本,名《日本杂事诗》。《杂事诗》为七言绝句,或一诗记一事,或数事合一诗,诗后附有长短不等的自注,这些自注的不少段落成为《日本国志》写作的基础。《日本杂事诗》初刊于1879年,收诗计一百五十四首。1890年,《日本杂事诗》重订,收诗计二百首。重订后的《日本杂事诗》显示着黄遵宪对日本及欧美政治学术认识的进步。走出国门而又以"别创诗界"为职志的黄遵宪,以其海外使节时期的诗作,为国人打开了一扇认识中国之外世界的窗户。

　　"年来足迹遍五洲,浮槎曾到天尽头",黄遵宪十余年漂洋过海,折冲樽俎的外交生涯,是一种"前望古人,后望来者,无得与吾争之者"的独特经历,而作为诗人,其又有着"吾身之所遇,吾目之所见,吾耳之所闻,吾愿笔之于诗"的愿望,黄遵宪的海外诗展示了诗人亲历而国人陌生的一个新象叠起、新理层出的世界。经过工业革命风暴洗礼的欧西各国,物质文明得以飞快发展,"同一乘舟,昔以风帆,今以火轮;同一行车,昔以骡马,今以铁道;同一邮递,昔以驿传,今以电线;同一兵器,昔以弓矢,今以枪炮"(黄遵宪《朝鲜策略》)。现代物质文明的进步,使世界变得更小、更奇妙,工业文明时期人们的时空观念与存在方式与农业文明时期有了很大的不同,周游世界的诗人所遇所见所闻也日新月异。脍炙人口的《今别离》四首,即是写给轮船、火车、电信等新兴工业文明的赞歌。传统诗歌中常见的离愁别绪黯然神伤,因诗人对现代工业文明的欣赏而不复存在。

　　描述异国风物、礼赞文明之文化之外,黄遵宪的海外诗还涌动着"忧天热血几时摅"的渴望。以人为鉴,以史为鉴,诗人在对外部世界的观察感受中,思考着国家与民族的命运。1881年,闻听中国政府因些微小事而有裁撤派往美国的留学生之议,深感惋惜和痛心,以为裁撤之举有悖"欲为树人计,所当师四夷"的留学生派遣之初衷,当权者不审时度势,终将贻害无穷。次年,美国又有禁华工之议,诗人身为使美官员,倍觉刻骨铭心。昔日天朝上国的尊严何在？旧时皇华大汉的威风何在？诗人期待着中华民族在逆境中崛起，开工化物，励精图治，免蹈罗马、希腊沦亡，波兰四分五裂之覆辙。此类诗作慷慨激昂，充满着忧国忧民的情怀。

1891年，黄遵宪在伦敦使署自辑《人境庐诗草》并自序云："士生古人之后，古人之诗号专门名家者，无虑百数十家，欲弃去古人之糟粕，而不为古人所束缚，诚夐夐乎其难！虽然，仆尝以为诗之外有事，诗之中有人；今之世界于古，今之人亦何必与古人同。"黄遵宪的海外诗以表现古人未有之物、未辟之境的努力，践履了"诗之外有事、诗之中有人"的诗歌主张。诗人用诗的语言记录描述了近代以来走出国门的中国士人的闻见感触和情感世界，开辟了古近体诗表现现实生活的新空间新境界。海外诗是黄遵宪"别创诗界"和"新派诗"最具代表性的收获。

第三时期：变法与居家时期（1894—1905）

甲午战争爆发的当年年末，黄遵宪由新加坡回到国内，参与变法维新与湖南新政，1898年10月被革职回乡。回乡后的诗人百感交集，心事浩茫。其《仰天》诗云："仰天击缶唱乌乌，拍遍阑干碎唾壶。病久忍摩新髀肉，劫余惊抚好头颅。箧藏名士株连籍，壁挂群雄豆剖图。敢托鸩媒从凤驾，自排阊阖拨云呼。"抒写了劫后余生、回天无力、壮志难酬的愤恨之情。诗人在稍后写给友人的信中述其心境说："仆杜门六载矣，所最苦者，即赵佗告陆大夫语，谓郁郁无可语者，抑塞磊落无可发泄。"

乡居之后，诗人有暇将海外时期与甲午战争时期所经、所闻、所见而未及入诗者，一一补写出来。前者如《日本国志书成志感》、《锡兰岛卧佛》、《伦敦大雾行》、《以莲菊桃杂供一瓶作歌》、《番客篇》等。后者如《东沟行》、《哀旅顺》、《哭威海》、《马关纪事》、《降将军歌》、《台湾行》、《度辽将军歌》等。

黄遵宪描写甲午战争的组诗历来为评论家所看重，称之为"诗史"。诗人以史家笔法记录了甲午战争的主要战事，描画了战事中的若干军事人物。《悲平壤》写中日平壤初战，清军落败。《哀旅顺》写装备精良、据险可守的旅顺口"一朝瓦解成劫灰"的惨烈。《哭威海》记述在决定战争胜负的关键海战中,北洋舰队避居港内,腹背受敌,而遭全军覆没。《降将军歌》《度辽将军歌》写清政府军队中的两类将领,前者胆小畏死,主动向敌军乞降;后者虚骄自大,实际却是银样镴枪头。如此人等充作国家干城,战如何不败？国如何可守？

1899年为己亥之年,黄遵宪作《己亥杂诗》八十九首,杂忆一生可圈可点当记当叙之事:"我是东西南北人,平生自号风波民。百年过半洲游四,留得家园五十春。"诗人虽身困梅州,但心念天下。他关注义和团起事,八国联军攻入北京,慈禧、光绪出逃西安等,写下了几十首咏事述怀之作,其悲凉慷慨之气,充溢于字里行间。

能给荒江野老、抑塞磊落诗人带来希望和生机的,还是国家民族的维新事业。1902年起,黄遵宪与严复、梁启超等人有了通信联系,并为他们所从事的开民智、新民气、鼓民力的事业所鼓舞所吸引。受梁启超诗界革命精神的鼓舞,黄遵宪作《出军歌》《军中歌》《旋军歌》二十四首寄梁启超,发表在《新小说》第一号。梁启超《饮冰室诗话》评论说:"其精神之雄壮活泼、沉浑深远不必论,即文藻亦二千年所未有也。诗界革命之能事,至斯而极矣。吾为一言以蔽之曰:读此诗而不起舞者,必非男子。"黄遵宪对《军歌》二十四首的写作,也颇引为得意,以为"如上篇之敢战,中篇之死战,下篇之旋张我权,吾亦自谓绝妙也。此新体,择韵难,选声难,着色难"。歌体之作,是黄遵宪晚年诗歌创作的一次新尝试。除《军歌》外,诗人还有《幼稚园上学歌》等,旨在以歌谣写作促进国民精神培育。

1904年冬天,因肺病加重而预感自己走到生命尽头的诗人作《病中纪梦述寄梁任公》一诗,抒写对海外友人的思念、对生命的眷恋和对国家命运的担忧:

呜呼专制国,今既四千岁。岂谓及余身,竟能见国会。以此名我名,苍苍果何意！人言廿世纪,无复容帝制。举世趋大同,度势有必至。

怀刺久磨灭,惜哉吾老矣。日去不可追,河清究难俟。倘见德化成,愿缓须臾死。

重疴缠身、凄凉孤寂中的维新思想家和诗人,带着睡狮未醒、立宪未成、河清难俟,以及"平生怀抱,一事无成,惟古近体诗能自立耳,然亦无用之物,到此已无可望矣"(《人境庐诗草跋》引)的诸多遗憾,与亲友作别。人去诗留,黄遵宪亲自编定的《人境庐诗草》原稿后由黄氏亲属交梁启超代为付梓。1908年,康有为序《人境庐诗草》,谓公度之诗"上感国变,中伤种族,下哀生民,博以环球之游历,浩渺肆恣,感激豪宕,情深而意远"。

以"别创诗界"为平生志向的黄遵宪,把诗的写作和创新溶入生命的全部过程。黄遵宪"别创诗界"的努力及其对近代诗歌发展的贡献,主要体现在以下方面:

一、"诗外有事,诗中有人"诗学理想的形成及实践,为"别创诗界"选择了一条面向现实世界、走出复古拟古泥潭的诗歌创新之路。

中国古典诗歌在长期的发展过程中,渐渐成为一个凝固的与现实世界隔绝的经验世界。在这个封闭的世界里,诗的题材、诗的组织、诗的语言被格式化、固定化。诗的现实关怀、诗的个性色彩、诗的创新精神,被淹没在此消彼长的学古拟古的诗歌潮流之中。面对林林总总的诗歌大家,名目繁多的诗歌流派,黄遵宪有过"士生古人之后,欲于古人范围之外成一家言,固甚难;即求其无剿说、无雷同者,吾见亦罕"的感喟,身处国家民族亘古未有之变局的黄遵宪,选择"诗外有事,诗中有人"作为"别创诗界"的突破口,意在使诗从经验的天国、苦吟的书斋中走向现实、走向人境。"诗外有事,诗中有人"是黄遵宪诗学理想的概括性描述,是其诗学主张与创作实践的总纲。黄遵宪1891年所写的《人境庐诗草自序》中说:"仆尝以为诗之外有事,诗之中有人;今之世异于古,今之人亦何必与古人同。"1902年在《致梁启超书》中自述个人学术思想的形成并再论"诗外有事,诗中有人"诗学理想说:

> 意欲扫去词章家一切陈陈相因之语,用今人所见之理,所用之器,所遭之时势,一寓之于诗。务使诗中有人,诗外有事,不能施之于他日,移之于他人,而其用以感人为主。

《人境庐诗草》中,写太平天国、甲午战争、庚子事变被称为"诗史"的诗作之所以为人所看重,是因为此类诗描写了"今人所遭之时势";写轮船、电报、东西半球昼夜相反、四时鲜花杂供一瓶等海外风情人物诗之所以为人所珍视,是因为此类诗所写为"今人所用之器"。诗人频频以立宪、变法、国会、帝制入诗,其所言又是"今人所见之理"。此皆是"诗外有事"。诗人徘徊于科举与功名、汉宋之学与诗学之间的苦闷,走出国门、亲历世界、触见异域文明的惊奇与喜悦,由尊王攘夷、所可变者轮船铁道、所不可变者伦常纲纪的士大夫立场,到"人言廿世纪,无复容帝制。举世趋大同,度势有必至"的维新派境界,其心路历程于诗中脉络可见。此可谓"诗中有人"。黄遵宪在诗歌创作中注目瞬息万变的现实世界,描摹痛苦复杂的士人情感方面的努力,奠定了他在近代诗歌史上的重要地位。

二、以出入古今、转益多师、融会新旧、开敞通达的创作心态,致力于古典诗学传统的现代转换。

生活在"东西文明,两相结合"的时代,黄遵宪对古与今、新与旧的冲突融合保持着积极健康的态度。其《人境庐诗草自序》描述心目中出入古今、融汇新旧之诗境道:

> 尝于胸中设一诗境:一曰复古人比兴之体;一曰以单行之神,运排偶之体;一曰取《离骚》乐府之神理而不袭其貌;一曰用古文家伸缩离合之法以入诗。其取材也,自群经三史,逮于周秦诸子之书,许郑诸家之注,凡事名物名切于今者,皆采取而假借之。其述事也,举今日之官书会典,方言俗谚,以及古人未有之物,未辟之境,耳目所历,皆笔而书之。其炼格也,自曹、鲍、陶、谢、李、杜、韩、苏,讫于晚近小家,不名一格,不

专一体,要不失乎为我之诗。

上述种种,构成了黄遵宪称为"虽不能至,心向往之"的诗歌境界,同时也勾勒了诗人致力于古典诗歌传统转换的基本途径和目标。

《人境庐诗草》中的名篇以古体居多。秉承文章为时而著、歌诗为事而作的文学传统和理切事信、秉笔直书的史家笔法写所见所闻,以古文家抑扬变化之法入诗,是黄遵宪出入古今、融合新旧的重要创获。《人境庐诗草》中的五古之作擅长明理,擅长以议论入诗。如《感怀》诗对"识时贵知今,通情贵阅世"道理的阐发,《杂感》诗对"我手写我口,古岂能拘牵"诗志的述写,《述怀再呈霭人樵野丈》对六百年科举弊端"到此法不变,终难兴英贤"的讨伐,《逐客篇》对华人在美国被逐,"噫嘻六州铁,谁实铸大错"的质问,《登巴黎铁塔》"一览小天下,五洲如在掌"的凌风之想,《病中纪梦述寄梁任公》"日去不可追,河清究难俟"的生命感慨,都显示着以文为诗、铺叙直写、明白朴实、意脉贯通的创作特点。诗人注重对时或事发表议论,谈道说理,优游不迫,读者可以从诗中比较清楚完整地感受到诗人的评判和情感。《锡兰岛卧佛》、《番客篇》为《人境庐诗草》中的五古长篇,均为诗人戊戌返乡后补作。《锡兰岛卧佛》追忆随薛福成出使英国,路经锡兰岛,参观卧佛像后的所见所想。全诗洋洋洒洒二千余言,梁启超《饮冰室诗话》称之为"空前之奇构"。"以文名名之,吾欲题为印度近史,欲题为佛教小史,欲题为地球宗教论,欲题为宗教政治关系说。然是固诗也,非文也"。《番客篇》补录出使新加坡期间,参加当地华人婚礼,与海外番客交谈的所闻所感。诗中对在异国他乡举行的中国式的迎亲仪式的描述极为详尽细腻。全诗二千余言,是一部用诗体写成的南洋华人的风俗与生活画卷。

如果说黄遵宪以五古诗偏重于"理切",其七古诗则偏重于"事信"。诗人写日本明治维新前后故事的《西乡星歌》、《赤穗四十七义士歌》,写甲午战争的诗作如《悲平壤》、《东沟行》、《哀旅顺》、《降将军歌》、《度辽将军歌》、《台湾行》等均为七古。在上述诗作中,诗人既表现出以史家笔法记叙所闻所见现实与历史事件的兴趣,又秉承着美刺补察褒贬惩劝的传统诗学精神。甲午战争的失败给诗人心灵带来巨大的创痛。戊戌返乡后,诗人痛定思痛,以诗笔记录下甲午战争中的主要战事,为给中国带来割地赔款耻辱的历史事件立此存照。《哀旅顺》一诗先写旅顺口兵备充足,天险可依,固如金汤,而结束两句笔锋陡转,"一朝瓦解成劫灰,闻道敌军蹢背来",旅顺要塞陷落之咎,在人谋不周。此诗采用欲抑先扬的手法,铺叙在前,点睛在后,诗人的美刺褒贬之意,跃然于纸上。《降将军歌》记北洋海军副提督英人马格禄等,在"此岛如城海如池,横排各舰珠累累。有炮百尊枪千枝,亦有弹药如山齐"的情况下,向日军乞降。爱国将领丁汝昌以服毒自杀拒降:"可怜将军归骨时,白幡飘飘丹旐垂。中一丁字悬高桅,回视龙旗无孑遗,海波索索悲风悲。"诗人为丁汝昌殉难伤悲,更为国家与民族的命运伤悲。《台湾行》记《马关条约》签订割让台湾全岛的举国之痛。诗人问天:"天胡弃我天何怒,取我脂膏供仇房。"诗人相信:"亡秦者谁三户楚,何况闽粤百万户。"台湾归来,当指日可待。黄遵宪的七古诗作,评判笔力沉重,褒贬抑扬分明。

黄遵宪出入古今、融合新旧的另一途径是坚持"我手写我口"的立场。"我手写我口"所追求的是语言与文字合一的诗歌文体和诗歌语言。黄遵宪是一位具有巨大热情的诗人,他把对外部世界和现代文明的感受,熔铸到传统诗歌框架之中,这种以新理想入旧风格的努力,相应要求诗体的自由表达程度和语言的丰富性通俗性随之加大。在《人境庐诗草》中,诗体和诗歌语言呈现出渐趋解放的趋势。其中古体歌行体诗数量居多,且基本不用旧典,诗人得以在较大自由度的形式空间里驰骋情思。近体律诗大都是一个题目下多首组合,以求思想与情感的充分表达,且旧典渐少,新典增多。如其归乡后写作的《放歌用前韵》叙写放逐心情道:"我乡我土大有好山水,犹能令我颜丹鬓绿不复齿发嗟凋零。肩囊腰剑手钵瓶,归来归来兮左楼右阁中有旋马厅。二松五柳四围杂桃李,坐看风中飞絮波中萍,寒梅著花幽兰馨,小山招隐君其听。归来归来兮菜香饭熟茶余睡觉独自语,京华北望恋恋北斗星。"信手写来,挥洒自如。《都踊歌》中"长袖飘飘兮髻峨峨,荷荷;裙紧束兮带斜拖,荷荷",记录了节奏明快、载歌载舞的日本爱情歌谣;《哭威海》中"遁无地,谋无人;天盖高,天不闻",描写战事短促而急迫的三字句诗,其诗体结构与诗歌节奏因内容表现需要充满着自由变化。在诗歌语言的运用上,一是出于写外国事,记叙时事和表情达意的需要,恰当而有节制地使用译名及新名词,如地球、赤道、国会、共和维新、革命、殖民地、五大洲、南北极等新名词,欧罗巴、美利坚、亚细亚、华盛顿、拿破仑、加富尔、玛志尼等译名,这些新语句与古近体诗传统表现风格的和谐统一,凸显出黄遵宪新派诗特有的面貌与境界。二是诗中不避方言俗语,力求平易自然,明白晓畅。《拜曾祖母李太夫人墓》忆孩提琐事、写家庭亲情的诗句如"上树不停脚,偷芋信手爬。昨日探鹊巢,一跌败两牙。嚏血喷满壁,盘礴画龙蛇",平白如话,语语本真。"我手写我口"昭示着古典诗歌向现代诗歌转换的基本方向。

三、"别创诗界"的理想及其价值在诗界革命中得到发现与张扬,黄遵宪成为诗界革命的旗帜,也成为诗界革命的主将。

1902 年,梁启超写作《饮冰室诗话》时,盛推黄遵宪其人为 20 世纪诗界中独辟境界的大家,认为其诗是能熔铸新理想以入旧风格的典范。这一时期受梁启超文学革命热情的鼓舞感染,黄遵宪别创诗界、致力于古典诗学传统转换的创新意识,更趋明确与活跃。黄遵宪论诗主张世变无穷,诗文也当随世随时而变。在《与严复书》中论严复与梁启超关于文界革命的争论时,黄遵宪以为:"以四千余岁以前创造之古文","书写中国中古以来之物之事之学,已不能敷用,况泰西各科学乎?"因而造新字、变文体势在必行。"公以为文界无革命,弟以为无革命而有维新"。文学之道,当以"人人遵用之乐观之"为准则。适应现时代人交流使用,为现时代人所喜闻乐见,应成为文学文体革新的依据和出发点。文学文体的变革,又当以言文合一为基本方向。其《日本国志·学术志》中,提出中国的文学和文体要向"明白晓畅,务期达意"、"适用于今,通行于俗"的方向努力。1901 年,黄遵宪在《梅水诗传序》中重提言文合一问题,以为语言文字扞格不入,造成了农工商贾妇女幼稚通文之难。黄遵宪晚年在与梁启超、严复的信中,提出诗"当斟酌于弹词粤讴之间",文"或者以流畅锐达之笔为之,能使人人同喻",小说则"举今日社会中所有情态——饱尝烂熟,出于纸上,而又将方言谚语——驱遣",其说无不体现着"适用于今,通行于俗"的价值取向。步入晚年的黄遵宪,成为梁启超倡导的文学界革命的支持者和实践者,也正是在文学界革命的推动下,黄遵宪别创诗界的视野得到了大大的拓展与深化。

黄遵宪是中国近代诗界革命的一面旗帜。在亘古未有的社会变革中,选择"诗外有事,诗中有人"的诗学路径,力主以今人所见之理、所用之器、所遭之时势入诗,为了无生气的诗坛吹进若干时代与生命的气息;在近代古今中外新旧杂陈的文化矩阵中,自觉调整自己的认识和心态,以兼容宏通的气度,致力于古典诗学传统的现代转换;穿越诗坛复古拟古的迷雾,以"我手写我口"的胆识和倡言,昭示并身体力行于诗体、诗歌语言变革创新之路。一生以"别创诗界"自期的黄遵宪,因此成为中国诗歌从古典走向现代历史过程中一位承先启后的探索者开拓者。

第三节　新派诗人群体

梁启超发起的诗界革命运动,是一场有理论倡导、有报刊阵地、有诗人队伍、有创作实绩且颇具声势、影响深远的自觉的诗歌革新思潮。当是时,"能熔铸新理想以入旧风格"的黄遵宪被梁启超树为诗界革命的一面旗帜;康有为亦以"新世瑰奇异境生,更搜欧亚造新声"标榜声气,赢得梁氏"元气淋漓,卓然称大家"(《清代学术概论》)的赞誉;夏曾佑、蒋智由的诗歌则以其"理想之深邃闳远",被梁氏并推为"近世诗界三杰";"若以诗人之诗论,则丘仓海逢甲其亦天下健者矣"(《饮冰室诗话》)。黄遵宪、康有为、梁启超、夏曾佑、蒋智由、丘逢甲等新派诗人,构成了早期诗界革命阵营的主力阵容。

康有为(1858—1927),一名祖诒,字广厦,号长素,广东南海人。光绪二十一年(1895)进士,授工部主事。甲午战争后,策动参与了"公车上书"和戊戌变法运动,成为最负盛名的维新派领袖。戊戌政变后流亡海外,踪迹遍亚、美、欧、非各洲;组织保皇党会,鼓吹君主立宪。清亡后,鼓吹"虚君共和",参与张勋复辟活动,失败后以遗老终其身。一生著述宏富,著有《新学伪经考》、《孔子改制考》、《戊戌奏稿》、《大同书》、《康南海文集》、《南海先生诗集》等,今人辑有《康有为全集》。

康有为的诗,今存一千五百余首,多为政治抒情诗,是其平生社会理想、政治抱负及其曲折的生活经历的写照。以戊戌政变为界,康有为的诗歌创作大致可划分为前后两个时期。

前期以政治抒情诗为主,以抒发自己的政治抱负和爱国热忱为特色,突出地表现出一个关心国家命运、矢志挽救民族危亡、以天下兴亡为己任的志士仁人的崇高精神境界,感情充沛,虎虎有生气。写于1899年的《出都留别诸公》组诗,是诗人前期具有代表性的诗歌作品之一。其中第一首云:"沧海惊波百怪横,唐衢痛哭万人惊。高峰突出诸山妒,上帝无言百鬼狞。岂有汉廷思贾谊?拼教江夏杀祢衡!陆沉预为中原叹,他日应思鲁二生。"抨击了顽固派对变法的阻挠,表达了甘愿为变法而献身的一片爱国赤诚。第二首道:"天龙作骑万灵从,独立飞来缥缈峰。怀抱芳馨兰一握,纵横宙合雾千重。眼中战国成争鹿,海内人才孰卧龙?扶剑长号归去也,千山风雨啸青锋。"谴责了帝国主义列强瓜分中国的罪行,抒写了自己变法图强的抱负。诗篇意象奇丽飞动,极富感染力。

康有为后期诗歌以取材异域的海外诗为主,承黄遵宪海外诗而大之,内容丰富,诗境宏阔,颇能体现"以欧洲之意境、语句"入诗的"诗界革命"精神。康有为的海外诗不仅表达了对西方近代文明的赞美,更时时流露出强烈的民族自尊心和自信心,洋溢着浓郁的爱国主义情怀,寄托着振兴中华的殷切期望。这些海外诗,与前期诗相比更加汪洋恣肆,瑰丽雄放,部分诗作确实达到了如其所言的"新世瑰奇异境生,更搜欧亚造新声"的诗歌革新目标,成为"诗界革命"时期"新派诗"的重要组成部分。

康有为在诗风上远法屈原、杜甫,近取龚自珍,境界壮阔,大气磅礴,雄浑豪健。"盖诗如其文,糅杂经语、诸子语、史语,旁及外国佛语、耶教语,而出之以狂荡豪逸之气,写之以倔强奥衍之笔,如黄河千里九曲,浑灏流转,挟泥沙俱下,崖激波飞,跳踉啸怒,不达海而不止,返虚入浑,积健为雄,权奇魁垒,诗外常见有人也"(钱基博《现代中国文学史》)。梁启超将其与金和、黄遵宪并列,赞其诗"元气淋漓,卓然称大家"(《清代学术概论》)。

夏曾佑(1863—1924),字穗生、穗卿等,号碎佛、碎庵,笔名别士,浙江钱塘(今杭州)人。光绪十六年(1890)进士,任礼部主事。1892 年结识梁启超、谭嗣同,开始研讨"新学",参与维新政治活动。1897 年与严复等在天津编《国闻报》,宣传维新变法思想,成为维新运动宣传家。1905 年,随五大臣出洋考察,归国后鼓吹宪政。辛亥革命后,任北洋政府教育部社会司司长,后调任北京图书馆馆长。他与严复合著的《本馆附印说部缘起》是近代中国学人首次论述小说社会功能的文艺理论文章,为日后崛起的"小说界革命"的先声。所著《小说原理》(1903)是"小说界革命"时期重要的小说理论收获。其诗多散佚,诗集仅存抄本,今刊为《夏曾佑诗集校》。

夏曾佑是"新诗"的首倡者,"盖当时所谓新诗者,颇喜挦扯新名词以自表异。丙申、丁酉间,吾党数子皆好作此体,提倡之者为夏穗卿"(《饮冰室诗话》)。正是由于夏氏对"新诗"创作的首倡之功,梁启超誉其为"近世诗界三杰"之一。

夏曾佑当年写下的几十首"新诗",喜用西学名词及孔、佛、耶三教经典语入诗,用语奥僻,艰涩难懂。其中一首云:"冰期世界太清凉,洪水茫茫下土方。巴别塔前分种教,人天从此感参商。"几乎每句都出自西学知识和《圣经》典故,"冰期"、"清凉"、"洪水"等语,还暗含对现实社会乃至世界局势的隐喻。诗人将西方自然科学知识与宗教故事糅合在一起,表达了一种追溯古今、探索宇宙人生的欲望。这首诗经梁启超的解读,人们方略知其大意。此类怪异的新诗,是夏曾佑等人崇拜"新学"、追求思想解放的产物,由于艰涩难懂，"苟非当时同学者,断无从索解",自然难以为继。戊戌之后,他就不再作此类诗了。

夏曾佑取材于传统题材的诗,"亦颇有意境深邃之作,不尽以新名词眩新异也"。创作于甲午、戊戌间的部分诗作,表现了一位爱国知识分子对祖国危亡局势的关注和忧虑,蕴含强烈的爱国情思和浓郁的时代气息。写于甲午战争期间的《送汪毅白出都》(六首),集中表现了这种忧国之思。其第四首云:"长江直贯中原下,两岸青山挽不留。大泽几人书帛待,庸奴循例处堂游。金缯日见归鞮译,兵气宵来接斗牛。太息湘淮龙虎地,谁人慷慨策神州?"身为积弱不振、频遭侵凌的"老大帝国"的子民,诗人对清廷割地赔款、屈辱求和的做法深感焦虑。值此国家危急存亡之秋,诗人渴望有人能力挽狂澜,拯救危局。

夏曾佑在天津编《国闻报》期间,有大量议论时政的文章见诸报端,其中充满救亡图存的爱国热情与思变求新的进步思想。从其时代品格来看,它们属于"文界革命"的组成部分,在推动晚清政治改革与文学革新的进程中发挥过积极作用。

蒋智由(1865—1929),字心斋,一字观云,号愿云,又号因明子、雨尘子等,浙江诸暨人。1901年游学日本,结识梁启超,参与《新民丛报》的编辑工作,成为思想激进的维新派宣传家,曾一度倾向革命,与蔡元培等人发起中国教育会,参加光复会。1907年与梁启超发起成立立宪派组织政闻社,参与立宪保皇活动。晚年寂居上海,凄凉以终。有《居东集》、《蒋智由诗钞》、《蒋观云先生遗诗》行世,另有部分诗作散见于《清议报》、《新民丛报》等。

蒋智由是诗界革命的主将之一,与黄遵宪、夏曾佑一起被梁启超推为"近世诗界三杰"。20世纪初年,作为维新志士和革命青年的蒋智由应和着"诗界革命"的时代节拍,携《时运》、《有感》、《奴才好》、《闻蟋蟀有感》、《呜呜呜呜歌》、《卢骚》、《久思》、《醒狮歌》、《挽古今之敢死者》、《送匋耳山人归国》等一批脍炙人口的新诗作登上新诗坛,以《清议报》、《新民丛报》、《选报》、《浙江潮》等报刊诗歌栏目为阵地,呐喊出"文字收功日,全球革命潮"

的时代强音,充当了世纪之交时代思潮和诗歌创作风气转换的信号,在某种意义上代表了新诗创作的发展方向,体现了诗界革命的基本精神。

蒋智由诗歌充满忧患意识、启蒙精神、报国之志与爱国之情,对国人奴隶性质的暴露、讽刺、批判与反思,对尚武、合群、竞争、独立精神的呼唤与期待,对西方近代科技文明和自由、民主、平等思想的热情赞颂与热切向往,对列强侵凌、生灵涂炭、国将不国危亡时局的深重忧虑与关切,对祖国未来美好愿景的期盼与憧憬等,是其较为集中的主题意向,表现出鲜明的民主主义和民族主义革命立场,充溢着风云之气和英雄气概。那篇脍炙人口的《有感》,即以痛切的口吻,沉郁悲壮的基调,表达了诗人拯时济世的愿望,抒发了一腔忧愤:"落落何人报大仇?沉沉往事泪长流。凄凉读尽支那史,几个男儿非马牛?"传诵一时的《卢骚》则以流利畅达、极富鼓动性的语言,表达了诗人对西方资产阶级自由、民主、平等思想的向往和追求:"世人皆欲杀,法国一卢骚。民约倡新义,君威扫旧骄。力填平等路,血灌自由苗。文字收功日,全球革命潮。"该诗一扫新学诗喜用隐语怪典、艰涩难懂的弊端,语言流畅明达,与"新学诗"相比,风格顿异。

蒋智由早期诗歌具有鲜明的思想启蒙动机,体现了梁启超所倡导的诗界革命"当革其精神,非革其形式"的基本精神。诗界革命时期的蒋智由诗歌,在形式上表现出解放的征兆与趋势,试图寻求新意境、新语句和旧风格的统一。他的绝大部分诗歌以理性色彩见长,鲜有意境隽永之作。进入民国时期,蒋智由思想渐趋颓唐,诗作也失去了昔日的思想光芒。

第四节　丘逢甲和近代台湾诗坛

在晚清诗界革命的浪潮中,丘逢甲也是以自己的创作显示出诗界革命实绩的一位重要诗人。

丘逢甲(1864—1912),又名仓海,字仙根,号蛰仙,又号仲阏,台湾苗栗人。祖籍广东镇平(今广东蕉岭),出身于寒士之家。光绪十五年(1889)进士,授工部主事,无意仕途,回台讲学和游幕。甲午战争爆发后,他深以国事为忧,奔走呼号,动员台民自主抗战。《马关条约》签订后,他刺血上书,恳求朝廷废约抗战,未果。乃举义师以抗日,失败后离台内渡,定居镇平,往来潮州、汕头、广州之间,致力于兴办学校,推行新学,培植人才。先后担任两广学务处视学、广东教育总会会长、广东咨议局副议长等。辛亥革命后,出任广东革命军政府的教育部长,并在南京组建中央临时政府的会议上当选为中央参议员。1912 年 2 月留下“葬须南向,吾不忘台湾也”的遗嘱,溘然长逝于故里蕉岭。

丘逢甲夙喜诗文,平生诗作甚丰,但诗人“雅不欲以诗文人传”,“所为文,皆不缮稿”,加之战火兵燹的毁坏,又数度迁徙,散佚者众。长期流传的只有《岭云海日楼诗钞》。近年来,诗人青少年时代的部分作品以及《柏庄诗草》等相继被发现整理面世。今人辑上述诗文成《丘逢甲集》。

丘逢甲幼负大志,早期诗作虽多是吟花咏月酬酢往来,但已崭露头角。不过能充分体现诗人的诗歌思想和艺术成就的,当是内渡后的作品。1895 年内渡后,诗人“杜门不出……日以赋诗为事,而故国之思,以及郁伊无聊之气,尽托于诗。诗本其夙昔所长,数十年来复颠顿于人事世故家国沧桑之余,皆足以锻炼而淬砺之。其所为诗,尽苍凉慷慨,有渔阳参挝之声。……平日执干戈卫社稷之气概,皆腾越纸上”(江瑔《丘仓海传》)。所作经诗人手定而成《岭云海日楼诗钞》,计十三卷,收诗一千八百余首。《岭云海日楼诗钞》是丘诗精华所在,被梁启超盛赞为“若以诗人之诗论,则丘仓海逢甲其亦天下健者”的,亦指此编。

丘逢甲的诗诞生在故土沦陷、国势日危、救亡图存的壮阔背景之下,其最重要的主题便是倾诉台湾沦于异族的悲愤,抒写思念故园的拳拳深情和恢复失土的壮志雄心。诗人内渡时仓促作《离台诗》,其一云:“宰相有权能割地,孤臣无力可回天。扁舟去作鸱夷子,回首河山意黯然。”从此,诗人成了漂泊之"客"。终其余生,诗人失土之痛从没少舒,复土之志亦从没稍堕,而身为去国怀乡之"客",其哀伤愁苦的情绪更是挥之不去:"春愁难遣强看山,往事惊心泪欲潸。四百万人同一哭,去年今日割台湾"(《春愁》);"四载故山今夜月,不曾流照到金城"(《元夕无月感赋》);"啼鹃唤起东都梦,沉郁风云已五年"(《有感书赠义军旧书记》);"十四年来无一事,愧教双鬓老边愁"(《十九叠韵,仍前居粤之感也》)。岁月流逝,壮怀未遂,字字皆泣。但诗人决不放弃故土必复的信念:"热血填胸郁不凉,骑麟披发走南荒。未酬戎马书生志,依旧吾庐榜自强"(《忆旧述今》);"卷土重来心未已,移山自信事非难。……地老天荒留此誓,义旗东指战云寒"(《秋怀·再叠前韵》)。这些诗句既励人更自励,百载之后读来仍能感受到诗人炽热的爱国激情。

这样的背景还决定了丘诗的另一重要主题,即感愤国事、哀虑时局、希冀维新自强。他的很多诗如《闻胶州事书感》、《述哀答伯瑶》、《海军衙门歌同温慕柳同年作》等,就是通过反映一系列重大历史事件,痛斥列强瓜分中国,谴责清政府昏愦无能,呼吁富国强兵,变革图强。诗人通过这些真实反映时代风云、展现自我心路历程、具有鲜明时代内容的诗,体现其"重开诗史作雄谈"、"读书贵用世,宁止求诗名"的创作追求。其有感于甲午之战而作的《海军衙门歌同温慕柳同年作》,控诉朝廷的投降卖国,抨击将领的贪生怕死,哀悼无辜葬身的百万冤魂,字字不虚,可谓"诗史"。戊戌变法失败后,诗人激愤难抑、长歌当哭,作《感事》五律二十首,对顽固派残酷愚昧的憎恨,对维新党人横遭迫害的痛惜,对国势几近瓜分的愤懑,无不倾注于字里行间,哀恸欲绝,感人至深。

1899年前后,诗人与康有为、梁启超以及黄遵宪等维新党人往来频繁。在他们的影响下,丘逢甲的诗无论内容还是形式都发生了较大变化。诗人认识到"迩来诗界唱革命","应有新诗写新政",热烈支持并积极参与"诗界革命"。在内容上,诗人进一步突破文人诗感事抒怀的逼仄天地,更加注重"直书时事",以新的题材开辟"诗中新世界",写了一些反映新世界的奇异风物以及新思想的诗。如《送季平之澳门兼订来约》、《海中观日出歌由汕头抵香港作》等写新事物新文化，反映了近代社会生活的变化，深得"诗界革命"
所倡新派诗的精髓况味。在语言形式上，诗人一向注重从民间文化中吸收
营养，诗中多俗语口语。这一时期，响应"诗界革命"的倡导，诗人更加自觉
地采俗语新词入诗，语言更趋明朗与通俗。"西半球归东半球，偃然有国卧
亚洲。逢人莫说华盛顿，厉禁方悬民自由"；"逢着人天安息日，亚当亲挟夏
娃来"；"谁遣拿破仑再出，从来岛上有英雄"。这些诗中的华盛顿、自由、拿
破仑均属新名词，而亚当、夏娃与人天安息日，更是运用了西方宗教的典故。
其《游姜畲题山人壁二首》更直接取材于俗谚"蟾蜍落塘，宜下谷种"、"畜羊
种姜，利息难当"和童谣"月光光，好种姜"，平白如话，朴实明快，朗朗上口。
梁启超对丘氏实践新派诗的努力，推崇有加，认为其"以民间流行最俗最不
经之语入诗，而能雅驯温厚乃尔，得不谓诗界革命一巨子耶"(《饮冰室诗
话》)。

丘诗最鲜明的艺术风格就是凌厉雄迈、悲凉慷慨。诗所以言志也，丘逢
甲夙负大志，惜时运不济，平生不得志十之八九，但诗人始终坚信"凤皇语大
鹏，冲天终有时"，故其诗往往既悲且壮，沉郁之中有豪气。对此丘氏自己亦
有认识，并颇以此自诩。

丘氏论诗"贵真"，强调"真气"，他说："自《三百篇》以至本朝诗，其可传
者，无论家数大小，皆有真气者也。诗之真者，诗中有人在焉。……吾诗不
诣大家、名家，但自成吾家耳。"正是强调诗中"有人"、"有真气"。丘逢甲的
诗，始终洋溢着真挚而充沛的感情。用情深，动人亦深，这也是丘诗的显著
特征。

丘诗直抒胸臆，驰笔而书，往往一发难收，加之不少诗内容雷同，有些
句、词反复使用，容易给人拉杂成咏、不加节制之感。或有人因此病其有气
无韵，韵味不足。考虑到诗人所处"万方多难"、"时局艰危"之仓促时代，我
们或者不应苛责。

甲午战争后，台湾沦为日本殖民地。丁日昌、唐景崧时代台湾诗人雅集

唱和、诗酒风流的盛景已不复存在,诗坛趋于凋敝。许多诗人像丘逢甲一样,抱着"子胥在吴,寄子齐国;鲁连蹈海,义不帝秦"的信念,内渡祖国。而留守在台湾的诗人,尽管处境艰难,却以"绝不靦颜事仇"相激励,并以自己的声音发出微弱但是顽强的呼喊,显示了高贵的民族气节。他们的诗,与内渡诗人之诗共同汇成一股压抑不住的爱国主义诗潮,在文学史上留下了动人的一页。连横、胡殿鹏和以林朝崧、赖绍尧、林献堂、林资修等为代表的"栎社"诗人群就是其中的代表。

连横(1878—1936),字武公,号雅堂,台南人。日据台湾后,连横写下了大量的爱国主义诗篇,抒发故土沦丧、人民流离的深哀剧痛和不降其志、不辱其身、志在光复的壮志雄心;同时,秉持"国可亡而史不可灭"之信念,撰《台湾通史》、《台湾语典》及《台湾诗乘》等著作,企望以此铸造台湾同胞的爱国心。有《剑花室诗集》行世。

胡殿鹏(1869—1933),字子程,号南溟,台南人。台湾沦陷后曾内渡,复返台湾。著有《南溟诗草》和《大冶一炉诗话》。

林朝崧(1875—1915),字俊堂,号痴仙,有《无闷草堂诗存》五卷行世;林献堂(1881—1956),号灌园,存有《海上唱和集》、《东游吟草》;林资修(1879—1939),字幼春,号南强,著有《南强诗草》、《南强文集》。上述三人均来自台中雾峰林家。赖绍尧(?—1917),彰化人,曾任"栎社"社长,有诗集《逍遥诗草》。"栎社"是日据后台湾诗人自行组织的第一个旧体诗诗社,社中诸人时相唱和,砥砺学行,宣泄对现实的不满,为维系民族文化做出了贡献。丘逢甲在诗社成立之初,就表达了对其"以豪笔写秋云"的深切期待:"柏庄谁拾燹余文,栎社重张劫后军。九十九峰依旧好,尽携豪笔写秋云。"

日据时期台湾诗人共同的境遇决定了他们诗作大致相同的主题,即身世之痛、家国之感以及光复的渴望,哀伤而不消沉,充满着不屈的斗争意志。李渔叔《鱼千里斋随笔》曾评林资修诗云:"论其诗志节,皎然不磨,不仅诗之可传已耳。"以此评日据时期台湾爱国诗词,亦属确切。这一时期台湾诗人的诗,风格昂扬激越,真挚感人,洋溢着强烈的爱国主义激情。

第九章　报章文体与散文新变

　　"文界革命"的口号于 20 世纪初年提出于梁启超之口,"新文体"也成熟于梁启超之手;然而,文界革命的兴起和新体散文的辉煌,却并非梁氏个人的事业,甚至不是维新时期一代人的历史功绩,而是应于时代和社会需求、适合文学自身发展规律的必然产物,是近代政治气候、传播方式、思想观念和文学观念发生转变的时代背景下,经过几代人艰苦探索和实验的结果。作为"新文体"先导的近世报章文体,至迟可以追溯到 19 世纪 70 年代王韬依托《循环日报》刊发的大量影响深远的政论文章。

第一节　报章文体与近代散文变革

　　"自报章兴,吾国之文体,为之一变,汪洋恣肆,畅所欲言,所谓宗派家法,无复问者"(《中国各报存佚表》)。1901 年底《清议报》刊登的这则极具历史眼光的断言,道出了近代报刊杂志的兴起对文章体式变革产生的决定性影响。比《清议报》同人更早意识到报章之兴所带来的文体之变,并对"报馆之文"与"文集之文"作出明确区分的,是作为《时务报》重要创始人的黄遵宪。1897 年 3 月,黄遵宪致函汪康年嘱托时务报馆事宜,共十九条,首条云:"馆中新聘章枚叔、麦孺博(任父盛推麦孺博,弟深信其言)均高材生,大张吾军,使人增气。章君《学会论》甚雄丽,然稍嫌古雅。此文集之文,非报馆之文。"(《致汪康年书》)可见,在维新变法时期,"文集之文"与"报馆之文"在语体和文体方面的差异,已泾渭分明。

近代中国"报章兴"的大体时间,新闻史学界一般断自甲午战争之后的维新变法时期。然而,中国近代报刊和报章文体的渊源,却至少还要向前再追溯二十年。最早有意识地用"报馆之文"来改造"文集之文"的,是中国第一位报刊政论家王韬。

王韬(1828—1897),江苏长洲(今属苏州)人,字紫诠,自号弢园老民、天南遁叟等。1849年在《字林西报》附设的墨海书馆担任中文编辑,助译西书。1862年化名黄畹,上书太平军将领献策,为清军查获,遭追缉,逃亡香港,协助英华书院院长理雅各将中国经籍译为英文。1867年后漫游欧洲,1870年返港。次年,撰《普法战纪》,连载于《华字日报》,第一次报道了巴黎公社,翻译了法国国歌和德国《祖国歌》,开近代诗歌翻译之先河。1874年在香港集资创办《循环日报》,评论时政,提倡变法,声名大噪。1879年,在日本考察四个月,写成《扶桑游记》。1884年回到上海,次年任格致书院院长,成为活跃于沪上文化教育界的名士。1894年为孙文润色《上李鸿章书》。1897年在上海寓所逝世,享年七十岁。著有《弢园文录外编》、《弢园尺牍》、《漫游随录》、《扶桑游记》等。

1874年,王韬在香港创办了世界上第一家成功的华资中文报纸——《循环日报》,自任主笔十余年,被后世史家尊为"中国第一报人"、"中国新闻记者之父"。"循环"云者,有"天道循环,自强不息"之意。该报的一大特色,是每日冠首登载论说一篇,畅言时政,议谋变通,大旨在提倡洋务,鼓吹变法自强,开近世评论报章之先河。该报存世的十多年时间里,共刊发八百九十篇政论文章,大都出自王韬手笔。1883年,集《循环日报》论说精华而成的《弢园文录外编》出版,轰动一时。在近代中国,王韬以改良主义思想家和政论家而闻名;而《弢园文录外编》是其政论中的扛鼎之作,奠定了其在近代思想史、新闻史、文学史上的重要地位。

《弢园文录外编》是近代中国第一部报刊政论文集,共十二卷一百八十五篇;其中前七卷共九十六篇,是其精华,系王韬专门评论时政之作,主要阐述其在政治、经济、教育、外交、军事等方面除旧布新、变法自强的主张,忧国忧民之心溢于笔端,影响和感染了几代知识分子。王韬的政论文,不仅以其世界性眼光和变法图强思想,对其后的中国学术思想界和政界产生了巨大的冲击力,而且于报章文体独有创造。其政论文以新颖的思想,鲜明的政论色彩,适应报刊文体的短小精悍而又雄辩有力的体制与风格,以及感情充沛、直抒胸臆、语言浅近等特点,给沉闷僵化的文坛注入了一股清新的活力,对传统古文写作规范造成了巨大的冲击,不仅充当了近代中国宣传变法自强主张的思想先驱者,而且充当了近代文坛文体解放的急先锋。

王韬论文主"辞达而已"与"自抒胸臆",言:"宣尼有云,辞达而已,知文章所贵在乎纪事述情,自抒胸臆,俾人人知其命意之所在,而一如我怀之所欲吐,斯即佳文。至其工拙,抑末也。鄙人作文窃秉斯旨,往往下笔不能自休;若于古文辞之门径则茫然未有所知,敢谢不敏。"(《弢园文录外编自序》)这里以其代表性作品《变法》为例,且看其中篇第二段:

> 呜呼!至今日而欲办天下事,必自欧洲始。以欧洲诸大国,为富强之纲领,制作之枢纽。舍此,无以师其长而成一变之道。中西同有舟,而彼则以轮船;中西同有车,而彼则以火车;中西同有驿递,而彼则以电音;中西同有火器,而彼之枪炮独精;中西同有备御,而彼之炮台水雷独擅其胜;中西同有陆兵水师,而彼之兵法独长。其他则彼之所考察,为我之所未知;彼之所讲求,为我之所不及。如是者,直不可以偻指数。设我中国至此时而不一变,安能埒于欧洲诸大国,而与之比权量力也哉!

明白易晓的浅易文言,掺入许多外来语和新名词,文笔畅达,发自胸臆,"往往下笔不能自休",感情充沛,词强理直,刚健雄劲,于变革理论的阐发中深寄爱国热忱。王韬的报刊政论文开辟了报章文体社会化、通俗化的新径。这种报章文体,为后来梁启超"新文体"之雏形。

在近代散文发展史上,王韬上承鸦片战争前后一代士人如龚自珍、魏源、冯桂芬等开拓的经世文风和文体变革方向,下启康梁的新文体,开创了影响深远的以政论见长的报章文体。

近代报章文体的另一源流是英美在华传教士所办的中文报纸,其代表人物和最具知名度的报刊是林乐知(Young John Allen)、李提摩太(Timothy Richard)主办的《万国公报》(1874—1907)。其前身是1868年林乐知创办的《教会新报》,易名后的最大特色是开辟了论说栏目,内容涉及时政、吏治、习俗、中西关系、通商、教育、科学、实业、宗教、文化诸多方面;其对中外时事的详细报道,使其成为当时中国知识分子了解国内外大事的主要媒体,因此获得了"欲觇时事者必读焉"的赞誉。戊戌变法前后,各级官僚乃至光绪皇帝都订阅它,早期改良派及各种鼓吹变法的知识分子,几乎人人都受过《万国公报》的影响。林乐知《中西关系论略》、《文学兴国策》等,李提摩太《新政策》、《泰西新史揽要》等,李佳白《中西相交说》、《上中朝政书》、《中国宜广新学以辅旧学说》等报章论说文,以及沈毓桂、王韬等人刊载于该报的大量政论文,都产生了巨大的社会反响。郑观应、康有为、谭嗣同、梁启超等维新派知识分子的改革思想与文风文体,更是与之有着直接的历史关联。

1896年创刊的《时务报》,是维新派知识分子创办的、产生了全国性影响的重要言论机关,也是梁启超为文论政、以言论影响中国的重要起点。《时务报》延揽了梁启超、黄遵宪、严复、谭嗣同、夏曾佑、容闳、章太炎、麦孟华、徐勤等一批维新志士为撰稿人,尤以梁启超的政论文数量最多,影响最大。《时务报》不仅以其巨大的政治影响力和示范效应掀起了中国近代第一次办报高潮,而且以其创造"时务文体"的努力,开一代文风。这一时期,几乎所有的维新派重要报刊都把主要精力用于每期必不可少的报刊政论的写作上。为了使政论文章更易于为广大受众接受,更好地向社会宣传变法维新思想,迫切需要一种适合时代需要的新的表现形式,于是一种通俗新颖的报刊政论文体即"时务文体"应运而生。时务文体是从梁启超在《时务报》上发表洋洋洒洒数万言的《变法通议》开始的,并以梁为代表人物。这种文体运用新学语和新学理,以议论时政为主要内容,形式自由,富于表现力,表现出对桐城古文和八股文的解放。梁启超 20 世纪初年风靡一时的"新文体",正是从"时务文体"起步,其后又经历了 1898 年之后《清议报》的发展期,至 1902 年《新民丛报》创办进入"新民体"时期,梁氏独具"魔力"的"新文体"散文臻于成熟,将"报馆之文"推向了极致。

20 世纪初年,随着《清议报》、《新民丛报》的广为流布,"文界革命"的时代潮音剧烈地冲击着沉滞的旧文坛,"新文体"充当了改变文坛风气的风向标。此后,维新派和革命派创办的近代报刊如雨后春笋,以觉世为职志的"报馆之文"迅速取代"文集之文"跃居文坛之主流位置,求新求变成为一时文坛之风气,语体和文体的白话化、通俗化与近代化成为报章文体发展演化之大势。正如近世著名报学史家戈公振《中国报学史》中所言:"留东学子所编书报,尤力求浅近,且喜用新名词,文体为之大变。"

近代报章文体以通俗晓畅的浅易文言为主体,以成熟于梁启超之手的"新文体"为典范;与此同时,以白话报刊为主阵地的白话文写作也形成一股不容小觑的时代潮流。近代报章白话文与"新文体"一道,推动了 20 世纪初年中国书写语言的近代化变革,同时也促进了散文文体由传统向现代的演化与发展。

第二节　严复、康有为、谭嗣同的政论文

在中国文学史上,政论文一向是散文的重要一脉,先秦以降历代不衰,有着悠久而辉煌的传统。章学诚在《诗教》(上)中曾高度评价贾谊《过秦

论》、班彪《王命论》、曹冏《六代论》、陆机《辨亡论》诸篇,言其深具"诗人讽谕之旨"、"情深于《诗》《骚》",富于形象性和情感力量,从中可体会到作者的精神面貌。至晚清,随着维新思潮的兴起,政论文迎来了又一个兴盛时期。

晚清维新变法思想和政论文的近代源流,可追溯到嘉道之际"但开风气不为师"的龚自珍率先吁求的"自改革"思潮。自 19 世纪初叶起,包世臣、龚自珍、冯桂芬、王韬、郑观应等一批思想启蒙先驱和政论家的一系列踔厉风发的政论文章,由潜流到地表,由细流到江河,形成了近代文坛上一道亮丽的风景线。戊戌前后,严复、康有为、谭嗣同、梁启超等崛起于文坛,各自携带着一批饱蘸情感、振聋发聩、风雷激荡的政论文,爆发出变法自强、新民救国的时代强音,同时也极大地改变着政论文这一古老文体的思想面貌和形制风格。其中,以梁启超"新文体"为代表的报章政论文,引领了时代潮流。而梁氏同时代的师友们则开其端绪,推波助澜,共同演绎了一台有声有色、众声喧哗的过渡时代政治与文学变奏曲。政治、文学与近代传媒的相互倚重,既有力地推动了维新变法和新民救国运动的蓬勃开展,又极大地提高了政论文的社会影响力和文学地位。

戊戌变法前后,政论文成就较著、影响最大的是严复、康有为、谭嗣同、梁启超等维新派知识分子。此后,革命派阵营中的政论家章太炎、刘师培、章士钊等先后崛起,革命派知识分子的政论文在与维新派的交锋论战中,渐据上风和主流。梁启超的政论文前已述及,革命派作家的政论文后面再谈,本节只谈严复、康有为、谭嗣同的政论文。

一、严复的政论文

甲午至戊戌期间,是严复心情激愤、言论激烈、意气风发、锋芒毕露的时代,也是其政论文的爆发期和辉煌时期。经世的抱负、不遇的牢愁、危亡的时局、麻木的朝野,严复心中郁积已久的忧愤之情与悲愤之火,终于在甲午败绩的残酷现实面前被点燃。1895 年初,以天津《直报》为阵地,严复陆续推出了《论世变之亟》、《原强》、《救亡决论》、《辟韩》等震动一时的政论文,在思想界和文坛投下了一颗重磅炸弹,意欲借重西方异质文化思想的冲击力,击破古老中国封闭陈旧的思想观念,为维新变法运动鸣锣开道,同时也为沉滞的文坛吹进一股强劲的变革之风。

《论世变之亟》是严复见诸报端的最早的政论文。提倡"力今以胜古"的积极进取精神和进化史观,贬斥"好古而忽今"的消极保守观念和历史循环论;崇尚科学、民主、自由思想,批判专制政治——是该文旗帜鲜明的主张与立场。其对比中西之差异道:

> 中国最重三纲,而西人首明平等;中国亲亲,而西人尚贤;中国以孝治天下,而西人以公治天下;中国尊主,而西人隆民;中国贵一道而同风,而西人喜党居而州处;中国多忌讳,而西人众讥评。……其于为学也,中国夸多识,而西人尊新知。其于祸灾也,中国委天数,而西人恃人力。若此之伦,举有与中国之理相抗,以并存于两间,而吾实未敢遽分其优绌也。

作者探本求源,从中西文化之差异来说明"世变之亟"的深层原因,发人深省。通过层层对照中西事理的不同,作者得出"吾实未敢遽分其优绌"的结论,实际上是相信只有用"西洋之术"才能挽救民族国家的危亡。篇末意味深长地警示道:"噫!今日倭祸特肇端耳。俄法英德旁午调集,此何为者?此其事尚待深言也哉!尚忍深言也哉!"甲午败绩,割地赔款,只是列强瓜分中国的肇端,亡国灭种的惨祸还在后头,奴隶牛马的命运就在不远处等着我们,这就是"心摇意郁"的严复意欲发出的耸人听闻的危言。

《原强》开篇即介绍达尔文"物竞"、"天择"自然生存法则和斯宾塞群学理论,继而针对国情提出了解决中国"自强之本"问题三要策:鼓民力、开民智、新民德。鼓民力重在强健国民之体魄;开民智要在提倡西学、实学,废除八股试帖策论诸制科;新民德要在使民私其国以为己有,具体办法是"设议院于京师,而令天下郡县各公举其守宰"。一言以蔽之:根本救治中国之药方,在于政治上实行西方的民主政体,学术上学习西学和科学。五四新文化运动的两大旗帜——德先生和赛先生——严复早在1895年就已提出。

《救亡决论》开篇即以先声夺人之声势、不容置疑之霸气,斩钉截铁、掷地有声地作出确切不移之论断:"天下理之最明,而势所必至者,如今日中国不变法则必亡是已。然则变将何先?曰,莫亟于废八股。"全文之题旨围绕倡导科学、开启民智,突破口则选择在抨击八股之为害。要救亡须先开民智,要开民智须倡西学,要倡西学必先废八股;科举取士制度不废,人才不兴,提倡西学就成为一句空话。鉴于此,严复首先层层深入地剖析了八股取士三大害——锢智慧、坏心术、滋游手,指出:"夫数八比之三害,有一于此,则其国鲜不弱而亡,况夫兼之者耶!"接着抨击了中国的义理、考据、词章之学,指出考据、词章是"无用",义理是"无实","此皆不足为学"。从《辟韩》议论"六经且有不可用者",到《救亡决论》横扫八股、汉学、宋学、词章、金石书法等,严复的思想愈加激进,言辞愈加激烈,情感愈加峻急。作者强烈地意识到:处此存亡危急之秋,"不独破坏人才之八股宜除,与(举)凡宋学汉学,词章小道,皆宜且束高阁也。即富强二言,且在所后,法当先求何道可以救亡";其所指出的"救亡之道"和"自强之谋",在于"通知外国事"和"以西学为要图",并坚信此为确定不移之论。这种类似全盘西化的"救亡决论",对沉溺在科举八股里的万千举子和迷恋于义理、考据、词章之学的士大夫阶层,无异当头一声棒喝,具有振聋发聩的警世效应。

在严复的政论文中,《辟韩》是抨击封建专制政治最为尖锐和猛烈,提倡天赋人权和民主政体最为果敢和有力的檄文。该文将批判的矛头直指封建专制政体和历代统治者的愚民政策,激愤地指斥"自秦而来,为中国之君者,皆其尤强梗者也,最能欺夺者也";尖锐地抨击"秦以来之为君,正所谓大盗窃国者耳"。而其救亡之道,依然是鼓民力、开民智、新民德,还民以自由平权,使民能自治。作者对其开具的根本救治之方颇为自信:"诚如是,三十年而民不大和,治不大进,六十年而中国有不克与欧洲各国方富而比强者,正吾莠言乱政之罪可也。"

甲午至戊戌之间,严复目睹国家危亡之局,满怀书生报国之志,发为政论,讥切时政,诋排专制,推尊西学,力倡民主,向西方世界探求解决中国问题的真理,向国人开具出救亡图存的根本之法。其机锋所指,尤在抨击封建专制政体、八股取士制度及“无用”、“无实”的中学之弊。严复此期的政论文,辞驳古今,理融亚欧,思想激进,爱憎分明,笔锋常带情感,散体杂以偶俪,合乎诗人讽喻之旨,善用对比与譬喻,具有情深于诗骚的艺术感染力量,冶形象性、抒情性、批判性于一炉,于政界为 19 世纪末年的维新变法运动造势,于文界开 20 世纪初年的文体变革思潮先声。

二、康有为的政论文

康有为不仅是维新时期杰出的思想家和政治活动家,也是近代文坛卓有成就的文学家。他一生创作了大量诗文,均产生过重大影响。作为维新派的散文大家,其前期散文以政论、杂文居多,分别以关于变法的奏折和书信、序言为代表;流亡海外时写下的大量纪游之作,则是其后期散文的重要收获。康有为写于戊戌变法前的政论文,不论从精神思想上,抑或从文体语体风格上,都对梁启超及晚清文坛产生了重要影响。十多年海外流亡生涯中撰著的大量游记文,彰显了新体散文的诸多时代特征,可视为文界革命的创作实绩。

康有为的政论文具有思想家的敏锐、政论家的雄辩和文学家的才情,文笔流畅犀利,感情充沛饱满,文气纵横恣肆,词驳今古,理融中外,又喜用排比和对偶,以壮大文章气势,增强语言音韵美,具有巨大的政治鼓动性和强烈的艺术感染力。广为传诵的《上清帝第二书》、《京师强学会序》、《上清帝第五书》等文,将这一特点表现得淋漓尽致。

康有为曾七次上书光绪帝。其中,第二次上书和第五次上书,有着特别的意义。1895 年 5 月,康有为执笔的著名的“公车上书”,即《上清帝第二书》,洋洋万言,痛陈割台之无穷后患,恳请光绪皇帝“下诏鼓天下之气,迁都定天下之本,练兵强天下之势,变法成天下之治”。虽未上达,但经“索稿传钞”,轰传海内外,产生了巨大的社会影响。“公车上书”事件被认为是维新派登上历史舞台的标志,也是近代中国知识分子冲破清政府士人干政禁令,爆发出巨大政治力量的群众性爱国运动。

1895 年 11 月成立的强学会,是戊戌变法运动期间以北京为中心的维新派政治团体,由康有为联络发起。1896 年 1 月,康氏所撰《京师强学会序》在《强学报》创刊号发表,开篇即描述中国的危亡局势:"俄北瞰,英西睒,法南瞵,日东眈,处四强邻之中而为中国,岌岌哉!况磨牙涎舌,思分其余者,尚十余国。辽台茫茫,回变扰扰,人心皇皇,事势儳儳,不可终日。"以亡国灭种危机警告世人,以民族自信心鼓舞国人,文气纵横恣肆,情感充沛饱满,产生了巨大的社会鼓动作用。

1897 年底,德国悍然出兵强占胶州湾,远在广州的康有为闻此噩耗,"中夜屑涕,仰天痛哭",慨然写就《上清帝第五书》,剖析国际国内形势,指出中国濒临瓜分危局,再次呼吁变法维新,救亡图存。其状中国如羔羊般任列强宰割的惨况道:"二万万膏腴之地,四万万秀淑之民,诸国眈眈,朵颐已久,慢藏海盗,陈之交衢,主者屡经抢掠,高卧不醒,守者袖手熟视,若病青狂。唾手可得,俯拾即是,如蚁慕膻,闻风并至,失鹿共逐,抚掌欢呼。其始壮夫动其食指,其后老稚亦分杯羹,诸国咸来,并思一脔。"康氏提出上、中、下三策供光绪帝选择。上策是"采法俄日以定国是","以俄国大彼得之心为心法,以日本明治之政为政法";中策是"大集群才而谋变政",发动六部九卿诸司百执之贤才谋议变法;下策是"听任疆臣各自变法",通饬各省督抚结合本省情形,取用新法,实行变法。该书直抒己见,言辞犀利,感情激越,元气淋漓,援喻引譬,汪洋博赡,或散行,或骈偶,打破传统古文程式,表现出特异的时代风貌和文体解放精神。

康有为尝自评其诗:"意境几于无李杜,目中何处著元明。"彰显的是一种超迈前人、自铸伟词的独创精神;这一断语,既适用于其诗,亦适用于其文。康有为的政论文敢于打破成规,不为古文、骈文、时文所拘,散行俪句相杂,笔锋常带情感,大大解放了散文文体,开梁启超"新文体"先河。

三、谭嗣同的政论文

梁启超在《清代学术概论》中言:"晚清思想界有一彗星,曰浏阳谭嗣同。"谭嗣同不仅是"吐万丈光芒,一瞥而逝"的思想界之彗星,而且是晚清文坛巨子。同康有为一样,作为政治思想家和维新志士的谭嗣同,其诗文创作有着冲决网罗的精神风貌和独异风格。他不仅是"新诗"试验和诗界革命的先驱者,亦是"新文体"和文界革命的先导人物。

谭嗣同早年作文刻意模范桐城文,后转向汉魏六朝之文。其《三十自纪》对这一文体变化有着清晰的交代:"嗣同少颇为桐城所震,刻意规之数年,久自以为似矣。出示人,亦以为似。诵书偶多,广识当世淹通婞壹之士,稍稍自惭,即又无以自达。或授以魏晋间文,乃大喜,时时籀绎,益笃耆之。由是上溯秦汉,下循六朝,始悟心好沉博绝丽之文。"同是鄙弃八家而上溯秦汉魏晋,谭嗣同与章太炎之爱好魏晋名理之文不同,他偏爱沉博绝丽的骈体文。他为骈文正名道:"所谓骈文,非四六排偶之谓,体例气息之谓也。"强调吸收骈文辞美、和谐、抒情等特点。清代诸文家中,他推崇王夫之、龚自珍、魏源、王闿运,称许他们"独往独来,不因人热"的独创品格;肯定骈文家汪中突破齐梁骈俪形式束缚而"直逼魏晋",在一定程度上能够自由抒发情志;他极力冲破"千夫秉笔,若出一手"的桐城古文牢笼文坛局面,追求打破骈散界限的"无体"、"无方"的为文之境,表现出思想和文体解放的强烈意愿。

甲午战争后,随着变法维新运动的高涨和报刊的盛行,浅显平易、富有号召力和煽动性的报章文体逐渐兴起。谭嗣同敏锐地意识到近代报章对于维新事业的重要性,以为"居今之世,吾辈力量所能为者,要无能过撰文登报之善矣"(《致汪康年书》),因而对报章文体推崇备至,歌颂礼赞。1896年底,为打消"乡党拘墟之士"普遍存在的对报章的抵触和轻鄙心理,遂撰《报章总宇宙之文说》,1897年6月在《时务报》刊载时定名为《报章文体说》。该文把中国数千年来的传统文体分为三类(名类、形类、法类)十体(纪、志、论说、子注、图、表、谱、叙例、章程、计),认为近代报章所出现的文体完全可以囊括这些文体,从而得出结论:天下文体"未有如报章之备哉灿烂者也"。谭嗣同的"报章总宇宙之文"说,为近代"报章文体"奠下一块重要的理论基石。尽管谭氏所言"报章文体"是广义的,包括报章上的所有文体;但他对报章的礼赞与推重,为促进近代新闻文体和散文文体变革起到极大推进作用。其理想中的报章政论文,是打破桐城"义法"和骈散界限的新文体。

谭嗣同还是报章文体的积极实践者。他为《湘报》的发行而欢呼,积极为其撰写政论,慷慨论天下事,鼓吹变法维新。其报章体政论文,今天能看到的有二十余篇,生前主要刊于《湘报》,殁后主要由梁启超编发于《清议报》,今人辑入《谭嗣同全集》。其中,《仁学》不仅是奠定其学术思想史地位的名著,亦是其政论文的代表作。

《仁学》写于1896—1897年间,系谭氏平生精心之作,冶科学、哲学、宗教为一炉,"书成,自藏其稿,而写一副本畀其友梁启超;启超在日本印布之,始传于世"(梁启超《清代学术概论》)。1901年底,梁启超总结《清议报》历史时,从"内容之重要者"角度推该著为《清议报》之首,盛赞其"以宗教之魂,哲学之髓,发挥公理,出乎天天,入乎人人,冲重重之网罗,造劫劫之慧果,其思想为吾人所不能达,其言论为吾人所不敢言,实禹域未有之书,抑众生无价之宝"(《本馆第一百册祝辞并论报馆之责任及本馆之经历》)。《仁学》计五十篇,五万多字,分上下两卷,不分章节,不标篇目,以段为篇,自成起讫,总起来是浑然一体的一部哲学论著,分开来是一篇篇论学、论政、论事的短篇论文。在驳杂的思想体系下,弹奏出博爱、平等、自由、民主与科学思想之主旋律,以黄钟大吕般的声音传达出冲决封建君主专制、民族压迫及伦理纲常之重重网罗的思想解放精神,鼓舞、激励、启迪了一代维新志士和革命青年的心智和反叛精神。其文字,即带有明显的报章文体特征:

> 锢水于锅炉,勿谓水弱也,烈火燔其下,虽缄铁百重,而锅炉必为汽裂,涨力之谓也。豫章之木,勾萌于石罅,勿虑无所容也,日以长大,将渐据石所据之地,石且为之崩离,挤力之谓也。惟学亦具此二力。才智日聪,谋虑日宏,声气日通,生计日丰,进无求于人,退无困于己,上而在朝,下而在野,济济盈廷,穆穆布列,皆同于学,即皆为学之所摄。发政施令,直举而措之可也。某某所谓变亦变,不变亦变;某某所谓通亦通,

不通亦通。犹意大利之取罗马城也,初不烦兵刃,直置教皇于不闻不睹,任其自生自死焉耳。闵焉则存之,否则去之,无不在我,彼何能为哉? 涨力以除旧,挤力以布新,猗欤休哉,而有学也!

这种纵横捭阖的句式文体,打破了一切古文、时文、骈文的界限,生气贯注,条理清晰,笔锋犀利,语言畅达,融儒、佛、耶语及西方自然科学和社会科学新名词于一炉而冶之,确然表现出文体解放的精神与气度。

第三节　域外游记文

　　域外游记是晚清散文新变格局中不可忽视的潜流。晚清中国,随着中西交通,海禁大开,一大批中国人远赴海外,域外游记随之兴起。域外游记即作者游历海外时所作的笔记、日记、行记等作品,多为记述旅途见闻、考察异域风物、抒发旅行感受等。其内容包罗万象,海外国家的山川风物、政教礼俗、科技文化、文学艺术等被尽数纳入笔端,揭示出近代中国知识分子接受西方文化时的复杂心态,以及中国打破封闭自足的格局,走向世界的艰难历程。这些作品在为读者打开了解世界窗口的同时,也为晚清散文新变注入了生机和活力。

　　域外游记按出行时间,大致可分三个阶段。第一阶段为19世纪40—50年代,代表作家有林鍼、罗森等人,皆为个人游历西方的产物。第二阶段以19世纪60年代洋务运动的兴起为标志,政府官员成为出洋考察或游历的主角,出使日记蔚为大观。第三阶段则是19世纪末到20世纪初,康、梁等维新派知识分子的游记文成为主流。

　　1847年,福建人林鍼受西人聘为翻译,赴美游历后写成五言长诗《西海纪游草》,这是目前已知近代中国第一部域外诗歌作品。1854年,广东人罗森以翻译身份随美国佩里舰队赴日本,写下《日本日记》,成为近代第一部真正意义上的域外游记。林、罗二人文化素养不高,关注点各有侧重,较为忠实地记录和传达了当时美国、日本的社会风貌,以及初至海外的中国人对异域文化的初始反映,作品的史料价值大于文学价值。

19世纪60年代以后,洋务运动兴起,驻外使节、官派考察团、留学生日渐增多,本着"觇国势,审敌情"的初衷,一时间"星使著作如林"(张德彝《随使英俄记》),官员的出使日记风行一时。在众多作家中,郭嵩焘、薛福成、黎庶昌的作品最具代表性,艺术水准最高。

郭嵩焘(1818—1891),字伯琛,号筠仙,晚号玉池老人,道光二十七年(1847)进士。1876年被任命为驻英公使,后兼使法国,成为中国历史上首位正式驻外使节。他与薛福成、黎庶昌同为湘乡文派代表作家,也是打破桐城规矱,开启散文新变的实践者。郭嵩焘以为:"今之为诗文者,徒玩具耳,无当于身心,无裨于世教。"(《养知书屋诗集自序》)故其驻节海外期间,多关注西方各国政教礼俗、科技民生等,日记多随感随记,意气充沛,而不修文辞。其日记中时有佳作,水晶宫观烟火、英人非洲探险、游览庞贝古城等文字,皆优美可诵。

且看其《伦敦与巴黎日记》片段:

> 盖西洋言政教修明之国曰色维来意斯得,欧洲诸国皆名之。其余中国及土耳其及波斯,曰哈甫色维来意斯得。哈甫者,译言得半也,意谓一半有教化,一半无之。其名阿非利加诸回国曰巴尔比里安,犹中国夷狄之称也,西洋谓之无教化。

中国一向妄自尊大,视西方国家为夷狄,殊不知在西人眼中,中国实与波斯、土耳其等国家一样,为半开化之民族。如此骇人之论,被郭嵩焘以这样中西合璧的文字语重心长地道来,着实振聋发聩。直接使用英文音译词汇,后加注解,给人以中西互见、耳目一新之感。郭嵩焘日记中甚至出现了英文词汇，如论天主教称呼的由来："其字 Roman Catholic，其音则罗孟克苏力也，何处觅天主二字之谐声会意乎？"这可视为另一种输入西学的努力，使读者读其文，会其义，于潜移默化中了解西方文化。

传统古文吸收西洋文化的新鲜质素，是时代发展的必然选择。郭嵩焘、薛福成、黎庶昌并非浮光掠影地介绍西方文明，而是力求借助新名词，介绍新知识，描绘新画卷，引发新思考，向国人真实形象地展现西方世界。其域外游记超越了桐城派的思想规范和为文矩矱，呈现出古典散文在坚守与创新中开拓新变的可能。

在出使日记中，张德彝的《航海述奇》亦足称道。张德彝（1847—1918），本名德明，字在初，辽宁铁岭人，隶属汉军镶黄旗。1862 年考入京师同文馆。1866 年随斌椿出访欧洲，此后八度出洋，历任翻译、参赞，直至出使大臣。张德彝著有《航海述奇》八部，约二百万字，在所有域外游记中篇幅最长，内容最为丰富翔实。张德彝称"是书本纪外洋风土人情，故所叙琐事不嫌累牍连篇。至于各国政事得失，自有西土译书可考"（《随使法国记自序》）。舍弃关乎邦交治国的大事，而着眼于日用伦常和风土人情，《航海述奇》文字平易晓畅，生活气息很浓。他用轻松活泼的笔调介绍了西餐、自行屋（电梯）、千里镜（望远镜）、铁裁缝（缝纫机）、自行车、新式标点符号等新奇事物。他对西方戏剧颇感兴趣，记述了《浮士德》、《唐璜》、《罗密欧与朱丽叶》、《哈姆雷特》、《基督山伯爵》等十几部西方名剧的情节及演出盛况，留下了珍贵丰富的戏剧史料。张德彝看待西方事物，极少采用二元对立的态度，在生动丰富的文字背后饱含积极乐观的文化心态。

此外，斌椿《乘槎笔记》中诗意化的异域图景，志刚《初使泰西记》以传统儒家伦理图解西方文化的思维范式，徐建寅《欧游杂录》对西方国家科技工艺的考察介绍，刘锡鸿《英轺私记》体现出来的"以夏变夷"的文化保守主义，张荫桓《三洲日记》对音乐会、催眠术、蜡像馆、人机对弈、西医手术等社会百态的生动记述，崔国因《出使美日秘日记》对美国富甲天下之原因的着意考察，李圭《环游地球新录》对 1876 年美国费城世博会的翔实记录等，均各具特色,引人入胜。

19世纪末至20世纪初,以康有为、梁启超为代表的维新派知识分子出亡海外,在中西互较中探索救国图强的新路。因特殊的流亡身份,痛彻骨髓的失败经历,他们对西洋列国的考察更全面深刻,同时更真切地呈现了海外羁旅中思想转变、观念更生的轨迹。

梁启超的域外游记是这一时期的重要收获。1898年秋,梁启超亡命日本,翌年岁末又远赴美国,因故只到达檀香山,其间完成《汗漫录》。1903年,梁启超游历北美,又作《新大陆游记》。这些文字记录了他由“乡人”而至“国人”,再一跃而为“世界人”嬗蜕更生的心路历程;其由外及内、反观自身的旅行姿态,也赋予其游记文厚重的文化意义。最具标志意义的是,梁启超在《汗漫录》中首次提出了“诗界革命”和“文界革命”的口号,从创作实践上将海外旅行与文学变革联系在一起。

居日期间,全然不同的文化氛围和生活环境,给了梁启超广阔的学习新知、融汇思辨的空间,逃亡生活成为难得的体验异域文化、再造自我的契机。东游日本开启了文界革命的序幕,西游美洲则促进了其思想和见识的进一步深化,其新文体日趋成熟:

> 从内地来者,至香港、上海,眼界辄一变,内地陋矣,不足道矣。至日本,眼界又一变,香港、上海陋矣,不足道矣。渡海至太平洋沿岸,眼界又一变,日本陋矣,不足道矣。更横大陆至美国东方,眼界又一变,太平洋沿岸诸都会陋矣,不足道矣。此殆凡游历者所同知也。(《新大陆游记》)

梁启超原本对共和政体及西方民主无限欣羡和向往,而一旦亲临其境,却发现事实并非如此,资本主义社会繁盛发达的背后,处处潜藏着深刻的危机,诸如贫富差距、政党斗争、贿选舞弊、种族歧视等,不禁慨叹:“天下最繁盛者,宜莫如纽约,天下最黑暗者,殆亦莫如纽约。”

梁启超兼具文学家的敏感多思和政治家的眼光胸襟,常能言人之所不能言,警句叠出,如他将纽约鳞次栉比的高楼大厦比作鸽笼,电线比作蛛网,电车则为百足之虫;种种现代化的交通设施虽便捷,但终日"殷殷于顶上,砰砰于足下,辚辚于左,彭彭于右,隆隆于前,丁丁于后,神气为昏,魂胆为摇",将令人心神俱疲的嘈杂的都市生活,描写得淋漓尽致;他还从美国机器工场生产线的流水作业,深刻体察到资本主义社会中,极少数的工场主坐享其成,大多数的工人被剥削、被愚化的本质:

> 近世之文明国,皆以人为机器,且以人为机器之奴隶者也。以分业之至精至纤,凡工人之在工场者,可以数十年立定于尺许之地而寸步不移。其所执之业,或寸许之金,或寸许之木,磨砻焉控送焉;此寸金寸木以外,他非所知、非所闻也。如制针工,磨尖者不知穿鼻之事,穿鼻者不知磨尖之事,而针以外之他工无论矣,而工以外之他事业、他理想更无论矣。(《新大陆游记》)

机器化规模生产效率极高,精细分工将工人牢牢限定在流水线上,成为只知其一、不知其二的机械工具。层层递进,气势夺人,最后得出富者愈富、贫者愈贫,智者愈智、愚者愈愚的结论,令人信服,发人深省。总体而言,梁启超的域外游记已是相当纯熟的"新文体",纵横捭阖,汪洋恣肆,又与异域见闻相糅合,比一般政治宣言式的报章文字更具感染力。

康有为亡命海外十六年,遍游欧美三十一国,著《列国游记》记述海外见闻。他自诩为遍尝百草的神农,于海外漫游中"考其性质色味,别其良楛,察其宜否,制以为方,采以为药",欲救国民脱离瞽者论目、盲人骑马的险境。其游记以国别分类,多为千言长篇,内容博杂,文笔雄健恣肆,颇有大海惊涛、如履衽席之悠游豪迈。康有为对西洋列国的山水风光多有关注,对海外自然风光的着意点染尤为出色,如其笔下的瑞士雪山:

至山半,乃晴昊丽日,万峰戴雪,嵒嵒仰天,渐升峰椒,俯视湖山,层雾如大雪海,环截诸山如岛屿,平封全湖。风来时作腾涌上升,掩岛蔽陵,皎白无际,与白日相映,光景奇绝,生平所未见也。(《瑞士游记》)

群山戴雪,云雾飘缈如雪海,寥寥数语,即将瑞士雪山美如仙境的场景烘托出来,隽逸之语处处显出磅礴之气,艺术感染力很强。

康有为性情张扬,常以先知先觉者自居,呼吁"吾国人不可不读中国书,不可不游外国地,以互证而两较之,当不至为人所恐吓而自退处于野蛮也"。他借亲历海外的所见所闻,力求打破当时盛行的西优中劣的文化观:

未游欧洲者,想其地若皆琼楼玉宇,视其人若皆神仙才贤;岂知其垢秽不治,诈盗遍野若此哉!故谓百闻不如一见也。吾昔尝游欧美至英伦,已觉所见远不若平日读书时之梦想神游,为之失望。(《意大利游记》)

他在游记中着意阐发"物质救国论",认为西方各国强在物质生产,而道德文明之美则在中国:"盖欧美今日之盛不在道德而在工艺,若吾国空谈名理,妙解文学,多在形而上者,而不屑形而下者,国弱民贫皆在于此。"(《德国游记》)呼吁国人低首下心学习西方物质文明,又不可自暴自弃,传统道德文化多有可取之处,应大力发扬传承。康有为的游记具有明显的政治诉求,他往往从眼前风物借题发挥,征引中西文史典故,常有常人所不敢言不能言者。他主张温和渐进的保皇立宪,反对激烈激进的民主革命,在游记中极力渲染法国大革命血流成河的惨烈,革命民众被送上断头台、水牢处死者"一万八千余",其他遭屠杀者更有三万之巨,以至于"河流皆臭,二百里间水赤",血腥恐怖之中,人人自危,"异党屠尽,则同党相屠;疏者屠尽,则亲者相屠",于是告诫读者不可轻言革命:"有慕法之革命自由者其深思明辨之。"(《法国游记》)

康有为文如其人,放浪形骸的性情在文中一览无余,游记行文大开大阖之余,往往忽略细节,甚至前后矛盾,给读者留下不耐咀嚼、禁不起推敲的印象。

单士厘也是这一时期不可忽视的重要作家。单士厘(1858—1945),曾随其夫钱恂游历日本、欧洲多国,写下了《癸卯旅行记》。作为一个走出闺阁的女性作家,她以女性特有的细腻温婉的笔调,记述了日、俄生机勃勃的强国之象,以及中国教育不兴、国力孱弱、任人宰割的冷酷现实。其文笔清丽可嘉,成为近代女性旅行书写的先驱。

域外游记这类趋西向新的文类,在近代风气略开之后,新学大兴之前,掀起了一股阅读和写作的热潮。不过,晚清域外游记因承载了过多的社会文化信息,更多地成为记录近代中国新旧转折、中西融合的文化标记。知性内容与实用功能的发挥,大量图表、统计数据与考察资料的出现,削弱了作品的审美价值,给人以知识性、思想性超过文学性,史料价值大于文学价值的印象。

域外游记作者亲历西方,身临其境地感受中西文化的差异,视野的拓展,见识的丰富,加速了传统散文创作理念的突破,推动了近代文学语言、文体观念的变革。中国游记文学从古典盆景式的孤芳自赏,到具有海纳百川的广阔胸襟和收放自如的艺术美感,若没有郭嵩焘、薛福成、黎庶昌等人的实践,是不可想象的。现代海外游记名家辈出,成绩斐然,而滥觞实在晚清。近代散文从渊懿古雅的载道之文,一变而为鼓荡风气的经世利器,这一艰难蜕变的历程尤可考究。域外经验的冲击,游记文本中描摹的西方图景,作者本人的游历经历,附带着深刻的文化差异体验,必然会随着游历文字的刊行,广为流播。域外游记在晚清文体嬗变的格局中是一股不可忽视的重要力量,同时也揭示出晚清文学变革与海外记游文字之间、空间行旅与文学变革之间的内在关联,耐人寻味。

第四节　报章白话文

晚清时期,报章白话文数量庞大,文类众多,尤以演说文为大宗;游记文、传记文、述学文、杂文等,亦成绩显著。晚清报章白话文的多种文体试验,开现代白话文体先河。其在语体上,则表现出显著的通俗化、口语化特征。与此同时,报章白话书写的文话化(书面化)和欧化(近代化),也成为一种不可逆转的演进趋向。

一、报章白话文的文体试验

晚清报章白话文题材丰富,风格多样,文体不一,蔚为大观。从白话文体古今演变角度考察,一些现代散文文体,已在此期孕育、萌芽、生长。

(一)晚清白话报章演说文

1904 年,旗人彭翼仲在北京创办《京话日报》,参照文话大报"论说"栏,辟出与之对应的"演说"栏。自此,"演说"作为京津白话报主打栏目,一篇七八百字(一个版面)的"演说"文,成为各白话报主笔每日必修功课。1905 年后,京津地区掀起了创办白话报的高潮,两年间就有 39 种白话报问世,基本上都是日出一大张的报纸。晚清时期,数十家京津白话报馆,培养了数以百计的演说文主笔,演说文成为报章白话文中最为庞大的一族。

在开启民智、开通风气的启蒙旗帜下,各白话报演说文主笔各显神通。趋新派畅谈新政治、新道德、新学术、新思想、新知识、新社会、新事业、新气象、新文明,为革新政治、改良风俗、新民救国呐喊助威。述古派历数古代圣贤英杰的丰功伟业与高风亮节,借古鉴今,对旧道德、旧秩序、旧风俗、旧文化中的积极因素多有回护。庄言者正面演述爱国合群、崇实尚武、保国强种、文明进化、民主科学等颠扑不破的公理,或慷慨激昂,或沉痛悲怆。讲史者广罗古今中外圣贤豪杰、民族英烈,诸如始祖黄帝、大禹、赵武灵王、愚公、孔子、陈涉、漆室女、郑成功、岳飞、马志尼、华盛顿、圣女贞德、花木兰、秋瑾等，要皆宣扬爱国节操、尚武精神与民族情感。游历者介绍各地山川形势、历史沿革、风土人情、文化遗迹、物产矿藏等，足迹遍及名山大川、通都大邑、名镇要塞，可谓心忧祖国，胸怀天下。寓言者托物言志，隐喻讽世，举凡破船、烂根子树、大宅院、苍蝇、蚊子、屎壳郎等等，不嫌琐碎，不厌其烦，或寓规诫，或藏讥讽。

丁子瑜现身说法，将京津白话报"演说"主笔分为六派：述古派、直论派、趋新派、海说派、寓言派、滑稽派。在流派纷呈的演说文中，节令演说文是白话报主笔每年必写的"应景"题材，也是文艺性较强的一个门类，开现代文艺小品文先河。举凡蟠桃宫、妙峰山、清明节、会神仙、放风筝、三月三、说乞巧、秋风叹、腊八粥、逛天坛、九皇会、蟋蟀感、城隍庙、颐和园、关东糖、兔儿爷、白塔寺、重阳节、连阴雨、三月雪、送寒衣、过新年等等，白话报主笔们随手拈来。《正宗爱国报》主笔凿窳、梦梦生，《北京新报》主笔杨曼青、郁郁生、勖荄臣、小巫、隐鸣，《爱国白话报》主笔懒侬、旁观、亚甸、谔谔声、杨瑞和、秋蝉，《白话捷报》泪墨生、蛰厂、哑铃，《白话国强报》蔡友梅、江藐痴、泪痴等，称得上节令演说文写作能手。其语言，则是地道的京白。

南方白话报刊，亦有优秀的节令演说文。1908 年 4 月 4 日，《杭州白话报》所刊《说清明》一文，署名"牖"，共分四段。第二段道：

> 世界上的物事，最清的莫如水。我们杭州地方，第一条大水要算钱塘江，第二就是西湖。看到钱塘江的水，浩浩荡荡，澎澎湃湃，不知不觉发起一股雄伟的气概来。看到西湖里的水，平平稳稳，融融泄泄，不知不觉引起一番优美的思想来。这是什么缘故？这是钱塘江的水有个清健的现象，西湖的水有个清秀的现象的缘故。我们过到清明，看到清明的清字，应该要人品行为，统统是同水一样清才好。

这篇不满千字的小品文，既有对乡风民俗的描写，又有对美好品行的倡导，文字洗练,层次清晰,兼具思想性和文学性,堪称美文。

(二)晚清白话报章游记文

随着白话文运动的蓬勃开展,科学地理知识被视为普通国民必备的基本素养,受到晚清白话报人的青睐,"地理问答"、"地理"成为白话报刊的常见专栏。其中,《中国白话报》《河南白话科学报》刊发的一批游记文,文学色彩较浓,篇章结构亦佳,开现代白话游记文和文艺性科普文先河。

1903年旧历年底,白话道人发表在《中国白话报》"地理"栏的《黄河游》,是晚清白话游记文的肇端。该文以第一人称叙述人口吻,叙写游历行程与见闻,发抒爱乡爱国情感和民族忧患意识,兼顾知识性、思想性和形象性、趣味性。这一写法,为其后白话地理游记文写手普遍沿用。1904年,刘光汉的白话游记文《长江游》、《西江游》,相继在《中国白话报》"地理"栏推出。两文均采用从江河源头一路说到入海口的移步换景方式,所到之处,举凡当地地理沿革、名胜古迹、历史名人、军事交通、乡风民俗、物产商贸等材料,顺手拈来,穿插其间。摹景状物,虽非行文重心,却也时有点染,莫不形神兼备。山川形胜和重镇名城的自然风光,并非其描画的重点;悠久的历史、灿烂的文明,与山河破碎、异族侵凌、主权沦丧、国家危亡、生灵涂炭的社会现实之间的强烈反差,所激发的忧患意识、种族思想、反帝倾向、排满情绪、革命精神、爱国情怀,才是刘光汉白话游记文的灵魂所在。其语言,则质朴浅白,铅华洗尽。

1908年,河南省两等小学堂辅助读物《河南白话科学报》刊发的72篇地理游记文,游历之地涵盖黄河流域、扬子江流域、珠江流域,很好地兼顾了思想性、知识性和文学性。且看《洞庭湖》对岳阳楼的一段描写文字:

> 岳州府城的西楼,便是岳阳楼。这楼自古以来得大名,因著洞庭湖全湖的风景,都收在这一座楼中。古今诗词歌赋,题咏不少,大约以范仲淹《岳阳楼记》和杜工部"昔闻洞庭水,今上岳阳楼"一首诗为压卷。登楼一望,水波上下,风帆往来,时见沙岛屿,在若有若无、若隐若现间,

洵不愧岳阳楼的大观。中国五湖中,推为第一,也是名不虚传。

即景抒情,夹叙夹议,旁征博引,语言典雅洗练,堪称白话文艺科普文典范。

《中国白话报》产生了全国性影响;《河南白话科学报》的读者群,则以汴省高初等小学堂师生为主体。

(三)晚清白话报章述学文

晚清时期,有学问的革命文豪刘师培、章太炎,分别依托上海《中国白话报》和东京《教育今语杂志》,相继发表了一批白话述学文,有意无意间提升了白话书写的学术含量与文化地位,对白话述学之风和白话述学文体的形成,起到了垂范作用,产生了深远影响。

1904 年,刘师培见诸《中国白话报》的 40 余篇白话文,分述学文、政论文、传记文、游记文、杂文等,均为面向普通民众的觉世文。其中,尤以白话述学文为大宗。其刊于“学说”栏的《中国理学大家颜习斋先生的学说》、《黄黎洲先生的学说》、《王船山先生的学说》、《刘练江先生的学说》、《中国思想大家陆子静先生学说》、《泰州学派开创家王心斋先生学术》、《西汉大儒董仲舒先生学术》等“学说”述学文,见诸“历史”栏的《学术》、《兵制》、《田赋》、《刑法》、《宗教》、《教育》、《中国历史大略》、《上古期》等历史述学文,刊诸“地理”栏的《论中国地理的形势》、《讲地理的大略》、《说运河》、《论山脉》等地理述学文,以及“传记”栏的《孔子传》等传记体述学文,均属白话述学文,署名“光汉”。

刘光汉系列白话述学文,命题立意围绕讲国学、讲民族、主激烈三大宗旨。具有统领意味的《学术》篇,将西人学术日有进步和中国学术日有退步之因,归结为思想、言论、出版三大自由权之有无;把中国历代学术分作神学盛兴时代、官学盛兴时代、诸子竞争时代、儒学专制时代、老释杂兴时代、理学盛兴时代、考证学大兴时代、西学输入时代八期。述各家各派学说,见源知流,鞭辟入里。其所演述的颜习斋、黄黎洲、王船山、刘练江、陆子静、王心斋、董仲舒诸先贤的学说,所讲述的中国历代学术、兵制、田赋、刑法、宗教、教育及历史大略,思想上不离民族民主革命立场,文风文气发扬蹈厉,显示出"激烈派第一人"的为文风格。

1910 年春,章太炎在《教育今语杂志》发表了 6 篇白话述学文,整理与编辑者为钱玄同。第一篇讲述"中国文化的根源和近代学术的发达",第二篇讲述"常识与教育"问题,第三篇讲述"教育的根本",第四篇讲述"留学的目的和方法",第五篇讲述"经的大意",第六篇讲述"诸子的大概",均署名"独角"。章氏白话文,以留日学生和海外华侨为国学启蒙对象,符合《教育今语杂志》"提倡平民普及教育"的办刊宗旨,做到了"以极浅显的白话,说最精透的学理"。章氏讲授国学的根本宗旨,在于强调中国学术思想自有其不可磨灭的光彩与价值,批判民族悲观主义与虚无主义,树立民族自尊心和自信心,表现出鲜明的民族主义思想和民主革命精神。

章太炎的白话述学文,大抵属于带有演说风的拟演讲稿,形成了谈学术而兼及社会批评的特点,既有国学和教育领域的专门知识的讲述,又穿插了不少风趣的政治、社会和文化批评材料。语言平易活泼,亲切而幽默。

《教育今语杂志》在新知识界产生过重要影响,蔡元培、鲁迅、周作人、钱玄同、吴虞等,都曾受过它的熏陶。鲁迅不仅是其忠实读者,也是热情宣传者,将其介绍给周建人等亲友。钱玄同倡导白话文的思想种子,早在编辑《教育今语杂志》时期就已播下。

二、报章白话文的语体探索

中国白话书写语言的近现代转型,肇端于晚清。晚清白话文运动先驱者,怀抱言文一致的终极目标,倡导以浅易通俗、妇孺易晓的白话文,达开启民智、开通风气、新民救国之效,拼音化论者和国语论者更将白话书写视为奠定统一而富强的近代民族国家的语言根基。晚清白话报人对各地通行的普通官话的认同与追摩,白话文作者对雅俗共赏的北京官话的推崇与运用,决定了近代报刊白话的通俗化、口语化取向。随着近代学校教育的发展,白话文读者的文化素养也在不断提高,从而倒逼白话报人不得不与时俱进;在此情形下,晚清报章白话的文言化和近代化,也就成为一种不约而同的趋向与潮流。

（一）报章白话的口语化

自 1932 年周作人在《中国新文学的源流》中，断言"现在白话文，是'话怎样说便怎样写'"，晚清的白话文"却是由八股翻白话"，后世学界大都沿用此说；在人们的印象中，晚清白话文仿佛停留在"八股翻白话"阶段，而且"和后来的白话文可说是没有多大关系的"。事实上，晚清报章白话文，已做到手口如一，明白如话。

1903 年，林獬创办的《中国白话报》，已经标榜"内中用那刮刮叫的官话，一句一句说出来，明明白白"（《中国白话报发刊辞》），属于口语化程度很强的模拟官话写作了。以《中国白话报》、《安徽俗话报》、《竞业旬报》为代表的南方白话报刊，已经摆脱了由《无锡白话报》开创、《杭州白话报》推广的"文言翻白话"的套路，循着模拟官话写作的路子，贡献出一批质量上乘的白话文。这些文类丰富、文体多样的白话文写作，对扩大白话文的领地，丰富和提升白话的表现能力及文化功能，做出了多方面的尝试。

以 1901 年问世的《京话报》为滥觞，1904 年创刊的《京话日报》为里程碑，主要采用北京官话进行口语化书写的京津白话报登上历史舞台，并在1905 年之后取代南方，成为白话报的中心。《京话报》不仅宣称"全用北京的官话写出来"，而且在其《章程》中明确规定"只用京中寻常白话"，"不欲过染小说习气"。《京话日报》作为北方白话日报鼻祖，既是打开首善之区办报阅报风气沉滞局面的开路先锋，又是当时北京白话报界的龙头老大，其语言标准对京津白话报有着示范和导向作用。早期《京话日报》之"京话"，可说是大体做到了"话怎么说就怎么写"，始终走着口语书写的路子。

南方的模拟官话写作也好，北方的口语化书写也罢，晚清报章白话最明显的语言特征，就是通俗化、口语化。"由八股翻白话"现象确实存在，但既非全部，亦非主流，只是初期非官话区的个别现象。相反，"话怎样说便怎样写"的情况，远比"由八股翻白话"情状，更具代表性和普遍意义。

（二）报章白话的书面化

早期报章白话，走的是一条通俗化和口语化的路子。然而，文人积习和重文轻白的语言观念,拟想读者自下而上的调整与受众群体的阅读期待,以及民元前后风诡云谲的政治气候和文化保守主义势力的抬头——多种因素形成的历史合力,促使白话报人不得不逐渐调整其语言策略,向着雅化和书面化方向演化,报章白话的"文话"化趋势日益加重。

民国初年,京津白话报已多半间杂"文话"。与此同时,作为"文话大报"的文言报章文体,大方向则朝着白话化、近代化的路径演进。文言报章的白话化,与白话报章的"文话"化,是发生在同一时空的语言文化现象,两者的目标均指向"言文合"。近代白话报人之吸纳文言、融汇传统,使之更加凝练、雅致和书面化的尝试,与五四之后现代作家有意识地借古文改造白话文的努力,在实践意义上可谓殊途同归。

且看 1913 年 3 月 16 日《正宗爱国报》所刊梦梦生《古衣冠》片段:

> 中国素称文物之邦。当赵宋末年,衣冠渐渐的挽杂。直到末明时代,这才又元复回头。等到满清入关,又改成辽金的形式。直到革命军起,清朝的服制,这才取消。而所谓上古之衣冠,已竟去而不返。人民对于祖国的观念,也就薄弱多多了。今当建设之始,衣冠取法于外洋,如遇有碍难取法之时,则莫若复古为妙。

这种文体自然是"半文半白"。不过,梦梦生《古衣冠》所体现出的文言与白话的搭配与调和技术,要比晚清时期的报章白话文娴熟多了。

清末民初报章白话的"文话"化、雅化现象与趋向,在白话文运动乃至中国近现代语言文学发展史上,有着重要的实践和探索意义。报章白话的"文话"化,做到了使白话高雅化和书面化,同时也反过来刺激了报刊"文话"的白话化,同样发挥了"使文言白话的距离比较接近"的历史作用。清末民初以"新文体"为代表的白话化的报章文体,与"文话"化的报章白话文形成的历史合力,共同促成了中国白话书写语言的近代转型。

(三)报章白话的近代化

清末民初,随着以新名词为代表的外来语日益普及,外国语法也逐渐渗透到日常语言之中,报章白话书写语言的近代化,逐渐成为一种新常态。

清末民初白话报章在新名词的普及和推广过程中,发挥了不可或缺的重要作用。大量演说文中充斥着新名词,很多文艺栏目——如对联和诗词等——亦喜欢拿"新名词"说事。民国三年新年伊始,《爱国白话报》主笔就"新"字加以发挥,作为新年迎"新"话题:

> 按近来人人口头的论议,书籍报纸上的文字,凡关于国家社会种种事情,多有用新字形容的地方。类如采取欧美各强国治法,改良一切政治,就叫作"新政治"。民智民德,程度日高,入于完全高尚的境界,叫作"新国民"。世界的学术,日出不穷,随时输入国中,叫作"新学术"。旧道德人不肯守,另发生合宜的道德来,约束人心,叫作"新道德"。在寻常知识以外,又有世界的知识和科学的知识,叫作"新知识"。人的思想进步,由顽固变为开通,由幼稚变为远大,叫作"新思想"。社会上旧有的污俗陋习,一律去净,另换一番高尚清明的风气,叫作"新社会"。仿照各国办法,经营有益于人民的事业,叫作"新事业"。人群渐渐的进化,在旧文明之外,又发生种种文明出来,叫作"新文明"。全国里头,无论那一个社会,那一种事业,内容外表,都焕然改观,叫作"新气象"。(懒:《新》,《爱国白话报》,1914年1月6日)

该文列举了诸如"新政治"、"新国民"、"新学术"、"新道德"、"新知识"、"新思想"、"新社会"、"新事业"、"新文明"、"新气象"等近代中国的新事物,说明伴随新思想、新事物而来的大量新名词,已经渗透到人们的日常生活中。白话报主笔以浅显易懂的语言对其一一作出解释,进一步推广和普及了新名词。

中国历史上历次语言变革,一般都是鲜活的口语影响相对停滞的书面语,或者说是书面语主动吸收日常用语,为其补充了新鲜的血液。然而到了近代,这一情形却倒转了过来。中国语言的近代变革,是通过书面语言影响了日常语言。清末民初,报章"文话"向着口语化和欧化的趋势演化发展;与此相对应的,是报章白话书写语言的书面化、近代化演变趋向。两者的历史合力,共同促成了中国书写语言的近现代转型。白话报人在引入"新名词"的时效上,虽然比报章"新文体"慢半拍;然而,白话报刊却充当了向普通民众推广普及"新名词"及其蕴含的新思想的重要媒介。大量的新名词最先通过报章"文话"译介过来,经过一段时间的运用与推广,使得口头语言逐渐接受了这些新名词。与此同时,白话接纳了大量文言语汇和句法,使之更加书面化;无孔不入的新名词和外国语法,也渗透到报章白话文之中,深刻地影响了中国近代白话书写的语言面貌及其历史走向。接受了新式教育,阅读过大量近代报章,且具有天然的母语基础的知识青年,转而大量运用白话化或口语化了的新名词和外国语法进行写作,就形成了现代白话文。

第十章　小说界革命与晚清小说的繁荣

　　"新小说"与"新派诗"、"新学诗"、"新文体"等一样,是近代文学史的特定概念。新小说,指 20 世纪初期,五四现代白话小说产生之前,即清末民初时期,作为小说界革命运动产物,虽然在某些方面难以完全摆脱古典小说的影响,但已具有"新"的性质、"新"的内容、"新"的艺术特征、向"新"的方向发展的小说。新小说,是古典小说形态向现代小说形态转换过程中一种小说类型,代表这一历史性转换的第一阶段。

第一节　晚清小说的繁荣

　　从世界文学的发展历史看,小说的兴旺发达与社会近代化有密切联系。首先,小说生产数量与社会影响的扩大,是与近代印刷业的发展联系在一起的。只有在印刷摆脱手工业作坊式的生产,运用机器,成为现代工业的情况下,小说才可能大量排印问世。第二,近代人文精神的发展,促使小说以更加细腻深刻的笔墨,展示人的内心世界和社会关系。从性格的形成发展到意识的流动变化,小说展示人类社会和人的灵魂越来越细致入微,小说的表现手法技巧也越来越丰富生动。第三,在都市化过程中产生大量市民,他们具有一定的文化程度而又有财力购买小说,同时也有闲暇阅读,于是小说才会拥有众多的读者和较大的社会需求。小说传播的社会化和商品化使作家有可能以写作小说为职业。

中国在 19 世纪末 20 世纪初已经开始进入工业化和都市化的过程,它们对"新小说"的问世有一定影响。但是晚清的新小说又有它的特殊性。它不是小说自身发展水到渠成的产物,而是晚清政治运动"催生"的结果,它是突如其来的繁荣。当时的"小说界革命"是作为晚清政治改革运动的一部分而出现的,这就使它不仅与晚清政治保持着紧密联系,而且在发展形态上,也是先有小说理论,随后才有相应的小说创作。这种理论前置的情况是晚清"新小说"的重要特点,并且影响到以后的文学发展。

最早在中国提出"新小说"设想的却是一位英国人傅兰雅(John Fryer,1839—1928)。尽管这时西方小说已经非常发达,可是傅兰雅却并非从艺术本身推崇小说。他首先注意到小说的感染力可以"变易风俗",在 1895 年 6 月出版的《万国公报》发表《求著时新小说启》,征求批判鸦片、八股、缠足的小说,"使人阅之心为感动,力为革除。辞句以显明为要,语意以趣雅为主,虽妇人幼子,皆能得而明之"。傅兰雅提出的"时新小说"名称和设想,对后来的"新小说"产生了一定影响,可以算"新小说"概念的雏形。

革新小说的意识,随着资产阶级改良运动兴起而发展起来。戊戌前康有为发现"泰西尤隆小说学哉","仅识字之人,有不读经,无有不读小说者"(《日本书目志》),由此提出以小说"教化"的设想。梁启超则批判中国传统小说"诲盗诲淫",败坏了天下风气,同时他扩展了"新小说"构想,在批判"试场"、"鸦片"、"缠足"和"借阐圣教"、"杂述史事"之外,又提出小说可以"激发国耻","旁及彝情",揭露"官途丑态"(《变法通议·论幼学》)。严复和夏曾佑则强调向西方学习,从进化论和人性论出发,指出小说为"人心所构之史","为正史之根";其着眼点仍在"欧美东瀛,其开化之时,往往得小说之助",因此提倡小说的目的"则在乎使民开化"(《本馆附印说部缘起》)。这些已开"小说界革命"先声。

梁启超流亡日本时,受到日本"政治小说"的影响,发表《译印政治小说序》、《论小说与群治之关系》等论文。提出"小说界革命"口号,倡言"欲新一国之民,不可不新一国之小说",把小说界革命纳入了"新民",即资产阶级思想启蒙运动,作为发展改良运动的一个重要方面。他亲自翻译日本的政治小说《佳人奇遇》,创作政治小说《新中国未来记》,创办小说杂志《新小说》,高举"新小说"的旗帜,发起了"小说界革命",力图开展一场新小说运动。

这场小说界革命,促使晚清出现了中国小说史上空前的繁荣兴旺景象。晚清小说数量之多,连当时的小说家们都感到震惊。吴趼人惊叹:"吾感夫饮冰子《小说与群治之关系》之说出,提倡改良小说,不数年而吾国之新著新译之小说,几于汗万牛充万栋,犹复日出不已而未有穷期也。"(《〈月月小说〉序》)有人认为:"十年前之世界为八股世界,近则忽变为小说世界,盖昔之肆力于八股者,今则斗心角智,无不以小说家自命。"(寅半生《〈小说闲评〉叙》)这里说的还大体上是著作小说的情形,翻译小说的数量就更多了。当时缺乏精确的统计,说法不尽相同。罗普声称"余尝调查每年新译之小说,殆逾千种以外"(披发生《〈红泪影〉序》)。阿英估计,晚清成册的小说"至少在一千种以上"(《晚清小说史》)。根据日本学者樽本照雄近年所编《清末民初小说年表》统计,清末民初的翻译和创作小说成册的,足有二千二百余种。

晚清还涌现了大量小说期刊。在《新小说》问世前,只有韩邦庆编辑的《海上奇书》一种专门的小说杂志,它在1892年问世后,十年内几成绝响。而1902年梁启超创刊《新小说》后,小说杂志纷纷出台,单以"小说"命名的杂志就达二十余种。其中影响较大者有李伯元主编的《绣像小说》(1903),吴趼人主编的《月月小说》(1906),徐念慈、黄人主编《小说林》(1907),它们与《新小说》合称晚清四大小说杂志。此外还有《新新小说》(1904)、《小说世界日报》(1905)、《中外小说林》(1907)、《小说时报》(1909)、《小说月报》(1910)等。除专门的小说杂志外,大报的副刊、文艺性小报,甚至那些综合型杂志也常常连载小说。报刊等新型传播媒介的发展与对小说的重视大大助长了小说的声势。

还在"新小说"崛起之前,小说界已经出现了少数职业作家。韩邦庆晚年一边编《海上奇书》,一边创作《海上花列传》,或许可以算最早的职业小说家。晚清职业小说家队伍大大扩大,他们中的大部分人一边编辑刊载小说的报刊,一边创作小说,总的说来是依靠小说来谋生。他们已经取得了相当的社会地位。清廷开"经济特科",有人推荐李伯元、吴趼人去应征,他们都谢绝了,宁可当职业小说家。不过在这些小说家内心深处,还没有完全克服传统鄙视小说观念的影响。吴趼人感慨李伯元:"君之才何必以小说传哉,而竟以小说传,君之不幸,小说界之大幸也。"(《李伯元》)胡寄尘又以同样的话来感慨吴趼人,典型地显示了这一代小说家的矛盾心态。这是他们与五四新文学作家的重要区别之一。

与传统小说比较,晚清"新小说"有几个特点,或者说,其"新"的性质表现在几个方面。首先是与救亡图存、变法维新、反清革命等政治关系密切,不仅反映现实的小说是如此,而且连历史小说、武侠小说等传统题材小说,也往往寄托了政治内容。时风所及,连当时的狭邪小说《九尾龟》也要发几句"现在的嫖界,就是今日的官场"之类影射的议论。言情小说,如吴趼人的《恨海》等,其中描写造成爱情悲剧的直接原因,往往是政治风云的变化。其次是题材的开拓,"新小说"大大拓宽了小说的表现范围,它们大体上可以分为三类:一类是宣扬资产阶级改良或革命的政治主张及民主、自由、科学等新思想、新知识的小说,包括外国历史题材和科幻题材,这是传统小说中从未有过的。这类小说虽然数量不多,却启导了新小说的发展潮流,在小说界革命初期占有主导地位。一类是谴责小说,揭露时弊,抨击政府,谴责社会黑暗。包括批判维新党人借维新以营私,以及种种恶风劣俗。当时把小说作为舆论监督工具,主要体现在谴责小说上。它是晚清数量最大的小说类型,"新小说"能够形成浩大声势,主要靠这类小说。一类靠近传统题材,如言情、历史、武侠、公案等,但在新形势下发生重要变化,都以干预现实作为出发点。第三个特点是"新小说"开始转变中国小说的传统形态，师法西方与日本小说的叙事结构、描写技巧等，向外国小说靠拢。因此，晚清与民初的"新小说"也就成为中国小说转型的关键时期，成为中国古代小说到"五四"新文学之间的过渡与桥梁。这种过渡性还表现在晚清"新小说"的另一共同特点，即艺术上的不成熟，其质量的粗劣与数量的众多形成惊人的对比。泛政治化、泛文章化、泛新闻化成为它们共同的倾向，这些缺陷又是与晚清小说理论的误导分不开的。

晚清小说理论与晚清小说一样繁荣。在中国古代文论中，小说理论以序跋、评点和笔记中的评价介绍为主要形式，发展缓慢。晚清小说理论从严复、夏曾佑《本馆附印说部缘起》开始，出现了专门论小说的论文，文艺报刊及其他报刊为这些论文提供了发表场地。现在知道的晚清论小说的文章就达五百多篇，小说理论如此兴盛在中国文学史上也是空前的。

晚清的小说热潮是《新小说》掀起的，"《新小说》派"也就成为晚清小说理论的核心。除梁启超外，此派主要代表人物及小说论著还有别士（夏曾佑）的《小说原理》、楚卿（狄葆贤）的《论文学上小说之位置》，以及梁启超与曼殊（梁启勋）、侠人等所撰《小说丛话》。他们在小说理论上最重要的贡献是两方面：一是提高了小说的地位，把小说作为"文学之最上乘"；二是明确了向西方小说学习的主导方向。

然而"《新小说》派"不久就陷入了困境。因为用小说作"教科书"毕竟违反了小说的规律，小说能够改造社会的期望在大量"新小说"问世后并没有兑现，缺乏艺术性的小说必然缺乏市场，从而也必然影响到小说的创作。事实上，小说创作也早已偏离了"《新小说》派"的预想，吴趼人便感慨"今夫汗万牛充万栋之新著新译之小说，其能体关系群治之意者，吾不敢谓必无"，但打着"改良群治"牌号"于所谓群治之关系，杳乎其不相涉"的作品，却屡见不鲜（《〈月月小说〉序》）。有些小说逐渐回到"消闲"的传统轨道上去。这就使得晚清"新小说"缺乏巨著，缺乏表现人生的深度，这种不足也影响到民初小说。

第二节 政治小说

　　"政治小说"在晚清小说中所占数量并不多,但却领导了晚清"新小说"的潮流。"新小说"崛起之时,"新"就新在为政治观点服务上。这时的政治小说的含义与后来以现实政治生活为题材的小说不尽相同,它专指宣传新的政治思想、政治主张的小说,而且不用写实手法。"政治小说者,著者欲借以吐露其所怀抱之政治思想也。其立论皆以中国为主,事实全由于幻想"(新小说报社《中国唯一之文学报〈新小说〉》)。在当时,政治小说是"理想小说"之一种(另一种是科幻小说)。这种明确地以宣传政治主张为目的的政治小说是中国古代小说所没有的。它主要是受欧洲、日本"政治小说"的影响。

　　虽然是受外国政治小说的影响,其实根源出于中国政治家的需要。对于中国的改革家来说,无论是维新变法还是共和革命,都需要知识阶层和民众的支持。要获得这种支持就必须用通俗的语言描绘出一个令人向往的动人前景,以推动人们接受改革。这就是政治家宣传家们青睐政治小说的原因。

　　从中国小说的发展来看,晚清的政治小说起了重要的作用。首先,它确立了以小说"改造国民性"的信念,相信小说可以改造社会。其次,政治小说的"泛文章化",改变了中国传统小说固定的模式,推动了传统小说的形式转变。这些都对后来的小说发生重要影响。

　　梁启超1902年创作的《新中国未来记》,是晚清最著名的政治小说。它突破了传统章回体小说的叙事模式,做了新的探索。首先是运用倒叙式开头,这也是出于描绘改革后动人前景的政治需要。其次是在小说中大量引入"法律、章程、演说、论文"等,结果小说变成以议论为主,人物和情节缺乏情感,虽对章回小说情节中心的叙事模式有所突破,从艺术上讲却是失败之作。尽管如此,它还是引起人们的仿效。晚清小说的"泛政治化"和"泛文章化",梁启超的《新中国未来记》称得上是开风气之作。

1902—1905年间,政治小说颇极一时之盛,主要有:

《自由结婚》,托名"犹太遗民万古恨著、震旦女士自由花译",1903年自由社出版,共二十回,未完。写黄祸与关关青梅竹马,订为婚约。不意关关乳母被洋人诬为贼,被巡捕抓入狱,为革命党所救。三人出海避难,愤极投水,历经离散会合,后参加光复党,组织自治学社,又被官府逮捕,将送京师处死。书中借人物之口插入大段议论、演说,宣传"一定要报洋人欺我之仇","同我们爱国顶顶要紧的是民族主义",同时"一定要报那异族政府之仇","推翻专制"。

《狮子吼》,过庭(陈天华)著,1904—1905年发表于《民报》,1906年出版。共八回,未完。"楔子"托言梦境,叙事人梦见来到一繁华都会,参加"光复五十周年纪念会",并在"共和国图书馆"中读到《光复纪事本末》,以倒叙引出后文。第一回大谈进化论及世界大势,第二回历述中华历史及"沉沦异种"之痛。自第三回起才述及故事,主要写舟山岛上"民权村",当年坚拒满洲,遂"与独立国无异",村中有议事厅、警察局、工厂、医院、学堂等,俨然民主共和国缩影。学堂教习文明种宣讲卢梭"民约论"和"民族主义",激发学生国民思想,学生孙念祖、狄必攘等"游外洋远求学问,入内地暗结英豪"。其中把当时留学生与革命党人的活动如拒俄大会,传播《黄帝魂》《浙江潮》等书刊,以及"破迷报馆"案和"《革命论》"(即《苏报》案与邹容《革命军》)都写进小说。

《黄绣球》,颐琐著,1905年在《新小说》连载二十六回,1907年由新小说社出版三十回本,未完。《黄绣球》也是中国较早的"女权主义"小说,女主角发誓要绣出一个新地球,所以名叫"黄绣球"。她梦中得法国罗兰夫人指点,致力于男女平权,妇女解放,带头并劝说妇女放脚,兴办女学,与劣绅斗争,实行了"自由村"的自治。在晚清的政治小说中,《黄绣球》人物比较集中,主角有一定个性,现实性也比较强,算得上此期较好的小说。

综上所述,政治小说有一些共同特征:一、情节框架的虚幻性、寓言性和情节背景与某些内容的现实性、时事性的结合;二、人物设置的影射性和形象的概念化,正面人物大多理想化,倒是有些反面人物较生动;三、叙事语言中掺入大量宣讲语言;四、采用章回体形式,又吸收了一些外国小说技法。这些特征中有些其实是非小说化的,但正是这些,使政治小说不仅在思想倾向,而且在艺术上也显示出与古代小说不同的风貌。政治小说不仅是晚清小说的一种类型,也标志"新小说"形成发展的一个阶段。

但是,直接把小说、小说人物作为思想政治观点的传声筒,必然使政治小说缺乏艺术感染力,渐渐地便失去了市场。到了民初,政治小说几乎销声匿迹了。

第三节　谴责小说

1902 年以后,与晚清政治小说崛起几乎同步,文坛上涌现出了一股揭露黑暗政治、抨击社会时弊的小说潮流。这一类型的小说在艺术上仿效古典讽刺小说《儒林外史》的结构和笔法,但是,它们不像《儒林外史》含蓄蕴藉,人物和故事往往"辞气浮露,笔无藏锋,甚且过甚其辞",鲁迅给它们起了一个有别于讽刺小说的名称,谓之"谴责小说"。

许多谴责小说,尤其是那些最著名的谴责小说,最早都是在报刊上连载的;这些小说大批问世,实际上形成了一种新型小说文体,那就是"连载小说"。连载小说首先改变了读者的阅读方式。一部小说的阅读成为一个漫长的过程,《官场现形记》在《世界繁华报》上就至少连载了两年,每期只登数百字。在每期刊载的小说中,必须有张有弛,有高潮,而且高潮当在结尾处,以吸引读者继续看下去。如此漫长的阅读过程实际上使得大多数读者只关心下一期发生了什么,而不再从整体上考虑小说的创作,当他们在阅读后面的小说时,前面刊载的内容在他们的脑海里只留下淡淡的影子,甚至忘却了。这种新型的阅读方式也改变了作者的创作方式:中国传统小说以白话的话本小说与拟话本小说为主,表面看来,连载小说与话本小说都是一段一段,都在高潮处结尾,都讲究吸引读者,设置悬念;但二者其实还是有很大的不同。话本小说最早是说书人的底本,它经过多次修改,每讲一次,就可以修改一次。它的创作过程虽然也是长期的,但是它一直以整体的面目出现,作者始终能从整体上把握它。拟话本小说更是如此。连载小说就不同了,它的创作实际上有两种,一种是创作全部完成后,才将稿子交给报刊。另一种是根据报刊的发表时间创作,到一定阶段汇聚成册,分册出版。这一创作过程可能会根据发表的时间延续几年。在开始创作时,作者往往对后来的发展结局并没有想好,这些小说在创作时大多不是以整体面目出现的,这种一面写作一面发表的写作方式导致作者很难在整体上把握作品。晚清谴责小说的创作大多是后一种,由此也就形成了谴责小说的特点。

首先是小说的"时事化"。谴责小说与报刊有密切的联系,报刊在晚清的迅速崛起就是受晚清政治形势影响,与时事紧密相连是晚清报刊的特点,从而也成为谴责小说的特点。在当时上海出版的《绣像小说》、《月月小说》、《小说林》、《新新小说》等杂志都刊载大量谴责小说。在日本问世的《新小说》转到上海之后,也发表了许多谴责小说。晚清著名小说家有许多都是报人,谴责小说的问世无疑与晚清的政治形势有关。谴责小说从一开始就与报刊的"舆论监督"的职能连在一起。政治的腐败,道德的沦丧,促使小说家拿起笔用小说来揭露时弊,抨击现实。于是,晚清的重大事件,如庚子事变、反对美国华工禁约运动、立宪运动、种族革命运动、妇女解放问题、反迷信运动等等在当时的谴责小说中几乎都有描写。谴责小说与时事的密切联系,它的"舆论监督"和干预现实的意识,它对当时黑暗现实的揭露与鞭挞,它的大胆尖锐、穷形尽相的叙述,对后来的文学产生了巨大影响。

小说的"时事化"促使小说"新闻化"。小说家像记者写新闻那样创作小说,但所写也可以不是刚发生的"新闻"而是过去发生的"轶闻"。作家与记者本是两种职业,对于一位真正的作家来说,他所创作的作品必须是他自己熟悉的生活,熟悉的人和事。其中当然包括作家的想象,这种想象即使上天入地,也必须植根于他对人生的深度体验。作家需要从自己的人生体验,从人性的角度去把握所写的人和事,通过创造来表现人生。但对于一位记者来说,情况就不同了,只要某一件事确实发生过,尽管他未曾经历也不熟悉那样的人和事,但他完全可以根据传闻将它记载下来。他用不着考虑怎样表现人生,只要对事件采取就事论事的态度就行了。《儒林外史》描绘的都是作者熟悉的人物,作者能够洞察他们的灵魂,把握他们的心理,多方面烘托人物的性格,从人生体验出发去开掘科举制度怎样扭曲了人的天性。"谴责小说"作家就不同了,他们努力采用一个尽可能多地包容奇闻的小说结构,用连缀新闻的方式创作。这种新闻与小说合二而一的形式,是"谴责小说"独有的特征。

谴责小说作家在观念上就认为"社会小说"是应该连载新闻的。李伯元创作《庚子国变弹词》,公开申明"是书取材于中西报纸者,十之四五;得诸朋辈传述者,十之三四;其为作书人思想所得,取资敷佐者,不过十之一二耳。小说体裁,自应尔尔,阅者勿以杜撰目之"(《庚子国变弹词》例言)。他创作《中国现在记》,就是要"把我生平耳所闻,目所见,世路上怪怪奇奇之事,一一说与他们知道"(《楔子》)。因此这一时期的谴责小说作者与政治小说作者不同,后者创作小说,"事实全由于幻想",而前者创作小说,都要强调自己所写的是真人真事,并无一点虚构:"在下这部小说,确是句句实话,件件实事,并不铺张扬厉的,所以还是照着实事说话"(吴趼人《劫余灰》第五回);"但在下这部《孽海花》,却不同别的小说,空中楼阁,可以随意起灭,逞笔翻腾,一句假不来,一语谎不得,只能将文机御事实,不能把事实起文情"(第二十一回)。这种表白自然不无夸大之嫌,但作者这种创作态度,正是以写新闻的做法来写小说,这就必然导致小说的"新闻化",小说结构的"集锦式"。连载小说促使读者将阅读一部作品的时间拉得很长,在客观上也使小说"新闻化"成为可能。

　　另一方面,报刊刊载连载小说又是供读者消遣的,它与阅读新闻毕竟有所不同,读者在阅读过程中必须获得"趣味"。这就使作者很容易向猎奇的方向发展,变成搜罗话柄,供读者为"谈笑之资"。作者喜欢运用夸张的事实,漫画式的描绘来揭露对象,似乎不将对象写成全无心肝的非人的丑类,不足以起到"警世"的作用。由此形成与《儒林外史》不同的描写风格。"虽命意在于匡世,似与讽刺小说同伦,而辞气浮露,笔无藏锋,甚且过甚其辞,以合时人嗜好,则其度量技术之相去亦远矣"(鲁迅《中国小说史略》)。过分的"漫画化"显示出作者愤懑的心情和追求宣传效果的意图,但却以破坏作品的"真实感"与深度为代价,影响到作品的艺术性。

　　谴责小说潮流以李伯元的《官场现形记》为滥觞。自该著 1903 年开始在《世界繁华报》连载发表后,照此手法,仿效其结构,并且书名点明"官场"的小说,一时间达十几种。以社会为批判对象,借小说以发泄对政局、时弊的不满和对窳弱、腐败官场的愤慨,对社会弊病、人性积习和道德沦丧痛加揭露,以及讽刺加漫骂的手法,随着小说《官场现形记》的风行,马卜流行开了。谴责小说思潮有一个十分鲜明的特点:当时社会生活各个领域,各种问题,几乎都被涉及。写官场黑暗腐败的作品除了《官场现形记》、《二十年目睹之怪现状》、《老残游记》等名作外,还有张春帆《宦海》、八宝王郎(王浚卿)《冷眼观》等。写商业投机的,有姬文《市声》、大桥式羽《胡雪岩外传》、吴趼人《发财秘诀》、云间天赘生《商界现形记》等。写妇女问题的有思绮斋《女子权》、程宗启《中国之女铜像》。写华工的有佚名《苦社会》、碧荷馆主人《黄金世界》、吴趼人《劫余灰》。反映社会迷信风俗的有壮者《扫迷帚》、嘿生《玉佛缘》、遁庐《当头棒》。写庚子事变的有忧患余生(连梦青)《邻女语》等。总之,题材的庞杂,反映社会生活的开阔,在我国的古典小说创作中从未有过,而且数量之多,亦可谓空前。

　　以官场为批判对象,揭露士大夫阶层的黑暗、腐朽,这在我国古典小说中并不少见。近代谴责小说区别于古典小说之处,在于它彻底抛开了"忠奸"对立的传统模式,对整个官僚系统,包括贪官、昏官,也包括"清官"乃至万民之上的皇帝,进行全面否定性的揭露抨击。谴责小说在暴露社会"弊恶"中,将官场、政界与上流社会描绘成"畜生的世界",反映了戊戌变法失败、八国联军入侵后一部分知识分子对统治集团腐败的极度愤恨,对专制政体的否定,同时,也表现出这批作家对人物和社会思考的思想支点基本上是传统的道德伦理。

谴责小说第一位代表人物是李宝嘉(1867—1906),字伯元,别号南亭亭长,江苏武进人。李伯元幼年丧父,曾在任山东知府的堂伯衙署中读书,以第一名考中秀才后,乡试累应不第。后赴上海办《指南报》,又改办《游戏报》、《繁华报》,受商务印书馆之聘主编《绣像小说》杂志。1906年病卒于上海,有《官场现形记》、《文明小史》、《活地狱》、《海天鸿雪记》、《中国现在记》等十余种小说以及《庚子国变弹词》等其他杂著。

代表作《官场现形记》,初发表于1903年至1905年的《世界繁华报》,后分五编,每编十二回,逐次出版。1906年世界繁华报馆出版《官场现形记》六十回全书,是该著最早的单行本。全书写了三十多个官场故事,涉及十一省市大小官吏百余人,上自太后、皇帝,下至佐杂小吏,其间军机大臣、太监总管、总督巡抚、知府知县、统领管带,应有尽有,包括了国家机器各个层次的成员。小说集中地暴露了清末官场中的丑行恶德,将其中腐败堕落、徇私舞弊、钻营谄媚、卑劣龌龊的行径一一放大,显露于世人面前,由此彻底撕掉了统治阶层与士大夫们金碧辉煌的伪装。

小说彻底抛开"忠奸对立"的模式,写官场一片漆黑,大家都把做官看成是生财之道,"统天下的买卖,只有做官利钱顶好"(第六十回)。官员道德堕落,寡廉鲜耻,卖官鬻爵,贪赃受贿,把官场作为商场。对百姓凶狠残酷,对洋人奴颜婢膝。小说展示了官场的各种丑恶伎俩,整个官场也就描绘成"畜生的世界",如此大胆尖锐的揭露,是空前的。《官场现形记》作为一部批判和揭露之作,确实写得酣畅淋漓:人物虽多,却神同而形异。如同为贪官,舒军门直接克扣军饷上百万两;傅巡抚则身着"布袍"、"破鞋"以示出奇的"清廉",以致杭州官吏争买旧衣,"如一群叫化子似的",其实他任一次副钦差就贪赃五十万两;华中堂则"最恨人家孝敬他钱",暗中却通过他开的古董铺高价卖官。这些描写,不仅揭穿了官吏五花八门的贪污手段和虚伪卑劣,也避免了"千人一面"。但是因为李伯元追求嬉笑怒骂之效果,所以将主要笔墨放在揭露大官隐秘上,并不惜夸张。如第五回写何藩台出卖官缺,因分赃不均,与胞弟兼经纪人"三荷包"大打出手,弄得太太差一点流产,形同市井无赖。从全书来看,这部作品大都采用漫画手法,作者揭露、展示官场黑暗时,让读者产生快感,但社会与人物的复杂性都被处理得简单化了。另一方面又反映了小说变成商品后受文化环境的制约,以嬉笑怒骂之文迎合当时社会谩骂式的发泄需求。

以往士大夫暴露黑暗,揭示民瘼,是向皇帝大臣上书,以引起执政者的注意。《官场现形记》却是倒过来,向普通老百姓揭露官场的黑暗,体现了近代的"公众化"。这种做法也是前所未有的。小说为清末的社会改革而呐喊,为清末社会研究提供了大量的社会资料,也为后来的文学揭露社会的腐败走出一条新路。需要指出,李伯元的创作思想是矛盾的。他声称要用这部书作"教科书"陶熔、教育中国官员,使他们知过必改。但是,当他下笔描写现实时,留下的只有未经沉淀的愤怒,不加讳饰的诅咒,夸张而又失去幽默的嘲笑。这种立意和创作实际的不协调,真实地反映了受时代冲击而又未走出"旧营垒"的知识分子道德理想与社会现实间的矛盾,或者说他们政治观念和人生感触的矛盾。

李伯元另一部比较著名的作品《文明小史》,1903—1905年连载于《绣像小说》,共六十回。商务印书馆1906年出版单行本。《辛丑条约》签订之后,清王朝为了缓和社会矛盾,也提出了"变法"和实行"新政"。在这一背景之下,原来被镇压的变法维新成为社会时尚,成为投机分子升官发财的机会。《文明小史》揭露了形形色色的假"维新人士":留学生一边鼓吹婚姻自由、男女平等、家庭革命,一边却在马路上欣赏小脚女人,瞧得勾魂摄魄。进士翰林"放不到差,得不着缺,借这办学堂博取点名誉,弄几文薪水混过"。在这

"咸与维新"的潮流之中,《文明小史》着重暴露的是上层社会的假维新。安徽巡抚黄升一味巴结外国人以示趋"新",还怕洋务局不能满足洋人要求,决定撤掉洋务局,请一位洋人做顾问,一切听命于这个外国顾问。与此同时,他们对西方的"新学"却又视为"祸根"。江宁知府康太尊一面假办学堂博"维新"之名,一面下令将"劝人家自由平等的一派话头"的"新书","付之一炬,通统销毁"(第四十二回)。黄升、康太尊这两类形象,客观上揭露了清政府所谓"新政"的实质——遏制民主新思潮、依靠洋人维持统治,从而也反映了"庚子事变"后中国已完全沦为半殖民地半封建社会的历史现实。

作者反对假维新,意在提倡"身体力行"的真维新。因此与《官场现形记》中几乎无一正面形象不同,小说中出现了王公溥、聂慕政、陈公是等喜读《民约论》、《饮冰室自由书》,"总要做些事业",甚至"恨不得"把暴虐的"官府杀了才好"的青年,反映了当时的新思潮。但是,李伯元主要是从道德层面,本着"言行一致"的原则来评价维新活动的。他所谓"身体力行",不过如书中湖北总督那样讲求新法,为民兴利,养了一批有学之士,并为此而典当太太的嫁妆。而对康有为、梁启超等维新人士,小说中以安绍山、颜轶回等形象加以影射,夸张讽刺,立意笔法,仍属谴责小说一路。

《文明小史》艺术上较成功的,是前十二回写永顺府事件。湖南永顺府正行武举科考,适省里派洋人勘察矿山。因洋人一只磁杯在饭店被打碎,就吓得柳知府惊惶失措,停止武考。又因传言矿山归洋人开采,举子聚众欲围殴洋人。洋人翻墙逃走,知府缉捕首事。而洋人却借机讹诈,未遂,即赴省告状,至柳知府被革。继任何知府明令"得罪了外国人,都是要重办的",大肆捕人,诬以"新党",并横征暴敛,激起民愤。以十二回篇幅写一个事件,在谴责小说中并不多见。情节结构也不是单线的平面叙述,由偶然性事件引发出必然性冲突,百姓与洋人,百姓与官府,官府与洋人,以及官府之间的矛盾,交织错综。形象也不过分简单化,如柳知府既有惧洋保官的一面,又有在洋人讹诈面前"宁可这官不做"、不丧失民族良心的一面;既写出应试举子们维护矿山主权的义愤,也写了他们怕坏了本乡风水的保守。

与李伯元齐名的是吴沃尧(1866—1910),字趼人,广东南海人,因家居佛山,自号"我佛山人"。他出生在一个衰落的仕宦人家。十八岁时赴上海谋生。1897年,开始在上海办小报,先后在《字林西报》、《采风报》、《奇新报》、《寓言报》主笔政。1905年一度赴汉口,任美商《楚报》编辑,旋即因反美华工禁约事起,愤然辞职。1906年与周桂笙等创办《月月小说》杂志,并任主编。小说以《二十年目睹之怪现状》最著名,此外还有《痛史》、《九命奇冤》、《新石头记》、《劫余灰》、《恨海》、《情变》等十余种,以及《黑籍冤魂》、《立宪万岁》等十二个短篇和《中国侦探案》等笔记杂著。

《二十年目睹之怪现状》是谴责小说又一代表作,初刊于1903—1906年《新小说》,刊登至四十五回时《新小说》停刊。后广智书局陆续出版单行本,分八册,至1910年出齐,共一百零八回。该著以"九死一生"为主角,描写他自1884年中法战争以来所见所闻的各种社会怪现状,所涉及的社会范围比《官场现形记》要广得多。它以揭露官场人物为主,扩展到了洋场、商场以及其他三教九流的角色。自慈禧太后,至官僚将帅,以及纨绔公子、斗方名士、洋行买办、奸商巨贾,乃至劣医术士、流氓地痞,几乎包含了晚清社会的各个阶层。第二回中,作者借九死一生之口说:"我出来应世的二十年中,回头想来,所遇见的只有三种东西:第一种是蛇虫鼠蚁;第二种是豺狼虎豹;第三种是魑魅魍魉。"小说通过二百多桩怪现状,揭露了封建社会总崩溃时期整个统治阶级的腐败、堕落、不可救药和这个社会的黑暗、丑恶,从而揭示了它必然灭亡的命运。

《二十年目睹之怪现状》的一个特点,是突出暴露整个社会,尤其是统治阶级的道德崩溃。作者把种种凶恶、黑暗,归结为传统道德的沦丧。他在《上海游骖录·自跋》中说:"以仆之眼,观今日之社会,诚岌岌可危,固非急图恢复我固有之道德,不足以维持之,非徒言输入文明,即可以改良革新者也。"从这一思想出发,吴趼人在小说中不仅如《官场现形记》那样揭露"至于官,是拿钱捐来的",而且更强调"这个官竟不是人做的。头一件先要学会了卑污苟贱,才可以求得着差使。又要把良心搁过一边,放出那杀人不见血的手段,才弄得着钱"(第五十回)。书中的苟才,便是一个集中了卑污苟贱行径的形象。他在第四回出场时是个"拿钱捐来的"候补道,因未得缺已"穷的吃尽当光"。为求实差,他看准总督五姨太新丧之际,竟无耻地磕头跪求逼迫新寡的儿媳嫁给总督,果然立即得到肥缺。随后就"放出手段",大肆贪污,并扶摇直上。虽两次被参查,皆行巨贿化险为夷。最后"官囊丰满"得"不在乎差使",弃官而为寓公。然而到一百零五回,他最后却被谋夺家产的儿子勾结江湖劣医毒死。"卑污苟贱"已成为统治阶级的"遗传基因",并将导致他们的死亡,这就是苟才结局的客观意义。

始源于官场的道德沦丧,泛滥于社会,造成伦理败坏。不过,《二十年目睹之怪现状》所暴露的道德沦丧,与近代欧洲小说中所反映的"资产阶级撕下了罩在家庭关系上的温情脉脉的面纱"不同,它虽然也与金钱的作用有关,却不是资本主义生产关系发展的结果。相反,小说中肯定投资经商比做官更正当和高尚。这种道德沦丧,实际是随着封建制度没落崩溃,纲常名教等维系封建秩序的精神纽带纷纷断裂的结果。吴趼人不能理解这一点,还想"恢复我固有之道德",必然陷于矛盾和幻灭。

如果说《官场现形记》通篇是揭露,那么,《二十年目睹之怪现状》除写反面人物外,还塑造了九死一生、蔡侣笙、吴继之等几个寄托自己理想的人物。但是,这几位怪现状的目睹者,不甘心同流合污者,并没有找到出路。把商场看得比官场干净的吴继之最后破产,只能"明哲保身"退而求其次。"正直贤良"、有学问、想做一番事业的蔡侣笙,在任蒙阴县令时,用公款赈济遭蝗灾的百姓,却因此革职,并被勒令缴还赈款,蔡侣笙"典尽卖绝"仍欠八千两银子。寡廉鲜耻、不学无术之徒,夤缘上爬;正直贤良者,人生坎坷。小说最后一回的标题是"负屈含冤,贤令尹结果;风流云散,怪现状收场"。这种饱含忧郁、悲愤的结语,真实地表露了吴趼人思想与情感深处的困惑。

在小说艺术上,《二十年目睹之怪现状》也是单篇故事的串联结构。但以九死一生的见闻为线索,较有连贯性。吴继之、文述农和苟才、九死一生的伯父子仁等几个主要的正反面人物的活动在书中时断时续,起伏照应,形象也较为生动。该书采用第一人称叙述，明显地受翻译小说的影响，是近代较早在艺术创作方法上借鉴外来小说而且较成功的作品。但是，小说与《官场现形记》存在着共同的弱点，作家只注意色彩诡奇的故事，人物夸张的行为，由此"伤于溢恶，言违真实"，"终不过连篇'话柄'，仅足供闲散者谈笑之资而已"（鲁迅《中国小说史略》）。其实，吴趼人的《九命奇冤》、《新石头记》、《恨海》都写得很好，比《二十年目睹之怪现状》更像小说，更具艺术性。

与李伯元、吴趼人齐名的另一位谴责小说作家是刘鹗。刘鹗（1857—1900），字铁云，江苏丹徒人。出身于官僚家庭，父亲曾任开封知府，他从小受过传统的儒家教育，懂得水利、医学、金石考古，当过医生与商人，均不得意。他的思想既受明清实学思潮影响，又接受了当时东渐的西学思潮。刘鹗从事过铁路、矿藏、运输等洋务实业活动，也曾协助河南巡抚吴大澂治理黄河，帮张之洞办洋务。八国联军侵占北京后，他购买被联军所掠之太仓储粟以赈济饥民，后因此事被劾，谪徙新疆而死。

刘鹗的《老残游记》二十回，发表时署名"洪都百炼生"。1903年始刊于《绣像小说》，至十三回中断；后重刊于《天津日日新闻》，并续至二十回。1907年该报又发表二集九回。1906年初集单印本问世。1935年，二集六回本印行。二者风格有异，思想则一以贯之。该小说通过江湖医生"老残"游历的所见所闻，串联一系列的故事，描绘出当时社会政治风俗的情状。

与《官场现形记》、《二十年目睹之怪现状》相比，《老残游记》思想上、艺术上都颇有特点，其艺术水准比同时期谴责小说要高一筹。小说初集第一回写的是一则寓言，寄托着作者对社会政治现状的看法：挣扎在洪波巨浪中的一只帆船，虽有二十三四丈，可是已经破损，无一处没有伤痕。船主、舵手、管帆的走惯了"太平洋"，一遇到风浪，便失去了依傍，慌了手脚。此刻水手只知搜刮乘船男女的干粮，剥夺他们的衣服。而一些激烈者，号召人们起来打掌舵。满怀菩萨心肠的先知先觉老残送去"罗盘"，希望使这条破船化险为夷，安然度过狂风恶浪。下等水手们却咆哮起来，视其为"洋鬼子差遣来的汉奸"，欲杀之而后快。这段寓言是刘鹗人生历经磨难的情绪发泄，也

用实用实用实用实用实用实用实用实用实

是对当时社会政治与风俗现状的曲折述说。他深感朝政腐败，官吏贪婪，民众愚昧。但又坚决反对反清革命，指斥"北拳南革"是国家祸害，认为只有振兴实业，重视科技，才能救国。

与其他谴责小说不同，《老残游记》揭露官僚的罪恶，对象主要是"清官"。小说中描写的"清官"玉贤、刚弼，实是刚愎自用、滥杀无辜的凶手。玉贤在曹州府"路不拾遗"的政声，靠的是对民众的残暴虐杀。他到曹州一年，被他用站笼站死的有两千多人。"清廉的格登登的"刚弼，更甚玉贤。他在审理魏氏一案时，仅据魏家家人为救主人疏通官府的一千两银票，望风捕影，一口咬定魏家父女有放毒致死人命之罪，采用诱供、逼供、屈打成招的办法，又力避"严刑毙命"的罪名。撕开"清官"的画皮，将其酷吏的本相公之于众，这与过去传统的小说相比，确实是别开生面的。小说中的另一类"清官"则是昏官。玉贤是"求贤若渴"的张宫保荐举的。但当老残访实并报告了玉贤令人发指的"政绩"时，他却只说"再不明保他"而已。也是这位张宫保，只信"不谙世故"者的治河方案，不用老残之议，致使黄河堤内十几万生灵化为鱼鳖，其害更甚于酷吏。

刘鹗不是职业小说家，这部作品带有很大的自传与自辩成分。刘鹗在《自序》中说："吾人生今之时，有身世之感情，有国家之感情，有社会之感情，有种教之感情。其感情愈深者，其哭泣愈痛；此洪都百炼生所以有《老残游记》之作也。棋局已残，吾人将老，欲不哭泣也得乎？"不难看出，作者的思想充满着矛盾，一方面感到大厦将倾、日薄西山，另一方面又觉得救国无门。刘鹗曾拜太谷学派传人李龙川为师，思想深受其影响。小说中的老残，颇有作者的影子。他并非只是一位走街串巷、自甘淡泊的江湖医生，主要是一位义肝侠胆、满腹经纶的有识之士。他忧愤国事，同情百姓，但所能做到的只是查访冤情，救出沦为妓女的环翠，最后"摇串铃先醒其睡"，写出这部"哭世"以"醒世"的游记而已。

《老残游记》的艺术性较强。作者将"清官"作为谴责对象，超越了一般的谴责小说。视角由传统的全知叙事转变成为第三人称限制叙事。还把

"游记"引入小说,吸取了古代散文游记叙景状物的特点,小说中的许多片断可当作优秀的散文来读。如写铁公祠对岸千佛山上的梵宇僧楼、松柏丹枫、明湖芦花,笔法细腻逼真、清丽生动,虽是白描,却于柔和淡雅中透出一份秀丽。它如桃花山的月夜、黄河的冰雪、黑妞和白妞的说书等,都是那样简洁流畅,引人入胜,几成经典之作。这些描写又蕴含象征意味,如白妞博采众长,改造了大鼓书,实际象征了中国必须吸收西方影响,实行改造。黄河上的冰挤来挤去,正反衬桃花山"三教合一"的和谐。小说也因此富于节奏感,体现了传统优秀章回小说"一张一弛,文武之道"的精神。更重要的,他对故事情节结构漫不经心,而刻意抒写人物内心的情思,表现出中国小说刻画人物由外部白描向内心心理描绘的转化。

《老残游记》几乎兼具晚清几种主要小说类型的形式:小说对"清官"酷吏的刻画,使人们把它归入社会谴责小说;申子平桃花山之游,在通过人物对话直接表达作者理想上,与政治小说如出一辙;老残的私访破案,无疑是对公案、侦探小说的模仿。谴责、政治、公案、侦探各类小说,都是晚清最流行的小说。以一部小说而综括上述诸种小说形式,在晚清小说中,《老残游记》是罕见的,但它超出了作者的驾驭能力,显得不相协调。如以侦探故事终结全书,破坏了游记体裁的完整性。一些"清官"形象,也难逃单薄之病。作者的目的仍然是写事以提供"罗盘",而不是表现人生,终未能摆脱谴责小说的通病。

第四节　历史小说

我国的小说本有"讲史"传统。所以,与政治小说源于外国不同,近代历史小说是由传统讲史小说发展而来的。但两者的思想基础却很不一样。梁启超在戊戌变法前写的《变法通议》"论幼学第五·说部书"中,一方面将古代小说归为"海盗海淫",另一方面提倡"杂述史事,激发国耻,旁及彝情,振厉末俗"的新小说。将"杂述史事"与"激发国耻"、"振厉末俗"联系在一起,显然是提倡开拓一条"史为今用"的小说创作道路。

1897年,章伯初、章仲和主编的第一份白话报纸《演义白话报》在上海开张,连载了长篇小说《通商原委演义》,这是近代最早出现的历史题材小说。这个讲述鸦片战争故事的小说,实同浮光掠影的粗糙纪实报道,但当时却读者颇众,后又改名为《罂粟花》,发行了单行本。1902年以后,当政治小说崛起时,历史小说也大量出现。晚清小说的历史题材扩大了,一类是杂述中国史事的作品,另一部分却是西洋史改写成说部。前者如吴趼人的《痛史》、《两晋演义》,痛哭生第二的《仇史》等;后一类如《万国演义》、《泰西历史演义》、《东欧女豪杰》等。

晚清的历史小说,同样是小说界革命的产物,属于"新小说"一类。这类小说的宗旨之一是开民智。吴趼人在《历史小说总序》中说:"年来吾国上下竞言变法,百度维新,教授之术亦采法列强,教科之书日新月异,历史实居其一",而"昨日读正史而不得入者,今日读小说而如身亲其境"。尤其是一些外国史小说如《泰西历史演义》,大都以小说为历史教科书,普及历史知识。宗旨之二是振民气。这个时期的中国史小说,大都以宋元、明清之际历史为题材,鼓动民族主义。吴趼人因为"恼着我们中国人,没有血性的太多,往往把自己祖国的江山,甘心双手去奉与敌人,还要带了敌人去杀戮自己同国的人",故作《痛史》以"借古鉴今"(《痛史》第一回)。而外国史小说则盛行虚无党小说。1902年罗普(张孝高)在《新小说》发表描写俄国虚无党女英雄苏菲亚故事的《东欧女豪杰》后,短短几年中同类题材小说(包括译作)达十四种之多,显然与反清革命形势有关。

不过,历史教科书式的小说,由于人物塑造和描写的欠缺而读者渐少。中国史小说,则逐渐由取材古代转向取材近代历史或时事。这些小说以故事为主,在情节和结构上,借鉴了谴责小说描写内容的广泛性、暴露性和连缀式的手法;在创作倾向和正面人物形象刻画上,往往又有政治小说的色彩。同时,它们在一定程度上减弱了谴责小说那种漫画式的夸张,较注重真实,也不同于结构松散、人物大段独白、缺乏形象特点的政治小说,因而赢得了读者。其主要代表作是《孽海花》和《洪秀全演义》。

《孽海花》作者曾朴(1872—1935),字孟朴,笔名东亚病夫,江苏常熟人。曾随李慈铭、吴大澂受业,十九岁中秀才,二十岁中举人,二十一岁捐内阁中书。1895 年入同文馆特班学习外语,主修法文。1897 年准备在上海办实业,与谭嗣同、林旭、唐才常等人来往密切。曾随陈季同学习法国文学,受到法国近代现实主义文学的影响。1904 年创办小说林书店,提倡译著小说。

《孽海花》,三十五回。前六回原由金松岑(天羽)撰写,1903 年在《江苏》第八期上发表前二回。金松岑写《孽海花》时,正是日俄战争前夕,意在借此著警告国人警惕强俄;因洪钧出使过俄国,所以以他为主角,赛金花为配角,将其定位在“政治小说”。曾朴接手之后,放弃了写作政治小说的设想,尽量容纳近三十年来的历史,在更广阔的社会画面上表现这段历史。两人共商回目,本拟写六十回,包括五个时代,即“旧学时代”、“甲午时代”、“政变时代”、“庚子时代”、“革新时代和海外运动”。1905 年出版前二十回。1907 年《小说林》发表二十一至二十五回。此后该书写作中断,至 1927 年后完成后十回。1931 年,真美善书店出三十回本,1959 年,中华书局出版三十五回本。

《孽海花》曾与《官场现形记》、《二十年目睹之怪现状》、《老残游记》合称四大谴责小说。诚然,它们在“揭发伏藏”、“纠弹时政”方面有相同之处,但《孽海花》与一般谴责小说比较又有一些重要特点。它初版时即标“历史小说”,而从一些基本方面看,它应属历史小说。

《孽海花》以金雯青和傅彩云的故事为线索,描述了清末同治初年到甲午战争之后三十年间上层社会生活,展示了这一时期中国政治、外交、文化各方面的社会状态。作品涉及一系列历史事件,如中法战争、中俄伊犁与帕米尔交涉、甲午战争及台湾抗日、帝党后党斗争、强学会建立、兴中会成立、乙未广州起义等。作者并未对所有历史事件本身用力着墨,而且往往因过多渲染"细事"而削弱了小说的历史感,但仍通过描写与这些历史事件有关的人物的思想、动态,反映了不同阶段的社会情状、民族危机的加深、社会思潮的变迁,比较清晰地显现了从洋务运动,到改良运动,到革命思潮兴起这一晚清政治变革的轨迹。小说中二百多个人物,都以实有的历史人物为原型,或用化名,或用真名。如金雯青(洪钧)、威毅伯(李鸿章)、闻韵高(文廷式)、庄小燕(张荫桓)、冯子材、冯桂芬、薛叔耘(薛福成)、唐犹辉(康有为)、戴胜佛(谭嗣同)、孙汶(孙中山)、陆皓东等。作者意在展现并使读者认识近代中国的危机和历史趋势。小说第一回描绘了一座"孽海"中的"奴乐岛",虽"山川明丽,花木美秀"却"从古没有呼吸自由的空气",而"到十九世纪中段","忽然四周起了怪风大潮",以至奴乐岛"岌岌摇动","直沉向孽海中去",就是中国近代历史的象征。"三十年旧事,写来都是血痕;四百兆同胞,愿尔早登觉岸",概括了本书基本主题和创作宗旨。

《孽海花》较全面地反映了近代史上新旧力量的兴替与斗争,而不只是单纯谴责抨击。在暴露黑暗方面,也主要不是从道德角度揭露官吏贪婪卑劣,而是从更高层次即政治角度揭露上层官僚士大夫,尤其是以慈禧为首的统治集团的腐朽昏愦,误国亡国。小说中的慈禧骄奢佚乐、亲近弄臣、专制跋扈,以致"朝中歌舞升平,而海外失地失藩";威毅伯"只知讲和","倚仗外人,名为持重,实是失机",造成中法、中日战争之败。曾朴笔下人物写得最生动深刻的,是一批自命知诗书,懂洋务,也爱国,也清廉,实际悠游清谈、耽溺风流、虚骄自大、纸上谈兵、昏庸误国的士大夫。如状元出身的外交使节金雯青,自命懂得历史舆地之学,花八百马克买了一幅中俄地图,以为"一来可以整理整理国界,叫外人不能占踞我国的寸土尺地,也不枉皇上差我出洋一番;二来我数十年心血做成的一部《元史补证》,从此都有了确实证据,成了千秋不刊之业"。谁知,这是一幅俄人故意作假的地图,由此白白地葬送了帕米尔八百里土地。小说写到"朝廷柱石"高中堂、龚尚书等人,在甲午海战前,"奉派会议",束手无策,只会大谈"灾变"、"梦占"。龚尚书写了一篇"失鹤零丁",贴在街头,便算抒发了忧愤。与《官场现形记》等相比,曾朴对士大夫的描写并不走极端，没有将他们刻画得像"衣冠禽兽"、"凶神恶煞"，但揭示和讽刺了他们貌似忧国，实为腐儒，貌似有志，实则愚昧，比一般的谴责小说有力量得多。小说还以热情的笔调描写了改良派和革命派志士，人物形象虽不丰满，但在富有感情的描写中，倾注了曾朴的社会和政治理想。

小说中的不少人物描写相当成功。如傅彩云由妓女成为金雯青的小妾，既温顺又泼辣，既多情又放荡，十分符合她特殊经历形成的个性。她每次出场，都有声有色。刻画名士性格，细致入微。众人为李莼客做寿，他故作矫情，装病不起。后听说有人愿以二千金为寿，便欣然前往。这些描写都颇见功力。

《孽海花》的结构也有特点。谴责小说基本上是共时性横展式连缀，《孽海花》则是历时性与共时性纵横交错的连缀。用曾朴自己的话说，是"蟠曲回旋着穿的，时收时放，东西交错，不离中心，是一朵珠花"（《修改后要说的几句语》）。作品叙事按时间顺序进行，在每一时间段又横向展开不同场景和故事，井然有序，开阖有度。不过，作为全书主人公和穿针引线人物的金雯青和傅彩云，在整个背景中，并不处于中心位置，他们难以引出一部近代中国历史。小说借此将妓女情郎的浪漫、达官名士的轶事、政治人物的活动捏合在一起。改变了连缀的方式，却还未改变连缀结构。内容上也有些庞杂，显出政治小说与谴责小说掺和的痕迹。

晚清历史小说另一部代表作，是黄世仲的《洪秀全演义》。黄世仲（1872—1912），广东番禺人，字小配，号棣荪，别署禺山世次郎、老棣等。少年时家道中落，曾渡南洋谋生，并参加了兴中会外围组织中和堂。1903年在香港任《中国日报》记者，1905年入同盟会。创办香港《少年报》《中外小说林》（初名《粤东小说林》），又主编《广东白话报》，并从事大量革命活动，曾参与黄花岗起义。辛亥革命后，广州独立，任民团总局局长。1912年被军阀陈炯明诬杀。除《洪秀全演义》外，他还著有《廿载繁华梦》、《宦海潮》、《黄粱梦》、《宦海升沉录》、《镜中影》、《大马扁》等十余部小说。其《五日风声》名为"近事小说"，实写黄花岗起义，近报告文学。

《洪秀全演义》是一部尚未写完的长篇小说。现有五十四回。1905年先刊于香港《有所谓报》,至第三十回。1906年续刊于香港的《少年报》附张上,后由《中国日报》社出单行本。小说从道光后期,冯云山、洪秀全等串联酝酿造反写起,至咸丰末年李昭寿叛变止。作者在序中称,为使其成为"洪氏一朝之实录",创作前曾"搜集旧闻,并师诸说及流风余韵之犹存者"。晚清民族主义思潮泛滥,其中的一个重要方面就是"排满"。太平天国反对满族统治,引起革命派的强烈共鸣,也成为他们鼓动"排满"时可以借用的思想武器。这也是黄世仲创作《洪秀全演义》的动机。

黄世仲一反统治者"发逆洪匪"的观点,描绘和歌颂了一批叱咤风云的英雄。他们"愤愤百年亡国之惨,起而与民请命"。书中写了数十位农民领袖,如洪秀全、钱江、冯云山、韦昌辉、石达开、陈玉成、李秀成、林凤翔等。林凤翔北伐失利,面对数十万清军围困,犹冲锋陷阵,不甘受辱,拔剑自刎;林启荣孤守九江,苦持五年,直至被炸身亡,"双目犹闪闪如生";李秀成受命于危难之际,内遭疑忌,外临强敌,负重奔走,力挽颓势,都极感人。此外如跃马登城、搴旗斩将的洪宣娇,刀光剑影中诗章却敌的石达开,也独具光彩。作者将农民反压迫、反剥削的斗争,改编成一场反专制、争自由的革命。对历史的古为今用,迎合了当时的政治需要。唯此,不甚留意小说戏曲的章炳麟,出于小说政治意识引起的共鸣,特为这部作品写了序。

小说运用浅近文言加上白话,语体也接近《三国演义》。晚清大量士大夫加入小说作者读者队伍,士大夫的欣赏趣味也必然影响到小说创作,所以晚清白话小说常有运用浅近文言的。整个清末民初小说语言,文言所占比例,要大于古代小说;其原因也在此。《洪秀全演义》作为历史小说"政治化"倾向、白话小说"文言化"倾向的代表,恰好显示了当时过渡时代的特色。

第十一章　同光体及其他诗歌流派

第一节　同光体的形成及其理论

广义的同光体泛指活跃在同治光绪年间不专宗盛唐的一批诗人。狭义的同光体,特指以陈三立、郑孝胥、沈曾植等为创作上的代表,以陈衍为主要理论家,活跃在光绪中叶以后的诗歌流派。

同光体的兴起与昌盛,首先和这批末代士大夫所遭逢的千古未有之变局相关。清末民初,外患内忧,国势衰颓,甲午战争、戊戌政变、庚子事变、辛亥革命、军阀割据,各种重大变故纷至沓来,社会巨变,世事沧桑,诗人的题材异常丰富。正是由于生逢乱世,才使同光体诗人倾向于风格上"主理"、"内敛"的宋诗,用于抒写自己的悲戚之情。同光体也是一种时代精神的折射,其背后多多少少隐含了"清流"们再造"中兴"的理想和抱负。

其次,在同光体的形成过程中,地缘起到了很大作用。同光体诗人主要以福建、江西籍为主,也有少数浙江的诗人。其中闽派人数最多,影响最大,郑孝胥、陈宝琛、陈衍、沈瑜庆、林旭、李宣龚等均身隶闽籍。此外江西的陈三立、夏敬观,浙江的沈曾植、袁昶都是同光体中卓有成就的诗人。在亲缘、学缘上,同光体诗人之间也有着密切的关联。

再者,同光体的形成离不开陈衍的苦心经营。陈衍(1856—1937),字叔伊,号石遗,福建侯官人。光绪八年(1882)中举,后连应礼部试皆不利,入张之洞幕府,任湖北官报局总编纂。三十三年(1907)赴京,供职于学部,并任职京师大学堂、礼学馆等。民国时期先后任教于京师大学堂、厦门大学、无锡国学专科学校等。编有《近代诗钞》,著有《石遗室诗集》、《石遗室诗话》等。无论是"同光体"理论的建构还是"同光体"派的形成,陈衍都起到了重要作用。这是因为,第一,同光体其他诗人多为政治家,陈衍则一直着力于诗文,其《石遗室诗话》是近代诗学的重要著作,他在其中比较系统地阐述了同光体的理论见解;第二,同光体中闽派人数最多、力量最大,陈衍和闽派中的多数人物都有亲缘、学缘上的联系;第三,陈衍长期从事教育事业,且喜欢广揽门徒,影响广泛。陈衍诗歌清苍幽峭和清新圆润兼而有之。晚年诗风接近白居易、陆游,平淡晓畅。

同光体的主要理论有:

一、不墨守盛唐,力破余地。陈衍提出了"三元说",沈曾植提出了"三关说",都体现出同光体诗人较为宏阔的诗学视野和开放的诗学观念。1899年,陈衍与沈曾植在张之洞幕府讨论诗学时,提出了"诗莫盛于三元"的说法。1912年陈衍作《石遗室诗话》时提出了较为系统的"三元说":"盖余谓诗莫盛于三元:上元开元,中元元和,下元元祐也。""三元说"是同光体的理论核心,这段话传达的信息极为丰富,在同光体诗人看来,开元、元和、元祐都是值得借鉴的三个诗歌创作的高峰,宋诗和唐诗处于同一个诗歌链条上,将唐诗向前推进了一大步,所谓"宋人皆推本唐人诗法,力破余地耳"。此后沈曾植又有"三关说",以为诗有元祐、元和、元嘉三关,通此三关,始可名家。"三关说"将学诗途径由宋唐而推至六朝。"三元"也好,"三关"也罢,都反映出同光体诗人主宋诗而不专宗宋诗,强调继承与发展。

二、诗为写忧之具,体当变风变雅。同光体诗人大都参与过维新变法运动,并有过短暂的从政经历。后因种种原因,成为罢官废吏,而将汲汲入世之心,托付于诗学。进入20世纪后,社会动荡与变革纷至沓来。正值人生中年的同光体诗人深切地感受到他们所熟悉的政治秩序、伦理道德、价值观念都在发生着剧烈的变化,辛亥革命推翻了帝制,更是天崩地裂之变革。而对民初纷纷攘攘的政治与文化变局,同光体诗人不约而同地选择了前清遗老的立场,大多心境颓唐。陈衍在《何心与诗序》中提出诗为"寂者之事"、"诗者荒寒之路,无当乎利禄"的论题:诗是寂者之事,诗为荒寒之路,以诗承载忧患,以诗困厄自守,诗已经成为同光体诗人寄托情志、慰藉心灵的生命方式和精神家园。

三、学人之诗与诗人之诗合二为一。学人之言与诗人之言合一的诗学指向是能自树立,语必惊人,字忌习见,力避陈言熟语。这就要求诗人要有真实怀抱、真实道理、真实本领。同光体派论诗,强调言与己称,反对好为大言,好为高调。这既是同光体诗派的诗美选择,也是其遗民情绪的自然流露。

第二节　同光体的创作

同光体创作上的代表是陈三立、郑孝胥、沈曾植、陈衍、陈宝琛、范当世等。

陈三立诗奇崛雄肆,郑孝胥诗凄婉深秀,代表了同光体诗的最高成就。陈三立(1853—1937),字伯严,号散原,江西义宁(今修水)人。光绪十五年(1889)进士,官吏部主事,不久因看不惯官场陋习而离职,襄助其父陈宝箴进行变法维新。光绪二十一年(1895),上海开强学会,曾列名。此年,其父陈宝箴为湖南巡抚,创办新政,提倡新学,支持变法运动。黄遵宪、梁启超等相继来长沙协助。陈三立襄助其父,多所筹划。戊戌变法失败,以"招引奸邪"罪,父子同被革职,永不叙用。之后侍父退居江西南昌西山,筑崝庐。此后,他常往返南京寓庐与西山间,亦漫游江南近地。清亡后,以遗老自居。著有《散原精舍诗集》、《散原精舍文集》等。陈三立一生创作了二千多首诗,举凡时局国事,生离死别,山川景物,日月星云,无不生动再现。其诗内容广博而深微,厚重而深刻。陈三立的家国兴亡情感、贫病兼袭却诗酒不辍的况味人生、向新而怀旧的文化意绪、忧国且怜己的感伤情怀,构成末代士人斑斓多彩的情感世界。

陈三立论诗推崇陶渊明和黄庭坚。他写道:"此士不在世,饮酒竟谁省?想见咏荆轲,了了漉巾影。"(《漫题豫章四贤像拓本·陶渊明》)他特别强调陶诗在平淡中挟风雷的气势,同时又把诗作与政治紧密结合,这些也在他的诗歌中有充分反映。他对黄庭坚诗也推崇备至:"我诵涪翁诗,奥莹出妩媚。冥搜贯万象,往往天机备。世儒苦涩硬,了未省初意。粗迹捃毛皮,后生渺津逮。"(《为濮青士观察丈题山谷老人尺牍卷子》)陈三立诗歌的"涩硬"很容易使人联想到黄庭坚。

陈三立诗中充溢着家国之悲,"家"的感伤与"国"的苦痛合二为一。积极参与维新变法而又遭遇重挫的陈三立既以"神州袖手人"的誓言而不再涉足政治,却积极关注时事,深切关怀民瘼,"百忧千哀在家国,激荡骚雅思荒淫"(《上元夜次申招坐小艇泛秦淮观游》),如《书感》、《孟乐大令出示纪愤旧句和答二首》、《人日》、《次韵和义门感近闻》、《十月十四夜饮秦淮酒楼》、《江行杂感五首》等诗,是对庚子国难忧愤心情的抒发;《园馆夜集闻俄罗斯日本战事甚亟感赋用前韵》、《小除后二日闻俄日海战已成作》、《短歌寄杨叔玫时杨为江西巡抚令入红十字会观日俄战局》是关于日俄在中国国土上进行战争的愤怒的控诉;而《留别墅遣怀》则反映了北洋军阀军队攻入南京后人民遭殃的现实。生逢乱世、频遭变故的陈三立屡屡在诗歌中抒发悲愤之情。

陈三立的峿庐诗情真意切,感人至深。自庚子年父亲去世后,陈三立几乎每年都到江西扫墓,峿庐诗也成为陈三立诗中最沉痛的篇章,他屡屡抒发"孤儿"的悲伤情怀:"终天作孤儿,鬼神下为证"(《峿庐述哀诗》);"群山遮我更无言,莽莽孤儿一片魂"(《雨中去西山二十里至望城冈》);"壁色满斜阳,照照孤儿泣"(《壬寅长至抵靖庐谒墓》);"眼花头白一孤儿"(《庐夜漫兴》),表现了真挚的悲戚与深挚的痛楚。这背后暗含着末代士大夫心理失怙的情感体验,这也是陈三立诗歌深受传统士大夫和民国后旧派文人青睐的重要原因。

陈三立诗奇崛中见平淡,拙笨中藏灵巧,韵律跌宕起伏,文词意蕴深远,如《夜舟泊吴城》:"夜气冥冥白,烟丝窈窈青。孤篷寒上月,微浪稳移星。灯火喧渔港,沧桑换独醒。犹怀中兴略,听角望湖亭。"既描绘了夜色中鄱阳湖的苍茫之景,又抒发了作者的沧桑之情,在整体上营造出一种莽苍诗意。陈衍在评价散原诗时说:"荒寒萧瑟之景,人所不道,写之独觉逼肖。"(《近代诗钞》)确实能涵盖陈诗的独特之处。

陈三立诗情景交融,意味深远。景物描写丰富多样,既有象征性很强的,也有极具写实风格的。更多情况下,诗人将自然加以变形、扭曲,展示出一种奇险怪丑的状态,以一种接近存在主义的状态展示内心的苦痛。他在《十一月十四夜发南昌月江舟行》中写道:"露气如微虫,波势如卧牛。明月如茧素,裹我江上舟。"诗的前三句连用了三个新奇的比喻,描写出长江月夜的景色。淡淡的哀愁与诗中清冷幽寂的画面交织在一起,构成了全诗富有艺术魅力的意境。陈三立还善于将壮阔之景和微细之物并列在一起表现,如"尽觉鲸波掀海立,独看虫篆映灯微"、"群鸡啄树影,语燕点书帏。海色犹亲切,天声日细微",大景波澜壮阔,小景亲切逼真,形成强烈的对比,令人联想到这位义宁公子往日的叱咤风云和时下的波澜不惊。

陈三立的诗文中,家与国是紧紧连在一起的。创作于1902年冬的《晓抵九江作》也是陈三立诗中的名篇:"藏舟夜半负之去,摇兀江湖便可怜。合眼风涛移枕上,抚膺家国逼灯前。鼾声邻榻添雷吼,曙色孤篷漏日妍。咫尺琵琶亭畔客,起看啼雁万峰颠。"首句化用《庄子·大宗师》的典故:"夫藏舟于壑,藏山于泽,谓之固矣。然而夜半有力者负之而走,昧者不知也。"本诗既实写不知不觉间舟行之迅速,又暗喻国家灾难来临之悄无声息与迅疾。

颔联充分说明了首句借"藏舟夜半负之去"来喻的国家形势的紧迫。在艺术
手法上本诗充分体现了"咀含玉溪蜕山谷"的风格,既有黄庭坚纵横排奡的
气势,又深得李商隐用典精细之精髓。

陈三立诗作在清末民初享有崇高声誉,时人评价很高,汪辟疆在《光宣
诗坛点将录》中将陈三立比作"及时雨宋江",梁启超在《饮冰室诗话》中说:
"其诗不用新异之语,而境界自与时流异,酝深俊微,吾谓于唐宋人集中罕见
伦比。"对陈三立诗可谓推崇备至。

单就诗歌成就来说,郑孝胥与陈三立齐名,时人常以"散原"、"海藏"并
称。郑孝胥(1860—1938),字苏堪、太夷,号海藏,福建闽侯人。光绪八年
(1882)中举,后由内阁中书改官同知。曾出使日本。甲午后历官总理各国
事务衙门章京、京汉铁路南段总办、督办广西边务、广东按察使、湖南布政使
等。清亡后,以遗老自居,后出任伪满洲国国务总理。著有《海藏楼诗集》。
"同光体"的概念起源于郑孝胥和陈衍、王仁堪等论诗的过程中,加上卓有成
就的创作,郑氏成为同光体的中坚力量。陈衍在《石遗室诗话》中将道光以
来的诗派分为清苍幽峭和生涩奥衍两派,将郑孝胥作为清苍幽峭的代表之
一。郑孝胥诗宗谢灵运、孟郊、柳宗元、王安石、陈与义等,韵味淡远、清言见
骨。《人日雨中》写道:"人日梅花空满枝,闲愁细雨总如丝。临江官阁昼欲
暝,隔江楚山阴更宜。逋客偶来能自放,翔鸥已下又何之。凭阑可奈伤春
目,不似江湖独往时。"如霜钟出林,悠然意远。郑诗中哀婉诗艺术成就最
高,如《哭顾五子朋》:"持论绝不同,意气极相得。每见不能去,欢笑辄竟夕。
西州门前路,尔我留行迹。相送至数里,独返犹恻恻。小桥分手处,驴背斜
阳色。千秋万岁后,于此滞魂魄。为君诗常好,世论实不易。梦中还残锦,
才尽空自惜。"这首诗是为悼念好友顾云而作,情深意切,真挚感人,平易的
语言中暗含着巨大的悲痛。其他如《述哀》、《哀小乙》、《伤逝诗》等均哀婉
深沉。

沈曾植,字子培,号乙庵、寐叟,浙江嘉兴人。光绪六年(1880)进士。官
至安徽布政使、护理巡抚。著有《海日楼诗集》、《海日楼文集》等。沈曾植是

同光体诗人中学识最渊博、诗风最晦涩的一位。他被推尊为同光体"浙派"的领袖。沈诗整体风格沉博奥邃、斑驳陆离,"如列古鼎彝法物,对之气敛而神肃"(《海日楼诗集跋》)。偶有清言见骨之作,如《寄樊山》诗:"钟山云接九华云,共饮长江作比邻。俭岁诗篇元白少,昔游朋辈应刘陈。文章世变同刍狗,物望人间有凤麟。侥幸黄云秋野熟,腰镰归作耦耕民。"明白晓畅的诗风中透出文人官员特有的闲适自得和书卷情趣。他的《病僧行》一诗表达了戊戌变法失败后的愤懑心情和对国家前途的忧虑,也是其诗中的杰作。

陈宝琛,字伯潜,号弢庵,福建闽县人。官至弼德院顾问大臣、正红旗汉军副都统等。著有《沧趣楼文存》、《沧趣楼诗集》等。陈宝琛早年为"清流党"成员,批评时政、意气风发,因开罪于慈禧而被贬乡居二十多年,清末重新出山,道德文章,均为世重。他在同光体诗人中年辈较长,对陈三立、郑孝胥都有眷顾和提携。陈宝琛诗风清雅简古、沉郁顿挫,陈三立在为其所作诗集序言中称:"纯忠苦志,幽忧隐痛,类涵溢语言文字之表,百世之下,低徊讽诵,犹可冥接遐契于孤悬天壤之一人也。"陈宝琛《感春》诗四首之一写道:"一春无日可开眉,未及飞红已暗悲。雨甚犹思吹笛验,风来始悔树幡迟。蜂衙撩乱声无准,鸟使逡巡事可知。输却玉尘三万斛,天公不语对枯棋。"这首诗描写清政府甲午战前的仓促应战,战后的束手无策、任人宰割,沉郁悲痛,广为传诵。

范当世,字无错,号肯堂,江苏通州人。早年即有才名,与张謇、朱铭盘号称"通州三生"。曾应吴汝纶之邀,在保定莲池书院讲学。但屡试不第,以诸生终。著有《范伯子诗集》。所作诗篇,多为反映现实、揭露时弊:"万语纵横惟己在,十年亲切为时嗟。"(《戏题白香山诗集》)"细思我与国何干,惨痛能来切肺肝。"(《夜读遗山诸作复自检省乱来所为诗百余首至涕不可收愤慨书此》)均发自肺腑、情感沉挚,其诗功力深厚,兼有苏轼、黄庭坚之长,风格悲愤牢愁。

此外如袁昶、俞明震、沈瑜庆、林旭、陈曾寿、夏敬观等都是同光体诗人群中艺术成就较高的诗人。

同光体是继道咸宋诗派之后的第二波宋诗运动,在面向现实方面,前者又跨越了一大步。陈衍这样为宋诗派的艺术风格辩护："诗至晚清同光以来,承道咸诸老薪向杜、韩,为变风变雅之后,益复变本加厉。言情感事,往往以突兀凌厉之笔,抒哀痛逼切之辞,甚且嘻笑怒骂,无所于恤。矫之者则为钩章棘句,僻涩聱牙,以至于志微噍杀,使读者悄然而不怡。然皆豪杰贤知之子乃能之,而非愚不肖者所及也。道咸以前则慑于文字之祸,吟咏所寄,大半模山范水,流连景光,即有感触,决不敢显然露其愤懑。间借咏物咏史以附于比兴之体,盖先辈之矩矱类然也。"(《小草堂诗集叙》)这段话颇能说明同光体产生及流行的原因,也能使我们了解同光体风格形成的深层动因。

在中国文化的转型期,同光体诗人群是一个复杂的存在,多数同光体诗人在近代历史变革中起到了积极的作用,他们在文化上大都持一种开放的心态,并不反对引进西学,多数人体恤民情,锐意变法,欲富民强国。陈三立是维新变法的主要参与者,变法失败后遭到了沉重打击,另一位同光体诗人林旭则在变法中失去了年轻的生命。郑孝胥是晚清预备立宪的领袖人物之一,他还积极参与近代教育,和陈三立等人共同致力于中国公学的建设。这些都是同光体诗人值得称道的地方。

就诗歌成就而言,同光体诗人虽主宋诗但不专宗宋诗,他们在学古问题上其实都比较通达,并没有陷入泥古而不能驭古的泥潭,体现了末代传统诗人宏阔而慎重的选择。新文学勃兴时期胡适等人倡导的白话诗某种程度上也受到了这批同光体诗人的启发。当然,真正能撼动同光体诗坛霸主地位的也是新文学运动中出现的白话新诗。

第三节　汉魏六朝诗派与中晚唐诗派

同光体外,汉魏六朝诗派和中晚唐诗派也是晚清影响较大的诗歌流派。

汉魏六朝诗派的代表人物是王闿运,此外还有邓辅纶、高心夔、蔡毓春、邓绎、李寿蓉、龙汝霖等。因多数诗人来自湖南,这个诗派也被称为湖湘诗派。其特点是,以五言为主,力追魏晋,不取唐宋歌行近体。

王闿运(1833—1916),字壬秋,号湘绮,湖南湘潭人。咸丰举人。曾入曾国藩幕府,后任两湖书院山长。以经学、文章享誉海内。著有《湘绮楼全书》。王闿运之所以能成为汉魏六朝诗派的领袖,在于他有着较为完整的诗学理论和丰富的创作实践。他撰有《湘绮楼说诗》,在评定古今诗人的同时建立了自己的学说,又选《八代诗选》,供人参照模仿。

王闿运论诗的核心是"诗缘情而绮靡"。王氏论诗主情,情在他的诗歌理论中占有核心地位。他说:"诗,承也,持也。承人心性而持之,以风上化下,使感于无形,动于自然。故贵以词掩意,托物寄兴。使吾志曲隐而自达,闻者激昂而欲赴,其所不及设施而可见施行。幽旷窈眇,朗抗犹心,远俗之致亦于是达焉。"(《湘绮楼论诗文体法》)诗所起的"风"、"教"作用,并不是直接去说教,而是要使人不知不觉地、潜移默化地受到"感动",正所谓"古人诗以正得失,今之诗以养性情","古以教谏为本……今以托兴为本"(《论诗法》)。他把诗歌分为古今两个时代,认为古之诗(汉代以前)以正得失,是为教化服务的;今之诗(汉代以后)"以养性情","以托兴为本,乃为己作",因此,诗歌应该以情动人。在王闿运看来,"缘情"和"绮靡"是相互关联的两个方面,诗"绮靡"的外观和其中蕴藏的感情必须交融在一起。他在为人作序时称:"读其诗,一往于情。情之绵邈,愈淡远而愈无际;情之宕逸,如春云触石,时为惊雷;其往而复,如风止雨霁,云无处所;其往而不复,如成连泛舟,而涛浪浪。故其浩轶骀荡,知其能酒;其抑扬抗坠,知其能歌。"由此可知,在王氏看来,能使人强烈地感受到情感的起伏变化的诗才是好诗。王闿运多次自称他喜爱绮文、绮语,他在评陈锐诗时说:"陈伯弢诗学我已似矣,但词未妍丽耳。"(《湘绮楼说诗》)他自己作诗讲究文词的妍丽,对别人也这样要求。

王闿运还提出了拟古论。即主要是模仿汉魏六朝诗风,"作诗必先学五言,五言必读汉诗,而汉诗甚少,题目种类亦少,无可揣摩处,故必学魏、晋也。诗法备于魏、晋，宋、齐但扩充之，陈、隋则开新派矣"(《湘绮楼说诗》卷六)。他对汉魏六朝诗人评价甚高，对唐以后诗人则不屑一顾。

诗歌创作上王闿运以五律写山水，清雅自然，不重雕炼。如《望庐山》、《自龙江渡缘水至烟彭庵乘舟暮还》、《城上月夜》等诗，云裹峰巅，天色染紫，轻舟落日，芳草春山，意境悠然。其大多数诗作则着意刻画，如《大雪夜渡黄河》、《入观阳峡》、《出洞庭西湖浮澧入江有作》等，有的借助奇特的想象和生动的比喻，使景色更加险峭奇丽，令人回味，或者用粗犷刻凿的笔调，展现出河山的开阔和突兀，又时寓一种主观的情感于大自然的气象之中。其《寄怀辛眉》诗写道："空山霜气深，落月千里阴。之子未高卧，相思共此心。一夜梧桐老，闻君江上琴。"寥寥数言就将诗人的情深义重展现出来，情景交融，浑然一体。《圆明园词》描写了这座宏伟的宫殿从建造到焚毁的历史，夹叙夹议，情调激昂，表达了诗人对国家前途的深切忧虑，是其诗作中广为传诵的名篇。

汉魏六朝诗派的另一位代表诗人是邓辅纶(1828—1893)，字弥之，湖南武冈人。年轻时代就读于长沙城南书院，与王闿运、邓绎、李篁仙、龙汝霖结"兰陵词社"，人称"湘中五子"。著有《白香亭诗集》。他一生致力于诗，作诗废寝忘食，"思力沉苦，每吟一句，必绕室百转"(《湘绮楼说诗》卷二)。王闿运《论诗绝句》称其"太阿青湛比芙蓉，销尽锋芒百炼中"。生逢乱世，《白香亭诗集》中有许多表现民生凋敝的诗篇，《鸿雁篇》反映了1849年湖南大水所造成的灾难，"瘦犬尽日卧，饥婴席草宿。寒雨侵枯颜，荒荒断野哭"，感人肺腑，催人泪下。邓辅纶追慕陶渊明，集中有许多和陶的诗作，颇能得陶诗之神貌。

以王闿运为首的汉魏六朝诗派与同光体唐宋兼采、适时而变的诗学方略不同，汉魏六朝诗派恪守汉魏诗法。陈衍在《近代诗钞》中称王闿运"墨守古法，不随时代风气为转移，虽明之前后七子，无以过之也"。在中国文学转型的剧变期，一味强调复古的汉魏六朝诗派的影响自然不如融会贯通的宋诗派广泛，但其对"诗缘情"传统的强调有其合理之处。同光体领袖陈三立早年与王闿运交游甚密,创作上也未能摆脱湖湘诗风的牢笼,沈曾植晚年提出的"三关说"将同光体的诗学倾向上溯至汉魏六朝,可见这个流派在晚清诗坛也产生过重要影响。在文学变革激烈的年代,既存在着强烈希望变革的创作,也存在着坚决捍卫传统的创作,这是一个值得深思的文学现象。

中晚唐诗派的代表诗人是樊增祥和易顺鼎,时称"樊易",他们在诗学趋向上均学习李商隐、韩偓等中晚唐诗人,风格腻艳丽密。他们的共同特点是辞藻华丽,工于裁对,喜用典故,以才气见称,在清末民初亦自成一派。总体而言,易顺鼎诗歌成就高于樊增祥。

易顺鼎(1858—1920),字实甫、中硕,号哭庵,湖南龙阳(今汉寿)人。易佩绅之子,光绪元年(1875)举人,曾被张之洞聘主两湖书院经史讲席。甲午战争中反对和日本议和,曾两渡台湾帮助刘永福抗战。民国初年曾代理印铸局局长。著有《琴志楼全书》等。易顺鼎一生诗风数变,"为大小谢,为长庆体,为皮陆,为李贺,为卢仝,而风流自赏,近于温李者居多"(《陈衍《近代诗钞》),近体以属对工巧为胜,而又能在运用熟典中出新巧。易顺鼎诗在对仗、用典方面颇见才力,《四魂集》中如"意同鹏举死冤狱,无怪马迁修谤书"、"中朝旧议封关白,上相新闻使契丹"等句属对工巧,用典隶事精切。易诗古体瑰奇宏丽,如《宿顶诗十首》、《端州七星岩》、《游白水门观瀑布作歌》等诗均才思泉涌,瑰丽奇特。其诗善用典故,在咏史诗中有着明显表现,如《白帝城怀古》写道:"飘渺江楼听鼓笳,荒城日落望三巴。汉朝未改黄皇室,蜀士终成赤帝家。飞鸟啼猿争绝巘,卧龙跃马共寒沙。凄凉独有东屯老,玉殿空山想翠华。"全诗大量运用典故,前两句述史,后二句通过咏怀杜甫来抒发自己怀才不遇的愁苦。他的七律对仗工整、用典精切、设色富丽、造语新鲜。

易顺鼎喜游山水,行役游览之作占据了他全部诗篇的一半以上。"天风怒挟楼船走,一夜吹人傍南斗。琴志楼头飞雨悬,日呼五老同杯酒。"(《登五老峰观三叠泉送陈范罗三君别》)诗中峻岭雄风,大江飞瀑,白云旭日,怪石奇松,均沾染上诗人强烈的个性色彩。易顺鼎的山水诗以雄健豪壮见长,短章以清新幽峭为主,七律则气象高华而风骨妍秀。七律如《瞿塘行》,笔力纵横,意境奇瑰,体现出雄健奇丽的特色。在晚清诗人中,易顺鼎山水诗数量最多,风格最广,艺术成就也相对较高。

值得注意的是,易顺鼎诗歌中出现了一些新的语汇,如"欧罗巴"、"卢梭"、"火车"、"人道主义"等等,其中也不乏"历朝因仍专制习,坐使风俗成唯阿"这样深刻机警的语句。

樊增祥(1846—1931),字嘉父、樊山,号云门,晚号天琴老人,湖北恩施人。1877年中进士,历任渭南知县、陕西布政使、护理两江总督。辛亥革命后避居上海。袁世凯执政时曾任参政院参政。著有《樊山全集》。

樊增祥"生平以诗为茶饭,无日不作,无地不作",一生留下诗作近三万首。其早期诗作显示出才华横溢的天资。樊增祥早年诗风颇受袁枚、赵翼影响,如《八月朔日送客天宁寺晚归有作》:"送客城南寺,嘉辰此盍簪。傍花寻井脉,酌酒对藤阴。紫翠诸峰色,阑干万里心。残阳和晚磬,天际互光音。"色彩明丽,光影交织,远近景错落有致,是其诗歌中的上乘之作。樊山成熟时期的诗歌精工富丽,在抒情方式上多婉曲见意,较少直抒胸臆。樊增祥也善于隶事用典,对仗工整,《都门杂感八首》、《感事二首》、《庚子五月都门纪事》、《闻都门消息》(五首)等诗都是借助典事讽刺现实的佳作。如《闻都门消息》其一写道:"上林秋雁忽西翔,凝碧池头孰举觞?市有醉人称异瑞,巢无完卵亦奇殃。犬衔朱邸焚余骨,乌啄黄骢战后疮。满目蓬蒿人迹少,向来多是管弦场。"以华丽的辞藻表现庚子事变后的惨象,将京城劫后景象描绘得淋漓尽致。又如《中秋夜无月》:"亘古清光彻九州,只今烟雾锁琼楼。莫愁遮断山河影,照出山河影更愁。"生动地表达了作者对山河破碎的沉痛之情,情文并茂。樊诗擅长情调氛围的传达,如《八月六日过灞桥口占》:"柳色黄于陌上尘,秋来长是翠眉颦。一弯月更黄于柳,愁煞桥南系马人。"这首诗没有艳丽辞藻,也没有樊诗常有的婉曲,纯以白描手法写出,但诗中用递进手法强化月色昏黄中的羁旅愁思,在朴素平淡中蕴涵着绵绵情思。樊增祥也擅长作长篇叙事诗,《彩云曲》、《后彩云曲》负有盛名。此外,身处内忧外患时代的樊增祥,也有相当一部分沉郁顿挫之作,如《陆沉》、《重有感》《马关》《中立》等诗,都具有较强的时代感,在众多艳丽之作中显得独具一格。樊增祥喜用僻典,逞才博艳,致使多数诗作流丽而欠端庄、婀娜而乏刚强,千篇一律,艺术价值较低。

其实,同光体、汉魏六朝诗派、中晚唐诗派成员之间有着复杂而密切的联系,陈三立早年曾从王闿运游,亦曾浸淫于汉魏诗风,他和中晚唐诗派的易顺鼎则为世交,年轻时频相唱和。相对而言,宋诗派时代感更强一些,主张转益多师,较少门户之见,因此在清末民初影响也最大,而汉魏六朝诗派和中晚唐诗派则因过于拘泥守旧而影响较弱。

第十二章　近代词的发展

　　词发展至近代进入新的繁荣时期。近代词学是中国词学史上最后一个高潮。这一时期,理论上出现了谭献《复堂词话》、陈廷焯《白雨斋词话》、况周颐《蕙风词话》、王国维《人间词话》等代表性著作,他们大多继承了常州词派的词学理论,并有所发展,或提出了一些新的阐释。创作上龚自珍、蒋春霖、谭献、庄棫、文廷式等成就较高。王鹏运、况周颐、朱祖谋、郑文焯清季四大家的出现,标志着词的"中兴"局面的出现。

第一节　近代词和词学的繁荣

　　近代词在理论和创作上都出现了一批杰出的代表。词学理论上谭献的"折中柔厚"说、陈廷焯的"沉郁"说、况周颐的"重、拙、大"说、王国维的"境界说"都影响颇大。创作上近代词人词作之多,超过了清代前期和中期,而且题材丰富、风格多样、佳作纷呈。常州词派大放异彩,出现了以四大词人为首的一批优秀词人,另外如龚自珍、顾春、姚燮、蒋敦复、端木埰、蒋春霖、项鸿祚、文廷式、秋瑾等都是这一时期的优秀词人。

　　刘熙载的《艺概·词概》是近代词学的重要论著。刘熙载(1813—

1881),字伯简,号融斋,江苏兴化人。道光二十四年(1844)进士,官至广东提学使。晚年主讲上海龙门书院。精通经学、声韵、算术、辞赋、书法等。著有《游艺约言》、《昨非集》、《艺概》等。

刘熙载论词有如下特点:

首先,他提出以道德批评为核心的"词品"说。周邦彦和史达祖的词历来受到好评,刘熙载对这两家的品评却首先重在词品:"周美成词,或称其无美不备。余谓论词莫先于品。美成词信富艳精工,只是当不得个'贞'字。"周邦彦词多绮语,无关社会现实,因此刘熙载对其加以批评。基于同样的词品观,刘熙载高度评价了苏东坡、辛弃疾词:"苏轼《定风波》云:'尚余孤瘦雪霜姿。'《荷华媚》云:'天然地、别是风流标格。''雪霜姿'、'风流标格',学坡词者,便可从此领取。""辛稼轩风节建竖,卓绝一时,惜每有成功,辄为议者所沮。观其《踏莎行·和赵兴国》有云:'吾道悠悠,忧心悄悄。'其志与遇,概可知矣。"《艺概·词曲概》认为东坡词的精髓在其卓绝的人品,不可单纯地去模仿其艺术风格。同样,辛弃疾词的沉雄悲壮,源自其高洁的人格,这些都表明了融斋论词将词品与人品结合起来,以人品高下来定词品高下的观念。

其次,他主张词应以豪放为本色,以婉约为变体。身为经学家的刘熙载认为思想深刻、具有忧国忧民情怀的豪放词才是词的正宗,而婉约词则属变调。他在《艺概》中提出了"正变说":"太白《忆秦娥》,声情悲壮,晚唐、五代,惟趋婉丽,至东坡始能复古。后世论词者,或转以东坡为变调,不知晚唐、五代乃变调也。"给豪放词如此高评价的,前代并不多见,只有到阳羡派才开始提高苏、辛豪放词的地位,刘熙载继承了阳羡派的主张,继续鼓吹苏、辛词风,理论上更加细密。如论太白词时说:"太白《菩萨蛮》、《忆秦娥》两阕,足抵少陵《秋兴》八首。想其情境,殆作于明皇西幸后乎?"强调的便是李白写的是家国之痛,因此颇为推崇。他对婉约词颇为不满,说"温飞卿词精妙绝人,然类不出乎绮怨。韦端己、冯正中诸家词,留连光景,惆怅自怜,盖亦易飘扬于风雨者",又对绮语艳词大加抨击:"词尚风流儒雅。以尘言为儒雅,以绮语为风流,此风流儒雅之所以亡也。"(《艺概·词概》)总之,他认为能表现社会内容的豪放词是正体,而充满艳词绮语的婉约词是变体。

第三,刘熙载论词提出"厚而清"说。他说:"词之大要,不外厚而清。厚,包诸所有;清,空诸所有也。"他汲取了浙西词派的格"清"、常州词派的意"厚"等观念,从整合浙、常词派论词旨趣的角度,提出了"厚而清"说。刘熙载认为词不仅要以风格清空为旨趣,还应具备深厚的思想感情。"厚,包诸所有",是指将丰富的生活体验和深厚的思想感情化为独到的艺术形象;"清,空诸所有",是指词不是思想情感的直接流露,而是形神兼备、自然完美的艺术形象。由此,刘熙载既纠正了浙派不重立意的倾向,又对其"清空"理论进行了合理吸收,可谓妥帖允当。出于对"厚而清"的词学观的推崇,他高度推尊苏轼,认为东坡词是"厚而清"的典范。

刘熙载论词颇为精当,且多持平之论,是近代词学的重要收获。

谢章铤的《赌棋山庄词话》也颇有影响。谢章铤(1820—1903),字枚如,福建长乐人。同治三年(1864)中举。后主讲同州丰登书院、漳州芝山书院。光绪二年(1876)中进士。光绪十年后,先后主讲江西白鹿洞书院、福州致用书院。在福州时建赌棋山庄,藏书万卷。生平著述二十余种,汇编为《赌棋山庄全集》。

谢章铤论词不依傍于浙、常两派而颇有真知灼见。首先,他论词十分客观,能看出各家的长处与弊端。他肯定了朱彝尊等人的振衰起弊之功,又指出他们给词坛带来的不良影响。他既高度评价常州词派创始者张惠言"有功于词,岂不伟哉",也指出《词选》是针对当时"淫词"、"鄙词"、"游词"充斥词坛的情况而著,"皋文《词选》,诚足救此三蔽。其大旨在于有寄托,能蕴藉,是固倚声家之金针也"。同时他也指出了常州派"寄托说"的弊端:

> 必欲深求,殆将穿凿。夫杜少陵非不忠爱,今抱其全诗,无字不附会以时事,将"漫兴"、"遣兴"诸作而皆谓其有深文,是温柔敦厚之教,而以刻薄讥讽行之。(《赌棋山庄词话续编》卷一)

反对一味求深、穿凿附会。他提出的"皋文之说不可弃,亦不可泥"的观点是对常州词派的批判性接受。

其次,谢章铤既认为诗词同源又强调词体有其独特性。诗词同源,均为"性情事也","诗词异其体调,不异其性情"。在"诗词同源"的同时,谢章铤又强调词有其"体制稍殊"的一面,词与诗、曲不同:"然而文则必求称体,诗不可以似词,词不可以似曲。词似曲则靡而易俚,似诗则矜而寡趣,均非当行之技。"(《赌棋山庄词话》卷八)也就是说词有其不同于其他文体之处。

第三,他还提出了"真性情"说。他说:"夫词者,性情事也。"(《抱山楼词序》)他在论稼轩词时说:"稼轩是极有性情人,学稼轩者,胸中须先具一段真气、奇气,否则虽纸上奔腾,其中俄空焉。"在谢章铤看来,有真性情方有好词。由性情论出发,他也主张词应该扩大表现范围,不应只写缠绵悱恻的内容。他鼓励词人敢于"拈大题目,出大意义",对词的题材和意义的现实性、深刻性非常重视,这和常州词派后进况周颐的"重、拙、大"说颇有相通之处。

就词的创作而言,近代以来也是名家辈出。

项鸿祚(1798—1835),原名继章,后改名廷纪,字莲生,浙江钱塘(杭州)人。道光十二年(1832)举人,两应进士试不第,穷愁而卒。鸿祚一生,大似纳兰性德。他与龚自珍并称"西湖双杰"。著有《水仙亭词》、《忆云词甲乙丙丁稿》等。其词多表现抑郁、感伤之情,幽艳哀断。

晚清女性词人中顾春才华成就最高。顾春(1799—1876),满洲镶蓝旗人,字梅仙、子春,号太清。入嫁乾隆曾孙奕绘为侧福晋,夫妻唱和,伉俪情深。著有《东海渔歌》、《天游阁集》。词风温婉俏丽,清新可喜。如《早春怨·春夜》:

> 杨柳风斜,黄昏人静,睡稳栖鸦。短烛烧残,长更坐尽,小篆添些。　　红楼不闭窗纱。被一缕,春痕暗遮。淡淡轻烟,溶溶院落,月在梨花。

顾春词有着浑然天成的整体美,《江城子·记梦》可谓上乘之作:

> 烟笼寒水月笼纱,泛灵槎,访仙家。一路清溪,双桨破烟划。才过小桥风景变,明月下,见梅花。　　梅花万树影交加,山之涯,水之涯。澹宕湖天,韶秀总堪夸。我欲遍游香雪海,惊梦醒,怨啼鸦。

这首记梦词风格秀丽隽永,词人身居北地,心驰南国,通过梦幻神游江南美景。近代词家对顾春词评价很高,王鹏运说满洲词人,有"男中成容若,女中太清春"之语,把她与清初杰出的满族词人纳兰性德相提并论。

姚燮(1805—1864),字梅伯,号复庄,别号大梅山民,浙江镇海人。道光十四年(1834)举人。著有《今乐考证》、《疏影楼词》、《续疏影楼词》等。《疏影楼词》是其前期词作,内容主要有题画、写景、咏物、拟古等,范围较为狭窄。艺术上讲究声律辞藻,意境清幽、情思缠绵,语言精致纤巧、含蓄婉约。后期词收入《续疏影楼词》,其中大部分是题画词,也有一些现实意义较强的,如《月下笛·绝塞》表达了对林则徐的深挚怀念,《石州慢》、《玲珑四犯》是写战后城乡的破落萧条,都非常生动。

蒋敦复(1808—1867),原名尔锷,字克父,一字剑人,宝山(今属上海)人。自幼有神童誉,后有"江南才子"之名,生性旷达,落拓不羁,屡应乡试不第,足迹遍及江淮。道光二十二年(1842)英军入侵,敦复上书两江总督牛鉴,献策抵御,因直言触犯官员,险被逮捕,避祸为僧。鸦片战争结束,还俗,浪迹大江南北,晚年寓居上海,与王韬、马建忠并称为"海上三奇士"。著有《啸古堂诗文集》、《芬陀利室词》、《芬陀利室词话》。蒋敦复提出了"以有厚入无间"说,强调运用寄托手法,追求内在的复杂意蕴,他在致王韬的书信中说:"余亦谓词之一道,易流于纤丽空滑,欲反其弊,往往变为质木,或过作谨严,味同嚼蜡矣。故炼意炼辞,断不可少,炼意所谓添几层意思也,炼辞所谓多几分渲染也。"持"以有厚入无间"说论词,蒋敦复推崇北宋词。其词作思致沉郁、悲怆忧愤,如《满江红·北固山题多景楼壁》:

第一江山,吊千古、英雄陈迹。凭阑处、秣陵秋远,广陵涛碧。杯酒尚关天下事,笑谈早定风云策。想当年、高会此孙刘,都人杰。　瓜步垒,京口驿;天堑险,分南北。倚危楼一角,下临绝壁。木叶横飞风雨至,剑花起舞鱼龙出。听大江、东去唱坡仙,铜琶裂。

这首词吊古伤今,壮怀激烈。

端木埰对后世影响也甚大。端木埰(1816—1892),字子畴,江苏南京人。历任知县、内阁中书、会典馆总纂、侍读等。著有《碧瀣词》。端木埰论词语句散见于其所编的《宋词赏心录》中。他虽然受张惠言、周济尊体说、寄托说的影响,但是对其理论弊端有所警惕和反思,如谈论范仲淹《御街行》时说:"希文、君实两文正,尤宋名臣中极纯正者,而词笔婉丽如此。论者但以本意求之,性情深至者,文辞自悱恻,亦不必别生枝节,强立议论,谓其寓言某事也。"这明显是有感而发,针对常州词派汲汲于"寄托说"因而产生的过度诠释而言。端木埰身处封建社会末世,经历了几次重大世变,词中充满着强烈的忧患意识,如《相见欢·次韵和瑟轩》:

万家生计萧然。未装棉。欲赋东人杼轴,吁苍天。　哀鸿住,秋风暮,幸停鞭。鞭挞穷时,变作枕戈眠。

对满目疮痍的社会现实表现了强烈不满,其忧时悯乱之作,别有一种感人的力量。他的咏物词也清新可喜、格调高远。晚清四大词人中的王鹏运、况周颐均曾与端木埰唱和,端木氏对常州词派的批判性接受对他们有一定影响。

蒋春霖是这一时期成就颇高的词人。蒋春霖(1818—1868),字鹿潭,江苏江阴人。屡试不中。曾做过十年盐官。早年工诗,风格近似李商隐。中年尽焚诗稿,专力填词。著有《水云楼词》。其词作讲究声律,工于意境,讲究炼句,造诣很高。其《卜算子》写道:

　　燕子不曾来,小院阴阴雨。一角阑干聚落花,此是春归处。　　弹
泪别东风,把酒浇飞絮。化了浮萍也是愁,莫向天涯去!

上片写花落春归,繁华凋谢,春光不再,苦雨缠绵,词人独处小院,抑郁之情
可想而知。下片写飞絮,这是残春尚在的象征,然而也终将飘落,化为浮萍
随流水而逝,不如在这小院中伴我孤寂,莫再漂泊了。蒋春霖一生穷困潦
倒,抑郁以终,这首词寥寥数句,充满着凄苦哀婉之情,是其抑郁人生的象
征。词人感慨个人的身世,更为国家多难、满目疮痍而伤感:

　　泊秦淮雨霁,又灯火,送归船。正树拥云昏,星垂野阔,暝色浮天。
芦边,夜潮骤起,晕波心、月影荡江圆。梦醒谁歌楚些? 泠泠霜激哀
弦。　　婵娟,不语对愁眠,往事恨难捐。看莽莽南徐,苍苍北固,如此
山川! 钩连,更无铁锁,任排空、樯橹自回旋。寂寞鱼龙睡稳,伤心付与
秋烟。(《木兰花慢·江行晚过北固山》)

这首词写于作者从南京至镇江途中,词中的"往事"指的是发生于 1840 年的
鸦片战争,特别是指 1842 年英军攻陷镇江的事情,面对这样的变局,朝廷束
手无策,词人发出了"苍苍北固,如此山川"的慨叹,充满了对国家前途命运
的隐忧,用顿挫之笔写伤时之感,极为沉郁悲怆。

　　张景祁(1827—1894),原名左钺,字孝威,号韵梅,浙江钱塘(今杭州)
人。同治十三年(1874)进士,曾任知县。晚年宦游台湾。工诗文,善书法。
著有《挈雅堂诗文集》、《新蘅词》。《望海潮》、《秋霁·基隆秋感》、《曲江
秋·马江秋感》悲壮苍凉、忧愤深广,是其词作中的名篇。

　　文廷式(1856—1904),字道希,号芸阁、云阁,别号纯常子,江西萍乡人。
光绪十六年(1890)榜眼,光绪二十年任翰林院侍读学士。甲午主战,弹劾李
鸿章。1895 年参与成立强学会,次年被革职驱逐出京。戊戌变法失败后出
走日本,参加唐才常在张园召开的"国会"。著有《纯常子枝语》、《云起轩词

钞》。文廷式十五岁学词,"志之所在,不尚苟同",他既推崇常州词派,曾言"百年词派属常州",又不为常州词派所囿,批评常州词派所推崇的周邦彦"柔靡特甚,虽极工致,而风人之旨尚微"(《纯常子枝语》),欲于浙西、常州两词派外另立门户、独树一帜。

文廷式诗作的整体风格是豪婉兼容、富丽多采。他十分推崇苏轼、辛弃疾豪迈激越、雄健清劲之作,伤时感事之作。所作也颇类苏、辛。《水龙吟》写于光绪十九年(1893),其时作者典试江南,归家小住:

> 落花飞絮茫茫,古来多少愁人意。游丝窗隙,惊飙树底,暗移人世。一梦醒来,起看明镜,二毛生矣。有葡萄美酒,芙蓉宝剑,都未称,平生志。　我是长安倦客,二十年、软红尘里。无言独对,青灯一点,神游天际。海水浮空,空中楼阁,万重苍翠。待骖鸾归去,层霄回首,又西风起。

作者在词中表达了壮志难酬的感叹,又对维新的前景充满隐忧。该词"胸襟兴象,超越凡庸"(叶恭绰语),有苏、辛的气象。

再如《祝英台近》:

> 剪鲛绡,传燕语,黯黯碧云暮。愁望春归,春到更无绪。园林红紫千千,放教狼藉,休但怨、连番风雨。　谢桥路,十载重约钿车,惊心旧游误。玉佩尘生,此恨奈何许。倚楼极目天涯,天涯尽处,算只有、濛濛飞絮。

这首词作于1895年春天,借女子之口诉说离愁,实际上是感春伤时之作,王鹏运有和词。该词借男女离合寓身世之感、家国之慨,与辛弃疾的《祝英台近·晚春》属同一旨趣。词中展现了一个愁肠百结的主人公形象,充满着忧国忧民的感伤情怀。空有报国之志,却只能"倚楼极目天涯",沉痛中不乏激昂。还有一首《鹧鸪天·赠友》写于戊戌变法失败后不久,文廷式是强学会的重要成员,积极参与维新变法,但在变法前已被排斥出政坛,变法失败后又遭到朝廷通缉,漂泊异乡的他写道:

> 万感中年不自由,角声吹彻古梁州。荒苔满地成秋苑,细雨轻寒闭小楼。　诗漫与,酒新篘,醉来世事一浮沤。凭君莫过荆高市,滹水无情也解愁。

词中饱含悲愤和抑郁之情,表面看来,作者抑郁、惆怅、颓放,然则激扬的《梁州》曲、慷慨赴难的荆轲与高渐离又暗含着词人内心的激越与不平之气。

第二节　常州词派

　　常州词派是近代影响最大的一个词坛流派。常州词派的崛起,是对阳羡派和浙西词派的一种反动。在常州词派出现以前的词坛,活跃着以陈维崧为主导的阳羡派和以朱彝尊为代表的浙西词派,前者提倡豪放刚健,推崇苏东坡和辛弃疾,后者提倡醇雅清空,标榜姜夔和张炎。阳羡派后来流于逞才使气,过于直露;浙西词派流于内容空洞,了无生气。继这两派式微后,张惠言、张琦兄弟起而振之,编辑《词选》一书,以尊词体。周济积极响应,编撰《词辩》和《宋四家词选》以为圭臬,重新阐释了张惠言的比兴寄托说,使这一词派理论得到丰富和发展,常州词派得以形成。同、光年间又经谭献、庄棫、陈廷焯、冯煦等人的继承发扬,到光、宣年间出现了王鹏运、朱祖谋、况周颐、郑文焯四大词人,常州词派成为晚清词坛最具影响力的流派。常州词派的理论虽然前后期有所不同,但其理论核心是词的政治教化说,其基本方法是比兴寄托说。常州词派推尊词体,讲求词的立意与寄托,标举婉而多讽、深美闳约的词风。

谭献（1832—1901），初名廷献，字仲修，号复堂，浙江杭州人。同治六年（1867）举人，曾在安徽做过知县，晚年主讲湖北经心书院。著有《箧中词》、《复堂类稿》、《复堂日记》等。他在词学方面影响甚大，被称为"近代词坛一大宗师"（龙榆生语）。

谭献论词有三个特点。首先，他的词学思想既继承了常州词派的词学主张又有所发展，对常州词论中穿凿附会、平庸迂阔的地方进行了纠正，对浙西词派和阳羡派词论中的合理部分予以肯定，他坦言："予欲撰《箧中词》以衍张茗柯（惠言）、周介存（济）之学。"对常州词派的这两位创始人表达了极高的敬意，然而他又对比兴寄托说进行了重新阐释，他不赞同张惠言以比兴寄托说涵盖一切作品，认为词有其文体上的独特性："固不必与庄语也，而后侧出其言，旁通其情，触类以感，充类以尽。"词与诗文不同，不一定非要有重大的寄托。其次，他还提出了"折中柔厚"的词学主张，其中既包涵着与政治教化有关的道德伦理要求，又折射出含蓄蕴藉的审美原则。同时，他以"比兴"、"柔厚"并提，将比兴作为达到柔厚主旨的最佳途径。第三，谭献还从读者接受的角度提出了"作者之用心未必然，而读者之用心何必不然"的观点，上承孟子"以意逆志"、董仲舒"诗无达诂"之说，下与现代接受美学颇有相通之处。谭献在词学史上的重要贡献在于他比较客观地评价了浙派与常州词派的得失，被后世所普遍接受。

谭献有词作百余首，辑为《复堂词》。其词以清隽深婉见称，取径于晚唐、五代。谭献生活的年代，内乱外患不已，家国身世之感，于词中隐约可见。谭词属轻灵一流，故陈廷焯谓其"盖于碧山深处，尚少一番涵咏功也"。其《渡江云·大观亭同阳湖赵敬甫江夏郑赞侯》一词，作者面对大江、空亭，谓"旧时人面难寻"，"不似故山颜色"，抒发了战乱之后，人物皆非的悲愤之情，而自称"钓矶我亦垂纶手"，却总为断云阴帘所隔，壮志难酬。谭献一生飘零，以词人名世，其《摸鱼儿·用稼轩韵自题复堂填词图》中"短衣匹马天涯客"，"草草青春，红袖归黄土"，可算是辛酸的自我画像。"种柳光阴，牵萝身世,付与谁怜?""凄紧,在人境。比卧老空山,一般孤迥。已误了华年,那堪重省!""信是穷途文字贱,悔才华却受风尘误。留不得,便须去。"可谓字字伤感。伤感之中,又不无自信与清高:"我是琴赋嵇康,依然病懒,即渐忘龙性。留得广陵弦指在,无复竹林高兴。裁制荷衣,称量药裹,况味君同领。清辉遥夜,碧天飞上明镜。"其《蝶恋花》写道:

> 庭院深深人悄悄,埋怨鹦哥,错报韦郎到。压鬓钗梁金凤小,低头只是闲烦恼。　　花发江南年正少,红袖高楼,争抵还乡好? 遮断行人西去道,轻躯愿化车前草。

这首词表面看是写深闺女子对爱情忠贞不二的品格,实则也暗寓作者为了美好理想而始终不渝甚至献身的品格。

庄棫与谭献并称"谭庄"。庄棫(1830—1878),字希祖,号中白,江苏丹徒人。一生无功名,曾被曾国藩延至淮南书局,校勘经籍。著有《中白词》。谭献二十五岁时游历京师,和庄棫订交,此后两年间朝夕相处、秉烛读《易》,两人均心仪常州词派,为张惠言"微言大义"思想所折服。他们推波助澜,将常州词派发扬光大。

庄棫论词,喜言比兴。其为《复堂集》作序云:"夫义可相附,义即不深,喻可专指,喻即不广。"意在强调词中寓意的模糊性,因而使词所表现的意绪、心态具有更普遍的意义。此说与谭献的"作者之用心未必然,而读者之用心何必不然"可谓是互为犄角、异曲同工。其序又说:"自古词章,皆关比兴,斯义不明,体制遂舛。狂呼叫嚣,以为慷慨,矫其弊者,流为平庸。风诗之义,亦云渺矣。"把比兴手法视为至尊,进而形成词的艺术表现及体制上的固定模式,又以这种模式来衡量与批评其他表现风格与其他表现手法的作品,庄棫的思想方法在常州派中是很有代表性的。

庄棫一生未入仕途,故曾言:"予无升沉得丧之戚。"(《中白词自序》)其《中白词》中,身世飘零、怀才不遇的叹喟时有可见,如《小梅花·孤灯碧》抒发的就是这种落寞之情与身世之感。庄棫词中更多的是吟咏山水、表现闲适心情的作品,这些闲适词一般写得疏宕明快,飘逸洒脱,并时常化用一些前人的词句,给词作增添了不少情韵。如《西江月》:

> 乍雨乍晴天气,轻寒轻暖帘栊。游丝飞絮已无踪,阁外湿云烟重。　　绿树舟迷前浦,朱栏马滑溪桥。香车油壁漫相邀,谁是西陵苏小?

全词以轻快的笔调,描写了暮春时节的景象与词人略带惆怅的情绪。"香车"两句,化用古乐府《苏小小歌》中"我乘油壁车,郎乘青骢马。何处结同心? 西陵松柏下"的意蕴,点明词人惆怅的由来。再如《相见欢》:

> 深林几处啼鹃,梦如烟。直到梦难寻处倍缠绵。　　蝶自舞,莺自语,总凄然。明月空庭如水似华年。

描写暮春时分佳人梦醒之后的缠绵与凄凉之感,措辞轻软明丽,抒情缠绵婉转,是闺怨诗中的名篇。

接续谭、庄为常州词派鼓噪的是陈廷焯。陈廷焯(1853—1892),字耀先、亦峰,江苏镇江人。光绪十四年(1888)举人。著有《白雨斋词存》《白雨斋诗钞》《白雨斋词话》等。他在《白雨斋词话自序》中说:"撰词话十卷,本诸风骚,正其情性。温厚以为体,沉郁以为用。"足见其论词的核心是以温厚和平为本,沉郁顿挫为用。

先来看温厚。陈氏论词深受常州词派张惠言、周济等人的影响,张惠言极为重视词中之"意",而周济将此"意"和性情学问联系起来,陈廷焯则进一步阐述:"温厚和平,诗教之正,亦词之根本也。"将"意"上探至儒家诗教,他认为词应该表现具有深刻社会性的情感内容,关心社会人生,将个人命运融入时代洪流之中。其"温厚"说颇受前辈词人谭献和庄棫的影响,谭献论词,强调"折中柔厚",陈廷焯则强调"温厚",比谭的观点更为凝重一些,庄棫则对陈氏影响更大,"自丙子年与希祖(庄棫)先生遇后,旧作一概付丙,所存不过己卯后数十阕,大旨归于忠厚,不敢有背《风》《骚》之旨。过此以往,精益求精,思欲鼓吹蒿庵(冯煦),共成茗柯(张惠言)复古之志"(《白雨斋词话》)。可见庄棫对陈廷焯词的创作产生了重要影响,他们共同继承发扬了张惠言的词学思想。

如果说"温厚"是在庄、谭的启发下产生,那么"沉郁"则是陈廷焯的独创。陈廷焯辨析了诗词之不同:"温厚和平,诗词一本也。然为诗者,既得其本,而措语则以平远雍穆为正,沉郁顿挫为变,特变而不失其正,即于平远雍穆中,亦不可无沉郁顿挫也。词则以温厚和平为本,而措语即以沉郁顿挫为正,更不必以平远雍穆为贵。诗与词同体异用者正在此。"(《白雨斋词话》)也就是说,诗和词都应以温厚和平为正,不过两者表现方式上存在差异,词的语言应该是沉郁顿挫的,不必追求平远雍穆的风格。又说"顿挫则有姿态,沉郁则极深厚",可见"沉郁"已成为陈廷焯论词的不二法门。什么是"沉郁"呢?他在《白雨斋词话》中说:"所谓沉郁者,意在笔先,神余言外。写怨夫思妇之怀,寓孽子孤臣之感。凡交情之冷淡,身世之飘零,皆可于一草一木发之。而发之又必若隐若现,欲露不露,反复缠绵,终不许一语道破。匪独体格之高,亦见性情之厚。"由此可见,"沉郁"指的是作者要表达的郁结的内心情绪,"顿挫"指的是在表现上要若隐若现、欲露不露、反复缠绵。"沉郁"说是陈廷焯在词学理论上的创新之处,也是对常州词派理论的丰富和发展。

冯煦论词与陈廷焯接近。冯煦(1842—1926),字梦华,号蒿庵,晚年称蒿叟,江苏金坛人。光绪十二年(1886)进士,历官凤阳知府、安徽布政使、安徽巡抚。清亡后归隐故里。著有《蒙香室词》《蒿庵类稿》《蒿庵随笔》等。又曾辑《宋六十一家词选》。

冯煦认为词是"羁人迁客藉以写忧"的文体。虽为小道,但"诗有六义,词亦兼之,是雅非郑,风人恒轨",这种表述也充分说明张惠言等人的尊体说已经深入人心,成为词坛共识了。冯煦评品词派词家,推重唐五代词,以为

"词有唐五代,犹文之先秦诸子,诗之汉魏乐府也。近世学者祖尚南渡,天水而上罕或及之……可谓善学乎?"所谓"近世学者",实指宗南宋的浙派。

冯煦还较早提出了"词心"说。他在《论词》中谈道:"少游以绝尘之才,早与胜流,不可一世。而一谪南荒,遽丧灵宝。故所为词,寄慨身世,闲雅有情思。……少游,词心也。"所谓"词心",是指词人特有的心境、情怀,这种心境、情怀不是与生俱来的,而是经历了人世沧桑后才获得的。况周颐在《蕙风词话》中发展了这一概念,他说:"吾听风雨,吾览江山,常觉风雨江山外有万不得已者在。此万不得已者,即词心也。""无词境,即无词心。""词心"概念的出现,标志着词的独特审美特征被晚清理论家所强化,是"尊体说"的一种深入发展。

谭献、庄棫、陈廷焯、冯煦均为常州词派传人,他们声气相求,以"成茗柯复古之志"自期,推尊词体,共倡诗教,崇尚比兴寄托,为常州词派推波助澜。

第三节　四大词人

王鹏运、况周颐、朱祖谋、郑文焯并称"清季四大词人",他们的出现,标志着近代词的发展进入了高峰。

王鹏运(1849—1904),字佑遐、幼霞,号半塘老人,广西临桂(今桂林)人。同治九年(1870)中举,后官内阁中书、内阁侍读。曾任江西道监察御史,在任期间弹劾权贵,有直声。1902年离京南下,主仪董学堂,并执教于南洋公学。

清季四大词人中,王鹏运年纪最长,其他三人,或为师友,或为同僚,或为同乡,均曾受其教益。他大力提倡词学,奖掖后学,影响深远。

朱祖谋曾说:"其才未竟厥施,故郁伊不聊之概,一于词陶写之。君词导源碧山,复历稼轩、梦窗,以还清真之浑化,与周止庵氏说,契若针芥,其必名于后。"(《半塘定稿序》)这一段话叙述王鹏运的词作风格甚详。

光绪二十六年(1900),八国联军入侵北京,王鹏运与好友朱祖谋、刘福姚填词泄愤,成《庚子秋词》二卷,《玉楼春》为其中一首,是寓情于景的佳作:

> 好山不入时人眼,每向人家稀处见。浓青一桁拨云来,沉恨万端如雾散。　　山灵休笑缘终浅,作计避人今未晚。十年缁尽素衣尘,雪鬓霜髯尘不染。

这首词将目光投向自然,上片写人有时为俗世所牵,不能发现山水之美,但是突然有一天在人迹罕至的地方看到了美好的山色,郁塞的心境为之豁然开朗,这种郁塞的心情,既包含个人宦途艰难的成分,亦有国家多难的因素。下片展开人和山之间的心灵对话,表现对官场、尘世的厌倦之意。全词纯用白描手法,以简练朴素的语言写景抒情,达到浑然天成的效果。

王鹏运词作中,有相当一部分学苏、辛之作,慷慨激昂,如《满江红·朱仙镇谒岳鄂王祠敬赋》、《满江红·送安晓峰侍御谪戍军台》、《八声甘州·送伯愚都护之任乌里雅苏台》都是表现现实政治的作品。如《八声甘州·送伯愚都护之任乌里雅苏台》:

> 是男儿、万里惯长征,临歧漫凄然。只榆关东去,沙虫猿鹤,莽莽烽烟。试问今谁健者,慷慨著先鞭?且袖平戎策,乘传行边。　　老去惊心鼙鼓,叹无多忧乐,换了华颠。尽雄虺琐琐,呵壁问苍天。认参差、神京乔木,愿锋车、归及中兴年。休回首,算中宵月,犹照居延。

这首词寄托遥深,其背景是甲午战争前后的时局。志锐,字伯愚,满人,珍妃和瑾妃的胞兄,光绪十八年任礼部侍郎。他在甲午时上书主战,指斥李鸿章误国,得罪了当权者,被谪戍到乌里雅苏台。离京时王鹏运、盛昱、沈曾植、文廷式等好友作词赠行。词中既有对好友蒙屈远谪的同情,亦有对战争中牺牲将士的哀悼和对主和派误国的愤懑,同时还有对时局的忧心和对中兴的期盼。全词悲凉慷慨,词风劲健。

写于甲午战后不久的《祝英台近·次韵道希感春》也是缘情寄怀的佳作:

> 倦寻芳,慵对镜,人倚画阑暮。燕妒莺猜,相向甚情绪?落英依旧缤纷,轻阴难乞,枉多事、愁风愁雨。　　小园路。试问能几销凝?流光又轻误。联袂留春,春去竟如许!可怜有限芳菲,无边风月,恁都付、等闲风絮。

文廷式(1856—1904),字道希,也是王鹏运志同道合的好友。文廷式为晚清"帝党"成员,主张维新,后受到"后党"的打击而离开京城。文廷式和志锐都是王鹏运政治上的盟友,均才华横溢但报国无门。这首词表面写女子的伤春怀人,实则寄托作者的感时伤事,词中饱含了对好友的安慰与鼓励。该词明显受到辛弃疾《祝英台近·晚春》的影响,感情真挚。

王鹏运去世之后,朱祖谋成为词坛的领军人物。朱祖谋(1857—1931),一名孝臧,字古微,号沤尹,又号彊村,浙江归安(今湖州)人。光绪九年(1883)进士,官至吏部右侍郎、广东学政。辛亥革命后,寓居上海,以遗老自居。著有《彊村词》、《彊村乐府》等。

朱祖谋早年工诗,后来受王鹏运影响肆力于词,清末王鹏运在京师与词友结咫村词社,朱祖谋、郑文焯、易顺鼎等都是社友,互相切磋,创作了大量词作。后来王鹏运又邀朱祖谋共校梦窗词,引发了晚清"梦窗"热。光绪二十六年(1900),八国联军进犯北京,朱祖谋移居王鹏运的四印斋,和刘福姚一起填词遣怀,后来辑为《庚子秋词》二卷,影响甚广。

朱祖谋对现代词坛的影响,还在于其引发了现代词坛的"梦窗"热。吴文英词因其用词富丽、章法繁复、好用僻典而长期不受重视,直到清代才逐渐受到人们关注,常州词派的周济把吴文英与王沂孙、辛弃疾、周邦彦并列为"领袖一代"的四大家。朱祖谋也特别推尊吴文英,他通过校勘《梦窗四稿》和编选《宋词三百首》来达到抬高梦窗词的目的。在他及其弟子门人的推衍之下,清末学梦窗词蔚然成风。

在内容上,彊村词多关心国运、感叹时事。在艺术风格上,朱祖谋早年追慕梦窗,后期词作兼学苏、辛,用于救梦窗词晦涩饾饤之弊。晚年词作"融苏于吴",兼具苏轼词的清雄与吴文英词的密丽。

《鹧鸪天》是其词作中的名篇:

> 忠孝何曾尽一分,年来姜被减奇温。眼中犀角非耶是,身后牛衣怨亦恩。 泡露事,水云身,枉抛心力作词人。可哀惟有人间世,不结他生未了因。

这首词写得十分沉痛,国家多难,自己却无能为力,填词作曲实属无奈之举,愁肠百结。

彊村词中颇多感时伤事之作,如作于光绪三十三年重阳节的《洞仙歌·丁未九日》:

> 无名秋病,已三年止酒。但买萸囊作重九。亦知非吾土,强约登楼。闲坐到、淡淡斜阳时候。 浮云千万态,回指长安,却是江湖钓竿手。衰鬓侧西风,故国霜多,怕明日、黄花开瘦。问畅好、秋光落谁家? 有独客徘徊,凭高双袖。

其时词人已辞去广东学政之职,虽去官犹未能忘怀国事,对当局失望之极,字里行间充满了对国事的隐忧,其不得已袖手"闲坐"的苦痛恰似"神州袖手人"陈三立。这首词意蕴厚重、清新疏宕。

朱祖谋对年轻的现代词人多有提携,吴梅、叶恭绰、杨铁夫、夏承焘、龙榆生、刘永济等都曾受到朱祖谋的指导,对民国词坛的繁荣起到了积极作用。

况周颐（1859—1926），原名周仪，字夔笙，晚号蕙风。广西临桂（今桂林）人。光绪五年（1879）中举，曾官至内阁中书，后入张之洞、端方幕府。一生致力于词。著有《蕙风词》、《蕙风词话》。

先来看况周颐的词学思想。《蕙风词话》是清末常州词派较为重要的词学理论著作。况周颐在这部词话中，较详尽地阐释了已得到清末常州词派作家广泛认同的审美原则——"重、拙、大"说的内在意蕴，除此之外，他还提出了"词境"说和"词心"说。

"重、拙、大"理论的提出，可上溯至端木埰和王鹏运，然两人都无很详细的解说。况周颐在心领神会之余，多有发挥。所谓"重"，况氏认为，即"沉着之谓，在气格，不在字句"，"情真理足，笔力能包举之，纯任自然，不假锤炼，则'沉着'二字之诠释也"。"重"与"沉着"，在内为蕴藉深厚，情真理足，发为声音，则从容不迫，凝重工稳，反之，则流于轻与薄。"沉着"，在况周颐的词论中，被推为词的最高境界，而良好的修养与学问的积累，则被认为是达到这一境界的唯一通道。强调性情修养与学问积累，这是很近似于宋诗派诗论的看法，也是学人之词的重要标志。追求蕴藉深厚，情真理足，必然导致词向质实、缜密的方向发展，这样，不为张惠言《词选》所录的吴文英词，因其在结构上具有质实、致密的特点，便被清末常州词派奉为"沉着"的楷模。

"重"是就词的气格而言，而"拙"则追求词的自然表现。况周颐在《词学讲义》中曾以对比的方法阐释"重、拙、大"。他说："轻者重之反，巧者拙之反，纤者大之反。""拙"的对立面是"巧"，所谓"巧"，是指在词的表现过程中，过度追求技巧，雕琢勾勒，搔首弄姿，破坏了词的自然和谐之美。何者为"拙"？况周颐解释说："拙不可及。融重与大于拙之中，郁勃久之，有不得已者出乎其中而不自知，乃至不可解，其殆庶几乎？犹有一言蔽之，若赤子之笑啼然，看似至易，而实至难者也。"可见，"拙"追求的是一种归璞返真的"拙趣"。

常州词派讲求词有寄托，在创作中，曾出现了一些寄意深远的优秀作品，但也存在着因追求命意而缺乏情韵，或近于套语的偏颇。这种偏颇的出现，与张惠言"意在笔先"的影响有关。况周颐以"拙"为准的，指出词之寄托，亦当以自然流露为上乘:"词贵有寄托,所贵者流露于不自知,触发于弗克自已。身世之感,通于性灵,即性灵,即寄托,非二物相比附也。横亘一寄托于搦管之先,此物此志,千首一律,则是门面语耳,略无变化之陈言耳。"况氏强调将寄托融于创作思维之中,使其自然而然地流露出来,貌似兴到之作,而实有兴寄在内,是对"意在笔先"说及其所引起的偏颇的一种理论修正。

"大"涉及词的立意与格调。"大"的对立面是"纤",纤靡之作,词骨软媚,词意细微,或无病呻吟,或偏于侧艳,与沉着浑厚宗旨相背。况周颐认为,世多讥明词纤靡伤格,实非公正之论。明代词家中,纤靡者不过数家。而晚明陈子龙、王夫之等人,身当易代之际,其词直抒孤愤,起衰救弊,"含婀娜于刚健,有风骚之遗则,庶几纤靡者之药石矣"。"含婀娜于刚健,有风骚之遗则",即是"大"字的注解。

《蕙风词话》中还提出了"词境"、"词心"说,均与"重、拙、大"理论密切相关。何谓"词境"呢?他说:"人静帘垂。灯昏香直。窗外芙蓉残叶飒飒作秋声,与砌虫相和答。据梧瞑坐,湛怀息机。每一念起,辄设理想排遣之。乃至万缘俱寂,吾心忽莹然开朗如满月,肌骨清凉,不知斯世何世也。斯时若有无端哀怨枨触于万不得已;即而察之,一切境象全失,唯有小窗虚幌、笔床砚匣,一一在吾目前。此'词境'也。"况周颐从创作论角度谈到作词一要心静、环境静,二要有"万不得已"之情绪状态。他认为:"平日之阅历,目前之境界,亦与有关系。无词境,即无词心。矫揉而强为之,非合作也。境之穷达,天也,无可如何者也。雅俗,人也,可择而处者也。"由此可知况周颐所说的词境与词人的阅历陶冶、生存境况相关。"词心"说拓展了词的抒情境界,以"万不得已"为"词心"。突破了传统词或为艳科、或流连光景的狭窄视域,况周颐的词学理论,是对常州词派理论的丰富和发展,也标志着词学理论达到了一个新的高度。

况周颐词作才情藻丽,思致渊深。小令得淮海、小山的神韵,慢词出入于片玉、梅溪、白石、玉田之间。早期作品轻倩侧艳,艳情绮思之作较多,中年之后,渐变为沉淳。《苏武慢·寒夜闻角》是其早期词作中的名篇:

　　愁入云遥,寒禁霜重,红烛泪深人倦。情高转抑,思往难回,凄咽不成清变。风际断时,迢递天街,但闻更点。枉教人回首,少年丝竹,玉容歌管。　　凭作出、百绪凄凉,凄凉惟有,花冷月闲庭院。珠帘绣幕,可有人听?听也可曾肠断?除却塞鸿,遮莫城乌,替人惊惯。料南枝明日,应减红香一半。

这首词作于光绪十五年(1889),作者借角声的抑扬传达出了独特的人生体验,人常常会自觉不自觉地抑制痛苦的情绪,然而刻意压抑只会增加郁闷的程度,无奈之中,只好借往事的追忆来寻求慰藉,然而这种追忆会愈发衬托出当下的苦闷。作者也流露出人生短暂、知音难觅的感伤。全词缠绵悱恻、情致婉转,王国维称其"境似清真,集中他作,不能过之"。

　　郑文焯(1856—1918),字俊臣,号小坡,又号叔问,晚号大鹤山人。奉天铁岭(今属辽宁)人。光绪元年(1875)举人,曾任内阁中书,后旅居苏州。他是官宦子弟,父亲官至陕西巡抚,兄弟十人皆为贵公子,惟其衣着朴素、爱好风雅。他对晚清朝政的腐败甚为不满,离京到苏州做了四十多年的幕客。他性格诙谐,工诗词,通音律,擅书画,懂医道,长于金石古器鉴赏。其词集后删存为《樵风乐府》。

　　郑文焯的词以白石、叔夏为法,倡导清空淡雅的美学趣味。即词意宜清空;语必妥溜,取字雅洁;使事用典融化无迹;骨气清空。佳作如《玉楼春》:

　　梅花过了仍风雨。著意伤春天不许。西园词酒去年同,别是一番惆怅处。　　一枝照水浑无语。日见花飞随水去。断红还逐晚潮回,相映枝头红更苦!

这首词托物寄情,以拟人化手法写残花,"体洁旨远,句妍韵美"(俞樾语)。

《月下笛》则是有感于戊戌政变而作:

月满层城，秋声变了，乱山飞雨。哀鸿怨语。自书空、背人去。危阑不为伤高倚，但肠断，衰杨几缕。怪玉梯雾冷，瑶台霜悄，错认仙路。

延伫。销魂处。早漏泄幽盟，隔帘鹦鹉。残花过影，镜中情事如许。西风一夜惊庭绿，问天上、人间见否？漏谯断，又梦闻孤管，暗向谁度？

词前有注："戊戌八月十三日宿王御史宅，夜雨闻邻笛，感音而作，和石帚。"戊戌政变发生后的第八天，"六君子"遇难，当时郑文焯在王鹏运家里，闻讯忧心忡忡。"瑶台霜悄"是为光绪帝的安危担忧，"早漏泄幽盟，隔帘鹦鹉"影射袁世凯泄密，导致变法失败，"西风一夜惊庭绿"透露出对政变后纷繁的政局的失望与不满。这首词作后不久，他就弃官南下，沉痛之情可想而知。虽然离开京师，但词人依然心系朝堂。而维新变法失败后的政局，也确如郑文焯所料每况愈下，到了庚子年间，狼烟满地，词人心情更加感伤：

（其一）行不得！翳地衰杨愁折。霜裂马声寒特特，雁飞关月黑。　　目断浮云西北，不忍思君颜色。昨日主人今日客，青山非故国。

（其二）留不得！肠断故宫秋色。瑶殿琼楼波影直，夕阳人独立。　　见说长安如弈，不忍问君踪迹。水驿山邮都未识，梦回何处觅。

（其三）归不得！一夜林乌头白。落月关山何处笛？马嘶还向北。　　鱼雁沉沉江国，不忍闻君消息。恨不奋飞生六翼，乱云愁似幂。（《谒金门》）

这三首词的写作背景都是庚子之乱，当时八国联军打进北京，慈禧和光绪仓皇西逃，作者这个时候已到了南方，既担忧光绪皇帝的安危，又思念滞留京师的友人。词作哀婉沉痛，折射出时代的纷乱和内心的怅惘。

第十三章　近代戏剧的发展

近代戏剧的基本格局相当独特,总体面貌繁盛而多变。近代戏剧主要由三部分构成:走向终结而又焕发出短暂生机的传奇杂剧;进入成熟阶段的京剧及其他地方戏曲;在外国戏剧影响下产生并逐渐成熟的早期话剧。三者的共同发展、复杂关联构成了近代戏剧的总体框架,它们的兴衰起伏决定着近代戏剧的基本面貌。

第一节　传奇杂剧的嬗变

近代传奇杂剧作为传奇杂剧发展过程的最后一个阶段,在许多方面表现出独特性。处于古今嬗变、中西交汇过程中的中国近代文化的剧烈变革、迅速更新,近代中国面临的种种新难题、新选择,在传奇杂剧中也有着集中的表现。戏剧史内部与外部发生的种种新变化,必然带来近代传奇杂剧题材、艺术、语言等方面的新变化和新特点。

一、题材与思想

近代传奇杂剧的题材显示出空前的多样性与丰富性,比以往取得了实质性的进步;近代传奇杂剧的思想也非常贴近政治变革和社会变迁,带有突出的时代特色。这不仅是近代传奇杂剧繁荣发展并取得突出成就的一个重要标志,也是中国戏剧史上传奇杂剧在题材类型和思想意识方面发生深刻变革的重要表征。

在近代中国中西交汇、古今演变这一极其特殊的文化背景下,重大历史事件、现实社会生活、人们的生存状况成为许多戏剧家关注的重点,并通过戏剧的形式表现,因而政治时事剧是众多传奇杂剧中最值得重视的一类。将这些作品所反映的近代社会现实联系起来,几乎构成了一幅戏剧化的中国近代历史的图景,展现了近代中国人生活与奋斗的形象历史。

太平天国运动对于中国近代历史的影响是巨大而深远的,有多部传奇杂剧作品取材于太平天国及相关事件。这类作品所写内容多有史实根据,有的甚至是作者亲历亲见的真实事件,表现出有意以剧本纪述史实的作风。作者基本上采取正统立场,对起义事件及所带来的战乱持否定态度。但也有作品批判朝廷腐败、揭露清军无能,一定程度地认识到起义的合理性与必然性,具有独特的认识价值和思想意义。比较重要的作品有杨恩寿《双清影》,郑由熙《雾中人》、《木樨香》,徐鄂《梨花雪》等。

戊戌变法对中国近代历史进程也产生了重要影响,同样引起了戏曲家的关注。反映维新变法的传奇杂剧数量虽不多,但成就相当突出。一些作品从肯定、赞扬的角度表现维新变法运动及有关事件,多采取理想化的方式,以创造性想象描绘作者所向往的胜利结果,弥补现实中维新运动的不足与失败。重要作品有玉桥《云萍影》、欧阳淦等《维新梦》等。

庚子事变是另一个对中国近代历史产生重大影响的事件。反映庚子事变及有关事件的传奇杂剧数量较多,影响也较大。一些作者对庚子事变的基本认识是,既反对八国联军入侵,也反对义和团起事,将二者一视为外患,一视为内乱,希望尽快结束这种内忧外患的局面。重要作品有林纾《蜀鹃啼》,陈时泌《武陵春》,叶楚伧《中萃宫》,赵祥瑗原作、吴梅润辞的《枯井泪》等。

另外,贺良朴《海侨春》表现反对美国华工禁约运动,陈时泌《非熊梦》、感惺《三百少年》从不同角度反映日俄战争,佚名《扬州梦》既指出沙俄强占东北三省的罪恶,也批判清政府残害汉族人民的罪行,达到了较高的思想和艺术水平。

民主革命运动中的一些人物和事件也是近代传奇杂剧的重要题材。这类作品数量多,产生的时间也相对集中。其中最引人注目的是关于秋瑾与徐锡麟革命活动的作品。洪炳文《秋海棠》、吴梅《轩亭秋》、嬴宗季女《六月霜》、萧山湘灵子(韩茂棠)《轩亭冤》、陈啸庐《轩亭血》等都是表现秋瑾革命事迹的代表作。专门反映徐锡麟刺杀恩铭事件的有伤时子《苍鹰击》、华伟生(谈善吾)《开国奇冤》等。孙雨林《皖江血》则将徐锡麟、秋瑾二人的革命事迹结合起来表现。这些作品的特点也十分突出,都是以历史人物和事件为根据,采用纪实手法,力图真实地再现历史;从革命派的立场出发,对反清革命行动予以高度赞扬,强烈控诉清朝统治者残杀革命志士的罪行。

此外,高增《活地狱》历数清军入关之后的种种恶行,横江健鹤《新中国》写章炳麟、邹容的反清革命活动,孙寰镜《鬼磷寒》控诉清朝统治者屠杀汉族同胞的罪行,表明革命派文学家对清统治者的认识,《安乐窝》则揭露慈禧太后的穷奢极欲,表现反清主题。

近代中国面临的种种社会文化问题,头绪之纷繁,程度之深刻,选择之艰难,在整个中国历史上都可以说是前所未有的。近代传奇杂剧与其他文体一道,体现着密切关注现实人生、关心社会问题的特点。因而社会问题剧就成为近代传奇杂剧的一个重要题材类型。

鸦片毒害是困扰中国近代社会的一个痼疾。一些传奇杂剧对此予以反映和揭露。这类作品数量虽不很多,但思想意识深刻,表现方法独特,取得了相当突出的思想和艺术成就。钟祖芬《招隐居》以神话寓言形式表现鸦片毒害的难以抵御,揭示了深刻的现实社会问题,具有发人深省的思想力量。杨子元《阿芙蓉》从多方面描绘了吸食鸦片造成的严重后果,触目惊心。袁祖光《暗藏莺》以寓言手法揭示鸦片的无孔不入和害人之深,发人深省。

表现中国妇女社会地位极其低下的现实和遭受的种种苦难,反映她们的自由向往和精神追求,也是社会问题剧的一个重要种类。反映妇女问题的传奇杂剧数量较多,思想水平和艺术成就也相当突出。最值得注意的有两类:一类是反对妇女缠足、控诉残害妇女身心的作品,蒋景缄《侠女魂·足冤》、蒋鹿山《冥闹》都是代表作品;另一类是宣传男女平权平等、妇女爱情婚姻自由自主的作品,代表作有东学界之一军国民《爱国女儿》、高增《女中华》、陈伯平《同情梦》、柳亚子《松陵新女儿》、佚名《巾帼魂》等。

还有一类传奇杂剧作品,也反映了突出的社会问题,但并不是以某一具体问题为中心,而是通过揭露种种腐朽腐败现象以警醒同胞、催人奋起,表现出深刻的社会洞察力和强烈的思想感情。黄燮清《居官鉴》较早提出了医治官场病与国家病的问题;魏熙元《儒酸福》通过科举考试中的种种世相集中反映了文人儒生处境遭遇;洪炳文《警黄钟》和《后南柯》以象征手法指出中国当时面临强敌的深重危机,寄托国家振兴、民族强盛的理想;吴承烜《星剑侠》以吉神凶煞下凡为善为恶作为基本结构框架,将近代众多时事纳入剧中,反映多种社会问题,都是此类作品的代表作。

历史剧是中国古代戏剧史上一个十分重要的题材类型。中国近代戏剧史上同样产生了为数众多的历史题材作品,仅就传奇杂剧而言,其数量就达数十种之多。历史剧的创作往往有着某种现实机缘,并赋予其鲜明的时代色彩。在中西文化、古今文化激烈冲突、迅速交汇的文化背景下,近代历史剧的创作表现出更加明确的现实目的和清晰的时代色彩。

近代中国外族凭陵、主权沦丧的现实促使许多戏剧家把目光投向与当时社会状况有较多相似之处的宋元之际、明末清初,创作了不少关于抗敌卫国的英雄豪杰、坚守节操的文人雅士的作品。

反映宋元之际政治斗争、军事对抗的作品,在思想性和艺术性方面都比较突出。洪炳文《挞秦鞭》、幽并子《黄龙府》、杨与龄《岳家军》都是表现在民族危难面前岳飞之忠诚、秦桧之奸恶,通过忠奸善恶对比表现对古代民族英雄的钦敬,对卖国投降者的鞭挞。筱波山人《爱国魂》、作者署名"孤"的《指南梦》、虞名《指南公》都是写文天祥抗元事迹,歌颂这位民族英雄的不屈气节和忠诚精神。

描绘明末清初历史事件和人物的作品不少,尤其是反清排满、民主革命思潮兴起之后,这类作品数量更多,思想也更加激进。陈烺《海雪吟》和王蕴章《绿绮台》都是写邝露因国破家亡投海而死,寄托了作者深沉的故国情思和强烈的时局忧患。吴梅《风洞山》写明末瞿式耜在永历皇帝弃城而逃的情况下坚守桂林,抗击清军,誓死卫国,在城破被执后大义凛然,慷慨赴死。洪炳文《悬岙猿》写明末兵部尚书张煌言在清兵南下之际奋起抗清,不为劝降所动,坚贞不屈,慷慨就义。浴日生《海国英雄记》表现郑成功坚决抗清的英雄事迹。佚名《陆沉痛》写史可法在扬州抵抗清兵,终至殉国。乌台(蔡寄鸥)《秣陵血》写清军南下,南明王朝苟且偷安,不思振作,复社文人余醒初等与奸党马士英、阮大铖展开斗争,赞扬忠烈、以古鉴今的创作用意非常明显。

还有一些作品着重塑造女英雄形象,数量虽不多,却显示出新的时代精神。陈栩《花木兰》述木兰代父从军、英勇善战故事;高增《女英雄》表现南宋梁红玉击鼓助战,与丈夫韩世忠共同抗敌,大破金兵,可以视为此类作品的代表。

还有一些描绘明末张献忠、李自成起义的作品,也值得注意。这些作品的产生与近代多次发生农民起义的社会状况关系密切,特别是与太平天国起义密切相关。这些作品以历史剧的形式反映明末农民起义,但作者最关注的仍然是近代动荡不安的社会现实。作品的基本思想倾向也都是从正统观念出发,对农民起义采取敌视态度,集中表现起义军的野蛮残忍、愚昧无知,希望朝廷尽快平息战乱、恢复正常生活。这类作品数量比较多,李文翰《凤飞楼》、陈烺《蜀锦袍》、曾传钧《蕙兰芳》、杨恩寿《理灵坡》和《麻滩驿》等都是代表作。

外国题材的传奇杂剧也是一个特别值得关注的题材类型。以传奇杂剧形式反映外国的历史和现实,是近代戏剧题材发生实质性变化的重要标志,也可以看作是中国戏剧题材的一次前所未有的更新和丰富。近代外国题材的传奇杂剧数量并不多,但这些作品不仅塑造了全新的人物,讲述了新鲜的故事,而且带来了新的思想观念,具有独特的价值。

首先值得重视的是关于弱小国家命运与抗争的作品。洪炳文《古殷鉴》写古巴内乱,廖恩焘《学海潮》叙古巴人民反抗西班牙殖民主义者的斗争。陆恩煦《李范晋殉国》写朝鲜皇族李范晋在国外组织光复党,抵抗日本侵略,不幸失败,自刎殉国。贡少芹《亡国恨》写朝鲜爱国志士安重根在哈尔滨击毙日本驻高丽统监伊藤博文,后英勇就义。这类作品,都是以外国史事和人物为借鉴,激励同胞奋起救国的意图非常明显。

表现外国自强奋斗历史、反对专制统治、要求自主独立的作品也是外国题材传奇杂剧的重要内容。梁启超《新罗马》和《侠情记》均取材于他编译的《意大利建国三杰传》,借意大利在玛志尼、加里波的、加富尔三杰率领下奋起抗争,反对专制统治,终于取得民族革命胜利、获得民族独立的史实,号召中国人民快速觉醒,自强自立,为摆脱屈辱、实现民族振兴而奋斗。感惺《断头台》表现法国大革命中山岳党人开庭审判废王路易十六,并将其送上断头台处死事,通过诛杀暴君的情节,宣扬反对封建专制统治的时代主题。麦仲华《血海花》写法国罗兰与夫人玛利侬向往平等自由,反对专制统治,主张建立共和政府,虽是演外国故事,却与中国近代政治变革密切相关。

二、艺术新变

近代传奇杂剧在一些方面继承和延续了传统,反映了戏剧发展的连续性特点;更重要的是还在许多方面对戏曲传统进行变革创新,形成了比较鲜明的艺术特征和具有时代特点的创作风貌。近代传奇杂剧的艺术变革,是传奇杂剧在其最后一个发展阶段必然发生的种种规律性变化的一个主要方面,具有重要的戏剧史意义。

在许多近代传奇杂剧中,情节和故事的作用已经大大降低,甚至变得可有可无,在一些作品中,情节再也不是戏剧的构成要素了。这种非情节化、非故事化倾向,在许多作品中表现得相当突出。戏剧情节的削弱,成为近代传奇杂剧的重要变化之一。

有相当一部分近代传奇杂剧是基本上无情节、无故事的,作品的主要目的在于直接抒发情感、发表见解、宣传主张、呼唤理想。这种倾向在一些政治家型、宣传家型戏曲家的作品中表现得尤为突出。贺良朴《叹老》、袁祖光《仙人感》、无名氏《少年登场》、吴魂《迷魂阵》、柳亚子《松陵新女儿》、高增《女中华》和《血海恨》、玉桥忧患《广东新女儿》、佚名《巾帼魂》、杨子元《新西藏》和《黄金世界》等都是这类作品的代表。

还有一部分近代传奇杂剧作品篇幅较短,以一二出(折)为多,人物也少,一般只有一两个角色上场,不能说完全无情节、无故事,但其情节与故事极为简单,而且在作品中显得并不突出,也不重要,作品的主要意图仍然是抒情、议论和宣传。李慈铭《舟觌》、《秋梦》,洪炳文《挞秦鞭》、《普天庆》,袁祖光《藤花秋梦》、《暗藏莺》、《东家颦》和《钧天乐》等,都是此类作品。

戏剧冲突作为戏剧要素之一,在一些近代传奇杂剧作品中得到了比较成功的表现,反映了近代传奇杂剧对于古代戏曲传统的继承。从发展变革的角度来看,另一种情形是更有意义、更值得注意的,就是近代传奇杂剧中戏剧冲突的淡化趋势。这种趋势从一个重要侧面反映了传奇杂剧在近代时期发生的深刻变化。

在一些近代传奇杂剧中,戏剧冲突在表现形式上已经不集中、不突出,在戏曲中的作用也变得不重要、不关键,有时甚至处于可有可无的地位,被明显地淡化了。近代传奇杂剧中篇幅短小、人物很少的短剧大都带有这样的特征,如无名氏《少年登场》,吴魂《迷魂阵》,柳亚子《松陵新女儿》,高增《女中华》、《血海恨》,玉桥忧患《广东新女儿》等都是如此。另有一部分篇幅较长的近代传奇杂剧,也不同程度地出现了戏剧冲突淡化的倾向,如俞樾《骊山传》、《梓潼传》,杨子元《新西藏》、《黄金世界》等都属此类。从艺术变革的角度来看,这些篇幅较长的作品更加集中地反映了近代传奇杂剧在戏剧冲突方面的新变化和新特点。

还有一些近代传奇杂剧,虽然形成了戏剧冲突并发生着一定的作用,但表现得不够具体、深刻,作用已经明显地减弱了。近代传奇杂剧戏剧冲突的弱化现象有三种不同的原因:有的是由于集中反映社会问题、表达作者见解观点的需要,如魏熙元《儒酸福》、杨子元《女界天》等;有的是由于叙述比较复杂的历史过程或现实事件,如梁启超《新罗马》、吴承烜《星剑侠》等;还有的作品是由于特别集中于叙事、议论与抒情,如陈时泌《武陵春》、姜继襄《汉江泪》等。

从人物塑造的角度来看,有些近代传奇杂剧中的主要人物性格并不突出,缺乏应有的深度,也没有发展变化的过程,带有简单化、脸谱化的倾向。戏剧人物的平面化倾向,也是近代传奇杂剧相当突出的艺术特征之一。

有的作品是由于议论、演说等宣传成分的明显加强而造成人物形象平面化。近代一些政治化、时事性的传奇杂剧中,戏剧人物在很大程度上成为故事的旁观者或讲述者,成为作者政治主张的宣传者,这就必然造成戏剧人物的平面化。贺良朴《海侨春》中的南荃居士和女侠遁云、陈时泌《武陵春》中的武陵渔人和国子监生、高增《女中华》中的黄英雌、陈伯平《同情梦》中的尤素心、阮式《梦桃新剧》中的残魂等人物,都是如此。

有的作品是由于反映历史事实过程中过多关注事件而轻视了人物,造成人物形象平面化。吴承烜《星剑侠》篇幅长,时空跨度大,涉及20世纪最初二十年左右的中外史事,出场人物众多。但由于表现纷繁复杂的历史事实成了作品的中心,人物形象没有得到着力塑造,人物性格也没有得到充分展现。梁启超戏曲中的人物也带有比较明显的平面化色彩。作者并不是通过人物的舞台活动刻画性格、推进情节,而是让他们宣讲政治局势、分析危机原因、讨论救国办法。这就使人物在戏剧中表演的成分大大削弱,人物性格缺乏应有的发展过程,不够丰满,也不够立体化。

还有的作品是由于以学问为戏曲、以考证入戏曲而造成人物平面化。一些戏曲家有意地将经史考据、语言文字、典章故实等传统学问大量写入传奇杂剧中,也有的戏曲家将某些学术文化思想写入传奇杂剧之中。由于学术问题的阐述、讨论、说明在作品中居于重要地位,人物的主要活动就是讲述、论证有关的学术问题,而不是在情节与冲突的发展过程中展示性格。胡盍朋《汨罗沙》写屈原故事,带有明显的学术化色彩,戏剧人物的生动性受到影响。俞樾《骊山传》和《梓潼传》堪称近代传奇杂剧中以学问为戏曲的代表。在作者心目中，普及经史知识、阐述考证结论的需要明显高于戏剧的艺术价值，戏剧人物完全服务于经史考证的需要，必然造成戏剧人物平面化。

传奇杂剧发展到近代，由于戏曲家创作心态、戏剧观念的变化，传播媒介的进步等因素的作用，场上之曲与案头之曲的关系问题表现得异常突出。虽然也有戏曲家做过重视场上之曲的努力，但许多近代传奇杂剧作家对戏曲的表演性质关注不多，有时也缺乏戏曲创作所必需的条件，如通晓戏曲音律、熟悉舞台表演等。因此，近代传奇杂剧的基本倾向是逐渐远离舞台、难以适应表演的要求，愈来愈多地成为文人案头之作。与此密切相关，近代传奇杂剧在创作体制、文体规范方面也发生了空前深刻的变革。

由于一些传奇杂剧作品中愈来愈多地出现难以在戏剧舞台上表现的非戏剧性成分，就促使其逐渐远离舞台和观众，走向书斋与读者。这种情况是由多方面因素造成的，如不谙曲律、不遵曲律的戏曲家增多，戏曲声律在创作中的地位和作用明显下降；大量非表演性内容进入戏剧，传奇杂剧文体的文章化倾向日益明显；非常规表现方式大量出现，造成演出困难等。

传奇和杂剧原有的相对稳定、比较明晰的体制特征和文体规范，到近代愈来愈经常被突破，传奇和杂剧之间本来比较清晰的文体界限逐渐消失，真正形成了你中有我、我中有你的局面。

传奇和杂剧经过元明两代至清中叶的发展，逐渐形成了一套比较稳定、明晰的文体规范，使它们成为带有相当明显的体制特征的艺术形式。近代传奇杂剧在文体方面则以变异为主要特征。大量的作品表明，传奇和杂剧长期以来形成的相当固定的文体规范与体制特征，至近代已经处于剧烈的变异、消解过程之中。这种外在形式的削弱和丧失，给传奇杂剧带来了巨大影响，并导致了它们的最后消亡。

三、语言特点

近代传奇杂剧在语言形式上也表现出一系列新变化、新特征，从而使其具有相当突出的时代特征和思想艺术面貌。现从最为显著、影响最为深远的三个方面认识其语言特点。

报章文体语言向传奇杂剧语言渗透,是近代传奇杂剧语言变革中的重要现象之一。特别是在政治家型、宣传家型戏曲家的创作中,报刊文章语言对戏剧语言的影响表现得最为集中、充分。梁启超的三种传奇剧本非常突出地反映着戏剧语言与报刊语言的密切关系,充分表明传奇杂剧语言深受报章语言影响的趋势。同刊于《新民丛报》的东学界之一军国民《爱国女儿》、麦仲华《血海花》、廖恩焘《学海潮》等作品,从思想内容到语言表达方式,均与该刊发表的其他文章多有相似之处,清晰地反映了戏剧语言向报刊语言靠拢的倾向。《江苏》所载横江健鹤《新中国》、浴血生《革命军》,《民报》所载浴日生《海国英雄记》等,同样反映了这种趋势。

一些近代传奇杂剧中,经常出现宣讲演说、议论宣传、标语口号、抨击时政、介绍新知等内容。这在很大程度上改变了传统戏曲的语言特点,形成了具有近代色彩的新的戏剧语言形态。

在西学东渐的大背景下,一些近代传奇杂剧中运用外来词语逐渐成为相当普遍的现象,特别是一些与西方文化、外国文学有着关联的戏曲家,这种现象就更为常见,这反映了近代传奇杂剧语言另一个方面的重要变化。

从历时性角度考察近代传奇杂剧中外来词语的运用情形可以发现,外来词语在最初进入戏曲作品的时候,出现过不少不确切、不自然,甚至生搬硬套的情况。在不断探索和发展过程中,不仅外来词语进入汉语的数量有增加的趋势,而且从使用的情况来看,也逐渐克服了初期暴露出来的问题,使外来词语的使用更贴切、更顺畅,在剧本中更好地完成叙事抒情、构造情节、塑造人物等任务。

外来词语进入传奇杂剧给中国传统戏曲的语言形态带来了重大变革,使近代传奇杂剧语言呈现出崭新的面貌。这对中国传统戏曲的影响已远不只是语言上的,而且逐渐触及从内容到形式的各个方面。外来词语大量进入传奇杂剧,产生的结果也是复杂的。在赋予传奇杂剧新的语言面貌、使之更加具有现代色彩的同时,也在一定程度上改变了传奇杂剧的传统语言习惯。

使用方言是中国传统戏曲的语言特点之一,元代杂剧、明清传奇莫不如此。特别是从乾隆年间开始,传奇杂剧中使用方言,主要是使用吴语说白,逐渐成为一种创作习惯。传奇杂剧中使用方言的习惯在近代得到进一步发展,除了继续以吴语为主之外,还逐渐出现了运用其他地区方言的情况。例如:钟祖芬《招隐居》中使用了四川东部的方言口语,而且运用得十分自然;古越嬴宗季女《六月霜》中使用了较多的绍兴方言,还出现了京腔说白;遁庐《童子军》的人物说白中夹杂一些颇具时代特点的上海方言;陈烺《负薪记》中也出现了较多的扬州话说白。

不过,经常使用的仍以江浙地区的方言为主,同时也出现了使用四川话、北京话、广东话的作品。这些方言除了仍然继承传统做法,作为插科打诨、滑稽诙谐、增强娱乐性的手段之外,还作为塑造人物形象、表现人物性格的重要手段。这也可看作是戏曲中运用方言的一个进步。

由于近代文化环境的巨大变化,更由于传奇与杂剧之间关系的种种新情况,近代传奇杂剧中使用方言的情况表现出一些新的特点,比如:方言不仅继续在传奇中大量使用,而且也进入了杂剧之中;传奇杂剧中经常使用的方言已不限于吴语,也运用了其他地区的方言;戏曲中说方言的角色有增加的趋势,已不限于净、丑等滑稽角色,其他行当的人物也开始使用方言;与传统戏曲的习惯相关,吴方言仍然是传奇杂剧中使用最多的方言,而且比以往更加频繁。

近代传奇杂剧语言在继承传统戏剧语言特点的基础上,进行了非常大胆而且卓有成效的探索与尝试,使戏剧语言在许多方面出现了新变化、新气象,形成了具有独特面貌的戏剧语言形态,不仅为传统戏剧语言、文学语言开辟了新天地,而且为现代戏剧语言、现代文学语言的孕育和形成进行了颇有实效的酝酿与铺垫。

第二节　京剧的产生与发展

　　中国戏剧史上雅部的渐趋衰落和花部的逐步兴起,经历了长期的酝酿过程。而乾隆五十五年(1790)的徽班进京演出,成为花部乱弹取代雅部昆曲的最重要标志。此后,中国戏剧史进入了一个新兴剧种不断涌现、地方剧种空前兴盛的新时代。在这一特别重大而且影响深远的戏剧史进程中,成就最高、影响最大的就是京剧。

一、京剧的兴起

　　清代中叶以后雅部昆曲的衰落和花部乱弹的兴起,是中国戏剧发展史上的一个重要转折点,不仅改变了昆曲和花部戏曲的命运,而且改变了中国戏剧的基本格局。京剧及其他多种地方戏曲的兴起,形成了中国戏剧史上异彩纷呈的繁荣局面,对中国戏剧的发展产生了深远的影响。

　　花部与雅部的消长变化,经历了一个比较长期的过程。花部诸腔与雅部昆曲形成并行的局面,从明代中后期起已渐露端倪;而花部正式成为一个戏曲门类,明张旗鼓地与昆曲对垒抗衡,则是在清代乾隆年间才开始的。乾隆年间的一系列京城演剧活动对改变过去的戏曲状况、建立新的戏曲格局起到了重大作用。乾隆四十四年(1779)秦腔演员魏长生率戏班进京,从此秦腔盛行一时。乾隆五十五年(1790)是乾隆皇帝的八十寿辰,在京城举行了规模空前的戏曲演出活动。这是中国戏曲史上一个非常重要的年份,为乾隆皇帝祝寿而陆续进京演出的四大徽班,是方兴未艾的花部戏曲取代渐趋衰落的昆曲的最重要标志,是中国戏曲史上的重大事件。

　　首先进京演出的是以高朗亭为首的三庆班,然后是四喜、春台、和春三班。以演唱安徽地方戏曲二黄调为主的四大徽班,在进入北京的初期,就采取了一种切合实际、着眼将来的演出策略,对当时活跃于北京戏曲舞台上的各种戏曲样式采取了兼收并蓄、博采众长的态度,很快在京城站稳了脚跟,博得广大观众的青睐。其中最重要的是徽班逐渐接受了来自湖北的西皮调,并将其融入原来的徽调之中,确立了皮黄戏的基本面貌。

四大徽班进京后,花部诸腔的影响日益扩大,逐渐形成了以皮黄戏为主体的众多戏曲剧种同生共存的局面,花部乱弹显示出前所未有的生机和活力。此前占据传统戏曲中心地位的雅部昆曲明显地走向了边缘化,随着观众兴趣的转移以及其他方面的变化,昆曲的演出机会愈来愈少。花雅两部争胜的结果,就是花部乱弹的日益兴盛和雅部昆曲的渐趋萧索。

在皮黄戏的发展过程中,程长庚、余三胜、张二奎等人做出了杰出贡献。特别是程长庚将昆腔与弋阳腔融入皮黄之中,显示出博采众长、融会贯通的气度。咸同年间是皮黄取代昆曲的过渡阶段,二者并行于戏曲舞台上,许多演员往往花雅兼长。到了同治末至光绪初,皮黄戏发展的全盛期已经到来,并开始确立其在戏曲史上的独特地位。皮黄戏的优势地位一经确立,就成为相当稳定的戏曲史事实,在此后相当长的时间内,京剧的重要地位都没有动摇过。皮黄能够取代昆曲,除了它通俗明快、戏剧性强、广受观众欢迎等重要原因外,皇帝的喜好和宫廷的大量演出等因素也起着重要作用。

同治、光绪以后,皮黄戏很快确立了优势地位,成为一个受人瞩目的生机勃勃的剧种。辛亥革命前后,它已经从京城传播到其他许多地区,黄河两岸、长江南北、城市乡村,几乎到处都可见皮黄戏的足迹。一方面,皮黄戏积极学习其他戏曲样式的优长之处,使自己相当迅速地发展成熟起来;另一方面,它也不断地给予其他戏曲剧种以影响和启发,对这些戏曲样式的发展也起到了促进作用。这对中国戏曲的繁荣发展具有重要意义。

从徽班进京开始,经过一百年左右的发展,皮黄戏逐渐成熟壮大起来;到辛亥革命时期,它已经成为具有全国性影响的重要戏曲剧种;后来又发展成为中国古典戏曲艺术的宝贵结晶和杰出代表,成为中国戏曲百花园中首屈一指的一朵奇葩,产生了世界性影响。完全可以说,京剧所以能够如此根深叶茂、流派纷呈,所以能够取得如此辉煌的成就,成为东方表演体系的典范,其历史准备和酝酿过程就是在近代这一特殊的历史时期中进行并完成的。

二、近代京剧改革

19 世纪末至 20 世纪初兴起的文学革新运动涉及诗歌、散文、小说、戏剧等所有文学领域,近代京剧改革也是近代文学革新运动的一个重要组成部分。

假如说以 1902 年"小说界革命"口号的提出为契机,开始了近代京剧改革的酝酿过程的话,那么它的正式兴起当以 1904 年《二十世纪大舞台》杂志的创刊和 1908 年上海新舞台的创立为最重要标志。在这段时间里,京剧出现了前所未有的全面繁荣发展、大胆探索创新的局面,取得了突出的成就。如戏剧报刊大量出现,京剧改良理论提出,舞台演出艺术新探索,一批京剧剧本创作者出现,大量京剧演员涌现,新式剧场创建,戏曲教育发展等。京剧改革成绩最突出的表现是时装京剧(改良京剧)从内容到形式的大胆创新。

在京剧改革过程中,出现了一批杰出的改良京剧作家和剧本,展示了京剧改革运动的成绩。改良京剧剧本的题材非常广泛,有历史题材,也有现实题材,有国内题材,也有国外题材。无论怎样取材,作品的思想主题都是相当集中的:一是揭露社会的腐败黑暗和统治者的颟顸无能,批判社会的不平等现象和封建陋习;二是表现反对民族压迫,鼓吹独立自主,反对封建专制统治,歌颂为民族独立和解放英勇奋斗的革命志士。

比较重要的改良京剧作家有周祥骏、陈去病、欧阳淦、汪笑侬、夏月珊等。周祥骏(1870—1914),字仲穆,号更生,笔名春梦生。江苏睢宁人。他创作了最早一批改良京剧剧本,如揭露和控诉列强瓜分中国罪行的《黑龙江》,批判封建制度和专制统治、表现反帝爱国情感的《维新梦》等。满族戏曲家汪笑侬(1858—1918),本名德克俊,更名僗,号仰天。他先后创作整理改编剧目三十多种,产生了深远影响。《哭祖庙》《受禅台》《党人碑》《骂王朗》《博浪椎》等剧目借古讽今,有着极强的现实针对性;外国题材的《瓜种兰因》亦隐喻讽刺中国时事,寄托民族主义情怀。此外,《长乐老》、《缕金箱》、《崖山哀》、《金谷香》、《黑籍冤魂》、《潘烈士投海》、《张文祥刺马》、《越南亡国惨》、《拿破仑》、《孽海花》、《图光复英雄结义党》等都是改良京剧的代表性作品。

1908 年,潘月樵和夏月珊、夏月润兄弟等在上海创办新舞台,编演了大量剧目,在近代京剧改革运动中发挥了重要作用,特别是建造了我国第一个拥有近代化设备的新式剧场,布景、灯光、道具、旋转舞台应有尽有。这是我国戏曲演出场所的一次革命性的进步。新舞台演出大量的时装戏、洋装戏,走向了写实化、生活化的道路,与传统京剧的程式化、虚拟化的写意性表演大不相同,被称为"改良京剧"。这种带有明显时代色彩的改良京剧盛行一时,推动了上海京剧的发展,迎来了改良京剧的高潮。

与传统京剧相比,改良京剧有一些突出的特点:第一,往往更注重作品的外在情节性,叙述性成分比较突出,以往作品中表现人物心理、刻画人物性格的成分有所减弱。第二,剧中人物唱词说白的表演性质有所减弱,而常常代之以政治性的宣传演说,口号式的唱词和念白;经常出现长篇的唱词和念白,使京剧艺术本身的某些特质没能得到充分展现。第三,语言一般比较通俗易懂,有时甚至运用一些方言土语,特别是苏州方言被经常使用,某些外来词语也时常出现。第四,由于受到西方戏剧的影响,出现了一些带有外国特色和近代色彩的舞台表演方式,如改分场演出为分幕演出,烟火、灯光、道具、布景、旋转舞台等也相应出现。

起源于上海的京剧改革,在辛亥革命前后达到高潮,主要表现在演出时装新戏的演员增多,改良京剧也从上海向其他地区发展。在上海,除汪笑侬、潘月樵、夏月珊、夏月润等人外,还有一些京剧演员也参加了京剧改良活动,如王鸿寿、周信芳、王蕙芳等。在北京,虽然京剧改革的方式和幅度与上海改良京剧有些不同,比如北京更加重视继承京剧的传统,而不是一味地走追求新奇的道路,但是北京的京剧改革还是在逐渐进行,也取得了一定的成绩。著名演员梅兰芳在赴上海演出后,深受上海改良京剧的影响和启发,开始了京剧改良实践,产生了重要影响。还有谭鑫培、孙菊仙、高庆奎、程继先、路三宝、郝寿臣等也进行过改良京剧的实践。除北京、上海外,天津、武汉、太原等地也受到改良京剧的影响,出现了一些改良京剧的演出活动,反映了京剧从几个重要的文化中心城市向其他地区传播发展的趋势。

三、京剧的兴盛发展

从京剧艺术本身来说,经过近代京剧改良阶段的探索尝试之后,在戏剧观念、社会地位、演出场所、剧目创作、表演艺术、伴奏音乐和舞台美术等方面,都实现了重要的变革。

由于提高小说戏剧社会地位的理论倡导,京剧的地位也进一步提高,逐渐从卑下的境况中解放出来,演员的社会地位也得到提高,歧视戏曲演员的陈旧观念有了较大的改变。从事京剧事业的人员构成也发生了明显的变化,一批文人学者愈来愈重视京剧,经常从事京剧的创作、编导、演出工作,对京剧艺术品位的提高起到了重要作用。由于文人学者的参与,京剧剧本的质量得到了实质性的提高,奠定了京剧剧本文学化的基础。贾润田、齐如山、罗惇曧、金仲荪等在京剧剧本创作方面做出了重要贡献。

京剧的演出场所也发生着明显的变化。传统的茶园戏园逐渐减少,京剧愈来愈多地在具有近代文化色彩的新式剧场中演出。新舞台创建以后,上海又陆续出现了多个剧场。北京新式剧场虽然比上海稍晚出现,但自民国初年以后,也出现了愈来愈多的新式剧场。京剧演出中舞台艺术的各个方面也发生了革命性的变革,如灯光布景的运用、道具的写实化、服装的当代化,旋转舞台也出现在京剧演出中。

京剧的演员队伍也发生着重要的变化。演员原来多以科班培养为主,近代后期出现了戏剧社,成为培养京剧演员的重要途径。由戏剧科班转变为剧社,表明戏剧观念、戏剧地位、演员教育方式等方面都发生了明显变化。创立于1904年的喜连成科班,至1912年改称富连成社。该社延续时间长,兴旺发展的时间达三四十年之久,教学秩序稳定,要求严格,因材施教,戏剧教学与舞台演出紧密结合,以这些优势和特点,培养出大批演员,对京剧的发展做出了重要贡献。五四运动之后,更有专门的戏曲学校创立,如1930年成立的中华戏曲专科学校就是最有代表性的一所新型的戏剧学校。

近代京剧的发展,特别是演员数量的增加,流派的日益丰富,在演员方面还经历了由以生角为主向生旦并重的转变,甚至出现了旦角更加重要、影响更加广泛的情况。龚云甫、杨小楼、萧长华、马连良、高庆奎、周信芳、金少山等都是名重一时的演员。而在王瑶卿指点下成长起来的梅兰芳、尚小云、程砚秋、荀慧生"四大名旦"的出现,不仅表明近代京剧演员培养方面的巨大成就,也表明旦角在京剧中确立了空前重要的地位,这在以往的京剧中从未发生过。

随着京剧的发展和传播,出现了京派与海派之分。京派京剧,或称京朝派京剧;海派京剧是相对于京派京剧而言的,也称南派京剧或外江派京剧。如果说京派京剧是外地文化与北京文化相结合的产物,那么海派京剧则是京派京剧为了适应上海观众的欣赏需求、风俗习惯,与上海地方文化相结合的结果。一般把汪笑侬看作是海派京剧的创始人,而后来的周信芳(1895—1975)则被誉为海派京剧的集大成者。

由于上海近代以来特殊的文化地位和影响,海派京剧得到了比较充分的发展,与京派京剧相比,形成了一些突出的特点:第一,从剧目的题材类型上看,海派更加重视表现与现实密切相关的内容,特别是注意反映广大上海市民普遍关心的事件,戏剧题材更加贴近日常生活和社会现实。大量产生于上海的时事戏、时装戏堪称代表。海派京剧最集中地表现了近代中国的种种文化变迁和重要事件,形成了与以往传统京剧、京派京剧大不相同的题材特点。第二,在舞台演出方面,海派京剧更重视艺术创新,以适应上海地区观众的要求。如在舞台动作上,演员的身段动作向着强烈、夸张的方向发展,这种表演风格在文戏中有所表现,在大量出现的武戏中有着更集中的反映;在演唱方面,也讲究声音运用的灵活、流畅、自然,更贴近观众,与京派京剧演唱时的恪守格律、讲究工稳的风格迥然有别。第三,在戏剧情节的设计上,与京派京剧相比,海派更重视剧本的故事性和娱乐性。故事情节的加强,使海派剧目具有较强的吸引力,而在戏剧情节中安排一些趣味性较强的内容,则容易实现理想的演出效果。第四,在舞台艺术方面,大量运用近代科学技术手段,实现了京剧舞台设计水平的飞跃,海派京剧具有京派京剧无法比拟的优越条件。上海京剧的舞台美术、服装道具、灯光布景等方面都领近代戏剧之风骚。烟火、灯光、道具、服装、布景等,都经常在海派京剧里出现,使京剧这种传统的戏剧艺术形式带上了明显的近代文化色彩。

近代以来,京剧在全国的许多地区都留下了清晰的足迹。这不仅丰富了京剧艺术本身,也丰富了当地的戏剧和文化。京派京剧首先传播到天津,又经过山东流传至上海地区。而当海派京剧形成之后,也曾来天津演出。天津俨然成为京剧南下的一个中转站,也成为京派京剧与海派京剧切磋交流的重要舞台。京剧在近代前期就传入了山东,同治末年至光绪初年,京剧已经在济南、烟台等地得到了迅速发展,出现了多个专门演出京剧的戏班。这些戏班在山东各地的演出,扩大了京剧的影响,对京派京剧和海派京剧的发展成熟、相互交流起到了促进作用。河南也是京剧由北京向南方扩展的一个重要基地,尤其是文化古城开封,在京剧发展中的地位特别突出。不仅京派京剧名角多次来开封演出,而且当海派京剧兴起之后,南方著名的京剧演员也经常来开封等地演出。开封也与济南、汉口等城市一样,成为南北京剧十分重要的演出与交流场所。此外,京剧还传入湖南、云南、四川、福建、东北等地,长沙、昆明、福州、厦门、漳州等也都是京剧发展比较充分、影响比较广泛的城市。京剧还由经常在运河南段巡回演出的水路班子向南方的杭州、嘉兴、湖州、常州、无锡、苏州等地传播。

京剧由原来的北京、上海两个中心逐渐走向了全国,奠定了它作为中国传统戏剧艺术典范的地位,为在五四运动以后的进一步发展,做了比较充分的准备,也为京剧的走向世界打下了重要的基础。

以乾隆五十五年(1790)四大徽班进京演出为标志,京剧开始了孕育形成的过程。经过半个世纪左右的酝酿发展,到道光二十年(1840)前后,京剧已经产生了相当广泛的影响,并进入了发展成熟时期。经过 20 世纪初年戏剧改良运动的推动,京剧出现了前所未有的兴盛局面。到 1919 年以后,京剧开始迎来了空前繁荣、不断发展的鼎盛局面。

从近代戏剧发展的特点来看,京剧确是在不断改革变化的过程中发展前进的,也是在不断与其他戏曲剧种相互交流、彼此借鉴中完善成熟的。

第三节　戏剧改良运动

伴随着"小说界革命"而开展的戏剧改良运动,是中国近代文学史上的重要事件,不仅在实践上进行了戏剧改革的多方面尝试与探索,为多个戏剧剧种的发展成熟积累了宝贵的经验,而且比较系统地提出了戏剧改良的理论主张,推动了传统戏剧观念的转变和近代戏剧观念的建立。

一、戏剧改良的理论倡导

近代戏剧改良运动与"诗界革命"、"文界革命"和"小说界革命"有着诸多的相关相似性,与"小说界革命"的关系尤为密切。戊戌变法时期改革小说理论的提出,特别是 1902 年梁启超在《论小说与群治之关系》中正式提出"小说界革命"的口号,主要就小说而言,也包括戏曲、弹词等文艺样式在内。戏剧改良运动的正式兴起,可以 1904 年 10 月陈去病、汪笑侬、熊文通等发起创办《二十世纪大舞台》杂志为标志。

由于民族危亡、国受欺凌、民气不扬的社会现实的激发,在西方戏剧和日本戏剧的影响下,戏剧改良理论特别强调戏剧的社会政治功能,希望通过改革戏剧并以之为武器,为社会变革、国家振兴、民族独立尽最大力量。从这一思想出发,关于戏剧改良的理论主张、思想号召也大多以戏剧为启蒙救亡的工具为核心。《二十世纪大舞台》"改革恶俗,开通民智,提倡民族主义,唤起国家思想"的宗旨,集中反映了戏剧改良运动的精神实质。

为倡导新戏剧,先驱者在理论上严厉抨击中国传统戏剧的弊端,如言其伤风败俗、煽惑愚民,专门搬演古代题材的作品,而对当时的民生疾苦、社会现实、国家危机漠不关心,戏剧不利于政治变革、开通民智的需要。主张大力提高戏剧的地位,使之从长期的下里巴人、文人不耻、无益于国家振兴的卑微处境中解放出来,鼓吹新兴戏剧具有教育民众、鼓舞同胞、改良社会、振兴国家的重要作用,而且把戏剧的社会政治功能和教育感化作用提高到非常突出的程度,甚至出现了过分政治化、工具化的倾向。

王钟麒在《论戏曲改良与群治之关系》中说:"欲革政治,当以易风俗为起点;欲易风俗,当以正人心为起点;欲正人心,当以改良戏曲为起点。……诚以戏曲之力足以左右世界,其范围所及,十倍于新闻纸,百倍于演说台。……吾故曰:欲革政治,当以改良戏曲为起点。"将戏曲的作用提高到"足以左右世界"的程度,认为改革戏曲是改革政治的起点,还提出了改良戏曲的具体措施。欧榘甲《观戏记》中也说:"欲善国政,莫如先善风俗;欲善风俗,莫如先善曲本。曲本者,匹夫匹妇耳目所感触易入之地,而心之所由生,即国之兴衰之根源也。……论者谓学术有左右世界之力,若演戏者,岂非左右一国之力者哉?中国不欲振兴则已,欲振兴,可不于演戏加之意乎?加之意奈何?一曰改班本,二曰改乐器。"都集中反映了戏剧改良运动中人们对戏曲作用与地位的认识。

从对戏剧的非艺术性要求出发,强调戏剧要适应广大观众的需要,有利于各种类型、各种文化层次的观众接受,从而实现以戏剧教育民众、鼓舞民气、振兴民族的作用。他们特别提倡戏剧从内容到形式的通俗化,尽可能接近观众的欣赏习惯,适应接受者的要求,提出对传奇杂剧和各种地方戏曲进行大幅度改革。许多人注意到戏曲易被广泛接受的特点和独特的教育效果,指出戏曲的启蒙教育作用是其他文艺形式无法比拟的。1905年,箸夫在《论开智普及之法首以改良戏本为先》中就非常明确地指出了这一点:"是剧也者,于普通社会之良否,人心风俗之纯漓,其影响为甚大也。……况中国文字繁难,学界不兴,下流社会,能识字阅报者,千不获一,故欲风气之广开,教育之普及,非改良戏本不可。"

戏剧改良理论在充分重视戏剧的社会政治功能的基础上，也注意到戏剧的某些艺术特性。如从舞台表演艺术的角度探讨戏剧感人的奥秘，思考如何最大限度地挖掘戏剧的艺术魅力，实现最佳的教育效果。1904年，陈去病在《论戏剧之有益》中论及戏剧内容丰富、深切感人时说："惟兹梨园子弟，犹存汉官威仪。而其间所谱演之节目、之事迹，又无一非吾民族千数百年前之确实历史；而又往往及于夷狄外患，以描写其征讨之苦，侵凌之暴，与夫家国覆亡之惨，人民流离之悲。其词俚，其情真，其晓譬而讽谕焉，亦滑稽流走，而无有所凝滞。举凡士庶工商，下逮妇孺不识字之众，苟一窥睹乎其情状，接触乎其笑啼哀乐，离合悲欢，则鲜不情为之动，心为之移，悠然油然，以发其感慨悲愤之思而不自知。……苟有大侠，独能慨然舍其身为社会用，不惜垢污，以善为组织名班，或编明季稗史，而演汉族灭亡记，或采欧美近事，而演维新活历史，随俗嗜好，徐为转移，而潜以尚武精神、民族主义，一一振起而发挥之，以表厥目的；夫如是，而谓民情不感动，士气不奋发者，吾不信也。"

戏剧改良运动中还提出了重视悲剧的理论主张。近代以来，西方文学理论中的悲剧、喜剧等概念也被引进到中国文学与戏剧批评中。在中国近代的特殊文化背景下，文学与戏剧很难向艺术纵深处开掘，更多的是为了适应政治目标和现实需求。在这种情况下，悲剧得到特别的重视和提倡就在情理之中了。蒋观云在《中国之演剧界》中以赞同的口吻引述拿破仑之言说："悲剧者，君主及人民高等之学校也，其功果盖在历史以上。……悲剧者，能鼓励人之精神，高尚人之性质，而能使人学为伟大之人物者也。"指出中国戏剧"最大之缺憾"在于"无悲剧"。为了振兴国家和民族，必须首先振兴中国悲剧，因为"剧界佳作，皆为悲剧，无喜剧者。夫剧界多悲剧，故能为社会造福，社会所以有庆剧也；剧界多喜剧，故能为社会造孽，社会所以有惨剧也。……欲保存剧界，必以有益人心为主，而欲有益人心，必以有悲剧为主"。过分强调悲剧的作用，不恰当地贬低了喜剧，中国有喜剧而无悲剧的论断也难以服人。可见其理论观点虽然鲜明，局限也相当明显。1907年，春柳社也在《春柳社演艺部专章》中表明主旨说:"本社以研究各种文艺为目的,创办伊始,骤难完备,兹先立演艺部,改良戏曲,为转移风气之一助";"本社无论演新戏、旧戏,皆宗旨正大,以开通智识、鼓舞精神为主。偶有助兴会之喜剧,亦必无伤大雅,始能排演"。这种理论观念已显得成熟稳健了许多。

关于戏剧改良的理论阐述,当推陈独秀《论戏曲》(1905)为代表。其论述戏曲的巨大作用说:

> 戏曲者,普天下人类所最乐睹、最乐闻者也,易入人之脑蒂,易触人之感情。故不入戏园则已耳,苟其入之,则人之思想权未有不握于演戏曲者之手矣。使人观之,不能自主,忽而乐,忽而哀,忽而喜,忽而悲,忽而手舞足蹈,忽而涕泗滂沱,虽些少时间,而其思想之千变万化,有不可思议者也。……由是观之,戏园者,实普天下人之大学堂也;优伶者,实普天下人之大教师也。

文章还提出了改良戏曲的五项具体措施:宜多新编有益风化之戏;采用西法,戏中有演说,最可长人之见识,或演光学、电学各种戏法,则又可练习格致之学;不可演神仙鬼怪之戏;不可演淫戏;除富贵功名之俗套。最后指出:"我国戏曲,若能依上五项改良,则演戏决非为游荡无益事也,现今国势危急,内地风气不开,慨时之士,遂创学校。然教人少而功缓。编小说,开报馆,然不能开通不识字之人,益亦罕矣。惟戏曲改良,则可感动全社会,虽聋得见,虽盲可闻,诚改良社会之不二法门也。"

戏剧改良的理论倡导,促进了戏剧观念的转变,带来了戏剧创作的繁荣。近代后期传奇杂剧、京剧及其他地方戏曲、早期话剧的大胆创新、空前繁荣、持续发展,都与戏剧改良运动的理论倡导有着直接的关系。近代戏剧取得的主要成就,在很大程度上就是戏剧改良运动推动和影响的结果。

二、其他戏曲剧种的改革

近代戏剧改良运动不仅在传奇杂剧、京剧方面取得了突出的成绩,而且对其他戏曲剧种也产生了广泛深远的影响,许多地方戏曲剧种得到了长足发展,出现了兴盛局面。

明代四川已有地方戏班流行。到清代雍正、乾隆年间,随着花部的兴盛,外地的昆腔、高腔、梆子腔、皮黄腔进入四川,相继与四川语音以及群众的欣赏习惯结合,演变成具有地方特色的川昆、高腔、胡琴(即皮黄)、弹戏(即梆子腔),再加上四川原有的灯戏,构成了后来川剧的五大声腔。川剧的基础由此建立起来。近代文学革新运动的兴起,特别是"小说界革命"和戏剧改良运动的倡导,为川剧改革提供了适宜的文化环境;另一方面,川剧在长期的发展过程中,形成了具有地方特色的优良传统,同时也存在一些陈腐落后的内容,其内部也在等待着改革更新的机会。

1905 年,官商合办的戏曲改良公会成立。戏曲改良公会的目的是改良戏曲、辅助教育,创始人是周善培(1875—1958)。戏曲改良公会成立后,进行了一系列戏曲改革,并取得了突出成绩。1905 年,该会集资修建了悦来茶园;第二年,另一个重要的戏园可园也兴建起来。随后又建立了不少戏园。这些戏园的建立,标志着川剧的演出场所由原来的庙台、会馆向新式剧场的重大转变。戏曲改良公会邀请文人学者进行川剧剧本的创作与改编,黄吉安(1836—1924)、赵熙(1867—1948)等在川剧剧本创作方面做出了很大贡献。文人学者参与剧本创作,大大提高了剧本的质量和水平。戏曲改良公会还出版推广这些重新创作或改编的"改良"剧本,为川剧的发展奠定了比较坚实的文学基础。在舞台演出、演员考核等方面,戏曲改良公会也进行过较有成效的努力,还非常注意戏曲演出的社会效果,反对内容无益的表演,对川剧的健康发展做出了重要贡献。戏曲改良公会于 1911 年解体。

1912 年,由康子林、杨素兰等发起,在悦来茶园成立了三庆会。这是一个由川剧艺人组成的继续从事川剧改良的组织。三庆会活动时间长达三十七年,一直持续到 1949 年,其作用和影响不亚于戏曲改良公会。三庆会进行了相当全面的川剧改良,主张剧社之间的精诚团结、紧密合作,促进艺人之间的艺术交流,也创作了一批新剧目,还开展了川剧理论的研究工作,对戏剧接班人问题也相当重视。三庆会集舞台演出、剧本创作、理论研究和人才培养于一体，开创了演出、研究、教育三位一体的戏班体制，对后来的剧团有着重要的影响。

三庆会对川剧发展的最杰出贡献，是在对川剧唱腔的改革方面。川剧中包含昆曲、高腔、胡琴、弹戏和灯戏五种声腔，但各个声腔之间的交流借鉴较少。三庆会将演唱不同声腔的戏班剧社荟萃到一起，吸收了不同的演唱方法，进一步促成了川剧五腔共和的新形式的诞生，比较完美统一的川剧演唱风格由此正式确立。

秦腔的基础是陕西、甘肃以及山西的民歌小曲，由民间流行的弦索调演变而来。康熙末年至乾隆、嘉庆年间，秦腔盛行于全国许多地方。为了适应不同地区观众的需要，秦腔与当地语音、说唱相结合，形成了几种不同的演唱风格，在陕西内部，即形成了东路、西路、中路、南路等四种唱腔。

秦腔的近代变革，也是在戏剧改良运动推动下开始的。在辛亥革命的影响下，1912年，热心于以戏剧移风易俗、呼唤民族振兴的李桐轩、孙仁玉、范紫东、高培支聘请艺人陈雨农等人，创办了陕西易俗社。随后又有三意社、正俗社等秦腔剧社的成立。演出的剧目也贴近现实生活，集中揭露封建社会和现实政治的腐败黑暗，宣传爱国主义精神和民族情感。在艺术表现方面，改良中的秦腔开始兼蓄东、西两路秦腔的长处，又吸收了京剧等剧种的营养，唱腔由高亢激越渐趋柔和清丽，身段表情也由原来的粗犷豪放向精致细腻转变。秦腔在改革过程中，既能保持原有的韵味风格，又能吸取其他剧种之长，融入了新的格调。近代秦腔改革产生了深远影响。

评剧产生于河北省东部一带农村，是在民间说唱莲花落和民间歌舞蹦蹦的基础上发展起来的，1910年左右正式形成于唐山。一般称蹦蹦戏、落子戏、平腔梆子戏，简称平戏。"评剧"这一名称是1935年蹦蹦戏在上海演出时正式确立的。评剧的形成，除了拥有比较好的民间文艺基础外，一方面是由于近代戏剧改良运动的积极推动和直接影响，一方面与杰出艺人成兆才等的大力提倡密切相关。

1910 年前后,蹦蹦戏班进入唐山的茶园演出,成兆才等人感于原来形式单调、不利表演、更不利欣赏的情况,对它进行了重要的改革,如由原来的叙事体改为代言体,表演者由旁观的叙述者变为剧中人;以原来的蹦蹦音乐为基础,吸收冀东民间音乐素材,创造了适合行当使用的唱腔;采用全套河北梆子乐器伴奏,使伴奏音乐与演员演唱配合得更加密切。经过此番改革,评剧的基础已经确立,成兆才等人就成为第一代评剧艺人和剧作家,更有人把成兆才视为评剧的创始人。时装戏的编排演出是评剧所长之一,成兆才编写了一些反映现实生活的剧本,尤其是 1919 年编写的《杨三姐告状》久演不衰,素享盛名,成为评剧的代表剧目。

粤剧是广东地区影响最大的一个剧种,起源较早。明末清初,由外江班将弋阳腔、昆山腔传入广东,出现了广东"本地班",声腔较多地保留了弋阳腔的演唱特点,一唱众和,称为"广腔"。至清代嘉庆、道光年间,高腔、昆腔逐渐衰落,本地班遂以接近汉调西皮和祁阳戏北路的曲调梆子为主要唱腔。随着皮黄戏的逐渐流行,徽班的影响日益扩大,广东本地班又以西皮、二簧(即梆簧)为基本唱腔,同时也保留了部分昆腔、弋阳腔、广腔,还吸收了广东民间乐曲和时调,逐渐形成了粤剧。

清咸丰四年(1854),粤剧艺人李文茂率领梨园子弟编成文虎、猛虎、飞虎三军,响应太平天国运动。清政府残酷杀害艺人,并禁止本地班演出,使粤剧发展遭到严重打击,绝响达十五年之久。至同治末、光绪初,戏班活动才逐渐出现。由于文化环境和戏剧格局的变化,在剧目内容和表演艺术上都发生了明显的改变,时代文化色彩和地方性特点更加突出。如开始编演地方故事和反映现实生活的新戏,戏剧语言也发生了重要变化,在原来按照中原音韵讲的普通话"戏棚官话"中,夹杂一些广州方言演唱。粤剧的时代特点和地方特点表现得愈来愈充分。

辛亥革命前后,一些深受民族民主革命思想影响、具有爱国思想和民族气节的艺人,受到方兴未艾的文明新戏的影响,纷纷组织"志士班",与工人、学生一起进行反封建反侵略的革命宣传,编演了一批富有民族民主革命精神和爱国政治激情的剧目,如《文天祥殉国》、《戒洋烟》、《虐婢报》、《秋瑾》、《温生才刺孚奇》等。在戏剧表演方面也进行了一些大胆探索,唱词向通俗易懂的方向发展,音乐上开始在梆簧唱腔中穿插广东地方民歌小调,唱法上改假声为真声,并全部改用广州方言演唱。至此,粤剧的独特风格和地方特色已经基本建立。1920年前后,不少粤剧大班社经常在广州、香港、澳门演出,习称"省港大班",还吸收了话剧、歌剧和电影的部分艺术营养,使自己很快丰富起来。

此外,在近代戏剧改革运动推动下发展成熟、取得显著进步的戏曲剧种还有很多,如安徽的黄梅戏、河南的豫剧、湖南的湘剧、浙江绍兴的越剧、广东的潮剧、广西的桂剧等都是重要的戏曲剧种。

总之,在近代文化变革的推动下,特别是在近代戏剧改良运动的促进和影响下,一大批地方戏曲开始走向发展成熟、兴盛繁荣的道路,它们在中国戏曲的百花园中争奇斗艳,展示着民族戏曲艺术的强大生命力和突出成就。

第四节 早期话剧

在中国近代各主要剧种中,话剧的兴起最晚,基础也最为薄弱。但是这种在外国戏剧文化哺育下成长起来的新兴剧种成长最为迅速,影响相当广泛,在比较短的时间内,逐渐成为中国近代戏剧史的主干,显示出旺盛的生命力和良好的发展前景。话剧的产生和发展,改变了中国传统戏曲的内部结构,一种具有近现代文化特色的崭新的戏剧格局也由此得以比较稳固地建立起来。

一、文明戏与话剧

文明戏,又称文明新戏、文明新剧、新戏、新剧、早期话剧,都是指从外国传入的或在外国戏剧影响下产生的、与中国传统戏曲不同的一种新式舞台表演艺术形式。文明戏与话剧之间,只是同一戏剧样式发展阶段、成熟程度的区别,并没有戏剧剧种意义上的实质性不同。

关于文明戏与话剧的关系,一般认为文明戏就是话剧的早期形式,二者联系相当密切,区别则不甚明显。欧阳予倩在《谈文明戏》中就指出:"文明新戏原来非但不是个坏的名称,而且是一个好的名称,初期话剧所有的剧团都只说演的是'新剧',没有谁说文明新戏。新戏就是新型的戏,有别于旧戏而言,文明两个字是进步或者先进的意思。文明新戏正当的解释是进步的新的戏剧,最初也不过广告上这样登一登,以后就在社会上成了个流行的名词,并简称为文明戏。"

也有人比较注意文明戏与话剧之间的区别,如周剑云就曾经在《剧坛怀旧录》一文中指出:"现在我们说到话剧,不能不联想起文明戏来。而话剧与文明戏的显著的不同点,是话剧有剧本,文明戏却只有幕表,没有剧本。"从本质上看,文明戏与话剧是同样的戏剧形式,只是文明戏更加原始一些、粗糙一些,而话剧则成熟一些、完善一些。概括而言,文明戏和话剧可以说是同一种戏剧样式,文明戏是话剧的早期形态,话剧也就是文明戏的成熟形态。

二、文明戏的兴起和衰落

19 世纪末上海出现的学生演剧活动可以说是文明戏的滥觞。早在 19 世纪 50、60 年代,上海就出现了两个西方侨民的业余演剧团体浪子社和好汉社,开始演出西方话剧。1866 年,这两个剧社合并扩充为上海西人业余剧团(Amateur Dramatic Club of Shanghai),简称 A. D. C. 剧团,在新建造并由西方人经营的正规剧场兰心戏院用英语、法语演出了一些世界名剧。A. D. C. 剧团在兰心戏院的演出每年三四次,每次三天左右,全部是夜场,演戏看戏的主要是西方侨民,对中国戏曲和观众似乎没有产生什么影响。

对早期话剧的萌芽产生直接影响的是教会学校的学生业余演剧活动。随着外国教会在中国兴办学校,也把西方学校演剧的传统带到了中国。英国人办的上海圣约翰书院、法国人办的上海徐汇公学,都是较早的教会学校。教会学校在课程之外，还设置了"形象艺术教学"，将圣经故事编成剧本，让学生们用英语或法语排练，有时也选用一些世界名剧。后来有的学生在演出外国剧目之后又自己编演一些中文的时装戏，能够为更多的人接受，效果和影响都超过了外文戏。这对早期话剧的产生起到了至关重要的作用，中国话剧的早期形态由此出现了。

在上海学生演剧的基础上，真正促使中国戏剧从传统形态走上现代形态之路的，是以春柳社为代表的一批留学日本的中国学生的戏剧活动。由于受到日本戏剧和西方戏剧的直接影响，他们在进行中国戏剧改革的时候，便带有相当先进的思想意识和戏剧观念，更好地处理了戏剧旧内容与新生活、旧习惯与新形式的关系，使中国戏剧走上了向着现代话剧发展的道路。

1906年底，在当时盛行于日本的新派剧影响下，曾孝谷、李叔同等一批爱好文艺的留学生在东京成立了春柳社，以研究新旧戏曲、促进中国文艺改良为宗旨。正如《春柳社开丁未演艺大会之趣意》中提出的："演艺之事，关系于文明至巨。故本社创办伊始，特设专部，研究新旧戏曲。冀为吾国艺界改良之先导。"不久，欧阳予倩、陆镜若也加入，并成为该社的主要领导者。春柳社是一个以戏剧演出为主的综合性艺术团体，它的成立是中国话剧史上的重大事件。

春柳社成立不久，就演出了《茶花女》第三幕。1907年6月1—2日，扩充之后的春柳社又在东京本乡座剧场演出了根据林纾、魏易翻译的同名小说改编而成的大型剧本《黑奴吁天录》。欧阳予倩在《回忆春柳》中说过："这个戏分五幕，每一幕之间没有幕外戏，整个戏全部用的是口语对话，没有朗诵，没有加唱，还没有独白、旁白，当时采取的是纯粹的话剧形式。"这是第一个由中国人创作并演出的完整话剧，也是中国文明新戏的创作和演出进入成熟阶段的标志。尽管演出时"这个戏里头有许多的穿插，现在看起来毫无道理，据我的记忆，原来剧本里头也没有，许多都是临时加进去的"，但是，《黑奴吁天录》以鲜明的反对民族压迫、歌颂民族解放的思想内容和比较成熟的话剧艺术形式，激起了留日学生和旅日革命派人士的热烈反响，引起了强烈的共鸣,演出获得了成功。

1907 年,汪仲贤、朱双云等联合各校学生的演剧骨干,组织了开明演剧会,并编演了一组以《六大改良》为总题目的新戏,演出三天,影响较大。此时,学生演剧已经在上海蔚然成风,得到了社会各界人士的认可。

从艺术上看,学生演剧还处于混杂与过渡的状态,仍不够成熟。它受到教会学校演出欧洲戏剧的一些启发,以散文化语言和非程式化动作作为主要表演手段;同时,在戏剧结构与演出方式上,又明显地模仿了当时盛行的"改良京剧"。尽管如此,这些青年学生敢于冲破长期以来鄙视戏曲、贱视优伶的传统观念,将戏剧作为呼吁救国、宣传新学、开启民智的有效手段,提高了戏剧在人们思想中的地位,有力地促进了中国传统戏剧观念的现代转换,对中国话剧的形成做出了非常重要的贡献。

1909 年夏,春柳社成员又在陆镜若带领下演出了《热血》,继续鼓吹民主革命思想,艺术表现方面也更加成熟。但是春柳社的戏剧演出活动由于遭到清政府的阻挠,不久即陷于停顿。

与此同时,在学生演剧活动基础上发展起来的新剧演出也迅速开展,代表着文明戏发展过程中另一方面的成就。1907 年秋,新剧活动家王钟声在上海领导成立了春阳社,并成立了第一所新剧教育机构通鉴学校。春阳社在外国人建造的兰心剧场也演出了《黑奴吁天录》。与春柳社比较规范的话剧演出形式不同,春阳社的演出是按照他们对新式戏剧的理解进行的,仍然是改良京剧的演出方式,运用锣鼓家伙,还使用一些皮黄腔。但是由于演出是在新式剧场中进行的,这为促进戏剧表现艺术的发展提供了最大的可能性,该剧在演出中也运用了西洋话剧的布景、灯光和服装,并有了整齐的分幕演出形式。这虽然还不是真正的话剧演出,但还是引起了国内观众的震动,推动了话剧运动的发展。

1908 年,在刚从日本回国的任天知的帮助下,王钟声以通鉴学校的名义演出了根据英国哈葛特原著,杨紫麟、包天笑译述的同名小说改编的《迦茵小传》。由于任天知了解日本的新派剧,又带来了在日本与春柳社一同演剧的经验,使此剧在形式上完全摆脱了改良京剧的影响,不再使用锣鼓,也不再运用皮黄,而完全改为对话的形式,使之成为国内新兴话剧正式形成的标志。

至此,晚清以来的戏剧改革在西洋戏剧和日本新派剧的影响下,经过改良戏曲、学生演剧、春柳社和春阳社等探索阶段,终于完成了具有历史意义的转折,话剧萌芽时期的新剧形式从此定型。

辛亥革命把文明戏的发展推向了高潮时期。1910—1913 年间,以上海为中心的文明新剧演出活动空前兴盛,各地的新剧剧团不断涌现,戏剧演出活动十分活跃。在众多的戏剧社团中,最为重要也最有影响的,当推任天知创办并领导的进化团。

1910 年 11 月,进化团在上海成立,这是中国第一个职业话剧剧团。1911 年任天知率领进化团赴南京首次公演,获得了极大的成功。接着,进化团从南京到芜湖、安庆、汉口等地演出,影响日益扩大。进化团在长江中下游一带城市的巡回演出,使话剧这种艺术形式及其所宣传的革命思想日益深入人心。1912 年以后,由于辛亥革命后复杂多变的政治局势,动荡不安的社会环境,也由于内部发生的分化和上海戏剧环境的变化,进化团终于解散。但它的一些成员仍在从事文明戏的演出活动,尤其是进化团的演出风格,对后来的文明戏产生了直接影响。

文明戏高潮时期的另一支重要力量是从日本归国的春柳派。春柳派的活动稍晚于进化团,活动的时间却更长一些,而且以其频繁的演出活动和广泛的活动区域为文明戏的发展传播做出了重要贡献。1912 年,陆镜若在上海召集原春柳社的部分成员,并加以扩充,成立了新剧同志会,巡回演出于上海、江苏一带。1913 年,欧阳予倩率领部分春柳社成员赴湖南,以文社的名义开展新剧活动。1914 年,陆镜若又在上海组织了春柳剧场,在外滩的谋得利小剧院举行固定公演。翌年夏天,春柳剧场赴杭州演出之后,因陆镜若病逝而结束了戏剧活动。这一时期,春柳派的文明戏演出活动虽然没有正式打出春柳社的旗号,也并未直接沿用春柳社的名称,但是,从其主要成员、戏剧观念、艺术作风来看,可以说就是前期春柳社戏剧演出活动的继续和发展。

辛亥革命的局限性暴露出来的时候,文明戏的发展也进入低潮期。这时政治局势恶化,文化环境也不利于文明戏的生存与发展。各地的新剧活动遭到以封建军阀为代表的反动势力的查禁,文艺界复古思潮的重新兴盛,也使一部分从事文明戏创作和演出的人士迷失了方向。

1914 年是农历甲寅年,这一年出现了许多剧团相互竞争、演剧活动十分繁荣的局面,仿佛文明戏的生机又重新出现了,迎来了新剧发展的中兴局面,这就是所谓"甲寅中兴"。这是文明戏从高潮走向低谷的一个转折点。

这一时期剧团林立,剧目繁多。仅上海一地就先后成立过三十多个剧团,拥有从业者一千多人。其中最有影响的是六大剧团,即郑正秋主持的新民社(1913 年成立),经营三、张蚀川、杜俊初主持的民鸣社(1913 年成立),孙玉声、周剑云主持的启民社(1913 年成立),苏石痴主持的民兴社(1914 年成立),朱旭东、史海啸主持的开明社(1912 年成立)和陆镜若、马绛士、蒋镜澄主持的春柳剧场(1914 年成立)。其中郑正秋主持的新民社对后期文明戏的转变和发展起到了直接作用。

1913 年 9 月,新民剧社举行公演,演出的剧目是郑正秋亲自编导的《恶家庭》。但是商业化、世俗化已经成为这时期文明戏的主导趋势,难以改变。经过激烈的商业竞争,六大剧团中的民鸣社逐步成为实力最强的团体,吞并了新民社。春柳剧场曾努力保持严肃认真的演剧作风,终因商业化的冲击而难以为继。

为了阻止各剧团之间的倾轧,1914 年成立了新剧公会,针对文明戏的粗制滥造作风和演员道德水准低下及生活上的腐化现象,展开过关于剧本和幕表问题的讨论,也进行过新剧艺人道德问题的讨论和批评。但是,这些努力在汹涌而来的戏剧商业化、世俗化浪潮面前显得毫无力量,没能从根本上扭转这种每况愈下的局面。1916 年,最大的剧团民鸣社被迫停顿,一些著名演员朱双云、汪优游、徐半梅等组织同人剧团在笑舞台演出了一段时间,也因资本家的插手而解体。在辛亥革命后几年的时间里,文明新戏在经过昙花一现式的"甲寅中兴"之后,到1916年左右,已经全面衰落了。

在南方文明戏活动走向衰落的同时,北方以南开学校为代表的新剧活动却以新的面貌蓬勃开展起来。1909年南开学校就演出了校长张伯苓编导的新剧《用非所学》。从1914年11月南开新剧团成立到五四运动前夕,南开学校的新剧实践无论是在理论上还是在实践上,都是萌芽期的新兴话剧向现代话剧演变的最重要标志。

南开学校的演剧活动能够取得这样的成功,是因为它始终属于业余的、非营利的性质,更重要的是因为在戏剧观念上以欧洲近代戏剧为榜样,走上了一条严肃认真的艺术道路。1918年,南开新剧团演出了由张彭春编导的《新村正》,在天津、北京引起知识界的强烈反响,被誉为"纯粹新剧"。无论从思想内容还是艺术形式来看,《新村正》都具有划时代的意义,它不仅是过渡时期南开新剧团的最后一个杰作,而且标志着我国新兴话剧一个新阶段的开始。

三、话剧的发展与成熟

1918年南开新剧团上演的《新村正》是话剧进入新时期的重要标志,而新文化运动中影响最大的杂志《新青年》上开展的对于中国传统旧戏的批判,则从更广泛的意义上揭开了中国现代戏剧史新的一页。

创刊于1915年9月的《新青年》,继1917年喊出"文学革命"的口号后,又对传统戏曲进行了批判。1917年3月至1919年3月,该杂志几乎每期都有讨论戏剧问题的文章。他们批判了把旧剧作为玩物的观念,在近代文学改革运动的基础上,继续强调戏剧的社会意义和文学价值,重视戏剧在社会改革、移风易俗、振兴民族精神中的重要地位。由于受到西方戏剧观念的影响,在批判传统戏曲的同时,强调戏剧的写实主义精神,并把它作为中国现代戏剧发展过程中具有指导意义的理论观念,要求在戏剧创作和演出中都要坚持写实主义精神。《新青年》的思想宣传和对旧剧的批判,为话剧的发展做了比较好的理论准备和舆论准备,对中国现代戏剧乃至文学的发展,都产生了重要的影响。

1919 年 3 月,《新青年》第六卷第三期发表了胡适的《终身大事》,随后,一批易卜生式的社会问题剧大量出现。一般认为,胡适的《终身大事》是中国现代戏剧史上第一个话剧剧本。也有人认为,当以南开新剧团 1918 年演出的《新村正》为中国现代戏剧史上第一个话剧剧本。无论如何,《终身大事》在当时确是影响巨大的一个话剧,对后来话剧的发展也产生了重要影响。

1920 年 10 月,上海新舞台在汪仲贤的积极推动下演出萧伯纳的名剧《华伦夫人之职业》,虽然不惜耗资,认真排练,却不及《济公活佛》一类变种变味的末流文明戏影响大。1921 年 1 月,汪仲贤发表《营业性质的剧团为什么不能创造真的戏剧》一文,提出"非营业性质"的演剧目标,是从法文 amateur(业余的)而来,不久就被陈大悲用音译词"爱美的"所替代并广泛流行开来。提倡 amateur 戏剧的主要目标,就是反对戏剧商业化和由此带来的世俗化倾向,反对新兴话剧重蹈文明戏的覆辙,成为资本家操纵用以赚钱的工具。这一方针立即得到广大知识界人士和戏剧工作者的普遍拥护,而且,很快形成了北京、上海两个中心的戏剧发展格局,全国各地"爱美的"戏剧团体纷纷涌现出来。

1921 年 1 月,第一个"爱美的"戏剧团体民众戏剧社在上海成立;5 月,它创办了新文学运动中第一个专门的戏剧杂志《戏剧》。最初成员除发起人和主持者汪仲贤外,还有沈雁冰、郑振铎、陈大悲、欧阳予倩、熊佛西、徐半梅等十三人。民众戏剧社大力介绍欧洲近代写实主义戏剧理论,也介绍一些写实的社会剧,对旧戏特别是走向堕落的文明戏展开了批判,对促进"爱美的"戏剧运动的发展产生了积极作用。同年,上海还成立了由朱穰丞任总干事的辛酉学社;该社又于 1927 年重新组建起辛酉学社爱美的剧团,简称辛酉剧社,除朱穰丞外,主要参加者还有袁牧之、马彦祥、应云卫、王季凤、庄诚榛等人。

1921 年 12 月,在黄炎培的支持和欧阳予倩的帮助下,在上海戏剧社和少年化装宣讲团的基础上成立了上海戏剧协社。该社由马振基发起,最初成员有应云卫、谷剑尘、陈宪谟等,后来欧阳予倩、汪仲贤也参加进来。上海戏剧协社前后奋斗了十二年,举行过十六次公演,在当时众多的戏剧团体中,真正重视舞台艺术实践,并成为"爱美的"戏剧运动的中坚力量。1923年,洪深加入该社,建立了严格的排演制和导演制,废除了传统戏曲和文明戏的一切非现代性的、非写实主义的演出习惯和演出方式。1924年4月,该社举行第六次公演,剧目是洪深根据英国王尔德的《温德米尔夫人的扇子》改编成的《少奶奶的扇子》,洪深亲自执导。这是中国第一次严格按照欧美演出话剧的方式演出的中国话剧,化装、服装和表演等方面都达到了当时的最高水平。

从1920年《华伦夫人之职业》的演出失败,到1924年《少奶奶的扇子》的演出成功,新兴话剧经过曲折而艰难的探索,终于立足于中国的戏剧舞台,话剧运动取得了革命性的成功。

1928年4月,由洪深提议,并得到田汉、欧阳予倩等的赞同,"话剧"这一名称被正式确定下来,用以指称从文明戏开始发展起来的一种新型的舞台表演艺术形式,这是中国现代戏剧史上一支具有伟大前途的力量。至此,新兴话剧在经历了二十多年曲折坎坷的探索尝试之后,终于在中国站稳了脚跟,并在新的时代氛围和文化环境之下,进入了兴盛成熟的新时期。

下编

第十四章　章太炎

晚清时期,章太炎以提倡"排满革命"和"光复"主义而著称,成为名震天下的"有学问的革命家";入民国后,由执着论政从政而未尝废学,到退居书斋传扬国学而心忧民族国家,终其一生以民族救亡和国家复兴为念、以国粹传人和中国文化担当者自任。这位以学界巨子阐扬民族、民权、民生思想,兼具学人、文人、报人、党人多重身份的时代先驱,生前身后均毁誉参半;誉之者赞其为"革命文豪"、"革命元勋"、"国学大师",谳之者诋其为"一民主义"、"复古主义"、"封建余孽"。辛亥革命时期,如果要找一位集革命家、思想家、学问家于一身,既以深厚学养建构一套革命理论和学术体系,留下了一批经世、觉世、传世诗文,同时又以大无畏气概投身革命事业的声名卓著的革命文豪,此人非余杭章太炎莫属。

第一节　生平与思想

章太炎(1869—1936),名炳麟,字枚叔;慕明末清初顾炎武(名绛)为人行事,改名绛,号太炎;别署西狩、猎胡、台湾旅客、菿汉阁主、陆沉居士、独立生、绛叔、末底、独角等;浙江余杭人,出身书香门第。少从外祖朱有虔、父章潜读书,打下小学根基,埋下"排满"思想种子。1883年应童子试,突发癫痫,自此绝意科举。1890年赴杭州诂经精舍受业,从朴学大师俞樾治"稽古之学"。1895年加入上海强学会。次年底,应汪康年、梁启超邀,赴沪任职时务报馆;年后辞职返杭,主《经世报》笔政。戊戌春,应湖广总督张之洞召,赴武昌帮办《正学报》,旋谢归。政变后,避居台、日。1899年冬,主上海《亚东时报》、《昌言报》笔政,辑订《訄书》。庚子夏,参加唐才常在上海召开的"中国议会",痛批其"勤王"旗号,断发明志,宣言脱社。1901年,发表《正仇满论》,作《谢本师》。次年,在东京与孙逸仙定交,发起"支那亡国二百四十二年纪念会";潜居乡里删定《訄书》重订本。癸卯岁,任教上海爱国学社,序邹容《革命军》,发表《驳康有为论革命书》;"苏报案"发,服刑三年,研读佛典。1906年出狱东渡,加入同盟会,主《民报》笔政,为《国粹学报》撰稿,办"国学讲习会",创"国学振兴社",开班讲学,作育人才。1910年,与陶成章重组光复会,创机关刊物《教育今语杂志》,与同盟会分势。

辛亥上海光复后,章太炎返沪组织中华民国联合会,躬任会长,发行机关报《大共和日报》,旋与以张謇为首的预备立宪公会合组为统一党,后又并入以黎元洪为党魁的共和党,旋又与以梁启超为党魁的民主党合组为进步党。民国初年,章氏政治立场由拥袁而反袁,先任东三省筹边使,后被幽禁三年。羁京期间,再次删订《訄书》,更名《检论》;手定《章氏丛书》,口述《菿汉微言》。1917年,赴广州任孙中山护法军政府秘书长,往来港粤,漫游滇川。次年秋返沪,主"联省自治"。1918年冬,北洋政府教育部公布"注音字母",通令全国传习推行,方案采自章氏手定的切音符号。1921年,出版《太炎学说》、《章太炎的白话文》。1923年,创《华国月刊》于上海,旨在"甄明学术,发扬国光"。晚年退居苏州,创设"章氏国学讲习会",以"研究固有文化,造就国学人才"为宗旨,发刊《制言》杂志。1933年,刻《章氏丛书续编》于北平。1936年6月14日病故苏寓,国民政府特予国葬。今人编有《章太炎全集》。

章太炎早年的政治思想,经历了由"革政"到"革命"的转变过程。这一思想变化,典型地体现在 1900 年春《訄书》初刻本与 1902 年改定、1904 年问世的《訄书》重订本之中。苏州初刻本《訄书》,封面由梁启超题字。重订本《訄书》,封面赫然大书"邹容署",卷首"前录"两篇,分题《客帝匡谬》、《分镇匡谬》,对"与尊清者游"犯下的两大思想错误表忏悔。这两大错误,一是"客帝"谬见,二是"分镇"谬见;前者把"革政"希望寄托在"圣明"的光绪皇帝身上,后者寄希望于利用汉人督抚之权逼迫清廷实行自上而下的"革政",以至于模糊了"排满"目标和革命自主性。中间收录记叙孙文谈话的《定版籍》、《相宅》两文,提出"均田法"和定都问题,表明对孙中山的革命路线的全面支持。

章太炎是坚定的民族主义思想家、革命家和宣传家,也是民主主义、民生主义思想先驱和倡导者。其思想学说的时代动因是拯救民族危亡,其根本目标是实现民族复兴与国家振兴,其基本思路是借鉴意大利文艺复兴(他称之为"文学复古")经验,主要通过淬厉历史上以汉族为主体积淀的深厚文化传统,重铸民族思想、民族精神、国民道德与国民性格,以恢复祖国固有文明中最为灿烂的一面的努力,抵御西方帝国主义列强的文化侵略与殖民主义,以"依自不依他"的思想原则寻求民族自立之道和民族解放之途,进而实现民族国家的近代化和再造"中华"之梦想。他所倡言的"革命",不只是政治与民族层面的,更是思想与文化层面的。在辛亥革命时期的民族革命、政治革命、思想革命和新文化思潮中,章太炎是一位引领风潮的"先时人物"和造时势之英雄。

章太炎的文学思想与文学观,在《国故论衡》之《文学总略》、《论式》、《辨诗》诸篇中有着较为集中的体现。他给"文学"下了一个非常宽泛的定义:"文学者,以有文字著于竹帛,故谓之文;论其法式,谓之文学。"以为凡是历史上留存下来的书面文字,都属于"文"(文学)之范畴;据此讨论其法则格式,则是"文"之"学"(文学研究)。这一"文学"概念,较诸中国周秦时代和欧洲文艺复兴时期更为广大,并将文学研究纳入文学范畴,力图从总体上把握中国"文学"与文学体系。这一立足于"文字"之学的大"文学"观,是西学强势东渐、列强虎视眈眈情势下,忧戚民族国家危亡、自言"上天以国粹付余"、力昌"文学复古"的章太炎,对广义的中国古代"文学"概念的一个历史总结,有着对抗和消解来自西方的"纯文学"观念的显著用心,并非现代意义上的"文学"定义。

章氏论文,崇尚魏晋。在他看来,"魏晋之文,大体皆埤于汉,独持论仿佛晚周。气体虽异,要其守己有度,伐人有序,和理在中,孚尹旁达,可以为百世师矣"(《论式》)。太炎为文,早年奥衍不驯,中岁体悟到"吴魏之文,仪容穆若,气自卷舒",以"三国两晋文辞"为至美,作文"清远本之吴魏,风骨兼存周汉"(《自述学术次第》),亦以魏晋是尚。

章太炎的诗学观,集中体现在《辨诗》一文中。他主张诗歌言志抒情,信奉"在心为志,发言为诗";以为"吟咏情性,古今所同,而声律调度异焉";强调诗歌本乎情性,与学问无关。其言曰:

> 古者学诗,有大司乐瞽宗之化。在汉,则主情性。往者《大风》之歌,《拔山》之曲,高祖项王,未尝习艺文也,然其言为文儒所不能举。苏、李之徒,结发为诸吏骑士,未更讽诵,诗亦为天下宗。及陆机、鲍照、江淹之伦,拟以为式,终莫能至。由是言之,情性之用长,而问学之助薄也。

刘邦、项羽、苏武、李陵,未习艺文,不谙讽诵,然其诗独绝千古,因其出诸胸臆,质朴浑厚,高古天成,非一般文儒所能为。汉魏六朝时期,曹操、王粲、曹植、阮籍、左思、刘琨、郭璞诸诗家,"其气可以抗浮云,其诚可以比金石,终之上念国政,下悲小己,与十五国风同流",可谓有"建安风骨"。

章太炎论诗以周汉为宗,以魏晋为法,力排宋人与近体,尤对曾国藩以降的学宋诗派痛加挞伐。其言曰:

> 宋世诗势已尽,故其吟咏情性,多在燕乐。今词又失其声律,而诗

龙奇愈甚,考征之士,睹一器说一事,则纪之五言,陈数首尾,比于马医歌括。及曾国藩自以为功,诵法江西诸家,矜其奇诡,天下骛逐,古诗多诘诎不可诵,近体乃与杯珓谶辞相等,江湖之士艳而称之,以为至美。盖自《商颂》以来,歌诗失纪,未有如今日者也。

既然歌诗失纪已久,今日拯救之法,乃在"取近体一切断之,古诗断自简文以上"。"简文"者,南朝梁简文帝萧纲也。魏晋以后,"唐有陈、张、李、杜之徒,稍稍删取其要,足以继《风》、《雅》,尽正变";宋以下,则不足论。其结论,一言以蔽之:"本情性限辞语,则诗盛;远情性憙杂书,则诗衰。"

　　章太炎一生屡遭世变,系狱三年,幽禁三载,跌宕起伏,多彩多姿。早岁奔走革命而提倡学术,中岁热衷政治而不废讲学,晚年阐扬国故而未忘时局。徘徊于政治与学术之间的太炎先生,尽管开出的救国救民药方不尽合时宜,晚清时期的"排满"、"光复"思想不无偏激褊狭之处,民国时期的政治活动可谓乏善可陈,其"国粹"、"国学"、"国故"学说和"文学复古"思想被长期贴上"复古主义"标签;然而,作为一位学思深湛、特立独行、光彩照人的革命文豪,其革命诗文、思想学说、精神品格无疑给人留下了不可磨灭的印象。时至今日,要全面体悟章太炎学思的深刻性、丰富性与复杂性,仍需要时间。

第二节　诗文创作

　　辛亥革命时期,章太炎的文章名满天下,而不以诗名。在他看来,诗乃韵文之一部,故而民初手订《章氏丛书》时,将其部分诗作辑入《太炎文录初编》,而未另编诗集。就文章而论,《驳康有为论革命书》等政论文章,当时的社会影响更大;他自己看重的,则是《訄书》、《国故论衡》这样的专业著述。就诗歌而言,其刊诸报章而未收入文录的一批近体诗,如《狱中赠邹容》等癸卯狱中诗,脍炙人口且流布甚广;他收录文集的一批五言古体诗,则显得曲高和寡。

一、章太炎文

章太炎于传统学问无所不窥,作文亦涵盖古代文章的诸多门类;其中,尤以论学论政之文知名度最高。从思想性、文学性、时代性等方面综合考察,章氏早年一批知名度较高的政论文、述学文、书信、书序、传记、演说文等,多方位地体现了这位引领潮流的"有学问的革命家"的思想情感与文体特征,在"过渡时代"具有重要的文学史意义。

1. 政论文

辛亥革命时期,章太炎写下的一批雅俗共赏、令人神旺的政论文章,如《正仇满论》、《驳康有为论革命书》、《序革命军》、《支那亡国二百四十二年纪念会书》、《讨满洲檄》、《排满平议》、《中华民国解》、《革命之道德》等,内容上洋溢着鲜明的民族民权民生革命思想精神,文辞上表现出锐利畅达和浅近利俗的时代风气,并借助新兴报刊广为传诵。其中,《驳康有为论革命书》、《革命之道德》尤具代表性,体现了"苏报案"时期和《民报》时期章氏政论文的创作实绩。

1903 年夏,章太炎针对保皇党领袖康有为《答南北美洲诸华商论中国只可行立宪不可行革命书》中的"保皇"言论,发表《驳康有为论革命书》。这篇高张"排满革命"之帜的战斗檄文,站在民族民主革命立场,对保皇立宪理论主张作了全面系统的批判。文章以雷霆万钧之势,广征中外历史事实,雄辩地论证了"排满革命"完全合乎社会进化公理。针对康氏"满汉不分,君民同治"观点,章氏指出历史事实并非满洲归化汉人,而是满洲陵制汉人;至于清朝统治者"尊事孔子,奉行儒术",不过是"崇饰观听,斯乃不得已而为之,而即以便其南面之术,愚民之计";进而指斥康氏"力主立宪,以摧革命之萌芽者",实际上是甘受清廷豢养,"终日屈心忍志以处奴隶之地"。针对康氏"皇上圣明"之说,章氏直言"载湉小丑,未辨菽麦",剥下"圣仁英武"皇帝华衮,还原其孱弱寡断"失地之天囚"本相,实乃满洲之"亡君","固长素之私

友而汉族之公仇也"。针对康氏"革命之惨,流血成河",立宪既可避免流血
又可致国家于富强的观点,章氏指出:

> 长素以为革命之惨,流血成河,死人如麻,而其事卒不可就。然则
> 立宪可不以兵刃得之耶? 即知英奥德意诸国,数经民变,始得自由议政
> 之权。民变者,其徒以口舌变乎? 抑将以长戟劲弩飞丸发艟变也? 近
> 观日本,立宪之始,虽徒以口舌成之,而攘夷覆幕之师在其前矣。使前
> 日无此血战,则后之立宪亦不能成。故知流血成河,死人如麻,为立宪
> 所无可幸免者。

以英、奥、德、意、日等君主立宪国家的建立为例,不仅论证了"流血成河,死
人如麻,为立宪所无可幸免者",乃至得出"革命犹易,立宪犹难"的结论。针
对康氏今日中国"公理未明,旧俗俱在",革命会引起社会紊乱之说,章氏斩
钉截铁地指出:"公理之未明,即以革命明之;旧俗之俱在,即以革命去之。
革命非天雄大黄之猛剂,而实补泻兼备之良药矣。"这一堂堂正正的革命宣
言,有力回击了保皇立宪言论,"不独扫除一时浮议,而且解决二百年未决悬
题",以至于章士钊盛赞"太炎之功,不在禹下",断言"时论谓太炎平生,往往
一言定天下安危,惟驳康亦然"(《疏〈黄帝魂〉》)。

　　章氏《驳康书》不仅以大胆斥责当今皇上而震骇朝野,而且对康有为奉
为"教主"的孔子予以无情摘发,引起了清政府的恐慌和思想界的震动。排
满革命的鲜明立场,真理在握的雄辩气势,笔无藏锋的犀利文辞,旁征博引
的渊博知识,慷慨激越的充沛情感,流畅锐达的浅近文体,与《訄书》的艰涩
文风形成了较大反差,从中可见这位革命文豪的变通思想与多副笔墨。

　　主编《民报》期间,同盟会阵营与梁启超《新民丛报》笔战正酣,眼见胡汉
民、汪精卫等"诘责卓如,辞近诟谇",章氏为文"持论稍平"(《自定年谱》)。
《排满平议》将"排满"之义修正为排"满人在汉之政府",纠正此前排"满洲
全部"之说;《革命之道德》将"革命"口号正名为"光复",其目标乃"光复中

国"之"种族"、"州郡"、"主权";《中华民国解》引经据典考证中华民族历史,为革命成功后的民权政府定"中华民国"国名;《代议然否论》立足同盟会三民主义政纲,否定欧美议会制度,提出行政、司法、教育三权分立的民国政体方案……的确持论稍平。然章氏此期手撰"讨满洲檄"文,力倡"光复"主义,创名"中华民国",批评无政府主义,箴贬新党道德,其革命政论仍多发扬蹈厉之音。

1906 年季秋,章太炎在《民报》发表《革命之道德》一文,以"无道德者不能革命"立论,首倡"革命道德"之说,以社会阶层和经济地位觇国人道德节义,思想触角及于谁是革命力量来源这一重大问题。他将清末社会成员按职业分为十六类:"一曰农人,二曰工人,三曰稗贩,四曰坐贾,五曰学究,六曰艺士,七曰通人,八曰行伍,九曰胥徒,十曰慕客,十一曰职商,十二曰京朝官,十三曰方面官,十四曰军官,十五曰差除官,十六曰雇译人。"其结论,是"知识愈进,权位愈申,则离于道德也愈远"。在他看来,农人道德最高,工艺商贩和下层士人道德较高;官僚、政客、买办、职商及其慕客谋士,则大都属于无道德者;今之革命党者,多属农工、稗贩、坐贾、学究、艺士之伦,而提倡者则多在通人。"通人者,所通多种,若朴学,若理学,若文学,若外学,亦时有兼二者。朴学之士多贪,理学之士多诈,文学之士多淫,至外学则并包而有之。"章氏出于朴素的阶级意识,以道德之高低有无,观反清革命事业之重点依靠的阶层及其领导者应备之道德修养,别有洞见和深意。作者认定道德颓废乃革命不成之原,故而为革命者开出"知耻"、"重厚"、"耿介"、"必信"四事作为疗救之方,则而行之方能入于固坚厉、重然诺、轻死生之境,表现出借传统道德建构革命新道德的努力。"敝巾葛拂,缊袍麻鞋,上教修士,下说齐民,值大事之阽危,则能悍然独往,以为生民请命。"则是《民报》时期作为革命家的章氏自画像与心理写照。

1909 年,章太炎在《与邓实书》中,对"为雅俗所知"的"论事数首"文章表不满,以为"斯皆浅露,其辞取足便俗,无当于文苑"。鲁迅则对乃师手定《章氏丛书》时将先前"见于期刊的斗争的文章"刊落表惋惜,认定"战斗的文章"乃是其"一生中最大、最久的业绩"(《关于太炎先生二三事》)。

2. 述学文

章太炎论文推尚魏晋,作文亦以"博而有约,文不奄质"为法度,视《訄书》、《国故论衡》为有当于"文苑"的传世之作。他自己颇为看重的这两部学术著作,有着以学"见志"和藉学衡政的政治动机,兼具思想性、学术性、时代性与文学性多重特质,产生了较大思想反响与文坛效应。正是在这种意义上,胡适称"清代学术史的押阵大将"章太炎的这两种著作"都是古文学的上等作品",其文章"皆有文学的意味",其书为"精心结构"之著作,"在内容与形式两方面都能成一家言"(《五十年来中国之文学》)。

《訄书》之命名,取"訄鞠迫言"之义,意谓身处穷蹙之境中不得不说的话。穷蹙之境,乃是数千年未有之大变局下晚清中国的民族危亡局势;其"訄鞠迫言",乃在思考和探索民族救亡和国家复兴的历史凭借与救治方略。庚子岁初,木刻初版本问世于苏州,录文 50 篇,附录 2 篇,未加点注。甫一出版,即表不满,两年后便着手重订,1904 年在日本出版铅印重订本,有圈点;因校勘欠审,舛误颇多,1906 年又推出作者自校本,录文 63 篇,前录"匡谬"文 2 篇。由初刻本到重订本,《訄书》的政治立场由"尊清"而"排满",学术立场由"尊孔"而"订孔",主题思想由变法改良而民主革命。民国三年,章氏被软禁北京期间,复取《訄书》增删,议论多所更张,故而更名《检论》,收文 62 篇,附录 7 篇;刊落《客帝匡谬》、《分镇匡谬》、《解辫发》诸篇,增加讨论历史和时事的近作,意在总结辛亥革命失败经验和抨击袁世凯黑暗统治。《訄书》不断删改修治的过程,体现出并非纯粹学者的章太炎"学随术变"的时代特征。

1904 年《訄书》重订本,扉页章氏肖像背面介绍文字有云:"深维汉族亡国之痛,力倡光复主义,作《訄书》以见志,文渊奥古,俗吏未之察也。及去年作《答康有为政见书》,遂被逮,而《訄书》改订本则已于前数月脱稿。阅一年,其友为之出版,网罗古今学说,折衷己意,而仍以光复主义为干。"可见,在著者看来,"光复主义"始终是贯穿《訄书》的基本宗旨。

《訄书》重订本,是一部闪耀着民族革命(排满/反殖民统治)、政治革命(民权主义)、社会革命(民生主义)思想光芒的自成体系的文章自选集。该书在政见和学说上,均与保皇会首领和今文派领袖康有为处于对立地位,从而为即将登上历史舞台的资产阶级民主革命派,建构起一套以"光复旧物"相号召的革命理论体系。就政见而言,其反清革命和"排满复汉"立场,前录《客帝匡谬》和终篇《解辫发》,已定下基调。从学说立场看,新增的《订孔》篇,矛头直指宣扬"孔教"、以教主自居的"保救大清皇帝公司"会长康"圣人",将孔子论定为"删定六艺"的"古良史",言刘歆是孔子之后名实足以伉之的又一良史,既驳斥了康氏"孔子改制"说,又否定了其"新学伪经"说,从中可见著者意欲从根本上反驳康氏学说的深层用意与大家气度。

《訄书》重订本正文部分,以《原学》始,以《解辫发》终,大体可分"原学"、"原人"、"原变"、"尊史"四个系列。"原学"系列,从《原学》至《通谶》,计15篇,以"原学"总领,分述"订孔"、"儒墨"、"儒道"、"儒法"、"儒侠"、"儒兵"、"学变"、"学蛊"、"王学"、"颜学"、"清儒"、"学隐"等论题,重在梳理先秦至清代的中国学术史,别录"订实知"、"通谶"论民间谣言谶语。"原人"系列,包括《原人》和《序种姓》上下篇,以生存竞争学说解释自然界和人类文明史,考辨华夏先祖序种姓、别夷汉之史迹与功绩。"原变"系列文章,从《原变》至《消极》,计37篇;"原变"讲进化无止境,人类竞争手段由"器"到"礼",民族竞存当知"合群之义";接着分述族制、人口、封禅、河图、方言、文字、图画、公言、平等、独立、行政、官制、法治、律令、赋税、三农、均田、烟草、制币、军队、教育、政教、宗教、礼俗、乐舞、定都、地方自治等论题,全方位总结中国历史经验教训,探讨革命成功后的建设方案。"尊史"系列,从《尊史》至《解辫发》,计8篇;《尊史》尊左丘明《世本》为中夏文明史开山;《哀焚书》控诉"乾隆焚书"毁灭人民历史记忆之罪状;《哀清史》斥"雍正兴诗狱,乾隆毁故籍",讥清朝统治者由愚民而自愚。终篇《解辫发》,以满人"辫发"与中夏"总发"之俗严分夷夏之别,以"断发易服"明"排满复汉"之志。

《訄书》中的文章,不仅表现出章氏超乎时流的政治思想与学术识见,而且展露了著者卓异瑰伟的精神世界与个性品格,很多篇章具有思想启蒙意义。以写于 1894 年的《明独》为例。所谓"明独",意在通过辨析"独"与"群"的关系,得出"大独必群,群必以独成"的结论,表彰"独而群者"。他鄙视卓诡卷勇之骛夫、固守田园之啬夫、幽居山林之旷夫,以为"三者皆似独,惟不能群",故而非真能"独"者。在章氏看来,"小群,大群之贼也;大独,大群之母也"。其所合之"群",为民族国家之"大群",而非家族、宗派、山头、地域等作为宗法关系附属物的"小群"。作者所崇尚的,是既有独立能力与高尚品格,又有博爱尚同与平治天下襟怀的"独而群者"。该文写于甲午岁,既流露出传统文士的怀才不遇之慨,更表现出近代知识者的个性解放精神与救国救民情怀,以及雄视千古、气吞江海的独立精神、卓绝人格与"大群"意识。

《訄书》重订本之文章,大都联系历史,推迹古近,典取罕觏,字取古体,遣词造句,力求简奥;其文辞,确如著者所言"宏雅"而"博约"。然而,惟因其"宏雅"、"博约",致使章文的丰富意涵,为古奥文辞遮没,令一般读书人索解为难。正因如此,庚子岁《訄书》初刻本的深文奥义,不仅"俗吏未之察",甚至连后来成为章门弟子的鲁迅也"读不断"、"看不懂",故而未引起公开反响。待到重订本问世,尽管一般学者依然未必能看懂,然而章氏既以《驳康书》名文和"苏报案"主犯名震天下,重订本《訄书》又建构起一套足以取代康有为"新学伪经"、"孔子改制"学说的新的学术理论体系,被新派知识分子目为革命必读之书,故而在学界身价百倍,从而产生了巨大社会反响。

1910 年出版的《国故论衡》,是章太炎此期在东京国学讲习会的讲义汇编。是年孟夏,《国粹学报》刊发的"出版广告",概括了该书的基本情况、主要观点与学术特色:"此书为余杭章先生近与同人讨论旧文而作,分小学、文学、诸子学二十六篇。叙书契之原流,启声音之秘奥,阐周秦诸子之微言,述魏晋以来文体之蕃变,凡七万余言。"书分三卷。上卷"小学十篇",集中论述古汉语音韵文字;中卷"文学七篇",从"文"之法式角度,重点论述经汉学;下卷"诸子学九篇",着重论述周秦诸子哲学。该书的治学理路,以语言文字之学为根基,以广义的"文学"为过渡,以周秦诸子之学为目标;加上著者的系统眼光、精心结构以及"以新知附益旧学"的学术理念、中西古今之学融会贯通的学术特色,取得了令人惊诧的学术成绩。其文辞,有着"清远本之吴魏,风骨兼存周汉"(《自述学术次第》)的自觉追求,却也同《訄书》一样诘屈聱牙、深奥隐晦。

3. 传记文

作为学问家和革命家,章太炎为革命战友和学界师友写下一批传记文;这些革命战友,大都在辛亥鼎革前后十多年间成为烈士;这批学界师友,大都是清末民初作古的大师名家。前者有《邹容传》、《徐锡麟陈伯平马宗汉传》、《喻培伦传》、《焦达峰传》、《秦力山传》等;后者有《俞先生传》、《孙诒让传》、《黄先生传》、《高先生传》等。从文体上看,章氏传记文,属于传统纪传体。此外,一些亲友的"哀辞"、"事略"类文章,亦有人物传记色彩。

纪述先烈的革命事迹,表彰烈士的革命精神,留下受难革命战友的音容笑貌与卓特形象,既是对于前驱者的"爱的大纛",亦是对于摧残者的"憎的丰碑"。章氏《邹容传》,1907年春刊《革命评论》,民初收入《太炎文录》有较大删改。"革命军中马前卒"邹容,是章氏结义兄弟,癸卯岁"苏报案"受难英雄,上海西牢难兄难弟,死后目不瞑。《邹容传》于传主早年,着意刻画其叛逆性格,"与人言,指天画地,非尧舜,薄孔子,无所讳";"苏报案"前,侧重揭露爱国学社教员吴某向江苏候补道俞明震告密事与邹容主动投案事;租界狱中,重点写邹容学作诗、狱卒陵暴、章氏绝食及死不瞑目事。《徐锡麟陈伯平马宗汉传》,作于三位光复会战友殉难的1907年。这部合传,以安庆之役首领徐锡麟生平为主,附传其两位生死交陈伯平、马宗汉,卒章论赞传主,补叙遗言轶事,体仿《史记》传赞例。传文状徐锡麟救国赤心和英雄本色道:

> 尝置一短铳,行动与将。时露西亚人逼辽东。锡麟闻之,恸哭。画露西亚人为的,自注弹丸射之,一日辄试铳十数反。遭弹丸反射,直径汰肩上,颜色不变,试之愈勤。其后持铳有不发,发即应指而倒。

刺杀安徽巡抚恩铭被捕后,三司审问:"受孙文教令耶?"答:"我自为汉种,问罪满洲,孙文何等鲰生,能教令我哉!"尽显英雄气度。篇末论赞锡麟"卓鸷越劲,盖有项王风",用"以寡助遇大敌,固以必死倡耳"二语论定传主之舍生取义;转而讥刺"世之从容大言者多矣,临事多全躯保妻子,而世方被以荣名",深忧"光复之绪其斩哉";在此意义上,章氏盛赞陈、马二人"朴诚形物,临难不挠,可谓死士矣"。

作于晚年的《秦力山传》、《焦达峰传》、《喻培伦传》等,亦属同类传记文。秦力山是康门弟子中率先交接孙文,投身反清革命事业的典型代表。章氏《秦力山传》赞曰:"孙公之在东国,羽翮未具,力山独先与游,自尔群士辐凑,岁逾百人,同盟会之立,斯实为维首焉。"焦达峰在辛亥湖南起义中立有首功,被推为湖南军政府都督,旋被立宪派谋杀。章氏《焦达峰传》赞为"陈、项之亚",斥"后来者掩其为上勋"。喻培伦参与过谋刺直隶总督端方、醇亲王载沣的暗杀活动,皆未成功;辛亥广州之役中壮烈牺牲。章氏《喻培伦传》以其临危之际寥寥数语,刻画出传主视死如归的烈士襟怀。凡此,皆秉"古良史"笔意,言简义丰;虽为晚年所作,革命立场未变,革命志节未改。

学人传记亦成为章太炎传记文中的重要一脉。其中,《俞先生传》、《孙诒让传》、《黄先生传》尤具代表性。俞樾虽曾斥其"不忠不孝",将其逐出师门,章氏亦作《谢本师》与之断交;然而,先生1907年过世后,太炎毅然为其作传,表彰先师的学术与品行,仅用一句"然不能忘名位"表遗憾,背后潜隐的是其反清革命思想立场。

4. 白话文

清末民初,新知识人将学校、报章、演说视为"传播文明三利器"。流寓东京期间,章太炎为中国留学生做过大场面的重要演讲,更通过开班讲学的方式为受业青年讲授国学,留下了一批白话演说文和白话述学文,并经由报章媒介广为传播,产生过重要的社会反响,有着悠长的历史回声。

1906年季夏,东京留学生界为出狱莅日的太炎先生召开欢迎大会,章氏发表演说,二千人冒雨听讲;嗣后,演讲内容以《东京留学生欢迎会演说录》

为题刊诸《民报》第六号。演说录洋洋六千言,以自家经历现身说法,大倡"神经病质",以为"古来有大学问成大事业的,必得有神经病才能做到";对革命者提出近日最要的两件事:"第一,是用宗教发起信心,增进国民的道德;第二,是用国粹激动种性,增进爱国的热肠。"其所倡导的宗教,是用华严、法相二宗改良旧法而成的中国佛教;华严宗普度众生的勇猛无畏精神,法相宗万法惟心的心性哲理,于增进国民道德尤其是革命军的道德最为切要。提倡"国粹"的目的,在"爱惜我们汉种的历史";其所谓"国粹",即广义的中国历史,分为语言文字、典章制度、人物事迹三项。他讥刺"欧化主义的人"对自国学说自甘暴弃,却去仰攀欧洲最浅最陋的学说,表现出中国学者骨子里的民族自信力与坚定的"排满复汉"立场。

1906 年仲冬,民报社举行周年纪念大会,孙中山、章太炎分别发表演说;章氏"演说辞"很快刊诸《民报》第十号。他在"演说辞"中,痛批革命派知识分子中存在的妄想借督抚之权谋革命大事的糊涂思想,断言"督抚革命,万无可望",将民族革命(种族问题)与平民革命(政治改良)并举,坚信"革命大事,不怕不成;中华民国,不怕不立"。本次纪念会,东京留学生万人往观,章氏演说时听众数次"拍掌大喝彩"。

1910 年,章氏创办白话报刊,发表白话述学文,也是一个值得关注的文化事件。辛亥前夜,章太炎、陶成章在东京重建光复会期间,作为机关刊物的《教育今语杂志》,以"保存国故,振兴学艺,提倡平民普及教育"为宗旨,"凡诸撰述悉演以语言,期农夫野人皆可了解"(《刊行〈教育今语杂志〉之缘起》)。章氏有 6 篇白话述学文见诸该刊,署名"独角",分载"社说"、"群经学"、"诸子学"专栏。

第一册"社说",讲述"中国文化的根源和近代学术的发达",从五千年前伏羲开化说起,讲第一个发明哲理的是老子,第一个宣布历史的是孔子,强调"孔子是史学的宗师,并不是甚么教主",坚信"中国历史的发达,原是世界第一",充溢民族自信。第二册"社说",讲述"常识与教育",强调国人要晓得本国的历史,以为"没有独到精微的学者,就没有增进的常识;没有极好的著作，就没有像样的教科书"。第三册"社说"，论述"教育的根本要从自国自心发出来"，认为中国一向有本土学说，中国人对自国学说本有心得，中国学说虽代有盛衰，大势还是向前进步的；中国的教育要以传授本国学者学有心得的中国学问为基础，兼采中国本无的外来学说。第四册"代社说"题为《庚戌会衍说录》，据其为日本高等师范学校的中国留学生所做的演讲记录成稿，讲述"留学的目的和方法"，强调求学的目的重在开智，求智就应该打破各种迷信，尤其是盲目崇洋的迷信。《论经的大意》围绕"六经皆史"立论，以为读经典"是使人增长历史的知识"，痛斥"废弃经典的妄论"。《论诸子的大概》对诸子九流十家之"源流分合，及各家宗旨之所在，胥明其故，俾国人得因以寻其涂辙"。章氏述学的根本用意，尤在批评学术思想方面的民族悲观主义和历史虚无主义，弘扬中国传统学术文化，树立民族文化自尊心和自信心。

章太炎的白话述学文带有演说之风，其拟想"听众"主要是留日学生和海外华侨。他在采取"浅显之语言"系统讲述国学经典"常识"时，还要考虑现场效果，故而借题发挥颇多，涉及中国现实政治和学术思潮以及日本社会乃至汉学界的现状等，形成了谈学术而兼及社会批评的特点。其语言风格，平易、活泼而风趣。这里选第一册"社说"中讲伏羲、仓颉、孔子、老子的一段文字：

> 中国第一个开化的人，不是五千年前的老伏羲么？第一个造文字的人，不是四千年前的老仓颉么？第一个宣布历史的人，不是二千四百年前的孔子么？第一个发明哲理的人，不是二千四百年前的老子么？伏羲的事，并不能实在明白。现存的只有八卦，也难得去理会它。其余三位，开了一个法门，倒使后来不能改变。并不是中国人顽固，其实也没有改变的法子。

把上古时期四位大圣贤当作普通人，他们不过是闻道在先的可爱的老先生，亲切中不失尊敬,拉近了古圣与今人的距离,显示出学识渊博的大师气度,有着很强的现场感。

1921年,编辑《章太炎的白话文》一书的新文学出版名家张静庐,言其"以极浅显的白话,说最精透的学理,可以作为白话文的模范"。国语研究会骨干分子黎锦熙曾指出:"章太炎出了满清的监狱在日本就办过一种《教育今语杂志》,用白话写学术性的文章。白话文在这时已由文艺作品推广到社会教育界,并不是十几年后的胡适才提倡出来的。"(《汉语规范化的基本工具:从注音字母到拼音字母》)章太炎文化思想和学术遗产的丰富性,于此可见一斑。

二、章太炎诗

章太炎不以诗名,而诗之造诣卓越。章氏自言:"余作诗独为五言;五言者,挚仲洽文章流别,本谓俳谐倡乐所施。然四言自风雅以后,菁华既竭,惟五言犹可仿为。余亦专写性情,略本钟嵘之论,不能为时俗所为也。"(《自述学术次第》)从中可见其对五言古体的偏爱和本乎性情的诗学旨趣。正是出于崇尚魏晋的诗学观,民初手定《章氏丛书》时,将近体诗几乎悉数刊落。1915年上海右文社出版的《太炎文录初编》,录诗20题40首,起自1898年,迄于1914年;1919年浙江图书馆刊本,则删去了唯一一组近体诗。

章氏手订"文录初编"韵文开篇之作,是汉乐府古题诗《艾如张 董逃歌并序》,作于1898年。戊戌春,"青岛、旅顺既割,天下土崩";章氏怀亡天下之忧,奉张之洞招赴武昌,旋因道不同而被逐。"艾如张"为乐府铙歌,"艾"是除草,"张"乃布网,有影射张氏之意。"秦风号长杨,白日忽西匿",以西风号、白日匿隐喻清季时势;"南山不可居,啾啾鸣大特",以南山树木尽遭砍伐、神牛大特无处隐遁状写自身境况;"酾酒思共和,共和在海东",遥思周召共和,近慕东邻立宪;"怀哉殷周世,大泽宁无人",怀想殷周鼎革,英雄起于大泽。诗人对张之洞(以刘荆州影射)由追慕到鄙视,最后把目光投向民间;一个为民族救亡而忧深思远、上下求索、四顾彷徨、报国无门的志士仁人形象跃然纸上。《董逃歌》借东汉末洛阳民谣诗题,预言百日维新君子梦碎;既指斥了祸国殃民的慈禧太后（以春秋时陈国夏姬影射），又婉刺了鼓吹"素王"的康"长素"（"素王县如丝"）。从诗题和主旨看，"艾如张"之刺张（之洞），"董逃歌"之刺康（有为），恰表征了章氏由寄希望于"革政"到探索"革命"之途的心路历程，蕴含着深厚的民族主义思想情感。

章氏"文录初编"韵文最具规模者，是五言古《东夷诗十首》，作于1909年前后。其间，同盟会分裂，《民报》被禁，章氏闲处讲学，陷入人生低谷。十首《东夷诗》，并非一时之作，风格亦不雷同，但都不离吟咏日本风土人情与文化渊源之题材题旨，从中可见诗人之素心与民族本位立场。首章言对日印象之变化，传闻中的美好印象，与日俄战争后的穷兵黩武、民不聊生形成了强烈反差，叙述上呈现一种嘲讽的调子。钱仲联言其"有阮籍诗的风格，读来佶屈聱牙"（《论清诗》），是就整体面貌而言；佶屈聱牙，主要在于喜用僻字和惯用旧典。

《章氏丛书》初版本"韵文"部分收录的唯一一题近体诗，是作于民国二年的《无题》诗，目录中题为《时危四首》。民二仲春，宋教仁遇刺；季夏，"二次革命"爆发；孟秋，章氏冒危入京，欲"挽此危局"，宿共和党总部，旋遭软禁。《时危四首》即作于此期。首章云："时危挺剑入长安，流血先争五步看。谁道江南徐骑省，不容卧榻有人鼾。"二章道："怀中黄素声犹厉，酒次青衣泪未收。一样动笔成贱隶，诸君争得似孙刘。"不畏强暴，敢临虎穴，讥刺时事，发抒忧愤，是其内心世界的真实写照。

最能体现太炎先生北京幽禁初期孤独忧愤心境的诗篇，是五言古《八月十五夜咏怀》；诗云：

> 昔年行东塞，旋机始云周。京洛多零露，举酒增烦忧。灼灼此明月，皎皎当危楼。念我平生亲，忽如参与留。与子本同袍，含辛结绸缪。飞丸善自弹，迩室寻戈矛。蒿邪识麻直，弦急如韦柔。去矣拔山力，青骓羁长鞦。丈夫贵久要，焉念睚眦仇。知旧半凋落，忍此同倾辀。虞卿捐相印，蓬转随逋囚。巍网密凝脂，收骨知王修。寒燠变常度，彼哉曲

如钩。惜无不死药,西上昆仑丘。后裔无灵气,姮娥非仙俦。

民国二年,时在中秋,皎皎明月,怀人自哀;其倾诉对象,乃为老友兼政敌黄兴。章氏与孙、黄同为"革命先觉"、"开国伟人",民元前后却成为政敌,"二次革命"时复有合作;不过,黄兴推举孙中山,章氏推举黎元洪,政见不同而难相为谋。"与子本同袍",是对同盟会战友的体认;"迻室寻戈矛",是对同室操戈的反省;"忍此同倾轄",是对渔翁得利的悔恨;"收骨知王修",是对身后事的交代。

最能表现章氏幽禁期间对政坛乱象观感及其迷惘苦闷心境的诗篇,是古体《长歌》。歌曰:

> 麒麟不可羁,解豸不可縻。沐猴而冠带,鸡犬升天啼。黄公秉赤刀,终疗猛虎饥。玄武尚刳肠,筹策故难齐。牺牛遭鼷鼠,不如退服犁。武昌一男子,老化为人妻。万物相回薄,安可以理稽?荡荡天门开,所惜无云梯。不如饮醇醪,醉作瓮间泥。幸甚至哉,歌以言志,麒麟不可羁。

麒麟不可羁者,遭软禁的章炳麟自况也;沐猴而冠者,以卑劣手段攫取大总统宝座之袁氏也;秉赤刀疗虎饥者,讨袁失败遁走日本之国民党二号人物黄兴也;老化为人妻的武昌首义男子,依附袁氏当了副总统的共和党党魁黎元洪也。全诗以"麒麟不可羁"开篇,亦以此句卒章,以诗明志,心迹可见。

从知名度看,《章氏丛书》刊落的一批近体诗,尤其是经东京《浙江潮》杂志刊登的"狱中诗",时代反响和历史影响更大。《狱中赠邹容》"临命须掺手,乾坤只两头"发抒的视死如归的革命精神,《狱中闻沈禹希见杀》"中阴应待我,南北几新坟"流露出的舍生取义的烈士情怀,感动和激励了一代人。它如七律《梁园客》《狱中闻湘人某被捕有感》,七绝《狱中与威丹唱和诗》、《孙逸仙题辞》、《咏南海康氏》、《杂感》等,均经新式书刊发表而流布甚广。

章太炎出于反清革命宣传之需,亦写过语言浅俗乃至粗鄙的歌体诗。《逐满歌》即为著例。"莫打鼓,莫打锣,听我唱这逐满歌。如今皇帝非汉人,满洲鞑子老猢狲。辫子拖长尺八寸,猪尾摇来满地滚。"作者站在民族革命立场,以通俗晓畅之语,嬉笑怒骂之言,一针见血地揭露了二百年来满人屠戮奴役汉人的血泪史,把大清国的皇帝从"老祖努尔哈赤"到光绪皇帝骂了个遍,对清朝皇帝皇后直呼名讳。其效果,与《驳康书》中指斥光绪皇帝为"载湉小丑",可谓桴鼓相应。这首歌诗曾附刊邹容《革命军》书末,并经上海《复报》刊载,在清末下层社会动员中发挥过重要作用。

从诗歌题材看,讥刺清廷大吏和政敌政客,表彰革命烈士和革命战友,在太炎诗中占有较大比重。如《艾如张》之刺张之洞,《梁园客》之刺梁鼎芬,《咏南海康氏》之刺康有为,《孙逸仙题辞》之赞孙中山,《山阴徐君歌》之赞徐锡麟,《鹁鹊案户鸣》之悼刘道一,《狱中闻沈禹希见杀》之悼沈荩等。《咏南海康氏》云:"北上金台望国氛,对山救我带犹存。夺门伟绩他年就,专制依然属爱新。"揭露康有为组织保皇党的政治目标,不仅继续维护专制统治,而且充当皇室犬马,甘作满洲之奴隶。《孙逸仙题辞》道:"索房昌狂泯禹绩,有赤帝子断其嗌。掸迹郑洪为民辟,四百兆人视兹册。"既宣扬了孙逸仙的反清革命精神品格,亦彰显了作者的排满斗士风姿。

从主题思想看,民族主义构成了章氏诗歌的主旋律,从中可见这位排满革命斗士的思想立场与精神品格。戊戌年的《艾如张》、《董逃歌》,民族思想已显露端倪。庚子国变之年创作的《杂感》二绝其一云:"万岁山边老树秋,瀛台今复见尧囚。群公辛苦怀忠愤,尚忆扬州十日不?"其二道:"谁教两犬竞呀呀,貂尾方山总一家。恨少舞阳屠狗侣,扫除群吠在潼华。"诗人已不满足于坐言"扬州十日"以唤起民族血恨,而是要采取暴力方式起而行"扫除群吠"了。《东夷诗十首》称东亚强国日本为"东夷",诗题即蕴含严正的民族主义思想。民国元年,章氏赴任东三省筹边使途中作《广宁谣》,借明末辽东经略熊廷弼兵败广宁事自我策励;其民族主义思想,已由内忧转为外患了。

从时代特征看,辛亥革命时期的章太炎诗,大都兼具革命家之诗与学人

327

之诗的特点,蕴含着丰富的时代内容、独特的思想情感和深湛的国学底蕴,多数诗篇称得上"诗外有事,诗中有人"。其诗外之事,关乎国之存亡、民族之复兴;其诗中之人,乃根于忧患、为国为民的近代中国思想者、革命者之"大我"。

从诗歌形式看,章氏存世之诗,大略可分古体与近体。古体以五言古为主,亦有四言和七言;近体律、绝皆有,五、七言俱备。这一情状,与其论诗不取近体,形成了较大反差,也迷惑了许多论者。

从读者反应看,时人大都高看太炎诗中的五言古,继承其革命文豪衣钵的鲁迅却最爱先生四首近体诗,主张白话正宗的胡适则将其韵文一概断为"复古的文学"。曾引章氏为同道的梁启超《广诗中八贤歌》中有云:"枚叔理文涵九流,五言直逼汉魏遒。"严复亦推崇章氏五言古,赞其"陈义奥美,以激昂壮烈之韵,掩之使幽,扬之使悠",叹其"不独非一辈时贤所及,即求之古人,晋宋以下可多得耶"(《与章太炎书》)。鲁迅酷爱乃师四首"狱中诗",原因却是此类诗作"却并不难懂",当时读后感动不已,印象深至终生难忘(《关于太炎先生二三事》)。胡适对章氏古体诗总体上持贬斥态度,言其多为"假古董",模仿多创造少;更要命的是晦涩难懂,说他猜想了五年,才敢说《丹橘》大概是为刘师培而作(《五十年来中国之文学》)。

第三节　时代与历史影响

作为近代中国"有学问的革命家"和"有思想的学问家",以及举世公认的"革命大文豪",太炎先生不仅留下了大量文字著述,并通过新式书刊广为传播,而且终生讲学不辍,桃李满天下;其在近代中国思想文化界扮演的历史角色,在某种意义上是一位继往开来的思想先驱、革命先觉与学术大师。章氏思想学说和革命诗文,不仅在晚清学术思想界和以报刊为中心形成的新文坛引起了巨大反响,而且对五四一代新文化人和新文学作家产生过或隐或显的深远影响。

晚清时期,革命思潮兴起;其中,1903年发生的"苏报案",是革命思潮取代改良思潮成为晚清政治思想主潮的标志性事件,章太炎则是"苏报案"真正的主角。章氏序《革命军》,发表《驳康书》,是引爆"苏报案"的导火索。"此案涉及清帝个人,为朝廷与人民聚讼之始,清朝以来所未有也。清廷虽讼胜,而章、邹不过仅得囚禁两年而已。于是民气为之大壮。"(孙中山《建国方略》)清政府虽在判决中赢了官司,却威风扫地,大失民心,章、邹作为受难英雄备受各界关注,其"排满"言论和革命学说亦迅疾传播开来。

1903年后,革命文学勃兴,其起如飙,其势成潮;章太炎在晚清革命文学思潮中,扮演了引领风潮的重要角色。章氏《驳康书》和"狱中诗",成为癸卯岁形成的革命文潮和革命诗潮中的潮头性作品。癸卯春,他与章士钊、张继、邹容在沪上结义,相约勠力革命,太炎为伯兄,士钊次之,容为季弟;邹容《革命军》,大哥为序,二哥题签,字句则由两兄长检定;书成,太炎大加奖掖,与自著《驳康书》相提并论。同年,士钊《沈荩》《孙逸仙》书成,太炎分别为序和题辞。四部革命小册子,癸卯岁问世后风行一时。章氏《驳康书》,揭出"载湉小丑,未辨菽麦"八字;序《革命军》,赞其"昌言革命"和"径直易知";序《沈荩》,言沈荩志在"锄满人",箴"勤王之党"以自鞭策;致柳亚庐书,赞《江苏》杂志"挥斥慷慨,神气无双",所刊《郑成功传》"智勇参会,飙起云合";祝《民报》周年,赞其"起征胡之铙吹,流大汉之天声";序《洪秀全演义》,言其发洪王潜德,赞其"文亦适俗";序《汉帜》发刊,寄言"发扬大汉之国徽,推倒满旗之色线"……凡此种种,均极大地助长了反清革命气焰,有力助推了蓬勃兴起的革命文学思潮。

五四时期,鲁迅是章门弟子中继承乃师的革命精神、独立品格、战士风骨、思想家底色与文学家情怀,并顺应新文化运动之大势成为新一代革命文豪的代表人物。鲁迅终其一生不失为精神界之战士,离不开早年所受太炎先生的学思熏陶与品格涵育;他在纪念文章中着意强化作为革命家战斗形象的章太炎,正是以先师革命斗士精神之传人自居的表现。五四时期,文学革命急先锋钱玄同之"疑古"思想,及其针对旧文坛两大传统势力提出的"选学妖孽,桐城谬种"著名口号,乃至其白话文思想,均深受太炎先生影响。

章太炎创办的《教育今语杂志》及其见诸该刊的白话述学文,在晚清至五四时期的新知识界产生过重要影响,五四新文化运动中涌现的许多重要人物都受过熏陶。蔡元培(光复会前会长)所看《教育今语杂志》,是陶成章(光复会副会长)奉送的。鲁迅是该刊忠实读者和热情宣传者,曾将其介绍给周建人等亲友。吴虞阅该刊《社说》二篇,言其"极合予心"(《吴虞日记》)。钱玄同不仅负责该杂志的编辑工作,而且起草了发刊辞和章程;在此期间,钱氏从太炎先生东京寓所陋室讲学中,体悟到中国各地方言多与古语相合,自此不敢轻视现代的白话文;其五四时代提倡白话之根,此期便已种下。

晚清时期,太炎先生怀着"保存国故,振兴学艺,提倡平民普及教育"的宏愿,将国学的思想种子、民族文化的历史自信、不迷信权威的科学精神、自强不息的民族精神和普及教育的文化理念,播撒给一代新青年。然而,历史的最终走向,却出乎其意料。他的弟子参与其中且起到引领风潮作用的新文化运动和文学革命,其思想之激进、反传统之彻底,均突破了其心理底线。中学与西学、白话与文言、传统与现代走上你死我活的对抗之途,殊非太炎先生所愿;然而他开启的白话述学之风,确曾起到垂范后进的历史作用。

第十五章　辛亥革命时期的诗文

1905 年中国同盟会的成立,标志着民族民主革命高潮的到来;于此前后,革命文学蓬勃兴起。晚清革命诗文,以章太炎、刘师培、邹容、陈天华、章士钊、高旭、陈去病、柳亚子、秋瑾等革命文士的创作最为突出,以南社的规模影响最为壮大。南社文人另设专章,他们与辛亥革命前后许多革命志士的诗文作品一起,共同构成了革命文学波澜壮阔的景象。

第一节　革命文学的兴起及特征

一、革命文学兴起的历史文化背景

20 世纪初年到五四运动前夕,是资产阶级民主革命走向胜利又转入低潮的时期,也是革命文学酝酿、发展和变异的时期。甲午战争尤其是庚子事变之后,中国进一步殖民地化,面临空前严重的民族危机。

值此瓜分惨祸迫在眉睫之际,革命力量迅速发展壮大,革命团体和进步报刊纷纷涌现,许多爱国青年东渡日本留学,寻求救国真理,一时形成留学热潮,日本的留学生界和国内新式学堂,成为革命派宣传革命、策动起义的重要据点。1902 年蔡元培等在上海发起中国教育会,后又成立爱国学社,以

《苏报》为阵地宣传革命。1903年中国留学生组织了拒俄义勇队及军国民教育会,邹容出版《革命军》,章太炎发表《驳康有为论革命书》,震惊全国的"苏报案"发生。1904年2月,黄兴、陈天华、宋教仁等发起的华兴会在长沙成立。同年11月,蔡元培等在上海组建了光复会。1905年8月,在孙中山的倡导下,兴中会、华兴会、光复会等革命团体联合,成立中国同盟会,确立了"驱除鞑虏,恢复中华,创立民国,平均地权"的革命纲领,从此民族民主革命开始走向高潮。此后同盟会积极发展革命组织,多方联络华侨、会党和新军,相继发动了萍浏醴起义、黄冈起义、七女湖起义、钦廉防城起义、镇南关起义、钦廉上思起义、云南河口起义、广州新军起义和黄花岗之役,最终取得了1911年10月武昌起义的胜利,爆发了全国规模的辛亥革命,从而结束了两千年来的封建帝制,建立了中华民国。

在波澜壮阔的革命洪流中,革命党人前仆后继,浴血奋战,进行了可歌可泣的英勇斗争。同时,他们以文学为武器,口诛笔伐,慷慨悲歌,自觉配合思想解放潮流和民主革命运动,同样取得了突出的成就,涌现出了一大批革命的思想家、宣传家、文学家,留下了弥足珍贵的精神财富和艺术瑰宝。"有学问的革命家"章太炎及秋瑾等革命先驱者们首先唱响了革命文学的壮美旋律,不断掀起革命文学的浪潮。由于《苏报》、《民报》等革命报刊的推波助澜,文学的群众性、组织性、普及性大大增强。1909年11月13日,革命文学团体南社成立,成为近代第一个具有民族民主革命意识的文学团体。于是革命文学遂由先驱者们的个人写作变为南社作家的群体歌唱,得到了进一步的壮大和发展。

二、革命文学的基本构成与总体特征

20世纪初的革命文学潮流由革命派作家和南社成员两大部分构成。前者以章太炎、秋瑾、邹容、陈天华、刘师培、章士钊、黄世仲、林觉民等为代表,或为革命文豪,或为革命先驱;后者则以柳亚子、陈去病、高旭、苏曼殊、马君武、周实、宁调元等为代表,均为南社名家。

革命派作家们几乎都是民族民主革命运动的中坚,集革命家、思想家、宣传家于一身,他们以笔作刀枪,写下了许多"战斗的文章"。当他们的文学才华和革命实践一经结合,便在文学创作上大放异彩,章太炎"战斗的文章",邹容、陈天华挟裹"雷霆之声"的政论,秋瑾豪迈雄丽的诗词创作,黄世仲丰富多样的革命小说,以及林觉民情深义重的家书等,是其杰出代表。即使像孙中山、黄兴、宋教仁等革命领袖和徐锡麟、赵声、罗仲霍、吴禄贞等革命先烈,也都写有许多脍炙人口的佳作,表现了革命党人勇往直前的战斗风貌和丰富美好的情感世界,不仅具有很高的思想意义和史料价值,而且有着很强的艺术魅力和审美效应。1909 年,享有"同盟会宣传部"之誉的革命文学团体南社应运而生。作为一个反清革命的群众性文学团体,南社作家们自觉配合民主革命运动的开展,或壮怀激烈,或长歌当哭,从而将革命文学潮流引向波澜壮阔之势。

汹涌奔流近二十年的革命文学洪流,在其兴起与流变的历史进程中,形成了鲜明的特征。首先,内容丰富,主题鲜明,具有强烈的时代精神。不论是革命先驱者的创作,还是南社作家的集体歌唱,都集中表现了反帝救亡、反清革命、自由民主、男女平权、武装斗争、学习西方等时代主题,呈现出破旧创新与中西交融的时代品格。马君武所云"鼓吹新学思潮,标榜爱国主义"(《马君武诗稿自序》),正是这种文学精神与时代主题的集中概括。其次,高歌理想,情思浪漫,充满英雄主义色彩。这些革命文学的作者们,多为年轻的民主革命斗士,多有留学日本的革命经历,视野宏阔,勇于行动,富于热情和理想,表现出大无畏的牺牲精神和英雄气概。

这是一个破坏与创造的时代,铁血男儿,少年英烈,这些年轻的革命作家笔下的作品,"活泼淋漓,有少壮朝气,在暗示中华民族的更生"。正像南社文学是一种"富于革命性的少壮文艺"(曹聚仁《纪念南社》)一样,整个革命文学都呈现出理想主义、英雄主义、浪漫主义的鲜明色彩,洋溢着一种青春气息的美。再次,形式多样,语言通俗,富有创新精神。

革命文学的创作虽然以诗文为主体,尤以诗歌成就最为突出,但在小说、戏剧及通俗文艺领域均取得了一定的成就。仅以诗文而论,诗有古诗、近体、歌谣体、白话体等,文有魏晋文、骈体文、新民体、白话文、逻辑文、报导体等,都能各尽其长,兼行并起,构成了中国文学的形式和语言由古典形态走向现代形态的历史转换时期的独特景观。在形式解放和语言变革的时代潮流中,尤以秋瑾、高旭为代表的"歌体诗"创作和秋瑾、陈天华、邹容等人的白话文作品最富创造精神和革新意义,共同代表着 20 世纪初年文学形式嬗变的方向,在中国文学的近代化历程中占有重要地位。

第二节　秋瑾、邹容等革命派作家

一、秋瑾的文学活动与诗歌创作

秋瑾(1875—1907),原名闺瑾,字璿卿,别署鉴湖女侠;留学日本时易名瑾,更字竞雄,又署汉侠女儿。浙江山阴(今绍兴)人。官宦家庭出身,生于福建。幼时曾随祖父、父母到过福建、台湾、浙江、湖南诸地,眼界既广,秉性亦高。自幼聪慧多才,十一岁即能赋诗,稍长,有女才子之称。既慕朱家、郭解为人,又以女英雄花木兰、梁红玉、秦良玉自况,坚强豪爽,喜酒善剑,重侠尚武,爱国忧民。这些既是她有别于一般闺秀进而成长为新女性的特异之处,也为其日后投身革命形成热情豪迈的诗风奠定了基础。年十八,嫁湘人王廷钧,后于 1903 年随夫进京。婚姻生活的不幸和时代风潮的激励,终于促使她冲破家庭牢笼,于 1904 年东渡日本留学。抵日后重组妇女团体共爱会,发起演说练习会,创办《白话》杂志,致力于革命宣传工作;又学习射击和制造炸药,准备进行反清武装斗争。1905 年,一度回国加入光复会,再返日本,参加同盟会,并任总部评议员和浙江省主盟人。1905 年底,秋瑾为了抗议日本政府颁发"取缔清韩留学生"规则愤而归国。次年任教于浙江浔溪女学,并在上海创办《中国女报》。1907 年,秋瑾主持绍兴大通学堂校务,往来于杭州、上海、绍兴之间,联络发动会党,准备在浙江组织光复军起义,不幸事泄被捕,7月15日在绍兴英勇就义,年仅三十三岁。

秋瑾短暂的生命历程,只有三十余年。但她不仅在中国革命史上留下了光辉的业绩,成为妇女解放运动的一面不朽旗帜,而且还在文学领域充分展现了杰出的才华,取得了多方面的成就,留下了丰富多样的作品,成为中国近代文学史上最著名的女性文学家。其作品因烈士生前"随手散弃"、遇难时家人"黉夜焚烧",多有失传,现存遗作兼有诗、词、歌、文、弹词诸体,而以诗词创作成就最高。

秋瑾的诗歌创作,大体以1904年东渡日本为界分为前后两期。前期诗歌主要反映了作者在时代风潮的激励之下,如何由一个封建家庭的闺秀,走上救国救民的革命道路的心灵历程。秋瑾少女时代的生活、性格和追求,婚后的精神苦闷与人生憧憬,诗中均有真切细致的反映,风格温婉明丽,于缠绵柔美之中时见勃勃英气,一位大家闺秀向新女性转变过程中的思想苦闷与精神追求历历可见,对于认识秋瑾及其时代均有重要意义。这些作品多以闺怨情调和咏物手法表现出来,常常通过题咏梅、菊、荷、兰,寄托诗人孤标独立、傲世杰出的人生追求;通过对古代英雄和巾帼女杰的赞美,展现自己坚贞不拔、志存高远的精神境界;又通过对凉秋、寒夜等环境的描绘,抒写幽闺生活的孤寂和知音难觅的痛苦,大都写得情味真切,意境鲜明。"铁骨霜姿有傲衷"(《菊》),"开遍江南品最高"(《梅》),正是基于这种高洁的情怀和坚贞的气质,她的早期诗作已经能够关注时艰,抒写忧世之感,并透露出立志报国的志向:"漆室空怀忧国恨,难将巾帼易兜鍪"(《杞人忧》),"吾侪得此添生色,始信英雄亦有雌"(《题芝龛记》)。

1903年秋瑾随夫进京,庚子事变后日益严重的民族危机和京华地区渐趋开明的时代思潮,进一步刺激和影响着秋瑾,加之个人婚姻生活的不幸,终于促使她决心投身于挽救危亡的社会潮流。写于居京时期的《剑歌》《宝刀歌》、《宝剑歌》等一系列歌咏刀剑的诗篇,艺术地反映了秋瑾的这一思想转变历程。例如《宝刀歌》,诗中充分表现了抗敌救亡、反清革命的时代主题,通过对宝刀的反复吟咏,寄托了作者英勇战斗、自我牺牲的革命意志,声情悲壮,气格豪放,闪耀着英雄主义和理想主义的光辉。就形式和语言来看,其中"一睡沉沉数百年,大家不识做奴耻"、"北上联军八国众,把我江山又赠送"、"赤铁主义当今日,百万头颅等一毛"、"誓将死里求生路,世界和平赖武装"等句,颇似民间说唱;结尾部分化长歌为赋体,自由舒畅。"赤铁主义"、"世界和平"等语汇,已近口语化、白话化,极富时代气息,体现了诗的语言由文言向白话的演变。

1904年夏天,秋瑾冲破重重束缚,"钗环典质","骨肉分离",东渡日本留学,投身革命运动。从东渡到就义的作品,集中展现了诗人巾帼英雄的战斗生涯和精神风貌,它们是救亡的号角,反清的檄文,是献身革命的誓言,更是妇女解放的旗帜,写得激情似火,壮语如飞,具有丰富的时代内容和鲜明的艺术个性,从而奠定了秋瑾在中国近代文学史上的重要地位。写于赴日本留学途中的《日人石井君索和即用原韵》一诗,便生动地表现了后期秋瑾壮丽人生的起航与豪迈诗风的生成:

> 漫云女子不英雄,万里乘风独向东。诗思一帆海空阔,梦魂三岛月玲珑。铜驼已陷悲回首,汗马终惭未有功。如许伤心家国恨,那堪客里度春风。

揭示祖国危亡的严峻形势,抒写献身革命的豪情壮志,构成了秋瑾后期诗歌的基本内容。烈士生前曾说:"吾自庚子以来,已置吾生命于不顾,即不获成功而死,亦吾所不悔也。且光复之事,不可一日缓,而男子之死于谋光复者,则自唐才常以后,若沈荩、史坚如、吴樾诸君子,不乏其人,而女子则无闻焉,亦吾女界之羞也。"(《致王时泽书》)这种英勇战斗、为国牺牲的自觉意识发之于诗,便形成了一种雄丽悲壮的旋律,"忼爽明决,意气自雄"。《黄海舟中日人索句并见日俄战争地图》就是这方面的代表作:

> 万里乘风去复来,只身东海挟春雷。忍看图画移颜色,肯使江山付

劫灰！浊酒不销忧国泪,救时应仗出群才。拼将十万头颅血,须把乾坤力挽回。

拼洒热血,力挽乾坤,诗中不仅激荡着反帝救亡的时代强音,还体现了武装革命的真知灼见,其革命精神和战斗意志在当时女界中实属罕见。

揭露清王朝的腐朽统治,同情人民的苦难生活,构成了秋瑾诗歌内容的又一重要方面。这类作品饱含血泪,挟带锋芒,直面黑暗现实,具有强烈的反封建、反专制、反奴役精神。写于后期的《同胞苦》四章,每章开头均以"同胞苦,同胞之苦苦如苦黄连"唱起,重章叠句,反复咏叹,沉痛地控诉了清朝统治者凶如猛虎、贪如豺狼、狠如毒蛇,不顾百姓死活,横征暴敛、残酷剥削和压榨人民的罪行,描写具体形象,批判尖锐深刻。诗末发出了"我今必必必兴师,扫荡毒雾见青天。手提白刃觅民贼,舍身救民是圣贤"的豪迈誓言,融反清与革命为一体,赋予全诗以强烈的战斗色彩和鼓动力量。

提倡男女平权,宣传妇女解放,是秋瑾诗歌的另一重要内容,也是其文学创作中最具特色的一个方面。作为"旧民主主义革命时期中国妇女的楷模"(吴玉章《辛亥革命》),秋瑾这类作品既以其切身的感受控诉了封建礼教习俗对妇女的迫害和摧残,还最先唱出了"吾辈爱自由","男女平权天赋就"(《勉女权歌》)的时代呼声,并将这些内容贯穿于她的诗、词、歌、文、弹词中,既写出了旧时代妇女的不幸,更表现了新女性的自强与自信,真实地反映出封建时代的女性转变为革命民主主义者的精神历程,因而具有特殊的认识价值和审美意义,这也正是秋瑾诗文于传统女性创作别开生面之处。

秋瑾亦能词,今存三十九阕,内容风格一如其诗,刚柔相兼,雅俗共融,尤以抒发壮志、倡导女权之作最具特色。秋词风格豪健,意境沉雄,辞采壮丽,内涵丰厚,不独在女性词人中别开生面,其佳者即使置之于历代豪放词篇中,亦能英气逼人,神采夺目。"苦将侬强派作蛾眉,殊未屑！身不得,男儿列,心却比,男儿烈"(《满江红·小住京华》);"肮脏尘寰,问几个男儿英哲？算只有蛾眉队里,时闻杰出。……劝吾侪今日,各宜努力。振拔须思安种类,繁华莫但夸衣玦。算弓鞋三寸太无为,宜改革"(《满江红·肮脏尘寰》);"仗粲花莲舌,启聩振聋。唤起大千姊妹,一听五更钟"(《望海潮·惜别多思》);"休言女子非英物,夜夜龙泉壁上鸣"(《鹧鸪天·祖国沉沦感不禁》)。诸如此类,无不具有鲜明的时代感和强烈的悲壮美,绝非传统女性词作可以比拟,确属难能可贵。

秋瑾诗歌的内容和风格固然有前后期之别,但无论是前期的思亲思乡,抑或是后期的忧国忧民;也无论是前期叛逆女性的心声,还是后期献身革命的誓词,在艺术表现上均能任情而发,直抒胸怀,体现出巾帼风采与英雄本色的完美结合,诗如其人,感人自深。"雄心壮志销难尽,惹得旁人笑热魔"(《感时》)。秋瑾"丰貌英美,娴于辞令;高谭雄辩,惊其座人"的诗人气质和"悲歌击节,拂剑起舞"(徐自华《鉴湖女侠秋君墓表》)的女侠性格,使其作品独具一种磅礴的气势,悲壮的格调,夸张大胆,想象丰富,语言雄丽,意象鲜明,足以使须眉为之低首,实能为女性文学别造天地。其名作《对酒》,就是这样一首蕴涵丰厚、艺术精美的杰作:

不惜千金买宝刀,貂裘换酒也堪豪。一腔热血勤珍重,洒去犹能化碧涛。

秋瑾诗歌在形式和语言方面继承和发扬"诗界革命"的传统,进行了更为大胆有效的创新。秋瑾是中国诗歌近代化历程中继"新学诗"、"新派诗"之后"歌体诗"阶段的代表作家,以《宝刀歌》为代表的变化了的歌行和为适应音乐教育而新创的歌词,构成了秋瑾歌体诗的两翼。这类歌词在《秋瑾集》中别为一体,今存六首,除上引《同胞苦》四章、《勉女权歌》二章外,还有《读〈警钟〉感赋》、《支那逐魔歌》、《叹中国》、《我羡欧美人民啊》等,均系后期作品。末首全诗如下:

得自由,享升平,逍遥快乐过年年。国命都是千年永,人民声气权通连。商兵工艺日精巧,政治学术益完全。兵强财富土地广,年盛月异日新鲜。

　　这可不是轰轰烈烈的文明国么? 可怜今日我中国的同胞啊! 遭压力,受苦恼,国贫民病真堪忧。

前节描写欧美人民"文明"景象,格调欢快流畅,三言与七言兼用,有歌谣之风;后节先以十三字句与十一字句上承下启,继以三言句和七言句作结,痛陈"国贫民病"的祖国同胞之"苦恼",语势愤激沉痛,前后形成鲜明对照。全诗韵散杂糅,文白相间,句法灵活,绝少用典,颇有说唱气息和散文笔法,通篇已经自由化和白话化了。这类作品艺术性固然不高,但作为一种诗体探索,它意味着秋瑾能够从语言、韵律、节奏、章法、句式等基点出发,进而打破旧诗形式,获得诗体解放的可贵努力和可喜成绩。

　　秋瑾的散文创作同样是丰富多样的。现行《秋瑾集》中,存文四十余篇,长短不一,大抵为政论、演说、文告、题辞、书信之类。其中《致徐小淑绝命词》系骈体,《某宫人传》用典雅的古文笔法写成,另有四篇白话文,其余多用梁启超式的"新文体"写成,是一种实用性强的浅近文言文。秋瑾在晚清白话文运动和散文白话化的历史进程中,不仅富有创作实绩,且有理论倡导之功。她在近代文体变革与白话文学建设中,主要有创办白话报刊和倡导演说活动两个方面的突出贡献。

　　秋瑾曾为多种白话报刊或妇女报刊撰稿,率先垂范,开启风潮。这些白话文传播范围广,影响大,有力地推动了白话文运动和文体革新,代表着近代散文的发展方向。秋瑾现存的四篇白话文,《演说的好处》、《敬告中国二万万女同胞》、《警告我同胞》等,均系发表于1904年出版的《白话》上的演说词,上距裘廷梁提出"崇白话而废文言"的口号不过六七年时间,属于晚清白话文运动中的早期作品。文章说理充分,条理明晰,文风平实,语汇丰富。其中有些段落确乎写得感情沉痛,描绘真切,形象鲜明,气韵生动,已有相当的艺术水平和美感效应。如《敬告中国二万万女同胞》开头一段写道:

　　唉！世界上最不幸的事,就是我们二万万女同胞了。从小生下来,遇着好老子,还说得过;遇着脾气杂冒、不讲情理的,满嘴连说:"晦气,又是一个没用的。"恨不得拿起来摔死。总抱着"将来是别人家的人"这句话,冷一眼、白一眼的看待;没到几岁,也不问好歹,就把一双雪白粉嫩的天足脚,用白布缠着,连睡觉的时候,也不许放松一点,到了后来肉也烂尽了,骨也折断了,不过讨亲戚、朋友、邻居们一声"某人家姑娘脚小"罢了。

　　这段文字语言明白晓畅,语气亲切委婉,现身说法,痛定思痛,批判性和感染力兼而有之,语言之生动,描绘之传神,文气之流畅,口吻之毕肖,甚至为一般古文所不及。细玩文味,实能俗中见雅,文情并茂,几能脱尽民间说唱之粗浅格调,在早期白话文中,堪称珍品。

　　时隔两年之后发表于《中国女报》上的《敬告姊妹们》,是一篇更趋成熟精美的白话文。情感充沛,文笔细致,语句灵活,辞采斐然,确已带有一定的"美文"色彩。文中将新旧女性两种生活对照写来,娓娓而谈,尤能曲尽其妙。新文学健将郭沫若曾于1942年著文赞叹此文"相当巧妙",并说"这在三四十年前不用说是很新鲜的文章,然而就在目前似乎也还是没有失掉它的新鲜味"(《〈娜拉〉的答案》)。这充分说明了秋瑾的优秀白话文不独有着深刻的思想性,还有着长久的艺术生命力。

　　秋瑾的文学才华是多方面的,她还写有自传体性质的说唱文学作品——长篇弹词《精卫石》。原拟二十回,现存前六回,其中第六回系残稿,但全部回目却完整保留下来了,借此可以把握整部作品的故事结构和人物命运。作品以黄鞠瑞反抗封建婚姻、东渡日本留学、投身民主革命、领导妇女运动、同心大建共和为线索,真实描绘了旧时代妇女的悲惨境遇,深刻揭示了封建礼教的种种罪恶,生动体现了秋瑾妇女解放的进步思想,热情讴歌了女性的觉醒、抗争和对革命理想的追求,"尽写女子社会之恶习及痛苦耻辱,欲使读者触目惊心,爽然自失,奋然自振,以为我女界之普放光明也"

(《精卫石·序》)。

弹词本是一种兼有韵文和散文功能的民间说唱形式,自清初以来盛行于江浙一带,特别受到广大妇女阶层的喜爱,其内容、题材、人物、语言、风格脱离不了闺阁气。生长于弹词的沃土江浙地区的秋瑾,以女性作家的独特经历和感知,采用这一为广大妇女喜闻乐见的俗文学形式,努力反映妇女问题,完全是一种创作自觉。所不同的是,她的弹词创作所表现出来的"闺阁气",已经融入了鲜明的革命精神,成为广大妇女"由黑暗而登文明",求得自由解放的时代呼唤。"但祈看者须细味,莫作寻常小说看,其中血泪多多少,无非要警醒我同胞出火坎"(《精卫石》第五回)。真事实情,现身说法,一洗幽怨,高唱入云,"欲使人人能解,由黑暗而登文明"(《精卫石·序》)。新主题、新形象、新生活、新理想,使《精卫石》不仅成为中国妇女解放运动的形象教材,而且在近代俗文学史上占有重要地位。

二、邹容、陈天华

邹容(1885—1905),字蔚丹,亦作威丹,四川巴县(今属重庆)人。出身富商家庭,自幼敏慧好学,尤富于爱国热忱和革命理想。1897 年秀才试时曾因反对考官偏题而罢考离场,次年开始接受新学。1901 年到成都参加留日学生选拔考试,亦因主张革新未被录取。次年自费留学日本,入东京同文书院。1903 年,为抗议清政府镇压留日学生的爱国运动,联合同学闯入留日学生监督姚文甫住处,将他的辫子剪掉,挂在留学生会馆屋梁上示众,并参加抗议沙俄侵占东北的拒俄义勇队,旋回上海加入爱国学社。其间写成《革命军》出版。"苏报案"发生,章太炎被捕,邹容激于义愤,自投牢狱,受尽折磨,瘐死于上海西牢,年仅二十一岁。辛亥革命胜利后,被追赠为"大将军"。

《革命军》出版于 1903 年,两万余言。全书长于论说,富于气势,形成了自己的思想体系和独特风格,不愧为批判专制、呼唤革命、讴歌理想的"雷霆之声"。作者在《绪论》中即高扬起革命的旗帜,正面宣传革命理论和革命理想,满怀激情地写道:

　　吾于是沿万里长城,登昆仑,游扬子江上下,溯黄河,竖独立之旗,撞自由之钟,呼天吁地,破颡裂喉,以鸣于我同胞前曰:呜呼!我中国今日不可不革命;我中国今日欲脱满洲人之羁缚,不可不革命;我中国欲独立,不可不革命;我中国欲与世界列强并雄,不可不革命;我中国欲长存于二十世纪新世界上,不可不革命;我中国欲为地球上名国,地球上主人翁,不可不革命。

　　这是革命的赞美诗,更是革命的宣言书,在当时革命与保皇的大论战中,它与章太炎的《驳康有为论革命书》一起,最早奏响了革命的主旋律。作者赞颂革命,呼唤革命,揭示了革命事业的神圣伟大,正气浩然,激情澎湃:"革命者,天演之公例也;革命者,世界之公理也;革命者,争存争亡过渡时代之要义也;革命者,顺乎天而应乎人者也;革命者,去腐败而存良善者也;革命者,由野蛮而进文明者也;革命者,除奴隶而为主人者也。"进而号召和勉励同胞"毋退步,毋中立,毋徘徊",投身于革命的洪流之中。

　　作者在高唱革命的同时,还深刻揭露了清政府"驱策我、屠杀我、奸淫我、笼络我、虐待我"的专制罪恶和"量中华之物力,结与国之欢心"的卖国行径,猛烈抨击造成人民奴隶根性的封建专制制度,强调"革命必先去奴隶之根性",认为"中国之所谓二十四朝之史,实一部大奴隶史也"。"宴息于专制政体之下者,无往而非奴隶"。这些大胆而深刻的论述,使《革命军》不仅成为革命的宣言,反清的檄文,它还是文化革新的旗帜,思想解放的号角,具有重要的批判意义和鲜明的战斗精神。

　　《革命军》的可贵之处还在于作者热情宣传和赞扬了西方资产阶级的启蒙思想,并以其自由、平等、民主和天赋人权学说批判封建君主专制,"请执卢梭诸大哲之宝幡,以招展于我神州土",为资产阶级民主革命提供理论武器。他还生动地描绘了未来的革命与建设的蓝图,唱出了建立"中华共和国"的美好理想。文章最后以诗一般的语言赞美祖国的新生:

　　尔之独立旗已高标于云霄,尔之自由钟已哄哄于禹域,尔之独立厅已雄镇于中央,尔之纪念碑已高耸于高冈,尔之自由神已左手指天,右手指地,为尔而出现。嗟夫! 天清地白,霹雳一声,惊数千年之睡狮而起舞,是在革命,是在独立。

　　《革命军》在当时产生了广泛的社会影响,达到了最佳的宣传效果,辛亥革命时期翻印达二十多版,总印数超过一百万册,居当时所有革命书刊发行量之首。诚然,"其中尚有不少狭隘与偏颇之处";但"对人们从资产阶级改良思想跃进到资产阶级革命思想,却起了很大的推动作用"(吴玉章《辛亥革命》)。这正如鲁迅所说:"便是悲壮淋漓的诗文,也不过是纸片上的东西,于后来的武昌起义怕没有什么大关系。倘说影响,则别的千言万语,大概都抵不过浅近直截的'革命军马前卒邹容'所做的《革命军》。"(《坟·杂议》)

　　《革命军》虽系政论,但颇富情感和文采,语句"跳踉搏跃",文字"浅近直截",激情飞扬,气势磅礴,行文铺排反复,具有鲜明的节奏感和韵律美。特别是语言晓畅,句式自由,已经成为对梁启超"新文体"的超越,实为一种更趋通俗化、白话化、自由化、口语化的新体散文,使白话文学由以往的通俗文学领域逐渐扩展到雅文学的散文甚至诗歌领域,因而在文学观念的转变和文体解放的进程中有着重要的意义。

　　《革命军》"天清地白,霹雳一声",自能彪炳史册,风靡神州;邹容留下的几首小诗,亦能传诵人口,颇见风骨。《狱中答西狩》、《和西狩〈狱中闻沈禹希见杀〉》,虽系狱中与太炎的和诗,但同样体现出"临命须掺手,乾坤只两头"的革命情谊和"昨夜梦和尔,同兴革命军"的战斗精神。另如《题谭嗣同遗像》,为早年川中之作,赞颂谭嗣同为变法流血牺牲的崇高精神,亦能映照出邹容少年英烈的风采:"赫赫谭君故,湖湘士气衰。惟冀后来者,继起志勿灰。"诗风朴实,气格厚重,其战斗精神正与《革命军》相通。

　　陈天华(1875—1905),字星台,号思黄,湖南新化人。出身贫苦,自幼聪慧,喜读小说弹词。后入新化实业学堂,接触新学书报,遂生澄清天下之志,曾自书一联云:"莫谓草庐无俊杰,须知山泽起英雄。"1903 年由该校资送日本留学,投身革命洪流,先后与杨笃生、宋教仁等创刊编撰《游学译编》、《新湖南》、《二十世纪之支那》、《民报》等革命报刊,成为出色的革命宣传家。1904 年,他还与黄兴等人在长沙创立华兴会,策动起义,事泄东渡。1905 年,又与孙中山等发起同盟会,并任书记部工作,参与《革命方略》的拟定,成为同盟会的重要领导人之一。同年底,为抗议日本政府取缔中国留学生,并激励人们的革命斗志,唤醒民众,誓死救国,留下《绝命辞》,愤然于日本大森海湾蹈海自杀,年仅三十一岁。

陈天华的文学创作由鼓吹革命的政论文章和通俗文学两部分组成,其中尤以通俗作品影响巨大,传诵广泛。其政论文字以《论中国学生同盟会之发起》、《国民必读》、《论中国宜改创民主政体》、《中国革命史论》为代表,立意警拔,感情炽热,语言晓畅,条理明晰,集中表达了批判封建君主专制、宣传反帝爱国、鼓吹民族民主革命、建立共和、振兴中华的时代精神,诚为一种"战斗的文章"。

白话体通俗读物《警世钟》、弹词《猛回头》和白话小说《狮子吼》三部作品,集中展现了陈天华的革命思想和文学才华,《狮子吼》还是近代"政治小说"的代表作品。

《警世钟》写于 1903 年,全书两万余字,初刊于日本东京,其后一再重刊。作者沉痛指出当时中国在帝国主义的残暴侵略和清政府的卖国政策下,已处于被瓜分的危境,呼吁各阶层人们警醒,同帝国主义、清朝封建统治者进行斗争,共同担负起救国的责任。书中写道:

> 如今各国不由我分说,硬要瓜分我了,横也是瓜分,竖也是瓜分,与其不知不觉被他瓜分了,不如杀他几个,就是瓜分了也值得些儿。俗语说的,"赶狗逼到墙,总要回转头来咬他几口"。难道四万万人,连狗都不如吗?洋兵不来便罢,洋兵若来,奉劝各人把胆子放大,全不要怕他。读书的放了笔,耕田的放了犁耙,做生意的放了职事,做手艺的放了器

具,齐把刀子磨快,子药上足,同饮一杯血酒,呼的呼,喊的喊,万众直前,杀那洋鬼子,杀投降那洋鬼子的二毛子。

《猛回头》则以民间说唱的形式生动描述了祖国危亡的形势:"俄罗斯,自北方,包我三面;英吉利,假通商,毒计中藏;法兰西,占广州,窥伺黔桂;德意志,胶州领,虎视东方;新日本,取台湾,再图福建;美利坚,也想要,割土分疆。这中国,那一点,我还有分;这朝廷,原是个,名存实亡。替洋人,做一个,守土官长;压制我,众汉人,拱手降洋。"作者不仅深刻揭示了帝国主义的侵略野心,同时尖锐指出清政府已成为洋人的朝廷,帝国主义的走狗。将反帝爱国和反清革命统一起来,充分体现了反帝反封建的时代精神,其反帝救亡的思想在同时的革命派作家中尤为突出。

陈天华的作品有着更加明显的平民色彩和普及效应,《警世钟》实为一篇带有说唱气息的白话文,《猛回头》则与秋瑾的《精卫石》一起成为宣传民主革命的弹词双璧。以至浅至俗之文字宣传至深至大之革命真理,俗而能雅,雅俗转换,正是这一代新型文人的过人之处,也是他们对文体解放、语言革新的重要贡献。这些作品文字生动活泼,形式喜闻乐见,内容切中时弊,格调雄放劲直,并以其至为广泛的传播范围,在文学近代化过程中发挥了独特的作用。

第三节　刘师培

刘师培(1884—1919),字申叔,别署光汉、光汉子、无畏、激烈派第一人等,江苏仪征人。出生在一个"三代传经"之家,1902 年中举人。1903 年赴开封参加全国科举会试,落榜;夏秋时节流寓上海,与中国教育会、爱国学社诸君结交,取"攘除清廷,光复汉族"之意,改名"光汉",进入一生最为激烈的五六年"光汉"时期。1904 年入光复会,主《警钟日报》、《中国白话报》、《国粹学报》笔政。1907 年赴日,入同盟会,主《民报》笔政;旋创《天义报》、《衡报》,提倡无政府主义,举办社会主义讲习会。1909 年归国,入端方幕府。1915 年入筹安会。1917 年应聘为北大文科教授。1919 年主编《国故月刊》。有《刘申叔先生遗书》行世。

藉学衡政,是刘师培早期学术著述的一大特点。1903 年,刘光汉、林少泉合撰《中国民约精义》出版,标榜"以雄伟之文,醒专制之迷梦",是其最早阐述民权思想的代表作。该书衰录中国古代先贤与西儒卢梭民约之旨相合的言论,悉加按语,对照卢梭民约学说加以阐发;其论天赋人权说、主权在民说、社会契约说、人民暴力反抗的正义性、共和为最好的政体等言论,模拟卢梭宣扬民权自由,赢得"东亚卢骚"的赞誉。甲辰岁,标榜"吾国大汉学家仪征刘光汉"的"空前杰著"的《攘书》问世。该书通过考证中国各民族的起源及其演变的历史,集中阐发"攘夷"主题,径直将清廷视作务必攘除的夷狄。同年,署名"光汉子"的《中国民族志》由中国青年会出版发行。该书以汉族为主,他族为客,讲述汉族界线之扩展、异族势力之侵入、汉族与异族之混合三大要旨。这些藉学衡政之作,以阐扬民族主义为大旨,服务于排满反帝的革命理论之需。《国粹学报》同人赞曰:"刘生今健者,东亚一卢骚。赤手锄非种,黄魂赋大招。人权光旧物,佛力怖群妖。倒挽天瓢水,回倾学海潮。"(棣臣《题国粹学报・上刘光汉兼示同志诸子》)

1904—1908 年间,刘师培见诸《警钟日报》、《醒狮》、《民报》、《天义报》等革命报刊的一批政论文章,内容上属于觉世之文,语体上属于松动的改良文言,文体上属于骈俪化的报章文体。

1905 年秋,政论文《醒后之中国》刊诸东京《醒狮》月刊,署名"无畏"。作者以高度的乐观主义精神"远测中国之前途",信心满满地宣称:"吾所敢言者,则中国之在二十世纪必醒,醒必霸天下。地球终无统一之日则已耳,有之则尽此天职者,必中国人也!"接着畅想醒后中国之蓝图:中国醒后之版图横跨四大洲,中国醒后之民数繁盛不可测,中国醒后之陆军一千三百万,中国醒后之实业傲视天下,中国醒后之宗教以国家为至尊,中国醒后之政体实行帝民主义,以土地归国有,而民众公享之,君官公举,数年而易。其政体,大体在民主共和国家范畴。作者为"既醒之中国人"指出了三条报国途径:"或牺牲其身以钻研科学输入智识焉,或牺牲其身以诛杀盗贼炮弹自焚焉,或牺牲其身以尽瘁教育作成人才焉。"篇末译"二十世纪初羃文明最盛德意志之国歌"四章激励国人,豪情万丈地预言:"美哉! 吾测中国之前途,唯有光荣! 吾料中国民之未来,唯有奋进!"其关于二十世纪之中国必醒的预言,激励着爱国青年投身报效国家的革命事业;其关于醒后之中国必霸天下的预言,则是当时盛行的民族帝国主义风潮激荡的结果。

1907 年春,应章太炎邀东渡,加盟《民报》阵营。此期重要政论有《普告汉人》、《悲佃篇》等。《普告汉人》刊发在《民报》临时增刊《天讨》,旨在辩护同盟会首条纲领"驱逐鞑虏"口号的正当性。《悲佃篇》是为维护同盟会"平均地权"纲领而作,破天荒地提出没收地主土地,宣布土地为国民所有,以人口为单位分田的主张,实现"耕者有其田"。这一设想虽未获同盟会领袖人物认可,却堪称阐发"平均地权"思想的最好的政论之一。

1906 年夏到 1908 年秋,是刘师培以宣传无政府主义为主要活动的时期。他在东京与张继主持社会主义讲习会,与何震共同主持《天义报》,发表《无政府主义之平等观》等政论文,并组织翻译马尔克斯(今译马克思)、因格尔斯(今译恩格斯)合著的《共产党宣言》。1908 年春,撰《共产党宣言序》,刊《天义报》。他承认"万国劳民团结,以行阶级斗争"为"不易之说",赞资本学说、阶级学说的重大贡献,显示出新锐的学术眼光。

晚清时期,刘师培有一批革命诗篇借助报章广为流传。革命报刊《江苏》、《国民日日报》、《中国白话报》、《警钟日报》、《国粹学报》、《醒狮》、《复报》等,都辟有诗歌园地;其中,刘光汉耕耘最勤、成绩最著者,是《国粹学报》。

"光汉"时期,刘师培诗歌的主旋律,可用"攘夷"和"光复"来概括;其根本宗旨,在阐扬和渲染"民族主义";锋芒所向,主要在排满反清。民族主义视野下的光汉诗,字里行间充溢着浓郁的种族之情、家国之恨与身世之感。其中,借重构"中国民族志",发掘中国历史上易代之际的汉民族英杰与遗民遗迹题材,尤其是亡国之君的惨痛历史,阐扬"攘夷"之旨和"光复"之志,是其一大取材意向。

洋洋两千言的长古《昆仑吟》,借讲述"中国民族"之历史,达唤起国人种族思想之目的。该作从"皇汉民族血统延,三皇五帝开其先",一路讲到"神州陆沉古人叹","况复欧人谋东渐","瓜分惨祸眉睫间"。刊诸《中国白话报》第八期的《元旦述怀》,截取几个历史片段,表达了同样的宗旨。诗云:

> 周宣平淮蔡,汉武征匈奴。英君迈远略,千古垂雄图。晋宋昧此义,偏安守一隅。五胡迭构祸,辽金相剪屠。神州叹沦沉,封狐生觊觎。爝火不扑灭,燎原终可虞。涓涓忘堤防,日久为江湖。立国首树威,非种当先锄。尚论怀鲁史,我思管夷吾。

以汉民族兴亡史为主线勾勒"中国民族志",阐发"非种"必"锄"、筑牢民族思想"堤防"的"攘夷"理念。《读王船山先生遗书》、《书顾亭林先生墨迹后》、《谒冶山顾亭林先生祠》、《咏晚村先生事》、《明代扬州三贤咏》、《文信国祠》、《咏明末四大儒》、《黄天荡怀古》、《题〈风洞山传奇〉》诸作,均取材历史,阐扬易代之际汉族先贤的民族气节、男儿气概和种族思想。

《癸卯夏纪事》针对"苏报案"而发,显示出学人之诗的含蓄蕴藉。诗云:"苍狗浮云变幻虚,纵横贝锦近何如?日斜秦野瓜空蔓,秋到湘江蕙已锄。蹈海何心思避世,愚民应更笑焚书。鸾凰窜伏神龙隐,搔首江天恨有余。""贝锦"言清廷为"苏报案"罗织的罪名,"瓜空蔓"、"蕙已锄"言革命之损失;"鸾凰窜伏",典出贾谊《吊屈原赋》,谓君子失时,小人横行,世道晦暗,天理不明。旧典新用,表达了对清廷和当道者"贝锦"、"锄蕙"、"焚书"行径的批判与蔑视,亦流露出诗人的儒生本色和"君子"心态。

《咏怀》五章,是刘师培1904年前后真实心态的自我流露,显示出理想与现实之间的巨大心理落差,从中可见这位革命文士的复杂心绪与孤独心境。

> 春兰发华滋,秋菊含媚婉。竞秀各一时,何须惜太晚? 佳人本幽贞,杂佩长委宛。芳馨盈素怀,焉得不缱绻?
>
> 白日无留情,大运有回薄。我生如飘蓬,天地安可托? 揽条玩薜华,容辉相照灼。霜露逼岁寒,朝开暮已落。时事如浮云,倏忽易哀乐。
>
> 丹穴有翔凤,北溟有大鲲。举吭谐六律,一击沧波浑。背翼虽负天,失地不飞翻。取笑鸠与蜩,得失奚足论! 不见奇服士,嚣嚣徒自烦。
>
> 书契易结绳,官事纷以治。六籍厄秦炬,两汉尊经师。道虽归简易,理实明彰施。奈何后生辈,学弗勤深资。断简摭残蠹,摹画工入时。不挽末流失,翻为文雅嗤。
>
> 龙门百尺桐,直上旁无枝。斫之为古琴,饰以轸与丝。杂声筝琵间,俗子无乃嗤? 苟免櫋下苦,谁识梁栋资? 弃置久不用,不如弃路歧。夔旷既不逢,此音知者谁?

春兰秋菊,芳馨佳人,朝开暮落,飘蓬无托;丹穴翔凤,北溟大鲲,一朝坠地,鸠蜩取笑;古奇服士,嚣嚣自烦,陋儒不学,徒工摹画;百尺之桐,斫之为琴,久弃不用,知音难觅。一个孤芳自赏、雅步从容、怀才不遇、壮志难酬的抒情主人公形象跃然纸上。

甲辰岁,年方二十的刘光汉,心态却已步入中年。新秋多暇,寓居沪上,百感并合,仿龚自珍《己亥杂诗》之例,"述生平所历之境,各系以诗",成《甲辰年自述诗》64首,"劳者自歌,非求倾听",分六期刊发于《警钟日报》。这组自述诗,对家世、生平、思想、学术踪迹,进行全面总结和自我存照,篇后多有小注。前四篇云:

> 看镜悲秋鬓渐华,年来万事等抟沙。飞腾无术儒冠误,寂寞青溪处士家。

年华逝水两蹉跎,苍狗浮云变态多。一剑苍茫天外倚,风云壮志肯消磨?

桓子著书工自序,潘生怀旧述家风。廿年一枕黄粱梦,留得诗篇证雪鸿。

零编断简古人重,泪没丹铅似蠹鱼。回忆儿时清境乐,青灯风雨读奇书。

首篇流露出岁月蹉跎的浩叹和壮志难酬的悲愁,给人以强烈的英雄迟暮之感;二篇在悲叹年华易逝、世事多变的同时,又充满英雄气概和豪迈情怀;其三夸耀自己作为仪征刘氏"三代传经"之家第四代传人的学问根底和"少年奇气称才华"的早慧与抱负;其四回忆儿时读书的快乐时光。龚自珍"剑气""箫心"之诗魂,在光汉诗中留下了明显的印迹。

《甲辰年自述诗》中的很多诗篇是述其著述,剖白藉学衡政心迹,流露出以排满反清为旨归的民族主义思想。"静对残编百感生,攘夷光复辨纵横。陆沉隐抱神州痛,不到新亭泪亦零。""前人修史四夷附,别生分类渺无据。非其种者锄而去,后有作者知所取。"言编著《中国民族志》时的心情与用心;攘夷光复,非种必锄,是其著述宗旨。"轩辕治绩绍羲农,帝系分明王气钟。诸夏无君尼父叹,何年重返鼎湖龙?"写其撰著《黄帝纪年论》的缘由与用意。在刘氏看来,"黄帝者,汉族之黄帝也。以之纪年,可以发汉族民族之感觉。"将黄帝塑造为汉族的文明初祖,并以之为纪年,有着否定清廷正朔的用意。"郑樵不作氏族絜,为慨先民谱谍沉。甄别华戎编信史,渊源犹溯顾亭林。"讲其《溯姓篇》、《渎姓篇》、《辨姓篇》严明华戎之辨,以宣扬种族思想的良苦用心。"古人作史重世系,后人作史重传纪。他日书成《光复篇》,我欲斋戒告黄帝。"述其构思《光复篇》时的心境,惜其未成。"大厦将倾一木支,乾坤正气赖扶持。试从故国稽文献,异代精灵傥在兹。""厉王监谤曾何补,秦政焚书亦可哀。掇拾丛残吾有志,遗编犹识劫余灰。"述其著《攘书》十六篇的心迹。"淮海英灵间世出,乡邦文献叹沦微。一从房骑南侵后,城郭人民半是非。"述其著《扬民却房录》的缘由。"攘狄春秋申大义,区别内外三传同。我缵祖业治左氏,贾服遗书待折衷。"讲其撰未成篇的《〈春秋左氏传〉夷狄谊》的动机。上述作品,体现了作者以宣扬民族主义为宗旨的著述心迹。

以近代西方政治制度与学理,印证中国古制和先贤思想之合理与先进,从而达阐扬国粹、增强汉民族文化自信力之目的,是光汉《甲辰年自述诗》的重要题材题旨。"典制备详三礼学,披图犹识古衣冠。胡尘鸿洞风沙暗,何日成仪睹汉官?"以为"古代衣冠之制多与西国之制暗合,曾作《中国并不保存国粹论》"。"王学多从性宗出,澄澈空明世莫如。试向良知窥性善,人权天赋说非虚。"言其尝著《王学发微》一卷,从阳明心学中发掘出"人权天赋"的微言大义。"道教阴阳学派异,彰往察来理不殊。试证西方社会学,胪陈事物信非诬。"以阴阳学派学说比附西方社会学,从中发现彰往察来的社会规律。"一物不知儒者耻,学而不思亦徒已。好学深思知其意,六经注脚师陆子。"好学深思,六经注我,道出其平生治学之法。

光汉《甲辰年自述诗》末几章道:

少年颇慕陶元亮,诗酒闲情亦胜流。壮志未甘终为隐,巢由毕竟逊伊周。

斜阳衰草气萧森,学界风潮四海深。天下兴亡匹夫责,未应党祸虑东林。

闻道西邻又责言,更虞瓜步阵云屯。可怜天堑长江险,到此长鲸肆并吞。

女娲炼石天难补,精卫衔冤海莫填。鸿鹄高飞折羽翼,辍耕陇上又何年?

一从辽海煽妖氛,莽莽东陲起战云。四海旧愁一惆怅,何时重整却胡军?

瀛海壮游吾未遂,有人招我游扶桑。欲往从之复洄溯,天风浪浪海山苍。

四海风尘虏骑喧,遗民避世有桃源。青门瓜事垂垂老,斜日江天独闭门。

壮志未酬,不甘终身为隐士;以天下兴亡、匹夫有责为信条,鼓吹学界风潮,号召有志青年加入革命行列;悲叹列强瓜分,警醒国人麻木的魂灵;关注日俄战争和辽东时局,唤起华夏民族之军国魂……寄托着诗人强烈的济世情怀,打上了鲜明的反帝爱国精神烙印。虽然诗人有过"女娲炼石天难补"的哀怨,有过"精卫衔冤海莫填"的犹豫,有过"鸿鹄高飞折羽翼"的彷徨,有过"辍耕陇上又何年"的隐忧,但眼见"四海风尘虏骑喧",又怎能"斜日江天独闭门"?

光汉《甲辰年自述诗》,不仅是考察刘师培生平著述不可或缺的重要文献,更是考察晚清革命诗潮不可轻忽的重要篇章。

1904 年前后,刘师培依托《警钟日报》、《中国白话报》、《国粹学报》等革命报刊,针对中国长期以来形成的文言为雅、白话为俗的正统观念提出针砭,着力打破雅俗界限,力倡"语言文字合一",躬身写作白话文,成为清末白话文运动中革命派知识分子代表人物之一。甲辰岁,他在《警钟日报》发表《论白话报与中国前途之关系》一文,誉白话报为"文明普及之本",断言"白话报之创兴,乃中国言文合一之渐也"。刘氏进而断言"中国自近代以来,必经俗语入文之一级",此乃"文字之进化之公理"(《论文杂记》)。只是,他在循"天演之例"主张"言文合一"的同时,并不偏废"古代文词";其解决方案,是将"近日文词"分为两派,"一修俗语,以启瀹齐民;一用古文,以保存国学"(《论文杂记》)。刘师培指出的文言与白话各有其用、各取所取、两条腿走路的方针,在晚清新知识界有着广泛的代表性。

刘师培见诸《中国白话报》的 40 余篇白话文,可分为政论文(《论列强在中国的势力》、《论中国沿海的形势》、《军国民的教育》等)、述学文(《学术》、《黄黎洲先生的学说》等)、传记文(《孔子传》等)、游记文(《长江游》、《西江游》)、新体杂文(《论激烈的好处》、《论责任》、《说立志》)等种类,主题围绕

"讲国学"、"讲民族"、"主激烈"三大宗旨,文化思想则指向发扬国粹、采撷西学、排满革命、文化再造与民族复兴。排满革命的宣传家的激烈,思想敏锐的学问家的识见,根柢深厚的文章家的笔力,共同建构了刘师培集思想性、知识性和趣味性于一炉的报章白话文。

第四节　章士钊

　　章士钊(1881—1973),字行严,笔名有黄中黄、烂柯山人、青桐、秋桐、孤桐、无卯等,湖南善化(今属长沙市)人。幼读私塾,1901年赴武昌,寄读于两湖书院,与黄兴同学。1902年考入江南陆师学堂。1903年,受上海南洋公学大罢学的引动,率领与学堂当局发生冲突愤而退学的三十余名学生赴沪,加入爱国学社,深受章太炎的赏识。本年5月,被聘为《苏报》主笔,著文倡言革命。不久,《苏报》被清廷封禁,他又与张继等人创办《国民日日报》。其间根据日人宫崎寅藏《三十三年之梦》编译成小册子《大革命家孙逸仙》,使"孙中山"之名为国人所知。本年冬,协助黄兴在长沙成立"华兴会"。1904年,与杨笃生在上海组织"爱国协会",作为华兴会外围组织,准备响应武装起义。1905年初,因起义事败流亡日本。1908年,赴英留学,入阿伯丁大学修习政治经济学,尤喜逻辑学。辛亥革命后回国,受于右任聘请,任《民立报》主编,后因故辞职,与王无生创办《独立周报》。1913年,参与讨伐袁世凯的"二次革命",失败后再次逃亡日本。1914年,在东京创办《甲寅》月刊,发表系列政论文章,批判专制。新文化运动兴起后,复刊《甲寅》(初为日刊,后改周刊),有意守旧,对白话文持明显反对态度。曾任北洋政府司法总长、教育总长等职,期间反对学生运动,提倡读经。主要著作有《中等国文典》、《甲寅杂志存稿》、《长沙章氏丛稿》、《逻辑指要》、《柳文指要》,另有今人整理之《章士钊诗词集》行世。

　　清末民初,章士钊不以诗名,而以政论为时人所称道,尤其是他宣扬革命、抨击专制与帝政的文章,逻辑谨严而不失情感,在当时享有很高声誉,被称为"逻辑文学"。其中尤以发表于《甲寅》月刊的政论文影响最大,堪称代表,因此又被称为"甲寅文体"。胡适在《五十年来中国之文学》中,将晚清以来"应用的古文"分为四派:严复、林纾的翻译文章,谭嗣同、梁启超的议论文章,章炳麟的述学文章,章士钊的政论文章,统称为"古文范围以内的革新运动",并说"自1905年到1915年,这十年是政论文章的发达时期,这一个时代的代表作家是章士钊"。相比于其他三派文章,章士钊的政论文"有章炳麟的谨严与修饰,而没有他的古僻;条理可比梁启超,而没有他的堆砌。他的文章与严复最接近,但他自己能译西洋政论家法理学家的书,故不须模仿严复。严复还是用古文译书,章士钊就有点倾向'欧化'的古文了",可谓兼备各家之长而无其短。因此,在清末民初的文坛上,章士钊的政论文能够同时得到新旧两派的认可。古文的捍卫者称赞其文理邃密而明晰,且"能用古文之良好工具,以为传播新学术、新思想之用"(胡先骕《评胡适〈五十年来中国之文学〉》),新文学的倡导者亦肯定其"最没有流弊,文法很精密,论理也好"(胡适《中学国文的教授》)。章士钊的政论文集"逻辑文学"的大成,趋于完备的境界,因而被曹聚仁在《文坛五十年》中评价为"古文革新运动中最有成就的文体"。

　　章士钊的政论文在题材与思想上对传统政论文均有突破。清末民初是一个以报刊为中心的文学时代。在社会求新思变与古文求应用的背景下,报刊政论文呈现出蓬勃发展的态势。严复、康有为、谭嗣同、章太炎、梁启超、刘师培等,各占政论文坛一席之地。章士钊的逻辑政论文即是其中至关重要的一环,对于开启民智、推动政治观念进步发挥了不可替代的作用。题材上,章士钊一反传统政论的游说之辞和劝谏之风,将关注重心转移到与国计民生命运攸关的现代民族国家诸问题上。例如,《何谓政党》从政纲特异与实行政纲两个方面,对政党的要素详加探讨;《国体与政体之别》条分缕析,厘清国家与政府的性质及其关联;《学理上之联邦论》旁征博引,阐明"联邦"概念的实质。其他对国会、内阁、统一等概念的辨析,对晚清民初的政治认知而言,均有廓清之力。思想上,章士钊政论文体现出鲜明的民主革命、科学理性、现代独立精神。《箴奴隶》从历史、风俗、教育、学派四个方面剖析国民奴隶根性;《政本》针对"好同恶异"的官场恶习痛下针砭;《帝政驳义》亟论帝制复辟之谬。诸如此类,无不体现出章士钊强烈的现实关怀,且具有正本清源、起衰立懦的思想效应。

严立界说,是章士钊政论文的一个重要特征。章士钊有感于当时"论治者之患,在得一术语,而无正确之界说以拥护之,遂至歧义百出,是非混殽"(《统一联邦两主义之真诠》),下笔为文时首先注意"正名定界"。他认为,在逻辑上首先要确定用语的范围,因为范围不同,同一用语的意义就会不同,不可不察。因此,他的政论文多从讨论具体概念的定义出发,对一些时髦概念如"共和"、"国体"、"政体"等一一辨正,从而纠正时人的误会或误用。例如,民国初年,社会上往往有以放纵为共和的情况,章士钊即在《共和》中指出:"共和者乃政府之一种形式也,国采代议政体、而戴一总统为首领,是谓之共和,无他说也,万不可以作寻常状物之词到处滥用。"又如,《论平民政治》开篇即说:"今讨论平民政治,首当严者,则国体与政体之界说。国体者,就统治权而言之也;政体者,就所以统治者而言之也。"然后才展开论述。钱基博《现代中国文学史》表彰其对"联邦"范畴的厘清之功道:"联邦论者……国内谈士如丁佛言、张东荪辈,词旨可见,而无敢尸其名。截断众流,严立界说,毅然翘联邦论以示天下,自士钊始也。"章氏这种"截断众流,严立界说"的议论方式,符合学术思维的一般规律,因而具有极强的学理性和说服力。

善用归纳与演绎等逻辑方法结构文章,是章士钊政论文的又一重要特征。章士钊大量以"何谓"、"论"、"释"、"说"为标题的政论文,善于抓住所论问题,析解为几个方面,或者从不同角度切入,层层深入,最终自然得出所要阐述的道理,所谓"如剥蕉然,剥至终层,将有见也"(《政本》)。在《何谓政党内阁》中,他结合英国政治家关于政党内阁的定义,从政党内阁"必成于议会议员"、"必控制多数党于议会"、"政策必一致"、"必成于一党"、"当负连带责任"、"当在而亦仅在一首领指挥之下"等六个方面分析其特点,全面而深入。《说强有力之政府》在为强有力政府制定界说之后,考虑到有读者会以此种政府之专制为虑,作者说:"若必舍强有力而言专制,则此种政府之专制,乃议会之专制也。议会之专制,即人民之专制也。今请发一问曰:人民应专制否?吾知人民者统治权之主体也,统治权之主体乃国家也,故人民即国家也。如此三段逻辑不谬,更请发一问曰:国家应专制否?"答案自然是肯定的。归纳与演绎法(尤其是三段论)的运用,在论述的内容上使文章句与句之间衔接紧密、严丝合缝,在结构上则使文章眉目清晰、布局爽朗,具有一种形式的规整感。再结合对比论证等其他逻辑方法,使其政论文几乎无懈可击。

再举其针对梁启超《政治之基础与言论家之指针》而作的驳论文章《政治与社会》中的一段,以观其论辩之风:

作者概括政谭之种类,区之为三,而以三者皆为无用,一曰臧否人物;二曰讨论政策;三曰商榷国制。如斯言也,则人物也,牛之羊之;政策也,东之西之;国制也,驴之马之。皆非吾之所问。吾所问者惟在社会,姑无论社会不能舍政治而独立也,即令两不相妨,吾且下魏阙,入江湖,不知理乱,不闻黜陟,俟社会之事竣,而后转即政治以求改良,则第一条件,在吾欲改良之时,尚有所谓政治,供吾调度,易词言之,吾人整顿社会事业期间,所有可牛可羊之人物,创为非驴非马之国制,行其不东不西之政策,而其国尚可不即于亡也,作者能为此保证否乎?不能为此保证,而辄禁人之臧否焉?讨论焉?商榷焉?则昌黎氏之言曰:"在周之兴,养老乞言,及其已衰,谤者使监,成败之迹,昭哉可观。"于今不值一钱之言论家,诚不难听命惟谨矣,惟作者试举目旷观二十世纪地球之上,果有尺寸之土能容此牛牛羊羊、东东西西、驴驴马马之怪物焉也。今请就作者所举三项,分别论之,所见与作者有同有不同,与当世之言论家亦有同有不同也。

　　追求语言的洁净和表达的恰如其分，是章士钊政论文的另一重要特征。陈子展在其《最近三十年中国文学史》中认为，章士钊"行文主洁，故言期有物，而不支蔓"。章士钊《文论》自述其对"洁"的追求是受柳宗元的影响。欲使语言洁净，则"凡式之未慊于意者，勿著于篇；凡字之未明其用者，勿厕于句。力戒模糊，鞭辟入里。洞然有见于文境意境，是一是二，如观游涧之鱼，一清见底；如审当檐之蛛，丝络分明，庶乎近之"，也就是说要言之有物，而且要明了所选字词的用法。在表达上，他认为凡文章都有一种"逻辑独至之境"，"高之则太仰，低焉则太俯，增之则太多，减之则太少，急焉则太张，缓焉则太弛，能斟酌乎俯仰多少张弛之度，恰如其分以予之者，斯为宇宙至文"。要达到这种境界，可以按照柳宗元所说的"参之《穀梁》以厉其气，参之《孟》《荀》以畅其支，参之《老》《庄》以肆其端，参之《国语》以博其趣，参之《离骚》以致其幽，参之《太史》以著其洁"，如此相互补济、各尽其美，则"凡文章之能事，至此始观止矣"。总的来说，他写文章的心得，就是博采众家之长，融会贯通，从选字用词到句法文气，都要认真对待，使文章达到恰如其分的程度。由于他曾留学西欧，又著有语法书《中等国文典》，深谙语法学，加上所作大多是报刊政论，这就使得章士钊主动选择结构严谨、表意精确的欧式句表达自己的思想，从而形成民初文坛上别具一格的"欧化的古文"。

　　章士钊"欧化的古文"使用的语言虽是文言，但其内在的精神却属现代，而且具有与同时代古文派别明显的差异。这可以从三方面来理解。其一，章士钊推崇柳宗元及桐城派对古文之"洁"的揭示，但他却并不排斥"参议院"、"札斯惕斯"、"易词言之"等新名词、音译词、插入语。其二，章氏政论文"从桐城派出来"，却极大地突破了"古文不宜说理"的限制，写出了桐城派难以企及的长篇文章。其三，他的文章形式，就规整性而言，不时透出八股与骈文的遗风，但其思想内核却力倡自主，对两者实为反对。就思想而言，章士钊的政论文是指向现代的。胡适认为：章士钊"欧化的古文""只在把古文变精密了,变繁复了,使古文能勉强直接译西洋书而不消用原意来重做古文,使古文能曲折达繁复的思想而不必用生吞活剥的外国文法"(《五十年来中国之文学》),显得并不彻底。然而从文学发展史的角度审视,作为古文革新运动的最后一个段落,章士钊逻辑文的出现依然可以称得上是文言政论达到的新高度,足以体现古文革新的成绩和求新求变的时代精神,具有重要的文学史意义。

章士钊以欧西文法为基础,通过定名界说、三段论等逻辑思维行文而形成的政论文章,因其环环相扣、层层递进,文脉贯通、条理清晰,纠补了此前梁启超一派议论文章铺张堆砌、论理不够严谨的缺陷,使报刊政论文由以情动人发展为以理服人。他对文章形式的经营和对西洋句法的运用,因突破性地拓展了古文说理的空间和可能,被曹聚仁《文坛五十年》称为"桐城派谈义法以来最有力量的修正"。章士钊政论文"移用远西词令,隐为控纵"(《文论》),其背后的文法学引起胡适等新文学家的重视和吸收,凝结为《文学改良刍议》"八事"之一"须讲求文法",成为建构现代散文的重要文学资源。章氏政论文因此成为近代文学史上承先启后的文体,而对文法学等知识观念的讲求,则构成其与五四新文学最隐晦却最深刻的关联。此外,章士钊以《论翻译名义》为代表的翻译理论,对近代报刊"通信"栏的创设等实践,均在客观上构成五四文学革命深入开展及新文学建构的推助力量。

第十六章　南社

辛亥革命前后,在南社的大旗下聚集了一大批革命志士,他们以文学为武器,提倡民族气节,积极从事反清民主革命斗争,为夺取辛亥革命的胜利和推翻袁世凯的黑暗统治,做了重要的舆论准备。

第一节　南社的成立与发展

南社是中国近代人数最多、活动时间最长、影响最大、成就最高的一个以诗歌创作为主体的资产阶级革命文学团体。1907 年开始酝酿筹备,1909 年 11 月 13 日在苏州虎丘山塘街明末抗清义士张国维祠正式成立。南社与同盟会的关系非常密切。它的三位发起人和主要组织者陈去病、高旭和柳亚子当时皆为同盟会员。苏州虎丘的第一次雅集,出席者十七人之中,就有十四人是同盟会员。辛亥革命前,会员仅有二百多人;辛亥革命后,南社飙发云起,声望剧增,队伍迅速壮大,会员发展到一千一百八十多人,大多数是民主革命派或同情革命的知识分子。故南社在当时有"同盟会宣传部"之称。

南社虽然是一个文学团体,但它的命名却含有鲜明的政治色彩。陈去病在《南社长沙雅集纪事》中说:"南者,对北而言,寓不向满清之意。"高旭则说:"当胡虏猖獗时,不佞与友人柳亚庐、陈去病于同盟会后,更倡设南社,固以文字革命为职志,而意实不在文字间也。陈、柳二子深知乎往时人士入同盟会者,思想有余而学问不足,故借南社以为沟通之具,殆不得已之苦思欤。"(《无尽庵遗集序》)另一位南社重要成员宁调元也说:"钟仪操南音,不忘本也。"(《南社诗序》)柳亚子更加明白地说:"旧南社成立在中华民国纪元前三年,它底宗旨是反抗满清,它底名字叫南社,就是反对北庭的标志了。"(《新南社成立布告》)

南社奉行的宗旨是"研究文学,提倡气节",即以文学为武器,以民族主义相号召,提倡革命气节,致力于民族独立和民主共和,推翻清王朝的封建专制统治。事实上,以文学创作反抗清政府的专制统治,鼓吹民主革命,亦成为南社的政治目标和文学主题。

南社从它的酝酿、成立到发展、兴盛以及分化、解体,大致经历了三个阶段。

一是酝酿和成立阶段。1903年"拒俄运动"后,民族民主革命思潮日益高涨,大批青年志士投身革命行列,或由改良主义阵营转向民主革命阵营,积极从事文化宣传工作,如高旭于1903年在松江创办《觉民》,陈去病与汪笑侬等人于1904年在上海创办《二十世纪大舞台》,还编辑《警钟日报》。1905年同盟会成立后,革命思想广为传播,影响日益扩大,一批革命刊物也陆续在国内外创办,如1905年创办的《民报》、《醒狮》、《国粹学报》,1906年创办的《复报》、《汉帜》,1907年创办的《河南》、《四川》,1908年创办的《云南》、《夏声》等,不仅刊登诗文、小说,宣传反清思想,鼓吹民主革命;而且联络了一批志同道合的文化人士,为建立南社奠定了基础。1907年8月,陈去病和刘三、吴梅等十一人在上海愚园集会,发起成立神交社,成为南社的前身。柳亚子和高旭因此时身在乡下,未能参加愚园集会,但都表示支持,均有诗文纪述此事。1908年1月,陈去病、高旭和柳亚子邀集同仁在上海正式商定成立南社事宜。1909年11月13日,陈去病、柳亚子等十七人在苏州虎丘举行第一次雅集,标志着南社的正式成立。当时尚无社长或主任的名目,会议决定出版《南社丛刻》,并推选陈去病为文选编辑员,高旭为诗选编辑员,庞树柏为词选编辑员,柳亚子为书记员,朱少屏为会计员。他们实际上就是南社的领导成员。

二是发展与兴盛阶段。自 1909 年成立至 1914 年,是南社的发展与兴盛阶段,也是南社历史上最辉煌的时期。这个时期,社员发展到一千一百八十多人,遍布全国十六个省市,当时活跃于思想界、文化界、教育界、科技界、新闻界的著名爱国志士和社会名流,大都加入过南社。它以上海为活动中心,并在绍兴、沈阳、南京和广州设立了越社、辽社、淮南社和广南社等分社;还在杭州和北京设有南社通讯处和事务所。南社的不少社员成为民国初年中央和地方政府的骨干力量,也有不少社员成为武装战线和文化宣传战线上的中坚,还有不少社员为推翻清王朝的专制统治和反对袁世凯的专制独裁,献出了宝贵的生命。他们的高尚气节、高贵品质和不朽业绩,在南社历史上留下了光辉的一页。自 1914 年 10 月正式开始,南社改变原来的领导体制,推选柳亚子为主任。

三是分化与解体阶段。1915—1923 年间,一部分南社骨干在反袁斗争中捐躯,这既使南社失去了骨干力量,又使南社的革命色彩大大减弱。一部分社员面对黑暗的现实社会,猖獗的封建势力,看不到出路,思想日趋消沉:或狂歌痛饮,借酒浇愁;或退隐林下,埋首书斋;或削发为僧,遁入空门;亦有人变节求荣,成为御用文人。同时,南社内部也因"唐宋之争"而导致分裂。1917 年,姚锡钧、胡先骕和朱玺等人极力吹捧同光体诗人陈三立和郑孝胥的诗,遭到柳亚子、吴虞等人的激烈批评。而朱玺则对柳亚子进行人身攻击,柳亚子遂以南社主任的名义宣布驱逐朱玺和支持朱玺的成舍我出社。随后,成舍我联络蔡守等人在广州成立"南社临时通讯处",号召社员打倒柳亚子。同年 8、9 月间,先后有二百多名社员在《民国日报》发表启事,声明支持柳亚子。10 月,南社进行改选,柳亚子仍以多数票当选为南社主任。这次纷争,虽以柳亚子的胜利而告终,但也使柳亚子对南社感到失望而心灰意冷,曾多次提出辞职。南社自此亦每况愈下，逐渐衰落。1923年10月，北京国会选举总统，曹锟以每张选票五千大洋的价格收买议员，高旭、景定成、马小进、陈家鼎、叶夏声等十九名具有国会议员身份的南社社员受贿投票，被称为"猪仔议员"。此事件遭到全国舆论的谴责和唾弃，也敲响了南社的丧钟。10月29日，陈去病、柳亚子、叶楚伧、邵力子、姚光等十三人发表《旧南社社友启事》，宣布不承认高旭等人的社友资格。至此，南社走完了它的历史道路。

南社成员在文学思想上并不完全一致。大体说来，在南社的早期，社员们大都重视文学的社会作用，认为文学应该成为"鼓吹新学思潮，标榜爱国主义"的号角（《马君武诗稿自序》），应当成为"唤醒国民精神之绝妙机器"（《漱铁和尚遗诗自序》），赞成"一洗前代结社之积弊，以作海内文学之导师"的主张（高旭《南社启》），呼吁"诗坛请自今日起，大建革命军之旗"（宁调元《文渠既为余次定〈朗吟诗卷〉，复惠题词，奉酬五章，即题〈纫秋兰集〉》），要求通过文学召唤"国魂"，强调文学乃"国魂之所寄"，且"入人为至深，感人为至切"，以文学为武器，"挽狂澜之既倒，扶大厦之将倾"（姚光《淮南社·序》），唤醒沉睡的民众，激发其爱国精神，为反对清政府的专制统治，拯救民族危亡服务。

在宗唐还是宗宋的问题上，南社内部意见很不一致，曾展开过激烈的争论。柳亚子和陈去病等人崇尚"唐音"，推重辛弃疾和明末陈子龙、夏完淳、顾炎武等人的作品，而排斥桐城派、常州词派和同光体以及其他一些守旧流派。柳亚子曾明确指出："余与同人倡南社，思振唐音以斥伧楚，而尤重布衣之诗，以为不事王侯，高尚其志，非肉食者所敢望。"（《胡寄尘诗序》）认为他们的作品"古色斓斑真意少"（《论诗六绝句》）。后来他又强调，民国应有民国之诗，再也不能让亡国士大夫来做诗坛的领袖，排斥同光体就是要为"民国骚坛树先声"（《磨剑室拉杂话》）。而姚锡钧、胡先骕、闻宥、朱玺等人则极力推崇宋诗，并公开吹捧同光体诗人，称赞郑孝胥的诗"清神独往，一扫凡秽，零金片玉，诚可珍也"（闻宥《㤵簃诗话》）。同光体的代表诗人大都拥护清政府,反对民主革命,辛亥革命后又都以遗老自居。因此,宗唐与宗宋之争,不仅是文学批评标准和审美情趣的不同,而且是两派诗人在政治立场上的对立。柳亚子后来曾在《介绍一位现代的女诗人》中总结说:“从晚清末年到现在,四五十年间的旧诗坛,是比较保守的同光体诗人和比较进步的南社派诗人争霸的时代。”

在文学上是改革还是保守,南社内部亦存在明显的分歧。周实认为,在民族危亡之际,为了发挥诗歌的艺术力量,必须为“变风变雅之音”,“尤贵因时”(《无尽庵诗话序》),强调诗歌应随时代变化而变化。马君武则在《寄南社同人》一诗中宣称:“唐宋元明都不管,自成模范铸诗材。须从旧锦翻新样,勿以今魂脱古胎。”苏曼殊亦主张以但丁和拜伦为师。高旭则在《学术沿革之概论》中明确主张“无今无古,无人无我,纵横六合,惟所创造”。他们都鄙弃传统,主张学习西方文学,强调创造性,对中国传统文学进行革新。也有人极力推崇中国古代文学,主张固守国粹,而鄙视西方文学。他们认为,虽然中国的科学不如西方,但中国文学却远胜西方,拜伦和莎士比亚远远比不上中国的李白、杜甫,因此不应“尽弃其国学而学于人”(冯平《梦罗浮馆词集序》)。高旭晚年亦认为:“新意境、新理想、新感情的诗词,终不若守国粹的用陈旧语句为愈有味也”,因此“诗文贵乎复古,此固不刊之论也”(《愿无尽庐诗话》)。

南社是一个庞大而复杂的文学社团,其文学创作各种体裁都有,而以诗歌为主。以辛亥革命为界,较明显地分为前后两个时期。前期诗歌主题多为抨击清朝专制统治,激励爱国热情,呼唤民主,歌唱自由平等。用高旭的话说就是“鼓吹人权,排斥专制,唤起人民独立思想,增进人民种族观念”(《愿无尽庐诗话》),号召人们为祖国的独立富强而奋斗。其风格悲壮豪放。后期则由于革命的曲折性、复杂性和资产阶级自身的软弱性,诗歌转变为对辛亥革命不彻底的反思,抒写理想破灭后的苦闷悲伤,谴责袁世凯倒行逆施、复辟帝制的丑剧,或发泄遭受挫折后颓丧伤感的情绪,风格郁愤低沉。

第二节　南社三杰

柳亚子、陈去病、高旭是南社的发起人和领导人；在南社成员中，他们的创作成就也最高，被后人誉之为"南社三杰"。

柳亚子（1887—1958），原名慰高，字安如；后更名人权，号亚卢；再更名弃疾，字亚子，别号稼轩、南明遗民。江苏吴江人。清末秀才。少即喜爱诗歌，崇拜龚自珍和梁启超，涉猎西学甚广，对卢梭、斯宾塞、孟德斯鸠、华盛顿、拿破仑等人的天赋人权、民约学说非常赞同和仰慕，以"亚洲的卢梭"自命。1903年至上海入爱国学社读书，结识蔡元培、章太炎和邹容等，加入革命团体"中国教育会"。1905年创办《自治报》，后改名《复报》，取光复中华意。1906年任教于健行公学，加入同盟会和光复会，并负责主编《复报》，成为"双料的革命党"（《南社纪略》）。在《江苏》、《苏报》、《复报》等刊物上发表大量革命檄文和诗歌，宣传民族主义，传播革命思想，鼓吹民主革命，具有深厚的民族意识和爱国思想，在文学界和革命派内部赢得了很高的声誉，是南社公认的领袖和"灵魂"。

南京临时政府成立，柳亚子任总统府秘书。不久托病至上海，任《天铎报》、《民声日报》、《太平洋日报》主笔，著文反对向袁世凯妥协，不赞成南北议和。1913年开始致力新剧运动，编辑出版《春航集》和《子美集》。1923年在家乡主编《新黎里》杂志。同年10月，与邵力子、陈望道等八人在上海发起成立新南社，提倡社会革命和新文学。1924年加入改组后的中国国民党，拥护孙中山"联俄、联共、扶助农工"的三大政策。1925年任江苏省党部执行委员会常务委员兼宣传部长。蒋介石叛变革命，遭通缉，亡命日本。次年归国，从事反蒋活动。抗日战争时期，与宋庆龄、何香凝等从事抗日民主运动，被国民党开除党籍。抗战胜利后，继续从事民主革命活动，在香港加入中国国民党革命委员会,并被推选为中央常务委员兼监察委员会主席。新中国成立后,历任中央人民政府委员、全国人大常委会委员等职。1958 年病逝,著有《磨剑室诗集》《词集》《文集》《南社纪略》等,大都收入 1983 年上海人民出版社出版的《柳亚子文集》。

柳亚子是一位激进的民主革命家和杰出的文学家。他感情丰富,才华横溢,年轻时就誉满文坛。他一生创作了大量优秀的诗、词、文作品,而文学创作的主体是诗词。据说他创作的诗词有上万首,而《磨剑室诗集》仅辑录诗五千余首,词一百五十余阕。其中属于近代部分的诗七百余首,词七十余阕。

柳亚子的诗,以辛亥革命为界,分前后两个时期。辛亥革命前的诗作,以政治抒情诗和怀人、悼亡诗最有特色。柳亚子是一个以诗歌为武器的政治诗人,因此,其政治抒情诗能紧密配合民族民主革命运动,具有鲜明的思想内涵和现实性,洋溢着强烈的爱国主义激情;又善于将卓越的识见和丰富的感情有机结合起来,视野开阔,风发泉涌,别具一格,给人耳目一新之感。这类诗或揭露清王朝的黑暗腐败,抨击专制制度,如 1903 年所写的五古长诗《放歌》,批判封建制度,反对帝国主义侵略,描绘祖国面临的巨大危险,慷慨陈词,忧愤溢于言表:"上言专制酷,罗网重重强。人权既蹂躏,天演终沦亡。众生尚酣睡,民气苦不扬。豺狼方当道,燕雀犹处堂。天骄阗然入,踞我卧榻旁。瓜分与豆剖,横议声洋洋。世界大风潮,鬼泣神亦瞠。盘涡日以急,欲渡河无梁。沉沉四百州,尸冢遥相望。他人殖民地,何处为故乡?"或提倡民族气节,歌颂爱国志士的英雄业绩,弘扬民族主义和爱国主义。他在《题〈张苍水集〉》中写道:"北望中原涕泪多,胡尘惨淡汉山河。盲风晦雨凄其夜,起读先生正气歌。"以无限崇敬的心情赞扬了张煌言为挽救民族危亡,坚持抗清斗争的光辉业绩。《题〈夏内史集〉》云:"悲歌慷慨千秋血,文采风流一世宗。我亦年华垂二九,头颅如许负英雄。"热情赞颂民族英雄夏完淳,并为自己未能干出一番事业而感叹不已。至于《西湖岳王冢》明颂岳飞、暗赞秋瑾,也是这方面的佳作。或痛斥封建伦理纲常和旧礼教对妇女的束缚与迫害,主张男女平等,倡导妇女解放。如《〈神州女报〉题词》写道:"腐儒偏喜谈家政,贤母良妻论可嗤。是好儿女能独立,何须雌伏让须眉。"诗人热情歌颂中西方女中豪杰,号召中国妇女向她们学习,积极投身妇女解放运动:"鲛绡泪渍三千斛,染出同胞独立旗。"(《题犹太爱国女伶罗情传》)"一例须眉雌伏久,热心尚有女卢梭。"(《闻冯遂方女士演说赋赠》)"献身应作苏菲亚,夺取民权与自由。"(《读山阴何孟厂得韩平卿女士为义女诗,和其原韵》)这些诗都渗透着西方近代启蒙思想,时代气息浓郁。

也有一些诗表现了诗人对革命斗争的热烈向往和对未来的美好憧憬。如《岁暮述怀》写道:"思想界中初革命,欲凭文字播风潮。共和民政标新谛,专制君威扫旧骄。误国千年仇吕政,传薪一脉拜卢骚。寒宵欲睡不成睡,起看吴儿百炼刀。"而在《元旦感怀》中也说:"理想飞腾新世界,年华孤负好头颅。椒花柏酒无情绪,自唱巴黎革命歌。"表达了一个青年革命党人向往民主共和、渴望投入火热革命斗争的情怀。《题〈太平天国战史〉》云:"旗翻光复照神州,虎踞龙蟠拥石头。但使江东王气在,共和民政自千秋。"热情歌颂太平天国的英雄业绩,勉励人民继承太平天国的事业,早日推翻封建帝制,实现资产阶级共和政体,充满革命激情。

柳亚子的政治抒情诗,主题鲜明,内容充实,感情真挚充沛,形象生动,取得了很高的艺术成就。

柳亚子前期另一类有特色的诗是怀人、悼亡诗。这类诗多借怀念、寄赠友人或凭吊革命烈士,从而抒发革命理想,激励人们的斗志,情深意切,感人至深。这类诗很多,著名的有《有怀章太炎、邹威丹两先生狱中》、《怀人诗十章》、《哭威丹烈士》、《吊刘烈士炳生》、《吊鉴湖秋女士》、《哭周实丹烈士》等。他在《有怀章太炎、邹威丹两先生狱中》写道:"祖国沉沦三百载,忍看民族日仳离。悲歌咤叱风云气,此是中原玛志尼。泣麟悲凤伴狂客,搏虎屠龙革命军。大好头颅抛不得,神州残局岂忘君?"此诗写于1903年发生的"苏报案"期间。诗人以鲜明的态度,精练的语言,刻画了两位革命家的不同性格,高度赞扬了他们热爱祖国的崇高精神和英雄气概。《吊鉴湖秋女士》四首写得尤其出色,其四云:"漫说天飞六月霜,珠沉玉碎不须伤。已拼侠骨成孤注,赢得英名震万方。碧血摧残酬祖国,怒潮呜咽怨钱塘。于祠岳庙中间路,留取荒坟葬女郎。"诗人沉痛悼念秋瑾的牺牲,激励后人继承烈士遗志,完成烈士未竟之业,情感丰富,慷慨悲壮。

辛亥革命后,袁世凯篡夺了革命的胜利果实,窃取了大总统职位,大批革命者也死于袁世凯的屠刀之下。柳亚子后期的诗歌转为以批判这次革命的不彻底为主,写下了大量总结辛亥革命经验教训的诗歌。如《哭宋遁初烈士》云:"忽复吞声哭,苍凉到九原。斯人如此死,吾党复何言!危论天应忌,神奸世所尊。来岑今已矣,努力殄公孙。"宋教仁是资产阶级民主革命的著名领袖,因反对袁世凯专权,1913年3月被暗杀于上海车站。消息传来,柳亚子无比震惊,立即写了这首诗,揭露袁世凯的反革命罪行,表达了他悲愤的心情和与袁氏斗争到底的决心。而当袁世凯急急忙忙脱下民国大总统的伪装,穿上龙袍,登上皇帝宝座后,柳亚子马上又写了一首《孤愤》:"孤愤真防决地维,忍抬醒眼看群尸。美新已见扬雄颂,劝进还传阮籍词。岂有沐猴能作帝,居然腐鼠亦乘时。肖米忽作亡秦梦,北伐声中起誓师。"诗中对窃国大盗袁世凯的倒行逆施和群丑们的助纣为虐表示了极大的愤慨,给予了无情的鞭挞,并对反袁斗争充满信心。另外,《哭杨笃生烈士》、《哭周实丹烈士》、《闻王季高、姚勇忱遇害有作》、《哭伯先》等诗作,都以无比悲愤的笔调,抨击袁世凯复辟倒退、杀害革命志士的行为,对辛亥革命进行了深刻反思。

柳亚子还以诗歌为武器,同封建的遗老遗少进行了坚决斗争。其《论诗六绝句》云:"少闻曲笔湘军志,老负虚名太史公。古色斓斑真意少,吾先无取是王翁。""郑陈枯寂无生趣,樊易淫哇乱正声。一笑嗣宗广武语,而今竖子尽成名。"诗人针对辛亥革命后文坛上旧派文人的嚣张气焰,分别给予王闿运、郑孝胥、陈三立、陈衍、樊增祥、易顺鼎等大人物以有力抨击,斥责他们是"一二罢官废吏,身见放逐,利禄之怀,耿耿勿忘。既不得逞,则涂饰章句,附庸风雅,造为艰深,以文浅陋"(《胡寄尘诗序》),从而提高了革命文学的声誉。

在诗歌风格上,柳亚子也进行过有益的探索。1905 年以前,因受梁启超"诗界革命"的影响,他常常将卢梭、斯宾塞、英吉利、意大利、民权、自由等新名词、新思想、新学说写入诗中,希望能以旧格律的形式而创造出新的意境来,带有较强的新派诗的味道。1906 年以后,他广泛涉猎诸家诗作,喜欢李白、李商隐、杜牧、元好问等人的诗,尤其喜欢夏完淳、顾亭林和龚自珍的诗,诗风较早期有一些变化,格律更加谨严,艺术更加成熟。他的诗,雄奇瑰丽,慷慨激昂,意境恢宏,气象万千,具有刚健悲壮、高亢雄放的艺术风格,充满着浓郁的浪漫主义色彩。

柳亚子是一位随着时代不断前进的革命诗人,一生创作了大量的诗歌,而以七言律诗和绝句见长。高旭曾说:"翩翩亚子第一流,七律直与三唐侔。"(《诗中八贤歌》)他的诗,不仅具有丰富的历史内容,深刻的思想内涵,而且具有独特的审美价值和艺术风格。茅盾称柳亚子的诗词"反映了前清末年直到新中国成立后这一长时期的历史——从旧民主主义革命到社会主义革命的历史",誉其为"史诗"(《在第四次文代会上的讲话》)。

柳亚子的散文在当时也颇负盛誉。陈去病曾在《高柳两君子传》中说过:"高以诗词鸣,柳则以文。"而陶曾佑更将柳文与梁启超、刘师培、章太炎并列,指出他们"均为一般文士所崇拜"(《中国文学之概观》)。柳亚子的散文内容丰富,有抨击清政府、宣扬民族主义的,如《郑成功传》、《中国灭亡小史》、《民权主义! 民族主义!》等;有批判改良派和伪立宪的,如《中国立宪问题》、《考察政治者还国矣》、《庆贺立宪之丑态》、《代政闻社社员绝梁启超书》等;有记述革命烈士事迹,激励后人的,如《吴江志士陶亚魂小传》、《呜呼禹之谟》、《周烈士实丹传》、《宁烈士太一传》、《鉴湖女侠秋君墓碑》等;也有张扬女权、鼓励妇女革命的,如《中国第一女豪杰、女军人花木兰传》、《中国民族主义女军人梁红玉传》、《哀女界》等;此外,还写过一些表达其文学见解的文章,如《〈二十世纪大舞台〉发刊词》、《胡寄尘诗序》等。而且眼光敏锐,见解独到,观点新颖、大胆,感情真挚、充沛,纵横议论,气势磅礴,又情理交融,充分展示了一个热血沸腾、朝气蓬勃的青年革命志士为抨击封建伦理道德、推翻清王朝统治而奔走呼号的鲜明个性。

柳亚子的散文主要是文言文,且多为政论文字,但在风格上却不受任何清规戒律的束缚,能够做到骈散相间,浅近畅达,使人读之有很强的节奏感,富有音韵之美,为近代散文的发展做出了积极贡献。

陈去病(1874—1933),原名庆林,一作庆麟,字佩忍;后改名去病,字巢南;又字伯儒,别字病倩,号垂虹亭长。笔名有季子、天放、大哀、醒狮、南史氏等。江苏吴江人。出身富商之家,幼年丧父,由母亲教读;少时天资聪颖,勤奋好学,心怀大志,且任侠豪爽,是清末秀才。甲午战败后,救亡图存的呼声日益高涨,与同乡金松岑等组织雪耻学会,投身变法维新活动。1903年赴日留学,思想发生重大变化,加入中国教育会和拒俄义勇队。不久归国,一边从事教育工作,一边进行民主革命活动。1904年在上海任《警钟日报》主笔,又创办《二十世纪大舞台》杂志,提倡戏剧改良;曾编辑《陆沉丛书》,宣传排满革命。1906年加入同盟会,先后组织过黄社、神交社、匡社、秋社、南社等革命团体。辛亥革命后创办《大汉报》。1913年,参加讨袁的"二次革命"。1917年又参加"护法运动"。1922年孙中山在韶关誓师北伐,他前往担任大本营前敌宣传主任。晚年潜心教育,曾任南京东南大学、上海持志大学教授和江苏革命博物馆馆长等职。1933年病逝。著有《浩歌堂诗钞》、《浩歌堂诗续钞》、《诗学纲要》、《辞赋学纲要》、《明遗民录》、《五石脂》等,今人整理出版有《陈去病全集》。

陈去病是清末民初著名的民主革命家,一生奔走大江南北,结社交友,办学办报,宣传民主革命思想,毫不懈怠。他又是一位杰出诗人,自1892年开始作诗,几十年中集有三千余首,汇编成《浩歌堂诗钞》十卷。其中每一卷皆各有题名,都是某一特定历史时期的社会现实和作者思想的反映。

批判清朝封建统治、宣传反清革命思想是陈去病诗歌的一个重要主题。他的《访安如(柳亚子)》诗说:"梨花村里叩重门,握手相看泪满痕。故国崎岖多碧血,美人幽咽碎芳魂。茫茫宙合将安适,耿耿心期只尔论。此去壮图如可展,一鞭晴旭返中原。"此诗写于1908年,时诗人避暑西湖,值秋瑾遇害周年忌辰,拟邀集友人祭奠,遭到清政府迫害,于是逃往汕头。这首诗就是行前辞别柳亚子所写。诗中谴责了清政府迫害革命志士的罪行,并对革命的前途充满信心。他在《焦山中流遇急湍》中亦写道:"鳌柱独擎天,沧江涌一拳。奔流多激荡,于此一回旋。谡谡疑松籁,淙淙响石泉。投鞭非易事,应与涤腥膻。"焦山位于江苏镇江市东北的长江之中,与南岸的象山对峙,形势极其险要,自古就是战略要地。1905年春,诗人至镇江承志中学任教,往游焦山,即景抒怀。诗人以焦山的中流急湍比喻革命力量的兴起,显示了革命者的本色,表达了诗人推翻清王朝的决心。

揭露帝国主义列强的侵华阴谋,反对外来侵略,是陈去病诗歌的又一重要主题。其《自厦门泛海登鼓浪屿有感》云:"西风落日晚天晴,列岛遥看战一枰。番舶正连鹅鹳阵,怒涛如振鼓鼙声。凭高独揽沧溟远,斫地谁为楚汉争?海水自深山自壮,不堪重忆郑延平!"1908年,诗人由汕头至厦门,泛海登鼓浪屿,隔海看到日本帝国主义陈兵台湾、窥视大陆的情景,不禁怀念起明末清初抗击外寇、收复台湾的民族英雄郑成功,巧妙地表达了诗人的反帝爱国思想。《为诸生讲史》亦写道:"而今休痛无家国,不见稽山励胆薪。匹妇匹夫咸与责,楚虽三户可亡秦!"诗中选取一二件史事,针对清末帝国主义列强的侵华现实,表明了诗人为国复仇的决心。整首诗写得慷慨激昂,充满必胜的信心。

推崇和表彰宋末、明末爱国志士的骨气与气节,悼念为民主革命献身的烈士,宣扬民族主义,激励人民的爱国热情,也是陈去病诗歌的一个重要主题。其《辑〈陆沉丛书初集〉竟题首》云:"胡马嘶风蹀躞来,江花江草尽堪哀。寒潮欲上凄还咽,残月孤明冷似灰。誓死肯从穷发国,舍身齐上断头台。如今挥泪搜遗迹,野史零星土一抔。"《陆沉丛书》主要收录《扬州十日记》、《嘉定屠城记》等反清论著。诗人编辑此丛书,其用意在激起人们的反清情绪。他的《十一月七日为瞿、张二公殉节桂林之辰慨然有作》则盛赞明末志士瞿式耜和总督张同敞联合抗清、坚贞不屈、从容就义的高尚品质和民族气节:"师弟百年留气节,乾坤今古振纲常。当时雷电昭天变,此日英灵炳帝乡。"至于《稼园哭威丹》、《哭遁初》、《哀陈勒生》等悼亡诗,皆谴责清政府和袁世凯,赞扬烈士的革命精神,激励人民继承烈士未竟事业,革命到底。

陈去病论诗与柳亚子同调,推崇"唐音"。他早期的诗受严酷现实的影响,格调悲凉伤感;后期的诗则随着革命运动的不断高涨而日趋乐观开朗,格调高亢激昂。虽然陈诗有少数篇章调子较低沉,但总的说来,以悲壮苍凉、豪放激昂为主,读其诗常常给人一种情真意切、质朴平实的感觉,可见其锤炼之功。

此外,值得一提的还有陈去病的戏剧活动和散文创作。陈去病非常重视戏剧的教育作用,曾与柳亚子、汪笑侬等人在上海创办了我国第一份专业戏剧杂志——《二十世纪大舞台》,并撰写和发表了《论戏剧之有益》等文章,对卑视演员的世俗之见予以批判,阐明了戏剧是"感发民情"、振奋士气、向广大群众普及革命思想、改造社会的有力工具,号召革命党人与梨园艺人结合,积极投身戏剧活动,编演时事新剧,以教育人民。他还写了《告女优》、《南唐伶工杨花飞别传》、《日本大运动家名优宫崎寅藏传》等文章,介绍中外名伶,提高演员的社会地位,号召上海女伶以外国女伶为榜样,视爱国为生命,争演新剧,激励国人。

陈去病的散文在当时亦颇有名。他为文反对门户之见,不受桐城义法束缚,重视文章的思想内容,以记事说理为主,以精详透辟见长。其文主要有两类:一类为报刊政论文字,以《革命其可免乎》、《论中国不与俄战之危险》等文为代表,条分缕析,号召革命,富有鼓动性。一类则为传记文,如《鉴湖女侠秋瑾传》、《高柳两君子传》、《垂虹亭长传》、《明遗民录》等,资料丰富,重视人物性格的刻画,都是这方面的佳作。

高旭(1877—1925),名堪,字天梅,号剑公,又号钝剑,别署慧云、慧子、哀蝉、自由斋主人等。江苏金山(今属上海)人。幼年丧母,由父亲抚养成人。少时聪慧颖悟,博览群集,以能诗名乡里。早年忧虑国事,赞成维新变法,作《咏史诗》百篇以抒怀;后逐渐转向民族民主革命。1903年在松江创办《觉民》杂志,1904年赴日留学,入东京法政大学速成科。次年加入同盟会,任江苏分会会长；又创办《醒狮》杂志。1906 年回国，在上海创办健行公学并附设"夏寓"，成为上海革命党人活动的机关总部，曾伪造石达开遗诗二十余首刊刻印行，产生了很大的社会影响。1909 年与陈去病、柳亚子共创南社，被推选为庶务员和《南社丛刻》诗选编辑员。辛亥革命后，任金山军政分府司法长。1913 年被选为众议院参议员。1917 年孙中山在广州"护法"，他曾两度南下参加非常国会。此后移居北京，常与同光体和其他旧派诗人往来，诗酒唱和，追求安定的局面，思想逐渐转向消沉。1923 年曹锟贿选总统，他被列名"猪仔议员"，受到南社社员和各界人士的谴责，其南社社友资格也被取消。遂杜门不出，不问世事，以诗酒度日，于 1925 年悒郁而终。所写诗词编为《天梅遗集》十六卷、《浮海词》，另有《愿无尽庐诗话》等。今人整理出版有《高旭集》。

在南社的三位创始人中，高旭是最复杂的一个，无论政治思想、文艺思想，还是诗歌创作方面，都充满了矛盾。高旭早年因系统深入地学习过中西政治思想史，又对西方的先进思想和中国传统的儒家、墨家、佛家思想进行过深入的比较研究，故对民族民主革命的领会，对当时国内外形势的认识，要比南社一般社员清醒、深刻和新颖得多，成为激进的革命志士。但晚年意志消沉，革命斗志衰退。在对待传统文化的问题上，前期因受到西方民主主义文化的影响，反对"专讲保存国学的倾向"，认为"国因时势而迁移，则学亦宜从时势而改变"，主张"拾其精英，弃其糟粕"（《学术沿革之概论》）；又强调创造性，反对偶像崇拜，主张"无今无古，无人无我，纵横六合，惟所创造"（同前）。但到晚年又怀疑、动摇，笼统地倡导"保存国学"。这些矛盾反映在创作思想上就是，一方面反对"伪韩伪杜"（《自题诗魂》）、模拟剽窃，强调"世界日新，文界、诗界当造出一新天地"；另一方面，他又认为："新意境、新理想、新感情的诗词，终不若守国粹的用陈旧语句为愈有味也。"（《愿无尽庐诗话》）他曾激烈地反对同光体和其他旧派诗人，主张以文学鼓吹革命；但晚年却又与同光体等旧派诗人诗酒酬唱，还学作同光体诗，极力吹捧易顺鼎等人，表达倾慕之情。前进与倒退、进步与落后、斗士与政客鲜明地统一在高旭身上。

　　高旭是一位有才华的诗人。虽然他的才华未得到发展而半途夭折,但仍然取得了较大的成就。他一生写过很多诗文,但生前未能结集刊行,直到1934年才由他的从弟高基将其1898—1919年间的诗词作品收集整理成一部《天梅遗集》刊行,录入诗作一千零七十七首,词作一百六十首,大体呈现了高旭诗词创作的基本面貌。

　　歌颂、赞扬民主革命,表达献身祖国的豪情,是高旭前期诗歌的一个重要内容。辛亥革命前,高旭是一个生气勃勃的革命斗士,所写诗歌慷慨激昂,神采风发,充满一种勇往直前、不惜为革命献身的英雄主义气概。《寄蒋观云》、《军国民歌》、《盼捷》、《登金山卫城怀古》均系这方面的代表作。《寄蒋观云》道:"乾坤浩气期撑住,沧海横流誓挽牢。"《军国民歌》云:"胸中斗血热,十万凉风吹。马革不裹尸,枉自称健儿。"《盼捷》谓:"龙蟠虎踞闹英雄,似听登台唱大风。炸弹光中觅天国,头颅飞舞血流红。"《登金山卫城怀古》言:"大事毕矣吃一刀,滚滚头颅好男子。"诗中不仅洋溢着高昂的革命豪情,而且对革命前途充满美好的憧憬和向往。

　　对祖国前途和民族命运的深切忧虑,对帝国主义侵略的强烈谴责,是高旭前期诗歌的又一重要内容。还在1900年沙俄侵占我国东北时,他就在《新杂谣·华斗华》中写道:"咄咄一俄,足覆我国;何况数俄,强食弱肉。……为国前途,放声一哭。"对祖国面临的危难忧心如焚。留学日本时,他学习西方政法,更清醒地认识到:"古人仿周官,用以覆邦国。今人贩法政,用以灭种族。"(《题所编法制讲义即以留别本科诸同学》)在《游东三省动物园》中则进一步揭露帝国主义的贪婪:"俄鹫英狮日蟒蛇,一齐攫啖到中华。"他深恐中国步印度、波兰的后尘,沦为殖民地,因此在《路亡国亡歌》中痛斥帝国主义掠夺中国路权的罪行,号召国人同心同德,奋起反抗。在南社诗人中,还没有人能像高旭这样,将中国问题纳入整个世界范围中来考察、理解和反映,从而涉及中国近代问题的实质,实属难能可贵。

　　宣扬太平天国的革命精神,总结太平天国运动的经验教训,也是高旭前期诗歌的一个重要内容。他对太平军所创造的英雄业绩非常崇敬,热情赞颂"长发王,虎啸创天国"(《大汉纪念歌》)。并称洪秀全是一代"豪贤",可与岳飞、文天祥、朱元璋比肩。于是伪造石达开诗二十余首刊行。它们或抒发英雄情怀,或鞭挞清朝统治,或回顾太平天国历史,写得苍凉悲壮,很有气势。因此,一经面世,便不胫而走,各种书刊竞相转载。正因为这些诗"慷慨激烈,喷血而出"(《石达开遗诗跋》),在当时产生了很大的社会影响。

民国初年,高旭还能保持着比较积极的革命态度,曾在《天铎报》撰文,提醒革命党人注意:"最足为共和新中国之梗者,实袁世凯也。"随后他又撰写了《元旦》、《感事六首》、《哭宋遁初》等一系列诗歌,谴责袁氏的暴行,讽刺那些为虎作伥者,赞扬为革命献身的烈士,从中可见出诗人对时局的忧愤、不满和对辛亥革命的反思,流露出失望的情绪。随后他还写了《甘肃大旱灾感赋四首》、《水灾叹》等深切同情下层劳动人民疾苦的诗,也是难能可贵的。但晚年随着理想和愿望的破灭,思想的退化,他的诗歌也日渐消极、颓唐了,前期那种"剑气"与豪情已不复存在。

高旭的诗以长篇歌行见称。它们常常以瑰丽雄奇的艺术形象、奔放豪迈的感情、激越高昂的调子、激进开放的思想再现时代风云,以抒发其对祖国美好前途的向往与追求。因此他的诗驰骋想象、放纵横行、汪洋恣肆、瑰丽雄奇,具有浓郁的浪漫主义色彩。像他的《海上大风潮起作歌》、《路亡国亡歌》、《祝民呼报》、《登富士山放歌》等,都是这方面的代表作品。真可谓"大叶粗枝,奇气横溢,一时无与抗手"(傅熊湘《天梅遗集题评》)。也正因如此,使他的诗浅露粗糙,缺乏锤炼。他的部分诗尤其是晚年的诗,因思想苦闷、彷徨,诗风也随之变化,狂放不羁、龙腾虎跃的气概渐少,而悲观失望、缠绵凄婉的成分渐多。但值得我们注意的是,高旭有相当一部分诗在形式上比较自由,属于当时流行的歌行体。它们文白相间,通俗易懂,不受五、七言的束缚,宜于配谱歌唱,对中国传统诗歌形式的革新与发展,有着积极意义。如《女子唱歌》、《爱祖国歌》、《军国民歌》、《光复歌》、《路亡国亡歌》、《海上大风潮起作歌》等,都是这方面的佳作。

第三节　其他南社作家

在南社诗人中,除"南社三杰"外,著名的诗人尚有苏曼殊、于右任、马君武、宁调元、周实、黄节、诸宗元、徐自华等人。

苏曼殊(1884—1918),原名戬,字子谷,后改名元瑛(亦作玄瑛),出家后法名博经,号曼殊。广东香山(今广东中山)人。父亲苏杰生为旅日华商,苏曼殊出生于日本横滨,乃其父与日本女子河合若的私生子。六岁时随大母回到广东老家。九岁时父亲破产。这种特殊的身世使他自幼饱受歧视和虐待。十三岁那年被迫到上海姑母家就读,过着寄人篱下的生活。十五岁时随表兄林紫垣赴日留学,先后入横滨大同学校、东京早稻田大学高等预科和振武学校学习。次年加入留日学生组织的革命团体青年会,结识进步青年,倾心民族民主革命。1903年加入拒俄义勇队,遭表兄反对,被迫辍学归国。曾到苏州吴中公学任教,又赴上海编辑《国民日日报》;不久遂南下广东惠州出家。从此即以上海为中心,奔走于大江南北、东南亚和日本,过着一种四海为家的流浪生活。辛亥革命后回国,至上海主《太平洋报》笔政,并加入南社。1914年发表《讨袁宣言》,怒斥袁世凯的专制独裁和复辟倒退行为。后愤于时事,佯狂玩世,于1918年贫病潦倒而死,葬于杭州西湖孤山北麓,年仅三十五岁。

苏曼殊在矛盾中度过了自己短暂的一生。孤苦飘零的身世,起伏不定的情绪,时僧时俗的经历,构成了苏曼殊的多重性格。其思想有时异常激进,宣传民主革命思想慷慨激昂,意气风发,且置生死于度外;有时又心灰意冷,苦闷彷徨;有时工作努力,勤奋笔耕;有时又放荡不羁,玩世不恭。他既是一个爱国者和革命者,又是一个"四大皆空"的出家人;他既是一个革命志士,却又喜欢独往独来,不愿受革命纪律的约束。苏曼殊奇特的身世、经历和性格,使他的一生充满了传奇性和神秘色彩。

在南社作家中,苏曼殊不仅是一位奇人,而且是一位奇才。他既是一个"革命的和尚"(孙中山语),又与朱执信并称为"同盟会两才子"(何香凝语)。他精工诗文、绘画,辛亥革命前后在《天义报》、《民报》、《南社丛刻》、《甲寅》等报刊发表诗歌、随笔和绘画;他又是一位小说家,其创作介于新旧之间,有中篇《断鸿零雁记》和短篇《绛纱记》等六篇;他还是一位翻译家,精通英、法、日、梵文,与马君武并称,译作有《惨世界》、《拜伦诗选》、《英汉三昧集》、《潮音》、《文学因缘》等。柳亚子辑录有《苏曼殊全集》。

苏曼殊一生取得了多方面的文学成就,而以诗歌的成就最高,影响最大。曼殊的遗诗约存百首,都是抒情诗。除少数篇章外,绝大多数为七言绝句。他的诗大致分为三类:

一类为具有政治内容的感时忧国之作。这类作品有的写于民族民主革命高潮之时,有的写于辛亥革命之后,但它们都抒发了对清王朝的无比憎恨和对国家前途、民族命运的深切忧虑。如《以诗并画留别汤国顿》其一云:"蹈海鲁连不帝秦,茫茫烟水着浮身。国民孤愤英雄泪,洒上鲛绡赠故人。"其二云:"海天龙战血玄黄,披发长歌览大荒。易水萧萧人去也,一天明月白如霜。"诗中以义不帝秦的鲁仲连和舍身刺秦王的荆轲自许,运典浑成,表达了诗人昂扬的反清民主革命思想和义无反顾、献身革命的精神,具有一种慷慨激昂、悲壮阔大的风格,读之让人感奋不已。另如《谒平户延平诞生地》抒发对民族英雄郑成功的敬仰怀念之情,《耶婆提病中,末公见示新作,伏枕奉答,兼呈旷处士》抒写诗人在异国他乡对祖国的眷念及对友人的怀念,《本事诗·丹顿裴伦是我师》则歌颂但丁和拜伦献身民族独立解放运动的革命精神,而《吴门依易生韵·碧城烟树小彤楼》、《东居杂诗·流萤明灭夜悠悠》、《寄晦闻》等篇也都表达了诗人对国家安危的忧虑之情。

苏曼殊的另一类诗,是抒写个人身世之感的,尤多写爱情和女子。苏曼殊是一个多情善思的人,一生浪迹天涯,曾结识过不少中外妙龄女郎,她们之中既有大家闺秀,亦有著名歌妓,受到她们的青睐,他不能不动心;但他又是一个出家人,不能接受她们的爱情,这使得他陷入深深的痛苦和矛盾之中,欲去不能,欲断不忍,哀婉缠绵,痛苦不堪。为了得到解脱,遂发之于诗。如《本事诗》中的二首云:"桃腮檀口坐吹笙,春水难量旧恨盈。华严瀑布高千尺,未及卿卿爱我情。""碧玉莫愁身世贱,同乡仙子独销魂。袈裟点点疑樱瓣,半是脂痕半泪痕。"诗中不仅充满了爱情的真挚、欢乐和温馨,而且流露出得不到爱情的痛苦和忧伤。再如《题〈静女调筝图〉》:"无量春愁无量恨,一时都向指间鸣。我已袈裟全湿透,那堪重听割鸡筝。"整首诗写得一往情深,悱恻缠绵,哀怨凄婉,不得不让读者亦随诗人悲伤而堕泪。

爱情诗在苏诗中数量是最多的,也是最有特色的,如《本事诗》十首、《无题》八首、《东居杂诗》十九首、《寄调筝人》三十三首、《为调筝人绘像》二首等。这类诗都写得情深意切,自然纯真,读之令人回肠荡气,爱不释手。正如熊润桐在《苏曼殊及其燕子龛诗》中所说,他的这类诗"虽然词句仿佛迷离,难以定其所指,而隐约之间,却令人生无限伤心,无穷艳思",而又不即不离,全以真诚的态度,写燕婉的幽怀,不染轻薄的习气,不落香奁的窠臼,最是抒情诗中上乘之作。

苏曼殊还有一类是风景诗。这类诗往往从个人身世的角度,触景生情,抒写自然风景之美,充满诗情画意。例如《春雨》云:"春雨楼头尺八箫,何时归看浙江潮?芒鞋破钵无人识,踏过樱花第几桥?"《过蒲田》道:"柳阴深处马蹄骄,无际银沙逐退潮。茅店冰旗知市近,满山红叶女郎樵。"《淀江道中口占》:"孤村隐隐起微烟,处处秧歌竞插田。羸马未须愁远道,桃花红欲上吟鞭。"色调明朗,节奏欢快,自然清新,意境深远,充满了对生活的热爱,让人回味无穷,赞叹不已。难怪于右任要称赞曼殊"诗格超超,在灵明境中",而《春雨》等诗"尤入神化者"(《独树斋笔记》)。细读其诗,知为至论。

曼殊的诗在艺术上取得了较高的成就。其诗风近于晚唐的李、杜,又取法近代龚自珍,故郁达夫说:"他的诗是出于定庵的《己亥杂诗》,而又加上一脉清新的近代味的。所以用词很纤巧,择韵很清谐,使人读下去就能感到一种快味。""这大约是他译外国诗后所得的好处。"(《杂评曼殊的作品》)柳亚

377

子曾说："他的诗好在思想的轻灵,文辞的自然,音节的和谐。总之,是好在他自然的流露。"(《苏曼殊之我观》)当然,亦有人批评他题材狭窄,情绪感伤,"高逸有余,雄厚不足"(胡怀琛《说海感旧录》)。

于右任的创作亦很有特点。于右任(1879—1964),原名伯循,字敬铭,又字诱人,号骚心,亦号大风,曾化名刘学裕,别署神州旧主、髯翁、半哭半笑庵主等,后以"右任"笔名行。陕西三原人。光绪二十九年(1903)举人。早年提倡新学,因讥刺时弊,遭清政府通缉,潜逃至上海,入震旦学院学习,与同学创办震旦公学与中国公学。1906年赴日加入同盟会。次年回上海创办《神州日报》,任社长。1909年始,相继创办《民呼日报》、《民吁日报》、《民立报》,鼓吹民族民主革命,持论激烈,名震一时。辛亥革命后,任南京临时政府交通部次长。后又历任国民党政府审计院院长、监察院院长、最高国防委员会委员等职。1949年去台湾,后病逝于台湾。著有《右任文存》、《右任诗存》、《半哭半笑楼诗草》、《变风集》等。今人编有《于右任诗词曲全集》。

于右任是国民党的元老,又是著名的工诗擅文的才子和大书法家,而以诗歌的成就最高,影响最大。其诗感情激昂,意象雄伟,笔力遒劲,反映了辛亥革命前后的历史风云。如《雨花台》:"铁血旗翻扫虏尘,神州如晦一时新。雨花台下添新泪,白骨青磷旧党人。"这是辛亥革命后诗人前往南京雨花台凭吊先辈和战友时所写的一首小诗。诗中既表达了革命胜利后的喜悦心情,又向为民主革命而献身的先辈和战友表示了深切哀悼。全诗仅四句,却写得情深意浓,悲壮感人。

于诗尤以古体和七律见长,如《从军行》、《杂感·伟哉说汤武》等就颇为人传诵。律诗如《入京酒后有怀井勿幕、王麟生、程抟九》:"重来话旧倍销魂,尘起秋风渍泪痕。欲寄缠绵无好信,不堪惆怅又黄昏。迎阶花放思君子,未老途穷念故园。愁到闲鹤天亦醉,苍髯如戟看中原。"袁世凯复辟帝制后,不少革命党人被迫逃亡海外。目睹这一切,诗人无比感伤和愤慨,写了这首诗。虽然整首诗写得比较沉重、抑郁,但诗人并未退缩,而是在静观待时,准备相机而动,有所作为。诗人在晚年写过大量眷恋大陆、表现其强烈爱国精神的诗作,如《望大陆》等,甚为人称道。

南社是一个成员众多而又复杂的文学社团。在社员中,因个人思想、经历、宗尚的不同,形成了几个不同的诗歌派别。除柳亚子、陈去病、高旭等宗唐诗派以及苏曼殊、于右任等人之外,尚有受西方文化影响的一派和宗宋的一派。前一派诗人以马君武、宁调元、周实为代表。

马君武(1881—1940),原名道凝,一名同,字厚山;后改名和,字贵公,一字君武,原籍湖北蒲圻,自祖父马光吴始定居广西桂林。早年受维新思想影响,考入桂林体用学堂,专攻英语和数学。后相继入广州丕崇书院、上海震旦学院习法文。1901年赴日留学,入京都帝国大学习应用化学。结识孙中山、陈天华等人,逐渐倾向革命。1905年加入同盟会,被推为秘书长,并任广西主盟人。1906年归国,在上海参与创办中国公学,任总教务长兼理化教授。不久遭清政府通缉,于次年赴德国柏林工业大学留学,研习冶金。武昌起义时归国,立即投身革命斗争,奔走呼号。民国成立,任实业部次长。"二次革命"失败,再次赴德留学,获工学博士学位。袁世凯死后返国,追随孙中山左右,历任广州大本营交通部长、大元帅府秘书长、广西省长、北京临时执政府司法总长、教育总长等职。后献身教育事业,历任大夏大学、北京工业大学、中国公学、广西大学校长等。著有《马君武诗稿》、《马君武文稿》以及译著多种。今人辑有《马君武集》。

马君武的诗绝大部分写于辛亥革命前,而且主要是政治抒情诗,以"鼓吹新学思潮,标榜爱国主义"为基本特色(《马君武诗文集自序》)。诗人常常利用诗歌揭露和谴责清朝政府的黑暗统治:"九天蒙气郁层层,无数沉冤厉鬼魂";"屡闻朝市兴文祸,痛哭新亭碎酒樽"(《去国辞》之一)。为推翻清朝统治,他宁肯效法清流党人,招来杀身之祸,也不愿做亡国的文豪:"甘以清流蒙党祸,耻于亡国作文豪。"(《去国辞》之四)他又号召国人发扬民族传统,积极投身现实斗争,推翻清朝的专制统治,不要让祖国沦于异族,不要甘心做亡国奴,而去寻求个人的幸福与自由:"西来黄帝胜蚩尤,莫向森林问自由。圣地百年沦异族,夕阳独自吊神州。为奴岂是先民志,纪事终遗后史

羞。太息英雄浪淘尽,大江呜咽水东流。"(《自由》)

马君武有部分诗揭露帝国主义的侵略罪行,歌颂献身革命的精神,表达其反帝爱国的热情。对帝国主义列强的瓜分和祖国的沦落,他深深地忧虑:"祖国失地数万里,四夷交侵国危矣"(《贱如蚁》);"北狄寇边郡,飞电羽书急"(《从军行》)。对那些反帝爱国志士他热情歌颂:"痛哭荆榛沦祖国,独行沙漠猎雄狮。"(《送某君行》)面对祖国的危亡,他表达了自己的豪情壮志:"男儿年少早投笔,莫向书橱作蠹鱼"(《伊豆杂感》);"祖国前途正辽远,少年发想要雄奇"(《赠虞君》);"誓使华严从地起,莫临沧海患途穷"(《变雅楼三十年诗征题词》)。并对祖国的前途充满了信心:"百年以后谁雄长,万事当前只乐观。欲以一身撼天下,须于平地起波澜。"(《京都》)

马君武还有一部分诗以西方进化论为武器,宣传救亡图存、保国保种的思想,从而激发中国人民积极进取、发愤图强的精神和忧患意识。如《华族祖国歌》、《地球》等是其代表作。请看他的《地球》:"世界一微粒,躯壳一纤尘。纤尘千万亿,一一争生存。存者春前花,亡者秋后草。春秋相代谢,上帝亦渐老。"诗人以大自然的客观规律为喻,说明人类社会也是在"一一争生存",号召人们积极进取,这无疑是有进步意义的。诗人还大声疾呼"辛苦挥戈挽落日,殷勤蓄电造惊雷"(《寄南社同人》),"文明开发真吾事,欧墨新潮尽向东"(《变雅楼三十年诗征题词》),激励国人要从黑暗中看到光明,呼唤革命风雷,输入新学思想,拯救祖国危亡,在竞争中求得生存与发展。这就使得他的诗具有中西文化交融的色彩。

马君武论诗反对模拟古人,强调创新,其《寄南社同人》诗中说:"唐宋元明都不管,自成模范铸诗才。须从旧锦翻新样,勿以今魂托古胎。"从中可以见出诗人的理想和追求。他的诗多描写外国风光,又喜欢以西方典实、科学知识和资产阶级哲理入诗,代表了新派诗人吸收新诗料、开拓新诗境等方面的共同努力。

在艺术风格上,马君武的诗虽受到梁启超"诗界革命"理论的影响,但又有自己独特之处。其诗形式比较自由,句式参差不齐,守律亦不严,音节响亮,语言通俗,不仅思想新、意境新,形式上亦有创新精神,使他的诗形成了一种爽朗明快的诗风,被誉为"海内文章新雅颂"。

宁调元(1873—1913),字仙霞,号太一,别号辟支生、林士逸,湖南醴陵人。早年就读于醴陵渌江书院、长沙明德学堂,师从刘师陶、黄兴,受其师影响,倾向民主革命,入华兴会;1905年赴日留学,又参加同盟会,不久创办《洞庭波》(后改名《汉帜》)杂志,宣传反清革命。1906年冬因回国策划策应萍浏醴起义,在岳阳被捕,禁长沙狱三年。其间参与筹建南社。出狱后曾至北京主编《帝国日报》,继续为革命奔走。辛亥革命后,创办《民声日报》,不久赴广东任三佛铁路总办。"二次革命"期间,奔走湘、鄂间,秘密进行讨袁活动,事泄被捕入狱,在武昌遇害,时年四十一岁。著有《太一遗书》。今人辑有《宁调元集》。

宁调元的诗学杜甫、龚自珍,颇有唐风和革新气韵;其诗大多作于狱中,"尤多慷慨悲愤之辞",风格多为沉郁雄浑。其代表作品有《七律次韵和同狱某》、《感怀四首》、《燕京杂作》、《秋感》、《秋怀》、《武昌狱中书感》等,都是为人传颂之作。如他的《感怀》(四首选一):"十年前是一重因,也逐欧风唱自由。复九世仇盟玉帛,提三尺剑奠金瓯。丈夫有志当如是,竖子诚难足与谋。愿播热血高万丈,雨飞不住注神州。"全诗写得大气磅礴,词意超迈,别开生面,充满积极向上、昂扬奋发的战斗精神。后期的有些诗则流露出理想破灭的悲哀,写得感伤、凄凉。

周实(1885—1911),原名桂生,一名实丹,字剑灵,号无尽,别号蔚丹、山阳酒徒、和劲,江苏山阳(今江苏淮安)人。光绪二十八年(1902)秀才。1907年入南京两江师范学堂,读北美独立史、法国革命史,萌发民族民主革命思想。加入南社,并与友人创淮南社。武昌起义后,回淮安府城主持光复大计,被推为军政府巡逻部长。不久山阳知县姚荣泽勾结土豪劣绅将其杀害,年仅二十六岁。著有剧作《水月鸯》、北曲《清明梦》,有《无尽庵遗集》、《无尽庵诗话》传世。柳亚子辑有《周实丹烈士遗集》。

周实主张作诗要有真性情和真面目,要反映现实政治,且按此标准实践,留下了一批颇有价值的作品。代表作有《痛哭》(四首)、《感事》(三首)、《闺情》(六首)、《拟决绝词》等。这些诗不为格律所拘,充满现实主义激情,题材多样,形式灵活,语言自然,诗风雄劲奔放。如其《感事》云:"薪胆生涯剧苦辛,莫忧屡弱莫忧贫。要从棘地荆天里,还我金刚不坏身。"

南社中宗宋的一派诗人以黄节、诸宗元为代表。黄节(1873—1935),原名晦闻,字玉昆,号纯熙;后改名节,字晦闻,广东顺德人。出身富商之家,幼年丧父,家道败落,由母亲教读。少时师从同县名儒简朝亮,其后独居云林寺苦读数年,学业精进。1900年出粤漫游,浪迹大江南北,广泛结交进步人士,逐渐形成反清革命思想,曾参与组织国学保存会,创办并编辑《国粹学报》,提倡保存国粹,抵制西方文化。又先后创办《拒约报》、《广州旬报》,宣传反帝爱国思想。先后加入同盟会和南社,以诗文鼓吹民族民主革命。辛亥革命后,任北京大学、北京师范大学、清华大学教授,教授中国古典文学,思想渐趋保守。著作十数种,诗集有《蒹葭楼诗》等,今人辑有《黄节诗集》。

黄节写于辛亥革命前的诗,具有丰富的社会内容,风格高昂激越,如《岳坟》:"中原十载拜祠堂,不及西湖山更苍。大汉天声垂断绝,万方兵气此潜藏。双坟晚蝉鸣乌石,一市秋茶说岳王。独有匹夫凭吊去,从来忠愤使人伤!"诗人对南宋抗金民族英雄岳飞非常仰慕,曾三次前往西湖拜谒,且三次皆赋诗抒其怀。诗中以雄健的笔触,苍凉的音调,表达了对英雄壮志未酬的惋惜和兴复中华的决心。他如《宴集桃李花下,兴言边患,夜分不寐》、《岁暮示秋枚》、《庚子重九登镇海楼》、《朱仙镇谒岳王庙》、《南屏谒张苍水墓》、《题陈白沙先生自写诗卷后》等,都是时人传诵的佳篇。辛亥革命后,革命遭挫折,黄节思想上陷入苦闷、彷徨,甚至消沉,其诗多抒发其内心的孤苦和怨愤。如《闭门》:"闭门聊就熨炉温,朝报看余一一燔。不雪冬旸知有厉,未灯楼望及初昏。意摧百感将横决,天压重寒似乱原。愁把老妻函卒读,破家谁为讼贫冤!"这首诗写于1915年冬。其时袁世凯复辟帝制丑剧愈演愈烈,诗人曾为反清革命而变卖家产,今天却又要倒回去,悲愤不已;恰在此时,妻子来信诉说家中贫困无钱还债,更是愁上添愁。诗中充分表达了诗人为国为家的愁闷悲苦之情,风格趋向沉郁苍凉。其《岁暮吟》、《偶成》、《残梅》、《楼阴》、《沪江重晤秋枚》等篇,大多如此。

黄节的诗格律精严,功力深厚,"卷中七律疑尤胜,效古而莫寻辙迹。必欲比类,于后山为近。然有过之,无不及也"(陈三立《题黄节诗集》)。而"著意骨格,笔必拗折,语必凄惋"(陈衍《石遗室诗话》)。故"读君诗,味兼酸辣,乃如柠檬树果。信乎,君诗之工耶"(张尔田《蒹葭楼诗序》)。

诸宗元(1875—1932),字贞壮,一字真长,别署迦持,晚号大至,浙江绍兴人。光绪副贡生,先后在江西巡抚、江苏巡抚幕府中任职,累官至知府。入南社,掩护过南社的不少活动。著有《大至阁诗集》。其诗以冲和澹远见长。其《我园》、《夜过海藏楼归纪所语简太夷并示拔可》、《视殡》、《四月三日哀迈》等都是佳作。

在南社成员中,还有数十位女诗人。其中以徐自华、徐蕴华姊妹和吕碧城成就最高。

徐自华(1873—1935),字寄尘,号忏慧,浙江石门人。著有《听竹楼诗钞》、《忏慧词》。今人辑有《徐自华诗文集》(中华书局1990年版)。

徐蕴华(1883—1961),字小淑,号双韵,著有《双韵轩诗稿》。

吕碧城(1883—1943),原名兰清,字碧城,号圣因。安徽旌德(今芜湖市)人。著有《吕碧城集》。

南社鼎盛之时,社员多达一千一百多人。据柳亚子1935年编印的《南社诗集》(共六册)可知,能诗者亦有数百人。除前述十几位诗人之外,在艺术上较有成就的尚有吴虞、刘成禺、高燮、张光厚、傅熊湘、张默君、沈尹默、吴梅、黄人、黄侃、王德钟、邵元冲、姚鹓雏、胡先骕等人。

第四节　南社的地位及影响

南社是中国近代一个重要的革命文学团体。它以自己的创作实绩,奠定了其在中国近代文学史乃至中国革命史上的历史地位,对中国文学尤其是中国近代文学的发展产生过积极的影响。

南社成立时,以孙中山为代表的资产阶级民主革命党人为了拯救祖国,振兴中华,正在同清王朝进行着艰苦卓绝的斗争。南社一成立,它的成员们便自觉地配合同盟会的革命斗争,积极创办各种报刊,以文学为武器,热情讴歌民主革命,呼唤民主自由,鞭挞封建专制,表现出强烈的爱国主义和民主主义精神。正如南社成员徐蔚南所说:"南社的成立,等于中国同盟会成立一个革命宣传部。"(《南社在中国文学史上的地位》)辛亥革命后,袁世凯复辟,南社成员又以自己的作品声讨民贼,批判独夫,坚决斗争,表现出了对民主、共和理想的坚贞不渝。在血与火的斗争中,宁调元、周实等一批社员还慷慨捐躯,献出了宝贵的生命,展现了一代革命党人和爱国者的精神风貌和高尚情怀,为后来者树立了光辉榜样。因此,"南社在中国革命史上自有它不可磨灭的价值"(朱剑芒《我所知道的南社》)。

南社的创作,就整体而言,具有比较鲜明的现实性、战斗性和强烈的爱国主义精神。他们无情地批判清政府的腐朽、黑暗和卖国行为,表达了对日益严重的民族危机的深深忧虑;他们在作品中热情歌颂资产阶级的民主革命,抨击独夫民贼,反抗帝国主义的侵略,挽救祖国的危亡;他们还鼓励人民积极投身民主革命斗争,为争取祖国的独立和富强,为建立一个强大的资产阶级民主共和国努力奋斗。他们的这些作品,对于社会启蒙,对于组织和动员革命力量,对于提高人民的爱国主义觉悟,鼓舞他们争取民族解放、祖国独立的斗争热情,都曾起过重要作用。

南社中的不少诗人,还继承了"诗界革命"的传统,在诗歌中以旧风格熔铸新理想、新意境、新感情、新名词,突破了传统格律诗的束缚。高旭、马君武等人还进行过新体诗的尝试,写过一些形式自由、语言通俗的诗歌和一些明白晓畅的歌词,谱上曲即可歌唱,为传统诗歌的革新,为中国现代新诗的形成、产生,做出了积极的贡献。

在南社的评价问题上比较客观公正的,是鲁迅和曹聚仁。鲁迅将南社定位为"鼓吹革命的文学团体":"他们叹汉族的被压制,愤满人的凶横,渴望着'光复旧物'。但民国成立以后,倒寂然无声了。我想,这是因为他们的理想,是在革命以后,'重见汉官威仪',峨冠博带。而事实并不这样,所以反而索然无味,不想执笔了。"(《现今的新文学的概观》)民国成立后,确有部分南社成员"成为新的运动的反动者",但也有不少成员保持了革命斗志,追随历史潮流前进,同袁世凯的倒行逆施行为做过坚决斗争,表现了民主革命作家的骨气,并没有都"沉默下去",从此"寂然无声"。曹聚仁是"新南社"八位发起人之一,他则着重从文学成就方面肯定南社:"南社首先揭出革命文学的旗帜,和同盟会的革命运动相呼应。……我们可以说:南社的诗文,活泼淋漓,有少壮朝气,在暗示中华民族的更生。那时,年轻人爱读南社诗文,就因她是前进的,革命的,富于民族意识的。"(《纪念南社》)

尽管南社在整个发展过程中,还存在着明显的局限和不足,如宣扬民主主义的深度不够,所写题材过分集中在种族问题上,反映现实的面不够宽,艺术上也不够成熟,缺乏鲜明的艺术个性等等。但南社以民族气节相号召,推崇"唐音",反对崇尚宋诗的"同光体",弘扬民主主义和爱国主义,倡导浪漫主义,开创了一代新文风,具有鲜明的时代性和战斗性。而南社的诗文创作,朝气勃勃,激昂高亢,雄浑粗犷,充满了强烈的民族意识和革命激情,富有浓厚的浪漫主义色彩,成为近代资产阶级民主革命的战斗号角,也成为中华民族的共同呼声,无疑是中国近代文学史上的一块丰碑,在当时以及后来都产生过广泛的影响,理应在中国近代文学史上占有重要的地位。

第十七章　近代文学翻译

清末民初，在近代西学翻译进程中起步较晚的文学翻译进入了繁荣期。域外文学的大量译介，冲击和改变了中国作家的传统文学观念与创作面貌，丰富和发展了中国文学的文体类型与表现形式，促进中国文学语言近代化变革，进而引起了中国文学结构内部的变迁，成为推动近现代中国文学发展的原动力之一。近代文学翻译深刻地影响了中国文学的创作面貌与历史走向，推动了中国文学语言的近代化转型。

第一节　近代文学翻译概况

中国翻译传统源远流长。早在近代以前，中国历史上就曾出现过两次翻译高潮。第一次是自汉末至宋初绵延十多个世纪的大规模的佛经翻译运动，其鼎盛期在唐代，其翻译主体是西域高僧。这一历时千载的佛经翻译运动，对中国文化各个层面都产生了深远影响，中国的哲学思想、本土信仰、社会风尚、宗教组织以及语言、文学、民间文艺等，都因为佛学通过翻译在中国传播而发生新变。第二次是明末清初的科技翻译，其翻译主体是来自欧洲的耶稣会传教士。他们通过翻译引进中国的天文、地理和自然科学知识，不但直接影响了当时的先进士大夫阶层,也间接启发了两个多世纪之后的晚清自强革新运动中的知识分子群体。晚清以降出现的大规模的西学翻译活动,可视为中国历史上的第三次翻译高潮,在其中扮演主要角色的则是近代中国的知识分子。而中国近代有意识、成规模的文学翻译,则迟至戊戌变法前夕才出现。

洋务运动期间,国内最有代表性的几家译书机构,京师同文馆(1862年创办)以译述公法书籍为主,江南制造局翻译馆(1867年创办)以翻译自然科学和应用技术方面的基础理论书籍为主,广学会(1887年创办)以译述有关宗教书籍为主。甲午战争之后,国人渐知泰西富强之术尤在其制度与学术。嗣后,译介西方政治、历史、法律、教育、哲学等社会科学类著作的风气渐开。1896年,梁启超撰《西学书目表》,首列西学(算学、电学、化学、声学、光学、天文等)诸书,次列西政(史志、官制、学制、法律等)诸书,再次为杂类(游记、报章等)之书,根本不提西洋文学书籍。在以"致用"为目的的译书原则指导下,并非"有用之书"的西洋文学作品不为时人所重,尚未提到翻译日程上来。

如果不把外国传教士宣传基督教义和西方文明的文字中夹杂的一鳞半爪的文学译作纳入考察范围的话,中国近代翻译文学的萌芽当始于19世纪70年代。1871年,王韬、张芝轩合作编译的《普法战纪》,可视为近代散文翻译之滥觞;其中的法国国歌(即《马赛曲》)和德国《祖国歌》,可视为近代诗歌翻译之肇端。1873年,蠡勺居士翻译的英国长篇小说《昕夕闲谈》在近代第一份文艺杂志《瀛寰琐记》连载,这一标志性事件,可视为近代翻译小说之起点。但总体而言,此期西方文学之价值尚未为国人所认知,文学翻译寥若晨星,影响亦很有限。

甲午战争之后,文学翻译尤其是小说翻译得到了迅猛发展。维新派领袖们对小说文体的推重和对翻译小说的倡导,为译介域外小说提供了理论依据,制造了舆论基础。1897年,康有为所编《日本书目志》特设"小说门",收日本小说(包括笔记)一千零五十八种,并在"识语"中呼吁:"亟宜译小说而讲通之,泰西尤隆小说学哉!"同年,严复、夏曾佑为《国闻报》所撰《本馆附印说部缘起》中称"且闻欧美、东瀛,其开化之时,往往得小说之助",并拟广为采辑"译诸大瀛之外"之小说。1898 年,梁启超在《译印政治小说序》中声称"彼美、英、德、法、奥、意、日本各国政界之日进,则政治小说,为功最高焉",明确表示"今特采外国名儒所撰述,而有关切于今日中国时局者,次第译之,附于报末"。于是,域外小说的译介工作被视为改良群治、新民救国宏大事业的重要组成部分。

梁启超不仅是大力倡导翻译域外文学的理论家,而且是政治小说翻译的最早实践者和诗歌翻译的开风气之先者,其理论倡导和文学翻译实践,均构成了小说界革命和诗界革命不可分割的重要组成部分。1898 年底,随着梁启超译介的日本作家柴四郎的《佳人奇遇》在《清议报》开辟的"政治小说"专栏中连载,一个翻译小说的热潮迅速到来。作为晚清第一部翻译的政治小说,该著不仅宣传了弱小国家救亡图存的复国活动,也反映了译者要求与西方列强抗衡的民族主义意识。1903 年 1 月,梁氏所撰政治小说《新中国未来记》在《新小说》连载至第四回,其中有英国大诗人拜伦(Byron)的《渣阿亚》(Giaour)和《端志安》(DonJuan)诗章之中译片段,是为见诸报端的最早的拜伦诗歌之中译。后者就是著名的《哀希腊》第一、三节,用曲牌《沉醉东风》《如梦忆桃源》意译而成,通俗易懂,活泼晓畅。最后一节中的诗句——"奴隶的土地,不是我们应该住的土地;奴隶的酒,不是我们应该饮的酒!"——走的更是白话新诗的路子。

以译才并世的严复和林纾,在西方社会科学和文学翻译领域做出了开拓性贡献。1898 年,严复译《天演论》的问世,不仅以振聋发聩的思想震撼力大大提高了西方社会科学在国人心目中的地位,同时又以其"骎骎与晚周诸子相上下"的渊雅文笔和"信、达、雅"的翻译标准,对当时及其后的西学(包括文学)翻译产生了极大的推动作用。1899 年,林纾与王寿昌合译的《巴黎茶花女遗事》的刊行与风靡,在中国近代翻译文学史上具有里程碑意义。林译小说以雅俗共赏的文言,哀感顽艳的风格,向中国读者打开了一扇通往世界的文学之窗,极大地提高了域外小说在中国士人心目中的地位,扩大了西方文学的影响力。

1902 年之后,在"小说界革命"影响下,一批文学期刊纷纷创办,为翻译文学尤其是域外小说提供了重要阵地。1902 年创刊的《新小说》杂志,1903 年创刊的《绣像小说》,1904 年创刊的《新新小说》等,均以"著译参半"相号召;1906 年创刊的《月月小说》,更是明确把"译著"放在首位,"撰著"放在第二位。其后陆续创办的小说杂志和综合性报刊,大都兼刊译著,乃至于出现重译介而轻创作的倾向。期刊杂志和图书出版商对翻译小说的青睐,印证了翻译小说在当时不错的出版业绩和市场前景,也反映出时人的阅读期待和普遍的社会心理。

这是一个以意译为风尚的时代。翻译者的翻译动机出于改良群治也好,娱乐消遣也罢,要之,为我所用的原则决定了此期文学翻译对原著非忠实的态度。尽管严复提出的"信、达、雅"原则在晚清影响很大,然而小说翻译界从一开始就把"雅"而不是"信"放在首位。翻译者注重的是"译笔雅驯",而牺牲掉的则是翻译的准确性,接受中的误读和译介中的删改现象相当普遍。然而晚清翻译家非但不以为非,还常常颇为得意地道出改篡原因与细节,且不忘加一句"不违作者原意"的声明。一个颇具典型意义的著例是梁启超《十五小豪杰》第一回"译后语"。这部法国小说家凡尔纳的作品,经由法文译成英文,再由英文转译成日文,最后由梁氏从森田氏的日文本译成中文;第一次翻译时"用英人体裁,译意不译词",第二次转译时"易以日本格调",第三次转译时"又纯以中国说部体段代之"——如此三次倒手,且每次都经历了不同程度的"民族化"转化,其译本早与原著大异其貌,然而梁启超仍颇为自信地宣称"丝毫不失原意"。在这一时代风气鼓荡之下,一大批胆大而心不细的"豪杰译作"在晚清风行一时,而忠于原著的"直译"之作不仅少见且不受欢迎。

1907 年是近代文学翻译史上至为重要的年份,文学翻译不仅在数量上达到高峰,质量上亦有明显提升。这一年还是晚清文艺报刊创刊最多的年份,《小说林》、《竞立社小说月报》、《中外小说林》、《新小说丛》、《小说世界》等晚清影响较大的小说期刊均创刊于本年,且以刊载翻译小说为多。是年,以"输进欧美文学精神"相标榜的《小说林》问世,大力提倡对世界名家名著的译介,说明中国翻译家在选择译介对象时,开始注意其在世界文学史上的地位。

此前及其后的几年里,"名著名译"显著增加。如吴梼译《银钮碑》(今译《当代英雄》,莱蒙托夫著),伍光建译《侠隐记》(今译《三个火枪手》,大仲马著),林纾与曾宗巩合译《鲁滨孙漂流记》(笛福著)、《海外轩渠录》(今译《格列佛游记》,斯威夫特著),林纾与魏易合译《撒克逊劫后英雄略》(今译《艾凡赫》,司各特著)、《孝女耐儿传》(今译《老古玩店》,狄更斯著)、《块肉余生述》(今译《大卫·科波菲尔》,狄更斯著)、《不如归》(德富健次郎著),商务印书馆编译所译《孤星泪》(今译《悲惨世界》,雨果著),包天笑译《六号室》(今译《第六病室》,契诃夫著),曾孟朴译《九十三年》(雨果著),马君武译《心狱》(今译《复活》,托尔斯泰著)等,均出现在这一时期。

短篇小说数量的增加和质量的提高,是此期小说翻译界发生的明显变化。其在清末民初时期的代表性成果,荟萃于周氏兄弟的《域外小说集》和周瘦鹃编译的《欧美名家短篇小说丛刻》之中。马君武、苏曼殊等诗歌翻译家在这一时期的出现,则标志着以独立的篇章形式,有目的、有意识地翻译外国诗歌的新阶段的到来。

从语言和文体来看,近代翻译文学大体以文言为主,兼用白话,显示出文白并用,文言渐趋浅易化,白话渐趋欧化的发展趋势。代表近代文学翻译实绩的林译小说,使用的是通俗而活泼的文言;周桂笙、徐念慈、吴梼、伍光建、曾孟朴等小说翻译家使用白话和直译方式进行的文学翻译活动,亦显示着近代翻译文学的实绩,且昭示着近代翻译文学的新途径。

中西文化的剧烈碰撞,促成了近代翻译文学异彩纷呈的繁荣局面。而域外文学的大量输入,向中国读者打开了一扇通往世界的文学之窗,促成了中国作家文学观念的极大转变,丰富和健全了中国近代文体类型,在中国文学由古典走向现代的过程中起到了至关重要的作用。

第二节　严译名著及严复的翻译理论

作为第一个系统译介西方学术思想的翻译大师,严复是近代中国思想史、翻译史和中西文化交流史上的巨人,其所从事的翻译工作在中国近代史上是一件划时代的大事。由于其翻译实绩和翻译理论对近代文学翻译产生了巨大影响,考察这一时期的翻译文学史,严复是一个绕不过去的"译界泰斗",尽管严译名著没有一部属于西洋文学作品。

严复(1854—1921),字几道,又字又陵,福建侯官(今福州市)人。祖父与父亲"以医名州里"。十二岁丧父,家贫无力延师,考入福州船政学堂。1876 年作为首批海军留学生被派赴英国学习。1879 年归国,在福州船政学堂任教习。1880 年,北洋水师学堂在天津创办,严复出任总教习。为谋求进身之阶,1885—1893 年间四次参加乡试,均落第。甲午战争失败后,在天津《直报》发表《论世变之亟》、《原强》、《救亡决论》等政论文章,力主变法图强,提出了鼓民力、开民智、新民德的改革主张,成为维新运动的重要理论家。1897 年,与夏曾佑在天津创办《国闻报》,为维新运动推波助澜。1898年,严译《天演论》问世,在思想界和学术界产生了振聋发聩的影响。戊戌政变后发愤译书,陆续翻译了《原富》、《群学肄言》等西学名著。1909 年,赐文科进士;1910 年,海军部特授协都统,又征为资政院议员。民国成立后,出任京师大学堂总监督。1912 年 5 月改北京大学后,严复首任校长兼文科学长。1915 年列名于拥护袁世凯复辟帝制的筹安会,名声一落千丈。1918 年回到福州养病。1921 年 10 月 27 日卒于故里。著述有《严几道诗文钞》、《严译名著丛刊》等存世,今人辑有《严复集》。

严复在十多年翻译生涯中译介了八部西学名著:赫胥黎《天演论》

(1898)，亚当·斯密《原富》(1902)，约翰·穆勒《群己权界论》、《名学》(1903)，斯宾塞《群学肄言》(1903)，甄克斯《社会通诠》(1904)，孟德斯鸠《法意》(1905)，耶芳斯《名学浅说》(1909)。上述译著 1930 年再版时，被商务印书馆冠以《严译名著丛刊》的总名目。自此，"严译名著"成了中国近代翻译史和学术史上的专有名词。严译名著涉及哲学、经济学、社会学、逻辑学、法学、政治学等领域，基本上反映了西方资本主义赖以建立并奉为准绳的各方面有代表性的学术思想，严复亦成为近代中国系统翻译介绍西方资产阶级学术思想的第一人。严复选择西学原著的眼光堪称卓越与精审，而其翻译态度则可谓严谨与审慎，乃至到了"一名之立，旬月踟蹰"的地步。他所选择翻译的均是西学名著，且版本亦是最好的，其译事皆深思熟虑以后而得。作为海军人才，在国人只知道西洋之声光化电、船坚炮利的时代，他能认定西洋各国之强盛在于学术思想，认定中国当时之需要亦在学术思想，的确体现了其超越时代的卓越眼光。

严译名著是根据先后缓急和时势之需而逐次译介的，每部译著都含有极深远的用意。他译介《天演论》，意在传播物竞天择、适者生存的优胜劣汰之进化原理，以此唤起国人自强保种、合群进化的生存竞争意识，奏响了近代中国救亡图存的主旋律。译介《原富》，意在引入西方经济学的智慧之源，借以转变数千年来中国知识界讳言谋利、重农抑商的传统思想，纠正国人"重义轻利"之偏见，大力发展中国之资本主义。译《群己权界论》，意在匡正守旧者和喜新者对"自由"这一新名词的误解，让国人明白个人和社会之间的权利界限。译《名学》则为了介绍近代自然科学的方法论，提倡归纳法，反对先验主义。译《群学肄言》，意在纠前译《天演论》立论过激之偏，使立宪派和革命派"稍为持重"，使国人明治乱盛衰之由。严复的翻译走过了以意译为主到以直译为主两个阶段。他在《译例言》中解释《天演论》署"侯官严复达旨"之意道："题曰达旨，不云笔译，取便发挥，实非正法。"可见，严复并非忠实地逐字逐句"翻译"赫胥黎原著，只是传达大意而已，且指出此乃"取便发挥"的权宜之计，而非翻译之"正法"。这种以编撰为主的意译，到了《原富》、《群己权界论》有了很大的转变，做到了"于辞义之间无所颠倒附益"（《原富·译事例言》），已是接近直译的基本忠实于原著的意译了。

严译名著的拟想读者并非晚清一般民众，而是熟读中国古书的士大夫阶层乃至上层统治者。这样的读者定位与刻意追摹先秦文体的行文祈向，与梁启超倡导的文界革命和"播文明思想于国民"的报章文体，显然并非一途，却自有其文体价值和现实意义，同样产生了巨大的社会影响。"严复用古文译书，正如前清官僚戴着红顶子演说，很能抬高译书的身价"（胡适《五十年来中国之文学》）。《天演论》、《原富》成书时，古文宗师吴汝纶慨然序之，对这位"雄于文"、"骎骎与晚周诸子相上下"的中学西学皆第一流的译才奖勉有加。与此同时，严复对梁启超指出的"文笔太务渊雅"、"一翻殆难索解"的弊病大不以为然，自信唯有此种渊雅文体才最适于译介"学理邃赜"的西学名著。

严译名著文笔典雅，极富文学色彩，尤其是《天演论》、《群己权界论》、《群学肄言》等著，"在原文本有文学的价值"，因此胡适断言"他的译本在古文学史也应该占一个很高的地位"（《五十年来中国之文学》）。清末民初的士人是将其视为"骎骎与晚周诸子相上下"的蕴含警世和济世思想的高雅的古文文章来阅读的。以《天演论》为例，其文辞没有生硬地"移植"欧式语言，呈现出雄峻典雅的中国风格。赫胥黎原著以简洁生动的诗一般的语言阐述了达尔文主义的主要原理，而其立意则在于抨击斯宾塞的社会达尔文主义；严复译著则以渊雅而不失生动流畅的古文文体，表达了对社会达尔文主义和它所包含的伦理思想的深深信仰，发出了"物竞天择"、"优胜劣败"、"适者生存"的振聋发聩的时代强音，而其文辞似乎比在英语语境中更具文采。且看其开头一段：

　　赫胥黎独处一室之中，在英伦之南，背山而面野。槛外诸境，历历如在几下。乃悬想二千年前，当罗马大将恺彻未到时，此间有何景物。计惟有天造草昧，人功未施，其借征人境者，不过几处荒坟，散见坡陀起伏间。而灌木丛林,蒙茸山麓,未经删治如今日者,则无疑也。怒生之草,交加之藤,势如争长相雄,各据一抔壤土。夏与畏日争,冬与严霜争,四时之内,飘风怒吹,或西发西洋,或东起北海,旁午交扇,无时而息。上有鸟兽之践啄,下有蚁蝝之啮伤。憔悴孤虚,旋生旋灭。菀枯顷刻,莫可究详。是离离者亦各尽天能,以自存种族而已。

严复的翻译活动有着强烈的现实动因乃至政治抱负。作为翻译家的严复,其所关注的既非翻译本身,亦非西学原著,而是如何经由他的翻译活动使那些亟待输入中国的西洋学术思想对中国读者产生切实的影响。明于此,我们评判严译名著是否成功的标准,就不应该聚焦于其译作对于原著的忠实程度及其文笔是否过于渊雅等问题,而应该考量其翻译活动在当时的救亡启蒙、维新自强运动中发挥了多大作用,产生了怎样的社会影响。曹聚仁统计了几十年间所阅读的五百多种回忆录,言其“很少不受赫胥黎《天演论》的影响,那是严氏的译介本”(《中国学术思想史随笔》)。如此看来,作为翻译家的严复无疑获得了巨大成功。

严复在多年的翻译实践中总结了一整套相当完整严密的翻译理论,并通过“译例言”、序文、论文、书信等方式传达出来。其翻译观点涉及翻译理论的诸多方面,如翻译标准、翻译态度、译者应具备的条件、术语定名原则等,很有见地,堪称卓识。其中,他对翻译标准的厘定尤为后人所称道。1898 年,严复在《天演论·译例言》中提出:

　　译事三难:信、达、雅。求其信已大难矣,顾信矣不达,虽译犹不译也,则达尚焉。……

　　……此在译者将全文神理,融会于心。则下笔抒词,自然互备。至原文词理本深,难于共喻,则当前后引衬,以显其意。凡此经营,皆以为达,为达即所以为信也。

　　《易》曰:“修辞立诚。”子曰:“辞达而已。”又曰:“言之无文,行之不远。"三者乃文章正轨,亦即为译事楷模。故信、达而外,求其尔雅,此不仅期以行远已耳。实则精理微言,用汉以前字法、句法,则为达易;用近世利俗文字,则求达难。

理想的翻译必须做到"信、达、雅"三者的和谐统一,是谓"译事楷模"。其中,"信"强调的是对原著的忠实。"达"即达旨,准确传达原著之精神,也是强调意义的重要性,并非文法修辞层面上的通顺畅达,"达"的最终目其实也是"信","为达即所以为信也"。其所崇尚的"雅",则是与"近世利俗文字"相对的"汉以前字法、句法",这样才能在翻译西学著作中的"精理微言"时有利于做到"达"的效果,且文笔渊雅,宜于行远。在严复看来,"达"以意义为本,"雅"也是追求"达"的手段和方法,"信、达、雅"始终以译著的内容和意义为中心,是有机的统一体。在那个以意译为风尚、"豪杰译作"风行一时的时代,"信、达、雅"翻译标准的提出,无疑有着重要的现实指导意义。尽管很少有人堪当"信、达、雅"的"译事楷模",但它作为一种翻译标准和理想,却得到了翻译界的公认,一直被奉为翻译界的"金科玉律"而发挥着持久的影响力。

第三节　林译小说

林纾是清末民初文学翻译界的一代宗师,亦是著名的古文家、诗人、画家和小说家。他以翻译小说成名,晚年却更看重自己的古文家身份。作为以独特方式专事小说翻译的文学翻译家,不懂外文的林纾以骄人的"翻译"实绩,为中国读者和作家打开了一扇通往世界的文学之窗,影响了一个时代。

林纾(1852—1924),字琴南,号畏庐,别署冷红生,福建闽县(今福州市)

人。少年嗜书如命,博闻强志,渐有文名,1882 年中举,会试则屡试不第,绝意仕途,专心教书和研习古文。1899 年《巴黎茶花女遗事》在福州刻印,一纸风行,从此一发而不可收地开始了译书生涯。1901 年结识吴汝纶,所作古文为吴氏推崇,声名益著,遂自觉为桐城古文张目。1906 年以文名被京师大学堂聘为预科和师范馆经学教员。1914 年辞去北大教职。其后,主要以翻译小说和鬻文作画为生。1917 年,胡适、陈独秀发动文学革命,视古文如命脉的林纾站到了新文化运动的对立面。1924 年 10 月 9 日在北京去世。

作为文学翻译大师,林纾译著了一百八十余种域外小说,而且有"四十余种世界名著"(郑振铎语)。其古文创作集中在晚年,有《畏庐文集》(1910)、《畏庐续集》(1916)和《畏庐三集》(1924)存世。后半生一直致力于古文选评、教授和理论撰述,古文研究成果荟萃于《韩柳文研究法》(1914)、《春觉斋论文》(1916)和《文微》(1925),并有多种古文选评本行世。诗有《闽中新乐府》(1897)、《畏庐诗存》(1923)。画论有《春觉斋论画遗稿》(1935)。著有文言长篇小说《剑腥录》(1913)、《金陵秋》(1914)等五部,短篇小说《践卓翁短篇小说》(1913—1917)、《技击余闻》(1914)等五种,传奇《蜀鹃啼传奇》、《合浦珠传奇》、《天妃庙传奇》(1917)三种。

林纾自言"不审西文",其小说翻译完全靠与通外文的口述者合作。其主要合作者,法文有王寿昌、王庆通、王庆骥、李世忠等,英文有魏易、曾宗巩、陈家麟、毛文钟等。自 1914 年起,商务印务馆开始编辑《林译小说丛书》,共收书一百种,风靡全国。"林译小说"便成为林纾翻译外国小说的统称和中国近代文学史上一个专有名词。林译小说涉及英、法、美、俄、希腊、挪威、瑞士、日本、比利时、西班牙等十几个国家近百位作家的作品一百八十多种,其中包括托尔斯泰、莎士比亚、狄更斯、雨果、巴尔扎克、大仲马、小仲马、易卜生、塞万提斯、欧文、斯托夫人、柯南道尔、笛福等世界著名作家,数量之巨,范围之广,创造了中国近现代文学史上前所未有的纪录。

林纾翻译最多的是英国作家哈葛德的小说,有《迦茵小传》、《鬼山狼侠传》等二十种;其次为柯南道尔,有《歇洛克奇案开场》等七种。林译小说属于世界名著的，英国有迭更斯(狄更斯)《块肉余生述》、《贼史》等五种，莎士比亚《凯撒遗事》等四种，司各特《撒克逊劫后英雄略》等三种，达孚(笛福)《鲁滨孙漂流记》，斐鲁丁(菲尔丁)《洞冥记》，斯威佛特(斯威夫特)《海外轩渠录》，斯地文(斯蒂文森)《新天方夜谭》，安东尼·贺迫(霍普)《西奴林娜小传》等；美国有欧文《拊掌录》等三种，斯土活(斯托)夫人《黑奴吁天录》；法国有小仲马《巴黎茶花女遗事》等五种，大仲马《玉楼花劫》等二种，巴鲁萨(巴尔扎克)《哀吹录》，预勾(雨果)《双雄义死录》等；俄国托尔斯泰《现身说法》等六种；希腊伊索《伊索寓言》；挪威伊卜森(易卜生)《梅孽》；西班牙西万提司(塞万提斯)《魔侠传》；日本德富健次郎《不如归》等。

林译小说虽不乏名家名作，但知名度最高、读者反响最大、译笔雅驯简洁、堪称雅俗共赏者，还是早期以《巴黎茶花女遗事》、《迦茵小传》为代表的言情小说。1897 年成书的《巴黎茶花女遗事》，由"晓斋主人(王寿昌)口译"、"冷红生(林纾)笔述"，是林译小说处女作。此书一出，立即风靡，"外国《红楼梦》"之誉不胫而走。译界泰斗严复禁不住慨叹："可怜一卷茶花女，断尽支那荡子肠。"(《甲辰出都呈同里诸公》)今人论及林译《巴黎茶花女遗事》的主题意义时，往往突出"反封建主题"，而事实上该著在表现茶花女的真挚爱情的同时，却又着意突出她知晓大义、富于自我牺牲精神的崇高德性，林纾在译介的过程中悄然置换了原著旨在批判资产阶级虚伪道德观念的主题，从而在晚清中国读者中获得了强烈的情感共鸣和道德认同。1905年，林纾与魏易合译的《迦茵小传》出版，原著作者是英国以善写通俗小说出名的哈葛德。小说写平民女子迦茵与贵族子弟亨利邂逅相遇而一见钟情，后来为了亨利的家庭利益毅然主动退出，最后为保护心上人免遭情敌毒手而化装成亨利代为受死。爱情的坚贞和撕心裂肺固然令无数"支那荡子"为之断肠，主人公马克和迦茵为爱而牺牲的崇高德行，更为译者和中国读者所推重。清末民初的言情小说翻译家和作家，大都以模仿林译笔调为时尚，足见其当年的风靡程度。

"林译小说"作为林纾翻译实绩的代名词，构成了中国近代翻译文学史上一道亮丽的风景线,影响了几代人,有着不容低估的历史意义。

第一,以显赫的翻译实绩和巨大的社会影响力,初步扭转了中国士人对外国文学的偏见,开了翻译域外小说的风气,丰富了中国近代小说的文体与类型。小说在中国历来是"小道",而19世纪末的中国士人几乎没有接触过真正意义上的西方文学作品,对外国小说更为轻视。19世纪70年代以降,虽有《昕夕闲谈》(1873)、《百年一觉》(1894)、《译滑震笔记》(1897)等西洋小说译介过来,但译笔不够生动,原著本身也缺乏动人心魄的情感力量,其传播范围和产生的社会反响与文学效应都很有限,尚不足以改变中国士人对西方文学的偏见。直到《巴黎茶花女遗事》问世,西洋文学新异的思想面貌、富有魅力的人物形象及摧魂撼魄的情感力量才第一次被国人认识到。

第二,以古朴畅达的拟古文体译著小说,极大地提高了小说的社会文化地位和文学地位。20世纪初叶中国士人对小说的兴趣和小说观念的切实改变,与这一时期风靡一时的林译小说关系甚大。尽管林译小说所使用的古文语体,并不符合1902年以后兴起的"小说界革命"的语体革新精神,但两者在提高小说的文体地位方面却起到了异曲同工的效应。胡适《五十年来中国之文学》中就严复用古文翻译《天演论》所作的那个著名的譬喻——"严复用古文译书,正如前清官僚戴着红顶子演说,很能抬高译书的身价"——同样适用于林纾;他对林译小说历史功绩的评价——"古文不曾做过长篇的小说,林纾居然用古文译了一百多种长篇小说,还使许多学他的人也用古文译了许多长篇小说;古文里很少滑稽的风味,林纾居然用古文译了欧文与迭更司的作品;古文不长于写情,林纾居然用古文译了《茶花女》与《迦茵小传》等书。古文的应用,自司马迁以来,从没有这种大的成绩"——今天看来也还站得住脚。林译小说的流行,极大地提高了小说的文体地位。

第三,使用较为自由活泼的文言翻译小说,不自觉地促进了语言和文体的变革。林纾翻译西洋小说所用的语言是他心目中认为较通俗、自由、活泼的文言,尽管保留很多"古文"成分,但比"古文"自由得多。从词汇和句法看,规矩不甚严密,收容量亦很宽大。古文里绝不容许的所谓"隽语"与"佻巧语",如梁上君子、五朵云、土馒头、夜度娘等,口语如小宝贝、爸爸等,流行的外来新名词如普通、程度、幸福、社会、团体、脑筋等,音译词如密司脱、安琪儿、苦力、俱乐部等,在林译小说中都出现了。林译小说的语言既继承了传统古文的某些优点和风格,又冲破了古文森严的戒律,在语法、句法上进行了必要的革新,把白话口语、外来语乃至欧化句法引入译文,对于近代文学语言由旧向新的过渡转型产生了重要影响。

第四,以《巴黎茶花女遗事》为代表的林译小说所开启的具有现代意义的叙事模式对清末民初新小说创作产生了直接的影响,在中国小说叙事模式现代化的过程中发挥了重要作用。《巴黎茶花女遗事》所采用的倒叙方式和大量的内心叙事,对清末民初新小说产生了广泛影响;其采用的第一人称限制叙事视角和日记体形式,启迪了新小说家的限制叙事意识,推动了中国小说叙事角度的近现代转型。该著采用了三重第一人称限制叙事视角:一是旁观的叙述人;一是男主角亚猛;一是重病缠身的马克格尼尔(日记形式)。为了避免读者将原著的第一人称叙述误认为是译者的叙述,林纾将本是小说中的旁观叙述人"我"改为"小仲马",这种改变大概可以代表晚清小说家对西洋小说的不够彻底的理解。限制性人物视角的出现,标志着小说中个人主体意识的增强。作为第一部第一人称限制叙事的翻译作品,《巴黎茶花女遗事》对中国小说影响深远,吴趼人的《二十年目睹之怪现状》、符霖的《禽海石》、苏曼殊的《断鸿零雁记》和《碎簪记》、何诹的《碎琴楼》、吴双热的《孽冤镜》等小说都有意识地学习这种叙事方式。至于其第一人称的变体——书信体小说,我们从徐枕亚的《玉梨魂》《雪鸿泪史》,周瘦鹃的《花开花落》,包天笑的《飞来之日记》,吴绮缘的《冷红日记》等小说中,都可见模仿的端倪。

第五,影响和哺育了大批现代作家。林译小说对一大批现代作家文学倾向的形成、文学道路的选择产生过直接的影响。鲁迅、周作人、胡适、郭沫若、茅盾、朱自清、冰心、庐隐、钱锺书等都有过嗜读林译小说的经历。周氏兄弟一直是林译小说的热心读者,对他们影响最大的晚清小说,既非梁启超翻译和创作的政治小说,亦非李伯元、吴趼人的社会谴责小说,而是林纾用古文翻译的小说。周作人尝言:"老实说,我们几乎都因了林译才知道外国有小说,引起一点对于外国文学的兴味。"(《林琴南与罗振玉》)钱锺书也说:"林纾的翻译所起的'媒'的作用,已经是文学史上公认的事实……接触了林译,我才知道西洋小说会那么迷人。"(《林纾的翻译》)正因如此,林纾被后世文学史家追认为五四新文学的不祧之祖。

第四节　其他翻译家的文学翻译

20世纪初年,随着小说界革命的兴起和林译小说的风行,文学翻译尤其是小说翻译迎来了一个繁荣时期。诗歌翻译界,出现了马君武、苏曼殊等诗歌翻译家。小说翻译界,周桂笙、徐念慈、吴梼、伍光建、曾孟朴等的文学翻译活动,昭示着与林译小说迥然有别的文学翻译新途径。陈景韩、包天笑、周瘦鹃等小说家的文学翻译活动,丰富了近代文学翻译的题材、类型与风格,某些方面亦显示出近代化的步履与轨迹。而周氏兄弟合译的《域外小说集》的问世,则标志着新一代翻译家和新一代小说家的出现。

一、马君武、苏曼殊的诗歌翻译

诗歌翻译在近代中国面世最早,但在很长一段时期里都是以零章片段的形式附在其他译著之中。19世纪70年代,王韬所译法国国歌和德国的《祖国歌》见于《普法战纪》之中;19世纪90年代,严复所译英国诗人蒲伯(Pope,1688—1744)《人道篇》片段和丁尼生(A. Tennyson,1809—1892)长诗《尤利西斯》之一节见于《天演论》中;1903年,梁启超所译拜伦《渣阿亚》片段和《哀希腊》之两节见于《新中国未来记》之中……以独立篇章形式出现,有意识地译介外国诗歌的阶段则始于20世纪初年,尤其是马君武、苏曼殊等诗歌翻译家出现之后。

马君武精通英、日、德、法等国文字，翻译了许多社会科学著作，如达尔文《物种由来》、约翰·穆勒《自由原理》、斯宾塞《女权篇》、卢梭《民约论》、黑格尔《一元哲学》等；编译了大量自然科学著作，如《平面几何学》、《微分方程式》、《矿物学》、《动物学》、《植物学》等；译介过拜伦、歌德、席勒等人的著名诗篇；翻译了托尔斯泰《心狱》（今译《复活》）、席勒《威廉退尔》等世界名著；编译了《德华字典》等书，成为近代著名的翻译家。

光宣之间，马君武以雄豪深挚的诗笔，采用古歌行和近体诗形式，翻译了拜伦《哀希腊歌》、胡德《缝衣歌》、歌德《米丽容歌》《阿明临海岸哭女诗》等著名诗篇，产生了较大影响。1905 年，他用古歌行体翻译拜伦的长诗《哀希腊歌》，共十六节，其五云："希腊之民不可遇，希腊之国在何处？但余海岸似当年，海岸沉沉亦无语。多少英雄古代诗，至今传诵泪犹垂。琴荒瑟老豪华歇，当是英雄气尽时。吁嗟乎！欲作神圣希腊歌，才薄其奈希腊何！"该诗通过一位希腊诗人之口，缅怀了希腊的光荣历史，哀叹今日祖国被土耳其人入侵凌辱，号召希腊人民起来和侵略者战斗。此前，梁启超采用《沉醉东风》和《如梦忆桃源》曲牌译介过该诗的第一、三节；其后，苏曼殊以五古，胡适以骚体，闻一多以新诗体，分别翻译过拜伦的这首著名诗篇。然而，以气势之雄豪、辞义之畅达、情感之深挚而论，马君武的翻译更胜一筹，尤受时人欢迎。

苏曼殊的翻译活动始于小说，而以诗歌翻译闻名于世。1903 年，他和陈独秀合译的雨果《悲惨世界》的第一个中译本《惨社会》（后又名《惨世界》）刊行，产生了不小的社会反响。同马君武一样，苏曼殊亦是拜伦的崇拜者。颇具浪漫气质和诗人才情的苏曼殊，在西方浪漫主义诗歌译介上可谓独步译林。约在 1907 年居日期间，他开始翻译拜伦的诗歌。1908 年成书的《拜轮诗选》，包括《哀希腊》、《赞大海》、《去国行》等抒情诗杰作，是我国翻译史上第一本外国诗歌翻译集，在清末民初带起了一股"拜伦热"。

他以五言古体翻译《去国行》，"悠悠仓浪天，举世无与忻。世既莫吾知，吾岂叹离群"，译者孤独飘零的家国身世之感与原作者倜傥不羁的诗魂取得了共鸣,打动了许多读者的心。他用四言古体翻译《赞大海》,以古雅的诗体风格,传达出对作为自由和力量象征的大海的礼赞之情。他用五古翻译《哀希腊》,词句典雅整饬,感情沉郁悲壮,加上其契合时人阅读期待心理的庄严的主题,颇激动了一批爱国青年的心。苏曼殊被誉为"中国的拜伦",这不仅因为他是全面译介拜伦诗歌的第一人,而且因其性格、行为和生命历程是对拜伦浪漫不羁精神最好的阐释和注解。

此外,苏曼殊还译介了西方其他浪漫主义诗人如彭斯、雪莱、豪易特、歌德等的诗作,并把中国古典诗歌推向海外,涉猎范围之广,一时无人比肩。他编选的四部翻译诗集《文学因缘》(英译中国古典诗歌集,1908)、《拜轮诗选》(苏曼殊和盛唐山民译拜轮诗集,1908)、《潮音》(英汉诗词曲互译集,1911)、《汉英三昧集》(中英诗歌合集,1914),对于扩大西洋翻译诗歌在中国之影响以及促进中国古典诗歌走向世界,均有重要意义。

二、周桂笙、徐念慈、伍光建等的小说翻译

周桂笙和徐念慈是用白话和直译的方式进行小说翻译的前锋,吴梼、伍光建、曾孟朴等人则是后起之秀。他们的文学翻译活动,在一定意义上显示着近代翻译文学的实绩,昭示着近代文学翻译的新途径。

周桂笙(1873—1936),字树奎,上海南汇人。早年就学于上海中法学堂,专攻法文,兼攻英文,对英法文学有较深造诣。1900年,所译《一千零一夜》在《采风报》连载,是为这部阿拉伯文学名著中译之发端。1902年,所译《公主》、《乡人女》、《猫鼠成亲》、《狼羊复仇》等十五篇童话在《寓言报》刊载,分别选自《伊索寓言》、《格林童话》等书,次年汇集成《新庵谐译初编》一书,是较早的儿童文学翻译集。1906年,《月月小说》在上海创刊,周桂笙任"总译述",吴趼人任"总撰述",恰成黄金搭档。周桂笙翻译出版了二十多本外国作品,成为晚清影响较大的翻译家。他对西洋文学涉猎极广,译作涵盖侦探小说、科学小说、冒险小说、政治小说、言情小说、教育小说、滑稽小说、札记小说等种类,其中有长篇、中篇和短篇小说,有童话、寓言和民间故事。

周桂笙是近代侦探小说和科学小说翻译的先驱者,先后翻译了《毒蛇圈》(1903)、《双公使》(1904)、《歇洛克复生侦探案》(1904)、《福尔摩斯再生案》(1904—1907)、《失女案》(1905)、《红痣案》(1907)、《海底沉珠》(1907)等。他译介侦探小说,意在开通风气,借助小说形式输入西方文明。周桂笙十分重视译介科学小说,意在借此宣传和普及西方近代科学思想与知识,较有影响者有《水底渡节》(1904)、《窃贼俱乐部》(1905)、《地心旅行》(1906)、《飞访木星》(1907)、《伦敦新世界》(1907)等。周氏译品中有大量"札记小说",散见于报刊杂志,后有部分收集在《新庵译萃》(1908)、《新庵译屑》(1914)等著作中,其内容包罗万象,涉及西洋各国的政治、经济、外交、军事、地理、人口、宗教、历史、科学、文艺、医药、交通、社会新闻,乃至风土人情等各个方面,显示出开阔的眼界和对西洋读物广泛的阅读兴趣。

周桂笙是使用白话进行西洋文学翻译的先驱者,亦是"直译"法的较早尝试者。其小说翻译,大抵以通俗的白话和浅近平易的文言为主,这在晚清译界并不多见。他主张采用"直译"之法,其译文非常忠实原著,与当时盛行的"意译"风尚大相径庭。他翻译的《毒蛇圈》(1903),纯用近乎口语的白话,语言自然流畅,是晚清不可多得的上乘之作。其开篇采用的"欧化"的倒装叙述方式,对吴趼人《九命奇冤》等晚清小说创作产生了直接影响。

徐念慈(1875—1908),别号觉我、东海觉我,江苏常熟人。通英、日文,擅长数学和写作。1903年起开始文学生涯,翌年与曾朴、丁祖荫在沪创办小说林社,任《小说林》杂志译述编辑。译著有《海外天》、《黑行星》、《美人妆》、《新舞台》等,多用白话文和浅近文言,力求保持原著的面貌,开拓了翻译的新途径,对翻译界影响很大。其《小说林缘起》、《余之小说观》等文,吸纳黑格尔等西方美学家的理论营养,对小说的艺术特性进行美学研究,观点超越流俗,颇富建设意义。他的《新法螺先生谭》(1905),是中国近代科幻小说创作的前锋。

徐念慈的小说翻译多用纯粹的白话或浅近的文言,加之他注意选择故事性强、情节生动曲折的作品,因而其译作在光宣之际曾风行一时。徐念慈主张"直译",其译作能保持西洋小说原有的体裁、结构与风格,对晚清以降的文学翻译有着积极的影响。

吴梼(1880？—1925)，又名丹初，字㸞中，浙江杭州人。精通日文，其译作多本自日文。1903年曾任上海爱国学社历史教员，并为商务印书馆编写小学历史教材。后在商务印书馆编译所任编辑。吴梼的文学翻译活动始于1904年，其最早译作是本自日译本的德国作家苏德蒙的《卖国奴》(1904—1905年在《绣像小说》连载)。1907年，吴梼译著的莱门忒夫(即莱蒙托夫)的《银钮碑》(即《当代英雄》第一部第一章"贝拉")、溪崖霍夫(即契河夫)的《黑衣教士》、戈厉机(即高尔基)的《忧患余生》(即《该隐和阿尔乔姆》)等小说问世，是为三位俄罗斯作家的第一个中译本，由此奠定了其作为近代俄罗斯文学翻译重镇的译坛地位。吴梼对日本文学翻译用力颇勤，译著有尾崎红叶《侠黑奴》(1906)、《寒牡丹》(1906)，广津柳浪《美人烟草》(1906)，黑岩泪香《寒桃记》(1906)，上村左川《五里雾》(1907)，柳川春叶《薄命花》(1907)，押川春浪《侠女郎》(1915)等。他如马克多槐音(即马克·吐温)《山家奇遇》、葛维士《理想美人》、柯南道尔《斥候美谈》、星科伊梯(即显克微支)《灯台卒》、勃拉锡克《车中毒针》(1905)、莫泊桑《五里雾》(1907)等。

吴梼继周桂笙之后也用白话文翻译外国小说，尤以翻译莱蒙托夫、契河夫和高尔基的名著而闻名。其选本较为注重名家名著；范围涉及俄、日、英、法、德、美、波兰等国家；题材旁及社会小说、英雄小说、冒险小说、侦探小说、历史小说、军事小说、种族小说、言情小说等领域；语言为简洁明快、通俗畅达的白话；出版由商务印书馆包揽，连载不外著名的小说杂志《绣像小说》和《东方杂志》两家……反映出吴梼依托文学市场而又能超越流俗的翻译眼光和雅俗共赏的译著品格。

伍光建(1867—1943)，原名光鉴，笔名君朔，广东新会人。十五岁考入天津北洋水师学堂，拜于严复门下，后被派往英国格林威治皇家海军学院深造五年。1892年归国后就教于天津水师学堂，宣统元年获赏文科进士出身，此后在海军部任职。一生译著甚多，所译哲学、历史、文学等著作共一百三十余种，近千万言。五四之前，伍光建的文学译著有大仲马的《侠隐记》(今译《三个火枪手》，1907）、《续侠隐记》（今译《二十年后》，1907）和《法宫秘史》（1908）等，都很畅销。上述作品均译自英文本，伍光建只对原著进行了少量删削，非常符合大众阅读的节本的原则；其白话译文简洁明快，不失原著风格，人物对话个性鲜明。

在近代译坛，主张用白话直译且要表现出原著的语言文法特点及风格神韵的小说翻译家，还有翻译法国文学成就最著的曾孟朴。他译介的嚣俄（即雨果）的小说《马哥王后佚史》（1906）、《九十三年》（1913），戏剧《枭歟》（1916），语言明白晓畅，达到了"信、达、雅"的统一，显示了较高的翻译水准。

三、陈景韩、包天笑、周瘦鹃等的小说翻译

清末民初的上海文艺界，活跃着一批报人出身的著、译兼治的通俗小说家。其成就较著者，有以翻译虚无党小说著称的陈景韩，以译介教育小说驰名的包天笑，以翻译《欧美名家短篇小说丛刊》为文坛瞩目的周瘦鹃等。

陈景韩（1877—1965），一名景寒，笔名冷、冷血、华生、新中国之废物等，江苏松江（今属上海）人。1899 年留学日本早稻田大学，攻读文学。1902 年归国后历任《大陆》、《时报》、《申报》和《新新小说》、《小说时报》编辑。在清末文坛和译界，陈景韩以译著虚无党小说而闻名，影响较著者有《虚无党》（1904）、《虚无党奇话》（1904—1907）、《女侦探》（1908）、《爆裂弹》（1908）、《杀人公司》（1908）、《俄国皇帝》（1908），采用浅易之文言，译笔简洁而冷隽，时称"冷血体"。虚无党小说由于契合了清末革命派中盛行的暗杀风潮，格外受到一部分热血青年的青睐，极为风行。然而就翻译质量而论，此类作品在其翻译小说中不占上乘。受当时译界崇尚意译风气影响，陈氏虚无党小说的翻译和创作并没有清晰的界限，很多是半译半述。相比之下，他翻译的一些名家名著，态度较为严谨，译文质量更好一些。如法国作家毛白石氏（莫泊桑）《义勇军》（1904）、嚣俄（雨果）《卖解女儿》（1911）、大仲马《赛雪儿》（与毋我合译，1911），俄国作家痕苔（安特莱夫）《心冷》（1910）、蒲轩根（普希金）《俄帝彼得》（1909）、《神枪手》（与毋我合译，1911）等，皆以浅近文言译之，雅洁而流畅，且大都不失原著风格。

包天笑(1876—1973),名公毅,常用笔名天笑生、天笑、笑、钏影楼主等,江苏吴县人。近代著名报人、小说家和翻译家,译著达八十余种。1901年,蟠溪子(杨紫麟)口译、天笑生笔述的《迦因小传》问世,是为其文学翻译活动之起点。他译著的教育小说《馨儿就学记》、《苦儿流浪记》、《埋石弃石记》,合称"三记",受到中华民国教育部褒奖,在民初影响很大。影响最大的《馨儿就学记》是意大利作家亚米契斯《爱的教育》的删改本,属于典型的"豪杰译"。原著中的人名、地名、时间、文物、习俗等,全都采取了中国化的"归化"处理。语言采用浅易文言,半文半白,明快流畅,可读性很强。这部与原著大异其貌的译述之作,彼时却颇受读者尤其是中小学生的欢迎,发行达数十万册。包氏译著中亦有一批"名家名著",如俄国奇霍夫(契诃夫)《六号室》(今译《第六病室》,1910),托尔斯泰《六尺地》(1914),法国嚣俄(雨果)《侠奴血》(1905)、《铁窗红泪记》(1906),大仲马《嫁衣记》(1916),以及据莎士比亚《威尼斯商人》改编的《女律师》(1911)等。这些译著大体传达了原著的精神风貌,更能代表包天笑的翻译水准。

周瘦鹃(1894—1968),名国贤,号瘦鹃,苏州人。1911年开始文学生涯,1913年加入南社。周瘦鹃是一位多产的小说翻译家,译著多达一百六十五种,影响最大的是1917年出版的《欧美名家短篇小说丛刊》,译介了英、法、美、俄、德、意、匈牙利、西班牙、瑞士、丹麦、瑞典、荷兰、芬兰、塞尔维亚等十四个国家的短篇小说五十篇,涉及包括高尔基在内的二十多位世界知名作家,是近代收录短篇小说数量最大、国别最广、名家名著最多的域外小说集。时任国民政府教育部佥事科长的鲁迅给予其很高评价,赞其"足为近来译事之光",可谓"昏夜之微光,鸡群之鸣鹤",并报请教育部嘉奖。

周瘦鹃的文学翻译多为中短篇小说,且名家名著居多,并注意译介东欧和北欧"弱小民族"国家的作品。这一点与翻译《域外小说集》(1909)的周氏兄弟类似。不同的是,周瘦鹃的小说翻译有浅易之文言体,亦有晓畅之白话体(约占三分之一);虽偶有直译,但大多为意译。不过,五四前作为小说翻译家的周瘦鹃比周氏兄弟幸运得多,名气也大得多。

四、周氏兄弟的早期文学翻译活动

20 世纪初年,还在受到日俄战争时事幻灯片刺激决定弃医从文之前,接受严复、梁启超、林纾等人影响的留日学生鲁迅,已经抱着转移性情、改造社会的"启蒙主义"文艺观,认定翻译外国作品是一项重要的文学活动,开始了终生未辍的文学翻译工作。1903 年发表的处女作《斯巴达之魂》,其实就是一篇典型的译著参半的"豪杰译作"。鲁迅自己晚年已经记不起这篇作品的原材料从何处"偷来",中外鲁迅研究专家上穷碧落下黄泉也没能找到这篇"译"作的"老家",以至于学界对《斯巴达之魂》到底是翻译还是创作至今仍莫衷一是。这一饶有意味的现象恰恰说明,在二十三岁的周树人心目中,翻译和创作之间的界限并非泾渭分明,只要能达到唤起国人爱国热忱的目的,著译参半的写作方式尽可以采用。这其实是晚清翻译界和文学界通行的"拿来主义"的做法,动机是救亡启蒙、唤起民众,方法是大刀阔斧、著译参半的"意译"。

1903 年,鲁迅译《月界旅行》、《地底旅行》问世。两部科学小说的译介,既是鲁迅科学救国思想的体现,又是其"文学救国"思想的具体实践。他在《〈月界旅行〉辨言》中对"科学小说"作了堪称经典的界定:"经以科学,纬以人情。离合悲欢,谈故涉险,均综错其中。间杂讥弹,亦复谭言微中。"从取材倾向、主题模式、结构特征和文体风格四个基本侧面粗略地勾勒出了"科学小说"的类型特征。其对"科学小说"类型特征的把握,远比同时代新小说批评家精辟。

周作人的文学翻译活动始于 1904 年。他译自《天方夜谭》的《亚利巴巴与四十个强盗》最初在《女子世界》连载,很快又出了单行本,名之曰《侠女奴》。同年,他将美国作家 E. Allan Poe 的小说《黄金虫》译出,小说林社出版时更名为《玉虫缘》。1907 年,周作人在译著《红星佚史》时,已经注意到文学的独立性和艺术性。他在序中反复阐述小说作为"文之属也"所具有的"主美"和"移情"特征,将情感的重要性放在第一位;这一小说观念,迥异于当时或宣扬辅翼教化、劝善惩恶,或倡导改良群治、新民救国的功利化的小

说观念。该著的问世,标志着作为小说翻译家的周作人文学立场的自觉。

1909 年,周氏兄弟合译的《域外小说集》问世,以追求忠实的直译式翻译方式,隐隐流露出对"近世名人译本"的挑战意味。《域外小说集》所选择的是 19 世纪中后期至 20 世纪初俄国和北欧作家的作品,旨在体现欧洲"近世文潮",即西方浪漫主义之后的现代文学思潮,显示出将"异域文术新宗"输入中国的明显用意。其所选择的西方现代形态的短篇小说,多属侧重主观表现的抒情化小说,这种缺乏完整情节、绝少故事性可言的现代短篇小说新体式,不仅对晚清中国读者来说是超前的,即便在彼时的西方亦属于先锋形态。《域外小说集》在审美形态和叙述方式上与中国传统小说的巨大差异,注定了其在当时寂寞的命运。

周氏兄弟的翻译文笔受林译小说的影响,采用古雅朴讷的文言,但却比林译善于传达原作韵味,这得益于他们采用的直译方式。然而,与风靡一时的林译小说形成巨大反差的是,《域外小说集》第一、二册在问世后的十多年时间里各售出二十册,其对清末民初的文学翻译及阅读习尚产生的影响可以忽略不计。《域外小说集》在销路上的"大为失败",原因固然很多,但大刀阔斧式的"豪杰译作"依然流行,晚清译者和读者广为接受的依然是为我所用的"意译"风尚,则是众多原因中不可忽视的一种。

然而,《域外小说集》是指向未来的,它的问世标志着新一代翻译家和新一代小说家的出现,虽然周氏兄弟的这一身份要到许多年之后才被社会所广泛认可。《域外小说集》在当时未能实现的潜在的审美价值和超前的文学观,在十年后鲁迅的小说创作和周作人的文学理论建树与白话文学翻译中得以实现,并在五四文学革命中发挥了巨大的作用。因此,无论在五四之后成长为一代翻译大家和文学大师的周氏兄弟的个人成长道路上,抑或是在中国近代文学翻译史上,《域外小说集》的问世都具有里程碑意义。

第十八章　王国维

近代中国,乃"三千年未有之变局",社会和文学都发生着急遽的变革。当梁启超等人大张旗鼓地开展"文学界革命",把文学作为"新民"之利器的时候,王国维却独辟蹊径,在中西哲学、美学和文学的比较研究中,思考着文学自身的价值,呼唤着文学的"自觉"。

第一节　生平和学术

王国维(1877—1927),字静安,号观堂,浙江海宁人。中国近代著名学者,在史学、哲学、美学、文艺批评等诸多领域都卓有建树。

王国维的一生,以学术论,大致可以划分为三个阶段:1877—1898 年,在家乡接受传统教育,曾几度参加科举考试,中过秀才;1898—1911 年前后,主要从事中西哲学、美学和文学研究;1911—1927 年,潜心钻研经史之学,终成一代国学大师。

1898 年,王国维来到上海,在时务报馆任校对,业余时间到东文学社学习。在东文学社,王国维初次接触西方哲学,并产生兴趣。他通读西方哲学史,反复研阅叔本华、康德的哲学著作,叔本华思想中的悲观色彩和天才观与王国维忧郁的性格深为契合。对西方哲学的潜心研读,既解答了王国维的人生疑问,慰藉了他的苦闷感情,又满足了他对纯粹知识的追求,也为他重新阐释中国"固有之哲学",提供了新的参照系。研究西方哲学、美学,并进而以西方哲学美学研究所得的崭新视野,返观中国文化,促进中西哲学、美学的彼此借鉴与化合,王国维无疑是先行者之一。

1907年,王国维的治学兴趣由哲学转向文学,并有志于戏曲研究。抱着振兴中国戏曲的志向,王国维潜心于中国词曲的研究,专力从事古代戏曲搜集、整理与总结。1913年初,撰成《宋元戏曲考》;后易名《宋元戏曲史》。《宋元戏曲考》既是王国维研究戏曲的总结之作,也是中国现代戏曲研究的奠基之作。

辛亥革命爆发后,王国维随罗振玉率全家避居日本。其间,尽弃早期的哲学、文学研究,专攻经史之学,并在金石学、甲骨学、敦煌学、蒙元历史等诸多领域做出了辉煌的成绩。

1916年,王国维回国,至上海,应哈同之聘,任教于仓圣明智大学,并主持《学术丛编》。编辑《学术丛编》的几年中,王国维治学涉及古代礼制、文字学、甲骨学、金石学、敦煌学、音韵学、版本目录学等诸方面。这其中大多数领域,他在日本时期已经有所涉猎,至此时研究愈益精深,见解更为周密。

1925年,王国维任清华大学国学研究院教职,讲授《古史新证》、《说文》、《尚书》等课程,从事《水经注》校勘及蒙元史研究,成为现代蒙元史研究的重要奠基人。

1927年6月2日,王国维自沉于颐和园昆明湖。一年后,清华立王国维先生纪念碑,铭文有"惟此独立之精神,自由之思想,历千万祀,与天壤而同久,共三光而永光"之语。是年,编成《海宁王忠悫公遗书》四集。1940年,赵万里、王国华合编《王静安先生遗书》刊行。1983年,上海古籍出版社又据此刊本影印,名为《王国维遗书》。2010年,《王国维全集》问世,凡二十卷。

第二节 文学观

王国维一生从事文学的时间不长,其留下的相关文字除了《红楼梦评论》《人间词话》《宋元戏曲考》之外,还有收入《静安文集》《静安文集续编》中的一些论文文章。王国维在文学研究领域真正值得重视的成就,不在于上述任何一篇作品的单独价值,更重要的是他能够"把西方新观念融入中国旧传统,为中国旧文学开拓了一条前无古人的新的批评路径"(叶嘉莹《王国维及其文学批评》)。

一、无用之用

王国维的哲学、美学思想深受叔本华、康德的影响。王国维认为:"可爱玩而不可利用者,一切美术品之公性也。"文学是美之精神的体现,因而具有"美之普遍之性质"。也就是说,文学是超功利的,自身有自身的目的,其价值也就存在于其自身之内而不存于其外。

由审美无功利出发,王国维提出了"无用之用"的文学功用观。在《论哲学家与美术家之天职》中,王国维指出:"天下有最神圣、最尊贵而无与于当世之用者,哲学与美术是已。天下之人嚣然谓之曰无用,无损于哲学、美术之价值也。至为此学者自忘其神圣之位置,而求以合当世之用,于是二者之价值失。"文学"可爱玩而不可利用"的纯粹性质,可以引起读者的"审美的感动""审美的快感",从而慰藉读者的"微妙之感情"而带给读者精神的满足。因此,文学"决非为吾人之利用厚生"的,而"实为吾人自身供娱乐之用者"(《霍恩氏之美育说》)。与政治、实业等的"利用厚生"相比,文学与哲学、美学一样超越于一切利害关系之外而"不可利用",仅有"可爱玩"的"无用之用"。在王国维看来,文学的"无用之用",较之政治实业"利用厚生"的"有用之用",既有贵贱之别,又有久暂之分。政治实业能够满足的是人类低等层次的需要,而文学志在以"记号"揭示"天下万世之真理",满足了人类对"纯粹之知识与微妙之感情"之追求;并且只要文学所揭示的真理和作为文学表述符号的语言还存在,这种慰藉满足就具有永恒意义。古往今来多少帝王将相被时光吞噬,没有丝毫痕迹留下来,但一部伟大文学作品历千万载仍能给予读者同样的甚至更深刻的感动。因此,"无用之用"是内在的、审美的、精神的、永恒的,它规定了文学的纯粹"自性",以否定的方式将文学与有形的、外在的、物质的、实用的功效分开。

文学必以自身为目的,而不能视为手段,其价值正在于"无用之用",这是文学"自觉"的关键之所在,也是文学获得"独立之价值"而发达的原因之一。在"温柔敦厚,诗之教也"与"文以载道"观念的引导下,我国文人"自忘其神圣之位置,而求以合当世之用",缺乏自觉的"审美之趣味",没有"纯粹美术上之目的",而以文学为政治与道德之附庸,把文学当作实现政治抱负的工具与道德惩劝的手段,大文学家也像哲学家一样,都以实现政治抱负为人生价值的实现。所以王国维感叹道:"呜呼! 美术之无独立之价值也久矣。此无怪历代诗人,多托于忠君爱国劝善惩恶之意以自解免,而纯粹美术上之著述,往往受世之迫害而无人为之昭雪者也。此亦我国哲学美术不发达之一原因也。"(《论哲学家与美术家之天职》)文学自身的目的在于以有意味的形式揭示自然人生的真理,文学自身的价值在于使人在审美中得到"纯粹之知识",慰藉满足"微妙之感情",如果把文学作为"道德、政治之手段",太执着于政治、道德的功利,只能使文学失去"神圣之位置"与"独立之价值",而为政治、道德所奴役。

二、悲剧观

1904 年发表的《红楼梦评论》,是王国维早期的美学及文学纲领,也是第一部运用西方哲学和美学观念,从文学批评的角度来诠释和衡定《红楼梦》艺术价值的著作,初步建构了现代悲剧理论。

《红楼梦评论》指出,生活的本质就是欲望,人生而有欲望,欲望与人生相始终。欲望得不到满足时人会感到痛苦;欲望得到满足则感到空虚,而空虚也是痛苦的一种。人的生命就不断在"欲望——痛苦——新的欲望——新的痛苦"之间苦苦挣扎,而这种苦痛,随着文化愈进、知识弥广而愈进愈广愈深。"故欲与生活与苦痛,三者一而已矣。"所以,生活即是欲望,即是痛苦,生活的本相即是痛苦、是悲剧。《红楼梦》在美学上的意义就在于深刻揭示了生活的悲剧本相,"《红楼梦》一书,实示此生活此苦痛之由于自造,又示其解脱之道不可不由自己求之者也。"《红楼梦》因此成为真正的悲剧,宇宙间之绝大著作。王国维认为,中国传统向来缺乏悲剧与悲剧精神,独《红楼梦》例外,"吾国人之精神,世间的也,乐天的也,故代表其精神之戏曲小说,无往而不著此乐天之色彩:始于悲者终于欢,始于离者终于合,始于困者终于亨"。《红楼梦》"与一切喜剧相反",也与《桃花扇》这样的悲剧不同,是"彻头彻尾之悲剧"。以贾宝玉与林黛玉的爱情悲剧来说,既不是由"极恶之人"造成的,也不是由"盲目的命运"造成的,"不过通常之道德、通常之人情、通常之境遇为之而已"。就贾宝玉的人生悲剧来说,其痛苦是"人人所有之痛苦",其解脱乃是"通常之人解脱之状态"。《红楼梦》这样"示人生最大之不幸,非例外之事,而人生之所固有"的"悲剧中之悲剧",最足以"动吾人之感情"。

在《宋元戏曲史》中,王国维以《窦娥冤》、《赵氏孤儿》作为真正之悲剧,从而对其悲剧理论有所补充。《窦娥冤》、《赵氏孤儿》在悲剧的发生与发展中,虽然"有恶人交构其间",不是"普通之人物、普通之境遇,逼之不得不如是",但其中人物的悲壮行为是出于其"意志",因此,在王国维看来,其价值与《红楼梦》一样,完全可以与莎士比亚、海别尔(黑贝尔)的悲剧相颉颃。

三、境界说

《人间词话》连载于 1908 年 10 月至 1909 年 1 月的《国粹学报》。1910年经作者删定为一卷(六十四则)。《人间词话》是王国维在对大量词集的校雠整理基础上产生的文学批评著作,在这部言简意赅而自具美学理论系统的文学批评著作中,王氏提出了著名的"境界说"。

词话开宗明义:"词以境界为最上。有境界则自成高格,自有名句。"何谓有境界？"境非独谓景物也,喜怒哀乐亦人心中之一境界。故能写真景物真感情者,谓之有境界。否则谓之无境界。"是否表现真景物、真感情是有无境界的标志,有境界的作品既有对外在景物的描写,又有对内在情感的传达,而且两者必须统一于"真"。王国维受叔本华影响,认为"直观之知识,乃最确实之知识",因此,这里的"真景物",就是诗人摆脱一切利害关系,沉浸于直观而得到的"代表其物之一种之全体"的"实念",是得"物之神理"者;"真感情"则是把感情作为"直观之对象"而把握住的个性化的人类情感,是超越个人局限的具有普适性的人类情感。

境界的创造有两种方式,即"造境"与"写境":"有造境,有写境,此理想与写实二派之所由分。然二者颇难分别,因大诗人所造之境必合乎自然,所写之境亦必邻于理想故也。"作家在观察自然人生的过程中,按照自己的经验,如实地描写自然,抒发情感,这就是"写境";展开想象,按照"美术之本体之理想界"即"美之预想"来经营文学世界,这就是"造境"。"造境"主要建立于"观我"的基础上,"写境"主要建立于"观物"的基础上。

如果说"造境"与"写境"是从境界构造方法的角度对境界的阐释,"有我之境"与"无我之境"则是从物我关系及表现效果的角度对境界的阐释。"有我之境,以我观物,故物皆著我之色彩",诗人胸中蕴集丰富的情感,当他凝神观照外界事物的时候,这些情感就会移注到所观照的事物中,从而使无感情的事物浸染上创作主体的情感色彩。在这个过程中,主体与客体要发生一定的交流,甚至发生抗拒冲突,最终主体选中特定的外物作为情感的载体,客体也接受了主体的情感灌注,从而创造出我情我意浓郁鲜明的艺术境界,所以王国维说"有我之境,于由动之静时得之"。诗人的胸臆因在与外物的对立交错中得到抒发而渐趋和谐,因此得以超越物我利害关系,实现心境的平和,给人带来一种"宏壮"的审美效果。

"无我之境,以物观物,故不知何者为我,何者为物"。从表现效果上说,"无我之境"的"无我"不是"我"的完全消失,只是主体情感表现得比较含蓄隐蔽,主观性虚浑冲淡而已。诗人内心涤除"生活之欲",成为一个纯粹的观察主体,在直观中泯灭物我界限,忘掉一切关系,如镜照形,从而与外物"相契于意言之表"。经过这样的"以物观物",创作便是"其所写者,即其所观",经营出"物我无间,而道艺为一,与天冥合,而不知其所以然"的审美境界(《此君轩记》)。"无我之境,人惟于静中得之",诗人之所以能够创造出几近"无我"的境界,乃是因为诗人在观物时处于一种极为虚静的状态,而这种在宁静中领略创造的美,乃是纯粹的"优美"。

王国维曾自豪地说:"沧浪所谓兴趣,阮亭所谓神韵,犹不过道其面目;不若鄙人拈出'境界'二字,为探其本也。"境界的美学风格是多样的,"大"境界表现亢奋的感情与雄浑的气象,给人带来壮美之感;"小"境界表现宁静的心态与幽闲的氛围,给人带来优美之感。"一切之美,皆形式之美也。""优美"和"壮美"是第一形式之美,既存在于自然又存在于艺术之中,而我们之所以能感受到艺术境界中的优美与壮美,"实以表出之之雅故,即以其美之第一形式,更以雅之第二形式表出之故也"。而在王国维看来,"凡吾人所加于雕刻书画之品评,曰'神'、曰'韵'、曰'气'、曰'味',皆就第二形式言之者多,而就第一形式言之者少。文学亦然"(《古雅之在美学上之位置》)。"兴趣"、"神韵"自有其价值,但相对于蕴涵着第一形式之美——优美与壮美——审美特质的境界来说,终属第二形式之美。

"一切形式之美,又不可无他形式以表之,惟经过此第二之形式,斯美者愈增其美"(《古雅之在美学上之位置》)。自然人生中的各种境界,无论"诗人之境界"还是"常人之境界",只有诗人能够感受,也只有诗人"能写之"(《清真先生遗事》)。诗人要写出自然人生中的境界,就必须"就自然中固有之某形式,或所自创造之新形式,而以第二形式表出之"(《古雅之在美学上之位置》)。但是诗人秉性各异,才分不同,对"第二形式"的把握创造有巧有拙,因此对自然人生中境界的表现就产生了"隔"与"不隔"的分别。如果"第二形式"与"第一形式"完全和谐一致,作品创造的境界中的情景就能够如在自然人生中那样直接诉诸读者的审美力,使人浑然不觉"第二形式"的存在而得到一种"直观",这就是真切"不隔";如果两种形式弥纶不周,使读者产生景物、情意隐晦的感觉,这就是"隔"。

景物纷纭,性灵不居,感受把握非常不容易,只有天才大诗人,由于他们不失"赤子之心",又有"旷世之文才"(《叔本华与尼采》),所以不但"所见者真,所知者深",而且能够驾驭语言,随物赋形,言情写景都"语语如在目前",可以直观,因此有"不隔"之妙。一言以蔽之,"不隔"就是"自然"。即使无文学天才的作家,"苟其人格诚高,学问诚博",也可以借助"修养之力",创造出"妙处唯在不隔"的境界。"境界"说以情景为材料,以"真实"、"自然"为标的,既重视才学,也不忽视品性,是王国维研阅东西美学,融会中外文学,对文学创作提出的一个纯粹的诗学美学标准。

王国维从事哲学、美学、文学研究的时间并不长,但他对纯粹美学的研究、纯文学的呼唤,以及对作为诗学美学标准的"境界"说的阐释,犹如空谷足音,跫然使人欣喜,为中国文学的觉醒并走向现代化奠定了基础。

第三节　诗词创作

一、诗歌创作

王国维诗现存一百九十二首。王国维的诗歌创作集中在三个时期。1898—1905 年为第一时期。1898 年 2 月,年轻的王国维离开家乡来到上海,3 月,入东文学社,开始接触新学,随后的几年时间,他辗转各地求学、教书、编杂志、写文章,也留下了收入《静安诗稿》中的古今体诗歌四十九首。这一时期王国维醉心哲学,西方哲学家叔本华、康德、尼采等人学说尤其让他"心释神怡"。初入社会,生活、学术路向选择与矛盾时时纠结于心,加之体弱多病,凡此种种,使王国维的诗作情感丰富,哲思深邃,常笼罩悲伤、抑郁色调。

作于 1899 年的《杂感》是王国维早期作品,但其一生情志已于其中清晰可见:"侧身天地苦拘挛,姑射神人未可攀。云若无心常淡淡,川如不竞岂潺潺。驰怀敷水条山里,托意开元武德间。终古诗人太无赖,苦求乐土向尘寰。"天地之大,却侧身拘挛,无法舒展身心;向往纵情快意于山水之间,向往乐土,但人间乐土终不可得。同样的情感一再为诗人提及,"人生苦局促,俯仰多悲悸"(《游通州湖心亭》),"人间地狱真无间"(《平生》),"此地果容成小隐,百年那厌读奇书。君看岭外嚣尘上,讵有吾侪息影区"(《重游狼山寺》)。在《题梅花画箑》中,诗人憎恶恐怖现实,向往罗浮山下的梅花林,希望那是一片净土,能寄托自己如梅花一样孤寒而高洁的襟怀:"梦中恐怖诸天堕,眼底尘埃百斛强。苦忆罗浮山下住,万梅花里一胡床。"

静安是家中长子,刚成人即与父亲分担养家重担,他并非长袖善舞之人,其内敛拘谨的个性短于与人交往,所以一入人世谋生之艰难与劳苦便常常困扰诗人,引发深沉感喟。《冯生》最直白呈现生活之困窘:"众庶冯生自足悲,真人何事困馔饴。家贫且贷河侯粟,行苦终思牧女糜。溟海巨鹏将徙日,雪山大道未成时。生平不索长生药,但索丹方可忍饥。"冯生,语本汉贾谊《鵩鸟赋》,意为恃矜其生,贪生。静安一生为衣食奔走,故对"冯生"一语深有所感。

与《冯生》相似的还有《尘劳》:"迢迢征雁过东皋,谡谡长松卷怒涛。苦觉秋风欺病骨,不堪宵梦续尘劳。至今呵壁天无语,终古埋忧地不牢。投阁沉渊争一间,子云何事反离骚?"为谋生活不得不终日"尘劳",偏偏"病骨"难支,所谓"因病废书增寂寞,强颜入世苦支离"(《病中即事》),人生之苦可以想见。诗人体弱,一生为疾病所扰所苦,每欲振翅高飞,又每每因疾病坠回原点。去日本留学仅数月而归尤其是诗人抱憾终生之事。《五月十五夜坐雨赋此》即写于从日本归国不久:"积雨经旬烟满湖,先生小疾未全苏。水声粗悍如骄将,天色凄凉似病夫。江上痴云犹易散,胸中妄念苦难除。何当直上千峰顶,看取金波涌太虚。"虽然屡屡受挫,但心中远行的念头从没消除,诗人渴望终有一日能直上千峰顶,实现自己的人生目标。

尘世生活的诸多困扰,使诗人开始拷问人存在本身的意义,所谓"人生之问题日往复于目前",受叔本华影响,这样的拷问与探寻充满悲凉况味。

《拚飞》可以说是叔本华悲剧人生观的图解："拚飞懒逐九秋雕,孤耿真成八月蜩。偶作山游难尽兴,独寻僧话亦无聊。欢场只自增萧瑟,人海何由慰寂寥。不有言愁诗句在,闲愁那得暂时消。"叔本华认为,"人生是在痛苦和无聊之间像钟摆一样的来回摆动着"(《作为意志和表象的世界》)。诗人所谓"拚飞",也是叔本华所说的"无目标无休止的追求挣扎",什么活动都是无聊的,无论是在山林中,在欢场里,都无法摆脱那与生俱来的痛苦。

生存是痛苦的,诗人苦苦寻求解脱之道而不得,面对时时处处的歧路、穷途与矛盾,"只分杨朱叹歧路,不应阮籍哭穷途。穷途回驾无非失,歧路亡羊信可吁"(《天寒》),"人生过处惟存悔,知识增时只益疑"(《六月二十七日宿硖石》)。诗人黯淡苦笑,只能"书成付与炉中火,了却人间是与非"(《书古书中故纸》)。

1911—1916年为诗人诗歌创作第二阶段。1911年辛亥革命爆发,王国维避居日本京都郊外。京都五年,诗人一方面得以远离尘世纷扰,静心读书,学问精进;另一方面,逊清遗老的身份却又使他难以忘情国内政事时事,家国之感时时涌上心头,难以排遣。《人间词话》曾语及"政治家之言"与"诗人之言"的区分:"'君王枉把平陈业,换得雷塘数亩田。'政治家之言也。'长陵亦是闲丘陇,异日谁知与仲多?'诗人之言也。政治家之眼,域于一人一事;诗人之眼,则通古今而观之。词人观物,须用诗人之眼,不可用政治家之眼。故感事、怀古等作,当与寿词同为词家所禁也。"诗人言下对"政治家之言"颇有非议,但诗人这一阶段的创作却俱可看作"政治家之言",其咏叹史事往往以史喻今,别有深意在,而感抒时事,又多用典,意曲旨隐,呈现出另一种风貌。

创作于1912年的"壬子三诗"《送日本狩野博士游欧洲》、《蜀道难》、《颐和园词》是王国维"政治家之言"的代表作品。《送日本狩野博士游欧洲》为论学之作,狩野博士名直喜,字君山,日本京都大学教授,因敦煌文献研究与静安结交。此时拟赴欧洲考察巴黎、伦敦的博物馆所藏敦煌文献,行前静安赋此诗以赠。是诗虽为论学之作,但对晚清新学与世风颇多指斥。

《蜀道难》是诗人为尚书端方作。辛亥革命起,端方率鄂军入川,部众皆变,端方为部将所杀。此诗叙述端方的生平事迹及学术成就,对其被杀过程更详细描写,并深表惋惜。

壬子三诗中以《颐和园词》为静安生平最为得意诗作:"前作《颐和园词》一首,虽不敢上希白傅,庶几追步梅村。盖白傅能不使事,梅村则专以使事为工。然梅村自有雄气骏骨,遇白描处尤有深味。"(王国维《致铃木虎雄书》)全诗一百四十四句,凡一千零八字,堪称鸿篇巨制。诗以慈禧为主人公,追记清末史事,从咸丰朝历史开始追忆,慈禧励精图治,任贤使能,国运昌旺,同治中兴,随后兴建颐和园,一派歌舞升平。目睹盛世,诗人以慈禧口吻回首平生,五十年执掌权柄,其间多有劬苦、辛劳,更有惊心动魄处。慈禧殁后,国事变迁,千秋功业终归于尘土,而掘墓之人却恰恰是当日为慈禧与大清重视与厚待有加的袁世凯,沧海桑田之巨变让诗人既悲悯又愤慨。全诗怀往感今,俯仰低徊,黍离之悲洋溢在字里行间,但"由于作者清遗老的立场,对慈禧多称颂之词,对清朝灭亡也流露了痛悼哀伤之情"(钱仲联、钱学曾《清诗精华录》)。

1916 年之后为诗人创作第三阶段,其所作多为往来酬酢,其中亦有不少论学之诗,词语艰涩,如《海上送日本内藤博士》、《海日楼歌寿东轩先生七十》等;而《题御笔双鸬鹚癸亥》、《题御笔牡丹》(九首)等更是御用文人的应制之诗,呆板乏味。这一时期王国维的诗词创作大抵缺乏诗人一向推崇之"真性情",已经少有其早期作品的情致与风采了。

二、《人间词》

1906 年 4 月,王国维辑 1904—1906 年间所填词六十一首为《人间词甲稿》,刊于上海《教育世界》杂志。翌年 10 月复辑当年及近年所作词四十三首为《人间词乙稿》,再刊于《教育世界》杂志。1907 年之后,又有词作十一首。1923 年王国维编辑《观堂集林》时,于上述一百一十五首词作中,选取二十三首,辑为《长短句》(1905—1909 年作)。上述三种词集均为王氏生前亲自编定。王氏殁后,后人编印《王国维遗书》,将《人间词》甲、乙稿(除去收入《观堂长短句》者)连同后期少量作品,合刊为《苕华集》(九十二首)。王国维词作情况大抵如是,后人所谓人间词者,亦即上述一百一十五首作品。

王国维的词主要创作于1904—1907年间,这一时期于学术上,王国维正处于浸淫西方哲学日久,并"疲于哲学有日"的学术探索与转向时期;于个人生活上,短短几年时间,王国维一再经历与亲人的生离死别。一方面,苦于生计,王国维分别在通州、苏州、上海、武汉、日本、北京谋生,饱受与老父、娇妻、幼子生离之苦;另一方面,1906—1907年不到两年的时光,他分别失去父亲、妻子和继母,一次次面对阴阳两隔。而于国是言,大清王朝也走到了最后的时光,内外交困,社会动荡,人心惶惶,几乎不可终日。自幼敏感的王国维,置身此国、家、个人命运瞬息万变之际,忧生复忧世,万千思绪、感慨与困惑,一寄于词,区区百首人间词,因此成为王国维此一时期思想、学术与现实生活的最真实写照。

总体而论,人间词可分为以下几方面的内容:

(一)忧世与忧生。《人间词话》云:"'我瞻四方,蹙蹙靡所骋',诗人之忧生也……'终日驰车走,不见所问津',诗人之忧世也。"在王国维看来,"我瞻四方,蹙蹙靡所骋"表达诗人对生存、存在本身意义的忧虑,对生命终极意义的拷问与探寻;而"终日驰车走,不见所问津"则表达诗人对现世、当下、民生的深切关注。王氏一生既忧生复忧世,这方面内容构成他词作最重要的部分。

作于1905年的《浣溪沙》二首是诗人自己极为看重的作品,认为乃"凿空而道,开词家未有之境",已臻于"意境两忘,物我一体"之化境。其一"天末同云"云:

> 天末同云黯四垂,失行孤雁逆风飞。江湖寥落尔安归? 陌上金丸看落羽,闺中素手试调醯。今朝欢宴胜平时。

上阕以失行孤雁作比,写出天地孤零、江湖寥落之境,下阕以欢宴极乐与孤雁结局极悲并举,尤能深切显现生存挣扎之痛苦与人间不平之现实。

其二"山寺微茫"云:

> 山寺微茫背夕曛,鸟飞不到半山昏。上方孤磬定行云。　　试上高峰窥皓月,偶开天眼觑红尘。可怜身是眼中人。

在诗人的眼里,万丈红尘中熙熙攘攘的人群,日夜奔波劳作,却不知道何所为而来又何所为而去。若超越尘世登高极目,其渺小与无谓正如常人眼中的蝼蚁之辈;但诗人自己真能超越吗?在俯瞰红尘的"天眼"中,"我"又何尝不是沉沦下界的芸芸众生中的一员?言辞之沉痛与悲凉让人动容。

《点绛唇·厚地高天》感慨理想与现实事事"相左",天地高阔却不能遂意,反觉天地之大无地可逃,只能独坐林间看红叶转瞬即落,一如生命脆弱年华易逝:

> 厚地高天,侧身颇觉平生左。小斋如舸,自许回旋可。　　聊复浮生,得此须臾我。乾坤大,霜林独坐,红叶纷纷堕。

人世间到处都是理想与现实的阴差阳错、南辕北辙,到处是无谓的抗争和死亡,"辛苦钱塘江上水,日日西流,日日东趋海"(《蝶恋花·辛苦钱塘江上水》),"北征车辙,南征归梦,知是调停无计。人间事事不堪凭,但除却、无凭两字"(《鹊桥仙·沉沉戍鼓》),"人间总是堪疑处,唯有兹疑不可疑"(《鹧鸪天·阁道风飘五丈旗》)……芸芸众生一代代演绎着生老病死、喜怒哀乐的轮回,因盲视而心气平和;诗人敏锐的眼光和敏感的心灵却总是能看破遮蔽、直达真相。洞见是痛苦的,因为洞见,诗人"知人之所不能知,而欲人之所不敢欲……"(《叔本华与尼采》)。诗人心中因此常充满难以排遣的孤愤,言及此,诗人难掩沉郁悲慨之气:

杜鹃千里啼春晚,故国春心断。海门空阔月皑皑,依旧素车白马夜潮来。   山川城郭都非故,恩怨须臾误。人间孤愤最难平,消得几回潮落又潮生。(《虞美人》)

孤愤难平,更难排遣与"将息"的却是哀乐无端难以言传的闲愁,《蝶恋花·陡觉宵来情绪恶》即言不可言状又挥之不去的愁思:

陡觉宵来情绪恶。新月生时,黯黯伤离索。此夜清光浑似昨。不辞自下深深幕。   何物尊前哀与乐。已坠前欢,无据他年约。几度灯花开又落。人间须信思量错。

痛苦的诗人苦苦寻求寻找慰藉之道。诗人以为"犀比六博"之戏可以打发漫长的时光,但"一霎尊前了了见浮生"(《虞美人·犀比六博消长昼》),人生如戏,戏如人生,曲终人散,酒醒梦回,仍是一样的人间,一样的浮生,一样的痛苦、虚无与荒谬。

在《浣溪沙·掩卷平生》中,诗人自陈忧患已极,转而麻木,只好躲进古籍寻求安慰:

掩卷平生有百端,饱更忧患转冥顽。偶听啼鴂怨春残。   坐觉无何消白日,更缘随例弄丹铅。闲愁无分况清欢。

闲愁也罢,清欢也罢,转眼成空,啼鴂哀叹着又一个春天的逝去。"最是人间留不住,朱颜辞镜花辞树"(《蝶恋花·阅尽天涯》),在永恒的时光面前,还有什么是值得在意的呢?且听风声且入清梦,希望在梦里能安放痛苦的诗魂:

月落飞乌鹊。更声声、暗催残岁,城头寒柝。曾记年时游冶处,偏反一栏红药。和士女、盈盈欢谑。眼底春光何处也？只极天、野烧明山郭。侧身望，天地窄。 遣愁何计频商略。恨今宵、书城空拥，愁城难落。陋室风多青灯炤，中有千秋魂魄。似诉尽、人间纷浊。七尺微躯百年里，那能消、今古闲哀乐？与胡蝶，蘧然觉。(《贺新郎·月落飞乌鹊》)

(二)绮思与情语。诗人敏感而多情，却备尝离别之苦，对亲人的思念与追忆，对美好绮丽的感情的向往，构成人间词的另一重要内容。这类作品可视为诗人所言的"情语"。《人间词话》谓"词家多以景寓情。其专作情语而绝妙者……古今曾不多见，余《乙稿》中颇于此方面有开拓之功"。又谓"艳词可作，唯万不可作儇薄语"。人间词之"情语"大抵可算情真意切者。

《虞美人·弄梅骑竹嬉游日》写少女初晓人事、初解相思的清纯："弄梅骑竹嬉游日，门户初相识。未能羞涩但娇痴，却立风前散发衬凝脂。 近来瞥见都无语，但觉双眉聚。不知何日始工愁，记取那回花下一低头。"《浣溪沙·乍向西邻斗草过》写少女游戏之后春困酣眠的天真烂漫："发为沉酣从委枕，脸缘微笑渐生涡。这回好梦莫惊他。"《应天长·紫骝却照春波绿》写女子的倾慕之情，细腻优美："紫骝却照春波绿，波上荡舟人似玉。似相知，羞相逐，一晌低头犹送目。 鬈云敧，眉黛蹙，应恨这番匆促。恼乱一时心曲，手中双桨速。"《清平乐·垂杨深院》写热恋与誓言，浓郁缠绵："垂杨深院，院落双飞燕。翠幕银灯春不浅，记得那时初见。 眼波赝晕微流，尊前却按凉州。拚取一生肠断，消他几度回眸？"《点绛唇·屏却相思》写铭心刻骨的相思，韵致幽清："屏却相思，近来知道都无益。不成抛掷，梦里终相觅。 醒后楼台，与梦俱明灭。西窗白，纷纷凉月，一院丁香雪。"《清平乐·樱桃花底》写别恨离愁，凄凉欲绝："樱桃花底，相见颓云髻。的的银缸无限意，消得和衣浓睡。 当时草草西窗，都成别后思量。遮莫天涯异日，转思今夜凄凉。"

这些"情语"所涉或有本事或凭空结撰，共同之处都在感情至真至纯。

诗人终年在外劳苦奔波，与少年来归、两情缱绻的妻子聚少离多，所以应该有很多"情语"是写给妻子的。至1907年妻子殁后，诗人更写下许多字字如泣，所谓"以血书者"（《人间词话》）的悼亡词。《苏幕遮·倦凭栏》开头即写梦境，梦中欢愉转瞬即逝，梦醒之后此情何堪，可谓满纸凄凉，其词云：

> 倦凭栏，低拥髻。丰颊修眉，犹是年时意。昨夜西窗残梦里。一霎幽欢，不似人间世。　　恨来迟，防醒易。梦里惊疑，何况醒时际。凉月满窗人不寐。香印成灰，总作回肠字。

《浣溪沙》语浅情深，以客愁写怀人刻骨之痛，最为沉挚与深厚："漫作年时别泪看，西窗蜡炬尚沄澜。不堪重梦十年间。　　斗柄又垂天直北，客愁坐逼岁将阑。更无人解忆长安。"《蝶恋花》言今生已了，欲与爱人做来生之约，但来生又怎能信赖？词作动人心魄："冉冉蘅皋春又暮。千里生还，一诀成终古。自是精魂先魄去，凄凉病榻无多语。　　往事悠悠容细数。见说来生，只恐来生误。纵使兹盟终不负，那时能记今生否？"

值得注意的是，人间"情语"中尚有一些"香草美人"之作，托意男女私情寄寓诗人平生政治、学术志趣或操守。这类词因为别有寄托，所以大抵言近旨远，如《蝶恋花》言孤忠："黯淡灯花开又落。此夜云踪，究向谁边著。频弄玉钗思旧约，知君未忍浑抛却。　　妾意苦专君苦博。君似朝阳，妾似倾阳藿。但与百花相斗作，君恩妾命原非薄。"《蝶恋花·莫斗婵娟弓样月》、《虞美人·碧苔深锁长门路》二首言操守："莫斗婵娟弓样月。只坐蛾眉，消得千谣诼。臂上宫砂那不灭，古来积毁能销骨。　　手把齐纨相诀绝，懒祝西风，再使人间热。镜里朱颜犹未歇，不辞自媚朝和夕。"（《蝶恋花》）"碧苔深锁长门路，总为蛾眉误。自来积毁骨能销，何况真红一点臂砂娇。　　妾身但使分明在，肯把朱颜悔。从今不复梦承恩，且自簪花坐赏镜中人。"（《虞美人》）

（三）景物与自然。人间词中还有词人游历旅途所见风光刻画、风俗描摹以及咏物之作。诗人指出:"昔人论诗词,有景语情语之别,不知一切景语皆情语也。"(《人间词话》)景语亦情语,这类诗作往往亦有寄寓。

1906年诗人进京入学部任职,当时的大清王朝已是日薄西山,京师形势险恶,诗人颇有望而却步之感。《浣溪沙·七月西风动地吹》是诗人初到北京之作,北方刚入秋便已风沙扑面、黄叶凋零,让诗人油然生故乡之思:"七月西风动地吹,黄埃和叶满城飞。征人一日换缊衣。 金马岂真堪避世,海鸥应是未忘机。故人今有问归期。"

《蝶恋花·连岭去天》写绝塞看月,绝塞、千山、明月,无一不可看作诗人自谓,人间沉浮,鬓发渐华,但诗人孤峭的人格与高洁的襟怀不会随年华逝去而改变:"连岭去天知几尺。岭上秦关,关上元时阙。谁信京华尘里客,独来绝塞看明月? 如此高寒真欲绝。眼底千山,一半溶溶白。小立西风吹素帻,人间几度生华发。"《临江仙·过眼韶华》写自古繁华的苏州,在诗人眼里已是韶华逝去,唯有秋草连天,满眼荒凉萧瑟。尾句蕴含厚重的历史感,阔大辽远,意味深长,颇有"西风残照,汉家陵阙"之况味:"过眼韶华何处也,萧萧又是秋声。极天衰草暮云平。斜阳漏处,一塔枕孤城。 独立荒寒谁语,蓦回头宫阙峥嵘。红墙隔雾未分明。依依残照,独拥最高层。"

《点绛唇·暗里追凉》写夏夜雷雨,气象豪迈:"暗里追凉,扁舟径掠垂杨过。湿荧光大,一一风前堕。 坐觉西南,紫电排云破。严城锁,高歌无和,万舫沉沉卧。"《浣溪沙·舟逐清溪》写田间春日悠闲美景,词作清丽明快,物我两忘,呈现出诗人少有的恬静与安详情绪:"舟逐清溪弯复弯,垂杨开处见青山。毿毿绿发覆烟鬟。 夹岸莺花迟日里,归船箫鼓夕阳间。一生难得是春闲。"《蝶恋花·独向沧浪亭外路》表达的是同样的安逸与自适:"独向沧浪亭外路。六曲阑干,曲曲垂杨树。展尽鹅黄千万缕,月中并作濛濛雾。 一片流云无觅处。云里疏星,不共云流去。闲置小窗真自误,人间夜色还如许。"

王国维向来自视甚高,在托名樊志厚实为诗人自己执笔的《人间词甲稿序》中,诗人自谓:"(《人间词》)诚往复幽咽,动摇人心,快而能沉。直而能曲,不屑屑于言词之末,而名句间出,殆往往度越前人。至其言近而旨远,意决而辞婉,自永叔以后,殆未有工如君者也。君始为词时,亦不自意其至此,而卒至此者,天也,非人之所能为也。若夫观物之微,托兴之深,则又君诗词之特色,求之古代作者,罕有伦比。"诗人认为自己的创作古今"罕有伦比"固属矜夸之语,难免过甚其辞,但人间词的意境之深邃、感情之真挚与语言之清丽优美确是为历来文学家所推崇。王国维论词独推境界,讲求真情流露、真实书写,真切与不隔始终是其追求的艺术境界。《人间词》大部分作品践行了诗人的诗学主张。

第十九章　民初文学

　　民国初年,小说创作保持了晚清时期繁盛的势头,且出现了不少新变,成为从晚清到五四之间的中介环节。民初文坛,章士钊逻辑谨严的政论文学取代了梁启超的新文体,引领着报章文体的时代潮流和欧化方向;与此同时,走向式微的桐城派古文和骈文也在努力维持着最后的风华。民初诗坛,南社和同光体诗派形成了势力最大的两个阵营。

第一节　民初小说

　　民国初年出版的小说总数,至今尚无确切的统计,大量作品也已散佚。估计民初小说在数量上不低于晚清小说。民初小说的篇幅一般大于晚清小说。以小说为主的文艺期刊至少达五十种以上,也超过了晚清。因此,总的说来,民初小说继续保持了晚清小说繁荣兴旺的势头。

一、民初小说的转折

　　民初小说直接继承晚清"新小说"而来,是"新小说"的发展。然而,民初小说又不等同于晚清小说,它是一个转折。最明显的变化就是小说家对小说的认识与晚清不尽相同,有着比晚清更强的"拟古"色彩,似乎向传统小说回归。其实,民初小说产生于民初这一特殊社会,显示出这一阶段的特殊矛盾,尤其是在"言情小说"中,"人"的意识朦胧觉醒与封建礼教的冲突已经呈现出来,但是不敢抗争的懦弱也暴露无遗。民初小说受到商品化的强烈影响,因而具有比晚清更强的娱乐化倾向与"媚俗"倾向。民初小说继续了晚清小说师法外国小说、转变中国小说型态的发展趋势,出现了不少新的变化。它成为从"晚清小说"到"五四新文学"之间的中介环节。离开了它,就无法说清楚中国小说是怎样从晚清小说发展到"五四新文学"的。因此,民初的小说不同于以往任何一个时代的小说,它具有独特的复杂性。

与晚清小说相比,民初小说的一个重要变化,便是政治意识衰退。晚清以"政治小说"为先导,其他各类小说也与政治保持密切的关系。这一倾向随着"政治小说"由于缺乏艺术感染力、被读者厌倦而不断递减。在辛亥革命前夕,已经有小说家公然提出:"小说虽号开智觉民之利器,终为茶余酒后之助谈。"中华民国建立,最初曾使不少人以为大功告成,原先以小说"救亡"的号召失去了存在的基础。"革命文人"如于右任等,也纷纷将小说作为遣情游戏的工具,创作"集锦小说"。然而袁世凯窃柄后的倒行逆施,又使许多文人陷入了失望。二次革命失败后,部分作家沿用屈原"美人香草"、李商隐的迷惘式爱情无题诗等传统,借言情抒写政治上失意的感受,或创作"哀情小说",借爱情悲剧浇自己的块垒,用曲折的方式表达他们复杂的心情。政治上的压制束缚助长了以小说排遣郁愤、基调低沉的倾向,而这种寄托的表达方式,也具有强烈的士大夫传统文化的色彩。

晚清"新小说"的小说理论主流并未建立在小说表现人生的艺术论基础上。晚清小说家鼓吹小说有改造社会的政治功能,这种过高的期望一旦被社会实践所否定,小说家在失望之余往往向传统的"消闲"、"游戏"观念回归,来填补政治小说留下的价值真空。曾经在晚清翻译过《身毒叛乱记》,试图以印度沦为殖民地遭到英国残酷统治的惨痛教训警告国人的包天笑,便在民初失望地叹息:"呜呼!向之期望过高者,以为小说之力至伟,莫可伦比,乃其结果至于如此,宁不可悲也耶!"(《〈小说大观〉宣言短引》)这种失望促进了小说家向"游戏消闲"的小说观回归。

与此同时,民初小说家也接受了外国小说另一面的影响。西方游戏消闲的通俗小说早在晚清就大量翻译传入。英国的哈葛德是作品被翻译过来最多的作家之一,他就是通俗小说家。林纾把哈葛德视为与狄更斯一样的小说大家。恽铁樵把创作《福尔摩斯探案》的柯南道尔称作"欧美现代小说名家最著者"。晚清在引进外国小说的同时,也将西方一种视小说为消遣品的观念介绍进来。林纾翻译了美国著名作家华盛顿·欧文的小说《拊掌录》,欧文在小说中针对那些要求小说传授学问的读者,阐明他的创作宗旨道:"须知当此文明时代,人各怀物竞之思,竞而不胜,则抑抑如有所失,额上或多皱纹。脱见吾书而竟得辗然一笑,使皱纹立为消褪者,不已足乎!或目既见吾书,而爱群之心或动,稍生其敬老怜贫之思者,则吾书亦不为无益于社会也!"欧文表达的创作宗旨极易为中国小说家接受,事实上,民初小说家大部分都是持类似的宗旨创作小说的。

同样是主张以小说"游戏消闲",民初小说与古代小说又有所不同。古代小说往往将小说作为瓜棚豆架下的闲聊,茶余酒后的"以资谈助"。而民初小说在鼓吹以小说"游戏消闲"时,往往把人生就看成是"游戏",需要用"消闲"来解脱人生的痛苦。"不世之勋,一游戏之事也;万国来朝,一游戏之场也"(爱楼《〈游戏杂志〉序》);"现在的世界,不快活极了,上天下地,充满着不快活的空气,简直没有一个快活的人","在这百不快活之中,我们就得感谢快活的主人,做出一本快活杂志来,给大家快活快活,忘却那许多不快活的事"(周瘦鹃《〈快活〉祝词》)。这些话历来被文学史家作为鸳鸯蝴蝶派逃避现实的宣言。这种对现实的逃避,显然带有人生观的意义,与中国传统小说的"游戏消闲"不尽相同,而带有道家、佛学和西方影响。它们在现实面前因此常常缺乏抗争的色彩,基调是低沉的。

民初小说虽是晚清小说的转折,但仍带有晚清小说的烙印。"小说界革命"以小说改良社会的创作宗旨,其实糅合了中国文人"天下兴亡,匹夫有责"的责任感和"文以载道"、"以文治国"的文学观念,有着深厚的中国传统文化基础。它为文人成为小说家提供了安身立命的根据,使小说家得以与"治国平天下"的儒家理想认同,使小说得以厕身于文学之林。因此,民初小说家虽然在实践中意识到"小说界革命"夸大了小说的作用,但是有两个原因阻止他们完全回到传统小说:一是他们大多是在"小说界革命"中成长起来的,耳濡目染,晚清小说的影响已经形成心理定式,难以完全割断;二是他们既以小说为职业,总要寻找安身立命的根据,他们没有确立艺术的本体价值,又不愿也不可能回到古代小说家那种被置于文苑儒林之外的地位,所以他们舍不得完全丢掉"小说界革命"确立的小说价值。于是,民初小说成为晚清小说与传统小说的调和体,小说家也往往显示出他们的矛盾。徐枕亚一面宣称"原夫小说者,俳优下技,难言经世文章;茶酒余闲,足供清谈资料"(《〈小说丛报〉发刊词》),一面又举起"改良社会"的大旗:"小说之势力,最足以普及于社会,小说之思想,最足以感动夫人心,得千百名师益友,不如得一二有益身心之小说。"(《答友书论小说之益》)那家鼓吹"不世之勋,一游戏之事也"的《游戏杂志》,也同时标榜"冀借淳乎微讽,呼醒当世,顾此虽名属游戏,岂得以游戏目之哉!"(爱楼《〈游戏杂志〉序》)就连民初最为畅销的鸳鸯蝴蝶派代表刊物《礼拜六》,也一面宣扬"买笑耗金钱,觅醉碍卫生,顾曲苦喧嚣,不若读小说之省俭而安乐也","一编在手,万虑都忘,劳瘁一周,安闲此日,不亦快哉"(王钝根《〈礼拜六〉出版赘言》),一面又感叹"爱国心偏苦,朝中知不知"(《读者题辞》)。

民初小说家没有从表现人生的意义上去理解艺术,确立艺术的独立地位,他们又在一定程度上偏离了"小说界革命"赋予小说"新一国之民"的价值;他们一面创作小说,一面又为自己成为小说家而伤感,缺乏王国维那种"生百政治家不如生一大文学家"(《教育偶感》)的自信。徐枕亚著《雪鸿泪史》,宣称自己脑筋中实并未有"小说"二字,"深愿阅者勿以小说眼光误余之书。使以小说视此书,则余仅为无聊可怜、随波逐流之小说家,则余能不掷笔长吁,椎心痛哭"(《雪鸿泪史·自序》)。于是小说家们只好哀叹"文人不幸而为小说家,尤不幸而为翻译之小说家"(天虚我生《欧美名家短篇小说丛刻序》)。"大丈夫不能负长枪大戟,为国家干城,又不能著书立说,以经世有用之文章,先觉觉后觉,徒持此雕虫小技,与天下相见,已自可羞。"(徐枕亚《〈小说季报〉发刊弁言》)说起自己创作小说,竟是这样一副沉痛口吻!

　　残留的轻视小说的观念和没有在艺术上确立小说的地位,导致了小说的"媚俗"倾向,粗制滥造常常成为民初小说的特征。一部小说一旦畅销,小说家便趋之若鹜,竞相仿效。一位作家一旦成名,成为畅销作家,便常常按照市场需求,连篇累牍,不断炮制作品。李定夷创作生涯不到十年,却创作了长篇小说四十多种。李涵秋在十五年内就创作了一千多万字的小说。他们都是民初最著名的小说家,其创作速度远远超过晚清的多产作家吴趼人。于是,在这些作家笔下,文学创作在很大的程度上不再是一种创造,而变成了批量生产的商品。这种"媚俗"的创作态度,决定了大部分民初小说家难于从自己的人生体验出发,创作高水平的探索人生真谛、引起读者深思的杰作。这种"媚俗"的创作态度也决定了作品的"通俗"性质,无论他们创作的是文言小说还是白话小说,也无论他们心目中的读者对象是市民还是士大夫。民初小说总的水准不高的原因在此,民初小说家在五四新文学崛起之后纷纷成为通俗小说家的原因也在此。

　　民初小说的"拟古"色彩还表现在所用的语言上。晚清鼓吹"白话为维新之本",主张用小说向下层社会宣传改革,掀起一个"白话文运动"。然而受经济条件限制,下层社会的成员事实上很难占领"白话报"与小说的市场。文人仍是小说的主要读者。文人的趣味促使小说趋向"雅化"。中国古代本来很少有文言的长篇小说,骈文小说也极为罕见,然而发展到民初,文言长篇小说与骈文小说都形成潮流,民初成为中国小说史上文言小说最为盛行的时期。小说家公然宣称"必能为真正之文言,然后可为白话"(铁樵《〈小说家言〉编辑后记》)。民初最著名的白话长篇小说《广陵潮》、《留东外史》都曾因是白话小说而一度遭逢退稿的噩运。然而晚清的废科举和民初的学堂废止读经终究从根本上断绝了士大夫的产生,随着老一代的士大夫逐渐退出历史舞台,新学堂培养的学生逐渐登上历史舞台,新的"白话文运动"又在酝酿之中。胡适在《新青年》上正式提出"白话文学"的时候,包天笑主编的《小说画报》也宣称只登"白话小说"。重弹晚清"文学进化之轨道,必由古语之文学变而为俗话之文学"(包天笑《〈小说画报〉短引》)的老调,便显示出这一历史发展的趋势。不过民初的文言小说兴盛一时也促进了"雅文学"与"俗文学"的对流。文言与白话通过小说这一叙事文学体裁得到对流交融,实际上也有助于现代汉语的形成。

民初小说理论继承晚清而来,但是它也出现了一些新的变化。首先是小说理论的系统化,出现了一些类似"小说概论"的长文,最著名的当推管达如的《说小说》和成之的《小说丛话》,它们从小说的定义、本质、特征,小说的几种分类方法,各类小说的具体特点,小说的语言、题材,以及小说的效果影响、社会功能,小说在文学上的位置,翻译小说与中国创作小说的比较,小说改良的方针等各个方面全面论述了小说,其篇幅之长和论述的系统化都超过了晚清。其次是小说理论的折中、调和。例如晚清的梁启超与王国维是对立的两派,民初小说理论家吕思勉(成之)在《小说丛话》中则既标榜梁启超的"中国今日之社会,几若为小说所铸造也",又接受王国维论《红楼梦》"历举人世种种苦痛,研究其原因,而求其解免之方法为宗旨"的理论。这就造成了他们理论上的多元化倾向,方法的折中、调和倾向。以小说拯救国家、拯救社会论和以小说"游戏消闲"论并存于民初小说家的小说观念中,便是一种具体表现。这使民初小说理论持论不似晚清那么激烈,那么绝对,而力求平和公允。但是,民初小说理论也失去了晚清小说理论的锐气,它基本上没有在晚清和传统之外提出一种新的成体系的小说理论,而仍处在消化、吸收、纠正、发展晚清小说理论的阶段。如果说晚清"小说界革命"基本上是梁启超为首的"新小说派"在小说理论界占据了压倒优势,王国维、林纾以及黄人、徐念慈的"《小说林》派"只是局促于一隅,那么,民初的小说理论对前者兴趣已经不大,其兴趣转向了后者。他们主张"文学者,美术之一种也。小说者,又文学之一种也"(管达如《说小说》),将小说分为"纯文学"和"杂文学"两类,"纯文学"小说诉诸感情,"杂文学"小说诉诸知识、理性。他们认为:"文学与智识,自心理上言之,各别其途。即其为物也,亦各殊其用。"晚清"开通风气,贯输知识,诚要务矣。何必牵入于文学之问题,必欲以二者相牵混? 是于知识一方面未收其功,而于文学一方面先被破坏也"(成之《小说丛话》)。这些认识可以说比晚清对小说的认识深入了一层,在一定程度上为五四新文学的问世作了准备。

二、言情小说与社会小说

倘若我们把"谴责小说"作为晚清小说的代表,那么,民初小说的代表无疑是"言情小说",人们把民初小说家称为"鸳鸯蝴蝶派",就是根据他们创作的"言情小说"基本特征命名的。民初"言情小说"数量众多,大有席卷小说文坛之势,当时人考证:"上海发行之小说,今极盛矣,然按其内容,则十八九为言情之作。"(姚公鹤《上海闲话》)"言情"又常常渗入到其他题材的小说之中,成为贯穿小说始终的主要趣味线,李涵秋的"社会小说"《广陵潮》便以云麟和伍淑仪的爱情为主要趣味线。因此,民初"言情小说"形成中国小说史上继明末清初"才子佳人"小说之后的又一高潮。

民国元年问世的《断鸿零雁记》和《玉梨魂》,标志着民初言情小说风格的形成。它们无论在文学表现人生的艺术特征上,还是在"人"的意识朦胧觉醒上,都比晚清言情小说有了明显的进步。

《断鸿零雁记》为苏曼殊所作。苏曼殊曾与陈独秀合译雨果的《惨世界》,还创作了《天涯红泪记》、《绛纱记》、《焚剑记》、《碎簪记》、《非梦记》等六部小说,代表作即《断鸿零雁记》。该小说1912年5月12日至8月7日连载于《太平洋报》,以第一人称叙述,带有明显的自叙传色彩。小说描写一位因"家运式微"而出家受了"三戒"的和尚三郎,从乳母口中得知生母尚在日本,得未婚妻雪梅的赠金,东渡日本,寻到母亲。在日本的表姐静子爱上了他,但他已入佛门,不愿再入尘世受世俗磨难,忍情留书静子,悄然返国。回国之后,又得知雪梅因父母逼她另嫁,绝食而亡,便长途跋涉去凭吊其墓,但在斜阳荒草中已无法找到雪梅的葬身之处。小说写的是一位和尚徘徊于出世与入世之间的感情矛盾。对生母和两位挚爱他的少女的情感使他不能做到万事皆空。按照戒律,出家人本不应再有寻访生母、凭吊未婚妻之类的举动,更不能对女子之爱报以缠绵悱恻的情感。而种种"人"的情感使得和尚不能不处于矛盾状态。在此之前的中国小说中,"色戒"是和尚最重要的戒律,不戒荤腥、不戒杀生的和尚仍可以是可亲可爱的和尚,如《水浒传》中的鲁智深,但一涉及男女关系,破戒的和尚便只能作为"淫魔"在小说中出现。苏曼殊以自己为原型,塑造了一位意欲坚守戒律,却又不能斩断情丝,陷在男女感情纠葛中难以自拔的和尚,显示了"人"的意识的朦胧觉醒。他不能不爱,又不能不守戒律,理性上要守戒律,感情上却割不断情丝。这样一位恋爱的和尚,在中国小说史上还是首次出现。

苏曼殊偏爱"言情"题材,他的小说几乎都写"恋爱",大都是"一男二女"模式,结局都是悲剧,主人公不是"死"就是"出家"。作者常常揭露封建宗法制的包办婚姻给青年男女带来的痛苦的悲剧。在他的言情小说中出现的长辈,除了《断鸿零雁记》中远在日本的母亲外,几乎没有一个是好人。他们为财货、礼教所驱使,扼杀儿女纯真的恋爱,把他们逼上绝路。另一方面,苏曼殊又强调恪守礼教,主张"女必贞而后自由",同时也强调"翁命不可背"。所以他小说中干涉青年婚姻的都是"叔婶"、"姨母"、"舅父"、"养父",而不是亲生父母。描绘那些私奔的女子时,又赶紧申明,她们背弃的是"吾婶","翁固非亲父"。一面肯定私奔,一面又强调她们并不悖礼。这种感受到礼教的不合理而又不敢抨击礼教,力求调和爱情与礼教冲突的做法,代表了民初言情小说的普遍倾向。

民国元年另一部重要作品是《玉梨魂》,作者徐枕亚(1889—1937),名觉,江苏常熟人。曾就学于虞南师范学校,后任小学教师,报刊编辑。1912年开始创作小说,第一部作品便是《玉梨魂》,这也是他的代表作。《玉梨魂》1912年在《民权报》连载,轰动一时,1913年由民权出版部出版,重版多次,盗版书不计其数,成为民初最畅销的小说。《玉梨魂》写的是另一种不为礼教所容的恋爱——寡妇恋爱。女主角梨娘是一位寡妇,爱上了儿子的教师——客居在她家的梦霞,并且主动表白爱情,鱼雁传书,络绎不绝。但是她又希望自己保持寡妇的"名节",时时带着罪恶感深自忏悔。她为了日后经常看到情人,一手包办了小姑筠倩与梦霞订婚,不料梦霞拼命追求梨娘,不肯移情别恋,筠倩又深以包办婚姻为苦。最后梨娘无法割舍对情人的爱,又深感对不起死去的丈夫,不顾还有八岁的儿子,自戕而死;筠倩自感对不起嫂子,也自戕而死;梦霞本想殉情,又觉得大丈夫当死于国事,便出国留学,后来死于武昌起义。

在中国古代小说中,从来没有人以充满同情赞颂的笔调,写过一个不能克制七情六欲,在爱情与礼教中彷徨徘徊,既想恪守礼教,又要追求爱情,最终被迫自杀的寡妇。《玉梨魂》的突破是显而易见的,显示出"人"的意识朦胧觉醒。然而徐枕亚还没有意识到礼教是"吃人"的,礼教在他的心目中仍是至高无上的权威。所以他笔下的寡妇和热恋寡妇的青年,在坠入情网后,都怀着一种悖违礼法的罪恶感,时时忏悔"未亡人不能割断情爱守节抚孤"。在可以叩开幸福之门的种种机运面前,他们自己心目中对礼教的崇仰成为最大的障碍。他们把礼教当成信条,时时表现出压抑人性服从礼教的自觉性和光荣感。既然没有勇气打破礼教的束缚,爱情悲剧的终场是排定了的。由此形成的黯淡前途规定了作品颓废缠绵、哀伤低沉的基调,造就了小说中的各种矛盾和作者矛盾的态度。作者努力调和爱情与礼教的冲突,结果是主角为了礼教也为了爱情殉情而死。"哀莫大于心死",心灵的束缚是最具有悲剧感的。徐枕亚的取材也是以自己的遭遇为原型,尽管他虔诚地力图恪守礼教戒律,但是他的亲身经历使他深感苦闷,并通过创作来宣泄这种苦闷。尽管作者主观上有着宣扬破除滞情、强调恪守礼教的"雅洁"意图,但是作品提供的形象在客观上已经触及寡妇在情与礼上的冲突,触及人性的躁动及高尚纯洁爱情的毁灭。

《断鸿零雁记》与《玉梨魂》都受到西方小说的影响。它们都改变了中国长篇小说的"章回体"模式,更接近外国长篇小说。《断鸿零雁记》的开头就是模仿《迦茵小传》的,景物意象、怀旧情调如出一辙。徐枕亚暗示自己是"东方仲马",意在创作一部模仿《巴黎茶花女遗事》的小说。在小说中,寡妇与情人深夜幽会告别时,还唱着莎士比亚《罗密欧与朱丽叶》剧中朱丽叶深夜送别罗密欧时唱的歌。没有西方小说提供的新价值观念支撑,当时的中国作家未必有胆量写下他们的亲身经历。

《断鸿零雁记》与《玉梨魂》所开的风气,作家竞相仿效,形成"言情小说"尤其是以悲剧结局的"哀情小说"兴盛一时的浪潮。民初小说家大多意识到中国的婚姻制度不好。他们歌颂赞美爱情,把爱情的有无作为婚姻关系的基础,已经蕴含新的"人"的意识。在民初言情小说中,反对封建包办婚姻最力的还推吴双热的《孽冤镜》。吴双热(1884—1934)原名光熊,字谓鱼,后改名恤,号双热,江苏常熟人。曾就学于虞南师范学校,与徐天啸、徐枕亚兄弟同学,后任《民权报》编辑。1912年开始小说创作,20年代初即退出小说界。《孽冤镜》是其代表作,与《玉梨魂》隔日在《民权报》连载,后由民权出版部出单行本。作者《自序》中说,此书的创作目的,就是要"普救普天下之多情儿女耳;欲为普天下之多情儿女,向其父母之前乞怜请命耳;欲鼓吹真确的自由结婚,从而淘汰情世界种种之痛苦,消释男女间种种之罪恶耳"。小说不仅描绘了青年男女相爱,由于封建家庭的阻隔不能缔结良缘的悲剧,而且更进一步刻画了在包办婚姻之下结婚的男女在精神上的痛苦,从而实际上触及了爱情当为婚姻基础的问题。作者浓墨重彩地描绘了一个坚持封建家长包办婚姻权力的"父亲"可憎的形象:自由恋爱的儿子在父亲面前,"泣而屈膝,长跽严君前",哀哀恳求父亲能允许自己与所爱者结婚。然而,儿子失望了,"予状如囚,予父面乃如铁,裂其眦,炯炯有光。森罗耶?慈父耶?何忍坐视其爱儿跽且泣,泣且哀求耶?"尽管作者采取的仍是"就事论事"的态度,因而也就未能将冲破家庭专制与打倒封建礼教结合起来,他笔下的男性仍是焦仲卿一般的懦夫,但仅就这一社会问题的重新提出而论,作者刻画揭露封建包办婚姻制的弊端,可谓切中肯綮,入情入理。作者忠实于现实,不仅未将包办婚姻归结到家长的个人道德品质上去,而且强调包办婚姻的家长也是出于"爱子"之心,"无奈误用其爱情耳",从而突出了制度问题。它的主题富于社会意义。

民初小说在主题上有时也受到外国小说的影响，包天笑的《补过》便是如此。包天笑曾任报刊编辑，主编过《小说时报》、《小说大观》、《小说画报》等刊物，是清末民初著名的翻译家、小说家。《补过》载《小说大观》第八集，它写一位医科大学生在当上院长助理，即将成为院长女婿，并准备赴德国学医之际，遇见他读书时追求过并使她怀孕的杂货铺主人的女儿。她已先是沦落妓院，又进入纱厂当女工。大学生与她重逢后，受良心谴责，放弃光明前途，不顾家人反对，与她结婚。由于两人文化差距太大，家庭生活不融洽，而院长女儿依然爱着他，不愿嫁人。他虽然"补了一个过，依旧还留下一个恨"。《补过》显然是模仿托尔斯泰的《复活》。《复活》1914 年由马君武翻译介绍进来，《补过》则问世于 1916 年。托尔斯泰的"复活"有着强烈的宗教内涵，而包天笑的"补过"则带有儒家的色彩。托尔斯泰强调"人"的自救，通过自救而改变行尸走肉的生存状态，得到精神上的"复活"。包天笑缺乏人文精神层面上的思考，他只能用现实的"不可行"衬托出"理想人"的苍白空洞，实际上也造成作品自身价值观念上的矛盾，结果反倒留下一个"补过"是否值得的疑问。

除了揭露婚姻制度的黑暗，民初也有不少小说抨击揭露社会黑暗，批判现实。这些作品一方面是晚清"谴责小说"、"历史小说"的继续，一方面又受到外国文学的影响。包天笑曾经感慨："回忆光复之初，将以荡秽涤污，发扬清明，抑知不转瞬间，而秽污更甚于昔。"（《冥鸿》）这种失望是民初社会普遍的情景，显示这种失望最著名的作品还推李涵秋的《广陵潮》。李涵秋（1874—1923），名应漳，字涵秋，原籍安徽庐州，先辈于太平天国起义时迁居江苏扬州。二十岁中秀才，次年升廪贡生，先后执教于武昌、扬州等地，三十二岁开始创作小说，十八年中创作长篇小说三十多部，代表作为《广陵潮》、《战地莺花录》。《广陵潮》原名《过渡镜》，是一部百万字巨著。作者从 1908 年开始创作，1909 年开始在汉口《公论新报》连载，因武昌起义而停刊。1914 年《过渡镜》易名《广陵潮》，又在上海《大共和日报》从头刊登，不久该报停刊，小说又中断。1916 年《广陵潮》在上海《神州日报》连载，至 1919 年登到八十回中断。1915 年上海国学书室刊行《广陵潮》初集、二集、三集,共三十回,以后又由震亚书局分十集出版了百回足本。李涵秋的民初"第一小说名家"的地位,便是由《广陵潮》奠定的。《广陵潮》问世后,一时以"潮"命名的社会小说不断问世,可见影响之大。

《广陵潮》从晚清写起,时间跨度数十年。它是从"谴责小说"、"历史小说"发展而来的。但是它缺乏晚清"谴责小说"掊击时政时的那般慷慨激昂、锋芒毕露的锐气,这也是民初"社会小说"共同的特点。它更像《孽海花》一类的"历史小说",试图通过记"野史"作为现实的"镜子"。它的历史内涵要超过晚清的任何一部谴责小说。在小说中,我们看到类似晚清小说的种种画面:无赖顾阿三,不过是个卖大饼的,一旦入了天主教,竟敢强霸他人新妇,告到公堂,县官也无可奈何。朝廷举办"新政",衣租食税逐渐增加,贪官污吏趁机巧立名目,中饱私囊。然而《广陵潮》最为出色的,还是从普通老百姓的角度,描绘了一系列重大历史事件。辛亥革命对老百姓来说是隔膜的,武昌起义成功之后,武昌的许多市民因为害怕清军要来开战,蜂拥出城,城门口拥挤不堪,许多人被践踏而死。扬州光复时,清朝官吏刚刚逃走,民军尚未进城之际,扬州的土豪劣绅便已乘机成立了一个"民政署",推举劣绅石茂椿做民政长,从署长到大厨师头儿的职位都被他们瓜分殆尽。而革命军进城后,并不打击这些土豪劣绅,反而又成立一个"军政分府",与民政署遥遥相对,充分显示了辛亥革命的妥协性。同时,作者拥护"共和"的态度又是鲜明的。《广陵潮》写到袁世凯复辟帝制,扬州拥护他的只有一心想升官的无赖廪生刘祖翼之流;赞成张勋复辟的,又只有旗人的"宗社党"和腐儒何其甫之类的遗老。老百姓是拥护"民国"的,他们听到张勋失败的消息,"莫不欣喜非常,大呼民国万岁"。民初作家大都陷于"提倡新政制,保守旧道德"的矛盾,李涵秋也是徘徊于旧礼教与新思想之间。《广陵潮》塑造了何其甫为首的一批处在八股旧学笼罩之下的腐儒,表面上道貌岸然,实际上追名逐利,贪财好色。作者揭露这帮旧儒生的堕落,可谓不遗余力。他认为"革命事业要出在下流社会人手里,酸秀才不中用的"。但是他又看出参加革命的

下流社会成员怎样玷污了革命。结果,他的"大家齐心协力,共同造出一个
簇新的世界"的理想找不到实现的途径,他只能以消极的佛学来自我解脱。
这也是民初作家的通病,当他们无法解决现实矛盾时,往往以"礼佛"作为逃
避现实的出路。民初言情小说往往视"情"为"孽",便是受佛教的影响。它
们往往一面讴歌爱情,一面又叫读者不要去爱,逃避爱情。他们的妥协软弱
决定了他们对黑暗现实往往借助"礼佛"来逃避。这是他们与五四新文学作
家的本质区别之一。

　　还有一些社会小说的作者关注贫富对立,同情下等社会人民的不幸遭
遇。周作人于辛亥革命前模仿《悲惨世界》创作《孤儿记》,已经显示了这种
倾向。到了民初,这一倾向在短篇小说中发展迅速。恽铁樵的《工人小史》
描写工人韩蘖人过着缺吃少穿的贫困生活,还遭到洋人与工头的欺压毒打,
最终被开除的经历。这是中国小说史上第一篇描写工人生活的小说。工人
一旦失业,境遇更加凄惨,叶圣陶的《穷愁》便刻画了阿松失业之后,以卖饼
为生。他孝敬母亲,但不能使其温饱;他勤劳苦干,却不能维持两个人的家
庭生活;他诚实质朴,而被关进大狱;他拼命挣扎,最终依旧家破人亡,背井
离乡。小说家注意到贫富对立,他们大都蔑视富人,同情穷人。周瘦鹃的
《檐下》将穷人与富人的生活境遇和道德品质作了对比,程善之的《隔壁戏》、
周作人的《江村夜话》都叙述了富人对穷人的欺压,开始触及阶级的对立与
压迫,这些主题都为五四"新文学"作了准备,预兆着五四"新文学"的问世。

三、民初小说艺术发展的特点

　　晚清小说已经开始吸取外国小说的形式技巧,变革中国古代小说的形
式,这一变革到民国初年继续发展。中国古代长篇章回体小说由说书人的
话本演变而来,它们往往留有话本的痕迹,如"花开两朵,各表一枝",每章在
高潮处结尾,以吸引读者,"欲知后事如何,且听下回分解"等等。晚清林纾
用文言翻译外国长篇小说,为中国长篇小说提供了摆脱"说话"影响的另一
种模式。小说创作受到翻译小说影响,如李涵秋的《雌蝶影》、松友梅的《小
额》、何诹的《碎琴楼》等,都已摆脱"章回体"模式。民初苏曼殊《断鸿零雁

记》、徐枕亚《玉梨魂》《雪鸿泪史》、吴双热《孽冤镜》、林纾《剑腥录》等当时影响最大的作品，都已不用"章回体"，基本上按照外国长篇小说的结构在段落处分章，摈弃每回必写两件事的写法，使得长篇小说采取更自由的形式，从而为读者接受五四新文学的长篇小说作了铺垫。

新小说艺术发展最快的还数短篇小说，这与当时小说刊物提倡短篇小说有很大关系。当时的小说刊物，长篇小说大都由编辑同人撰写或约请朋友撰写，而短篇小说则大都接受外来投稿，这就使得短篇小说领域呈现出更为强烈的竞争。民初小说刊物上常常登出广告，欢迎投稿，"短篇小说尤所欢迎"（《〈小说月报〉征文通告》）。《小说月报》等刊物还将短篇小说栏目置于第一，给短篇小说划出更多的篇幅。编辑对短篇小说的提倡，大大促进了短篇小说的繁荣。民初的短篇小说在数量上要远远超过晚清，出现了中国小说史上从未有过的短篇小说兴旺发达景象。

严格意义上的现代"短篇小说"，并不专指小说篇幅的长短，它还包括小说形式上的突破。胡适曾给"短篇小说"下了个新的定义："短篇小说是用最经济的文学手段，描写事实中最精彩的一段或一方面，而能使人充分满意的文章。"（《论短篇小说》）在这些五四新文学家看来，只有与从传记发展而来的传统短篇小说不同的"横断面"式短篇小说，才配称作真正的"短篇小说"。如果说晚清吴趼人的《查功课》、徐卓呆的《入场券》等小说已经突破传统短篇小说的叙事模式，采用撷取场景，选择人生中某一典型事件加以描绘的新形式，那么，民初小说家正在使这一形式趋于成熟。同样是通过对话撷取场景，吴趼人的《查功课》重在叙述事件，包天笑的《电话》却令读者在了解事件之外还能体验人物的惆怅心理，揣摩他们的性格。在形式的运用上，包天笑比吴趼人更为细腻纯熟，也更具真实感。因此，晚清小说开始呈现的对中国传统小说叙事模式的大幅度背离，在辛亥革命后不但没有出现停滞倒退的趋向，反而在继续发展，趋向成熟，也为五四新文学的问世作了铺垫。

晚清小说家已经注意到改变小说的叙述时间，将紧要场面提到开头，以吸引读者注意。民初小说家进一步区分"前后倒置法"和"乾龙无首法"，把

"倒叙"作为技巧广泛运用。如恽铁樵的《工人小史》,名为"小史",其实只集中叙述了主角两天的工作,他的身世经历是通过插叙追述出来的,这种写法已经比较接近于西方的短篇小说。晚清的倒装叙述还只局限在吴趼人、刘鹗、符霖等少数作家身上,民初的小说家则大都尝试过倒装叙述,甚至有的小说家还公开以倒叙标榜,以此为广告,可见当时的作家读者对小说形式趋新的重视。

中国传统小说因受史传影响,所以叙事角度大多是全知全能式。晚清小说家受西方小说影响,开始突破这一形式。符霖的《禽海石》首先将第一人称叙述用到长篇小说创作中,颇得时人好评:"是书皆病中自述幼年情事,缠绵悱恻,曲折淋漓,事事从身历处写来,语语从心坎中抉出,一对可怜虫活现纸上。"(钟骏文《小说闲评·禽海石》)肯定第一人称运用增强了小说的感染力。可是《禽海石》的第一人称还只是着重在叙述故事,还未能发挥第一人称抒发情感的优势。民初的《断鸿零雁记》才在运用第一人称叙述时更加着重于抒发情感,小说中穿插的抒情段落使得叙述故事常常也围绕着抒情。《断鸿零雁记》成为我国第一部带有"抒情体"色彩的长篇小说,也正是由于它的出现,小说理论家才意识到"自叙式小说,宜于抒情,宜于说理。他叙式小说,则宜于叙事"(成之《小说丛话》)。这种认识已经在感性上感觉到第一人称叙事的独特优势。

晚清吴趼人创作《二十年目睹之怪现状》,从统一小说结构出发,用"我"来描述见闻,形成贯穿之法,但是中国小说更需要的是以"我"讲述"我"自己的故事。吴趼人的方法在民初常被小说家所用,但小说家笔下的"我"不再单纯成为事件的旁观者,他们常常介入事件,像《孽冤镜》中的"我",自己成为故事中的一位要角,变成穿针引线的人物,因而也就有了更丰富复杂的心理活动,"现身说法,斯为尚矣"(陈志群《〈孽冤镜〉序》),较之吴趼人笔下的"九死一生",显然有所发展。第一人称叙述的进一步发展是产生了中国小说史上第一部长篇日记体及书信体小说。早在民国元年,徐枕亚创作《玉梨魂》时,便已模仿《茶花女》,在小说中穿插了筠倩的日记,这一成功的尝试促使他进一步创作长篇日记体小说《雪鸿泪史》，假托找到何梦霞日记，将《玉梨魂》故事用"日记体"的形式重写一遍。《玉梨魂》是民初流行最广、影响最大的小说，它的读者以百万千万计，《雪鸿泪史》以日记体重写《玉梨魂》，"就其事而易其文"（徐枕亚《雪鸿泪史·例言》），无疑大大促进了日记体小说的流行，出现了一批日记体小说。中国人记日记已有一千多年历史，以日记为著述不乏其人，可是却从未有人用日记体来作小说。民初小说家的尝试是空前的，虽然这时的日记体还处在描述见闻、叙述故事和表现内心、描绘情绪之间的中间状态，但它们的问世，标志着日记体小说在中国扎下根来，为中国日记体小说的成熟作了准备。与"日记体"相似的还有"书信体"小说，虽然中国古代小说如《三国演义》也曾成功地穿插过书信，但真正在小说中有意运用书信来剖白人物心灵、抒发人物情感的，还数徐枕亚的《玉梨魂》。民国初年包天笑用书信体创作了小说《冥鸿》，以未亡人写给亡夫的八封信连缀成一部小说。《冥鸿》没有故事情节，虽然它还未能做到把握住情绪脉搏，一气呵成表现主题，但是它的问世表明中国小说正在从以故事情节为本位转变为以表现情绪为主的阶段。

民初小说运用第三人称限制叙事也逐步趋向成熟。鲁迅的《怀旧》通过一位儿童的眼光，撷取几个场景，展示即将到来的辛亥革命在乡村引起的骚动。程善之的《偶然》，通过一位想做侦探的教员闹出的笑话，细腻地描绘出"疑人偷斧"的心理。像这样成熟的短篇小说，在晚清还没有出现。第一人称和第三人称限制叙事的运用，使得中国小说改变了全知全能叙述一统天下的局面，为小说艺术的发展打开了一个新的天地，适应了小说由外部情节描写转向内部心理描写的需要。

从晚清开始，言情小说就常以悲剧结局，这是小说家忠实于现实的表现，也是新小说中的言情小说超出明清才子佳人小说的地方。只是晚清言情小说的悲剧是由外部社会环境发生急剧变化造成的，民初言情小说的悲剧则是由主人公崇敬的价值观念与他的情感行为产生矛盾，处于无所适从的状态造成的。小说家既想肯定爱情的合理性又不敢冲破内心传统价值观念束缚的矛盾,以及以"情"为"孽"的逃避,使得他们的作品比起晚清言情小说单纯描写外界的威胁力量要更具有内在的悲剧性,也为小说的心理描写提供了比较广阔的空间。

与五四新文学相比,民初小说还处在小说的结构中心从故事情节到人物形象的中介阶段,但它比晚清小说要推进一步。吴趼人在《恨海》中用二千字描写女主角为男主角盖被时的心理活动,但小说的结构中心仍是故事情节。包天笑的《补过》便不同了,作者一面极为重视悬念的设置,把紧要场面提到开头,男女主角的关系经历,都是后文慢慢补叙出来;另一方面,作者又着意刻画主角的内心冲突、矛盾和痛苦,将心理危机的产生与克服作为情节跌宕的基础。主人公"补过"与否,是向"善"还是向"恶",都是出于自己的选择,因此主角的内心冲突也就成为情节推进的契机。"利害"与"道德","责任"与"爱情",在主角心中构成两难冲突,丰富了内心世界的表现。这种写法是取法于托尔斯泰的《复活》,也让人想到二十年代柔石的《二月》。中国古代小说一般通过人物的语言行动来表现人物心理,不作长篇的单纯心理描绘,民初小说的这一变化体现了中国小说受外国小说的影响正处在转型之中。

然而,文学的形式技巧并不是单纯独立的,文学是人学,它实际上是近代人表现自我、探索人类内心生活的需要。第一人称自叙传式小说需要有"人"的个性意识做后盾,它只有在作者敢于真诚地表现"人"的内心世界的情况下才能充分发挥其优势,才能充分自由地展开"人"的心理情绪描写。这就需要作家忠实于自己的生命体验。民初小说家的态度是矛盾的,他们一面肯定爱情的合理,敢于表现自己的"和尚恋爱"、"寡妇恋爱"的体验,一面又崇仰礼教戒律,压制合理的爱情。这就使他们不敢充分肯定"人"的需要,忠实于自己的生命体验。他们在表现个性、袒露内心世界时,处于吞吞吐吐、欲说还休,时而指出礼教的不合理,时而又自觉向礼教认同的矛盾状态。当他们大唱虚伪的道德说教,自觉地压抑内心世界渴求爱情自由的需要时,他们就违背了文学需要真诚的准则,也不敢充分表现"人"的内心世界。如《雪鸿泪史》虽然是中国第一部长篇日记体小说，但因为作者承受不了《玉梨魂》出版后带来的沉重社会压力，因此"是书主旨，在矫正《玉梨魂》之误"(《雪鸿泪史·例言》)。这样，作者用"日记体"重新讲述《玉梨魂》的故事，而不是把重点放在袒露人物的内心世界上。在《雪鸿泪史》中，男女主角深夜相会有丫环在旁监护，女主角也不再唱朱丽叶送别罗密欧的歌曲。其中比《玉梨魂》更为强烈的道德说教，反而使人觉得做作虚伪。作者害怕袒露那些真实的，但又不合礼教的内心世界，因此也就无法充分驾驭新的形式，发挥新形式技巧的优势。

一般说来，民初作家缺乏"人"的精神，这在他们的爱情理想中尤可见出。曾经提倡"我"学、鼓吹个性张扬的何海鸣，欣赏的是《孽海花》中"半伦有二妾，凡著书时，一妾磨墨，一妾画红绿格，可谓极人世之艳福"(何海鸣《求幸福斋主随笔》)。就连五四时成为新文学闯将的刘半农，在民初时也是一位重要的小说家，他在编《新青年》时，还依然保持着"红袖添香"的"艳福"理想，后来被鲁迅等人骂掉了。在两性关系上最能看出"人"的自觉意识，民初作家还没有达到近代男女平等、人格独立、互相创造的爱情意识，他们的潜意识中，仍旧残留着封建的以女子为玩物的男女不平等观念。他们处在宗法制解体，而新人文主义精神尚未能够确立的过渡状态下，他们的文学创作也呈现出过渡状态，他们还不能创作出具有崭新近代精神和形式技巧的文学作品。

民初小说界商业竞争激烈，作家往往用加强娱乐性的方式迎合读者。为了加强情节曲折，他们常常任意编造，有意运用各种离奇方式，依靠各种巧合，使情节生出波澜，推进情节。男女主角被作为任意调度的傀儡，他们的死亡被归结为命运的播弄。以致后来五四新文学家厌恶地称民初"哀情小说"为"抛弃了真实的人生不察不写，只写了些佯啼假笑的不自然的恶札"(沈雁冰《自然主义与中国现代小说》)。这话用以概括全部民初小说自然有些过分，但对于像李定夷《鸳蝴潮》之类作品来说，倒也是颇为恰当的评价。事实上，到五四前夕，鸳鸯蝴蝶派自己对小说界的状况也很不满意，王钝根批评当时的言情小说:"试一究其内容,则一痴男一怨女外无他人也,一花园一香闺外无他处也,一年届破瓜一芳龄二八外无他时代也,一携手花前一并肩月下外无他节候也。如是者一部不已,必且二部;二部不已,必且三部四部五部以至数十部。作者沾沾自喜,读者津津有味,胥不知小说为何物。"(钝根《〈小说丛刊〉序》)对媚俗的粗制滥造痛加挞伐。张恨水此时也发现"商品化"对小说界的粗制滥造负有很大的责任。他觉得"这几年来,一班忤奴,被小说商弄坏了,若要再不整顿,龙蛇混杂却扫了我小说界的名誉"(张恨水《小说迷魂游地府记》),攻击小说界的堕落可谓不遗余力。只是,他们看到小说界的弊病,却看不到症结所在,怎样纠正这些弊病?小说界的出路在哪里?鸳鸯蝴蝶派由于自身的局限,无法解决这些问题。于是,解决这些问题的历史使命,只能落到五四新文学身上。

第二节　民初文坛

晚清宣统与中华民国易代之际,喧嚣一时的文界革命已经消歇。梁启超的"新文体"在脱去昔日的浮夸与堆砌的同时,其笔端的情感力量也随之减退。继之而起的章士钊的逻辑谨严的政论文学则正逢其时,代表着此期报章之文的最高成就,昭示着散文写作的欧化方向。与此同时,有清一代居于正宗和正统地位的桐城派古文,正在无可奈何地走向式微;而骈俪之体在民初文坛的蔚然成风,乃至形成了一道奇特的文学景观,则是这一古老文学体式幕落花凋之际一次哀感顽艳的回光返照。随着五四文学革命运动的兴起,桐城派古文和骈文在新文学家"桐城谬种,选学妖孽"的诅咒声中寿终正寝,语体文逐步取得文坛正宗地位。

早在19与20世纪之交,随着文界革命的兴起和报章文体的风行,居于文坛正统地位的桐城派古文就受到了极大的冲击。以"新文体"为代表的报章新体散文的盛行,不仅将桐城派文推上旧派的位置,而且逐渐将其由社会文化的中心位置挤向边缘地带。当维新派和革命派知识分子怀抱创造历史的激情写下一篇篇裹挟时代风雷的觉世之文的时候,晚期桐城派文人正预感着传统文化日暮途穷的末运,在世衰道丧的慨叹中艰难地守望着日益惨淡的桐城家业。1905年,清政府下令废除科举制度。科举取士制度的废除以及作为其附庸的传统书院的急剧萎缩,直接危及了桐城派的生存。随着新式学堂的推广普及和西学课程的普遍开设,桐城派文人失去了昔日在传统书院的独尊地位,逐渐沦为新式学堂中无足轻重的配角。废科举、兴学堂的时代潮流,新文体、白话文的日益流行,不仅让昔日万千举子热衷的时文迅速沦为时代之弃履,而且使得桐城派古文在新式学堂培养的新学子眼中渐成古董。

吴汝纶于1903年去世之后,在文坛上承继桐城派传绪的是马其昶及姚永朴、姚永概兄弟。三人均为桐城籍人,受桐城诸先贤的影响,有着重振昔日乡邦文化、再现桐城古文辉煌的强烈意愿。然而,与中兴期桐城派相比,时代没有为其提供纵横驰骋的政治舞台,他们只能退守在文坛与讲坛。走向边缘化的吴门弟子们,面对汹汹而来的西学大潮和维新革命的时代浪潮,自觉地以传统文化的传人自居,在心理上筑起一道程朱之学和韩欧文章的防线,体验着滚滚向前的时代潮流对旧文化和旧文学所造成的严重冲击与致命打击。

马其昶(1855—1930)青年时期奔走于张裕钊、吴汝纶之门,致力于古文辞,转益多师,文名日高,先后主庐江潜川书院、桐城中学堂,后任京师大学堂教习,成为吴汝纶之后桐城文派的领军人物。以潜龙自喻的马其昶并非没有政治抱负,然而时代没有为其提供上下云雨、纵横驰骋的政治舞台。既然功业已经与己无缘,退而为文以求自立便成为唯一的选择。正是凭着"世不能无赖于文"的信念,马其昶和姚氏兄弟在辛亥革命前后勉强支撑着风雨飘摇的桐城文派的门面。马其昶之文,以雅洁有序、瘦硬精谨为尚,追求言简意赅、音节铿锵的阅读效果,尤其擅长叙记碑传文。因其文沾溉桐城文体洁气舒、志和音雅之气,具备辞雅体洁、行文有序、言简意赅、音节铿锵之特征,而被推为由湘乡派文向桐城派文人之文回归的典范之作。

姚永朴(1862—1939)、姚永概(1866—1924)兄弟出身桐城望族麻溪姚氏,姚鼐为其先祖,姚莹是其祖父。姚氏兄弟少承家学,同出吴汝纶之门,并从范当世、马其昶研探古文辞。姚永朴系光绪二十年举人,先后任职于安徽高等学堂、京师大学堂、法政专门学校。民国初年,任清史馆协修,执教于北京大学。1920年南归,教授于东南大学、安徽大学。姚永概系光绪十四年举人,清末任安徽高等学堂教务长及师范学堂监督;民初先后任北京大学文科学长、正志学校教务长、清史馆协修。身历废科举、改学堂、辛亥革命、袁世凯复辟等一系列重大变故,作为桐城嫡传的姚氏兄弟"学行程朱、文章韩欧"的学术祈向,并未因世事纷乱而有所改变。他们对六经之训、程朱之书、韩欧文章、纲常伦理的推重与眷恋,不纯粹是一种政治态度,更是一种文化选择。在西学东渐、新学纷纭的文化动荡中,他们更习惯于以道统、文统传人自居,以传统文化继承者、捍卫者立言。1913年,受到来自各方面的抨击与鄙弃的姚永概,愤而辞去北京大学文科学长之职,返归桐城故里、桐城派自此在教育界和文化界失去了最后一块重要地盘。

1914年,姚永朴在任北大文科教授时,在讲义基础上撰成《文学研究法》,仿《文心雕龙》体例,撷拾各家尤其是桐城文派方苞、刘大櫆、姚鼐、曾国藩诸前贤论文之要旨,讲述文学(主要是文章之学与古文辞之学)的起源、根本、范围、纲领、门类、功效、运会、派别及写作应知等基本问题,把只言片语的古文辞理论系统化,变成可以在大学讲坛上传授的知识。该著不仅在新旧学术交替之时,试图以桐城派古文之"义法"说重新阐释文学之原理,而且根植于传统经史之学,从语义、语用及篇章结构、风格诸方面,对以"杂文学"为特征的中国文章学体系之建构作出了重要探索。姚氏此举,是在预感到桐城派韶华将尽之时,以舍我其谁的历史责任感,自觉地为桐城派古文辞理论作结,并以大学讲坛作为布道之所。

在桐城古文面临着西风残照境遇时,为桐城古文开疆辟域、延一线生机的是以译才并世的两位翻译家——严复和林纾。严复、林纾对桐城古文理论的认同及极富社会影响的翻译实绩,使得桐城派古文显示出最后的辉煌。严复并非桐城派的嫡传,严译名著亦非严格意义上的桐城派古文。只是由于严译《天演论》请吴汝纶为之作序,自此开始与桐城派建立了密切的关系,不仅有意为桐城派张目,而且其文章有"桐城气"。严译《天演论》以物种进化、优胜劣汰的进化论影响了一代中国人,而流畅渊雅的译文,也博得了士林的广泛赞誉。严复以音调铿锵之古文转述外文原意,诚为古文的发展开辟了一块新的殖民地。以古文作为西学新学的载体,也确实让吴汝纶等桐城派中人着意兴奋了一阵。吴汝纶在与严复的通信中,多次谈到翻译中的化俗为雅、与其伤洁毋宁失真及剪裁化简、体义互见之法。桐城派的义法说,在严译名著中被派上了新的用场。

林纾同样不是桐城派的嫡传。入京之前,他只是一位有着良好文化修养的古文爱好者,时人多以翻译家视之。1901 年与吴汝纶相遇后,为论《史记》竟日,得到吴氏的鼓励与托付,古文写作的兴致骤增,对古文及桐城派的命运也越来越关心。数年后,在一种悄然进行的文化整合的外力推动下,林纾自觉地成为桐城派殿军中的重要成员。民元前后,是林纾致力古文写作、传播古文之学兴致最高的时候。《畏庐文集》、《畏庐续集》中的古文大都是这一时期所作。在桐城派"学行程朱、文章韩欧"的旗帜风雨飘摇之际,林纾不避毁谤,知其不可而为之,成为封建末世程朱学术、韩欧文章的卫道者。1913 年,林纾在《送大学文科毕业诸学士序》中号召"诸君力延古文之一线,使不至于颠坠"。为此,他上下奔走,著述演讲,力倡古文之道。1914 年,林纾的《韩柳文研究法》由商务印书馆出版,将其多年来阅读、研究韩柳之文的心得体会和盘托出,并请马其昶作序。1916 年,林纾的《春觉斋论文》由北京都门印书局出版,这是一部详尽论述古文要旨、流别、应知、禁忌、用笔等知识的入门指导性著作,也是对古文写作理论、技法与桐城派义法说的系统概括与总结,其所依据的论文标准仍是桐城派古文理论,客观上起到了为桐城派张目的效应。

然而,无论是严译名著,抑或是林纾的古文理论与创作,都改变不了桐城派古文"绝业将坠"的历史命运。五四前夕,桐城三祖方苞、刘大櫆、姚鼐和古文八大家殿军归有光,被文学革命主将陈独秀纳入要重点讨伐的"十八妖魔"之列,桐城派作为旧文学殉品和新文学祭物的命运,已无可逃遁。林纾针对新文化派对古文传统斩尽杀绝的姿态,发表《论古文之不宜废》一文,指出"知腊丁之不可废,则马、班、韩、柳亦有其不宜废者",遂被新文化阵营确定为重点讨伐对象。1918 年 3 月,钱玄同化名"王敬轩",与刘半农联手在《新青年》第 4 卷第 3 号上炮制了著名的"双簧信",矛头直指林纾、严复。林纾的孤身应战,被后世现代文学史家定位为代表"守旧派对新文学的反攻"。林纾因此役而被戴上了反对文学革命顽固派的帽子,并被新文化阵营目为"桐城谬种"之代表。1921 年 10 月,严复带着无限的遗憾离开人世。三年之后,以吴汝纶之后桐城派传人自居的林纾也带着无穷的遗恨溘然长逝,对其子留下"古文万无灭亡之理,其勿怠尔修"的临终遗言。同年,姚永概去世,马其昶、姚永朴也垂垂暮年,老归乡里。至此,作为一个文学流派,桐城派已不复存在。

五四时期,桐城派古文是作为旧文学与文言文的代表而遭到新文学运动攻伐的。桐城派自身艺术创造力的衰竭,其所固守的文化价值及道统、文统观念的不合时宜,其行文拘谨、禁忌繁多的文言文体形式与日益丰富繁杂的时代内容不可协调的矛盾,以及科举制度的废除、封建王朝的覆灭等桐城派桐赖以生存的社会条件的变化,都构成了桐城派走向消亡的必然条件。五四新文学顺应历史发展的潮流,促使风烛残年中的桐城派最终走向消亡。五四新文学家运用更自由、更平民化、更富有表现力而经过加工提炼的白话,创造出风格多样、丰富多彩的语体文,并使语体文成为五四文学中最具有成绩的门类。而桐城派古文的消亡与语体文的涌现,也便成为中国文学从古典走向现代的一道醒目的风景和一次充满思想冲突与文化意蕴的历史性转换。

民国初年,骈文大盛。骈俪之体不仅成为报界和文坛的一种时尚乃至嗜好,而且成为国民政府和社会团体一种普遍应用的公文形式。民国初肇,南京临时大总统府秘书雷铁崖敦请柳亚子也去当秘书,理由竟然是柳氏的骈文功底比他好;在雷氏看来,"偌然偌大的临时大总统府,找不出一个骈文家来",那可是"使钟阜蒙羞,石城含垢"的有失体面的大事(柳亚子《南社纪略》)。考察此前此后各种公文的习尚,雷铁崖的这一认识并不奇怪。武昌首义后,军政府发出的首批重要文件、通电和檄文,如《布告全国电》、《宣布满洲罪状檄》、《电告汉族同胞之为满洲将士者》等,均为铺张扬厉的骈俪之体。1915年反袁运动期间,不论是孙中山发布的著名的《讨袁檄文》,抑或是蔡锷发布的广为传扬的《致各省将军巡按史等电》,均骈散并用,大量骈俪文句和整齐的节律,渲染了气氛,增强了气势,生发着一股令人感愤的文字力量。民初的报界和文坛,能否写骈文似乎成为评判文人才学和文字功底的一项重要标准。流风所及,连后来成为新文化运动健将的周树人,1912年为《越铎日报》所写的发刊辞,也是以不甚齐整的骈俪体敷衍成文。

民国初年,趋时的梁启超也写了一些雅驯古艳的骈俪之文,是为任公中年以后文章之别调。梁启超早年摹习过晚汉魏晋之文,其"新文体"本来就骈散并用,民元归国后频频与同光遗老相过从,《致宋伯鲁》等言情述志之作则间出骈俪之体。1913年,隆裕皇太后卒,梁启超在其起草的代表大总统致祭的《清德宗帝后奉安文》中,则将早年学晚汉魏晋文未除的绮习堂而皇之地借机发挥了一把。而那位为文步武齐梁,晚清时期成为革命派作家阵营中独树一帜的藉学论政的骈文大家刘师培,民国初年则继续坚持以"偶词俪语"为"文"的文学观和文统意识,将骈文视为文体之正宗。政治立场屡变的刘师培,其核心学术观点和文体观念却不曾更易。晚年刘师培的《广阮氏文言说》等文和《中国中古文学史讲义》(1917)等著,严辨"文"、"笔"二体之别,有着从文章源流上为骈文正名和争文体正宗与正统地位的显著用意。一代学术巨子和骈文大家,以原原本本、堪称经典的中古文学史讲义,不失体面地维持着这一最具中国特色的古老文体最后的风华。

　　骈俪之体在民初文坛极为盛行的另一表征,是大量长篇骈体小说的出现与流行,形成了民初小说界的一大景观。徐枕亚的《玉梨魂》、《雪鸿泪史》、《余之妻》、《双鬟记》、《刻骨相思记》,吴双热《兰娘哀史》、《孽冤镜》、《断肠花》,李定夷《茜窗泪影》、《红粉劫》、《鸳湖潮》、《湘娥泪》、《昙花影》、《千金骨》,吴绮缘《冷红日记》等,均系骈体哀情小说,一时蔚为奇观。这些风靡一时的骈体小说,以吊梦歌离、愁红怨绿的凄美姿态和哀怨幽咽的审美风尚,在中国小说史上谱写了一个空前绝后的骈体言情小说大为盛行的特殊时代,有着悠长历史的骈俪之文在退出历史舞台之前最后一次显示出哀感顽艳的悲情力量。然而,在这个理想价值跌落、知识分子出现集体精神滑坡的晦暗的时代,绮丽的文辞背后流露出的是心灵的空虚,"有词皆艳,无字不香"的才子笔调迎合的是遗老遗少们怀旧的阅读口味,似曾相识的意境和情绪不过是重复千古文人骚客唱厌的老调子,翻来覆去的旧典故成为陈词滥调,不待五四新文学家出面讨伐,民初骈文小说家自己几年之中就将这一新开拓的小说品种推上了绝路。

第三节　民初诗坛

　　辛亥革命前后,曾经喧嚣一时的诗界革命运动已经销歇,诗坛上的新旧界限已趋于弥合,南社诗人和同光体诗派形成了当时诗坛势力和影响最大的两个阵营。南社主流派诗人与同光体诗派的对立和分野,既有政治立场上的激进与保守之分,亦有诗学宗趣上的宗唐与宗宋之争。1917年后,随着文学革命的兴起,南社诗人、同光体诗派也与旧体诗一起渐次淡出公众视野,白话新诗逐步取得诗坛的正宗地位。

　　宣民之际,梁启超已绝口不提"诗界革命",转而拜同光体诗人赵熙为师。康有为则与沈增植等遗老相唱和,其诗风渐与同光体诗人合流。此时,被梁启超树为诗界革命一面旗帜的黄遵宪已经谢世;作为诗界革命主将之一的蒋智由,其诗歌创作走了一条与梁氏相似的路径,由趋新而笃旧;寓居上海自编诗稿时,蒋氏将其刊于《清议报》、《新民丛报》、《浙江潮》等刊物的新派诗尽数删弃,颇以少作为悔。

1912 年归国之后,梁启超的政治抱负依然难以实现,内心焦虑苦闷,散见于《庸言》、《大中华》杂志"文苑"栏为数不多的诗作,多是友朋间酬应之作,充满了中年哀乐的愁云惨雾。1912 至 1914 年,当他在自己主持的《庸言》杂志"艺谈"栏长篇累牍地连载同光体诗论家陈衍《石遗室诗话》,当他与赵尧生侍御书讯往复"从问诗古文辞",当他在《庸言》"文苑·诗录"栏以"交亲无新旧,相尚在风义"、"我以古人心,纳交当世士"相标榜,当他在"癸丑三日邀群贤修禊万生园"拈《兰亭序》分韵得"激"字与以同光体诗人为主体的遗老遗少们酬唱吟咏,昔日那个"少年中国之少年"已步入人生的中年,再不见当年"梦乘飞船寻北极"(《饮冰室诗话》)的豪情与诗思。当年那个"烈山泽以辟新局"的梁任公,如今已是心境黯淡,昔日诗作中特色鲜明的"新意境"已让位给"古风格"。

民国初年,与同光体诗人为伍,使梁启超诗歌渐次显露出宋音。梁氏此期之诗作,全然失去了先前那股昂扬勃发的精神气;新名词不见了踪影,代之以满纸旧典故;自由奔放、长短不一的歌行体诗已不见踪迹,代之以规整谨严的近体诗和五七言古风。当康有为赞其《朝鲜哀词》"沉郁雄苍,合少陵《诸将》、《洞房》、《秦州》而冶之",誉其《赠徐佛苏即贺其迎妇》"渊懿朴茂,深入昌黎之室"(《梁任公诗稿手迹》),当识者评其诗有"唐神宋貌"、"弥臻精醇"之时,诗界革命时期梁氏诗作特有的自由奔放、新词奔涌、不拘格律、不名一家、自成一体的独立风格与时代风采亦不复存在。当梁氏以"诗撼少陵律,笔摩昌黎垒"赞誉赵熙,以"思奋躯尘微,以救国卵累"、"努力善眠食,开抱受蕃祉"(《寄赵尧生侍御,以诗代书》)与之相酬唱时,当他吟出"擎雨万荷枯,战风千叶乱"、"强欢寻野寺,丛菊媚凄旅"(《感秋杂诗》)之类的诗句,当康有为赞其五言排律《南海先生倦游欧美载渡日本同居须磨浦之双涛阁述旧抒怀敬呈一百韵》"开合顿挫,深得少陵法"、"根柢深厚,置少陵集中不能辨"(《梁任公诗稿手迹》)……梁诗之风格已经步步趋近杜、韩一派。

民国初年,清代宋诗运动在清末民初的余响末绪——同光体诗派,依然占据诗坛正统位置,其代表人物是陈三立、沈曾植、郑孝胥、陈衍。"身丁变风变雅,以迄于将废将亡"时代的同光体诗人,依然坚守着自己的艺术追求,在他们已有的文学领域,运用他们最为熟悉的文学样式,抒写宣民鼎革之际封建末代文人复杂的意绪与心态,为中国古典诗歌的束结作凄美而无奈的谢幕。柳亚子尝言:"辛亥革命总算是成功了,但诗界革命是失败的。梁任公、谭复生、黄公度、丘沧海、蒋观云、夏穗卿、林述庵、林秋叶、吴绶卿、赵伯先的新派诗,终于打不倒郑孝胥、陈三立的旧派诗,同光体依然成为诗坛的正统。"(《我的诗和字》)诗界革命和新派诗在 20 世纪初年的兴起,固然将以宋诗为主要学古方向的光宣诗人推到"旧派"的位置上,却未能取代同光体的诗坛霸主地位;而梁启超等人的"纷纷望古树降旗",更进一步壮大了同光体诗派的声势。

不仅如此,辛亥革命前夕兴起的抨击同光体甚力的以柳亚子为首领的南社主流诗人,也未能夺同光体的坛坫而代之。民初诗坛的这一状况,南社诗人林学衡曾一语道破:"南社诸子,倡导革命,而什九诗才苦薄,诗功甚浅,亦无能转移风气。"(《今诗选自序》)1917 年 4 月,刚刚加入南社的吴虞致函柳亚子,以为"上海诗流,几为陈(三立)、郑(孝胥)一派所垄断,非得南社起而振之,诗学殆江河日下矣"(《与柳亚子书》),也从一个侧面道出了同光体称霸民初诗坛的实况。吴虞此函经《国民日报》公布之后,立即招致南社内部宗宋派社员的强烈不满,双方围绕"唐宋之争"展开笔战,南社亦因此而走向分裂。

与此同时,留美学生胡适已经在酝酿"文学革命",提出"活文学"和"死文学"之说,倡导并尝试作为"活文学"的白话诗。1916 年 10 月,《新青年》发表胡适致陈独秀书,斥"南社诸人,夸而无实,滥而不精,浮夸淫琐,几无足称者",谓同光体诗人"其诗皆规摹古人,以能神似某人某人为至高目的,极其所至,亦不过为文学界添几件赝鼎耳"(《寄陈独秀》)。不久,白话新诗运动兴起,南社和同光体诗人一道被文学革命倡导者列为革命的对象。

民国初年,原本在光宣诗坛闽派诗人群体中尚不能居首的陈衍,因说诗而得大名,被誉为同光体诗派的"广大教主"(汪辟疆《光宣诗坛点将录》)。作为同光体的组织者和理论家,陈衍的诗学活动大多都是围绕着为同光体张目而进行的。1913年1月起,陈衍充分利用梁启超为其提供的《庸言》杂志传播平台,以连载方式推出《石遗室诗话》,月出一卷。至《庸言》1914年停刊时,共刊出13卷。此后,《石遗室诗话》又陆续在《东方杂志》和《青鹤》上连载,1929年商务印书馆出版32卷本。《石遗室诗话》篇幅浩繁,作者以品评道咸以来诗人诗作为主,总结清中叶以来宋诗运动的经验,对其间有影响的诗人一一评点,显示出极富个性特色的诗学观念和审美取向。《诗话》中有关同光体的诗人的评论,对同光体中清苍幽峭、生涩奥衍两派的划分,对学人之诗、诗人之诗的界定,以及关于诗最患浅俗、最忌大言,诗文要有真实性格、真实道理、真实本领,诗有四要三弊等问题的议论,多为史家所引述。

陈衍还于民国初年辑成《近代诗钞》,1923年初版,共24册,收录清道咸年间至民国初年诗人诗作凡369家,每人名下附有小传,部分作家略加评论,按其"三元说"与"学人之诗"说品评高低,评论文字与《石遗室诗话》多有相通,有着明显的门户之见和师承相亲意识。陈衍著《石遗室诗话》以标榜声气,选《近代诗钞》以扩大影响,使得同光体诗派在民国初年盛极一时。

宣民易代之际,正值人生中年的同光体诗人,深切地感受到他们所熟悉的政治秩序、伦理道德、价值观念都在发生着剧烈的变化。帝制的被推翻,更是天崩地裂之变革。而对民初纷纷攘攘的政治与文化变局,同光体诗人不约而同地选择了前清遗老的立场,大多心境颓唐,在国亡道丧、进退失踞的尴尬处境中,以恸哭和凭吊的方式体验着乱世文人内心深处难以言传的愤懑与悲哀。辛亥革命之起,在同光体领袖人物陈三立看来,是"天维人纪,寝以坏灭。兼兵战连岁不定,劫杀焚荡烈于率兽"(《俞觚庵诗集序》)的社会变动,触及时事,发为诗歌,充斥着前朝遗民的伤时牢骚之语:"发为文章裨家国,祇供穷海拾断梦。写忧行吟存孑遗,吾曹漫比蚊虹哄。穹轴颠覆腾杀声,幸保不死杯盘共。"(《乙卯花朝逸社第二集……》)辛亥年后,自悟为诗"激急抗烈",转而推尚"志深而味隐"的诗境,其讥讽袁世凯复辟的《消息》《上赏》等诗,则是造语曲深、辞旨隐蔽之作。同光体巨子郑孝胥每年重阳节必作登高诗,且多为人称道,时人称其为"郑重九"。不同时期的登高诗,显示着诗人不同的意绪心态。写于1914年海藏楼中的《重九雨中作》言:"风雨重阳秋愈深,却因对雨废登临。楼居每觉诗为祟,腹疾翻愁酒见侵。东海可堪孤士蹈,神州遂付百年沉。等闲难遣黄昏后,起望残阳奈暮阴。"风雨神州,劫后余生,孤傲忧愤中杂以无奈的喟叹。

在亘古未有的政治大变局和文化大变局中,诗成为同光体诗人慰藉心灵的精神避难所,也成为一种显示才具与身份的应酬工具和文人间附庸风雅的游戏。被陈衍推为"同光体之魁杰"的沈曾植,民元后经常与同样历经劫波的前清遗老聚首海上,诗酒唱和,互慰寂寥。1915年前后所写《和庸庵尚书异乡偏聚故人多五首》之四道:"人海沧桑感逝波,长吟日暮意如何? 谈天炙輠招佳客,短李迁辛共放歌。造化岂于吾辈薄,异乡偏聚故人多。连床旧雨听相慰,一任阑风伏雨过。"诗中再没有前清时期文人官员特有的闲适自得和书卷情趣。1917年,沈曾植北上,参与张勋复辟之事,重返上海后大病。次年春作《病起自寿诗》有"蓦地黑风吹海去,世间原未有斯人"之句,情绪极为低沉。此后,其在"秋夜自长心自短,可怜余发恋余簪"(《要得小儿安常带三分饥与寒……》)、"朋辈散如秋后叶,琴心清绝夜来鸿"(《答子勤》)的生命叹喟中,咀嚼着"江山寂寞黯终古,故国苍茫无返年"(《郑叔同手札》)、"道穷诗亦尽,愿在世无绝"(《简苏庵》)的无奈,走到生命的尽头。陈三立论其晚年之诗,以为"晚岁孤卧海日楼,志事无由展尺寸,迫人极之泪圮,睇天运之茫茫,幽忧发愤,益假以鸣其不平。诡荡其辞,寙寀自写,落落悬一终古伤心人,此与屈子泽畔行吟奚异焉。则谓寐叟诗为一家之离骚可也,为一世之离骚可也"(《海日楼诗集跋》)。同光体诗派辛亥革命前后的诗境与心情,由此大略可见。

民国初年,同光遗老们亦频繁在北京聚集,文酒诗会,终日无休。《石遗年谱》记载:"公多与郭春榆、林畏庐、陈定宁、易实甫、吴绹斋诸先生为击钵吟之集……分等第为胜负,以洋蜡烛为所赌之彩";"遇人日、花朝之等世所号良辰者,择一名胜地,挈茶果饼饵集焉,晚饮寓斋若酒楼,分纸为即事诗,古今体均听,次集易一地,各缴前集诗,互相评品"。这种以诗自娱的作法,如何会有好诗问世? 1915 年,陈衍所作的《清明日怀尧生荣县》夫子自道说:"君诗数数来,我去无一诗。微我懒下笔,微我懒构思。诗眼日以高,诗笔日以低;诗料日以贫,诗力日以微。惟有作诗肠,日枉千百回。偶然诗绪来,如彼千万丝。出手欲缲之,十指理不开。"可笑的是他们如此诗绪枯竭,诗料日贫,还大言不惭要挽回颓波:"王城文字饮,动集百十人。斗巧为断句,赏奇各自欣……托言挽颓波,欲追射洪陈。"(《示同社诸君》)诗作到"斗巧为断句","以洋蜡烛为所赌之彩"的地步,还有何颓波更甚于此?

同光体是清末民初颇有影响的诗歌流派,其"不专宗盛唐"、"诗为写忧之具,体当变风变雅"、"学人之言与诗人之言合一"的诗学取向,体现了末代传统诗人宽泛而慎重的选择。同光体诗人对古今相续不尽、诗道翻新无穷的坚信,使他们在传统诗歌艺术的弃取变化、力破余地方面,做出孜孜不倦的探求。同光体诗人的学古方向、诗学路径、诗歌风格各有不同,但都体现着打通唐宋、转益多师的实践精神。同光体诗派的前清遗民立场和宗宋的诗学路径,曾遭到以柳亚子为代表的南社诗人的批评,但南社中宗宋者大有人在。鼓吹诗界革命的梁启超,与同光体互相推重,并在辛亥革命前后也渐渐走向宗宋一途。真正动摇同光体诗坛霸主地位的,是五四新文学运动中出现的白话新诗。五四时期,白话新诗以完全不同于传统诗歌的情感、意象和形式,赢得了青年,也赢得了未来。之后,同光体诗派也便与旧体诗一起,逐渐从公众视野中淡出。

第二十章　语言运动与文学革命

近代中国的语言运动,大体经历了晚清掀起的拼音化运动、白话文运动和民初形成气候的国语运动两个阶段。晚清的拼音化运动与白话文运动,尽管互为孪生兄弟,却在很长一段时期内两不搭界。民初的国语运动,则在五四前夕与文学革命逐渐合流,"白话文学"因被正名为"国语文学"而身价倍增,文学革命的创作实绩也为国语运动提供了有力支持。随着教育部的一纸政令,小学"国义读本"改为"国语读本",白话文学作品堂而皇之地进入教材,白话初步获得了与文言对抗的正式书面语地位。这一双赢的历史效应,是五四文学革命取得成功的多种历史因素中至关重要的一环。

第一节　拼音化运动与白话文思潮

19 世纪末,中国知识分子中的一批先觉者,已经意识到广开民智是实现国家富强的根基与关键;而汉字的难学和文言的难懂,则成为实施这一救国梦想所面临的首要难题。解决的办法,是做到泰西文明之国的"言文合一",这样才能达到"普及教育"的目标。如何实现"言文合一"？一拨人选择了改革乃至废除汉字,走西方的拼音化道路;一拨人选择了不触动汉字本身,而

径直使用白话作为书写语言的通俗化路径。两者在晚清都形成了规模浩大
的文化运动和语言运动。前者开展起来,形成了拼音化运动;后者开展起
来,形成了白话文思潮。而民初形成的国语运动,则承接了晚清拼音化运动
和白话文运动的余绪,谋求在国民政府教育体制内,解决以白话替代文言的
书写语言的现代化变革问题。

拼音化运动和国语运动先驱者为中国语文改革提供的路径,是从改革
文字符号入手,解决"当今普天之下之字之至难者"(卢戆章《一目了然初
阶》)——汉字的难写难记问题,以及方音歧异造成的语言不统一问题。从
卢戆章的切音新字、蔡锡永的传音快字、王炳耀的拼音字谱,到王照的官话
合声字母,晚清拼音化运动先驱者们,探索的是一个以拼写白话为立足点的
汉字辅助手段或替代方案。起步于切音字运动的晚清拼音化运动,打破了
几千年来牢不可破的对于汉字的崇拜和迷信心理,使中国知识界第一次破
天荒地把眼光投向当代的活的语言。于是,审时度势的启蒙先驱者对语言
和文字、口语和书写的位置作了重新调整,文言和文字的缺陷与弊端逐渐为
人们所认知,口语和白话的优点与重要性得到广泛认可。提倡切音也好,主
张简字也罢,拼音化运动先驱者对语言文字的新看法,改变了知识阶层对口
语和白话文的认知,极大地提高了口语和白话文的地位,给白话文运动以很
大的助力。

大约在1902年前后,作为现代民族国家观念产物的新名词"国语",已
经由日本传入中国。是年,被委任为京师大学堂总教习的吴汝纶,奉命去日
本考察学制,伊泽修二竭力向他宣传"语言统一"和"国语教育"的重要性,建
言学堂"宁弃他科而增国语"。1902年,吴汝纶上书管学大臣张百熙,言"日
本学校,必有国语读本",中国宜仿效之(《上张管学书》)。归国不久的吴汝
纶,正打算说服管学大臣推行王照创制的《官话合声字母》和中国的"普通
语",不料尚未赴京就职就病死故里;王照撰《挽吴汝纶文》,痛悼这位支持
"国语"的古文大师,是为公开发表的最早提出"国语"概念的文章,将源自日
本的"国语"概念,在拼音化运动论者中间传播开来。1903年,何凤华等上书

袁世凯,要求"奏明颁行官话字母,设普通国语学科,以开民智而救大局"(《上直隶总督袁世凯书》),得到袁氏赞助和支持。同年,《奏定学堂章程》把"官话"列入师范及高等小学课程,规定"以官音统一天下之语言"。自此,拼音化运动的目标,在原来"普及教育"和"言文合一"基础上,又增加了"统一语言"的新使命。

晚清白话文运动先驱,为中国语文改革提供了另一种思路:从借鉴古已有之的白话书面语入手,以补救文理艰深的文言之弊。其举措包括:赋予白话以启蒙救亡的重大时代使命,大力提高其社会文化地位,逐步扩大其使用范围,将其推广到整个文化界;从方言、口语、文言和外来语中,吸收可资利用的语言资源,将其打造成全民族通用的"普通官话"乃至"国语",从而达到"普及教育"、"言文一致"的改革目标,为实现国家民族的现代化打下初步的根基。在晚清,白话报刊是这一运动的主阵地,白话报人则构成了这一运动的骨干力量。五四新文化运动和文学革命的几位头面人物——如蔡元培、陈独秀、胡适、钱玄同等——晚清时期都曾从事过白话报活动,有过白话文写作经历。

第二节 晚清白话文运动

晚清时期出现了近三百种白话报刊,以《大公报》为代表的50余种文言报刊辟有白话栏目或出过白话附张,另外尚有三百种以上文字浅易的蒙学报、浅说报、女报、通俗画报等,加上几十种以刊载白话小说为主的文艺杂志,以及大量行世的白话教科书、新小说、改良戏曲、通俗歌诗和成为时代风尚的白话演说潮流,形成了一场规模空前、声势浩大的白话文运动。晚清白话文运动,不仅是一场由维新派和革命派知识分子共同担任主角,以开启民智、新民救国为主旋律的声势浩大的思想启蒙运动,还是一场以普及教育、言文一致为目标的语文改革运动,同时还带起了一场气势不凡的白话文学潮流。晚清时期,白话文运动与包括文界革命、诗界革命、小说界革命和戏曲界革命在内的文学界革命一道,共同推动了中国语言文学的近代化变革进程。

一、晚清白话文运动的理论倡导

黄遵宪被公认为近代白话文运动理论先导人物。五四倡导白话文学所依据的"言文一致"说,早在黄遵宪1887年定稿的《日本国志》中就已提出。《日本国志·学术志二·文学》言:"盖语言与文字离,则通文者少,语言与文字合,则通文者多,其势然也。"黄氏纵览泰西各国及日本语言文字和文学变革发展之大势,敏感地意识到言文合一是中国语言文字发展的一条路径,并寄希望于他日"更变一文体为适用于今、通行于俗者";其用意,"欲令天下之农工商贾妇女幼稚皆能通文字之用"。"适用于今"提出了文体语言的近代化变革要求,"通行于俗"指出了文章语言变革的社会化路径;这种文体,主要指向白话文。其所提出的语文必须合一、行文必须"适用于今、通行于俗"的要求,开晚清和五四白话文运动理论先声。

1898年8月,举人裘廷梁在无锡《中国官音白话报》发表《论白话为维新之本》雄文,旗帜鲜明地提出"崇白话而废文言"的战略口号,标志着白话文运动理论自觉阶段的开始。他将国家危亡之因归结为国无智民,将民智不开之因归结为"文言之为害"。文章列举省日力、除骄气、免枉读、保圣教、便幼学、炼心力、少弃才、便贫民等"白话"八大益处,将泰西诸国人才盛横绝地球之因归结为"用白话之效",将区区数小岛之民而皆有雄视全球之志的日本之崛起,亦归结为"用白话之效",从而得出一个大胆的结论:"愚天下之具,莫文言若;智天下之具,莫白话若";"文言兴而后实学废,白话行而后实学兴"。裘廷梁以一种激进姿态,对两千年来"文言之为害"进行了首次清算,正式揭开了20世纪文言与白话之争的历史序幕。

20世纪初年,作为"新民师"和文学界革命旗手的梁启超,服膺于进化史观,力倡"言文合"之说,大力肯定"俗语文学"的历史地位与文学价值。梁启超领衔发起的声势浩大的文学界革命,与白话文运动相辅而行,共同推动着中国语言文学步入近代化发展的快车道。梁氏那句颇为豪迈的惊世骇俗之言——"小说为文学之最上乘",极大地提高了作为"俗语文学"的小说的社会文化地位和文体地位。此后,"俗语文学"不仅获得了与"古语文学"并驾齐驱的资格,而且被越来越多的有识之士目为文学进化发展的必由之路。

1903 年,梁启超开始用进化史观审视各国文学史,对中国语言文学发展进化之大势作出大胆断言:

> 文学之进化有一大关键,即由古语之文学,变为俗语之文学是也。各国文学史之开展,靡不循此轨道。……寻常论者,多谓宋元以降,为中国文学退化时代。余曰不然。……自宋以后,实为祖国文学之大进化。何以故?俗语文学大发达故。……苟欲思想之普及,则此体非徒小说家当采用而已,凡百文章,莫不有然。(《小说丛话》)

五四时期胡适所标榜的"历史进化的文学观念"和"白话文学正宗观",在上述文字中已呼之欲出。

1905 年,刘师培在《国粹学报》发表《论文杂记》,站在古今中外文学语言发展史高度,总结中国语言文字及文体演变的历史规律,力倡"语言文字合一"主张:

> 英儒斯宾塞耳有言:"世界愈进化,则文字愈退化。"夫所谓退化者,乃由文趋质,由深趋浅耳。及观之中国文学,则上古之书,印刷未明,竹帛繁重,故力求简质,崇用文言。降及东周,文字渐繁;至于六朝,文与笔分;宋代以下,文词益浅,而儒家语录以兴;元代以来,复盛兴词曲:此皆语言文字合一之渐也。故小说之体,即由是而兴,而《水浒传》、《三国演义》诸书,已开俗语入文之渐。

在刘师培看来,宋儒语录和元代词曲之兴盛,都是中国语言文学演进过程中"语言文字合一"发展趋势日益滋长的征兆;至于明清兴起的小说,更是"开俗语入文之渐"。他不仅援引英儒斯宾塞时髦的语言进化理论,而且从中国古代文学中找来"语言文字合一"的历史依据,进而痛斥轻鄙小说者为头脑冬烘的无知"陋儒"。既有放眼世界的全球化视野和泰西圣哲的先进理论根据,又有"三代传经"的荣耀光环和无人敢小觑的深湛的旧学根柢,学贯中西的刘师培关于"俗语入文"的主张,其社会反响和影响力之大就非同一般了。

梁启超和刘师培的上述理论见解和文学史观,标志着清末有识之士之提倡白话,逐渐从启蒙教育扩大到文学革新领域,"俗语"不只是在普及和实用方面优于文言的启蒙下层社会的必要的语言工具,而且是一种具有审美价值的文学表现手段。在梁氏看来,文体涵盖"凡百文章"、包括宋元以降的戏曲小说在内的"俗语文学",不仅与"古语文学"一样具有审美价值,而且是包括中国在内的世界文学进化发展之关键和大势。在刘氏看来,宋儒语录、元代词曲和明清小说之兴盛,"皆语言文字合一之渐","中国自近代以来,必经俗语入文之一级",此乃"天演之例"和"文字之进化之公理"。其"文学"概念,已经接近明治时期在日本得到普及的 literature 一词的译语。近代意义上的"文学"概念和文学进化史观的形成,标志着中国文学观念与世界的接轨。晚清白话文运动和文学界革命先驱者,尽管还没有明确打出"白话文学"这面旗帜,但显然已经清醒地认识到白话文学必将取代古语文学的历史发展趋势。

梁启超此番见解发表在"登高一呼,群山响应"的《新小说》杂志,刘师培上述言论发表在革命派主持的以鼓吹民族主义而声名大噪的《国粹学报》;其白话语言观和文学进化史观,对五四一代知识分子产生了直接影响。晚清白话文运动和文学界革命,无论在理论上,抑或在实践上,都为五四白话文运动和文学革命奠定了重要基石。

二、五四新文化人的早期白话报活动

1902 年前后,蔡元培已关注到白话报和拼音化浪潮,认识到"秦汉以来,治文字不治语言,文字画一而语言不画一,于是语言与文字离,于是识字之人少,而无以促思想之进步"(蔡元培《学堂教科论》)。正是有了这样的认知,蔡氏 1903 至 1904 年主《俄事警闻》、《警钟日报》笔政期间,便将白话启蒙工作付诸实践,身体力行地写作了一批白话论说文。

1903 年 12 月 15 日问世的《俄事警闻》日刊,由蔡元培等在上海组织的"对俄同志会"发起,王季同主编。该报图文并用,文白兼采。创刊号"现势"栏刊登的那幅著名的《瓜分中国图》,配以白话解说文,警告大众"外国人就要来瓜分了",令人顿生亡国危机迫在眉睫之感,影响了不止一代人,极大地激发了国人的民族情感。《俄事警闻》非常重视白话文宣传,面向全国征文,尤其是白话"告"体文。照主编的设想,其主要征文对象是"社说",分"文言社说"和"白话社说"两大类,并拟定了《普告国民》等 64 篇"告"文题目,29篇为文言,35 篇为白话。其中,《普告国民》由文言、白话共同承担;文言承担"告"政府、外务部、各省疆臣、领兵大员、驻各国大臣、驻俄国公使、拒俄会会员、义勇队、和平变法派、州县官、各新闻记者、留学生、中国教育会、各书局之编译者、身任教育者、学生社会、保皇会、立宪党、革命党、守旧党、厌世派、科举家、各省绅董、村塾师、道学先生、文人墨客、洋务人员、幕友之责任;白话则承担"告"全国父老、全国儿童、全国女子、农人、工人、商人、寓南洋及美国商人、寓日本商人、各会党、马贼、捐官者、候补官、各省富民、出家人、吃洋饭者、教民、仇教者、盗贼、江湖术士及卖技者、将弁兵丁、小工、娼优、无业游民、乞丐、媚神佞佛者、作善举者、阔少等人群之责任;"告"东三省居民、满人、蒙古及西藏人须用官话,"告"北京人用京话,"告"湖南人用"湖南白","告"广东人用"广东白"。从中可见《俄事警闻》针对不同人群采用不同语言进行爱国宣传的匠心。该报出至 73 号后更名《警钟日报》(1904 年 2 月26 日),成为革命派在上海创办的产生了全国性影响的重要报纸,蔡元培是其灵魂人物。

蔡元培后来回忆道:"民元前十年左右,白话文也颇流行,那时候最著名的白话报,在杭州是林獬、陈敬第等所编,在芜湖是独秀与刘光汉等所编,在北京是杭辛斋、彭翼仲等所编,即余与王季同、汪允宗等所编的《俄事警闻》与《警钟》,每日有白话文与文言文论说各一篇。"(《中国新文学大系·总序》)独立支撑《警钟日报》期间,蔡元培"先生每晚总须撰两篇论文——一篇文言,一篇白话"(马鉴《纪念蔡孑民先生》)。1904 年,蔡元培还用白话创作了近万言的政治小说《新年梦》,连载于《俄事警闻》"社说"栏,借"中国一民"之梦境描述了一个"新中国"乌托邦,其中谈及对语言文字理想状况的期待:

> 又省了许多你的、我的那些分别词,善、恶、恩、怨等类的形容词,那骂詈恶谑的话,更自然没有了。交通又便,语言又简,一国的语言统统画一了;那时候造了一种新字,又可拼音,又可会意,一学就会;又用着那言文一致的文体著书印报,记的是顶新的学理,顶美的风俗,无论那一国的人都欢喜看,又贪着文字的容易学,几乎没有一个人不学的。从文字上养成思想,又从思想上发到实事。

从中不难发现晚清白话文运动和拼音化运动先驱者倡导的"语言统一"和"言文一致"思想。蔡元培对这一语言文字变革趋势的兴趣与信念,由此可见一斑。

晚清时期,陈独秀不仅是提倡国语教育和小说戏曲改良的理论先驱者,还是脚踏实地的白话报创办者和白话文(学)实践者。1904 年,陈氏创办的《安徽俗话报》,不仅注重以通行之俗话传播西洋科学精神和民族民主革命思想,而且白话文艺栏目创作成绩突出,成为晚清刊发改良戏曲和白话歌诗的报刊重镇。他与苏曼殊合作的著译参半的政治小说《惨社会》,成为"小说界革命"旗帜下以"豪杰译"方式积极译介西洋小说的先驱。而他创作的一批白话文、白话歌诗及章回体小说《黑天国》,则构成了晚清思想启蒙运动、白话文运动和文学界革命的有机组成部分。陈独秀以"三爱"笔名,撰写了近五十篇白话文,洋溢着爱国思想和革命精神,感情充沛,明白晓畅,其中涉及国语教育、戏曲改良、国民性批判等直接与五四文学革命相通的重大理论命题与思想主题。称《安徽俗话报》是《新青年》之雏形，或谓陈氏此期的白话报活动和白话文写作乃五四新文化运动之先声，都有相当的道理。

1917年初，蔡元培决意聘陈氏为北大文科学长，与他早年勉力办白话报的坚忍不拔精神有着密切关系。据蔡氏回忆："我对于陈君，本来有一种不忘的印象，就是我与刘申叔君同在《警钟日报》服务时，刘君语我：'有一种在芜湖发行之白话报，发起的若干人，都因困苦及危险而散去了，陈仲甫一个人又支持了好几个月。'现在听汤君的话，又翻阅了《新青年》，决意聘他。"（蔡元培《我在北京大学的经历》）晚清创办白话报的经历，冥冥之中竟成了蔡、陈诸君在五四前夕聚首北京大学、共襄文化盛举的历史机缘。这恐怕不仅仅是一种历史的巧合；偶然性背后，潜隐的是历史发展的必然性。

胡适晚清时期的白话文训练时间更长，也更为全面。1906—1908年间，胡适担任上海《竞业旬报》主笔时期的白话报活动和白话文写作经历，经由他自己的回顾与总结，已是尽人皆知。当是时，作为上海中国公学的少年才俊，兴趣广泛的胡适担任过《竞业旬报》的编者、作者和记者，用白话写过社说、论说、传记、小说、歌谣、丛谈、札记等稿件，是该刊中后期名副其实的台柱子。关于这段经历对他其后成长为文学革命领军人物的深远影响，还是他自己的总结最为清楚明白，也最有说服力——"这几十期的《竞业旬报》，不但给我了一个发表思想和整理思想的机会，还给了我一年多作白话文的训练……我不知道我那几十篇文字在当时有什么影响，但我知道这一年多的训练给了我自己绝大的好处。白话文从此形成了我的一种工具。七八年之后，这件工具使我能够在中国文学革命的运动里做一个开路的工人。"（胡适《四十自述》）

五四文学革命的另一健将钱玄同，在晚清亦有白话报活动经历。1904年，他作为发起人之一创办的《湖州白话报》半月刊，以"反对清朝封建帝制，拥护共和政体，反对列强侵略，发扬爱国精神"为宗旨，设有论说、纪事、历史、地理、理科、小说、文苑、杂俎等栏目，全用官话演述，鼓吹民族民主革命。

1910年初，章太炎、陶成章等与同盟会分裂，重组光复会，在东京创办《教育今语杂志》为通信机关。该刊以"保存国故，振兴学艺，提倡平民普及教育"为宗旨，"演以浅显之语言"（《教育今语杂志章程》）。钱玄同担任编辑，其发刊辞和章程《刊行〈教育今语杂志〉之缘起（附章程）》就是他起草的。钱氏自言："我对于白话文的主张，实在植根于那个时候，大都是受章先生的影响"，"我得了这古今一体、言文一致之说，便绝不敢轻视现在的白话，从此便种下了后来提倡白话文之根"（熊梦飞《记录玄同先生关于语文问题的谈话》）。

蔡元培、陈独秀、胡适、钱玄同等新文化人晚清时期的白话报活动与白话文实践，使得白话观念深入其骨髓，并在写作实践中对白话书面语的优缺点有了切身体会，为他们日后在一个更高的历史起点和文化层面上提倡与改造白话文（学），埋下了思想的根源，奠定了良好的基础。

晚清时期的白话文运动，不仅为现代白话文（学）创作积累了经验，尝试了多方面的文体语体试验，而且为五四白话文运动陶铸了领袖人才，孕育了作者队伍，同时也奠定了至关重要的群众基础，培育了不可或缺的接受环境。

第三节　国语运动与文学革命

清宣统年间，随着"简字"被正名为"音标"，"官话"被正名为"国语"，拼音化运动逐渐走向了国语运动阶段。一部分拼音化论者起初有着废除汉字以建立符合世界潮流的拼音文字的雄心，然而各项提案经官方修正后，只落得给汉字标注读音的结局。

1910年，资政院通过了《审查采用音标试办国语教育案书》，将议员提案中的"简字"正名为"音标"，负责审查提案的特任股员会股员长是任职于学部名学馆的严复。由"简字"到"音标",剔除的是"简字"作为"拼音文字"所具有的文字功能,限定的是"音标"的拼音功用。

清末最后几年,拼音化运动组织者,显然意识到为"官话"争取"国"字号头衔乃当务之急,遂加快其活动步伐。1910 年,资政院议员江谦发布《质问学部分年筹办国语教育说帖》,援引东西各国成例,将"国语"与"国文"并举,且正式为"国语"正名:"官话之称,名义无当。话属之官,则农工商兵,非所宜习,非所以示普及之意,正统一之名。将来奏请颁布此项课本时,是否须改为国语读本以定名称?"自此,"国语"一词频频出现于官方文件,逐渐获得与"国文"对等之地位。

1911 年,学部中央教育会议议决了《统一国语办法案》,标志着在全国建立标准读音的方案初步成型,晚清拼音化运动"统一语言"的目标,终于在清朝覆亡的最后一年有了着落。

1913 年 5 月,"读音统一会"议决《国音推行方法》七条,其中一条说:"请教育部将初等小学'国文'一科改作'国语',或另添'国语'一门。"自此,"国语"终于在政府议案中被作为"国文"的对立面正式提出来,并开始对"国文"的地位产生了威胁。

1917 年初,胡适《文学改良刍议》和陈独秀《文学革命论》,相继在北京《新青年》杂志发表,文学革命运动正式发动。陈独秀偏重从文学精神和文学思潮方面立论,提倡平易抒情的国民文学、新鲜立诚的写实文学、明了通俗的社会文学;胡适则将重心集中于文学工具的改革,视文言文为"死文学",白话文为"活文学",坚信"白话文学之为中国文学之正宗,又为将来文学必用之利器,可断言也"。

与此同时,刚刚成立的国语研究会发布《中华民国国语研究会暂定章程》,并在"征求会员书"中提出国语"近文"的要求,认为"语言之必须统一,统一之必须近文,断然无疑矣"。所谓"近文",也就是用书面语言规范口头语言,其性质显然并非基于口语的白话书写。此时,国语运动和文学革命之间尚无联系。就在这年年底,远在美国的胡适,向教育部的国语研究会寄来了用白话写的申请书,成为该会的正式成员;而国语研究会的会长,则是时任北京大学校长的蔡元培。

1918 年 4 月,文学革命的另一核心理论文献《建设的文学革命论》发表。胡适以"国语的文学,文学的国语"为该文副标题,用来概括文学革命的核心宗旨。这一事件,标志着文学革命与国语运动的正式合流。国语研究会对国语提出的"近文"的要求,影响到了胡适的白话文学设计;多年的白话诗和白话文写作实践,也使胡适认识到新的白话必须吸收文言成分。胡适则针对尚不知"标准的国语"究竟是什么样子,便急于制定"国语的标准"的国语研究会同仁,指出标准的国语不是靠国音字母或国音字典定出来的,而是伟大的文学家定出来的,将国语的标准提高到必须有文学价值的高度来认知。自此,国语运动和文学革命,聚拢在"国语的文学,文学的国语"旗帜之下,形成双潮合一之观。

随着国语运动的深入开展和新文学运动的蓬勃发展,《新青年》杂志率先于 1918 年将刊发的所有文体全部行之以白话;与此同时,报纸杂志上论政述学之文采用白话者渐多,书写语言的变革也从文学领域迅速扩展到应用文领域。1918 年,教育部正式公布了注音字母,胡适用白话撰成《中国哲学史大纲》。注音字母的颁布,为国语的推广普及奠下了第一块基石。全国最高学府的哲学讲义居然用白话文来编撰,小学教科书改为语体文也就顺理成章了。

1920 年 1 月,教育部训令各国民学校,将一二年级国文改为语体文。这一来自中央权力机构的训令的颁布,是文学革命与国语运动合流之后取得的最为重大的成果,也是"白话"确立正式书写语言资格和"白话文学"确立起文学正宗地位至为关键的环节。

后　记

中国近代文学作为一门学科独立存在的基础,是 20 世纪 80 年代奠定的。这其中,中国近代文学学会的筹备与成立,两年一届的中国近代文学学术研讨会的筹划与召开,中国近代文学史教材的编写和近代文学史料整理工作的全面展开,成为这一学科独立发展和不断走向成熟的标志性事件。1982 年,中国社科院文学研究所与河南大学联合,在开封召开了"中国近代文学第一届学术研讨会",中国近代文学学会进入筹备阶段。1984 年,第二届中国近代文学学术研讨会在杭州召开期间,河南大学任访秋教授约请业界专家学者,商议编写一部适应全国高校之需的《中国近代文学史》教材。1988 年,中国近代文学学会经国家民政部批准正式成立;同年,任先生主编的《中国近代文学》由河南大学出版社出版,是为新时期问世的第一部完备的近代文学史著作,被国内十多所高校用作本科生与研究生教材。此书1992 年获国家教委"优秀教材奖",1999 年被教育部推荐为中国语言文学类专业主要课程教材,多次重印再版。

2007 至 2009 年,河南大学关爱和教授主持的"中国近代文学史"课程,先后获批校级、省级、国家级精品课程,其后又建成"国家精品资源共享课"。与之配套的精品课程教材建设,成为河南大学中国近代文学教研团队必须面对的问题。本计划在任访秋先生主编的《中国近代文学史》基础上修改完善,但因原版编委星散和撰稿人有不同意见而被搁置下来,另起炉灶重写一部新教材成为一种被迫的选择。2008 年暑期,关爱和担纲的《中国近代文学史》召开筹委会,以河南大学中国近代文学教研团队为主力军,约请袁进(复旦大学)、程翔章(华中师大)、龚喜平(西北师大)、左鹏军(华南师大)加盟撰稿,胡全章协助统稿。2013 年,作为国家精品资源共享课配套教材,由中华书局出版。问世十年来,在业界和高校深获好评。由于市场需求不断增长,初版本的库存量已无法满足,出现很多粗制滥造的盗版,加之学界十年来积淀的新成果需要吸纳进来,重新聚拢队伍推出新版"修订本",就成为一种必然的选择。

修订本撰稿人员分工如下:

左鹏军:第十三章

关爱和:绪论,第一章,第二章,第三章第二节,第四章,第六章,第七章,
　　　　第八章第二节

朱秀梅:第八章第四节,第十八章

李向阳:第十五章第四节

杨　波:第九章第三节

杨萌芽:第五章,第十一章,第十二章

胡全章:第三章第一节,第八章第三节,第九章第一、二、四节,第十四
　　　　章,第十五章第三节,第十七章,第十九章第二、三节,第二十章

袁　进:第十章,第十九章第一节

龚喜平:第八章第一节,第十五章第一、二节

程翔章:第十六章

修订本得到河南大学文学院学科建设经费支持,初版本责编马燕女士和修订本责编李碧玉女士付出了辛苦的劳动。在此一并致谢!

编委会
2024 年 2 月